W0340522

Knutowi Nesbø,
piłkarzowi, gitarzyście, kumplowi, bratu

JO NESBØ

POLICJA

Przełożyła z norweskiego
Iwona Zimnicka

Wydawnictwo Dolnośląskie

Tytuł oryginału
Politi

Projekt okładki
Mariusz Banachowicz

Fotografia na okładce
Dimedrol68/shutterstock.com

Redakcja
Iwona Gawryś

Korekta
Urszula Włodarska

Redakcja techniczna
Adam Kolenda

Copyright © Jo Nesbø 2013
Published by agreement with Salomonsson Agency.

Polish editions © Publicat S.A. MMXIII

ISBN 978-83-245-9406-1

Wrocław

Wydawnictwo Dolnośląskie
50-010 Wrocław, ul. Podwale 62
oddział Publicat S.A. w Poznaniu
tel. 71 785 90 40, fax 71 785 90 66
e-mail: wydawnictwodolnoslaskie@publicat.pl
www.wydawnictwodolnoslaskie.pl

CZĘŚĆ I

PROLOG

Spał w środku, za drzwiczkami.

Wnętrze narożnej szafki pachniało starym drewnem, nagarem i smarem do broni. Kiedy słońce wpadało przez okno do pokoju, promień światła w kształcie klepsydry przeciskał się przez dziurkę od klucza w drzwiczkach szafki i gdy słońce ustawiało się pod odpowiednim kątem, pistolet leżący na środkowej półce przez chwilę lekko połyskiwał.

Była to rosyjska odessa, kopia bardziej znanego stieczkina.

Miała za sobą burzliwe życie. Z kułakami z Litwy podróżowała na Syberię, wędrowała po głównych kwaterach urków na południowej Syberii, znajdowała się w posiadaniu pewnego atamana, przywódcy kozaków, który zginął zabity przez policję ze swoją odessą w ręku, nim wreszcie trafiła do domu kolekcjonera broni, a zarazem dyrektora więzienia w Tagile. W końcu brzydki, kanciasty pistolet maszynowy został przywieziony do Norwegii przez Rudolfa Asajewa, który przed swoim zniknięciem zmonopolizował rynek narkotyków w Oslo, wprowadzając na niego violinę – przypominający heroinę opioid. Broń pozostała w tym mieście, a konkretnie na Holmenkollveien, w willi Rakel Fauke. W magazynku odessy mieściło się dwadzieścia naboi kalibru 9×18 mm Makarowa i można było z niej zarówno oddawać pojedyncze strzały, jak i strzelać salwami. W magazynku zostało dwanaście kul.

Trzy naboje wystrzelono do Albańczyków z Kosowa stanowiących konkurencję na rynku narkotyków, przy czym tylko jedna kula wbiła się w ciało.

Dwa następne strzały zabiły Gusta Hanssena, młodego złodzieja i dilera, który przywłaszczył sobie pieniądze i narkotyki Asajewa.

Pistolet wciąż było czuć trzema ostatnimi strzałami, które trafiły w głowę i pierś byłego policjanta, Harry'ego Hole, podczas śledztwa w sprawie zabójstwa właśnie Gusta Hanssena. A adres tego ostatniego miejsca zdarzenia był taki sam jak adres poprzedniego: Hausmanns gate 92.

Policja wciąż jeszcze nie rozwiązała sprawy Gusta, a osiemnastoletni chłopak, którego aresztowano na początku śledztwa, został zwolniony. Między innymi dlatego, że nie zdołano znaleźć broni, z której zabito Gusta, ani w żaden sposób go z nią powiązać. Chłopiec nazywał się Oleg Fauke i budził się co noc, wpatrzony w ciemność i wsłuchany w odgłos strzałów. Nie tych, którymi zabił Gusta, tylko tych drugich. Tych oddanych do policjanta, który w okresie jego dorastania był dla niego jak ojciec i w dawnych marzeniach chłopca miał poślubić jego matkę, Rakel. Do Harry'ego Hole. Spojrzenie Harry'ego płonęło przed Olegiem w ciemności, każąc mu myśleć o pistolecie schowanym głęboko w narożnej szafce i mieć nadzieję, że już nigdy więcej go nie zobaczy. Że nikt więcej go nie zobaczy. Że będzie tam spał przez całą wieczność.

Spał w środku, za drzwiami.

Strzeżona sala szpitalna pachniała lekarstwami i farbą. Urządzenie stojące obok rejestrowało uderzenia serca.

Isabelle Skøyen, radna do spraw społecznych w ratuszu Oslo, i Mikael Bellman, świeżo mianowany komendant okręgowy stołecznej policji, mieli nadzieję, że nigdy więcej go nie zobaczą.

Że nikt więcej go nie zobaczy.

Że będzie spał przez całą wieczność.

1

To był ciepły, długi wrześniowy dzień, pełen tego światła, które zmienia Oslofjorden w płynne srebro i sprawia, że niskie wzgórza z pojawiającymi się na nich pierwszymi oznakami jesieni zaczynają się żarzyć. Jeden z tych dni, które zmuszają mieszkańców Oslo do złożenia przysięgi, że nigdy, przenigdy się stąd nie wyprowadzą. Słońce zachodziło za wzgórzem Ullern i jego ostatnie promienie przesuwały się płasko po krajobrazie, po niskich, surowych kamienicach, świadczących o skromnych początkach miasta, po kosztownych loftach z tarasami opowiadającymi baśń o ropie naftowej, za której sprawą kraj stał się jednym z najbogatszych na świecie, po ćpunach na szczycie wzniesienia w Stensparken w tym małym uporządkowanym mieście, w którym zgonów z przedawkowania było więcej niż w ośmiokrotnie większych miastach Europy. Po ogrodach, w których trampoliny zabezpieczała siatka, a skakało na nich najwyżej troje dzieci, tak jak zalecała instrukcja obsługi. Po wzgórzach i lasach, które w połowie otaczały tak zwaną nieckę Oslo. Słońce nie chciało rozstawać się z miastem, wyciągało promienie jak palce ręki wysuwającej się z okna pociągu w przedłużanym pożegnaniu.

Ranek przyniósł chłodne przejrzyste powietrze i ostre światło, takie jak z lamp na sali operacyjnej. W ciągu dnia temperatura wzrosła, błękit nieba nabrał intensywności, a powietrze przyjaznej namacalności, dzięki której wrzesień stawał się najpiękniejszym miesiącem roku. A kiedy przyszedł zmierzch, miękko i ostrożnie, w dzielnicach willowych na zboczach ciągnących się w stronę jeziora Maridalsvannet pachniało jabłkami i rozgrzanym świerkowym lasem.

Erlend Vennesla zbliżał się do szczytu ostatniego wzgórza. Czuł już gromadzący się w mięśniach kwas mlekowy, ale koncentrował się na odpowiednim pionowym nacisku na zatrzaskowe pedały i na lekkim wygięciu kolan do wewnątrz. Bo właściwa technika była ważna. Szczególnie wtedy, gdy pojawiało się zmęczenie, a mózg nabierał ochoty na zmianę pozycji ciała i na obciążenie mniej zmęczonych, lecz przy tym pracujących mniej skutecznie mięśni. Erlend czuł, jak sztywna rama roweru absorbuje i wykorzystuje każdy wciskany w nią wat energii, jak nabiera pędu przy przełączeniu na wyższy bieg. Podniósł się z siodełka, próbując utrzymać tę samą częstotliwość pedałowania, około dziewięćdziesięciu obrotów na minutę. Zerknął na pulsometr. Sto sześćdziesiąt osiem. Skierował czołówkę na przymocowany do kierownicy wyświetlacz GPS-u. W urządzeniu znajdowała się szczegółowa mapa Oslo i okolic oraz aktywny nadajnik. Rower wraz z dodatkowym wyposażeniem kosztował znacznie więcej, niż powinien wydawać świeżo emerytowany śledczy, ale utrzymanie formy było ważne, zwłaszcza teraz, gdy życie stawiało przed nim inne wyzwania.

Mniejsze, szczerze mówiąc.

Zakwasy piekły już i w udach, i w łydkach. Bolało, lecz ten ból był jednocześnie cudowną obietnicą tego, co wkrótce miało nastąpić: uczty endorfin. Przyjemnej sztywności mięśni. Zadowolenia z siebie. Piwa z żoną na balkonie, jeśli temperatura po zachodzie słońca za bardzo nie spadnie.

I nagle znalazł się na samej górze. Droga stała się płaska, a przed nim rozciągało się jezioro, Maridalsvannet. Zwolnił. Był na wsi. To właściwie absurdalne, że po piętnastu minutach ostrej jazdy rowerem z centrum europejskiej stolicy człowieka nagle otaczają wiejskie zagrody, pola i gęsty las, pełen turystycznych ścieżek znikających powoli w wieczornej ciemności. Od potu swędziała go głowa pod antracytowoszarym kaskiem firmy Bell, który sam kosztował tyle co dziecięcy rowerek dla wnuczki, Line Marie, kupiony przez Erlenda na jej szóste urodziny. Ale Erlend Vennesla nie zdjął kasku. Wśród cyklistów przeważającą przyczyną zgonów są obrażenia głowy.

Znów spojrzał na pulsometr. Sto siedemdziesiąt pięć. Sto siedemdziesiąt dwa. Mile widziany lekki powiew wiatru przyniósł z miasta odgłosy zbiorowego aplauzu. Musiały dochodzić ze stadionu Ullevaal, na którym tego wieczoru rozgrywano jakiś międzynarodowy mecz. Ze Słowacją czy Słowenią. Erlend Vennesla przez chwilę wyobrażał sobie, że te okrzyki podziwu są dla niego. Trochę czasu już minęło, odkąd ktoś go oklaskiwał. Ostatnie oklaski usłyszał chyba podczas ceremonii pożegnalnej w KRIPOS na Bryn. Tort, przemowa szefa, Mikaela Bellmana, który od tamtej pory podążył wyznaczonym kursem ku stanowisku komendanta okręgowego. A Erlend przyjmował te oklaski, nie uciekał od spojrzeń, dziękował i nawet poczuł ściskanie w gardle, kiedy sam miał wygłosić swoją prostą, krótką i opartą na faktach mowę, jak nakazywała tradycja w KRIPOS. Jako specjalista od zabójstw miał swoje wzloty i upadki, ale udało mu się uniknąć wielkich wpadek. Przynajmniej na tyle, na ile wiedział. Bo takich rzeczy nigdy nie można być pewnym na sto procent. Zwłaszcza teraz, kiedy technologia analizy DNA zaszła już tak daleko, a szefostwo policji wysyłało sygnały świadczące o tym, iż zamierza ponownie przyjrzeć się niektórym starym sprawom, istniało ryzyko, że pojawią się odpowiedzi. Nowe odpowiedzi. Rozwiązania. Dopóki chodziło o sprawy niewyjaśnione, Erlend uważał, że to w porządku, ale nie mógł pojąć, dlaczego policja chce poświęcać środki również na grzebanie w sprawach od dawna rozwiązanych i zakończonych.

Ciemność już gęstniała i nawet w blasku latarni mało brakowało, a nie zauważyłby drewnianego drogowskazu kierującego w głąb lasu. Ale drogowskaz tam był. Tak jak go zapamiętał. Erlend skręcił z szosy na ścieżkę w miękkim leśnym podszyciu. Jechał najwolniej, jak potrafił, nie tracąc jednocześnie równowagi. Snop światła zamontowanej na kasku czołówki omiatał ścieżkę i zatrzymywał się na ciemnej ścianie świerków po obu jej stronach. Cienie pierzchały przed nim, wystraszone i płochliwe. Przeobrażały się i znikały w ukryciu. Właśnie tak to sobie wyobrażał, gdy usiłował postawić się w jej sytuacji. Biegnąca, uciekająca z latarką w dłoni, zamknięta i gwałcona przez trzy dni.

A kiedy w tej samej chwili ujrzał latarkę zapalającą się w ciemności przed nim, przez chwilę wydawało mu się, że to jej latarka, że to ona znów biegnie, a on siedzi na motorze, który ją ściga i dogania. Światło przed Erlendem zamigotało i skierowało się wprost na niego. Zatrzymał się i zsiadł z roweru. Czołówką poświecił na pulsometr. Już poniżej stu. Nieźle.

Rozpiął pasek pod brodą, zdjął kask i podrapał się po głowie. Boże, co za przyjemność! Zgasił czołówkę, powiesił kask na kierownicy i zaczął prowadzić rower w stronę światła latarki. Kask chybotał się i uderzał go w przegub.

Zatrzymał się przed latarką, która skierowała się do góry. Ostre światło zapiekło w oczach. Oślepiony pomyślał, że wciąż słyszy swój ciężki oddech. I że to dziwne, skoro puls ma już tak niski. Dostrzegł ruch czegoś, co zostało uniesione ponad wielki, drżący krąg światła, usłyszał cichy świst w powietrzu i w tej samej chwili przyszła mu do głowy dziwaczna myśl. Że nie powinien był tego robić. Nie powinien był zdejmować kasku. Wśród cyklistów większość zgonów…

Myśl jakby się zająknęła, jakby szarpnęło nią w czasie, jakby na moment zerwał się jej związek z obrazem.

Erlend Vennesla zdumiony patrzył przed siebie, czując gorącą kroplę potu spływającą po czole. Mówił, ale słowa nie miały sensu, jakby zepsuło się połączenie między mózgiem a ustami. Znów usłyszał ten sam cichy świst. I wszystkie dźwięki zniknęły. Wszystkie. Nie słyszał już nawet własnego oddechu. Zorientował się, że klęczy, a rower powoli przewraca się do rowu. Przed nim tańczyło żółte światło, ale zniknęło, kiedy kropla potu dotarła do nasady nosa i spłynęła do oczu, oślepiając go. Zrozumiał wtedy, że to nie jest pot.

Trzecie uderzenie było jak sopel lodu wbijany przez głowę i szyję do wnętrza ciała. Wszystko w nim zamarzło.

Nie chcę umierać, pomyślał, próbując unieść rękę, żeby osłonić głowę, ale ponieważ nie mógł poruszyć żadną kończyną, zrozumiał, że jest sparaliżowany.

Czwartego uderzenia nie zarejestrował, ale po zapachu mokrej ziemi poznał, że na niej leży. Kilkakrotnie zamrugał i odzyskał wzrok w jednym oku. Tuż przed sobą ujrzał dwa duże ubłocone buty. Pięty się uniosły i w tej samej chwili buty oderwały się od ziemi. I wylądowały. Zaraz się to powtórzyło. Najpierw uniosły się pięty, a potem buty. Jakby ten, który uderzał, podskakiwał. Po to, by włożyć w ciosy jeszcze większą siłę. Ostatnią myślą, jaka przebiegła mu przez głowę, było to, że musi zapamiętać imię wnuczki, że nie może go zapomnieć.

2

Sierżant policji Anton Mittet z niewielkiego czerwonego ekspresu do kawy Nespresso D290 wyjął napełniony do połowy plastikowy kubek, schylił się i odstawił go na podłogę. W pobliżu nie było żadnego mebla, na którym mógłby go umieścić. Potem odwrócił podłużne pudełko do góry dnem, tak by w dłoń wpadła świeża kapsułka z kawą, odruchowo sprawdził, czy wieczko z cienkiej metalowej folii nie jest przedziurawione, co oznaczało, że kapsułka naprawdę nie była używana, po czym włożył ją do ekspresu. Pusty kubek podsunął pod kranik i wcisnął jeden ze świecących guzików.

Kiedy maszyna zaczęła dyszeć i parskać, spojrzał na zegarek. Niedługo północ. Zmiana dyżuru. W domu na niego czekali, ale uważał, że i tak będzie musiał wprowadzić swoją zmienniczkę w obowiązki, bo była przecież jedynie studentką szkoły policyjnej. Silje, chyba tak miała na imię. Anton Mittet spojrzał na kranik. Czy poszedłby po kawę, gdyby to był mężczyzna? Nie wiedział. Zresztą wszystko jedno, przestał już szukać odpowiedzi na takie pytania. Zrobiło się tak cicho, że słyszał, jak do kubka wpadają ostatnie, niemal przezroczyste krople. Z kapsułki nie dało się już wycisnąć więcej koloru ani smaku, ale ważne było, by nie zmarnować najmniejszej drobiny, bo dziewczynę czekał długi nocny dyżur. Bez towarzystwa, bez żadnych wydarzeń, bez żadnego innego zajęcia niż wpatrywanie się w niepomalowane gołe betonowe ściany Szpitala Centralnego. Dlatego postanowił przed odejściem wypić z nią kawę. Wziął oba kubki i ruszył z powrotem. Echo jego kroków odbijało się od ścian. Mijał pozamykane na klucz drzwi. Wiedział, że za nimi nie ma nic ani nikogo, tylko kolejne gołe ściany. Podczas budowy Szpitala Centralnego Norwegowie wyjątkowo patrzyli w przyszłość, świadomi tego, że będzie nas więcej, będziemy starsi, bardziej chorzy i bardziej wymagający. Myśleli dalekowzrocznie. Tak jak Niemcy budujący swoje autostrady, a Szwedzi lotniska. Ale czy nieliczni kierowcy mknący przez niemiecką wieś w samotnym majestacie betonowych mastodontów w latach trzydziestych albo szwedzcy pasażerowie przemierzający ogromne hale na lotnisku Arlanda w latach sześćdziesiątych też uważali, że tam straszy? Że straszyło tam, chociaż wszystko było nowe, nietknięte, dziewicze, a jeszcze nikt nie zginął w wypadku samochodowym czy lotniczym? Czy już wtedy myśleli, że reflektory samochodowe w każdej chwili mogą wyłowić z ciemności rodzinę na skraju drogi, skamieniałe twarze, zakrwawione i blade, wpatrujące się w światło, ojca przebitego drążkiem, matkę z głową obróconą tyłem do przodu, dziecko z kończynami tylko po jednej stronie? Że zza plastikowej zasłony na taśmie bagażowej w hali przylotów na Arlandzie nagle mogą zacząć się wyłaniać spalone zwłoki, które wciąż jeszcze się żarzą, wtapiają w gumę, z otwartymi dymiącymi ustami zastygłymi w niemym krzyku? Żaden z lekarzy nie potrafił mu powiedzieć, do czego z czasem miało zostać przeznaczone to skrzydło. Pewne było jedynie, że za tymi drzwiami będą umierać ludzie. To już dawało się wyczuć w powietrzu. Niewidzialne ciała z niemogącymi zaznać spokoju duszami już zostały przyjęte na ten oddział.

Anton skręcił za róg i otworzył się przed nim nowy korytarz, oszczędnie oświetlony, pusty i tak symetrycznie prostokątny, że wywołał dziwne złudzenie optyczne: dziewczyna w mundurze siedząca na krześle na samym jego końcu wyglądała jak obrazek powieszony na przeciwległej ścianie.

– Proszę, tobie też przyniosłem – powiedział Anton, stając przed nią. Ile mogła mieć lat? Dwadzieścia? Trochę więcej. Może dwadzieścia dwa.

– Dziękuję, ale mam własną – odparła i wyjęła termos z plecaczka, który postawiła przy krześle. W jej akcentowaniu słów dało się wychwycić ledwie słyszalny wznoszący się ton, może resztki dialektu z północy.

– Ta jest lepsza. – Wciąż trzymał rękę wyciągniętą przed siebie.

Zawahała się, w końcu wzięła kubek.

– I nic nie kosztuje. – Anton dyskretnie schował rękę za plecy, potarł poparzone czubki palców o chłodny materiał kurtki. – Mamy ten ekspres tylko dla siebie. Stoi w korytarzu przy…

– Zauważyłam go, gdy tu szłam – przerwała mu. – Ale w instrukcji jest napisane, że nawet na moment nie możemy spuścić z oczu drzwi do sali pacjenta, więc przyniosłam własną kawę z domu.

Anton Mittet wypił łyk z plastikowego kubka.

– Nieźle wykombinowałaś, ale tu prowadzi tylko ten jeden korytarz. Jesteśmy na czwartym piętrze i między tymi drzwiami a ekspresem do kawy nie ma żadnych drzwi, które prowadziłyby do jakichś innych schodów czy przejść. Nie da się nas minąć niezauważenie, nawet jeśli pójdziemy po kawę.

– Rzeczywiście mnie uspokoiłeś, ale chyba raczej będę się trzymała instrukcji. – Posłała mu krótki uśmiech. A potem, może dla zrównoważenia pośredniej przygany, też wypiła łyk kawy.

Anton poczuł lekkie ukłucie irytacji i już chciał powiedzieć coś o samodzielnym myśleniu, którego nabywa się wraz z doświadczeniem, ale nie zdołał sformułować tej myśli do końca, ponieważ nagle zauważył jakiś ruch na końcu korytarza. Biała postać zdawała się unosić nad podłogą. Usłyszał, że Silje wstaje. Postać przybrała konkretniejszą formę. Zmieniła się w pulchną blondynkę w luźnym stroju pielęgniarki. Anton wiedział, że kobieta ma nocny dyżur. I że jutro wieczorem ma wolne.

– Dobry wieczór. – Pielęgniarka uśmiechnęła się wesoło, pokazała dwie strzykawki, podeszła do drzwi i położyła rękę na klamce.

– Chwileczkę. – Silje zrobiła krok do przodu. – Muszę jednak panią prosić o okazanie identyfikatora. Zna pani hasło na dzisiaj?

Pielęgniarka zdumiona popatrzyła na Antona.

– Chyba że mój kolega może za panią poręczyć – dodała Silje.

Anton kiwnął głową.

– Wchodź, wchodź, Mona.

Pielęgniarka otworzyła drzwi, a Anton zajrzał do środka. W słabo oświetlonej sali dostrzegł urządzenia stojące wokół łóżka i palce stóp wystające spod kołdry. Pacjent był tak wysoki, że trzeba było zamawiać specjalne łóżko. Drzwi zaraz się zamknęły.

– Świetnie. – Anton uśmiechnął się do Silje. I od razu spostrzegł, że wcale jej się to nie spodobało. Że uznała go za męskiego szowinistę, który właśnie wystawił szkolną ocenę młodszej koleżance, kobiecie.

Ale przecież ona była studentką, do diabła ciężkiego! I podczas roku praktyki miała się uczyć od starszych doświadczonych policjantów. Stanął, kołysząc się na piętach, niepewny, jak podejść do tej sytuacji. Silje go uprzedziła:

– Przeczytałam instrukcję, tak jak mówiłam. A na ciebie pewnie czeka rodzina...

Podniósł kubek z kawą do ust. Co ona mogła wiedzieć o jego stanie cywilnym? Czyżby coś insynuowała? Na przykład w związku z Moną? Wiedziała, że parę razy po dyżurze odwiózł ją do domu i że na tym się nie skończyło?

– Nalepka z misiem na twojej torbie – wyjaśniła z uśmiechem.

Wypił duży łyk. Chrząknął.

– Mam czas. Ponieważ to jest twój pierwszy dyżur, powinnaś skorzystać z okazji, jeśli się nad czymś zastanawiasz. Nie zawsze wszystko da się znaleźć w instrukcji. – Przestąpił z nogi na nogę. Miał nadzieję, że zrozumiała podtekst.

– Jak sobie chcesz – odparła z irytującą pewnością siebie, na jaką można sobie pozwolić tylko wtedy, gdy nie ma się jeszcze skończonych dwudziestu pięciu lat. – Ten pacjent, który tam leży. Kim on jest?

– Tego nie wiem. I to również napisano w instrukcji. Jest anonimowy i taki ma pozostać.

– Ale ty coś wiesz.

– Tak sądzisz?

– Mona. Nie przechodzi się z ludźmi na ty bez wcześniejszej rozmowy na jakiś temat. Co ci powiedziała?

Anton Mittet przyjrzał jej się uważnie. Była raczej ładna, ale nie miała w sobie ciepła ani wdzięku. Trochę za chuda jak na jego gust. Zaniedbane włosy i lekko uniesiona przez nieco zbyt napięte wędzidełko górna warga, odsłaniająca przez to nierówne przednie zęby. Ale dziewczyna miała młodość. I jędrne wytrenowane ciało skryte pod mundurem, po prostu był tego pewien. Gdyby więc przekazał jej to, co wiedział, czy zrobiłby to, ponieważ podświadomie wykalkulowałby, że dzięki jego dobrej woli szanse na przespanie się z nią zwiększyłyby się o zero przecinek zero jeden procent? A może raczej ponieważ dziewczyny takie jak Silje w ciągu pięciu lat zostawały komisarzami lub śledczymi specjalnymi i mogły mu szefować, gdyż sam miał pozostać sierżantem, nędznym sierżantem tylko dlatego, że tamta sprawa z Drammen miała nigdy się od niego nie odkleić i być jak ściana, jak plama, której nie da się usunąć?

– Usiłowanie zabójstwa – powiedział Anton. – Stracił mnóstwo krwi. Podobno kiedy go tu przywieźli, puls miał prawie niewyczuwalny. Od tej pory cały czas w śpiączce.

– A dlaczego ochrona policyjna?

Anton wzruszył ramionami.

– Potencjalny świadek. Jeśli przeżyje.

– A co on takiego wie?

– Coś o narkotykach. Na wysokim szczeblu. Jeśli się ocknie, to najprawdopodobniej przekaże informacje, które mogą zniszczyć grube ryby na rynku narkotykowym w Oslo. No i oczywiście będzie mógł powiedzieć, kto próbował go zabić.

– Czyli uważają, że zabójcy wrócą i dokończą dzieła?

– Jeśli się dowiedzą, że żyje i gdzie jest, to tak. Właśnie dlatego tu jesteśmy.

– Przeżyje?

Anton pokręcił głową.

– Lekarze sądzą, że zdołają utrzymać go przy życiu przez kilka miesięcy, jednak szanse na to, żeby się wybudził ze śpiączki, są raczej niewielkie. Ale i tak… – Znów przeniósł ciężar ciała na drugą nogę, bo badawcze spojrzenie Silje było na dłuższą metę wręcz nieprzyjemne. – Ale i tak do tej pory trzeba go pilnować.

Anton Mittet opuszczał Silje z poczuciem klęski. Minął recepcję i wyszedł na jesienny wieczór. Dopiero kiedy na parkingu wsiadł do samochodu, zorientował się, że brzęczy komórka.

Dzwonili z Centrali Operacyjnej.

– Maridalen. Zabójstwo – poinformował Zero Jeden. – Wiem, że skończyłeś służbę na dzisiaj, ale potrzebne jest wsparcie do zabezpieczenia miejsca zdarzenia. A ponieważ już jesteś w mundurze…

– Na jak długo?

– Ktoś cię zmieni w ciągu maksymalnie trzech godzin.

Anton nie posiadał się ze zdziwienia. Ostatnio robiono wszystko, byle tylko nie dopuścić do nadgodzin. Kombinacja sztywnych zasad z okrojonym budżetem nie pozwalała nawet na stosowanie praktycznych rozwiązań. Domyślił się, że to musi być jakieś specjalne zabójstwo. Miał tylko nadzieję, że nie chodzi o dziecko.

– W porządku – powiedział.

– Prześlę ci współrzędne GPS.

To była nowość – GPS ze szczegółową mapą Oslo i okolic oraz aktywnym nadajnikiem umożliwiającym Centrali Operacyjnej lokalizację funkcjonariuszy. Pewnie właśnie dlatego do niego zadzwonili. Był najbliżej.

– Dobrze – zgodził się Anton. – Trzy godziny.

Laura już się położyła, ale i tak lubiła, żeby po pracy prędko wracał do domu, więc wysłał jej SMS-a, a dopiero potem wrzucił bieg i ruszył w stronę Maridalsvannet.

Anton nie musiał korzystać z GPS-u. Przy wjeździe na Ullevålseterveien stały zaparkowane cztery policyjne radiowozy, a nieco dalej drogę wskazywały biało-pomarańczowe taśmy.

Wyjął latarkę ze schowka i podszedł do funkcjonariusza stojącego przed taśmami. Widział błyski latarek w lesie i reflektory techników, które zawsze kojarzyły mu się z planem filmowym. Zresztą nie było to takie dalekie od prawdy, bo teraz nie tylko robiło się zdjęcia, lecz również filmowało w jakości HD zarówno ofiary, jak i całe miejsce zdarzenia. Umożliwiało to ponowne obejrzenie całości i powiększenie na stop-klatce szczegółów, które początkowo wydały się nieistotne.

– Co się dzieje? – spytał policjanta, który trząsł się ze skrzyżowanymi na piersi rękami.

– Zabójstwo – odparł mężczyzna niewyraźnym głosem. Oczy miał zaczerwienione, a twarz nienaturalnie bladą.

– To już słyszałem. Kto tu rządzi?

– Technicy. Lønn.

Anton słyszał szum głosów dobiegający z lasu. Było ich wiele.

– Nie ma jeszcze nikogo z KRIPOS? Ani z Wydziału Zabójstw?

– Z czasem przyjedzie więcej ludzi. Ciało dopiero co znaleziono. To ty masz mnie zastąpić?

Jeszcze więcej ludzi. A jemu mimo wszystko dali nadgodziny. Anton przyjrzał się funkcjonariuszowi. Policjant miał na sobie gruby płaszcz, ale trząsł się coraz bardziej, chociaż wcale nie było tak zimno.

– Byłeś na miejscu pierwszy?

W milczeniu kiwnął głową i spuścił wzrok. Szerzej rozstawił nogi. Do diabła, pomyślał Anton. Dziecko. Przełknął ślinę.

– O, Anton! Zero Jeden cię przysłał?

Mittet podniósł głowę. Nie usłyszał tych dwojga, chociaż wyłonili się z gęstych zarośli. Już wcześniej miał okazję obserwować, jak technicy poruszają się w miejscu zdarzenia, trochę jak niezdarni tancerze, pochylają się i wyginają tak, by niczego nie dotknąć, a stopy stawiają, jakby byli astronautami na Księżycu. A może to po prostu ich białe stroje nasunęły mu takie skojarzenie.

– Tak, mam tu kogoś zastąpić – odpowiedział Anton kobiecie. Dobrze wiedział, kim jest, wszyscy ją znali. Beate Lønn, szefowa Wydziału Techniki Kryminalistycznej, była sławna jako ktoś w rodzaju Rain Mana z powodu swojej zdolności rozpoznawania twarzy, którą wykorzystywano do identyfikowania rabusiów na ziarnistych, skaczących nagraniach z monitoringu. Mówiło się, że jest w stanie rozpoznać nawet dobrze zamaskowanych bandytów, jeśli tylko byli wcześniej skazani. I że ma w swojej jasnowłosej główce bazę danych z wieloma tysiącami policyjnych fotografii przestępców. To zabójstwo musiało więc być szczególne. Przecież szefów nie zrywa się z łóżka w środku nocy.

Przy bladej, niemal przezroczystej twarzy delikatnej kobiety oblicze jej kolegi zdawało się niemal płonąć. Jego piegowate policzki zdobiły jak dwa półwyspy jaskraworude bokobrody. Mężczyzna miał lekko wyłupiaste oczy, jakby w głowie panowało zbyt wysokie ciśnienie, i przez to wydawał się stale nieco zdziwiony. Najbardziej jednak przyciągała uwagę czapka, która ukazała się, gdy ściągnął z głowy biały kaptur: wielka czapka rasta w kolorach zielonym, żółtym i czerwonym.

Beate Lønn położyła rękę na ramieniu roztrzęsionego funkcjonariusza.

– No to jedź już do domu, Simon. I nie mów, że ja tak powiedziałam, ale zalecam mocnego drinka, a potem szybko do łóżka.

Policjant kiwnął głową, a trzy sekundy później jego przygarbione plecy pochłonęła ciemność.

– Fatalnie to wygląda? – spytał Anton.

– Nie masz kawy? – rzucił ten w rastafariańskiej czapce i otworzył termos. Już po tych trzech słowach Anton rozpoznał, że mężczyzna nie pochodzi z Oslo. Musiał być ze wsi, ale Anton, jak większość mieszkańców miast we wschodniej Norwegii, nie miał pojęcia o dialektach ani też za bardzo się nimi nie interesował.

– Nie mam – odpowiedział.

– Zawsze mądrze jest zabrać własną kawę na miejsce zdarzenia – pouczyła Czapka Rasta. – Nigdy nie wiadomo, ile przyjdzie tu zabawić.

– Daj spokój, Bjørn. On już pracował przy zabójstwach – włączyła się Beate Lønn. – W Drammen, prawda?

– Zgadza się. – Anton zakołysał się na piętach. Prawidłowa odpowiedź powinna brzmieć: „O tyle o ile". Niestety podejrzewał, dlaczego Beate Lønn go pamięta. Odetchnął głęboko. – Kto znalazł zwłoki?

– On. – Beate Lønn ruchem głowy wskazała samochód funkcjonariusza, który właśnie włączył silnik.

– Chodziło mi o to, kto poinformował o zwłokach?

– Żona zadzwoniła, kiedy nie wrócił do domu z przejażdżki rowerowej – wyjaśnił ten w czapce. – Zapowiedział, że nie będzie go najwyżej przez godzinę, więc przestraszyła się, że serce mu wysiadło. Miał przy sobie GPS z nadajnikiem, dlatego szybko go znaleźli.

Anton z namysłem skinął głową. Dalej potrafił sobie wszystko wyobrazić. Dwoje policjantów dzwoni do drzwi, kobieta i mężczyzna. Chrząkają, patrzą na żonę poważnym wzrokiem, który ma przekazać to, co za moment powtórzą słowami. Niemożliwymi słowami. Twarz żony, która się opiera, nie chce, ale mimo wszystko obnaża się, pokazuje całe swoje wnętrze.

Przed oczami stanęła mu Laura, jego własna żona.

Cicho podjechała karetka. Bez syreny, bez włączonego koguta.

Antonowi rozjaśniło się w głowie. Błyskawiczna reakcja na zwykłe zgłoszenie zaginięcia. GPS z nadajnikiem. Mnóstwo ludzi. Nadgodziny. Kolega tak wstrząśnięty znalezionym ciałem, że musiał zostać odesłany do domu.

– To policjant – stwierdził cicho.

– Obstawiam, że temperatura tutaj jest o półtora stopnia niższa niż w mieście – powiedziała Beate Lønn i wystukała jakiś numer w komórce.

– Zgadzam się – odparł ten w czapce i wypił łyk z kubka od termosu. – Na razie nie ma żadnych przebarwień skóry. Czyli że między ósmą a dziesiątą?

– Policjant – powtórzył Anton. – To dlatego wszyscy tu są, prawda?

– Katrine? – odezwała się Beate. – Możesz mi coś sprawdzić? Chodzi mi o sprawę Sandry Tveten. Dobrze.

– Psiakrew! – zawołał ten w czapce. – Przecież prosiłem, żeby zaczekali, aż przywiozą worek na zwłoki!

Anton odwrócił się i zobaczył przedzierających się przez zarośla dwóch mężczyzn z noszami techników. Spod koca wystawały buty do jazdy na rowerze.

– On go znał – stwierdził Anton. – To dlatego tak się trząsł, prawda?

– Mówił, że pracowali razem na Økern, zanim Vennesla przeszedł do KRIPOS – wyjaśnił ten w czapce.

– Masz tę datę? – spytała Lønn kogoś w telefonie.

Rozległ się okrzyk.

– Do jasnej cho... – zaklął rastafarianin.

Anton znów odwrócił głowę. Jeden z dźwigających nosze poślizgnął się w rowie. Promień światła jego latarki padł na nosze. Na koc, który się zsunął. Na... na co? Anton wybałuszył oczy. Czy to była głowa? Czy to, co wieńczyło bez wątpienia ludzkie ciało, naprawdę było kiedyś głową? W ciągu lat przepracowanych w Wydziale Zabójstw, przed swoim wielkim błędem, Anton miał okazję oglądać wiele zwłok. Ale czegoś takiego nigdy nie widział. Substancja ułożona w kształcie klepsydry skojarzyła mu się z niedzielnym rodzinnym śniadaniem, z ugotowanymi przez Laurę na półtwardo jajkami, na których wciąż tkwią resztki skorupek, pękniętymi tak, że żółtko wypływa, zastygając na ściętym, ale jeszcze miękkim białku.

Anton stał i mrugał w ciemności, patrząc, jak tylne światła karetki znikają. I nagle uświadomił sobie, że to powtórka, że już to kiedyś widział. Ubrane na biało postacie. Termos. Stopy sterczące spod koca. Tak niedawno widział to w Szpitalu Centralnym. Tak jakby to był zwiastun. Głowa...

– Dziękuję, Katrine – zakończyła Beate.

– O co chodzi? – spytał ten w czapce.

– Pracowałam z Erlendem dokładnie w tym miejscu – odpowiedziała Beate.

– Tutaj? – zdziwił się jej kolega.

– Dokładnie tutaj. On kierował śledztwem. Już z dziesięć lat temu. Sandra Tveten. Zgwałcona i zabita. Jeszcze dziecko.

Anton przełknął ślinę. Dziecko. Powtórki.

– Pamiętam tę sprawę – ożywił się rudzielec. – Los dziwnie się plecie. Zginąć w miejscu prowadzonego przez siebie śledztwa... Czy tamta sprawa też nie była jakoś na jesieni?

Beate milczała, ale wolno skinęła głową.

Anton mrugał i mrugał. To nie mogła być prawda, on rzeczywiście widział podobne zwłoki.

– Psiakrew! – zaklął cicho rastafarianin. – Nie chcesz powiedzieć, że...?

Beate Lønn wzięła od niego kubek od termosu, wypiła łyk i oddała mu go z powrotem. Kiwnęła głową.

– Niech to cholera – szepnął rudzielec.

3

– Déjà vu – powiedział Ståle Aune, patrząc na gęsty śnieg sypiący na Sporveisgata, gdzie poranny grudniowy mrok ustępował przed krótkim dniem. Potem odwrócił się do mężczyzny siedzącego na krześle przy biurku. – Déjà vu to wrażenie, że widzi się coś, co się już wcześniej widziało. Nie wiemy, co to jest.

Mówiąc „my", miał na myśli ogólnie psychologów, nie tylko terapeutów.

– Niektórzy uważają, że kiedy jesteśmy zmęczeni, następuje opóźnienie w przekazywaniu informacji do świadomej części mózgu, więc informacja dociera do nas już po tym, jak przez pewien czas tkwiła w podświadomości. Dlatego doświadczamy tego jako rozpoznania. Zmęczenie może tłumaczyć, dlaczego przeżycia déjà vu występują najczęściej pod koniec tygodnia pracy. Ale to mniej więcej wszystko, co potrafi stwierdzić nauka. Że piątek to dzień déjà vu.

Ståle Aune być może liczył na uśmiech. Wprawdzie uśmiechy nie miały znaczenia dla jego zawodowych ambicji naprawiania ludzi, ale uważał, że w tej sytuacji by się przydał.

– Nie takie déjà vu mam na myśli – zaprotestował pacjent. Klient. Interesant. Człowiek, który za mniej więcej dwadzieścia minut miał w recepcji zapłacić za wizytę, dorzucając się w ten sposób do kwoty na pokrycie wspólnych kosztów pięciorga psychologów prowadzących odrębne praktyki w czterokondygnacyjnym, pozbawionym charakteru, a mimo wszystko staroświeckim budynku na Sporveisgata w średnio dobrej zachodniej dzielnicy Oslo. Ståle Aune ukradkiem zerknął na zegar ścienny za głową mężczyzny. Osiemnaście minut.

– To bardziej jak sen, który stale się powtarza.

– Jak sen? – Spojrzenie Stålego Aune przesunęło się po gazecie, którą miał rozłożoną w otwartej szufladzie biurka w sposób niewidoczny dla pacjenta. Obecnie większość terapeutów siadywała na fotelu naprzeciwko pacjenta, więc gdy do gabinetu Stålego wnoszono masywne biurko, koledzy ze śmiechem przypomnieli mu, że teoria nowoczesnej terapii twierdzi, iż najlepiej pozbyć się wszelkich fizycznych barier między terapeutą a pacjentem. Odpowiedź Stålego była krótka: „Być może najlepiej dla pacjenta".

– To jest sen. Śnię.

– Powtarzające się sny nie są niczym niezwykłym. – Aune potarł ręką usta, żeby stłumić ziewnięcie. Z tęsknotą pomyślał o ulubionej starej kanapie, którą zabrano z jego gabinetu. Stała teraz w recepcji, gdzie razem z ławką do podnoszenia ciężarów i sztangą funkcjonowała jako coś w rodzaju psychoterapeutycznego dowcipu, zrozumiałego tylko dla wąskiego kręgu osób. Pacjenci na kanapie jeszcze bardziej ułatwiali mu spokojne czytanie gazet.

– Ale ja nie chcę, żeby mi się to śniło. – Wąskie wargi rozciągnięte w pewnym siebie uśmiechu. Cienkie, starannie ostrzyżone włosy.

Witamy u egzorcysty snów, pomyślał Aune i próbował również się uśmiechnąć. Pacjent był ubrany w prążkowany garnitur, szaroczerwony krawat i czarne błyszczące buty. Sam Aune był w tweedowej marynarce, wesołej muszce wystającej spod podwójnego podbródka i brązowych butach, które już od pewnego czasu nie widziały szczotki.

– Może pan powiedzieć, o czym jest ten sen?

– Przecież przed chwilą mówiłem.

– Owszem, ale mógłby pan przedstawić go bardziej szczegółowo?

– Zaczyna się, tak jak wspominałem, w tym miejscu, gdzie się kończy *Dark Side of the Moon*. *Eclipse* wybrzmiewa przy tym, jak David Gilmour śpiewa... – mężczyzna złożył wargi i przeszedł na angielski z taką manierą, że Aune dosłownie zobaczył, jak unosi filiżankę do ułożonych w dziobek warg – *...and everything under the sun is in tune but the sun is eclipsed by the moon.*

– I to się panu śni?

– Nie! A raczej tak. To znaczy w rzeczywistości płyta też się tak kończy. Optymistycznie. Po trzech kwadransach śmierci i szaleństwa. Człowiek myśli więc, że wszystko dobrze się skończy. Do wszystkiego wraca harmonia. Ale w chwili, gdy dźwięki z płyty wybrzmiewają, w tle ledwie słychać mamrotanie. Trzeba podgłośnić, żeby zrozumieć słowa. Wtedy słyszy się je bardzo wyraźnie: *There is no dark side of the moon, really. Matter of fact, it's all dark*. Wszystko jest ciemne. Rozumie pan?

– Nie – odparł Aune. Według podręcznika powinien teraz spytać: „Czy to dla pana ważne, żebym zrozumiał?" albo jakoś tak. Ale nie miał na to siły.

– Zło nie istnieje, ponieważ wszystko jest złe. Kosmos jest ciemny. Rodzimy się źli. Zło jest punktem wyjścia, tym, co naturalne. Niekiedy pojawia się maleńkie światełko, świeci jednak tylko przez pewien czas i znów wracamy do ciemności. Właśnie to się dzieje w tym śnie.

– Proszę mówić dalej. – Aune obrócił się na krześle i wyjrzał przez okno z zamyśloną miną. Mina miała ukryć fakt, że czuł, iż musi popatrzeć na coś innego niż twarz tego mężczyzny, na której widniało przemieszanie użalania się nad sobą z pewnością siebie. Ten człowiek najwyraźniej uważał się za wyjątkowego, a więc psycholog powinien mieć w co się tu zagłębiać. Bez wątpienia chodził już wcześniej na terapię. Aune dostrzegł parkingowego poruszającego się po ulicy na szeroko rozstawionych nogach jak szeryf, i zadał sobie pytanie, do jakiego innego zawodu nadawałby się on, Ståle Aune. Prędko doszedł do konkluzji – do żadnego. Poza tym przecież kochał psychologię, uwielbiał nawigować w przestrzeni między tym, co wiadome, a tym, co niewiadome, łączyć swój ciężki balast wiedzy merytorycznej z intuicją i ciekawością. W każdym razie powtarzał to sobie co rano. Dlaczego więc siedział tutaj i pragnął wyłącznie tego, by ten człowiek wreszcie się zamknął i wyszedł z jego gabinetu, zniknął z jego życia? Czy chodziło o tę osobę? Czy o pracę w roli terapeuty? Zmiany wymusiło postawione w zasadzie jasno przez Ingrid ultimatum: ma pracować mniej, a więcej czasu poświęcać jej i córce Aurorze. Zrezygnował więc z czasochłonnej pracy naukowej, z konsultacji w Wydziale Zabójstw i wykładów w Wyższej Szkole Policyjnej. Został terapeutą, który ma stałe godziny pracy. Wydawało się to słuszną decyzją, bo z czego właściwie zrezygnował? Czego mogło mu brakować? Tęsknił za opracowywaniem profili szaleńców zabijających innych ludzi? Za analizowaniem czynów tak okrutnych, że odbierały spokojny sen, a jeśli w końcu udawało mu się zasnąć, za nagłym budzeniem przez komisarza Harry'ego Hole, który żądał natychmiastowych odpowiedzi na swoje niemożliwe pytania?

Czy może za tym człowiekiem, w którego zmienił go Hole, stwarzając z niego na własny obraz i podobieństwo czujnego maniaka, warczącego na każdego, kto ośmielił się przeszkodzić mu w pracy nad jedyną mającą według niego znaczenie kwestią, i powoli, ale skutecznie odpychającego od siebie kolegów, rodzinę i przyjaciół?

Cholera, pewnie że za tym tęsknił. Tęsknił za tym, co w tym było ważne.

Tęsknił za poczuciem, że ratuje ludzkie życie. I nie chodziło mu wcale o życie racjonalnie myślących przyszłych samobójców, którzy od czasu do czasu kazali mu zadawać sobie pytanie: jeżeli życie sprawia komuś taki ból, a nie możemy na to wpłynąć, to dlaczego po prostu nie pozwolić takiej osobie umrzeć? Tęsknił za tym, by być tym aktywnym, tym, który interweniuje, który ratuje niewinnego przed winnym. Za robieniem tego, czego nikt inny zrobić nie mógł, ponieważ to on, Ståle Aune, był w tym najlepszy. Po prostu. Tak, tęsknił za Harrym Hole. Tęsknił za tym, by ten wysoki, ponury, zapijaczony mężczyzna o wielkim sercu dzwonił i prosił, a raczej rozkazywał Ståleмu Aune stawić się w służbie społeczeństwu, by żądał złożenia w ofierze życia rodzinnego i spokojnego snu po to, żeby łapać kolejnego wyrzutka. Ale w Wydziale Zabójstw nie było już komisarza o nazwisku Harry Hole, a nikt inny do Stålego nie dzwonił.

Znów przesunął wzrokiem po stronach gazety. Zwołano konferencję prasową. Od zabójstwa w Maridalen minęły już niemal trzy miesiące, a policja wciąż nie miała żadnych śladów ani podejrzanych. To była jedna z tych spraw, w których kiedyś zadzwoniono by do niego. Do zabójstwa doszło w tym samym miejscu i tego samego dnia, co w innej starej nierozwiązanej sprawie. Ofiarą był policjant, który wtedy uczestniczył w śledztwie.

Ale to już przeszłość. Teraz chodziło o bezsenność przepracowanego biznesmena, do którego nie czuł sympatii. Wkrótce powinien zacząć zadawać mu pytania, które prawdopodobnie wykluczą zespół stresu pourazowego, bo koszmary senne siedzącego przed nim mężczyzny najwyraźniej nie prowadziły u niego do zaburzeń w codziennym funkcjonowaniu. Jego po prostu interesowało jedynie ponowne osiągnięcie szczytowej formy efektywności. Następnie Aune zamierzał wręczyć mu kopię artykułu *Imagery Rehearsal Therapy* Krakowa i… Nie pamiętał już pozostałych nazwisk. Poprosić o opisanie koszmaru na papierze i przyniesienie mu tego opisu następnym razem. Wspólnie zajmą się ułożeniem alternatywnego, szczęśliwego zakończenia snu, które mentalnie wytrenują, tak aby sen wydawał się przyjemniejszy albo wręcz zniknął.

Aune słyszał monotonny usypiający szum głosu pacjenta i myślał o tym, że sprawa zabójstwa w Maridalen już od pierwszego dnia utknęła w martwym punkcie. Nawet gdy na jaw wyszły niezwykłe zbieżności ze sprawą Sandry w postaci daty, miejsca i osoby, ani KRIPOS, ani Wydział Zabójstw nie były w stanie posunąć się dalej. A teraz proszono opinię publiczną o namysł i zgłaszanie informacji, bez względu na to, jak mało istotne mogły się wydać pewne szczegóły. Tego właśnie dotyczyła wczorajsza konferencja prasowa. Aune przypuszczał, że to gra pod publiczkę. Policja poczuła, że musi się wykazać jakimś działaniem, zaprzeczyć, jakoby znalazła się w stanie paraliżu. Choć oczywiście na to właśnie wyglądało: bezradne, ostro krytykowane szefostwo z rezygnacją zwraca się do opinii publicznej z prośbą o jakiekolwiek podpowiedzi.

Spojrzał na zdjęcie z konferencji prasowej. Rozpoznał Beate Lønn. I Gunnara Hagena, naczelnika Wydziału Zabójstw, który coraz bardziej przypominał mnicha ze względu na wianuszek mocnych gęstych włosów otaczających niczym wieniec laurowy lśniącą łysą czaszkę. Na konferencję przyszedł nawet Mikael Bellman, nowy komendant okręgowy, bo przecież chodziło o zabójstwo człowieka z własnych szeregów. Ściągnięta twarz. Szczuplejszy, niż Aune go pamiętał. Przyjazne mediom loki, zawsze starannie przycięte na odpowiedniej granicy, tak by nie dało się ich nazwać zbyt długimi, najwyraźniej musiały zniknąć gdzieś między stanowiskami szefa KRIPOS i Wydziału Przestępczości Zorganizowanej a gabinetem samego szeryfa. Aune pomyślał o niemal dziewczęcej urodzie Bellmana, podkreślonej długimi rzęsami i smagłą cerą z charakterystycznymi białymi plamkami. Na zdjęciu nic z tego nie było widać. Niewyjaśnione zabójstwo policjanta to oczywiście najgorszy z możliwych początków pracy komendanta okręgowego policji, którego błyskawiczna kariera opierała się wyłącznie na samych sukcesach. Bellman zaprowadził porządek wśród gangów narkotykowych w Oslo, ale to mogło szybko zostać mu zapomniane. Emerytowany policjant Erlend Vennesla co prawda formalnie nie został zabity na służbie, ale większość ludzi rozumiała przecież, że jego śmierć miała w jakiś sposób związek z zabójstwem Sandry. Z tego powodu Bellman zmobilizował wszelkie środki i siły zarówno spośród własnych ludzi, jak i tych z zewnątrz. Tylko nie jego. Stålego Aune skreślono z listy. Było to w zasadzie naturalne, bo przecież sam o to prosił.

A teraz wcześnie przyszła zima, a wraz z nią uczucie, że śnieg przysypuje ślady. Wystygłe ślady. Nie ma śladów. Właśnie tak wyraziła się podczas konferencji prasowej Beate Lønn: wręcz rzucający się w oczy brak śladów technicznych. Oczywiście sprawdzili wszystkich powiązanych w jakikolwiek sposób ze sprawą Sandry. Podejrzanych, krewnych, przyjaciół, a nawet kolegów Vennesli, którzy pracowali przy tej sprawie. Bez żadnych rezultatów.

W pokoju zapadła cisza i Ståle Aune po minie pacjenta poznał, że ten właśnie zadał jakieś pytanie i czeka na odpowiedź psychologa.

– Hm. – Aune oparł brodę na zaciśniętej pięści i popatrzył pacjentowi w oczy. – A co pan o tym myśli?

W spojrzeniu mężczyzny pojawiło się zdumienie. Aune przez moment już się bał, że pacjent poprosił o szklankę wody lub coś podobnego.

– Co myślę o tym, że ona się uśmiecha? Czy o tym ostrym świetle?

– O jednym i o drugim.

– Czasami wydaje mi się, że uśmiecha się, ponieważ mnie lubi. Kiedy indziej, że chce mnie nakłonić, żebym coś zrobił. Ale gdy przestaje się uśmiechać, to ostre światło w jej oczach gaśnie i wtedy jest za późno, żeby coś stwierdzić, bo wtedy ona nie chce już nic mówić. Dlatego uważam, że to może wzmacniacz. Mam rację?

– Hm... Wzmacniacz?

– Tak. – Chwila milczenia. – Ten, o którym opowiadałem. Ten, który ojciec wyłączał, kiedy wchodził do mojego pokoju i mówił, że słucham tej płyty już za długo, że to graniczy z szaleństwem. Opowiadałem panu, że patrzyłem, jak to małe czerwone światełko przy wyłączniku powoli gaśnie, aż w końcu znika. Jak oko. Albo jak zachód słońca. Myślałem wtedy, że ją tracę. To dlatego ona milknie pod koniec snu. To ona jest wzmacniaczem, który cichnie, kiedy ojciec go wyłącza. Wtedy nie mogę z nią rozmawiać.

– Słuchał pan płyt i myślał o niej?

– Tak. Nieustannie. Tak mniej więcej do szesnastego roku życia. I nie płyt. Płyty.

– *Dark Side of the Moon*?

– Tak.

– Ale ona pana nie chciała?

– Tego nie wiem. Najprawdopodobniej nie. Wtedy.

– Hm. Nasza godzina dobiegła końca. Dam panu coś do poczytania na następny raz. I chciałbym, żebyśmy ułożyli nowe zakończenie tej historii ze snu. Ona musi mówić. Musi coś do pana powiedzieć. Coś, co chciałby pan od niej usłyszeć. Na przykład, że pana lubi. Może pan trochę o tym pomyśleć przed następną wizytą?

– Dobrze.

Pacjent wstał, zdjął płaszcz z wieszaka i podszedł do drzwi. Aune usiadł przy biurku i spojrzał na kalendarz, który świecił mu w oczy z ekranu komputera. Już wyglądał na deprymująco wypełniony. Nagle psycholog uświadomił sobie, że to znowu się stało. Kolejny raz całkiem wyleciało mu z głowy nazwisko pacjenta. Na szczęście znalazł je w kalendarzu. Paul Stavnes.

– W przyszłym tygodniu o tej samej porze, w porządku, panie Stavnes?

– Oczywiście.

Ståle go wpisał. Kiedy podniósł wzrok, Stavnesa już nie było.

Aune wstał, wziął gazetę i podszedł z nią do okna. Gdzie, u diabła, podziało się to globalne ocieplenie, które stale obiecywali? Zerknął na gazetę, ale nagle nie miał już na nią siły. Rzucił ją na podłogę. Tygodnie i miesiące powtarzania tych samych fraz. Zamordowany. Mocne ciosy w głowę. Erlend Vennesla pozostawił żonę, dzieci i wnuki. Przyjaciele i koledzy są w szoku. „Ciepły, życzliwy człowiek". „Nie dało się go nie lubić". „Miły, uczciwy i tolerancyjny. Nie miał absolutnie żadnych wrogów". Ståle Aune głęboko wciągnął powietrze w płuca. *There is no dark side of the moon, not really. Matter of fact, it's all dark.*

Spojrzał na telefon. Mieli jego numer. Ale aparat milczał. Tak jak dziewczyna z tego snu.

4

Naczelnik Wydziału Zabójstw Gunnar Hagen potarł czoło ręką i przesunął ją wyżej na lagunę wśród włosów. Pot, który zebrał się na dłoni, pozostał na gęstym atolu w tylnej jego części. Przed nim siedziała grupa śledcza. W wypadku typowego zabójstwa składałaby się z dwunastu osób, ale zabójstwa kolegów nie zaliczały się do typowych i sala K2 zapełniła się aż po ostatnie krzesło blisko pięćdziesięcioma osobami. Gdyby wziąć pod uwagę jeszcze tych, którzy byli na zwolnieniach lekarskich, grupa liczyłaby pięćdziesiąt trzy osoby. Wkrótce na zwolnienie mieli trafić kolejni, bo nacisk mediów zaczynał solidnie dawać się we znaki. Najlepszą rzeczą, jaką dało się powiedzieć o tej sprawie, było to, że dzięki niej dwa duże środowiska zajmujące się wykrywaniem sprawców zabójstw w Norwegii – Wydział Zabójstw Komendy Okręgowej i KRIPOS – zbliżyły się do siebie. Zawieszono wszelką rywalizację, członkowie poszczególnych jednostek współpracowali ze sobą jako jedna grupa, której jedynym priorytetem stało się wyjaśnienie, kto zabił ich kolegę. Pierwsze tygodnie wypełnione intensywnością i żarem wprawiły Hagena w przekonanie, że sprawa zostanie prędko wyjaśniona, mimo braku śladów technicznych, świadków, ewentualnych motywów czy podejrzanych, możliwych i niemożliwych tropów. Po prostu dlatego, że tak wielka była wola wykrycia sprawcy. Sieć miała bardzo drobne oczka, a środki, jakie oddano im do dyspozycji, wydawały się prawie bez granic. A jednak.

Szare zmęczone twarze wpatrywały się w niego z apatią, która w ostatnich tygodniach stawała się coraz wyraźniejsza. Wczorajsza konferencja prasowa – która z uwagi na prośbę o wszelką możliwą pomoc paskudnie przypominała kapitulację – nie podniosła morale w grupie. Dziś wpłynęły kolejne dwa zwolnienia, i to od ludzi, którzy nie rzucali ręcznika z powodu kataru. Oprócz sprawy Erlenda Vennesli jeszcze sprawa Gusta Hanssena zmieniła status z rozwiązanej na nierozwiązaną, ponieważ Oleg Fauke został zwolniony, a Chris „Adidas" Reddy wycofał swoje przyznanie się do winy. No tak, sprawa Vennesli miała jeszcze jedną pozytywną stronę: śmierć policjanta przesłoniła zabójstwo dilera narkotyków do tego stopnia, że prasa ani słowem nie wspominała o wznowieniu śledztwa.

Hagen spojrzał na kartkę, która leżała przed nim na mównicy. Zapisane na niej były dwie linijki. To wszystko. Poranna odprawa z dwiema linijkami. Chrząknął.

– Dzień dobry wszystkim. Jak większość z was już wie, po wczorajszej konferencji prasowej otrzymaliśmy wiele zgłoszeń. Łącznie było ich osiemdziesiąt dziewięć. Wiele z nich teraz sprawdzamy.

Nie musiał dodawać tego, co wiedzieli wszyscy: że po blisko trzech miesiącach dotarli już do osadów dennych i dziewięćdziesiąt pięć procent tych zgłoszeń to wierutne bzdury. Zwykli wariaci, którzy dzwonili zawsze, pijacy, ludzie, którzy chcieli rzucić podejrzenia na kogoś, kto poderwał im dziewczynę, na sąsiada, który nie umył schodów, chcieli zrobić dowcip, albo po prostu tacy, którzy potrzebowali trochę uwagi, chwili rozmowy z drugim człowiekiem. Mówiąc „wiele z nich", miał na myśli cztery. Cztery zgłoszenia. A mówiąc „sprawdzamy", skłamał, bo już zostały sprawdzone. I doprowadziły ich tam, gdzie byli wcześniej – donikąd.

– Mamy dzisiaj wizytę z wysokiego szczebla – dodał i od razu się zorientował, że mogło to zostać odebrane jako sarkazm. – Komendant chciał powiedzieć parę słów. Proszę, Mikaelu...

Zamknął papierową teczkę, uniósł ją i opuścił jej brzeg na stół, jakby zawierała cały plik nowych interesujących dokumentów zamiast pojedynczej kartki A4. Miał nadzieję, że używając imienia Bellmana, wygładził określenie „z wysokiego szczebla", i skinął głową mężczyźnie stojącemu przy drzwiach nieco w głębi sali.

Młody komendant okręgowy policji opierał się o ścianę z rękami założonymi na piersi. Odczekał chwilę, żeby wszyscy zdążyli się odwrócić i spojrzeć na niego, po czym energicznym, zwinnym ruchem oderwał się od ściany i szybkim zdecydowanym krokiem ruszył w stronę mównicy. Na ustach błąkał mu się cień uśmiechu, jakby myślał o czymś zabawnym, a kiedy lekko i swobodnie obrócił się na mównicy, położył przedramiona na pulpicie, wychylił się i spojrzał na zebranych, podkreślając, że nie ma przed sobą przygotowanej kartki, Hagen pomyślał, że teraz Bellman powinien dać im to, co obiecał takim *entrée*.

– Niektórzy z was wiedzą być może, że się wspinam – zaczął Mikael. – A kiedy budzę się w takie dni jak dzisiejszy, kiedy wyglądam przez okno i okazuje się, że widoczność jest zerowa, a prognozy zapowiadają dalsze opady śniegu i wzmagający się wiatr, wtedy myślę o szczycie, na który kiedyś planowałem się wspiąć.

Bellman zawiesił głos, a Hagen stwierdził, że nieoczekiwany wstęp zadziałał – komendant zdołał przykuć uwagę. Przynajmniej na razie. Naczelnik wiedział jednak, że w przepracowanej grupie próg tolerancji na głupie opowiastki jest niski i że nikt nie zamierza się wysilać, by to ukryć. Bellman był za młody, zbyt krótki czas spędził w fotelu szefa i doszedł do niego za szybko, by pozwolili mu igrać ze swoją cierpliwością.

– Ta góra przypadkiem nazywa się tak samo jak ta sala. Tak samo jak niektórzy z was ochrzcili sprawę Vennesli. K2. To dobra nazwa.

Druga pod względem wysokości góra świata. *The Savage Mountain*. Najtrudniejsza na świecie do zdobycia. Na każde cztery osoby, którym udało się na nią wejść, jedna zginęła. Planowaliśmy jej zdobycie od południowej strony, nazywanej również Magiczną Linią. Wcześniej dokonano tego tylko dwa razy i próba wejścia tamtędy przez wielu ludzi uważana jest za rytualne samobójstwo. Niewielka zmiana pogody i siły wiatru, a górę razem z tobą otacza śnieg i temperatura, do jakiej nikt z nas nie jest przystosowany. Nie do przeżycia. W każdym razie nie z ilością tlenu w metrze sześciennym mniejszą, niż ma się pod wodą. A ponieważ to są Himalaje, wszyscy wiedzą, że taka zmiana pogody i siły wiatru nastąpi.

Krótka przerwa.

– Dlaczego więc chciałem się wspiąć akurat na tę górę?

Kolejna przerwa. Tym razem dłuższa, jakby czekał, że ktoś odpowie. I ciągle ten półuśmiech. Pauza się przedłużała. Za długo, pomyślał Hagen. Policjanci nie są zwolennikami teatralnych sztuczek.

– Ponieważ... – Bellman puknął palcem w pulpit – ...ponieważ ona jest najtrudniejsza na świecie. Fizycznie i psychicznie. Przy podchodzeniu nie ma ani sekundy przyjemności, tylko zamartwianie się, znój, lęk, choroba wysokościowa, brak tlenu, ataki groźnej dla życia paniki i jeszcze groźniejszej apatii. I nawet na szczycie nie ma miejsca na napawanie się chwilą triumfu, bo trzeba zbierać dowody na to, że naprawdę się tam było. Pstryknąć jedno czy dwa zdjęcia i nie oszukiwać się, że najgorsze ma się już za sobą. Żeby nie zapaść w przyjemną drzemkę, tylko dalej się koncentrować, wykonywać zadania, jak należy, systematycznie jak zaprogramowany robot, ale jednocześnie nie przestając oceniać sytuacji. C a ł y c z a s należy oceniać sytuację. Jaka jest pogoda? Jakie sygnały wysyła ciało? Gdzie jesteśmy? Od jak dawna już tu przebywamy? Jak się czują inni członkowie zespołu? – Cofnął się o krok od mównicy. – Bo K2 to nieustanne przeciwności i opór. Nawet przy schodzeniu. Przeciwności i opór. Właśnie dlatego chcemy próbować.

W sali panowała cisza. Absolutna. Nikt nie ziewał demonstracyjnie ani nie szurał nogami pod krzesłem. Na miłość boską, pomyślał Hagen. Naprawdę mu się udało.

– Dwa słowa – ciągnął Bellman. – Nie trzy, tylko dwa. Wytrzymałość i współdziałanie. Zamierzałem wymienić jeszcze ambicję, ale to słowo nie jest takie ważne. Niedostatecznie wielkie w porównaniu z dwoma poprzednimi. Możecie spytać, jaki jest sens wytrzymałości i współdziałania, jeżeli nie ma celu, nie ma ambicji. Walka dla samej walki? Chwała bez nagrody? Tak. Walka dla samej walki. Chwała bez nagrody. Gdy po wielu latach wciąż będzie się mówiło o sprawie Vennesli, to z powodu oporu, dlatego, że wyglądała na niemożliwą do rozwiązania. Że góra była za wysoka, pogoda za surowa, a powietrze za rzadkie. Że wszystko szło źle. I właśnie opowieść o o p o r z e uczyni z tej sprawy legendę. Będzie się o niej opowiadało przy ognisku, bo to jedna z takich spraw, które żyją długo. Tak jak większość wspinaczy na świecie nigdy nie dotrze nawet do podnóża K2, tak można całe życie być policyjnym śledczym i nigdy nie brać udziału w niczym podobnym do tej sprawy. Zastanawialiście się nad tym, że gdyby zabójcę wykryto w ciągu pierwszych tygodni, to za kilka lat całkiem już by o niej zapomniano? No bo co wspólnego łączy wszystkie legendarne sprawy kryminalne w historii? – Bellman czekał. W końcu kiwnął głową, jakby ktoś podał mu odpowiedź, a on ją tylko powtórzył. – Wymagały c z a s u. I natrafiły na o p ó r.

Tuż obok Hagena rozległ się szept:

– *Churchill, eat your heart out.*

Odwrócił się i zobaczył Beate Lønn, która stanęła przy nim, uśmiechając się ironicznie.

Lekko skinął głową i spojrzał na zebranych. Może to i stara sztuczka, ale wciąż działała. Tam, gdzie przed kilkoma minutami widział tylko czarne wygasłe ognisko, Bellman zdołał tchnąć życie w żar. Hagen jednak wiedział, że ogień nie będzie się długo palić, jeżeli szybko nie dostarczy mu się pożywki w postaci jakiegokolwiek postępu.

Trzy minuty później Bellman zakończył spektakl i szeroko uśmiechnięty opuścił scenę przy wtórze oklasków. Hagen z obowiązku też klasnął kilka razy, walcząc jednocześnie z lękiem przed powrotem na mównicę. Miał świadomość, że popsuje ten show informacją, że grupa zostaje okrojona, zmniejszona do trzydziestu pięciu osób. Takie było polecenie Bellmana, ale ustalili, że sam im o tym nie powie. Hagen wystąpił naprzód, odłożył swoją teczkę, chrząknął, udał, że przerzuca jakieś papiery. W końcu podniósł głowę. Znów chrząknął i uśmiechnął się krzywo.

– *Ladies and gentlemen, Elvis has left the building.*

Cisza. Nikt się nie roześmiał.

– No cóż, mamy sporo rzeczy do zrobienia. Niektórzy z was zostaną przeniesieni do innych zadań.

Ognisko zgasło.

Kiedy Mikael Bellman wysiadał z windy w atrium Budynku Policji, mignęła mu przed oczami postać wsiadająca do sąsiedniej. Czyżby to był Truls? Niemożliwe, miał przecież kwarantannę po sprawie Asajewa. Bellman wyszedł głównymi drzwiami i przedarł się przez zamieć do czekającego na niego samochodu. Gdy przejmował gabinet komendanta okręgowego, wyjaśniono mu, że teoretycznie ma do dyspozycji kierowcę, ale jego trzej poprzednicy zrezygnowali z takiego przywileju, uznając, że byłby to zły sygnał, skoro na wszystkich innych frontach obowiązywały cięcia. Bellman odwrócił tę praktykę, mówiąc wprost, że nie pozwoli, by tego rodzaju socjaldemokratyczna małostkowość zakłócała efektywność jego dni pracy, i że za ważniejsze uważa zasygnalizowanie ludziom stojącym niżej w hierarchii, iż ciężka praca i awans wiążą się z pewnymi przywilejami. Rzecznik prasowy odciągnął go później na bok i zaproponował, że gdyby ktoś z mediów kiedyś o to spytał, to Mikael powinien raczej ograniczyć się do efektywności dnia pracy, natomiast fragment o przywilejach skreślić.

– Do ratusza – polecił, siadając z tyłu.

Samochód ruszył, objechał kościół na Grønland i skierował się w stronę hotelu Plaza i budynku Poczty, który mimo trwającej rozbudowy wokół Opery wciąż dominował w skromnej panoramie Oslo. Ale dzisiaj nie było żadnej panoramy, tylko śnieg, a w głowie Bellmana pojawiły się jednocześnie trzy niezależne od siebie myśli. Przeklęty grudzień. Przeklęta sprawa Vennesli. I przeklęty Truls Berntsen.

Mikael nie rozmawiał z Trulsem ani nawet nie widział go od początku października, kiedy to musiał zawiesić w pełnieniu obowiązków swojego przyjaciela z dzieciństwa i podwładnego. To znaczy chyba zauważył go w zeszłym tygodniu pod hotelem Grand w zaparkowanym samochodzie. Przyczyną kwarantanny były duże wpłaty gotówkowe na konto Trulsa, z których nie mógł – albo nie chciał – się wytłumaczyć. Mikael jako jego szef nie miał wyboru, chociaż oczywiście wiedział, skąd wzięły się te pieniądze – były wynagrodzeniem za robotę palacza, czyli niszczenie dowodów w sprawie narkotykowego gangu Rudolfa Asajewa. A ten idiota Truls po prostu wpłacił je na swoje konto.

Mikael mógł się pocieszać jedynie tym, że ani te pieniądze, ani sam Truls nie wskazywały na niego. Na całym świecie jedynie dwie osoby mogły ujawnić współpracę Mikaela z Asajewem. Jedną z tych osób była radna do spraw społecznych, a zarazem współwinna, druga zaś leżała umierająca w śpiączce w zamkniętym skrzydle Szpitala Centralnego.

Jechali przez Kvadraturen. Bellman zafascynowany obserwował kontrast między czarną skórą prostytutek a bielą śniegu w ich włosach i na ramionach. Zauważył też, że próżnia po Asajewie zdążyła się już wypełnić kolejnymi zastępami dilerów narkotykowych.

Truls Berntsen. Towarzyszył Mikaelowi w okresie dorastania na Manglerud, tak jak ryba podnawka towarzyszy rekinowi. Mikael miał mózg, chęć przywództwa, zdolność wypowiadania się i urodę. Truls „Beavis" Berntsen miał odwagę, zaciśnięte pięści i wręcz dziecinną lojalność. Mikael nawiązywał przyjaźnie, gdzie tylko się obrócił. Trulsa tak trudno było polubić, że wszyscy świadomie się od niego odwracali. Mimo to właśnie ci dwaj byli nierozłączni: Bellman i Berntsen. Z listy w dzienniku wyczytywano ich jednego po drugim. Tak samo było później, w szkole policyjnej. Bellman pierwszy, Berntsen snujący się zaraz za nim. Mikael zaczął chodzić z Ullą, ale Truls wciąż mu towarzyszył, zawsze o dwa kroki z tyłu. W miarę upływu lat Truls zwolnił, brakowało mu wrodzonych ambicji Mikaela zarówno w kwestii życia prywatnego, jak i kariery. Z reguły łatwo się nim kierowało i zachowywał się przewidywalnie. Zwykle skakał, kiedy Mikael powiedział „skacz". Ale czasami w jego oczach pojawiał się mrok i stawał się wtedy kimś, kogo Mikael nie znał. Tak jak wtedy, z tamtym aresztantem, młodym chłopakiem, którego Truls tak pobił pałką, że chłopak oślepł. Albo z tamtym facetem z KRIPOS, który okazał się pedałem i próbował dobierać się do Mikaela. Koledzy to widzieli, Mikael musiał więc przedsięwziąć odpowiednie kroki, tak aby jasne się stało, że nie toleruje podobnych zachowań. Zabrał więc Trulsa do domu tego faceta, zwabił go do garażu i dopiero tam Truls rzucił się na niego. Walił pałką najpierw kontrolowanie, potem z coraz większą wściekłością, a mrok w jego oczach zdawał się rozszerzać. W końcu Truls sprawiał takie wrażenie, jakby był w stanie szoku, oczy miał szeroko otwarte i całkiem czarne. Mikael musiał go powstrzymywać, bo inaczej ukatrupiłby tamtego. Oczywiście Truls był lojalny. Ale przypominał również odbezpieczony granat. I właśnie to martwiło Mikaela Bellmana. Kiedy przekazał mu, że

Rada do spraw Zatrudnienia postanowiła zawiesić go w obowiązkach do czasu wyjaśnienia, skąd wzięły się pieniądze na jego koncie, Truls powtórzył tylko, że to prywatna sprawa, wzruszył ramionami, jakby to nie miało najmniejszego znaczenia, i odszedł. Jakby Truls „Beavis" Berntsen miał do czego odejść. Jakby miał jeszcze jakieś życie poza pracą. A Mikael znów dostrzegł ten mrok w jego oczach. To przywodziło na myśl zapalenie lontu i obserwowanie, jak się spala coraz dalej w głębi czarnego kopalnianego korytarza. I nic się nie dzieje. Nie wiadomo jednak, czy ten lont po prostu zgasł, czy też jest bardzo długi. Człowiek czeka więc w napięciu, bo coś mu mówi, że im dłużej to trwa, tym głośniej huknie.

Samochód skręcił na tyły ratusza. Mikael wysiadł i po schodach ruszył do wejścia. Niektórzy twierdzili, że właśnie tu znajdowało się główne wejście, zaprojektowane przez architektów Arneberga i Poulssona w latach dwudziestych ubiegłego wieku, a projekt odwrócono przez nieporozumienie. Gdy to odkryto pod koniec lat czterdziestych, budowa posunęła się już na tyle daleko, że sprawę wyciszono i udawano, że nic się nie stało, z nadzieją, że ci, którzy przypłyną do stolicy Norwegii fiordem, nie zrozumieją, że wita się ich kuchennym wejściem.

Włoskie skórzane podeszwy miękko klaskały o kamienną posadzkę, gdy Mikael Bellman maszerował do recepcji. Siedząca za kontuarem kobieta powitała go promiennym uśmiechem.

– Dzień dobry, panie komendancie. Jest pan oczekiwany. Dziesiąte piętro, w głębi korytarza na lewo.

Podczas jazdy windą Bellman przejrzał się w lustrze. I pomyślał, że wszystko się zgadza. Jest w drodze na górę. Mimo sprawy tego zabójstwa. Poprawił jedwabny krawat, który Ulla przywiozła mu z Barcelony. Podwójny węzeł windsorski. W szkole średniej uczył Trulsa wiązać krawat, ale tylko prostego, cienkiego węzła.

Drzwi w głębi korytarza były uchylone, Mikael je pchnął.

Gabinet wydawał się nagi. Biurko sprzątnięte, półki puste, a na tapecie widać było jaśniejsze pola – ślady po obrazach, które wcześniej tam wisiały. Siedziała na parapecie. Na jej twarzy znać było konwencjonalną urodę, o której kobiety mówią „wspaniała", ale bez słodyczy i wdzięku, mimo jasnych lalkowatych włosów ułożonych w jakieś komiczne girlandy. Była wysoka, mocnej budowy, miała szerokie barki i biodra, tego dnia wtłoczone w obcisłą skórzaną spódnicę. Uda skrzyżowane. Męskie elementy w jej twarzy podkreślone przez duży orli nos i zimne, niebieskie jak u wilka oczy – w połączeniu z pewnością siebie w wyzywającym spojrzeniu – skłoniły Bellmana do różnych domysłów, kiedy zobaczył ją pierwszy raz. Uznał wówczas, że Isabelle Skøyen chętnie podejmuje inicjatywę i jest skłonną do ryzyka kocicą, lubiącą seks z młodszymi od niej mężczyznami.

– Zamknij na klucz – powiedziała.

I wcale się wtedy nie pomylił.

Zamknął drzwi i przekręcił klucz w zamku. Podszedł do jednego z trzech okien. Ratusz górował nad masą skromnych cztero- i pięciopiętrowych kamienic. Po drugiej stronie placu Ratuszowego królowała licząca siedemset lat twierdza Akershus, wzniesiona na wysokich wałach, ze starymi, uszkodzonymi podczas wojny armatami wycelowanymi w fiord, który wyglądał teraz tak, jakby pokrył się gęsią skórką i lekko drżał w lodowatych podmuchach wiatru. Śnieg już przestał padać, a pod ołowianoszarymi chmurami miasto leżało skąpane w niebieskobiałym świetle. Trupi kolor, pomyślał Bellman.

Głos Isabelle odbił się echem od gołych ścian:

– I co powiesz, mój drogi? Jak ci się podoba ten widok?

– Po prostu imponujący. O ile dobrze pamiętam, poprzednia radna do spraw społecznych miała gabinet o wiele mniejszy i znacznie niżej położony.

– Nie tamten widok. Ten.

Odwrócił się do niej. Świeżo mianowana radna do spraw społecznych i przeciwdziałania narkomanii rozsunęła nogi. Majtki leżały obok na parapecie. Isabelle wielokrotnie powtarzała, że nigdy nie zrozumie czaru wygolonej cipki, ale Mikael, wpatrując się w dżunglę, pomyślał, że chyba musi istnieć jakieś rozwiązanie pośrednie, i pod nosem powtórzył charakterystykę widoku: po prostu imponujący.

Mocno stuknęła obcasami o parkiet i podeszła do niego. Strzepnęła mu z klapy niewidzialny pyłek. Nawet bez szpilek byłaby od niego o centymetr wyższa, a w tej chwili nad nim górowała. Nie widział w tym nic krępującego, przeciwnie, jej rozmiary w połączeniu z dominującą osobowością stanowiły ciekawe wyzwanie. Wymagały od niego jako mężczyzny więcej niż drobna postać i łagodna uległość Ulli.

– Uważam za jak najbardziej słuszne, że to ty zainaugurujesz mój gabinet. Bez twojej... woli współpracy nie dostałabym tego stanowiska.

– I vice versa – powiedział Mikael Bellman, wdychając zapach jej perfum. Wydał mu się znajomy. Perfumy… Ulli? Marka Toma Forda. Jak one się nazywają? Black Orchid. Musiał je kupować podczas wyjazdów do Paryża czy Londynu, bo w Norwegii były nie do dostania. Zbieg okoliczności wydawał się nieprawdopodobny.

Dostrzegł śmiech w jej oczach, będący odpowiedzią na jego zdumienie. Zarzuciła mu ręce na szyję i odchyliła się do tyłu.

– Przepraszam, ale nie mogłam się powstrzymać.

No tak, cholera! Po parapetówce w nowym domu Ulla przecież się skarżyła, że zginęła jej butelka perfum. Twierdziła, że musiał ją ukraść któryś z zaproszonych przez niego eleganckich gości. Mikael natomiast był w duchu przekonany, że zrobił to raczej jeden z miejscowych manglerudczyków, a konkretnie Truls Berntsen. Przecież dobrze wiedział, że Truls od wczesnej młodości jest po uszy zakochany w Ulli, chociaż oczywiście nigdy o tym nie wspomniał, ani jej, ani Trulsowi. Nie wspomniał też o perfumach. Przecież i tak lepiej, że Truls ukradł perfumy Ulli, niż miałby kraść jej majtki.

– Przyszło ci do głowy, że może właśnie na tym polega twój problem? – spytał Mikael. – Na tym, że nie umiesz się powstrzymać?

Roześmiała się miękko. Zamknęła oczy. Długie grube palce rozplotły się na jego karku, przesunęły na krzyż i zanurkowały pod pasek. Popatrzyła na niego z łagodnym rozczarowaniem w oczach.

– Co się dzieje, mój byku?

– Lekarze mówią, że on nie umrze – odparł Mikael. – A ostatnio pojawiły się oznaki świadczące o tym, że może się wybudzić ze śpiączki.

– Jak to? Rusza się?

– Nie, ale widzą jakieś zmiany w EEG, więc zaczęli prowadzić badania neurofizjologiczne.

– I co z tego? – Jej wargi były tuż przy jego ustach. – Boisz się go?

– Nie jego, tylko tego, co może powiedzieć. O nas.

– Dlaczego miałby zrobić coś tak głupiego? Jest przecież sam. Nic by na tym nie zyskał.

– Pozwól, że powiem tak, moja droga. – Mikael odsunął jej rękę. – Już sama myśl o tym, że tam jest ktoś, kto może zaświadczyć, że współpracowaliśmy z handlarzem narkotyków, żeby popchnąć nasze własne kariery…

– Posłuchaj – przerwała mu Isabelle. – My tylko ostrożnie interweniowaliśmy, nie pozwalając, by siły rynku działały same. To dobra, od dawna wypróbowana polityka Partii Pracy, mój drogi. Pozwoliliśmy Asajewowi uzyskać monopol na sprzedaż narkotyków i aresztowaliśmy wszystkich pozostałych baronów narkotykowych, ponieważ towar oferowany przez Asajewa nie powodował tylu śmiertelnych ofiar. Inne postępowanie oznaczałoby złą politykę antynarkotykową.

Mikael musiał się uśmiechnąć.

– Słyszę, że wyszlifowałaś retorykę na tych kursach.

– Zmienimy temat, mój drogi? – Wsunęła mu rękę pod krawat.

– Wiesz, jak zostałoby to przedstawione podczas procesu? Że ja dostałem fotel komendanta okręgowego policji, a ty stanowisko radnej do spraw społecznych, ponieważ wydawało się, że osobiście zaprowadziliśmy porządek na ulicach Oslo i zredukowaliśmy liczbę zgonów z przedawkowania. Natomiast w rzeczywistości pozwoliliśmy Asajewowi niszczyć dowody, uśmiercać konkurentów i sprzedawać narkotyki cztery razy silniejsze i bardziej uzależniające niż heroina.

– Mmm. Strasznie się podniecam, kiedy tak mówisz... – Przylgnęła do niego i wsunęła mu język do ust. Usłyszał charakterystyczny chrzęst pończochy, gdy otarła się łydką o jego nogę i pociągnęła go za sobą kołyszącym ruchem w stronę biurka.

– Jeśli on się ocknie w szpitalu i zacznie gadać...

– Cicho bądź, nie ściągnęłam cię tu na rozmowę. – Już majstrowała przy jego pasku.

– Mamy problem, który trzeba rozwiązać, Isabelle.

– Rozumiem, ale teraz, kiedy jesteś komendantem policji, trafiłeś do branży, która jest priorytetowa, a akurat w tej chwili priorytetem ratusza jest t o!

Mikael zdołał odepchnąć jej rękę.

Westchnęła.

– No dobrze. Mów, co wymyśliłeś.

– Trzeba mu zagrozić, i to w wiarygodny sposób.

– Po co grozić? Dlaczego od razu go nie uśmiercić?

Mikael się roześmiał. Śmiał się, dopóki nie zrozumiał, że Isabelle mówi poważnie. I że nie potrzebowała nawet czasu do namysłu.

– Ponieważ... – Przytrzymał ją wzrokiem i zapanował nad głosem. Starał się być tym samym stanowczym Mikaelem Bellmanem, który pół godziny wcześniej stał przed grupą śledczą. Próbował znaleźć odpowiedź. Ale ona go uprzedziła:

– Ponieważ ty się boisz. Sprawdźmy, co znajdziemy pod hasłem „Aktywna pomoc przy umieraniu" w książce telefonicznej. Każesz usunąć ochronę, uzasadniając to niewłaściwym wykorzystaniem środków i tak dalej, a pacjenta nieoczekiwanie odwiedzi gość z książki telefonicznej. To znaczy gość nieoczekiwany przez niego. A zresztą możesz wysłać tego swojego cienia, „Beavisa", Trulsa Berntsena. Przecież on dla pieniędzy zrobi wszystko, prawda?

Mikael z niedowierzaniem pokręcił głową.

– Po pierwsze, to Gunnar Hagen, szef Wydziału Zabójstw, zlecił stałą ochronę tego pacjenta. Gdyby facet został uśmiercony zaraz po mojej ingerencji w decyzję Hagena, niezbyt dobrze bym wyglądał, jeśli mogę tak to określić. Po drugie, nie ma mowy o zabójstwie.

– Posłuchaj mnie, mój drogi. Żaden polityk nie jest lepszy od swoich doradców. Dlatego warunkiem dotarcia na szczyt jest zawsze otaczanie się ludźmi mądrzejszymi od siebie. A właśnie zaczęłam wątpić w to, czy jesteś ode mnie mądrzejszy, Mikaelu. Przede wszystkim nie potrafisz złapać tego zabójcy policjanta, a w dodatku nie wiesz, jak rozwiązać prosty problem człowieka w śpiączce. A skoro jeszcze nie chcesz mnie posuwać, to muszę zadać sobie pytanie: „Co mi właściwie po nim?". Potrafisz mi na to odpowiedzieć?

– Isabelle…

– Przyjmuję to za odpowiedź przeczącą. Posłuchaj mnie więc uważnie, bo zrobimy to tak…

Nie mógł jej nie podziwiać. Tego kontrolowanego, wręcz zimnego profesjonalizmu przy jednoczesnej gotowości do podejmowania ryzyka i nieobliczalności, które sprawiały, że w jego kolegach wzmagała się czujność. Niektórzy uważali ją za wręcz niebezpieczną, ale nie rozumieli, że wytwarzanie niepewności stanowiło element gry prowadzonej przez Isabelle Skøyen. Zaliczała się do tych, którym w nieprzeciętnie krótkim czasie udawało się zajść dalej i wyżej i których upadki, jeśli do nich dochodziło, następowały z wysoka i były przez to groźniejsze. Mikael Bellman poniekąd rozpoznawał w niej siebie, ale Isabelle Skøyen stanowiła jego ekstremalną wersję. Dziwne natomiast było to, że zamiast pociągać go za sobą, zmuszała go do większej ostrożności.

– Na razie pacjent się nie obudził, więc nie robimy nic – oświadczyła Isabelle. – Znam pewnego pielęgniarza anestezjologicznego z Enebakk. Nieciekawy typ. Zaopatruje mnie w tabletki, których jako polityk nie mogę kupować na ulicy. Ten człowiek tak jak Beavis zrobi prawie wszystko dla pieniędzy. A wszystko dla seksu. À propos...

Usiadła na brzegu biurka, uniosła i rozłożyła nogi, a potem jednym szarpnięciem rozpięła guziki jego spodni. Mikael mocno złapał ją za nadgarstki.

– Isabelle, zaczekajmy do środy w Grandzie.

– N i e czekajmy do środy w Grandzie.

– A ja głosuję, żeby tak było.

– Doprawdy? – Wyrwała mu się, do końca rozpięła rozporek i spojrzała w dół. Zaraz dodała gardłowym głosem: – W takim razie zostałeś przegłosowany. Dwa do jednego, mój drogi.

5

Wraz z zapadającą ciemnością spadła również temperatura. Blady księżyc świecił za oknem pokoju Stiana Barellego, kiedy z salonu dobiegł głos matki:

– To do ciebie, Stian!

Już wcześniej usłyszał dzwonek telefonu stacjonarnego, ale miał nadzieję, że to nie do niego. Odłożył kontroler Nintendo Wii. Osiągnął wynik dwanaście *under par*, a zostały mu jeszcze trzy dołki, czyli innymi słowy miał świetną pozycję i możliwość zakwalifikowania się do Masters. Grał jako Rick Fowler, ponieważ była to jedyna fajna postać w grze *Tiger Woods – The Masters*, a poza tym wiekiem zbliżona do niego. Miał dwadzieścia jeden lat. Poza tym obaj lubili Eminema i zespół Rise Against i w dodatku obaj mieli upodobanie do pomarańczowych ciuchów. Oczywiście Ricka Fowlera stać było na własne mieszkanie, natomiast Stian wciąż mieszkał w swoim chłopięcym pokoju. Ale tylko chwilowo, dopóki nie dostanie stypendium na tym uniwersytecie na Alasce. Wszyscy średnio przyzwoici norwescy alpejczycy dostawali się tam na podstawie wyników osiągniętych w mistrzostwach Norwegii juniorów i podobnych zawodach. Oczywiście problem polegał na tym, że do tej pory nikt nie stał się lepszym alpejczykiem dzięki wyjazdowi na tę uczelnię, ale co z tego? Kobiety, wino i narty. Może być coś lepszego? Może nawet jakiś dyplom, jeśli starczy na to czasu. Papiery, które będą mogły mu zapewnić jakąś niezłą pracę. Pieniądze na własne mieszkanie. Życie lepsze od tego, od spania w trochę za krótkim łóżku pod zdjęciami Bode Millera i Aksela Lunda Svindala, od jedzenia klopsików matki i stosowania się do zasad wyznaczonych przez ojca, od trenowania rozbestwionych gówniarzy, którzy według ich cierpiących na ślepotę śnieżną rodziców byli obdarzeni talentem Aamodta albo Kjusa. Od obsługiwania wyciągu narciarskiego na stoku Tryvannskleiva, za stawkę godzinową, jakiej za cholerę nie ośmieliliby się zaproponować wyzyskiwanym dzieciom w Indiach. Dlatego Stian od razu wiedział, że to dzwoni prezes klubu narciarskiego, będący poza wszystkim jedyną znaną Stianowi osobą, która unikała telefonowania na komórki, ponieważ jest to t r o c h ę droższe, i wolała zmuszać ludzi do biegania po schodach w tych jaskiniach z epoki kamienia łupanego, w których wciąż znajdowały się telefony stacjonarne.

Stian wziął od matki słuchawkę.

– Słucham.

– Cześć, Stian, tu Bakken. Właśnie miałem telefon, że wyciąg na Kleiva chodzi.

– O tej porze? – Stian zerknął na zegarek. Piętnaście po jedenastej. Zamykali o dziewiątej.

– Możesz tam zajrzeć i sprawdzić, co się dzieje?

– O tej porze? – powtórzył.

– Chyba że jesteś czymś wyjątkowo zajęty, oczywiście.

Stian nie zareagował na ironię w głosie prezesa. Wiedział, że ma za sobą dwa rozczarowujące sezony, spowodowane w opinii prezesa nie brakiem talentu, tylko nadmiarem wolnego czasu, który Stian najlepiej, jak potrafił, wypełniał lenistwem, traceniem formy fizycznej i generalnym nieróbstwem.

– Nie mam samochodu – oświadczył Stian.

– Możesz wziąć mój – zaproponowała szybko matka. Nie odsunęła się, tylko stała obok z rękami założonymi na piersi.

– *Sorry*, Stian, ale usłyszałem – powiedział cierpko prezes. – Pewnie włamały się jakieś łobuzy z klubu Heming i uważają, że to zabawne.

* * *

Dojazd krętą drogą do wieży telewizyjnej Tryvannstårnet zajął Stianowi dziesięć minut. Wieża sterczała jak stuosiemnastometrowa włócznia wbita w ziemię na szczycie wzgórza w północno-zachodniej stronie Oslo.

Wjechał na zaśnieżony parking i zauważył, że stoi tam jedynie czerwony golf. Wyjął narty z bagażnika na dachu, przypiął je do nóg i ruszył obok głównego budynku do górnej stacji wyciągu krzesełkowego Tryvann Ekspress. Stamtąd miał widok na jezioro i na Kleiva, mniejszy wyciąg, orczykowy. Wprawdzie noc była księżycowa, ale jednak zbyt ciemna, by mógł dostrzec, czy uchwyty w kształcie odwróconej litery T się poruszają. Ale je słyszał. Słyszał warkot maszynerii na dole.

Kiedy zaczął zjeżdżać długimi leniwymi trawersami, nagle zdumiał się niezwykłą ciszą panującą tu w nocy. Pierwszą godzinę po zamknięciu wyciągu wciąż wypełniało echo radosnych krzyków dzieci, udawane piski strachu dziewcząt, chrzęst metalowych kantów na ubitym śniegu i lodzie, ociekające testosteronem wołanie młodych chłopców domagających się uwagi. Nawet po zgaszeniu reflektorów światło zdawało się jeszcze przez chwilę wisieć w powietrzu. A potem stopniowo robiło się coraz ciszej. I ciemniej. I jeszcze ciszej. W końcu cisza wypełniała wszystkie zagłębienia terenu, a z lasu wypełzała ciemność. Wtedy okolica Tryvann nagle zmieniała się w zupełnie inne miejsce, które nawet dla Stiana, który znał tę okolicę jak własną kieszeń, stawało się tak obce, że równie dobrze mogło się znajdować na innej planecie. Na zimnej, ciemnej i bezludnej planecie.

Brak świateł sprawił, że musiał jechać na wyczucie, starać się przewidzieć falowanie śniegu i podłoża pod nartami. Ale właśnie na tym polegał jego talent: zawsze radził sobie najlepiej przy słabej widoczności, w śnieżycy, we mgle, przy płaskim świetle. Wyczuwał to, czego nie mógł zobaczyć. Został obdarzony czymś w rodzaju zdolności jasnowidzenia, jaką posiadają tylko niektórzy narciarze, a inni – większość – nie mają jej w ogóle. Pieścił śnieg, zjeżdżał powoli, chcąc przedłużyć przyjemność. Wreszcie jednak znalazł się na dole i skręcił pod stację z maszynerią wyciągu.

Drzwi budki były wyłamane.

Na śniegu leżały drzazgi, a otwór wejściowy ział czernią. Dopiero w tej chwili Stian uświadomił sobie, że jest sam. I że jest środek nocy, a on znajduje się w chwilowo kompletnie bezludnym miejscu, w którym niedawno popełniono przestępstwo. Prawdopodobnie jedynie chuligański wybryk, ale jednak. Pewności przecież mieć nie mógł. Ani co do tego, że to był naprawdę chuligański wybryk, ani co do tego, że jest sam.

– Halo? – zawołał, przekrzykując warkot silnika i zgrzyt orczyków, które nadjeżdżały i odjeżdżały na stalowej linie śpiewającej nad jego głową. I natychmiast tego pożałował. Echo odbiło się od skalnej ściany, a wraz z nim odgłos jego własnego strachu. Bo on się bał. Bo myśl nie zatrzymała się na słowach „przestępstwo" i „sam", tylko pobiegła dalej. Do tamtej starej historii. Za dnia w ogóle o niej nie myślał, ale czasami, kiedy miał wieczorny dyżur i prawie już nie było narciarzy, zdarzało się, że tamta stara historia wypełzała z lasu razem z mrokiem. To się stało pod koniec lat dziewięćdziesiątych. Dziewczynę najprawdopodobniej odurzono gdzieś w centrum i przywieziono tutaj. W kajdankach i w kapturze. Z parkingu przeniesiono ją do dolnej stacji, do której drzwi wyłamano. Dziewczynę zgwałcono w środku. Stian słyszał, że piętnastolatka była taka drobna i szczupła, że nieprzytomną gwałciciel albo gwałciciele mogli bez trudu przenieść z parkingu aż tutaj. Można było mieć nadzieję, że nawet na chwilę nie odzyskała przytomności. Ale chodziły też plotki, że dziewczynę przytwierdzono do ściany za pomocą dwóch wielkich gwoździ, które wbito jej w barki pod obojczykami, tak by sprawca albo sprawcy mogli ją gwałcić na stojąco, zachowując jedynie minimalny kontakt ze ścianami, podłogą i samą dziewczyną. Podobno właśnie dlatego policja nie znalazła żadnych śladów DNA, odcisków palców ani włókien z ubrania. Ale możliwe, że to w ogóle nieprawda. Prawdą natomiast było, że ciało dziewczyny znaleziono w trzech miejscach. Z jeziora Tryvann wyłowiono tors i głowę. Na dole w lesie przy stoku Wyllerløypa leżała połowa dolnej części ciała, na brzegu jeziora Aurtjern – druga. Właśnie dlatego, że te dwie ostatnie części znaleziono tak daleko od siebie i w różnych kierunkach od miejsca, w którym została zgwałcona, policja wysunęła teorię, że sprawców musiało być dwóch. Ale oprócz teorii nic więcej nie mieli. Sprawcy – jeśli to w ogóle byli mężczyźni, bo nie znaleziono nasienia, które by to potwierdzało – nie zostali wykryci. Jednak prezes i inni ważniacy chętnie opowiadali młodym członkom klubu przed ich pierwszym dyżurem w ośrodku nad Tryvann, że podobno w ciche noce z dolnej stacji wyciągu słychać odgłosy. Krzyk, który niemal zagłusza ten drugi dźwięk. Dźwięk gwoździ wbijanych w ścianę.

Stian odpiął wiązania i podszedł do drzwi. Lekko ugiął nogi w kolanach, łydki przycisnął do tylnej ścianki butów, starając się zignorować puls, który ewidentnie przyspieszył.

Boże, niby co mu się wydawało? Że zobaczy krew? Ducha?

Wsunął rękę za drzwi, znalazł przełącznik i przekręcił.

Spojrzał w głąb oświetlonego pomieszczenia.

Na ścianie z surowej sosny wisiała na gwoździu dziewczyna. Była prawie naga, tak zwane strategiczne części opalonego ciała zasłaniało skąpe żółte bikini. Pod nią widniał napis *Grudzień*, ale kalendarz był zeszłoroczny. W pewien bardzo spokojny wieczór kilka tygodni wcześniej Stian nawet onanizował się przy tym zdjęciu. Dziewczyna była sexy, ale jeszcze bardziej podniecały go żywe dziewczyny przemieszczające się pasażem między budką a wyciągiem i to, że siedział w odległości pół metra od nich z nabrzmiałym członkiem w ręku. Szczególnie podniecały go te, które wsiadały na orczyk same, wyćwiczonym gestem wsuwały sztywny pręt między nogi i zaciskały uda. Orczyk unosił im pośladki. Prostowały plecy w chwili, gdy sprężyna zamocowana między prętem a stalową liną kurczyła się, szarpnięciem zabierając dziewczyny sprzed jego oczu i wciągając na górę.

Wszedł do budki. Nie miał wątpliwości, że ktoś tu zaglądał. Plastikowa część przełącznika służącego do uruchamiania i zatrzymywania wyciągu była ułamana. Leżała w dwóch częściach na podłodze, a z panelu kontrolnego sterczał jedynie metalowy bolec. Stian ścisnął zimny metal w dwóch palcach i spróbował go przekręcić, ale palce się ześlizgnęły. Podszedł do szafki z bezpiecznikami stojącej w kącie. Metalowe drzwiczki były zamknięte, a klucz, zwykle wiszący obok na sznurku, zniknął. Dziwne. Stian wrócił do panelu kontrolnego. Spróbował ściągnąć plastikowe uchwyty z przełączników do włączania oświetlenia na stoku i muzyki, ale prędko zrozumiał, że nic nie osiągnie, najwyżej zniszczy również te przełączniki, bo uchwyty są przyklejone, a w każdym razie przymocowane na stałe. Potrzebował czegoś, czym mógłby mocno ścisnąć metalowy bolec, na przykład obcęgów. W chwili, gdy wyciągał szufladę ze stolika pod oknem, nagle ogarnęło go przeczucie. Takie samo jak wtedy, gdy po omacku jechał na nartach. Wyczuł to, czego nie mógł zobaczyć, wyczuł, że ktoś stoi w ciemności i go obserwuje.

Podniósł głowę.

I spojrzał w twarz, która gapiła się na niego wielkimi, szeroko otwartymi oczami.

W swoją własną twarz, we własne wystraszone oczy w podwójnym odbiciu w szybie.

Odetchnął z ulgą. Cholera, ależ jest strachliwy!

Nagle jednak, kiedy serce już znów zaczynało bić i właśnie przenosił wzrok z powrotem na wnętrze szuflady, oko uchwyciło jakiś ruch na zewnątrz. Odrywającą się od odbicia w szybie twarz, która szybko przesunęła się na prawo i zniknęła. Czym prędzej znów podniósł głowę, ale wciąż widział tylko swoje odbicie. Tyle że nie było podwójne jak poprzednio. A może?

Zawsze miał niezdrową wyobraźnię. Tak przynajmniej twierdzili Marius i Kjella, kiedy wyznał im, że podnieca go myśl o zgwałconej dziewczynie. Oczywiście nie to, że została zgwałcona i zamordowana. W każdym razie zdarzało mu się myśleć o tym gwałcie. Ale przede wszystkim o tym, że była taka ładna, drobna i delikatna i że była tutaj, w ich budce. Naga. Z fiutem w cipce... Tak, to potrafiło go podniecić. Marius stwierdził, że jest „chooory", a Kjella, ten idiota, oczywiście wszystko wypaplał i kiedy historia wróciła do Stiana, usłyszał, że wręcz miałby ochotę uczestniczyć w tym gwałcie. I to jest kumpel, pomyślał Stian, grzebiąc w szufladzie. Karnety na wyciąg, pieczątka, poduszka do stempli, długopisy, taśma klejąca, nożyczki, fiński nóż, bloczek pokwitowań, śrubki, mutry. Niech to cholera! Zajrzał do następnej szuflady. Żadnych obcęgów, żadnego klucza. Nagle uświadomił sobie, że musi po prostu znaleźć drążek z awaryjnym wyłącznikiem – zwykle wtykali go w śnieg obok budki tak, aby osoba, która pilnowała na zewnątrz, mogła szybko zatrzymać wyciąg, wciskając czerwony guzik na czubku drążka, jeżeli coś się stało. A stawało się ciągle. Dzieciaki dostawały orczykiem w głowę, początkujący upadali do tyłu przy pierwszym szarpnięciu, a mimo to nie puszczali się i ciągnęło ich pod górę, albo jacyś idioci, którzy chcieli się popisać, zaczepiali o orczyk kolanem i jadąc po zewnętrznej stronie trasy, sikali wzdłuż brzegu lasu.

Zaczął przeszukiwać szafki. Drążek to nie igła. Długości około metra, z metalu, z ostrym końcem pozwalającym wbić go w zlodowaciały śnieg. Stian rozgarnął zapomniane rękawiczki, czapki i gogle. Następna szafka. Gaśnica. Wiadro i ścierki do podłogi. Sprzęt do udzielania pierwszej pomocy. Latarka kieszonkowa. Ale drążka nie było.

Oczywiście mogli zapomnieć go przynieść, kiedy zamykali na noc. Wziął latarkę i obszedł stację dookoła.

Tu też nigdzie nie było go widać. Do jasnej cholery, czyżby go ukradli? A karnety na wyciąg zostawili? Naraz wydało mu się, że coś usłyszał, i obrócił się w stronę lasu. Poświecił latarką między drzewami.

Ptak? Wiewiórka? Zdarzało się, że zjawiał się tu łoś. Ale łosie na ogół się nie ukrywały. Byle tylko udało mu się zatrzymać ten cholerny wyciąg, lepiej by wszystko słyszał.

Znów wrócił do budki, w środku poczuł się lepiej. Podniósł z podłogi dwa kawałki plastikowego przełącznika. Spróbował zacisnąć je wokół bolca i w ten sposób przekręcić, ale się rozpadały.

Spojrzał na zegarek. Niedługo północ. Miał ochotę rozegrać przed snem tę partię golfa do końca. Zastanowił się, czy nie zadzwonić do prezesa. Cholera, przecież wystarczy przekręcić ten bolec o pół obrotu!

Odruchowo uniósł głowę i serce mu się zatrzymało.

To się stało tak szybko, że nie miał pewności, czy w ogóle to widział, czy nie. Z całą pewnością nie był to łoś. Stian wybrał numer do prezesa, ale palce drżały mu tak, że musiał kilka razy próbować, zanim w końcu trafił.

– Tak?

– Tu Stian. Ktoś się włamał i zniszczył wyłącznik, a drążek z awaryjnym wyłącznikiem zginął. Nie mogę wyłączyć wyciągu.

– Szafka z bezpiecznikami…

– Zamknięta, a klucza nie ma.

Usłyszał ciche przekleństwo i westchnienie rezygnacji.

– No dobrze, zostań tam, zaraz przyjeżdżam.

– Weź obcęgi czy coś.

– Obcęgi czy coś – powtórzył prezes, nie skrywając pogardy.

Stian już dawno zrozumiał, że szacunek prezesa jest zawsze proporcjonalny do miejsca na liście wyników. Schował telefon do kieszeni. Popatrzył w ciemność na zewnątrz. I uświadomił sobie, że przy świetle zapalonym w budce jego mogli widzieć wszyscy, a on nikogo. Wstał, z całej siły zatrzasnął drzwi i zgasił światło. Czekał. Orczyki z pustymi siedzeniami zjeżdżające ze zbocza zdawały się przyspieszać w momencie zawracania przy dolnej stacji przed rozpoczęciem kolejnej podróży pod górę.

Stian zamrugał.

Dlaczego nie pomyślał o tym wcześniej?

Przekręcił wszystkie przełączniki na panelu kontrolnym. W chwili, gdy światło zalało stok, równocześnie z głośników na całą dolinę popłynęło *Empire State of Mind* Jaya-Z. Teraz było o wiele przyjemniej.

Zaczął bębnić do rytmu palcami i znów spojrzał na metalowy bolec. Na samym czubku była dziurka. Stian wstał, wziął kawałek sznurka wiszący przy szafce z bezpiecznikami, złożył go podwójnie i przewlekł przez otworek. Owinął sznurkiem bolec i delikatnie pociągnął. To się mogło udać. Pociągnął trochę mocniej. Sznurek wytrzymał. Jeszcze trochę mocniej. Bolec się poruszył. Stian szarpnął.

Odgłos maszynerii wyciągu zamarł z przeciągłym jękiem, który przeszedł w wycie.

– Mam cię, sukinsynu! – krzyknął Stian.

Nachylił się nad telefonem, żeby zadzwonić i zameldować wykonanie zadania. Uświadomił sobie jednak, że prezesowi raczej nie spodobałoby się, że nocą puszcza z głośników rap na cały regulator, więc przyciszył muzykę.

Kiedy zrobiło się cicho, usłyszał sygnał nawiązywanego połączenia. Odbierz wreszcie! I wtedy znów pojawiło się to uczucie. Wrażenie, że ktoś tu jest. Że ktoś na niego patrzy.

Stian Barelli powoli podniósł wzrok.

I poczuł, jak chłód rozprzestrzenia się od tyłu głowy, jakby zamieniał się w kamień. Jakby patrzył w twarz Meduzy. Ale to nie była Meduza. To był mężczyzna ubrany w długi, czarny skórzany płaszcz. Miał szeroko otwarte oczy szaleńca i usta wampira ze strużkami krwi spływającymi z obu kącików ust. W dodatku zdawał się unosić nad ziemią.

– Halo? Stian? Jesteś tam? Stian?

Ale Stian nie odpowiadał. Wstał, przewracając krzesło, cofnął się i wcisnął plecy w ścianę, zrywając z gwoździa dziewczynę grudnia, tak że spadła na podłogę.

Znalazł wreszcie ten przeklęty drążek – sterczał z ust mężczyzny nabitego na mocowanie jednego z orczyków.

– Jeździł w kółko na wyciągu? – spytał Gunnar Hagen, przekrzywiając głowę i przyglądając się wiszącym przed nim zwłokom. Było coś dziwnego w kształcie tego ciała, przypominało figurę woskową, która się topi i powoli spływa na ziemię.

– Tak nam powiedział ten chłopak. – Beate Lønn wbiła nogi w śnieg i spojrzała w górę na oświetloną trasę wyciągu, na której ubrani na biało koledzy niemal zlewali się ze zboczem.

– Jakieś ślady? – spytał szef wydziału takim tonem, jakby już znał odpowiedź.

– Całe mnóstwo – odparła Beate. – Ślady krwi ciągną się czterysta metrów w górę na szczyt, a potem schodzą czterysta metrów w dół.

– Miałem na myśli ślady, które świadczyłyby o czymś innym oprócz tego, co oczywiste.

– Odciski stóp na śniegu prowadzące z parkingu na skróty bezpośrednio tutaj – oznajmiła Beate. – Wzór na podeszwach odpowiada butom ofiary.

– On przyszedł w b u t a c h?

– Tak. W dodatku sam. Są tylko jego ślady. Na parkingu stoi czerwony golf. Sprawdzamy teraz, kto jest właścicielem.

– Żadnych śladów sprawcy?

– Co powiesz, Bjørn? – spytała Beate, odwracając się do Holma, który właśnie podszedł z rolką policyjnej taśmy.

– Na razie nic – odparł zdyszany. – Żadnych innych odcisków stóp. Ale oczywiście mnóstwo śladów nart. Żadnych widocznych odcisków palców, żadnych włosów czy włókien z ubrania. Może znajdziemy coś na wykałaczce. – Bjørn Holm ruchem głowy wskazał drążek sterczący z ust trupa. – A jak nie, to pozostaje mieć nadzieję, że w Instytucie Medycyny Sądowej coś odkryją.

Gunnar Hagen zadrżał, chociaż był w ciepłym płaszczu.

– Mówicie tak, jakbyście już stracili wiarę w znalezienie czegokolwiek.

– No cóż – powiedziała Beate Lønn.

To „no cóż" Hagen natychmiast rozpoznał. Wypowiedziane takim tonem przez Harry'ego Hole zwykle stanowiło wstęp do przekazania złych wiadomości.

– W poprzednim miejscu zdarzenia też nie było DNA ani odcisków palców – dokończyła Beate.

Hagen nie wiedział, czy to temperatura, fakt, że zerwał się z łóżka, czy też słowa szefowej techników sprawiły, że ciarki przebiegły mu po plecach.

– Co chcesz przez to powiedzieć? – spytał, cały się spinając.

– Chyba wiem, kto to jest – odparła Beate.

– Wydawało mi się, że nie znaleźliście przy nim żadnego dowodu tożsamości.

– Owszem, to prawda, i upłynęła chwila, zanim go rozpoznałam.

– Ty? Myślałem, że nigdy nie zapominasz żadnej twarzy.

– *Gyrus fusiformis* traci orientację, kiedy obie kości policzkowe są zmiażdżone. Ale to jest Bertil Nilsen.

– I kto to taki?

– Właśnie dlatego do ciebie zadzwoniłam. To... – Beate nabrała powietrza.

Nie mów tego, błagał w myślach Hagen.

– Policjant – dokończył Bjørn Holm.

– Pracował w urzędzie lensmana w Nedre Eiker – ciągnęła Beate. – Zanim przyszedłeś do Wydziału Zabójstw, zajmowaliśmy się pewną sprawą. Nilsen skontaktował się wtedy z KRIPOS, bo uważał, że to zabójstwo wykazuje cechy podobieństwa z gwałtem, przy którym pracował w Krokstadelva. Zaofiarował się, że przyjedzie do Oslo nam pomóc.

– I?

– Niewypał. Przyjechał, ale w zasadzie tylko przeszkadzał w śledztwie. Zabójcy bądź zabójców nie wykryto.

Hagen pokiwał głową.

– Gdzie...?

– Tutaj – odpowiedziała Beate. – Zgwałcona w tej stacji wyciągu, zabita i poćwiartowana. Jeden fragment zwłok znaleziony tu, w jeziorze, drugi – kilometr dalej na południe, a trzeci siedem kilometrów w przeciwnym kierunku, nad jeziorem Aurtjern. W zasadzie tylko z tego powodu podejrzewano, że sprawca nie był sam.

– No tak, a data...

– ...dokładnie ta sama co dzisiaj, co do dnia.

– Jak dawno?

– Dziewięć lat.

Zazgrzytało w krótkofalówce. Hagen zobaczył, że Bjørn Holm przykłada urządzenie do ucha i coś cicho mówi. Zaraz je odłożył.

– Golf na parkingu jest zarejestrowany na niejaką Mirę Nilsen. Ten sam adres co Bertila Nilsena. To pewnie żona.

Hagen z jękiem wypuścił powietrze z płuc, para buchnęła mu z ust jak biała flaga.

– Muszę to zgłosić komendantowi – oznajmił. – Na temat zabójstwa tej dziewczyny trzymajcie gęby na kłódkę.

– Prasa i tak się do tego dogrzebie.

– Wiem. Ale zamierzam doradzić komendantowi, żebyśmy na razie pozostawili wszelkie spekulacje dziennikarzom. Niech media wezmą to na swój rachunek.

– Mądrze – pochwaliła Beate.

Hagen przelotnie się do niej uśmiechnął, jakby dziękował za bardzo mu potrzebne słowa otuchy. Spojrzał w górę na szczyt wzgórza, na którym był parking, myśląc o czekającej go powrotnej wspinaczce. Popatrzył na zwłoki i znów zadrżał.

– Wiesz, o kim myślę, kiedy widzę takiego wysokiego chudego mężczyznę?

– Wiem – odparła Beate.

– Żałuję, że go z nami nie ma.

– On nie był wysoki i chudy – oświadczył Bjørn Holm.

Odwrócili się do niego zdziwieni.

– Harry nie był...?

– Mam na myśli tego faceta. – Holm skinieniem głowy wskazał trupa na linie. – Nilsena. On się wydłużył w ciągu nocy. Gdybyście dotknęli jego ciała, zobaczylibyście, że jest jak galareta. Widziałem takie samo zjawisko u ludzi, którzy spadli z wysoka i połamali wszystkie kości. Przy tak zniszczonym szkielecie ciało traci ramę, której może się trzymać, i zaczyna opadać. Poddaje się sile ciążenia, dopóki nie powstrzyma tego stężenie pośmiertne. Dziwne, co nie?

W milczeniu przyglądali się zwłokom. W końcu Hagen obrócił się na pięcie i odszedł.

– Za dużo informacji? – zdziwił się Bjørn.

– Może trochę za dużo zbędnych szczegółów – stwierdziła Beate. – A poza tym ja też bym chciała, żeby tu był.

– Myślisz, że kiedykolwiek do nas wróci? – spytał Bjørn Holm.

Beate pokręciła głową. Bjørn nie wiedział, czy to była odpowiedź na pytanie, czy po prostu komentarz do całej sytuacji. Odwrócił się i zauważył gałąź świerka lekko kołyszącą się na skraju lasu. Przeraźliwy krzyk ptaka wypełnił ciszę.

CZĘŚĆ II

6

Dzwonek nad drzwiami zadzwonił z irytacją, kiedy Truls Berntsen z lodowatej ulicy wszedł w wilgotne ciepło. Unosił się tu zapach brudnych włosów i pomady.

– Strzyżenie? – spytał młody mężczyzna z lśniącą czarną fryzurą, którą z całą pewnością załatwił sobie w innym salonie fryzjerskim.

– Dwieście? – rzucił Truls, otrzepując śnieg z ramion. Marzec. Miesiąc złamanych obietnic. Kciukiem wskazał za ramię, by się upewnić, że plakat na zewnątrz wciąż mówi prawdę. *Panowie – 200. Dzieci – 85. Emeryci – 75.* Truls widział, że ludzie przyprowadzają tu psy.

– Tyle co zawsze, kolego – odparł fryzjer z pakistańskim akcentem i wskazał jeden z dwóch wolnych foteli. W trzecim siedział mężczyzna, którego Truls błyskawicznie zaklasyfikował jako Araba. Ciemne spojrzenie terrorysty pod świeżo zmoczoną grzywką klejącą się do czoła. Spojrzenie, które uciekło przestraszone, gdy napotkało wzrok Trulsa w lustrze. Może mężczyzna wyczuł zapach bekonu, a może rozpoznał gliniarza. Jeśli tak, to możliwe, że był jednym z dilerów z okolic Brugata. Tylko haszysz. Arabowie bardzo uważali na twardsze narkotyki. Może Koran stawiał amfetaminę i heroinę w jednym rzędzie z pieczenią wieprzową? A może to alfons. Mógł na to wskazywać złoty łańcuch. Ale jeśli tak, to jakiś drobny gracz, bo gęby wszystkich dużych Truls znał.

Włożyć śliniak.

– Ale ci włosy urosły, kolego.

Truls nie lubił, żeby kolegą nazywali go Pakistańcy, w szczególności pakistańskie pedały, a w szczególnej szczególności pakistańskie pedały, które wkrótce miały go dotykać. Ale zaletą tutejszych pedałów od nożyczek było to, że nie przyciskali klientom biodra do ramienia, z przekrzywioną głową nie głaskali ich po włosach, zaglądając im w oczy w lustrze, i nie dopytywali się, czy ma być tak, czy raczej tak. Od razu brali się do roboty. Nie pytali, czy chcesz, żeby ci umyć tłuste włosy, tylko je spryskiwali wodą z butelki, puszczali mimo uszu ewentualne instrukcje i pracowali grzebieniem i nożyczkami, jakby to były mistrzostwa Australii w strzyżeniu owiec.

Truls spojrzał na pierwszą stronę gazety leżącej na półce przy lustrze. Znów ten sam refren. Jaki motyw kieruje tak zwanym oprawcą policjantów? Większość spekulacji mówiła o szaleńcu, który nienawidzi policji, lub o jakimś ekstremalnym anarchiście. Niektórzy wspominali o zagranicznych terrorystach, chociaż ci zwykle chwalili się udanymi akcjami, a w tym wypadku nic takiego nie nastąpiło. Nikt nie miał wątpliwości, że te dwa zabójstwa są ze sobą powiązane – daty i miejsca to wykluczały, a przez pewien czas policja szukała kryminalistów, których zarówno Vennesla, jak i Nilsen mogli aresztować, przesłuchiwać lub w jakiś inny sposób urazić. Ale żadnego takiego związku nie odkryto. Później pracowano nad teorią zakładającą, że zabójstwo Vennesli było dziełem jednej osoby, kierującej się zwykłym motywem, czyli chęcią zemsty, zazdrością albo pragnieniem przejęcia spadku, natomiast Nilsena zamordował zupełnie inny sprawca, działający z innych pobudek, lecz na tyle bystry, by w pewnym sensie skopiować tamtą zbrodnię i zmylić policję. Zmusić śledczych, by sądzili, że mają do czynienia z serią zabójstw, i nie szukali w najbardziej oczywistych miejscach. Ale policja to właśnie zrobiła. Szukała w najbardziej oczywistych miejscach, jakby to były dwa niepowiązane ze sobą zabójstwa. I też nic nie znalazła.

Policja wróciła więc do punktu wyjścia. Do mordercy policjantów. Podobnie postąpiła prasa, która dalej utyskiwała: dlaczego policja nie potrafi ująć człowieka, który zabił dwóch spośród jej własnych szeregów?

Truls, widząc takie tytuły, czuł jednocześnie zadowolenie i gniew. Mikael na pewno miał nadzieję, że kiedy przyjdą Boże Narodzenie i Nowy Rok, prasa skupi się na innych tematach, zapomni o zabójstwach i pozwoli im pracować w spokoju. Pozwoli mu być nowym przystojnym szeryfem w mieście, *the whiz kid*, strażnikiem miasta, nie zaś tym, któremu nic nie wychodzi, który powoduje jeszcze większy bałagan i siedzi tylko w deszczu fleszy z miną przegranego, będąc żywym dowodem nieporadności, na którą zazwyczaj monopol miała kolej.

Truls nie musiał przeglądać gazet, przeczytał je już w domu. Śmiał się głośno z niezgrabnych sformułowań Mikaela o stanie śledztwa. „W obecnej chwili niemożliwe jest stwierdzenie…” i „brak jakichkolwiek informacji o…". To były zdania żywcem wyjęte z rozdziału dotyczącego kontaktów z mediami w podręczniku *Metody śledcze* Bjerknesa i Hoff Johansen, będącego lekturą obowiązkową w szkole policyjnej. Zalecano tam, by policjanci stosowali te ogólnikowe niby-zdania, ponieważ dziennikarze popadają w głęboką frustrację, słysząc „bez komentarza". I że funkcjonariusze generalnie powinni unikać przymiotników.

Truls próbował szukać na zdjęciach zrozpaczonej miny Mikaela, tej, która się pojawiała, gdy więksi chłopcy z sąsiedztwa na Manglerud dochodzili do wniosku, że najwyższa pora zamknąć wielką gębę ładnemu jak dziewczyna chłopaczkowi, i Mikael potrzebował pomocy. Pomocy Trulsa. A Truls oczywiście stawiał się na zawołanie. I to zawsze on wracał do domu z podbitym okiem i rozkrwawioną wargą, nie Mikael. Twarz Mikaela pozostała ładna i nietknięta. Dostatecznie ładna dla Ulli.

– Tylko nie za krótko – zapowiedział Truls. W lustrze obserwował, jak włosy spadają z bladego, wysokiego, lekko wypukłego czoła. Właśnie przez to czoło i mocno wysuniętą dolną szczękę ludzie często brali go za głupka. Niekiedy było to nawet zaletą. Niekiedy. Zamknął oczy. Próbował w duchu ustalić, czy rozpaczliwa mina Mikaela naprawdę była widoczna na zdjęciach z konferencji prasowej, czy też tylko on chciał ją tam widzieć.

Kwarantanna. Zawieszenie. Wydalenie. Odrzucenie.

Wciąż dostawał pensję. Mikael go przepraszał. Położył mu rękę na ramieniu i stwierdził, że tak będzie najlepiej dla wszystkich. Dla Trulsa także, przynajmniej dopóki prawnicy nie orzekną, jakie konsekwencje musi mieć fakt, że policjant przyjmował pieniądze, z których nie chciał albo nie mógł się wytłumaczyć. Mikael zadbał nawet o to, żeby Truls zachował niektóre dodatki. Wcale nie musiał więc chodzić do taniego fryzjera. Po prostu zawsze się tu strzygł. Ale teraz jeszcze bardziej mu się to podobało. Lubił mieć identyczną fryzurę jak ten Arab na sąsiednim fotelu. Fryzurę terrorysty.

– Z czego się śmiejesz, kolego?

Truls urwał gwałtownie, kiedy usłyszał swój chrumkający śmiech. Właśnie od niego wzięło się przezwisko Beavis. To Mikael go tak nazwał podczas jakiejś imprezy w szkole średniej, ku radości wszystkich zebranych, którzy jakby dopiero wtedy odkryli, że, cholera, Truls Berntsen rzeczywiście wygląda i śmieje się tak jak ta postać z kreskówki puszczanej w MTV. Co do joty. Ulla, czy ona tam wtedy była? A może Mikael obejmował wówczas zupełnie inną dziewczynę? Ulla o łagodnym spojrzeniu, w białym swetrze, z tą swoją szczupłą dłonią, którą kiedyś objęła go za kark i przyciągnęła jego głowę bliżej, żeby krzyknąć mu coś do ucha, zagłuszając ryk motocykli Kawasaki w pewną niedzielę na Bryn. Chciała tylko spytać, czy wie, gdzie jest Mikael. Ale on wciąż pamiętał ciepło jej dłoni. Miał wtedy wrażenie, że się pod nim roztopi, że rozpłynie się na wiadukcie nad autostradą w przedpołudniowym słońcu. I ten jej oddech przy uchu i na policzku... Wszystkie zmysły miał napięte do tego stopnia, że nawet tam, chociaż stali otoczeni zapachem benzyny, spalin i palonej gumy motocyklowych opon, potrafił zidentyfikować jej pastę do zębów i wiedział, że błyszczyk do ust ma truskawkowy smak, a sweter był uprany w proszku Milo. Że Mikael ją całował. Że ją miał. A może i to sobie wmówił? Ale pamiętał przynajmniej swoją odpowiedź, że nie wie, gdzie jest Mikael. Chociaż wiedział. Chociaż jakaś jego cząstka chciała jej to zdradzić. Zniszczyć tę łagodność, czystość, niewinność i naiwność w jej oczach. Zniszczyć jego. Mikaela.

Ale oczywiście tego nie zrobił.

Dlaczego miałby go niszczyć? Mikael był jego najlepszym przyjacielem. Jedynym przyjacielem. I co by zyskał, mówiąc Ulli, że Mikael jest u Angeliki? Ulla mogła mieć każdego, kogo tylko chciała, a jego, Trulsa, nie zauważała. Dopóki chodziła z Mikaelem, miał przynajmniej szansę być blisko niej. Miał sposobność, ale nie miał motywu.

Wtedy.

– I jak, kolego?

Truls ujrzał tył własnej głowy w okrągłym plastikowym lusterku, które spedalony fryzjer trzymał w rękach.

Fryzura terrorysty. Samobójcy z bombą. Zachrumkał. Wstał, rzucił dwustukoronowy banknot na gazetę, żeby nie ryzykować kontaktu ręka–ręka. Wyszedł na marcowe powietrze, które wciąż niosło jedynie niepotwierdzoną plotkę o wiośnie. Zerknął na Budynek Policji. Kwarantanna. Ruszył w stronę stacji kolejki na Grønland. Strzyżenie trwało dziewięć i pół minuty. Uniósł głowę i poszedł szybciej. Do niczego mu się nie spieszyło. Do niczego. Właściwie coś miał. Ale to coś nie wymagało wiele. Tylko tego, czego nigdy mu nie brakowało: czasu na planowanie, nienawiści, gotowości na stracenie wszystkiego. Przejrzał się w szybie wystawy jednego z azjatyckich sklepików spożywczych w tej dzielnicy. I stwierdził, że nareszcie wygląda tak jak ten, którym był naprawdę.

Gunnar Hagen siedział wpatrzony w tapetę na ścianie nad biurkiem i pustym fotelem komendanta. Patrzył na ciemniejsze miejsca po zdjęciach, które wisiały tam, odkąd sięgał pamięcią. Były to fotografie dawnych komendantów okręgowych i zapewne miały inspirować, ale Mikael Bellman najwyraźniej potrafił się obejść bez nich i ich inkwizytorskich, oceniających spojrzeń, którymi obrzucali swoich następców. Hagen miał ochotę zabębnić o podłokietnik, ale żadnego podłokietnika nie było. Bellman wymienił też krzesła. Na twarde, niskie, drewniane.

Gunnar Hagen został wezwany, a kiedy przyszedł, sekretarka wprowadziła go tutaj i oświadczyła, że komendant zaraz przyjdzie.

Otworzyły się drzwi.

– Jesteś! – Bellman obszedł biurko i ciężko opadł na fotel. Ręce założył za głowę. – Coś nowego?

Hagen chrząknął. Wiedział, że Bellman wie, że nic nowego nie ma, ponieważ wydał polecenie informowania go na bieżąco o każdym najmniejszym ruchu w tych dwóch sprawach. Zatem nie dlatego Hagen został wezwany. Ale zrobił to, co mu polecono. Wyjaśnił, że nadal nie znaleziono śladów w żadnej z tych spraw traktowanych osobno ani też żadnych związków między nimi, oprócz tego, co było oczywiste, a mianowicie, że obie ofiary to policjanci, do zbrodni doszło w miejscach, w których już wcześniej popełniono niewyjaśnione zabójstwa, a ofiary uczestniczyły w śledztwach.

W połowie wypowiedzi Hagena Bellman podniósł się i stanął przy oknie, odwrócony do swojego podwładnego plecami. Zakołysał się na piętach. Jeszcze przez chwilę udawał, że słucha, po czym mu przerwał:

– Musisz się z tym uporać, Hagen.

Gunnar Hagen urwał. Czekał na dalszy ciąg.

Bellman się odwrócił. Białe plamki pigmentowe na jego twarzy poczerwieniały.

– No i jestem zobligowany do poruszenia innej kwestii. Najwyraźniej priorytetem dla ciebie jest utrzymywanie całodobowej ochrony w Szpitalu Centralnym, podczas gdy giną uczciwi policjanci. Nie powinieneś zaangażować w śledztwo wszelkich możliwych sił?

Hagen spojrzał zdziwiony.

– Nie wykorzystujemy do tego moich ludzi, tylko funkcjonariuszy z posterunku Centrum i studentów z Wyższej Szkoły Policyjnej na praktyce. Nie uważam, żeby śledztwo na tym cierpiało, Mikael.

– Nie? Mimo wszystko chciałbym, żebyś jeszcze raz rozważył sprawę tej ochrony. Nie widzę żadnego bezpośredniego zagrożenia. Nie sądzę, żeby ktoś miał zabić tego pacjenta po tak długim czasie. A poza tym i tak wiadomo, że on nie będzie w stanie zeznawać.

– Lekarze mówią, że są pewne oznaki poprawy.

– Ta sprawa już nie ma priorytetu. – Odpowiedź komendanta padła szybko, niemal ze złością. Bellman zaraz jednak zaczerpnął powietrza i włączył swój czarujący uśmiech. – Ale oczywiście decyzja o kontynuowaniu ochrony należy do ciebie. Ja się w ogóle w to nie wtrącam, jasne?

Hagen chciał odruchowo zaprzeczyć, ale zdołał się powstrzymać i tylko krótko skinął głową, usiłując się domyślić, o co Bellmanowi tak naprawdę chodzi.

– No to świetnie. – Mikael klasnął w dłonie, jakby dawał sygnał, że audiencja skończona. Hagen już miał wstać, równie zdezorientowany jak wtedy, kiedy przyszedł. Nie ruszył się jednak.

– Mamy zamiar wypróbować inny sposób działania.

– Tak?

– Tak – powiedział Hagen. – Podzielić grupę śledczą na kilka mniejszych podgrup.

– Po co?

– Żeby stworzyć więcej przestrzeni dla rozmaitych pomysłów. Duże grupy mają siłę działania, ale nie bardzo nadają się do myślenia wykraczającego poza podręcznik.

– A tu trzeba myśleć… wykraczając poza podręcznik?

Hagen udał, że nie wyczuł sarkazmu. Jako były śledczy specjalizujący się w zabójstwach Bellman rzecz jasna świetnie znał to zjawisko: duża grupa zakleszcza się w punktach wyjścia, przypuszczenia się powtarzają, zmieniają się w fakty i ludzie tracą zdolność wysnuwania alternatywnych hipotez. Mimo to Bellman pokręcił głową.

– Praca w małych zespołach oznacza utratę efektywności, Hagen. Odpowiedzialność się rozdrabnia, ludzie depczą sobie po palcach i kilka razy wykonują tę samą robotę. Duża, dobrze skoordynowana grupa śledcza to zawsze najlepsze rozwiązanie. Przynajmniej dopóki kieruje nią dobry, silny przywódca...

Hagen wyczuł nierówności na trzonowcach, kiedy zacisnął zęby z nadzieją, że skutek insynuacji Bellmana nie uwidocznił się na jego twarzy.

– Ale...

– Kiedy przywódca zaczyna zmieniać taktykę, łatwo to odczytać jako desperację i prawie przyznanie się do tego, że już mu się nie powiodło.

– Ale nam się naprawdę nie powiodło, Mikael. Jest marzec, a to oznacza, że od pierwszego zabójstwa policjanta minęło sześć miesięcy.

– Nikt nie pójdzie za przywódcą, któremu się nie powiodło, Hagen.

– Moi współpracownicy nie są ani ślepi, ani głupi. Wiedzą, że utknęliśmy w martwym punkcie. Wiedzą też, że dobrzy przywódcy muszą umieć zmienić kurs.

– Dobrzy przywódcy potrafią zainspirować załogę.

Hagen przełknął. Przełknął to, co miał ochotę powiedzieć. Że prowadził wykłady w Akademii Wojskowej na temat zarządzania wtedy, gdy Bellman jeszcze biegał z procą. Że jeśli Bellman zna się tak świetnie na inspirowaniu podwładnych, to dlaczego chociaż trochę nie zainspiruje jego, Gunnara Hagena. Ale był zbyt zmęczony i zbyt sfrustrowany, by przełknąć słowa, które – jak wiedział – zirytują Mikaela Bellmana jeszcze bardziej.

– Odnieśliśmy sukces z tą niezależną grupą, którą kierował Harry Hole, pamiętasz? Tamte zabójstwa w Ustaoset nie zostałyby wyjaśnione, gdyby nie...

– Chyba słyszałeś, co powiedziałem, Hagen. Zastanowię się raczej nad zmianą kierownictwa grupy śledczej. To dowództwo jest odpowiedzialne za nastawienie wśród podwładnych, a w tej chwili wydaje mi się ono za mało skupione na rezultatach. A jeśli nie masz już żadnej innej sprawy, to muszę niedługo wyjść na spotkanie.

Hagen prawie nie wierzył własnym uszom. Podniósł się na sztywnych nogach, w których krew jakby zupełnie przestała krążyć przez cały ten czas, jaki przesiedział na wąskim niskim krzesełku. Poczłapał do drzwi.

– A przy okazji – rzucił jeszcze Bellman. Hagen usłyszał, że stłumił ziewnięcie. – Coś nowego w sprawie Gusta?

– Tak jak sam powiedziałeś – odparł Hagen, nie odwracając się. Dalej szedł do drzwi, by nie pokazać Bellmanowi twarzy, w której naczynia krwionośne w przeciwieństwie do tych w nogach zdawały się być pod wysokim ciśnieniem. Ale głos i tak lekko mu drżał z wściekłości. – Ta sprawa już nie ma priorytetu.

Mikael Bellman zaczekał, aż drzwi się zamkną i będzie słychać, jak naczelnik wydziału żegna się z sekretarką. Dopiero wtedy ciężko usiadł w skórzanym fotelu z wysokim oparciem i zapadł się w sobie. Nie wezwał Hagena po to, by wypytywać go o zabójstwa policjantów, i przypuszczał, że Hagen to zrozumiał. Skłonił go do tego telefon Isabelle Skøyen, która zadzwoniła przed godziną. Oczywiście dalej powtarzała swój refren o tym, że te niewyjaśnione zbrodnie stawiają ich oboje w złym świetle, pokazują, że są słabi, niezdarni i bezsilni. I że w przeciwieństwie do niego ona jest uzależniona od łaski wyborców. Odpowiadał „tak" i „aha", czekając, aż Isabelle się wygada, żeby mógł wreszcie odłożyć słuchawkę, kiedy w końcu wypuściła bombę:

– On się budzi.

Bellman siedział z łokciami na biurku i dłońmi przyłożonymi do czoła. Wpatrywał się w lśniący lakier blatu, w którym widział zniekształcone własne odbicie. Kobiety uważały, że jest piękny. Isabelle powiedziała wprost, że wybrała go, bo lubi pięknych mężczyzn. I właśnie dlatego uprawiała seks z Gustem. Z tym pięknym chłopcem. Pięknym jak Elvis. Ludzie często źle odbierali męską urodę. Mikael pomyślał o tamtym facecie z KRIPOS, który próbował go podrywać i chciał go pocałować. Myślał o Isabelle. I o Guście. Wyobrażał ich sobie razem we dwoje. We troje. Nagle wstał z krzesła. Znów podszedł do okna.

Realizacja została rozpoczęta. Tak określiła to Isabelle. Realizacja. Jedyne, co musiał robić, to czekać. Powinien poczuć się dzięki temu spokojniejszy, życzliwiej nastawiony do świata. Dlaczego więc wbił w Hagena nóż i jeszcze go obracał? Żeby zobaczyć, jak Hagen będzie się wił? Tylko po to, żeby popatrzeć w inną udręczoną twarz? Równie udręczoną jak ta, która odbijała się w lakierze biurka? Ale niedługo to się skończy. Wszystko było teraz w jej rękach. Kiedy sprawa zostanie załatwiona, będzie tak jak dawniej. Będą mogli zapomnieć o Asajewie i Guście, a przynajmniej o tym, o którym nikt nie potrafił przestać mówić. O Harrym Hole. Tak już jest, wszyscy i wszystko prędzej czy później trafiają do księgi zapomnienia. Z czasem to samo czeka i te zabójstwa policjantów.

Wszystko będzie jak dawniej.

Mikael Bellman chciał sprawdzić, czy naprawdę tego pragnie. Postanowił jednak nawet nie próbować. Wiedział przecież, że tak jest.

7

Ståle Aune wziął głęboki oddech. Dotarł do kolejnych rozstajów w terapii, podczas których musiał dokonać wyboru. I dokonał:

– To może być jakiś tłumiony element pańskiej seksualności.

Pacjent spojrzał na niego. Cienkie wargi. Wąskie oczy. Szczupłe dłonie z wręcz nienaturalnie długimi palcami uniosły się, jakby miały ochotę poprawić węzeł krawata dobranego do prążkowanej marynarki, ale zrezygnowały. Ståle już wcześniej obserwował podobny gest u pacjentów, którzy zdołali się odzwyczaić od konkretnych czynności przymusowych, lecz zachowali wstęp do rytuału. Gest ręki zamierzającej coś zrobić, niedokończoną czynność, która sama w sobie jest jeszcze bardziej bezsensowna niż ta pierwotna, kompulsywna, ale przynajmniej odczytywalna. Jak blizna. Jak kalectwo. Echo. Przypomnienie, że nic nie znika całkiem, że wszystko pozostawia gdzieś po sobie ślad. Tak jak dzieciństwo. Jak ludzie, których się znało. Jak jedzenie, które kiedyś zaszkodziło. Jakaś dawna namiętność. Pamięć komórek.

Ręka pacjenta opadła z powrotem na kolana. Chrząknął krótko, a głos zabrzmiał wrogo i metalicznie.

– Co pan, do cholery, insynuuje? Zaczynamy jakieś freudowskie brednie?

Ståle spojrzał na niego. W domu jednym okiem oglądał w telewizji serial kryminalny, w którym specjaliści odczytywali życie uczuciowe ludzi z ich mowy ciała. Mowa ciała też ma oczywiście znaczenie, ale to głos ujawnia najwięcej. Struny głosowe i krtań są tak wrażliwe, że potrafią wytwarzać drgania, których ciągi dają się zidentyfikować w postaci słów. Kiedy Ståle wykładał w Wyższej Szkole Policyjnej, miał zwyczaj podkreślania znaczenia tego prawdziwego cudu. Dodawał przy tym, że istnieje jeszcze czulszy instrument, a mianowicie ludzkie ucho, które potrafi nie tylko odszyfrować te drgania i zaklasyfikować je jako spółgłoski i samogłoski, lecz również uchwycić temperaturę, poziom napięcia i uczucia osoby mówiącej. Powtarzał, że podczas przesłuchania ważniejsze są uszy niż oczy. Lekkie podwyższenie tonu czy ledwie zauważalne drżenie głosu to o wiele bardziej znaczące sygnały niż skrzyżowane ramiona, zaciśnięte dłonie, wielkość źrenic i wszystkie inne czynniki, do których nowe pokolenie psychologów przykładało taką wagę, a które jednak – jak wynikało z doświadczenia Stålego – często tylko dezorientowały śledczego i sprowadzały go na manowce. Co prawda siedzący przed nim pacjent użył przekleństwa, ale to przede wszystkim wyczuwalna zmiana nacisku na błonę bębenkową w uszach Stålego powiedziała mu, że u pacjenta wzmogły się czujność i gniew. Normalnie nie powinno to martwić doświadczonego psychologa – przeciwnie, silne uczucia często oznaczały przełom w terapii. Ale problem z pacjentem polegał na tym, że pojawiały się one w niewłaściwej kolejności. Nawet po kilku miesiącach regularnych spotkań Stålemu nie udało się nawiązać z nim kontaktu, nie było między nimi zaufania ani intymności. Prawdę mówiąc, terapia okazywała się tak bezowocna, że Ståle zastanawiał się, czy nie zalecić jej przerwania, ewentualnie nie skierować pacjenta do któregoś z kolegów po fachu. Gniew w spokojnej, pełnej zaufania atmosferze nie był niczym złym, ale w tym wypadku mógł oznaczać, że pacjent jeszcze bardziej się zamyka, że okopuje się jeszcze głębiej.

Ståle westchnął. Najwyraźniej podjął błędną decyzję, ale było już za późno. Postanowił więc nie odpuszczać.

– Panie Paulu – zaczął.

Mężczyzna wcześniej podkreślił, że jego imię należy wymawiać jako „Pol", nie „Paul". I nie jak norweskie Pål, tylko z angielskim „l" na końcu, chociaż Ståle nie był w stanie wychwycić tej różnicy. To oświadczenie wraz ze starannie wyskubanymi brwiami i dwiema maleńkimi bliznami pod brodą świadczącymi o dokonanym liftingu sprawiło, że Ståle zaklasyfikował go już po dziesięciu minutach pierwszej wizyty.

– Tłumiona homoseksualność jest zjawiskiem bardzo powszechnym, nawet w naszym pozornie tolerancyjnym społeczeństwie – podjął Aune, obserwując reakcję pacjenta. – Często zdarza mi się pomagać policji. Jeden z funkcjonariuszy, który przychodził do mnie na terapię, wyznał mi, że ma świadomość swojego homoseksualizmu, ale w pracy nie może tego ujawnić, bo zostałby wykluczony. Spytałem, czy naprawdę jest tego pewny, bo takie tłumienie często miewa związek z naszymi oczekiwaniami wobec samych siebie i tymi, jakich spodziewamy się ze strony innych, szczególnie osób najbliższych, przyjaciół i kolegów z pracy. – Urwał.

U pacjenta nie nastąpiło rozszerzenie źrenic czy zmiana koloru skóry, nie okazał niechęci do nawiązania kontaktu wzrokowego ani nie odwrócił żadnej części ciała od terapeuty. Przeciwnie, na wąskich wargach pojawił się kpiący uśmieszek. Natomiast Ståle Aune ku swemu zaskoczeniu poczuł, że wzrosła temperatura jego własnych policzków. O Boże, jak on nienawidził tego pacjenta! Jak nienawidził tej pracy!

– I co z tym policjantem? Posłuchał pańskiej rady?

– Nasza godzina minęła – oświadczył Ståle, nie patrząc na zegarek.

– Jestem bardzo ciekawy, panie Aune.

– Mam obowiązek dochowania tajemnicy.

– Nazwijmy go Iks. Widzę po panu, że nie podobało się panu to pytanie – uśmiechnął się Paul. – Usłuchał pańskiej rady, ale źle się to skończyło, prawda?

Aune westchnął.

– Iks posunął się za daleko. Źle zrozumiał pewną sytuację i w toalecie próbował pocałować kolegę. Został odrzucony. Ale to się mogło skończyć dobrze. Zastanowi się pan chociaż nad tym do następnego razu?

– Ale ja nie jestem homoseksualistą. – Pacjent podniósł palce do szyi i zaraz je opuścił.

Ståle Aune skinął głową.

– W przyszłym tygodniu o tej samej porze?

– Nie wiem. Przecież mi się nie poprawia, prawda?

– Powoli, ale posuwamy się do przodu – odparł Ståle. Była to odpowiedź równie automatyczna, jak gest pacjenta sięgającego do węzła krawata.

– Tak, mówił pan to już kilka razy. Ale ja ciągle mam wrażenie, że płacę za nic. Że jest pan równie nieprzydatny jak ci policjanci, którzy nie są w stanie złapać cholernego seryjnego zabójcy i gwałciciela...

Ståle z pewnym zdziwieniem zarejestrował, że głos pacjenta stał się cichszy, spokojniejszy. Zarówno ton Paula, jak i mowa ciała komunikowały zupełnie co innego niż słowa. Mózg Ståle'go jak na włączonym autopilocie zaczął analizować, dlaczego pacjent posłużył się akurat tym przykładem, ale rozwiązanie tej zagadki było na tyle oczywiste, że nie musiał się w nie zagłębiać. To gazety, które leżały na biurku Ståle'go od jesieni, zawsze otwarte na stronach z doniesieniami na temat zabójstw policjantów.

– Ujęcie seryjnego zabójcy nie jest łatwe – odparł Aune. – Sporo wiem o seryjnych zabójcach. To, prawdę mówiąc, moja specjalność. Ale jeśli czuje pan, że powinien zakończyć terapię albo spróbować skorzystać z usług któregoś z moich kolegów, to decyzja należy do pana. Mam tu listę bardzo zdolnych psychologów i mogę panu pomóc...

– Zrywa pan ze mną?

Paul lekko przechylił głowę, powieki z bezbarwnymi rzęsami trochę mu opadły, a uśmiech stał się szerszy. Ståle nie potrafił ocenić, czy to wciąż ironia odnosząca się do sugestii homoseksualizmu, czy też może Paul ujawnia swoje prawdziwe ja. A może jedno i drugie.

– Niech mnie pan źle nie zrozumie – powiedział Ståle ze świadomością, że wcale nie został źle zrozumiany. Chciał się go pozbyć, ale profesjonaliści nie pozbywają się trudnych pacjentów, tylko jeszcze bardziej się angażują, prawda? Poprawił muszkę. – Chcę prowadzić pana terapię, ale bardzo ważne jest nasze wzajemne zaufanie, a akurat w tej chwili odnoszę wrażenie, że...

– Mam po prostu gorszy dzień. – Paul rozłożył ręce. – Wiem, że pan jest dobry. Pomagał pan przy sprawach seryjnych zabójców, prawda? Brał pan udział w ujęciu tego, który rysował pentagramy w miejscach zbrodni. Razem z tym komisarzem.

Ståle obserwował pacjenta, który wstał i zapinał marynarkę.

– Świetnie się pan dla mnie nadaje, panie Aune. No to w przyszłym tygodniu. A ja w tym czasie zastanowię się, czy nie jestem homo.

Ståle nie ruszał się z miejsca. Słyszał, jak Paul nuci w korytarzu, czekając na windę. Melodia wydała mu się znajoma.

Poza tym uderzyło go coś w słowach Paula. Mówiąc o seryjnych zabójcach, użył policyjnego określenia zamiast potocznego „seryjne morderstwo". Harry'ego Hole nazwał komisarzem, a przecież większość ludzi nie miała pojęcia o stopniach policyjnych. Zazwyczaj zapamiętywali krwawe szczegóły z reportaży w gazetach, a nie mało istotne detale, takie jak pentagram wyryty w drewnianej belce przy zwłokach. Ale tym, na co zwrócił szczególną uwagę – ponieważ to mogło mieć znaczenie dla terapii – było porównanie go do „policjantów, którzy nie są w stanie złapać cholernego seryjnego zabójcy i gwałciciela".

Ståle słyszał, że winda przyjechała i odjechała. Przypomniał już sobie, co to za melodia. Wysłuchał bowiem płyty *Dark Side of the Moon*, żeby się przekonać, czy nie znajdzie tam jakiegoś śladu pozwalającego rozszyfrować sen Paula Stavnesa. Piosenka nazywała się *Brain Damage*. I opowiadała o szaleńcach. O szaleńcach, którzy są w trawie, którzy są w holu, którzy się przysuwają.

Gwałciciel.

Zabici policjanci nie zostali zgwałceni.

Oczywiście pacjent mógł na tyle mało interesować się sprawą, że pomylił policjantów z wcześniejszymi ofiarami, które zginęły w tych samych miejscach. Albo za ogólną prawdę przyjął, że seryjni zabójcy gwałcą. Albo śnili mu się zgwałceni policjanci, co oczywiście umacniało teorię tłumionego homoseksualizmu. Albo…

Ståle Aune zamarł w pół ruchu i ze zdumieniem spojrzał na swoją rękę, która sięgała do muszki.

Anton Mittet wypił łyk kawy i spojrzał na mężczyznę śpiącego w szpitalnym łóżku. Czy on również nie powinien poczuć czegoś w rodzaju radości? Tej samej radości, której wyraz dała Mona, nazywając zdarzenie „jednym z niewielkich codziennych cudów, sprawiających, że warto harować jako pielęgniarka"? Pewnie, dobrze, że pacjent w śpiączce, którego śmierci wszyscy się już spodziewali, nagle zmienił decyzję i postanowił się obudzić, wrócić do życia. Ale ten człowiek w łóżku – ta blada udręczona twarz na poduszce – nie miał dla Antona żadnego znaczenia. Jego przebudzenie oznaczało jedynie, że praca zbliża się do końca. Oczywiście niekoniecznie było to równoznaczne z końcem romansu, bo przecież i tak nie tutaj spędzali razem najgorętsze godziny. Przeciwnie, już nie będą musieli martwić się o to, że koledzy zauważą czułe spojrzenia, jakie posyłali sobie za każdym razem, gdy Mona wchodziła do pacjenta albo od niego wychodziła, nieco zbyt długie rozmowy i ich nagłe zakończenia, kiedy pojawiał się ktoś inny. Ale Anton Mittet miał przykre uczucie, że właśnie to wszystko warunkowało ich związek. Tajemnica. Nielegalność. Napięcie wynikające z tego, że można patrzeć, ale nie wolno dotknąć. Konieczność czekania, wymykania się z domu, serwowania Laurze kłamstw o dodatkowym dyżurze, które przychodziły mu z coraz większą łatwością, a mimo to słowa rosły mu w ustach, jakby wiedział, że prędzej czy później go zadławią. Rozumiał, że zdrada nie czyni go w oczach Mony lepszym człowiekiem, że prawdopodobnie już sobie wyobraża, jak kiedyś w przyszłości będzie tak samo tłumaczył się przed nią. Opowiadała mu, że przeżywała to już wcześniej z innymi mężczyznami, którzy ją zdradzali. Była wtedy szczuplejsza i młodsza, więc gdyby zdecydował się porzucić tłuściutką panią w średnim wieku, w jaką się zmieniła, wcale by jej to nie zszokowało.

Próbował przekonywać, że nie powinna tak mówić, nawet jeśli naprawdę tak myślała, bo przez to robi się brzydsza, bo on przez to robi się gorszy, ponieważ staje się mężczyzną, który bierze sobie to, co może łatwo dostać. Ale teraz cieszył się, że to powiedziała. To się musi kiedyś skończyć, a ona mu to ułatwiła.

– Skąd wziąłeś kawę? – spytał nowy pielęgniarz i poprawił okrągłe okulary, żeby przeczytać kartę choroby zawieszoną w nogach łóżka pacjenta.

– Kawałek dalej w korytarzu stoi ekspres. Tylko ja z niego korzystam, ale możesz…

– Bardzo dziękuję – odparł pielęgniarz. Anton zauważył, że wymawia słowa w jakiś dziwny sposób. – Ale ja nie piję kawy. – Pielęgniarz wyjął z kieszeni kurtki kartkę. – Zaraz zobaczymy… Trzeba mu podać propofol.

– Nie wiem, co to powoduje.

– Tyle, że będzie spał przez dłuższy czas.

Anton obserwował, jak pielęgniarz przekłuwa igłą strzykawki metalową folię zamykającą buteleczkę z przezroczystym płynem. Pielęgniarz był niewysoki i drobny, podobny do znanego aktora. Ale nie do któregoś z tych przystojniaków. Do jednego z tych, którym się udało mimo wszystko. Do tego z brzydkimi zębami i włoskim nazwiskiem, niemożliwym do zapamiętania. Zresztą nazwiska, jakim przedstawił się pielęgniarz, też już nie pamiętał.

– Pacjenci w śpiączce, którzy się wybudzają, to skomplikowana historia – tłumaczył pielęgniarz. – Są wyjątkowo wrażliwi i trzeba ich bardzo ostrożnie wprowadzać w stan świadomości. Jeden źle zrobiony zastrzyk i ryzykujemy odesłanie ich tam, skąd przychodzą.

– Jasne – powiedział Anton. Mężczyzna wcześniej okazał mu identyfikator, podał hasło i zaczekał, aż policjant zadzwoni na dyżurkę i uzyska potwierdzenie, że właśnie tej osobie wyznaczono dzisiejszą wizytę.

– Masz duże doświadczenie w znieczulaniu ludzi? – spytał Anton.

– Tak, pracowałem przy anestezji przez dobry rok.

– I już nie pracujesz?

– Kilka lat podróżowałem. – Pielęgniarz uniósł igłę strzykawki pod światło i wcisnął tłoczek, a strumień, który wytrysnął z igły, zaraz zmienił się w chmurę mikroskopijnych kropelek. – Ten pacjent wygląda tak, jakby miał za sobą ciężkie życie. Dlaczego w karcie choroby nie ma żadnego nazwiska?

– Ma pozostać anonimowy. Nie powiedzieli ci o tym?

– Nic mi nie powiedzieli.

– A powinni. Jest potencjalną ofiarą zabójstwa. Właśnie dlatego siedzę na tym korytarzu.

Tamten nachylił się nad pacjentem. Zamknął oczy. Wyglądało to tak, jakby chłonął jego oddech. Antona przeszły ciarki.

– Ja już go kiedyś widziałem – stwierdził pielęgniarz. – Czy on jest z Oslo?

– Obowiązuje mnie tajemnica.

– A myślisz, że mnie nie?

Pielęgniarz podwinął pacjentowi rękaw nocnej koszuli. Pstryknął w wewnętrzną część przedramienia. To coś dziwnego w jego sposobie mówienia nie dawało Antonowi spokoju. Znów zadrżał, kiedy igła wbiła się w skórę. W idealnej ciszy wydało mu się, że słyszy lekki szelest jej tarcia o mięśnie i szum płynu przeciskającego się przez igłę po naciśnięciu tłoczka strzykawki.

– Przez wiele lat mieszkał w Oslo, zanim uciekł za granicę – powiedział Anton. – Ale potem wrócił. Plotki mówią, że z powodu jakiegoś chłopca, narkomana.

– Smutna historia.

– Owszem, ale wygląda na to, że będzie miała szczęśliwy koniec.

– Trochę za wcześnie, żeby coś przesądzać. – Pielęgniarz wyciągnął strzykawkę. – Wielu pacjentów w śpiączce ma nagłe nawroty.

Anton nareszcie zorientował się, o co chodzi. Było to ledwie uchwytne, ale pielęgniarz niewyraźnie wymawiał „s”. Seplenił.

Po wyjściu z sali chorego, kiedy mężczyzna już zniknął w korytarzu, Anton jeszcze raz zajrzał do pacjenta. Poobserwował ekran z widocznym wykresem bicia serca. Przez chwilę słuchał rytmicznych pisków przypominających sygnały sonaru, który natrafił na okręt podwodny w głębinie. Nie wiedział, co go do tego skłoniło, ale zrobił to samo co pielęgniarz – nachylił się nad twarzą tego człowieka. Zamknął oczy. I poczuł na policzku jego oddech.

Altman. Przed odejściem pielęgniarza Anton uważnie przyjrzał się przypiętemu do fartucha identyfikatorowi z nazwiskiem. Pielęgniarz nazywał się Sigurd Altman. Czysta intuicja, nic więcej, ale już postanowił, że jutro go sprawdzi. Nie będzie tak jak w tej sprawie z Drammen. Tym razem nie popełni żadnego błędu.

8

Katrine Bratt siedziała z nogami na biurku i z telefonem wciśniętym między ramię a ucho. Gunnar Hagen kazał jej czekać. Palce biegały po leżącej przed nią klawiaturze. Wiedziała, że za jej plecami, za oknem, Bergen pławi się w słońcu. Że lśnią mokre ulice, na które jeszcze dziesięć minut temu lał padający od rana deszcz. I że zgodnie z bergeńską regularnością wkrótce znów zacznie padać. Ale akurat w tej chwili słońce wyjrzało przez szparę w chmurach, a Katrine miała nadzieję, że Gunnar Hagen wkrótce skończy drugą rozmowę, by mógł wrócić do tej prowadzonej z nią. Chciała mu tylko przekazać informacje, które udało jej się zdobyć, i opuścić Komendę Okręgową Policji w Bergen. Wyjść na świeże atlantyckie powietrze o smaku znacznie lepszym niż to, które jej były szef wdychał teraz w swoim gabinecie na wschodzie w stolicy kraju.

– Co chcesz powiedzieć przez to, że nie możemy go jeszcze przesłuchać? Obudził się z tej śpiączki czy nie? Tak, rozumiem, że jest bardzo słaby, ale… Co?

Katrine miała nadzieję, że to, na co poświęciła ostatnie dni, zdecydowanie poprawi nie najlepszy humor Hagena. Zaglądała teraz na te same strony jedynie w celu ponownego sprawdzenia tego, co już wiedziała.

– Gwiżdżę na to, co mówi jego adwokat – oświadczył Hagen. – I na to, co mówi ordynator. Chcę, żeby został przesłuchany natychmiast!

Katrine Bratt usłyszała, jak trzasnął słuchawką stacjonarnego telefonu. Wreszcie do niej wrócił.

– O co chodziło? – spytała.

– O nic – odparł Hagen.

– To on?

Hagen westchnął.

– Tak, to on. Budzi się ze śpiączki, ale go odurzają i twierdzą, że musimy zaczekać co najmniej dwa dni, zanim będziemy mogli z nim porozmawiać.

– Nie lepsza taka ostrożność?

– Na pewno. Ale, jak wiesz, potrzebne nam tu w końcu jakieś rezultaty. Te zabójstwa policjantów nie dają nam żyć.

– Dwa dni w jedną czy drugą…

– Wiem, wiem. Trochę muszę pokrzyczeć. Między innymi to nadaje sens zaharowywaniu się po to, żeby zostać szefem. Nie mam racji?

Akurat na to pytanie Katrine Bratt nie umiała odpowiedzieć. Nigdy nie chciała nikomu szefować. A nawet gdyby chciała, to i tak podejrzewała, że funkcjonariusze z zaliczonym pobytem na oddziale psychiatrycznym nie są pierwsi w kolejce przy rozdzielaniu okazałych gabinetów. Stawiane jej diagnozy się zmieniały. Psychoza, osobowość borderline, choroba dwubiegunowa, aż wreszcie: zdrowa. Przynajmniej dopóki zażywała te malutkie różowe pigułki, które utrzymywały ją w pionie. Ludzie mogli sobie narzekać na nadmiar leków przepisywanych w psychiatrii, ile tylko chcieli. Dla Katrine te pigułki oznaczały nowe, lepsze życie. Czuła jednak, że szef bacznie ją obserwuje i nie zleca jej więcej pracy operacyjnej, niż to konieczne. Ale w zasadzie nie miała nic przeciwko temu. Lubiła siedzieć w swoim ciasnym pokoju z potężnym komputerem, hasłami i ekskluzywnym dostępem do wyszukiwarek, o których istnieniu nie wiedzieli nawet policjanci. Wymyślanie, szukanie, znajdowanie. Tropienie osób, które pozornie zniknęły z powierzchni ziemi. Wyłapywanie schematów tam, gdzie inni dostrzegali jedynie zbiegi okoliczności. Właśnie to było specjalnością Katrine Bratt i nieraz przydało się zarówno KRIPOS, jak i Wydziałowi Zabójstw w Oslo. Mając taki talent, musiała nauczyć się żyć z tym, że jest chodzącą psychozą, która w każdej chwili może się objawić.

– Mówiłaś, że coś dla mnie masz.

– U nas w wydziale ostatnio panował spokój, więc przyjrzałam się trochę tym zabójstwom policjantów.

– Czy twój szef z Komendy Okręgowej Policji w Bergen prosił cię…

– Nie, nie, po prostu doszłam do wniosku, że to lepsze niż gapienie się na Pornhub i układanie pasjansa.

– Zamieniam się w słuch.

Katrine słyszała, że Hagen stara się okazywać pozytywne nastawienie, ale nie potrafił ukryć rezygnacji. Pewnie miał dość nadziei rozpalanej tylko po to, by przeżyć kolejne rozczarowanie.

– Przejrzałam bazy danych, żeby sprawdzić, czy w ogóle są jakieś osoby, które by się powtarzały w tych pierwotnych sprawach gwałtów w Maridalen i Tryvann.

– Bardzo ci dziękuję, Katrine, ale my też to sprawdziliśmy. Od A do Z.

– Wiem, ale ja pracuję w trochę inny sposób.

Ciężkie westchnienie.

– No dobrze, mów.

– Zorientowałam się, że tymi sprawami zajmowały się dwie różne grupy. Tylko dwóch techników i trzech śledczych uczestniczyło w obydwu śledztwach. A żadna z tych pięciu osób nie może mieć pełnej wiedzy o wszystkich, których przesłuchiwano. Ponieważ ani jedna, ani druga sprawa nie została wyjaśniona, przeciągały się w czasie i zebrany materiał jest ogromny.

– Ogromny, rzeczywiście można tak powiedzieć. I oczywiście masz rację, że nikt nie pamięta wszystkiego, co się wydarzyło podczas śledztw. Ale wszystkie przesłuchiwane osoby zostały odnotowane w rejestrze spraw karnych.

– No właśnie o to chodzi – powiedziała Katrine.

– Czyli o co?

– Kiedy na przesłuchanie wzywa się ludzi z zewnątrz, to zostają zarejestrowani, a zeznania archiwizuje się w aktach sprawy, do której ich wezwano. Ale czasami się zdarza, że coś wpadnie pomiędzy dwa biurka. Na przykład kiedy osoba przesłuchiwana już siedzi w areszcie, to zdarza się, że przesłuchuje się ją nieformalnie, w celi, i nie zostaje odnotowana w rejestrze, ponieważ już tam figuruje.

– Ale notatki z przesłuchań zostają w aktach sprawy.

– Na ogół tak. Ale nie wtedy, kiedy przesłuchanie dotyczy innej sprawy, w której ktoś jest głównym podejrzanym, a zabójstwo i gwałt w Maridalen to jedynie poboczny wątek przesłuchania. Wtedy protokół trafia do akt tamtej innej sprawy, a ewentualne wyszukiwanie po nazwisku nie powiąże tej osoby z tą drugą sprawą.

– Interesujące. I znalazłaś…

– Człowieka, którego przesłuchiwano jako głównego podejrzanego w sprawie gwałtu w Ålesund, podczas gdy odsiadywał karę za naruszenie nietykalności cielesnej i usiłowanie gwałtu na małoletniej w hotelu w Otta. Podczas przesłuchania spytano go również o tę sprawę z Maridalen, ale protokół trafił do akt sprawy gwałtu w Otta. Interesujące jest to, że tego samego człowieka przesłuchiwano w związku ze sprawą z Tryvann, ale już normalnie.

– No i? – Po raz pierwszy w głosie Hagena pojawiły się oznaki szczerego zainteresowania.

– Miał alibi we wszystkich trzech przypadkach – odpowiedziała Katrine i bardziej wyczuła, niż usłyszała, jak powietrze uchodzi z balonu, który sama nadmuchała.

– Aha. Masz jakieś inne zabawne historyjki z Bergen, których twoim zdaniem koniecznie powinienem wysłuchać?

– To jeszcze nie koniec – oświadczyła Katrine.

– Mam zebranie za...

– Sprawdziłam alibi tego człowieka. Takie samo dla wszystkich trzech spraw. Świadek potwierdził, że facet był w domu w komunie, w której oboje mieszkali. Tym świadkiem była pewna młoda dama, którą wtedy uważano za wiarygodną. Czysta kartoteka, żadnego powiązania z podejrzanym oprócz tego, że zajmowali to samo mieszkanie. Ale kiedy się ją poobserwuje później, to wychodzą na jaw ciekawe rzeczy.

– Na przykład jakie?

– Na przykład malwersacje, handel narkotykami i fałszerstwo dokumentów. W protokołach z jej późniejszych przesłuchań jeden element się powtarza. Zgadnij jaki?

– Fałszywe zeznania.

– Niestety rzadko bada się stare sprawy w taki sposób, żeby je ujrzeć w nowym świetle. W każdym razie jeśli chodzi o tak stare i tak zagmatwane sprawy, jak te z Maridalen i Tryvann.

– Do diabła, jak się nazywa ta kobieta? – W głosie Hagena znów słychać było ożywienie.

– Irja Jacobsen.

– Masz jakiś adres?

– Mam. Można go znaleźć i w rejestrze karnym, i w ewidencji ludności, i w kilku innych rejestrach...

– Do diabła, musimy ją natychmiast wezwać!

– Na przykład w rejestrze osób zaginionych.

W Oslo na długą chwilę zapadła cisza. Katrine miała ochotę iść na długi spacer aż do kutrów rybackich na Bryggen, kupić torbę dorszowych łbów, wrócić do mieszkania w dzielnicy Møhlenpris i długo przyrządzając obiad, oglądać serial *Breaking Bad* i czekać, aż znów zacznie padać.

– No dobrze – odezwał się wreszcie Hagen. – W każdym razie dałaś nam coś, czego możemy się uchwycić. Jak się nazywa ten facet?

– Valentin Gjertsen.

– I gdzie on teraz jest?

– No właśnie o to chodzi – powiedziała Katrine Bratt i zorientowała się, że się powtarza. Palce znów przebiegły po klawiaturze. – Nigdzie nie mogę go znaleźć.

– On też zaginął?

– Na liście zaginionych go nie ma. I to dziwne, bo sprawia wrażenie, jakby zniknął z powierzchni ziemi. Nie ma znanego adresu, żadnego zarejestrowanego telefonu, nie korzysta z karty kredytowej, nie ma nawet konta w banku. Nie głosował podczas ostatnich wyborów, a w ciągu ostatniego roku nie jeździł pociągiem ani nie latał samolotem.

– Próbowałaś w Google?

Katrine śmiała się, dopóki nie zrozumiała, że Hagen wcale nie żartował.

– Spokojnie – odparła. – Znajdę go. Załatwię to na domowym komputerze.

Rozłączyli się. Katrine wstała, włożyła kurtkę i zaczęła się spieszyć, bo nad Askøy zbierały się chmury. Już miała wyłączyć komputer, gdy nagle na coś wpadła. Na coś, co powiedział jej kiedyś Harry Hole. Że często zapomina się o sprawdzeniu rzeczy najbardziej oczywistej. Szybko postukała w klawisze i z niecierpliwością czekała, aż strona się załaduje.

Zorientowała się, że w głębi dużej wspólnej przestrzeni biurowej kilka głów się odwróciło, gdy wykrzykiwała swoje bergeńskie przekleństwa. Nie chciało jej się jednak ich uspokajać, że tym razem to nie nawrót psychozy. Harry jak zwykle miał rację.

Sięgnęła po słuchawkę i przycisnęła guzik Repeat. Gunnar Hagen odebrał po drugim dzwonku.

– Myślałam, że wychodzisz na zebranie – powiedziała.

– Przełożyłem. Właśnie przydzielam ludzi do poszukiwania tego Valentina Gjertsena.

– Już nie musisz. Właśnie go znalazłam.

– Tak?

– Nic dziwnego, że zniknął z powierzchni ziemi. Podkreślam, z powierzchni.

– Chcesz powiedzieć, że…

– Tak, nie żyje. Napisali to dość wyraźnie w ewidencji ludności. Przepraszam za to zawracanie głowy z Bergen. Idę do domu pocieszyć się zupą rybną i rybimi łbami.

Kiedy odłożyła słuchawkę i spojrzała w okno, okazało się, że już zaczęło padać.

Anton Mittet podniósł głowę znad filiżanki z kawą, kiedy Gunnar Hagen wpadł do niemal pustej kantyny na siódmym piętrze Budynku Policji. Anton od dłuższej chwili siedział, podziwiając widok. Myślał. O tym, jak dawniej mogło być. I uświadomił sobie, że już przestał myśleć o tym, jak jeszcze może być. Może to oznaczało, że się starzał. Człowiek bierze do ręki rozdane karty, ogląda je, nie dostanie nowych. Może jedynie grać najlepiej, jak umie, tymi, które mu przypadły. I marzyć o tych, które mogły się trafić.

– Przepraszam za spóźnienie, Anton. – Gunnar Hagen usiadł na krześle naprzeciwko. – Miałem głupi telefon z Bergen. Jak leci?

Anton wzruszył ramionami.

– Pracuję. Patrzę, jak młodzi ludzie mijają mnie w drodze na szczyt. Próbuję dawać im dobre rady, ale chyba nie widzą powodu, żeby słuchać faceta w średnim wieku, który ciągle jest sierżantem. Mam wrażenie, że w ich odczuciu życie to czerwony chodnik rozwinięty akurat dla nich.

– A w domu?

Anton powtórzył poprzedni gest.

– W porządku. Żona się skarży, że za dużo pracuję. Ale kiedy już jestem w domu, skarży się tyle samo. Brzmi znajomo?

Hagen wydał z siebie neutralny odgłos, który mógł oznaczać dokładnie to, co chciał usłyszeć rozmówca.

– Pamiętasz dzień swojego ślubu?

– Pamiętam. – Hagen dyskretnie zerknął na zegarek. Świetnie wiedział, która godzina, ale chciał dać sygnał Antonowi.

– Najgorsze, że człowiek, mówiąc „tak” na całą wieczność, naprawdę tak myśli. – Anton zaśmiał się głucho i pokręcił głową.

– Chciałeś rozmawiać ze mną o czymś konkretnym? – spytał Hagen.

– Tak. – Anton przesunął palcem po grzbiecie nosa. – Wczoraj pojawił się na dyżurze pielęgniarz. Wydał mi się jakiś dziwny. Nie bardzo umiem określić, o co chodziło, ale wiesz, że takie stare lisy jak my potrafią wyczuć różne rzeczy. Trochę więc go posprawdzałem. Okazało się, że jakieś trzy czy cztery lata temu był zamieszany w sprawę zabójstwa. Zwolniony, poza podejrzeniami. Ale mimo wszystko.

– Rozumiem.

– Pomyślałem, że najlepiej przyjść z tym do ciebie. Chyba możesz porozmawiać z kierownictwem szpitala, żeby go jakoś dyskretnie odsunęli.

– Zajmę się tym.

– Dziękuję.

– To ja dziękuję. Dobra robota, Anton.

Anton Mittet lekko się ukłonił. Ucieszył się z podziękowania Hagena. Ucieszył się, bo przypominający z wyglądu mnicha naczelnik wydziału był jedynym człowiekiem w policji, wobec którego czuł dług wdzięczności. To Hagen osobiście wyciągnął Antona na suchy ląd po Sprawie. To on zadzwonił do komendanta w Drammen i oświadczył, że Antona ukarano zbyt surowo, a jeśli w Drammen nie potrzebują jego doświadczenia, to bardzo przyda się w Oslo. I tak też się stało. Anton pracował w Dyżurze Kryminalnym na Grønland, ale dalej mieszkał w Drammen, bo taki warunek postawiła Laura. A kiedy teraz zjechał windą do biura na drugim piętrze, poczuł, że idąc, wybija się sprężyściej, trzyma się bardziej prosto i nawet lekko się uśmiecha. I czuł też – naprawdę – że to może być początek czegoś dobrego. Powinien kupić kwiaty dla… Zastanowił się. Dla Laury.

Katrine, wstukując numer telefonu, wyglądała przez okno. Jej mieszkanie było położone na tak zwanym wysokim parterze. Dostatecznie wysoko, by nie musiała oglądać ludzi przechodzących chodnikiem koło domu. I dostatecznie nisko, by mogła obserwować czasze ich rozłożonych parasoli. A przez krople deszczu, drżące na szybie w porywach wiatru, widziała most przez Puddefjorden, który łączył miasto z dziurą w skale od strony Laksevåg. Ale teraz patrzyła na stojący przed nią pięćdziesięciocalowy telewizor, na którego ekranie chory na raka nauczyciel chemii ważył metamfetaminę. Zdziwiła się, że ją to bawi. Kupiła odbiornik pod hasłem: „Dlaczego młodzi nieżonaci mężczyźni mają mieć największe telewizory?" i na dwóch półkach pod odtwarzaczem firmy Marantz ustawiła płyty DVD według wysoce subiektywnego podziału. Pierwsze i drugie miejsce z lewej strony na półce z klasykami zajmowały *Bulwar Zachodzącego Słońca* i *Deszczowa piosenka*, natomiast nowsze filmy na niższej półce miały nowego nieoczekiwanego lidera: *Toy Story 3*. Trzecia półka była zastrzeżona dla płyt CD, których z przyczyn sentymentalnych nie oddała do Armii Zbawienia, mimo że skopiowała je na twardy dysk komputera. Miała bardzo sprecyzowany gust: wyłącznie glam rock i progresywny pop. Najchętniej brytyjski i trochę androgyniczny: David Bowie, Sparks, Mott the Hoople, Steve Harley, Marc Bolan, Small Faces, Roxy Music i Suede w roli modnej kropki nad i.

Nauczyciel chemii prowadził jedną z nawracających kłótni z żoną. Katrine włączyła szybkie przewijanie i zadzwoniła do Beate.

– Lønn.

Głos był jasny, niemal dziewczęcy, i nie ujawniał niczego więcej, niż to konieczne. Kiedy się odbierało telefon, podając samo nazwisko, czyż nie oznaczało to liczniejszego gospodarstwa domowego, tak aby należało doprecyzować, z kim z Lønnów chce się rozmawiać? Ale Lønn w tym wypadku oznaczało jedynie wdowę Beate Lønn i jej córkę.

– Mówi Katrine Bratt.

– Katrine! Dawno się nie słyszałyśmy. Co robisz?

– Oglądam telewizję, a ty?

– Przegrywam w Monopol ze Słonkiem. I pocieszam się pizzą.

Katrine się zamyśliła. Ile lat mogło mieć Słonko? Najwyraźniej dostatecznie dużo, żeby ograć mamę w Monopol. Kolejne przypomnienie o szokującym tempie, w jakim upływa czas. Katrine chciała już dodać, że ona pociesza się jedzeniem rybich łbów, ale uświadomiła sobie, że taka autoironiczna prezentacja własnego przygnębienia zamiast powiedzenia wprost, o co jej chodzi, stała się wśród singielek wytartym frazesem. A przecież wcale nie była pewna, czy potrafiłaby żyć bez takiej swobody, jaką miała. Od lat nachodziła ją niekiedy myśl o skontaktowaniu się z Beate tylko po to, żeby pogadać. Tak jak kiedyś dzwoniła do Harry'ego. Obie były już mocno dojrzałymi policjantkami bez mężczyzny, obie miały ojców policjantów, były ponadprzeciętnie inteligentnymi realistkami, pozbawionymi iluzji czy choćby marzeń o księciu na białym koniu. Możliwe, że z wyjątkiem konia, gdyby mógł je zabrać tam, dokąd chciały.

Miałyby o czym rozmawiać.

Ale do takiego telefonu nigdy nie doszło. Porozumiewały się wyłącznie w sprawach służbowych.

Pod tym względem prawdopodobnie również były do siebie podobne.

– Chodzi mi o Valentina Gjertsena – zaczęła Katrine. – Nieżyjącego sprawcę przestępstw na tle seksualnym. Wiesz coś o nim?

– Zaczekaj – odparła Beate.

Katrine usłyszała szybkie stukanie w klawisze i odnotowała jeszcze jedną ich wspólną cechę: stale zalogowane.

– Aha, ten – odezwała się po chwili Beate. – Widziałam go kilka razy.

Katrine zrozumiała, że Beate dotarła do zdjęcia. Mówiono, że *gyrus fusiformis*, czyli ta część mózgu, która odpowiada za rozpoznawanie twarzy, u Beate Lønn mieści w sobie wszystkich ludzi, jakich kiedykolwiek w życiu spotkała. W jej wypadku stwierdzenie „nigdy nie zapominam twarzy" można było traktować zupełnie dosłownie. Podobno interesowali się nią naukowcy, ponieważ była jedną z trzydziestu kilku osób na świecie obdarzonych taką zdolnością.

– Przesłuchiwano go zarówno w związku ze sprawą w Tryvann, jak i z tą w Maridalen.

– Tak, coś mi się przypomina – powiedziała Beate. – Ale wydaje mi się, że w obu wypadkach miał alibi.

– Lokatorka z komuny, w której mieszkał, przysięgała, że cały ten wieczór spędził razem z nią w domu. Ale ciekawa jestem, czy pobraliście od niego DNA.

– Nie przypuszczam, skoro miał alibi. Wtedy analiza DNA była trudną i kosztowną procedurą, więc wykonywano ją najwyżej wobec głównych podejrzanych. I tylko wówczas, gdy nie było innych dowodów.

– Wiem, ale odkąd w Instytucie Medycyny Sądowej utworzono osobny wydział analiz DNA, to badaliście przecież DNA ze starych nierozwiązanych spraw, prawda?

– Tak. Ale w tych dwóch sprawach praktycznie nie było żadnych śladów biologicznych. Poza tym, jeśli dobrze pamiętam, Valentin Gjertsen poniósł zasłużoną karę. A może nawet surowszą.

– Tak?

– Został zabity.

– Wiedziałam, że nie żyje, ale nie…

– Tak było. Zginął podczas odsiadki w Ila. Znaleziono go w celi zmasakrowanego na miazgę. Więźniowie nie lubią tych, którzy obmacują małe dziewczynki. Winnego nie ujawniono. I nie jest pewne, że bardzo gorliwie go szukano.

Cisza.

– Żałuję, że nie mogłam ci pomóc – powiedziała Beate. – Ale wiesz, akurat trafiłam na „Spróbuj szczęścia" i…

– Miejmy nadzieję, że się odwróci – mruknęła Katrine.

– Co?

– Szczęście.

– No właśnie.

– Jeszcze jedna, ostatnia rzecz – powiedziała Katrine. – Chętnie porozmawiałabym z Irją Jacobsen, tą, która zapewniła Valentinowi alibi. Zgłoszono jej zaginięcie, ale poszperałam trochę w sieci.

– I?

– Żadnych zmian adresu, wpłaty podatku, wypłaty zasiłku czy zakupów na kredyt. Żadnych wyjazdów ani korzystania z komórki. Kiedy jakaś osoba wykazuje tak małą aktywność, z reguły można ją zaklasyfikować do jednej z dwóch kategorii. Większa grupa to osoby nieżyjące. Ale coś jednak znalazłam. Rejestrację kuponu w Lotto. Jeden zakład. Za dwadzieścia koron.

– Grała w Lotto?

– Pewnie ma nadzieję, że szczęście się odwróci. Nieważne. Ale to oznacza, że należy do tej drugiej kategorii.

– Czyli?

– Do osób, które aktywnie usiłują się ukrywać.

– A ty chcesz, żebym pomogła ci ją teraz znaleźć?

– Mam jej ostatni znany adres w Oslo i adres kiosku, w którym wypełniła kupon Lotto. Wiem też, że zażywała narkotyki.

– Okej – zgodziła się Beate. – Pogadam z naszymi wywiadowcami.

– Dzięki.

– Nie ma za co.

Pauza.

– Coś jeszcze?

– Nie. A właściwie tak. Co myślisz o *Deszczowej piosence*?
– Nie lubię musicali. A co?
– Trudno znaleźć pokrewną duszę, nie uważasz?
Beate roześmiała się cicho.
– Owszem. Pogadajmy o tym kiedy indziej.
Rozłączyły się.

Anton siedział i czekał z założonymi rękami. Wsłuchiwał się w ciszę. Obserwował korytarz.

Mona była teraz u pacjenta. Wkrótce stamtąd wyjdzie. Uśmiechnie się szelmowsko. Pewnie położy mu rękę na ramieniu. Może pogładzi po włosach. Albo pocałuje go przelotnie, ledwie muśnie językiem, który zawsze ma smak mięty. I odejdzie korytarzem. Żartobliwie zakręci szerokim tyłkiem. Może wcale nie robiła tego specjalnie, ale on lubił myśleć, że właśnie tak jest. Że napina mięśnie, kołysze się i wypręża dla niego, dla Antona Mitteta. Tak, miał za co być wdzięczny, jak się to mówi.

Spojrzał na zegarek. Niedługo zmiana dyżuru. Już chciał ziewnąć, gdy usłyszał krzyk. To wystarczyło, żeby poderwał się na równe nogi. Szarpnięciem otworzył drzwi. Powiódł wzrokiem po pokoju od lewej do prawej i stwierdził, że są w nim tylko Mona i pacjent.

Mona stała przy łóżku z otwartymi ustami i jedną ręką uniesioną. Nie odrywała wzroku od pacjenta.

– Czy on… – zaczął Anton, ale nie dokończył zdania, bo usłyszał odpowiedź. Dźwięk maszyny rejestrującej uderzenia serca był na tyle przenikliwy, a cisza do tego stopnia absolutna, że krótkie miarowe piski docierały do niego nawet na korytarzu.

Koniuszki palców Mony spoczywały w miejscu, w którym obojczyki łączą się z mostkiem, a które Laura nazywała „zagłębieniem na biżuterię", bo właśnie tu zawsze spoczywało złote serduszko, które podarował jej na jedną z rocznic ślubu, nigdy nieobchodzonych, ale jednak na swój sposób czczonych. Może właśnie tak wysoko podskakiwały prawdziwe serca kobiet, kiedy były wystraszone, zdenerwowane albo zdyszane. Bo Laura też zwykle przykładała palce do tego samego punktu. I właśnie ta pozycja, ten gest tak podobny do gestu Laury, skupił na sobie całą jego uwagę. Nawet kiedy Mona uśmiechnęła się do niego rozpromieniona i odezwała szeptem, jakby bała się obudzić pacjenta, miał wrażenie, że słowa płyną zupełnie skądinąd:

– On mówi. M ó w i!

Katrine potrzebowała niespełna trzech minut na zakradnięcie się przez dobrze już jej znane tylne wejście do systemu komputerowego Komendy Okręgowej Policji w Oslo. Ale znalezienie nagrań z przesłuchań w sprawie gwałtu w hotelu w Otta było już trudniejsze. Zalecona digitalizacja wszystkich nagrań dźwiękowych i filmów na taśmie trwała już od dłuższego czasu, gorzej było z indeksami. Katrine próbowała wszelkich możliwych słów kluczy, jakie tylko przychodziły jej do głowy: „Valentin Gjertsen", „hotel w Otta", „gwałt" i tak dalej. Bez rezultatu. Była już bliska poddania się, gdy nagle pokój wypełnił jasny męski głos z głośnika.

– Sama się o to prosiła.

Katrine poczuła dreszcz. Taki jak wtedy, gdy razem z ojcem siedziała w łodzi, a on spokojnie mówił, że ryba bierze. Nie wiedziała, skąd to wie. Po prostu czuła, że to ten głos. To on.

– Interesujące – usłyszała inny głos, ściszony, prawie przymilny. Głos policjanta, któremu zależy na wyniku. – Co cię skłania do tego, żeby tak mówić?

– Przecież one same się o to proszą, prawda? W taki czy inny sposób. Później im wstyd i zgłaszają się na policję. Ale wy przecież o tym wiecie.

– Więc ta dziewczyna w hotelu w Otta poprosiła cię o to, tak mam to rozumieć?

– Poprosiłaby.

– Gdybyś jej nie zgwałcił, zanim zdążyła to zrobić?

– Gdybym tam był.

– Przecież przed chwilą przyznałeś, że byłeś tam tego wieczoru, Valentin.

– Wyłącznie po to, żebyś mi to opisał z bliższymi szczegółami. W więzieniu taka nuda, sam wiesz. Trzeba... ubarwiać sobie dzień najlepiej, jak człowiek potrafi.

Cisza.

Potem jasny śmiech Valentina. Katrine zadrżała i mocniej owinęła się swetrem.

– Wygląda na to, że kupiłeś kota w… W czym? Jak to się mówi, sierżancie?

Katrine zamknęła oczy i spróbowała wyobrazić sobie jego twarz.

– Zostawmy na chwilę sprawę z Otta. Co z tą dziewczyną w Maridalen, Valentin?

– A co ma być?

– Ty to zrobiłeś, prawda?

Tym razem głośny śmiech.

– Powinieneś to jeszcze poćwiczyć, sierżancie. Etap konfrontacji podczas przesłuchania powinien być jak uderzenie młotem, a nie jak grzeczny prztyczek w ucho.

Katrine zwróciła uwagę na to, że zasób słów Valentina znacznie wykracza ponad przeciętną zwykłych osadzonych.

– Więc zaprzeczasz, że to zrobiłeś?

– Nie.

– Nie?

– Nie.

Katrine słyszała drżące przejęcie, kiedy policjant nabrał powietrza i powiedział z udawanym spokojem:

– Czy to oznacza… że przyznajesz się do popełnienia gwałtu i zabójstwa w Maridalen we wrześniu?

Miał przynajmniej tyle doświadczenia, by podać szczegóły sprawy w pytaniu, na które, jak liczył, usłyszy od Valentina odpowiedź twierdzącą, żeby obrońca później nie próbował przekonywać, iż oskarżony podczas przesłuchania nie zrozumiał, o jakiej sprawie właściwie mówią. Ale wychwyciła też rozbawienie w głosie Valentina, gdy odpowiadał:

– To oznacza, że wcale nie muszę zaprzeczać.

– Co to…

– Słowo zaczyna się na „a" i kończy na „i".

Krótka pauza.

– Skąd od razu taka pewność, że masz alibi na ten wieczór, Valentin? Przecież to było już dawno temu.

– Ponieważ przemyślałem to sobie, kiedy mi o tym powiedział. Zastanawiałem się, co wtedy robiłem.

– Kto ci powiedział i co?

– Ten, który zgwałcił tę dziewczynkę.

Długa przerwa.

– Żartujesz sobie z nas, Valentin?

– A jak sądzisz, sierżancie Zachrisson?

– Dlaczego uważasz, że tak się nazywam?

– Snarliveien czterdzieści jeden. Zgadza się?

Kolejna pauza. Kolejny wybuch śmiechu i znów głos Valentina:

– W worku. Tak to się mówi. Kupowanie kota w worku...

– Gdzie się dowiedziałeś o tym gwałcie?

– To jest więzienie dla zboczeńców, sierżancie. Jak myślisz, o czym my tam rozmawiamy? *Thank you for sharing*. Tak mówimy. Oczywiście wydawało mu się, że nie ujawnia za dużo, ale przecież ja czytam gazety i dobrze pamiętam tę sprawę.

– Więc kto, Valentin?

– Więc kiedy, Zachrisson?

– Kiedy?

– Kiedy mnie stąd wypuścicie, jeśli doniosę?

Katrine miała ochotę wcisnąć Fast forward między kolejnymi pauzami.

– Zaraz wracam.

Szuranie krzesłem. Miękkie trzaśnięcie drzwiami.

Czekała. Słyszała oddech tego człowieka. I zauważyła coś dziwnego. Że sama ma kłopoty z oddychaniem. Jakby oddechy rozlegające się w głośnikach wyssały powietrze z jej salonu.

Policjant nie mógł wyjść na dłużej niż dwie minuty, a wydawało się, że nie było go pół godziny.

– W porządku – rzucił i znów zachrobotało krzesło.

– Szybko poszło. I zmniejszą mi karę?

– Dobrze wiesz, że wymiar kary nie zależy od nas, Valentin, ale porozmawiamy z sędzią, okej? Więc jakie jest to twoje alibi i kto zgwałcił dziewczynę?

– Cały wieczór przesiedziałem w domu. Byłem z kobietą, która wynajmowała mi pokój. I jeśli nie dopadł jej alzheimer, na pewno to potwierdzi.

– Jak to możliwe, żebyś pamiętał tak bez...

– Zwracam uwagę na daty gwałtów. Jeśli nie udaje wam się znaleźć tego szczęściarza od razu, to wiem, że prędzej czy później przyjdziecie do mnie i spytacie mnie, gdzie byłem.

– Aha. A teraz pytanie za tysiąc koron. Kto to zrobił?

Odpowiedź padła powoli, z przesadnie wyraźną dykcją:

– Ju-das Jo-hansen. Tak zwany dobry znajomy policji.

– Judas Johansen?

– Pracujesz w obyczajówce i nie znasz tego notorycznego gwałciciela, Zachrisson?

Odgłos szurających stóp.

– Dlaczego sądzisz, że nie znam tego nazwiska?

– Bo twoje spojrzenie jest puste jak mały kosmos, Zachrisson. Johansen to największy talent gwałcicielski od czasów... no cóż, od moich czasów. I ma w sobie mordercę. Sam jeszcze o tym nie wie, ale to tylko kwestia czasu, kiedy ten morderca się zbudzi. Uwierz mi.

Katrine wydało się, że słyszy lekkie cmoknięcie, kiedy dolna szczęka policjanta straciła kontakt z górną. Wsłuchiwała się w trzeszczącą ciszę. Miała wrażenie, że słyszy, jak puls policjanta przyspiesza, jak na czoło występuje mu pot, kiedy próbuje zapanować nad podnieceniem i nerwowością, bo zrozumiał, że oto czeka go wielka chwila, przełom. Ogromne osiągnięcie w pracy śledczego.

– Gdzie... gdzie... – wyjąkał Zachrisson, ale przerwało mu wycie, od którego aż zadrżały głośniki. Katrine dopiero po chwili zrozumiała, że to śmiech. Śmiech Valentina. Przenikliwe zawodzenie po chwili przeszło w przeciągłe czkanie.

– Żarty sobie robię, Zachrisson. Judas Johansen to pedał, siedzi w sąsiedniej celi.

– Co?

– Chcesz usłyszeć historię ciekawszą od tej, z którą sam przyszedłeś? Judas pieprzył się z pewnym młodym chłopakiem, ale matka ich nakryła. Niestety, chłopak nie wyszedł wtedy jeszcze z szafy, a rodzina, bogata i konserwatywna, oskarżyła Judasa o gwałt. Judasa, który muchy by nie skrzywdził. A może mówi się kota? Mucha, kot. Kot, mucha. Wszystko jedno. Co powiesz na wznowienie tej sprawy, jeśli dam ci trochę informacji? Mógłbym ci szepnąć to i owo o tym, w co później zaplątał się ten chłopak. Liczę na to, że propozycja złagodzenia kary wciąż jest aktualna.

Szuranie krzeseł po podłodze. Huk przewracanego krzesła. Kliknięcie i cisza. Magnetofon wyłączono.

Katrine długo siedziała wpatrzona w ekran komputera. W końcu zauważyła, że się ściemniło. Łby dorszy wystygły.

* * *

– Tak, tak – powtórzył Anton Mittet. – Przemówił.

Stał na korytarzu z telefonem przy uchu i sprawdzał identyfikatory dwóch przybyłych lekarzy. Ich miny świadczyły o zdumieniu pomieszanym z irytacją: na miłość boską, chyba ich pamięta?

Anton przepuścił ich gestem, czym prędzej weszli do pacjenta.

– Ale co powiedział? – spytał Gunnar Hagen w słuchawce.

– Usłyszała tylko, że coś mamrocze, ale co konkretnie, nie umiała powtórzyć.

– Jest teraz przytomny?

– Nie. Tylko coś wymamrotał i odjechał. Ale lekarze mówią, że może się obudzić w każdej chwili.

– Aha – mruknął Hagen. – Informuj mnie na bieżąco, dobrze? Dzwoń w każdej chwili, w każdej.

– Mhm.

– Dobrze, świetnie. Szpital też ma obowiązek informować mnie o wszystkim, ale… oni mają swoje sprawy.

– Oczywiście.

– No właśnie, prawda?

– Owszem.

– No tak.

Anton słuchał ciszy. Czy Gunnar Hagen chciał coś powiedzieć? Ale naczelnik już się rozłączył.

9

Katrine wylądowała na Gardermoen o wpół do dziesiątej. Wsiadła do pociągu z lotniska i pozwoliła, żeby przewiózł ją przez Oslo, a konkretnie pod Oslo. Kiedyś tu mieszkała, ale kilka obrazów miasta, które mignęły jej przed oczami, nie obudziły sentymentów. Średnio interesująca panorama, niskie, miękkie od śniegu wzgórza, oswojony krajobraz. Na siedzeniach w pociągu ludzie o zamkniętych, pozbawionych wyrazu twarzach, kompletny brak spontanicznej komunikacji między nieznajomymi, do jakiej przywykła w Bergen. W pewnej chwili na jednej z najdroższych na świecie tras kolejowych znów zdarzył się jakiś błąd sygnalizacji i zatrzymali się w grobowej ciemności tunelu.

Podanie o wyjazd do Oslo uzasadniła tym, że w ich okręgu policyjnym – Hordaland – mieli trzy niewyjaśnione sprawy gwałtów wykazujące cechy podobieństwa z przestępstwami, które mógł popełnić Valentin Gjertsen. Posłużyła się argumentem, że gdyby udało się przypisać te sprawy Valentinowi, mogliby pośrednio pomóc KRIPOS i komendzie w Oslo w sprawie zabójstw policjantów.

– A dlaczego nie możemy pozwolić, żeby policja z Oslo sama sobie z tym radziła? – spytał Knut Müller-Nilsen, naczelnik Wydziału Zabójstw w Komendzie Okręgowej Policji w Bergen.

– Ponieważ mają wykrywalność na poziomie dwudziestu i ośmiu dziesiątych procent, a my na poziomie czterdziestu przecinek jeden.

Müller-Nilsen śmiał się głośno, a Katrine już wiedziała, że bilet na samolot w zasadzie trzyma w ręku.

Pociąg szarpnął i ruszył, a wagon odpowiedział westchnieniami wyrażającymi ulgę, irytację i rezygnację. Katrine wysiadła w Sandvika i stamtąd wzięła taksówkę do Eiksmarka.

Auto zatrzymało się przy Jøssingveien trzydzieści trzy i Katrine wysiadła na szare śniegowe błoto. Oprócz wysokiego ogrodzenia otaczającego czerwony murowany budynek niewiele zdradzało, że w Zakładzie Karnym i Miejscu Odosobnienia Ila przebywają najokrutniejsi zabójcy, królowie narkotykowi i sprawcy przestępstw na tle seksualnym z całego kraju. Między innymi. W statucie więzienia napisano, że to krajowy zakład karny dla więźniów „wymagających szczególnej pomocy".

Pomocy w tym, żeby nie uciec, pomyślała Katrine. Żeby nie okaleczać. Pomocy w tym, co socjologowie i kryminolodzy z jakiegoś powodu uważają za pragnienie podzielane przez gatunek ludzki jako całość – być dobrymi obywatelami, działać dla dobra wspólnoty, właściwie funkcjonować w społeczeństwie.

Katrine spędziła dostatecznie długi czas na oddziale psychiatrycznym w Bergen, by wiedzieć, że nawet odmieńcy bez przeszłości kryminalnej są kompletnie niezainteresowani dobrem społeczeństwa i nie znają żadnej innej wspólnoty oprócz tej, jaka łączy ich z własnymi demonami. Pragnęli wyłącznie, żeby zostawiono ich w spokoju. Co niekoniecznie oznaczało, że chcieli zostawić w spokoju innych.

Wpuszczono ją do środka, pokazała swój identyfikator i przesłane mailem pismo z zezwoleniem na wejście. Poprowadzono ją w głąb, do dalszych komnat.

Funkcjonariusz Służby Więziennej, który już na nią czekał, stał na szeroko rozstawionych nogach, z rękami skrzyżowanymi na piersi i z podzwaniającym pękiem kluczy, bardziej nadęty niż zwykle, z udawaną pewnością siebie, ponieważ odwiedzającą była policjantka, a zatem przedstawicielka kasty braminów branży porządkowej. Jedna z tych, którzy zawsze skłaniają strażników więziennych, ochroniarzy, a nawet służby parkingowe do kompensowania swoich braków odpowiednimi gestami i tonem.

Katrine zachowała się jak zawsze w podobnych wypadkach. Była bardziej uprzejma i życzliwa, niż wynikało to z jej natury.

– Witamy w kloace – powiedział strażnik. Z pewnością nie używał tego określenia wobec innych odwiedzających, ale zapewne wymyślił je już dawno. Świadczyło to o właściwym przemieszaniu czarnego humoru z realistycznym cynizmem w stosunku do wykonywanej pracy.

Ale to całkiem niezłe porównanie, pomyślała Katrine, kiedy szli więziennymi korytarzami. A może raczej powinno się je nazwać systemem jelitowym? To przecież miejsce, w którym układ trawienny przetrawiał skazane jednostki i zmieniał je w brunatną cuchnącą masę, która w jakimś momencie miała zostać stąd wydalona. Wszystkie drzwi były zamknięte, korytarze puste.

– Oddział dla zboczeńców – oznajmił strażnik, otwierając kolejne żelazne drzwi na końcu korytarza.

– Mają własny oddział?

– Owszem. Dopóki są zebrani w kupie, jest mniejsze ryzyko, że sąsiedzi się do nich dobiorą.

– Dobiorą? – powtórzyła Katrine z udawanym zdziwieniem, jakby nic o tym nie wiedziała.

– Przestępcy na tle seksualnym są znienawidzeni tak samo tutaj jak w społeczeństwie, jeśli nawet nie bardziej. A mamy tu zabójców ze słabszą kontrolą impulsywności niż ty czy ja. Więc kiedy trafi się jakiś zły dzień… – Trzymanym w dłoni kluczem przeciągnął po szyi w dramatycznym geście.

– Zabijają ich? – zawołała Katrine z przerażeniem w głosie i przez chwilę już się bała, że przesadziła. Ale strażnik nie zwrócił na to uwagi.

– No, może nie aż tak, ale dostają za swoje. W izbie chorych zawsze można zastać zboczeńców z połamanymi rękami i nogami. Twierdzą, że spadli ze schodów albo poślizgnęli się pod prysznicem. Boją się donosić, no nie? – Zamknął na klucz drzwi, przez które przeszli, i zaczerpnął powietrza. – Czujesz ten zapach? To sperma na gorącym grzejniku. Natychmiast wysycha. Zapach wżera się w metal i nie daje się wywabić. Trochę jak spalone ludzkie mięso, nie uważasz?

– Homunkulus – powiedziała Katrine i też zaciągnęła się powietrzem, ale poczuła jedynie zapach świeżo pomalowanych ścian.

– Co?

– W siedemnastym wieku wierzono, że sperma zawiera malusieńkie ludziki – wyjaśniła. Zobaczyła ponury wzrok strażnika i zrozumiała, że to było złe posunięcie. Powinna jedynie odgrywać zaszokowaną. – To znaczy – podjęła czym prędzej – że Valentin siedział tu bezpieczny wśród sobie podobnych?

Strażnik pokręcił głową.

– Poszła plotka, że zgwałcił dziewczynki w Maridalen i Tryvann, a z osadzonymi, którzy napastowali małoletnie, jest zupełnie inaczej. Nawet gwałciciele nie tolerują tych, co dymają dzieci.

Katrine drgnęła, tym razem bez udawania. Najbardziej wzburzyła ją swoboda, z jaką o tym mówił.

– To znaczy, że Valentin dostał za swoje?

– Można tak spokojnie powiedzieć.

– A ta plotka, macie pojęcie, kto ją puścił?

– Jasne. – Strażnik już otwierał kolejne drzwi. – Wy.

– My? Policja?

– Był tutaj facet od was i udawał, że przesłuchuje osadzonych w związku z tymi dwiema sprawami. Ale mówiło się, że więcej opowiadał, niż pytał.

Katrine pokiwała głową. Słyszała, że w sprawach, w których policja miała pewność co do winy przestępcy napastującego dzieci, ale nie była w stanie jej udowodnić, dbała o ukaranie sprawcy w inny sposób. Wystarczyło poinformować właściwych współwięźniów. Tych, którzy posiadali największą władzę. Albo najsłabszą kontrolę impulsów.

– I zaakceptowaliście to?

Strażnik wzruszył ramionami.

– A co my, klawisze, możemy zrobić? – Ściszonym głosem dodał: – W tym wypadku może i nam to pasowało.

Minęli świetlicę.

– Co chcesz przez to powiedzieć?

– Valentin Gjertsen to był chory drań, na wskroś zły człowiek. Ktoś taki, że zaczynasz się zastanawiać, jaki cel miał Pan Bóg, zsyłając go na ziemię. Mieliśmy tu funkcjonariuszkę, którą...

– Cześć, jesteś wreszcie!

Głos zabrzmiał miękko, a Katrine odruchowo odwróciła się w lewo. Przy planszy do gry w lotki stali dwaj mężczyźni. Napotkała uśmiechnięte spojrzenie tego, który się do niej odezwał, drobnego trzydziestokilkulatka. Resztki jasnych włosów miał zaczesane do tyłu na ogniście czerwonej czaszce. Jakaś choroba skóry, pomyślała Katrine. Albo może mają tu solarium, skoro to osoby wymagające specjalnej pomocy.

– Już myślałem, że nigdy nie przyjdziesz. – Mężczyzna powoli wyciągał lotki z tarczy, wciąż przytrzymując Katrine spojrzeniem. Potem wziął strzałkę i wbił ją w sam środek czerwonego pola na środku tarczy. W oko byka. Wyszczerzył zęby, poruszając lotką w górę i w dół, i wepchnął ją głębiej. Wyciągnął. Cały czas przy tym cmokał. Drugi mężczyzna, wbrew oczekiwaniom Katrine, wcale się nie śmiał. Patrzył tylko na swego partnera do gry z zatroskaną miną.

Strażnik ujął Katrine pod ramię, żeby pociągnąć ją za sobą, ale uwolniła się, unosząc rękę, a w mózgu zawrzało od szukania pomysłu na to, jak się odciąć. Umysł odmówił oczywistych skojarzeń lotek z wielkością organów płciowych.

– Może mniej domestosa w wodzie do układania włosów?

Ruszyła dalej, ale zdążyła zauważyć, że może i nie trafiła w samo oko byka, ale przynajmniej blisko. Mężczyzna zarumienił się na chwilę, ale zaraz uśmiechnął się jeszcze szerzej i zasalutował.

– Czy Valentin miał z kim rozmawiać? – spytała Katrine, kiedy strażnik otwierał kolejne drzwi.

– Z Jonasem Johansenem.

– To ten, którego nazywają Judas?

– Tak. Siedział za gwałt na mężczyźnie. Niewielu takich mamy.

– A gdzie jest teraz?

– Uciekł.

– Jak to?

– Nie wiemy.

– Nie wiecie?

– Posłuchaj. Tutaj siedzi mnóstwo okropnych ludzi, ale nie jesteśmy zakładem o zaostrzonym rygorze, takim jak Ullersmo. Poza tym są tu też więźniowie z łagodnymi wyrokami. A w wypadku Judasa było dużo okoliczności łagodzących. Valentin też siedział tylko za usiłowanie gwałtu. Seryjnych gwałcicieli trzymają gdzie indziej. Dlatego nie marnujemy pieniędzy na ciągłe obserwowanie osadzonych na tym oddziale. Codziennie rano odbywa się liczenie. I od czasu do czasu, chociaż rzadko, zdarza się, że kogoś brakuje. Wtedy wszyscy muszą wracać do cel, żebyśmy mogli stwierdzić, kogo nie ma. Ale jeśli liczba się zgadza, to dzień toczy się dalej wyznaczonym torem. Stwierdziliśmy, że Judasa Johansena nie ma, i zgłosiliśmy to policji. Za wiele się nad tym nie zastanawiałem, bo zaraz potem mieliśmy pełne ręce roboty z tą drugą sprawą.

– Chodzi ci o…

– Tak. O zabójstwo Valentina.

– To znaczy, że Judasa tu nie było, kiedy to się stało?

– Zgadza się.

– A kto mógł go zabić, jak myślisz?

– Nie mam pojęcia.

Katrine pokiwała głową. Odpowiedź padła zbyt automatycznie, trochę za szybko.

– Nikomu o tym nie powiem, obiecuję. Przecież pytam, jak *myślisz*, kto zabił Valentina.

Strażnik przesunął językiem po zębach, obrzucając Katrine spojrzeniem. Jakby chciał sprawdzić, czy nie przeoczył czegoś podczas pierwszej inspekcji.

– Wielu tu było takich, którzy nienawidzili Valentina i śmiertelnie się go bali. Może niektórzy stwierdzili, że albo on, albo oni, bo miał za co się mścić. W każdym razie ten, który go zabił, musiał go cholernie nienawidzić. Valentin był… Jak to opisać? – Jabłko Adama przesunęło mu się w górę i w dół ponad kołnierzykiem munduru. – Ciało wyglądało jak galareta. Nigdy czegoś podobnego nie widziałem.

– Pobity tępym narzędziem?

– Nie znam się na tym. W każdym razie był nie do rozpoznania. Twarz jak miazga. Gdyby nie ten okropny tatuaż na piersi, to nie wiem, czy zdołałbym go zidentyfikować. Nie jestem szczególnie delikatny, ale potem dręczyły mnie koszmary.

– Jakiego rodzaju był ten tatuaż?

– Jakiego rodzaju?

– Tak. Co... – Katrine poczuła, że wypada z roli życzliwej policjantki, musiała więc wziąć się w garść, żeby ukryć irytację. – Co przedstawiał?

– Trudno powiedzieć. Jakąś twarz. Diabelską, straszną. Jakby rozciągniętą na boki. Taką, która jakby utknęła i próbuje się wyrwać.

Katrine wolno skinęła głową.

– Wydostać się z ciała, w które została schwytana?

– O rany, zgadza się. Znałaś...

– Nie – odparła Katrine, a w myślach dodała: „ale znam to uczucie". – I co, nie znaleźliście Judasa?

– To wy nie znaleźliście Judasa.

– Aha. A dlaczego *my* go nie znaleźliśmy, jak sądzisz?

Strażnik wzruszył ramionami.

– Skąd mogę wiedzieć? Ale z tego, co rozumiem, to tacy jak Judas nie mają u was priorytetu. Tak jak powiedziałem, były okoliczności łagodzące, a zagrożenie recydywą minimalne. Odsiedział już prawie cały wyrok, ale pewnie idiota dostał gorączki.

Katrine pokiwała głową. Gorączki wolnościowej. Tej, która się pojawiała, gdy zbliżała się data wyjścia. Osadzony zaczynał myśleć o wolności i nagle spędzenie w więzieniu jeszcze jednego dnia wydawało się nie do zniesienia.

– Jest tu ktoś jeszcze, kto może mi opowiedzieć o Valentinie?

Strażnik pokręcił głową.

– Z wyjątkiem Judasa trzymał się sam. Zresztą nikt nie chciał mieć z nim nic wspólnego. Cholera, ludzie się go bali. Jakby coś się działo z powietrzem, kiedy wchodził do jakiegoś pomieszczenia.

Katrine zadawała kolejne pytania, aż w końcu zrozumiała, że po prostu stara się usprawiedliwić stratę czasu i wydatek na bilet samolotowy.

– Zacząłeś opowiadać o czymś, co zrobił Valentin – powiedziała.

– Naprawdę? – Strażnik demonstracyjnie spojrzał na zegarek. – O rany, muszę...

W drodze powrotnej przez świetlicę Katrine zobaczyła już tylko chudego mężczyznę z czerwoną czaszką. Stał na baczność z opuszczonymi rękami i wpatrywał się w pustą tarczę. Lotek nigdzie nie było widać. Obrócił się powoli, a Katrine nie zdołała wytrzymać jego spojrzenia. Uśmiech zniknął, a oczy były matowe i szare jak meduzy.

Krzyczał coś, powtarzał cztery słowa wysokim przenikliwym głosem, jak ptak zwiastujący niebezpieczeństwo. Potem wybuchnął śmiechem.

– Nie przejmuj się nim – rzucił strażnik.

Śmiech za ich plecami cichł, kiedy szli korytarzami.

Wreszcie stanęła na zewnątrz i mogła wciągnąć w płuca nasycone deszczem, wilgotne powietrze.

Wyjęła telefon, wyłączyła nagrywanie, ustawione, odkąd się tu znalazła, i zadzwoniła do Beate.

– Skończyłam w Ila – powiedziała. – Masz czas?

– Zaraz podstawię dzbanek w ekspresie.

– Fu! Nie masz…

– Jesteś policjantką, Katrine. Pijesz kawę z ekspresu przelewowego, okej?

– Posłuchaj, kiedyś często jadłam w Café Sara na Torggata, a tobie też się przyda wyskoczyć na chwilę z tego twojego laboratorium. Lunch. Ja stawiam.

– To oczywiste.

– Tak?

– Znalazłam ją.

– Kogo?

– Irję Jacobsen. Żyje. Przynajmniej jeśli się pospieszymy.

Umówiły się za trzy kwadranse. Katrine, czekając na taksówkę, odtworzyła nagranie. Na szczęście umieściła telefon w kieszeni tak, że mikrofon z niej wystawał. Teraz stwierdziła, że mając dobre słuchawki, zdoła odszyfrować to, co mówił strażnik. Przewinęła do końca i puściła kawałek, do którego nie potrzebowała słuchawek. Powtarzający się ostrzegawczy krzyk Czerwonogłowego:

„Valentin żyje! Valentin zabija! Valentin żyje! Valentin zabija!”

– Obudził się dziś rano – poinformował Anton Mittet, idąc szybko korytarzem razem z Gunnarem Hagenem.

Silje na ich widok wstała z krzesła.

– Możesz już iść, Silje – rzucił Anton. – Ja przejmuję czuwanie.

– Ale twój dyżur zaczyna się dopiero za godzinę.

– Możesz już iść, powiedziałem. Zrób sobie wolne.

Popatrzyła badawczo na Antona. A potem na tego drugiego mężczyznę.

– Gunnar Hagen – przedstawił się, wyciągając rękę.

– Wiem, kim pan jest. – Ujęła jego dłoń. – Silje Gravseng. Mam nadzieję, że kiedyś będę dla pana pracować.

– Świetnie. Możesz zacząć od zrobienia tego, co mówi Anton.

– To pana nazwiskiem jest podpisana instrukcja, więc oczywiście...

Anton patrzył, jak pakowała rzeczy do torby.

– Dzisiaj zresztą jest ostatni dzień moich praktyk – dodała. – Muszę teraz zacząć myśleć o egzaminie.

– Silje jest aspirantką – powiedział Anton.

– To się teraz nazywa „studentką szkoły policyjnej" – poprawiła go Silje. – Jedna rzecz mnie zastanawia, panie nadkomisarzu.

– Słucham. – Hagen uśmiechnął się krzywo, słysząc, jak poważnie go tytułowała.

– Ta legenda z pana wydziału. Harry Hole. Podobno nigdy się nie zbłaźnił. Rozwiązał wszystkie sprawy, przy których pracował. To prawda?

Anton chrząknął ostrzegawczo, patrząc na dziewczynę, ale nie zwracała na niego uwagi.

Krzywy uśmiech Hagena wyprostował się i poszerzył.

– Przede wszystkim można mieć niewykryte sprawy na koncie i wcale nie musi to oznaczać, że ktoś się zbłaźnił, nie sądzisz?

Silje Gravseng nie odpowiedziała.

– A jeśli chodzi o Harry'ego i niewyjaśnione sprawy... – Potarł brodę. – Hm, chyba to prawda. Ale zależy, jak się na to patrzy.

– Jak się patrzy?

– Wrócił do kraju z Hongkongu, żeby rozwikłać sprawę zabójstwa, za które aresztowano jego przybranego syna. Chociaż udało mu się doprowadzić do zwolnienia Olega i ktoś inny się przyznał, to zabójstwo Gusta Hanssena właściwie nie zostało wyjaśnione, przynajmniej oficjalnie.

– Dziękuję – uśmiechnęła się Silje.

– Powodzenia w dalszej karierze – powiedział Gunnar Hagen.

Stał jeszcze i przyglądał się, jak dziewczyna odchodzi korytarzem. Wcale nie dlatego, że mężczyźni zawsze lubią popatrzeć na ładną młodą dziewczynę, tylko po to, by opóźnić to jeszcze o kilka sekund, pomyślał Anton. Zauważył zdenerwowanie naczelnika. Wreszcie Hagen odwrócił się do zamkniętych drzwi. Zapiął marynarkę. Zakołysał się na palcach jak tenisista oczekujący na serw przeciwnika.

– No to wchodzę.

– Wchodź – powiedział Anton. – Ja tu przypilnuję.

– Dobrze – mruknął Hagen. – Dobrze.

Mniej więcej w połowie lunchu Beate spytała Katrine, czy ona i Harry spali wtedy ze sobą.

Wcześniej Beate opowiedziała, jak jeden z wywiadowców rozpoznał na zdjęciu kobietę notorycznie składającą fałszywe zeznania, Irję Jacobsen. Powiedział, że Irja prawie nie wychodzi z zajmowanego przez coś w rodzaju komuny mieszkania przy Alexander Kjellands plass, które mają na oku, ponieważ handluje się tam amfetaminą. Ale samą Irją policja za bardzo się nie interesuje, bo ona nie sprzedaje. W najgorszym razie kupuje.

Dalej potoczyła się rozmowa o sytuacji w pracy i o życiu prywatnym, z zahaczeniem o stare dobre czasy. Katrine z obowiązku zaprotestowała, kiedy Beate oświadczyła, że połowa Wydziału Zabójstw miała skurcz karku od oglądania się za Katrine, kiedy ta biegała po korytarzach. Jednocześnie przyszło jej do głowy, że to kobiecy sposób usadzania innych kobiet na miejscu – podkreślaniem, jak piękne były kiedyś. Zwłaszcza jeśli same nie zaliczały się do piękności. Ale chociaż Beate nigdy nie należała do osób, na widok których dostawało się skurczu w karku, to nigdy też nie strzelała zatrutymi strzałami. Była cichą, czerwieniącą się, ciężko pracującą i lojalną koleżanką, która zawsze walczyła czystą bronią. Najwidoczniej jednak coś się zmieniło. Może sprawił to ten jeden kieliszek białego wina, na jaki sobie pozwoliły. W każdym razie Beate do tej pory nie miała zwyczaju zadawania tak bezpośrednio osobistych pytań. Kiedy padło, Katrine cieszyła się, że ma akurat w ustach tyle pity, że nie musi odpowiadać inaczej, niż tylko pokręcić głową.

– Ale... dobrze – powiedziała, kiedy w końcu przełknęła. – Przyznaję, że o tym myślałam. Harry kiedykolwiek o tym wspomniał?

– Harry mówił mi prawie o wszystkim. – Beate uniosła kieliszek z ostatnim łykiem wina. – Zastanawiałam się tylko, czy skłamał, kiedy zaprzeczał, że ty i on...

Katrine pomachała ręką, prosząc o rachunek.

– Dlaczego myślałaś, że byliśmy razem?

– Widziałam, jak na siebie patrzyliście. Słyszałam, jak rozmawialiście.

– Przecież ja i Harry walczyliśmy ze sobą, Beate.

– Właśnie o to mi chodzi.

Katrine się roześmiała.

– A co z tobą i Harrym?

– Z Harrym? Wykluczone. Byliśmy zbyt dobrymi przyjaciółmi. A potem związałam się z Halvorsenem…

Katrine pokiwała głową. Z partnerem Harry'ego, młodym śledczym ze Steinkjer, który ledwie zdążył zrobić Beate dziecko i zaraz zginął na służbie.

Pauza.

– O co chodzi?

Katrine wzruszyła ramionami. Wyjęła telefon i puściła końcówkę nagrania.

– W Ila jest dużo wariatów – stwierdziła Beate.

– Sama siedziałam w psychiatryku, więc znam to od podszewki – zauważyła Katrine. – Ale zastanawiam się, jak on się domyślił, że byłam tam z powodu Valentina.

Anton Mittet siedział na krześle i patrzył, jak Mona idzie w jego stronę. Cieszył się tym widokiem. Pomyślał, że może już nie mieć zbyt wielu okazji, by go oglądać.

Uśmiechała się już z daleka, szła wprost na niego. Widział, jak stawia jedną stopę przed drugą, jakby sunęła po linie. Może po prostu miała taki chód. A może poruszała się tak dla niego. Wreszcie była przy nim, obejrzała się odruchowo, żeby sprawdzić, czy nikt za nią nie idzie. Pogłaskała go po włosach. On, siedząc, objął jej uda i podniósł głowę, żeby na nią spojrzeć.

– I co? Dostałaś i ten dyżur?

– Tak – odparła. – Straciliśmy Altmana. Kazali mu wracać na onkologię.

– Pewnie będziemy się teraz częściej widywać – uśmiechnął się Anton.

– To nie jest wcale takie pewne. Badania wykazują, że on szybko dochodzi do siebie.

– I tak będziemy się spotykać.

Powiedział to żartobliwym tonem. Ale to wcale nie był żart. A ona chyba o tym wiedziała. Czy dlatego zesztywniała, a uśmiech zmienił się w grymas i wysunęła się z jego objęć, znów się oglądając, jakby chciała pokazać, że zrobiła to, ponieważ się boi, że ktoś ich zobaczy? Anton ją puścił.

– Jest teraz u niego naczelnik Wydziału Zabójstw.

– Co on tam robi?

– Rozmawia z nim.

– O czym?

– Tego nie mogę powiedzieć – odparł zamiast „nie wiem". Na miłość boską, jaki jest żałosny.

W tej samej chwili otworzyły się drzwi i Gunnar Hagen wyszedł. Zatrzymał się, spojrzał na Monę, przeniósł wzrok na Antona i z powrotem na Monę. Jakby mieli jakieś zakodowane informacje wypisane na twarzach. A policzki Mony pokryły się czerwienią, zanim pielęgniarka wemknęła się do środka, wymijając Hagena.

– I jak? – spytał Anton, próbując udawać nieporuszonego. W tej samej chwili pojął, że spojrzenie Hagena nie było spojrzeniem osoby, która rozumie, tylko takiej, która nie rozumie. Hagen gapił się na Antona, jakby zobaczył Marsjanina. To był zdezorientowany wzrok człowieka, którego wszelkie wyobrażenia o życiu właśnie przewróciły się do góry nogami.

– Tego tam… – Hagen wskazał kciukiem za siebie – …masz cholernie dobrze pilnować, Anton. Słyszysz? Cholernie dobrze.

Anton słyszał, że Hagen, szybko odchodząc korytarzem, w podnieceniu powtarza te same słowa do siebie.

10

W pierwszej chwili Katrine na widok kobiety w drzwiach pomyślała, że źle trafiły, bo staruszka z siwymi włosami i zapadniętą twarzą nie mogła przecież być Irją Jacobsen.

– Czego chcecie? – spytała kobieta, patrząc na nie podejrzliwie.

– To ja dzwoniłam – wyjaśniła Beate. – Chcemy porozmawiać o Valentinie.

Kobieta zatrzasnęła drzwi.

Beate odczekała, aż człapanie w środku się oddali, a potem nacisnęła klamkę.

Na haczykach w przedpokoju wisiały ubrania i torby plastikowe. Zawsze torby plastikowe. Z jakiego powodu ćpuny otaczają się tyloma torbami plastikowymi, zadała sobie pytanie Katrine. Dlaczego narkomani zawsze upierają się przy tym, by wszystko, co posiadają, magazynować, chronić i transportować w najkruchszym z możliwych, najmniej trwałym opakowaniu? Dlaczego kradną motorowery, wieszaki stojące i serwisy do herbaty, cokolwiek, a nigdy nie biorą takich rzeczy jak walizki i torby podróżne?

W mieszkaniu było brudno, ale mimo wszystko nie aż tak źle jak w większości narkomańskich nor, które miała okazję oglądać. Może to ta kobieta, Irja, pełniła obowiązki pani domu, dbając o wyznaczanie pewnych granic, i sama usiłowała coś robić. Katrine bowiem założyła, że Irja jest tu jedyną kobietą.

Poszła za Beate do pokoju. Na starej, ale jeszcze całej kanapie spał jakiś mężczyzna, bez wątpienia naćpany. Czuć było potem, dymem papierosowym, drewnem marynowanym w piwie i czymś słodkim, czego Katrine nie umiała ani nie chciała nazwać. Pod ścianą stały nieodłączne w takich miejscach łupy pochodzące z kradzieży – tym razem były to stosy dziecięcych desek do surfingu, opakowanych w przezroczysty plastik i ozdobionych rysunkiem białego rekina z rozwartą paszczą i czarnymi śladami zębów na końcu, co miało stwarzać iluzję, że rekin odgryzł kawałek deski. Bóg jeden wie, jak zamierzali to sprzedać.

Beate i Katrine przeszły dalej do kuchni, w której Irja siedziała przy niewielkim stole i skręcała sobie papierosa. Na stoliku leżała serwetka, a na parapecie w cukiernicy stały sztuczne kwiatki.

Katrine i Beate usiadły naprzeciwko niej.

– Nigdy nie przestają jeździć. – Irja wskazała ruchliwą Uelands gate za oknem. Jej głos miał w sobie zachrypniętą szorstkość, której Katrine już się spodziewała po zobaczeniu mieszkania i twarzy trzydziestokilkuletniej staruszki. – Jeżdżą i jeżdżą. Dokąd oni wszyscy jadą?

– Do domu – podsunęła Beate. – Albo z domu.

Irja wzruszyła ramionami.

– Ciebie też nie ma w domu – zauważyła Katrine. – Adres w Biurze Ewidencji Ludności...

– Sprzedałam dom – przerwała jej Irja. – Dostałam go w spadku. Był za duży. Za…

Wysunęła suchy, pokryty białym nalotem język i polizała bibułkę skręta, a Katrine w myśli dokończyła zdanie: „Za bardzo kusiło, żeby go sprzedać, kiedy zasiłek przestał wystarczać na prochy".

– …dużo złych wspomnień.

– Jakich wspomnień? – spytała Beate, a Katrine przeszły ciarki. Beate nie była specjalistką od przesłuchań, tylko technikiem kryminalistycznym. W tym momencie posuwała się za daleko, prosiła o opowiedzenie tragedii całego życia, a przecież nikt nie potrafił rozwodzić się nad swoją historią dłużej i wolniej niż żalący się narkomani.

– Chodziło o Valentina.

Katrine podniosła głowę. A więc jednak Beate wiedziała, co robi.

– W jakim sensie?

Irja znów wzruszyła ramionami.

– Wynajmował mieszkanie w suterenie. On… tam był.

– Był?

– Wy nie znacie Valentina. On jest inny. On… – Kliknęła zapalniczką, ale nie udało jej się przypalić skręta. – On… – Klikała raz po raz.

– Był szaleńcem? – zniecierpliwiła się Katrine.

– Nie. – Irja z wściekłością rzuciła zapalniczką.

Katrine po cichu zaklęła. Teraz to ona okazała się amatorką zadającą sugerujące pytania, które ograniczały zakres odpowiedzi, jakie mogłyby uzyskać.

– Wszyscy mówią, że Valentin to wariat. Ale on wcale nie jest wariatem. Tyle tylko, że robi coś… – Irja wyjrzała przez okno na ulicę. Zniżyła głos. – …robi coś z powietrzem. Ludzie się boją.

– Bił cię? – spytała Beate. To również było sugerujące pytanie. Katrine spróbowała nawiązać z koleżanką kontakt wzrokowy.

– Nie – odparła Irja. – Nie bił. Dusił. Jeśli mu się sprzeciwiłam. Był taki silny, wystarczyło, że złapał mnie za szyję jedną ręką i ścisnął. Trzymał tak, dopóki cały świat nie zaczynał wirować. Tej jego ręki nie dawało się odsunąć…

Katrine uznała, że uśmiech, który ukazał się na twarzy Irji, to oznaka czegoś w rodzaju wisielczego humoru. Sądziła tak, dopóki nie usłyszała dalszych słów:

– …a dziwne było to, że dzięki temu odlatywałam. I że mnie to podniecało.

Katrine mimowolnie się skrzywiła. Czytała, że niedobór tlenu w mózgu może tak wpływać na niektórych ludzi, ale kiedy zrobi to napastnik…

– A potem uprawialiście seks? – spytała Beate, podnosząc zapalniczkę z podłogi. Zapaliła ją, podsunęła Irji. Ta czym prędzej włożyła papierosa do ust, nachyliła się i wessała w siebie tchórzliwy płomień. Wypuściła dym, wsunęła się z powrotem na krzesło i nagle jakby nastąpiła w niej implozja, jakby jej ciało było próżniowo zamkniętą torebką, w której papieros wypalił dziurę.

– On nie zawsze chciał się wtedy rżnąć – powiedziała. – Często wychodził. A ja siedziałam i czekałam, z nadzieją, że niedługo wróci.

Katrine musiała mocno wziąć się w garść, żeby nie prychnąć czy w inny sposób nie okazać pogardy.

– A co robił, kiedy wychodził?

– Nie wiem. Nic nie mówił, a ja…

I znów to wzruszenie ramion. Wyraz nastawienia do życia, pomyślała Katrine. Rezygnacja jako środek przeciwbólowy…

– Może nie chciałam wiedzieć.

Beate chrząknęła.

– Zapewniłaś mu alibi na dwa wieczory, kiedy zginęły tamte dwie dziewczynki. W Maridalen i…

– Bla, bla, bla – przerwała jej Irja.

– On wcale nie spędził tego czasu z tobą, chociaż tak mówiłaś na przesłuchaniu, prawda?

– Skąd mam to, do jasnej cholery, pamiętać? Miałam rozkaz, aż do odwołania, no nie?

– Jaki rozkaz?

– Valentin zapowiedział mi to już pierwszej nocy, kiedy byliśmy ze sobą… no wiecie. Mówił, że policja będzie mi zadawać takie pytania za każdym razem, kiedy kogoś zgwałcą, tylko dlatego, że był podejrzany w pewnej sprawie, w której nie udało im się go skazać. I że jeśli nie zapewni sobie alibi w nowej sprawie, to postarają się go wsadzić bez względu na to, jak bardzo będzie niewinny. Twierdził, że policja często tak robi z ludźmi, którym, jej zdaniem, udało się wywinąć. Dlatego miałam się zaklinać, że był w domu bez względu na dzień i godzinę, o jaką pytali. Miało to nam oszczędzić mnóstwa kłopotów i zmarnowanego czasu. Uznałam, że to ma sens.

– I naprawdę sądziłaś, że nie jest winny tych wszystkich gwałtów? – spytała Katrine. – Chociaż wiedziałaś, że już wcześniej napadał?

– Do jasnej cholery, ja nic nie wiedziałam! – krzyknęła Irja. Z pokoju dobiegły jakieś pomruki. – Nie wiedziałam nic!

Katrine miała ochotę drążyć to dalej, gdy nagle poczuła rękę Beate lekko ściskającą ją za kolano pod stołem.

– Irjo – zaczęła Beate miękkim głosem. – Skoro nic nie wiedziałaś, to dlaczego zgodziłaś się teraz z nami rozmawiać?

Irja patrzyła na Beate, zdejmując niewidzialne drobinki tytoniu z białego czubka języka. Oceniała. Namyślała się.

– On dostał tamten wyrok, prawda? Za usiłowanie gwałtu. A kiedy sprzątałam to mieszkanie, żeby je wynająć innym, to znalazłam te... te... – Nagle jakby bez ostrzeżenia natrafiła na ścianę i nie mogła ruszyć z miejsca. – ...te... – Jej wielkie, haftowane krwią oczy nabiegły łzami. – Te zdjęcia.

– Jakie zdjęcia?

Irja pociągnęła nosem.

– Dziewczyn. Młodych, właściwie dziewczynek. Związanych, z takim czymś w ustach...

– Z kulką? Z kneblem?

– Tak, zakneblowane. Siedziały na krzesłach albo na łóżkach. Na prześcieradle widać było krew.

– A Valentin? – spytała Beate. – On też był na tych zdjęciach?

Irja zaprzeczyła.

– Możliwe więc, że były upozowane – zauważyła Katrine. – W sieci krąży mnóstwo tak zwanych zdjęć z gwałtu, zrobionych przez profesjonalistów z przeznaczeniem dla ludzi, których takie rzeczy kręcą.

Irja znów zaprzeczyła.

– One były za bardzo przestraszone. Widziałam to w ich oczach. Ja... Rozpoznałam ten strach, kiedy Valentin zamierzał...

– Katrine chciała powiedzieć, że osobą, która robiła te zdjęcia, niekoniecznie musiał być Valentin.

– Buty. – Irja pociągnęła nosem.

– Co?

– Valentin miał takie długie spiczaste kowbojskie buty ze sprzączką z boku. Na jednym zdjęciu widać było te buty na podłodze przy łóżku. Wtedy zrozumiałam, że to może być prawda. Że on naprawdę mógł gwałcić, tak jak mówili. Ale nie to było najgorsze...

– A co?

– Zauważyłam tapetę za łóżkiem. To była ta sama tapeta, ten sam wzór. Zdjęcie zrobiono w mieszkaniu w suterenie. W łóżku, w którym on i ja... – Zamknęła oczy i wycisnęła z nich dwie maleńkie kropelki.

– Co wtedy zrobiłaś?

– A jak myślicie? – syknęła Irja i przesunęła ręką pod cieknącym nosem. – Poszłam do was! Podobno wy macie nas chronić!

– I co my na to? – spytała Katrine, nie potrafiąc ukryć niechęci.

– Powiedzieliście, że zajmiecie się tą sprawą. Poszliście z tymi zdjęciami do Valentina, ale on oczywiście umiał się wykręcić. Oświadczył, że to była tylko taka zabawa, wszyscy uczestniczyli w niej dobrowolnie. I że nie pamięta już, jak te dziewczyny się nazywały, bo nigdy więcej ich nie widział. Spytał, czy którakolwiek złożyła doniesienie, a one przecież nic takiego nie zrobiły, więc na tym się skończyło. To znaczy skończyło dla was. Dla mnie dopiero się zaczęło...

Irja delikatnie otarła kostką palca wskazującego powierzchnię pod jednym i pod drugim okiem. Najwyraźniej sądziła, że ma makijaż.

– Jak to?

– Z Ila można dzwonić raz w tygodniu. Powiedział mi przez telefon, że chce ze mną porozmawiać. Więc go odwiedziłam.

Katrine nie musiała słuchać dalszego ciągu.

– Siedziałam w pokoju widzeń i czekałam na niego. Kiedy wszedł, wystarczyło, że na mnie spojrzał, i już poczułam się tak, jakby zaciskał mi rękę na szyi. Cholera, nie mogłam oddychać. Usiadł i oznajmił, że jeśli wspomnę komukolwiek o tym alibi choćby jednym słowem, to mnie zabije. Zabije mnie, jeśli w ogóle zacznę rozmawiać z policją, wszystko jedno o czym. I niech mi się nie wydaje, że on posiedzi długo. Potem wstał i wyszedł. A ja nie musiałam się już dłużej zastanawiać. Miałam świadomość, że ponieważ wiem to, co wiem, on mnie tak czy siak zabije przy pierwszej nadarzającej się okazji. Pojechałam prosto do domu, zamknęłam wszystkie drzwi i przez trzy dni płakałam ze strachu. Czwartego dnia zadzwoniła do mnie tak zwana przyjaciółka, żeby pożyczyć pieniądze. Pożyczała regularnie, bo wciągnęła się w taką nową heroinę, która właśnie się pojawiła na rynku. Później nazwali ją violiną. Zwykle odkładałam słuchawkę, ale tym razem tego nie zrobiłam. Następnego dnia wieczorem już u mnie była i pomagała mi zrobić mój pierwszy w życiu zastrzyk. Boże, jak mi ulżyło. Violina... załatwiła wszystko... Ona...

Katrine w spojrzeniu zniszczonej kobiety dostrzegła nagle błysk dawnego zakochania.

– No i ty też się uzależniłaś – stwierdziła Beate. – Sprzedałaś dom...

– Nie chodziło mi wyłącznie o pieniądze – przerwała jej Irja. – Musiałam uciekać. Musiałam się przed nim ukryć. Wszelkie ślady, które mogły go doprowadzić do mnie, musiały zniknąć.

– Przestałaś używać karty kredytowej, nie zgłosiłaś przeprowadzki. Nie odbierałaś nawet zasiłku.

– Jasne.

– Nawet po śmierci Valentina.

Irja nie odpowiedziała. Nawet nie mrugnęła. Siedziała nieruchomo, tylko dym unosił się z wypalonego już peta w pożółkłych od nikotyny palcach. Katrine skojarzyła się ze zwierzęciem schwytanym w światło samochodowych reflektorów.

– Musiało ci ulżyć, kiedy się o tym dowiedziałaś? – spytała ostrożnie Beate.

Irja pokręciła głową, mechanicznie jak kukiełka.

– On nie umarł.

Katrine natychmiast zrozumiała, że Irja naprawdę tak myśli. Jakie było pierwsze zdanie, które powiedziała o Valentinie? „Wy nie znacie Valentina. On jest inny". Nie „był". Jest.

– Jak myślicie, dlaczego wam o tym wszystkim mówię? – Irja zgasiła niedopałek na blacie stołu. – On się zbliża. Z każdym dniem. Wyczuwam to. Czasami rano budzę się i czuję jego rękę na szyi.

Katrine już miała na końcu języka, że to się nazywa paranoja i jest nieodłączną towarzyszką heroiny. Ale nagle i ona nie była już taka pewna. A kiedy głos Irji zmienił się w cichy szept, a jej spojrzenie zaczęło tańczyć między ciemnymi kątami w pokoju, Katrine też to poczuła. Dłoń zaciskającą się na szyi.

– Musicie go znaleźć. Proszę was. Znajdźcie go, zanim on znajdzie mnie.

* * *

Anton Mittet spojrzał na zegarek. Wpół do siódmej. Ziewnął. Mona ze dwa razy zaglądała razem z lekarzem do pacjenta. Poza tym nic się nie działo. Przy takim siedzeniu człowiek ma dużo czasu na myślenie. Właściwie aż za dużo, bo myśli po jakimś czasie nabierały tendencji do koncentrowania się na przykrych rzeczach. Żeby chociaż były to rzeczy, na które można coś zaradzić. Ale przecież nie mógł już wpłynąć na tamtą sprawę z Drammen, zmienić decyzji o nieinformowaniu o pałce policyjnej, którą znalazł wtedy w lesie w okolicy miejsca zdarzenia. Nie mógł wycofać słów i czynów, którymi ranił Laurę. Nie mógł także wymazać pierwszej nocy z Moną. Drugiej też nie.

Nagle drgnął. Co to było? Jakiś dźwięk? Zabrzmiało tak, jakby dochodziło gdzieś z głębi korytarza. Zaczął intensywnie nasłuchiwać. Teraz już znów panowała cisza. Ale to na pewno był jakiś dźwięk. A przecież oprócz regularnych pisków maszyny u pacjenta nie powinien tu docierać żaden inny odgłos.

Podniósł się bezszelestnie, rozpiął kaburę służbowego pistoletu i wyjął broń. Odbezpieczył.

Tego tam masz cholernie dobrze pilnować, Anton.

Czekał, ale nikt nie przychodził, więc sam ruszył powoli korytarzem. Po drodze sprawdzał po kolei wszystkie drzwi, ale były zamknięte, tak jak powinny. Skręcił za róg, zobaczył ciągnący się przed nim następny korytarz. Cały oświetlony. I nikogo na nim nie było. Znów się zatrzymał, nasłuchując. Nic. Na pewno tylko się przesłyszał. Schował pistolet z powrotem do kabury.

Nic nie było? Ależ tak. Coś wytworzyło w powietrzu fale, które wychwyciła wrażliwa membrana w jego uchu i zadrgała pod ich wpływem, ledwie zauważalnie, ale wystarczająco, by przesłać sygnał do mózgu. To był fakt, któremu nie dało się zaprzeczyć. Jednak ów ruch powietrza mogło wywołać tysiąc rzeczy. Mysz albo szczur. Psująca się żarówka. Drewno w konstrukcji budynku kurczące się pod wpływem spadającej wieczorem temperatury. Ptak, który uderzył w okno.

Dopiero teraz, gdy już się uspokoił, Anton poczuł, jak szybki ma puls. Powinien znów zacząć trenować. Odzyskać formę. Odzyskać to ciało, które tak naprawdę należało do niego.

Już miał wracać, kiedy pomyślał sobie, że skoro dotarł aż tutaj, to równie dobrze może sobie przynieść kawę. Podszedł do czerwonego ekspresu, obrócił podłużny karton. Wypadła z niego jedna zielona kapsułka z błyszczącym wieczkiem, na którym widniał napis *Fortissio Lungo*. Czy ten dźwięk mógł być odgłosem osoby, która wemknęła się tu, żeby ukraść kawę? Przecież to pudełko jeszcze wczoraj było pełne. Włożył kapsułkę do maszyny i dopiero wtedy uświadomił sobie, że w wieczku jest dziurka. Czyli kapsułka była używana. Ale nie, przecież używane kapsułki miały wgniecenia w kształcie szachownicy. Włączył maszynę. Zaczęła warczeć, a wtedy Anton zorientował się, że przez najbliższe dwadzieścia sekund ekspres zagłuszy wszelkie inne ciche odgłosy. Cofnął się o dwa kroki, żeby nie stać w najgorszym hałasie.

Kiedy kubek już był pełen, Anton spojrzał na kawę. Normalna, czarna. A więc nikt nie użył tej kapsułki.

W momencie, gdy ostatnia kropla spadała do kubka, wydało mu się, że znów usłyszał dźwięk. Taki sam. Ale tym razem od drugiej strony, tej, gdzie znajdował się pokój pacjenta. Czyżby przeoczył coś po drodze? Przełożył kubek z kawą do lewej ręki i znów wyjął pistolet. Ruszył z powrotem długimi, równymi krokami. Próbował balansować ciałem, nie patrząc na kubek, ale i tak czuł, jak niemal wrząca kawa parzy mu rękę. Okrążył róg. Nie było nikogo. Odetchnął z ulgą. Ruszył dalej do krzesła. Już miał usiąść, ale nagle zdrętwiał. Podszedł do drzwi pokoju pacjenta, otworzył. Chorego nie było widać, kołdra go zasłaniała.

Ale dźwięk sonaru wciąż się rozlegał, widać też było linię przesuwającą się z lewa na prawo na zielonym ekranie i podskakującą za każdym razem, gdy rozlegał się pisk.

Już miał zamknąć drzwi.

Coś jednak kazało mu się zastanowić.

Wszedł, zostawiając drzwi otwarte, okrążył łóżko. Zajrzał pacjentowi w twarz.

To był on.

Zmarszczył czoło. Nachylił się nad ustami chorego. Czyżby nie oddychał?

Ale nie, poczuł lekki ruch powietrza i mdlący słodkawy zapach, być może lekarstw.

Anton Mittet wyszedł z pokoju pacjenta. Zamknął drzwi za sobą. Spojrzał na zegarek. Wypił kawę. Znów popatrzył na zegarek. Zorientował się, że liczy minuty. Że pragnie, by akurat ten dyżur skończył się jak najszybciej.

– Świetnie, że się zgodził na rozmowę ze mną – powiedziała Katrine.

– Że się zgodził? – powtórzył strażnik. – Większość chłopaków z tego oddziału dałaby sobie uciąć prawą rękę za możliwość spędzenia kilku minut sam na sam z kobietą. Rico Herrem to potencjalny gwałciciel. Jesteś pewna, że nie chcesz, żeby przy tej rozmowie był ktoś jeszcze?

– Umiem się o siebie zatroszczyć.

– Nasza dentystka też tak mówiła. Ale w porządku, przynajmniej masz na sobie spodnie.

– Spodnie?

– Ona nosiła spódnicę i nylonowe pończochy. Umieściła Valentina na fotelu dentystycznym, a żadnego strażnika przy tym nie było. Sama możesz sobie wyobrazić…

Katrine spróbowała.

– Zapłaciła cenę za ubieranie się jak… Okej, jesteśmy na miejscu. – Przekręcił klucz w drzwiach do celi i otworzył. – Będę tuż za drzwiami, wystarczy, że krzykniesz.

– Dziękuję. – Katrine weszła do środka.

Mężczyzna z czerwoną czaszką siedział przy biurku. Obrócił się na krześle.

– Witam w moich skromnych progach.

– Miło mi – powiedziała Katrine.

– Siądź tutaj. – Rico Herrem wstał, podsunął jej krzesło, a sam przycupnął na zaścielonym łóżku. W odpowiedniej odległości. Usiadła i poczuła ciepło jego ciała wciąż tkwiące w siedzeniu krzesła. Kiedy odrobinę się przybliżyła, Herrem odsunął się nieco dalej. Pomyślała, że może jest jednym z tych, którzy tak naprawdę boją się kobiet, i właśnie dlatego ich nie gwałcił, tylko je podglądał. Obnażał się przed nimi. Dzwonił do nich i opowiadał o wszystkim tym, co miał ochotę z nimi robić, lecz oczywiście nigdy nie wystarczyło mu na to odwagi. Kartoteka Rica Herrema była w rzeczywistości bardziej obrzydliwa niż przerażająca.

– Wołałeś za mną, że Valentin nie umarł – zaczęła Katrine, pochylając się do przodu. Herrem jeszcze bardziej się cofnął. Każdym gestem wyrażał obronę, ale uśmiech miał cały czas taki sam, bezczelny, nienawistny. Obsceniczny. – Co chciałeś przez to powiedzieć?

– A jak ci się wydaje, Katrine? – Nosowy głos. – Oczywiście to, że on żyje.

– Valentina Gjertsena znaleziono martwego tu, w więzieniu.

– Tak się wszystkim wydaje. Ten, co stoi za drzwiami, powiedział ci, co Valentin zrobił z dentystką?

– Wspomniał coś o spódnicy i nylonowych pończochach. Was, zdaje się, takie rzeczy podniecają.

– Podniecają Valentina. I mówię to dosłownie. Przychodziła tu dwa razy w tygodniu. Wielu skarżyło się wtedy na ból zębów. Valentin posłużył się jednym z jej własnych wierteł, żeby ją zmusić do zdjęcia pończoch i wciągnięcia ich na głowę. Zgwałcił ją na fotelu dentystycznym, a później tłumaczył: „Po prostu leżała tam jak truchło". Chyba udzielono jej złych rad o tym, jak powinna się zachowywać, gdyby coś zaszło. Dlatego Valentin wyjął zapalniczkę i podpalił te pończochy. Widziałaś kiedyś, jak się topi nylon? Nieźle ją to rozruszało. Zapach twarzy pieczonej w nylonie jeszcze całymi tygodniami tkwił w tych ścianach. Nie wiem, co się z nią dalej działo, ale przypuszczam, że już nie musi się bać, że ktoś zechce ją zgwałcić.

Katrine popatrzyła na niego. Żałosna gęba, pomyślała. To ktoś, kto dostał tyle razy, że ten uśmiech stał się jego odruchem obronnym.

– Jeżeli Valentin nie umarł, to gdzie jest teraz? – spytała.

Herrem uśmiechnął się jeszcze szerzej i podciągnął kołdrę na kolana.

– Chcesz być miły? Więc powiedz mi, jeżeli na próżno tracę czas, Rico – westchnęła Katrine. – Spędziłam tyle czasu w psychiatryku, że szaleńcy mnie nudzą, okej?

– Pani sierżant chyba nie sądzi, że udzielę tych informacji gratis.

– Nie mam stopnia sierżanta, jestem śledczym specjalistą. Jaka jest twoja cena? Złagodzenie kary?

– Wychodzę w przyszłym tygodniu. Chcę pięćdziesiąt tysięcy koron.

Katrine zaśmiała się głośno i serdecznie. Tak serdecznie, jak tylko potrafiła. Dostrzegła wściekłość zapalającą się w jego oczach.

– No to koniec rozmowy – oświadczyła, wstając.

– Wobec tego trzydzieści tysięcy. Jestem kompletnie spłukany, a kiedy stąd wyjdę, będzie mi potrzebny bilet na samolot, który zabierze mnie daleko stąd.

Katrine pokręciła głową.

– Płacimy donosicielom tylko wtedy, kiedy jest mowa o informacjach rzucających zupełnie nowe światło na jakąś sprawę. Na *wielką* sprawę.

– A jeśli to jest taka sprawa?

– I tak musiałabym porozmawiać z moimi szefami. Ale czuję, że chciałeś mi o czymś opowiedzieć. Nie przyszłam tu, żeby negocjować za pomocą czegoś, czego nie mam. – Podeszła do drzwi i uniosła rękę, żeby w nie zapukać.

– Zaczekaj – powstrzymał ją Czerwonogłowy dość niepewnym głosem. Kołdrę podciągnął pod samą brodę. – Mogę ci trochę opowiedzieć.

– Ale ja nie mam dla ciebie nic w zamian. – Katrine już pukała w drzwi.

– A wiesz, co to jest? – Wyciągnął w jej stronę narzędzie o barwie miedzi, na którego widok serce Katrine ominęło jedno uderzenie. Przez ułamek sekundy sądziła, że to rękojeść pistoletu. Ale to była maszynka do tatuażu, a lufą pistoletu okazała się rurka z igłą sterczącą na jej końcu.

– To ja jestem w tym gospodarstwie tatuażystą. I to cholernie dobrym. Wiesz może, w jaki sposób udało im się zidentyfikować tego znalezionego w celi trupa jako zwłoki Valentina?

Katrine patrzyła na niego. Na wąskie, pełne nienawiści oczka. Na cienkie wilgotne wargi. Na czerwoną skórę przeświecającą spomiędzy rzadkich włosów. Tatuaż. Twarz demona.

– Wciąż nic dla ciebie nie mam, Rico.

– Mogłabyś… – skrzywił się.

– Tak?

– Mogłabyś rozpiąć bluzkę, żebym mógł zobaczyć…

Katrine z niedowierzaniem spojrzała na siebie.

– Masz na myśli…

Gdy podłożyła dłonie pod piersi, odniosła wrażenie, jakby nagle od mężczyzny w łóżku zaczęło promieniować ciepło.

Usłyszała brzęk kluczy za drzwiami.

– Proszę dać nam jeszcze kilka minut – powiedziała do strażnika, nie spuszczając oczu z Rica Herrema.

Brzęk ucichł. Za chwilę rozległy się oddalające się kroki.

Jabłko Adama na szyi mężczyzny przypominało teraz poruszającego się w górę i w dół Marsjanina, który próbował wydostać się spod skóry.

– Mów dalej – poprosiła.

– Najpierw...

– Moja oferta jest taka: bluzki nie rozepnę, ale uszczypnę się w sutek, żebyś mógł zobaczyć, jak brodawka mi twardnieje. Jeżeli to, co mi powiesz, okaże się mieć wartość...

– Na pewno!

– Ale jeśli się ruszysz, to zrywam umowę, okej?

– Okej.

– No dobrze, mów.

– To ja wytatuowałem mu na piersi tę twarz demona.

– Tutaj? W więzieniu?

Wyciągnął spod kołdry kartkę.

Katrine wstała i ruszyła w jego stronę.

– Stop!

Znieruchomiała. Spojrzała na niego. Uniosła prawą rękę. Pod cienkim materiałem biustonosza odszukała brodawkę. Ścisnęła. Starała się nie ignorować bólu, tylko go przyjęła. Dalej stała. Lekko się zgarbiła. Wiedziała, że krew napływa do piersi i brodawka zaczyna sterczeć. Pozwoliła mu patrzeć. Słyszała, że Herrem oddycha szybciej. Kiedy podał jej kartkę, dosłownie mu ją wyrwała i wróciła na krzesło.

To był rysunek. Rozpoznała go z opisu strażnika. Twarz demona, rozciągnięta na boki, jakby miała haczyki wbite w policzki i czoło, krzycząca z bólu, z pragnienia, chcąca za wszelką cenę się uwolnić.

– Myślałam, że zrobił sobie ten tatuaż już wiele lat przed śmiercią.

– Nie powiedziałbym tego.

– Co masz na myśli? – Katrine uważnie oglądała linie rysunku.

– Ten tatuaż pojawił się u niego po śmierci.

Podniosła głowę. Zobaczyła, że Herrem wciąż ma wzrok wbity w jej bluzkę.

– Chcesz mi wmówić, że tatuowałeś Valentina p o jego śmierci?

– Czy ty masz kłopoty ze słuchem, Katrine? Valentin nie umarł.

– Tylko... kto?

– Dwa guziki.

– Co?

– Rozepnij dwa guziki.

Rozpięła trzy. Rozchyliła bluzkę. Pokazała mu miseczkę biustonosza z wciąż sterczącą brodawką.

– Judas. – Mówił teraz szeptem, głos miał chropowaty. – Tatuowałem Judasa. Valentin trzymał go w walizce przez trzy dni. Po prostu zamknął go w walizce, wyobraź to sobie.

– Judasa Johansena?

– Wszyscy myśleli, że Judas uciekł. A to Valentin go zabił i zamknął w walizce. Nikt nie będzie szukał człowieka w walizce, prawda? Valentin zmaltretował go tak, że nawet ja miałem wątpliwości, czy to Judas. Zrobił z niego mielone mięso. To mógł być każdy. W całości, tak mniej więcej, zachowała się jedynie jego pierś, na której miałem wytatuować ten rysunek.

– Judas Johansen. A więc to jego zwłoki znaleźli?

– A ja ci o tym powiedziałem i teraz mnie też już można uznać za martwego.

– Ale dlaczego zabił Judasa?

– Valentin był tu znienawidzony. Oczywiście za to, że brał się do dziewczynek poniżej dziesięciu lat. No a potem ta sprawa z dentystką. Wielu tutaj ją lubiło, również klawisze. Jakiś zgrabny wypadek pozostawał jedynie kwestią czasu. Na przykład przedawkowanie. Może wyglądałoby to na samobójstwo. Musiał więc jakoś temu zaradzić.

– Przecież mógł po prostu uciec.

– Znaleźliby go. Chciał spowodować, żeby uznano go za zmarłego.

– A jego najbliższy kumpel Judas…

– Świetnie się do tego nadawał. Valentin nie jest taki jak my, Katrine.

Zignorowała jego „my".

– Dlaczego zdecydowałeś się mi o tym powiedzieć? Przecież jesteś współwinny.

– Ja tylko tatuowałem martwego człowieka. Poza tym musicie złapać Valentina.

– Dlaczego?

Czerwonogłowy zamknął oczy.

– Tyle mi się śniło ostatnio, Katrine. On już nadchodzi. Wraca do świata żywych. Ale najpierw musi usunąć wszystko to, co było dawniej. Wszystkich, którzy stanęli mu na drodze. Wszystkich, którzy wiedzą. A ja jestem jednym z nich. W przyszłym tygodniu wychodzę. Musicie go złapać…

– ...zanim on złapie ciebie. – Katrine dokończyła refren, patrząc na siedzącego przed nią mężczyznę. A raczej wpatrywała się w jakiś punkt w powietrzu tuż nad jego czołem, jakby właśnie w tym miejscu rozgrywała się scena, którą opisał Rico. Ta, w której tatuuje trzydniowe zwłoki. I scena ta była na tyle przerażająca, że Katrine nie zwracała uwagi na nic innego – ani na obrazy, ani na dźwięki – dopóki nie poczuła małej kropelki na szyi. Usłyszała charczenie i opuściła wzrok. Dopiero wtedy poderwała się z krzesła i skoczyła ku drzwiom, czując narastające mdłości.

Anton Mittet się obudził.

Serce waliło mu jak oszalałe i z trudem łapał powietrze.

Przez chwilę mrugał zdezorientowany, zanim zdołał skupić wzrok w jednym miejscu.

Spojrzał na pomalowaną na biało ścianę korytarza, którą miał przed sobą. Wciąż siedział na krześle, oparty o ścianę z tyłu.

Zasnął. Zasnął w pracy.

To się nigdy wcześniej nie zdarzyło. Podniósł lewą rękę. Miał wrażenie, jakby ważyła dwadzieścia kilo. I dlaczego serce wali mu tak, jakby przebiegł półmaraton?

Popatrzył na zegarek. Piętnaście po jedenastej. Spał ponad godzinę! Jak to się mogło stać? Czuł, że serce powoli się uspokaja. To pewnie przez ten stres w ostatnich tygodniach. Ciągłe dyżury, żadnego stałego rytmu dobowego. Laura i Mona.

Co go obudziło? Znów jakiś dźwięk?

Nasłuchiwał.

Nic, tylko drżąca cisza. I jedynie mgliste wspomnienie ze snu, że mózg zarejestrował coś, co uznał za niepokojące. Tak jak wtedy, gdy spał w swoim domu w Drammen, nad rzeką. Wiedział, że tuż za otwartym oknem pływają łodzie z głośno warczącymi silnikami, ale mózg tego nie rejestrował. Wystarczyło natomiast ledwie słyszalne skrzypnięcie drzwi do sypialni, a podrywał się natychmiast. Laura twierdziła, że to się zaczęło od tamtej sprawy w Drammen, od Renégo Kalsnesa, tamtego młodego faceta, którego znaleźli nad rzeką.

Zamknął oczy. Zaraz znów szeroko je otworzył.

Na miłość boską, znowu zasypiał. Wstał. Zakręciło mu się w głowie tak, że z powrotem musiał usiąść. Zamrugał. Przeklęta mgła zdawała się spowijać wszystkie zmysły.

Spojrzał na pusty kubek, który stał przy krześle. Musi iść zrobić sobie podwójne espresso. Ale nie, cholera, nic z tego, przecież kapsułki się skończyły. Powinien zadzwonić do Mony i poprosić, żeby przyniosła mu kubek kawy. Chyba już niedużo czasu zostało do jej następnej wizyty. Wyjął telefon. Jej numer miał wpisany jako „GAMLEM KONTAKT SZPITAL CENTRALNY". Zabezpieczenie na wypadek, gdyby Laura miała ochotę sprawdzić rejestr rozmów w jego komórce i odkryła częste połączenia z tym numerem. SMS-y oczywiście kasował na bieżąco. Już miał wcisnąć Zadzwoń, gdy jego mózg zdołał wreszcie zidentyfikować ów niewłaściwy dźwięk.

Skrzypnięcie drzwi do sypialni.

Cisza.

To brak dźwięku był tym, co się nie zgadzało.

Brak odgłosu sonaru. Odgłosu maszyny rejestrującej bicie serca.

Anton podniósł się z krzesła. Chwiejnym krokiem podszedł do drzwi, otworzył je szarpnięciem. Mruganiem usiłował odpędzić słabość. Wpatrywał się w połyskujący zielony ekran aparatu. W płaską martwą kreskę rozciągającą się w poprzek monitora.

Podbiegł do łóżka. Spojrzał na leżącą na poduszce bladą twarz.

Słyszał już tupot biegnących korytarzem. Kiedy maszyna przestała rejestrować bicie serca, musiał włączyć się alarm w dyżurce. Anton odruchowo dotknął ręką czoła mężczyzny. Jeszcze ciepłe. A mimo to nie miał wątpliwości. Zbyt wiele zwłok już widział. Pacjent nie żył.

CZĘŚĆ III

11

Pogrzeb pacjenta odbył się szybko i sprawnie, przy bardzo skromnym udziale żałobników. Pastor nawet nie próbował sugerować, że człowiek leżący w trumnie był szczerze kochany, wiódł przykładne życie i zakwalifikował się do raju. Od razu przeszedł do Jezusa, który, jak twierdził, wszystkim grzesznikom dał walkowera.

Nie zgłosiło się nawet tylu ludzi, żeby można było wynieść trumnę, została więc przed ołtarzem, a wszyscy przybyli wyszli na śnieżycę przed kościół Vestre Aker. Zdecydowana większość tych, którzy się stawili – konkretnie w liczbie czworga – była policjantami. Wszyscy wsiedli do tego samego samochodu i pojechali do knajpy Justisen, którą właśnie otwarto, i gdzie czekał na nich psycholog. Tupiąc, otrząsnęli śnieg z butów, zamówili jedno piwo i cztery butelki wody mineralnej, ani czystszej, ani smaczniejszej od tej, która płynęła w kranach Oslo. Stuknęli się szklankami, przeklęli zmarłego, jak nakazywał obyczaj, i wypili.

– Umarł za wcześnie – stwierdził naczelnik Wydziału Zabójstw Gunnar Hagen.

– Tylko trochę za wcześnie – orzekła szefowa Wydziału Techniki Kryminalistycznej Beate Lønn.

– Oby się długo smażył w piekle – dorzucił rudowłosy technik w zamszowej kurtce z frędzlami Bjørn Holm.

– Jako psycholog niniejszym stawiam wam diagnozę braku kontaktu z własnymi uczuciami – dodał Ståle Aune i podniósł szklankę z piwem.

– Dziękuję, doktorze, ale ta diagnoza powinna raczej brzmieć „policja" – stwierdził Hagen.

– Co z tą sekcją? – spytała Katrine. – Chyba nie całkiem wszystko zrozumiałam.

– Umarł na zawał serca – wyjaśniła Beate. – Podobno takie rzeczy się zdarzają.

– Ale przecież obudził się z tej śpiączki – zauważył Bjørn Holm.

– Taki zawał może w każdej chwili dopaść nas wszystkich – orzekła spokojnie Beate.

– Bardzo ci dziękuję – uśmiechnął się Hagen. – Ale teraz, kiedy już zakończyliśmy sprawę ze zmarłym, proponuję, żebyśmy spróbowali spojrzeć w przyszłość.

– Zdolność do szybkiego radzenia sobie z traumami charakteryzuje ludzi o niskim poziomie inteligencji. – Aune wypił łyk piwa. – Tak tylko mówię, żebyście wiedzieli.

Hagen na kilka sekund zawiesił wzrok na psychologu i podjął:

– Bardzo się cieszę, że udało nam się spotkać tutaj, a nie w komendzie.

– No właśnie. Dlaczego tu jesteśmy? – spytał Bjørn Holm.

– Żeby porozmawiać o zabójstwach policjantów. – Hagen się obrócił. – Katrine?

Katrine Bratt kiwnęła głową. Chrząknęła.

– Krótkie podsumowanie. Tak żeby i pana psychologa wprowadzić w sprawę. Zabito dwóch policjantów. Obu zabójstw dokonano w tych samych miejscach, gdzie wcześniej doszło do niewyjaśnionych zbrodni. Policjanci, którzy stali się ofiarami, uczestniczyli we wcześniejszych śledztwach. Do tej pory nie mieliśmy w tych sprawach żadnych śladów, żadnych podejrzanych ani pomysłów na ewentualny motyw. Jeśli chodzi o pierwotne zabójstwa, to założyliśmy, że miały one podłoże seksualne. Znaleziono pewne ślady techniczne, ale nic, co wskazywałoby na konkretnych podejrzanych. Wprawdzie przesłuchiwano wiele osób, ale wyeliminowano je ze sprawy – albo miały alibi, albo nie pasowały do profilu. Jednak ostatnio kandydatura jednego z tych podejrzanych powróciła...

Wyciągnęła coś z torebki i położyła na stoliku, tak aby wszyscy mogli to widzieć. Była to fotografia mężczyzny z nagim torsem. Data i numer świadczyły o tym, że to zdjęcie aresztowanego zrobione przez policję.

– To jest Valentin Gjertsen. Przestępstwa na tle seksualnym. Ofiary to mężczyźni, kobiety i dzieci. Pierwszy akt oskarżenia został wniesiony, kiedy Valentin miał szesnaście lat – obmacywał dziewięcioletnią dziewczynkę, którą zwabił do łodzi wiosłowej. Rok później sąsiadka złożyła zawiadomienie, oskarżając go o usiłowanie gwałtu w pralni mieszczącej się w piwnicy.

– A co go wiąże z Maridalen i z Tryvann? – spytał Bjørn Holm.

– Na razie tylko to, że profil się zgadza. I że osoba, która zapewniła mu alibi, właśnie się przyznała, że było fałszywe. Robiła to, co jej kazał.

– Valentin wmówił jej, że policja usiłowała go niewinnie skazać – dodała Beate.

– Aha – mruknął Hagen. – To może być przyczyna nienawiści do policji. Co pan na to, doktorze? Czy to możliwe?

Aune zastanawiał się, cmokając.

– Oczywiście. Ale ogólna zasada, której z reguły staram się trzymać, jeśli chodzi o ludzką psychikę, mówi, że możliwe jest absolutnie wszystko, co można sobie wyobrazić. Plus sporo rzeczy, których wyobrazić sobie nie można.

– W czasie gdy Valentin Gjertsen odsiadywał karę za napaść na małoletnią, zgwałcił i okaleczył dentystkę w Ila. Bał się, że inni osadzeni mogą się za to mścić, więc postanowił uciec. Do ucieczki z Ila nie potrzeba czarodziejskich sztuczek, ale Valentin chciał, by wyglądało to tak, jakby umarł, żeby nikt go nie ścigał. Zabił więc współwięźnia, Judasa Johansena, zmasakrował go nie do rozpoznania i ukrył zwłoki. Kiedy Judas nie pojawił się na zbiórce, zgłoszono jego ucieczkę. Następnie Valentin zmusił więziennego tatuażystę do zrobienia identycznego rysunku, jaki miał sam, w jedynym jako tako całym miejscu na ciele Judasa, czyli na piersi. Obiecał tatuażyście i jego rodzinie rychłą śmierć, jeśli ten kiedykolwiek go zdradzi, a następnie nocą, tuż przed swoją ucieczką, przebrał zwłoki Judasa Johansena we własne ubranie i ułożył je na podłodze w celi, do której zostawił otwarte drzwi, żeby mógł tam wejść każdy. Gdy następnego dnia rano znaleziono ciało, jak sądzono, Valentina, nikt się nie zdziwił. Było to mniej lub bardziej oczekiwane zabójstwo dokonane na najszczerzej znienawidzonym na oddziale więźniu. Sprawa była tak oczywista, że nikomu przez myśl nie przeszło sprawdzanie odcisków palców zwłok, a tym bardziej przeprowadzanie badań DNA.

Na chwilę zapadła cisza. Wszedł jakiś gość, który chciał usiąść przy sąsiednim stoliku, ale jedno spojrzenie Hagena wystarczyło, by wycofał się dalej w głąb lokalu.

– Twierdzisz więc, że Valentin uciekł, żyje i ma się jak najlepiej – podsumowała Beate Lønn. – I że to on stoi zarówno za pierwotnymi zabójstwami, jak i za zabójstwami policjantów. A motywem tych ostatnich jest ogólnie zemsta na policji. Ale co on chce pomścić? To, że policjanci wykonują swoją pracę? Wtedy raczej już niewielu spośród nas by żyło.

– Nie jestem pewna, czy chodzi mu ogólnie o policjantów – odparła Katrine. – Strażnik mówił mi, że do Ila przyszło dwóch funkcjonariuszy, którzy rozmawiali z osadzonymi o zabójstwach dziewczynek w Maridalen i w Tryvann. Że rozmawiali głównie z „normalnymi" zabójcami i że więcej sami opowiadali, niż zadawali pytań. O Valentinie mówili jako o tym, który... – Katrine musiała się przemóc, żeby dokończyć: – ...dyma dzieci.

Zobaczyła, że wszyscy, nawet Beate Lønn, drgnęli. Dziwne, że jedno słowo potrafi zadziałać mocniej niż najokrutniejsze zdjęcia z miejsc zdarzenia.

– Jeśli nie to było dla Valentina bezpośrednim wyrokiem śmierci, to w każdym razie niewiele brakowało.

– A ci dwaj policjanci to...

– Strażnik, z którym rozmawiałam, nie pamięta ich nazwisk, nigdzie też nie odnotowano tej wizyty. Ale można zgadywać.

– Erlend Vennesla i Bertil Nilsen – dopowiedział Bjørn Holm.

– Zaczyna się rysować jakiś obraz, nie sądzicie? – spytał Gunnar Hagen. – Wobec Judasa użyto tej samej ekstremalnej przemocy co w wypadku zabójstw policjantów. Doktorze?

– No pewnie – potwierdził Aune. – Zabójcy to niewolnicy przyzwyczajeń, trzymają się wypróbowanych metod. Albo też stosują tę samą metodę, by dać ujście swojej nienawiści.

– Ale w wypadku Judasa takie działanie miało szczególny cel – zauważyła Beate. – Zakamuflowanie własnej ucieczki.

– Jeśli to w ogóle tak się odbyło – wtrącił Bjørn Holm. – Ten osadzony, z którym rozmawiała Katrine, chyba nie jest najbardziej wiarygodnym świadkiem na świecie.

– Owszem – odparła Katrine. – Ja mu wierzę.

– A to dlaczego?

Katrine uśmiechnęła się krzywo.

– Jak to mówił Harry? Intuicja to jedynie suma drobnych, ale całkiem konkretnych rzeczy, którym mózg nie zdążył jeszcze nadać nazwy.

– Może by tak ekshumować zwłoki i sprawdzić? – zaproponował Aune.

– Domyśl się – powiedziała Katrine.

– Skremowany?

– Tydzień wcześniej Valentin sporządził testament, w którym napisał, że w razie jego śmierci ciało należy jak najszybciej spalić.

– I później nikt już o nim nie słyszał – uzupełnił Holm. – Dopóki nie zabił Vennesli i Nilsena.

– Taką hipotezę przedstawiła mi Katrine – powiedział Gunnar Hagen. – Na razie jest dość niepewna i łagodnie mówiąc, śmiała, ale ponieważ naszej grupie śledczej brakuje już sił na wymyślanie innych hipotez, mam ochotę dać jej szansę. Właśnie dlatego zebrałem was tu dzisiaj. Chciałbym, żebyście utworzyli specjalną jednostkę, która zajmie się tropieniem wyłącznie tego jednego śladu. Resztę zostawicie dużej grupie. Jeśli podejmiecie się tego zadania, będziecie mieć obowiązek meldowania mnie i… – Kaszlnął raz, krótko i mocno; zabrzmiało to jak strzał z pistoletu. – …i tylko mnie.

– Aha – powiedziała Beate. – Czy to znaczy, że…

– Tak. To znaczy, że będziecie pracować w tajemnicy.

– W tajemnicy przed kim? – spytał Bjørn Holm.

– Przed wszystkimi. Absolutnie przed wszystkimi z wyjątkiem mnie.

Ståle Aune chrząknął.

– A przed kim szczególnie?

Hagen lekko uszczypnął się w szyję. Powieki do połowy nasunęły mu się na oczy jak u jaszczurki w piekącym słońcu.

– Przed Bellmanem – stwierdziła Beate. – Komendantem okręgowym.

Hagen rozłożył ręce.

– Mnie chodzi wyłącznie o wyniki. Odnieśliśmy sukces, działając w niezależnej małej grupce, kiedy Harry jeszcze był wśród nas. Ale komendant tupnął nogą i zabronił powoływania takiego zespołu. Chce, żeby grupa była duża. Możliwe, że to wygląda na rozpaczliwe działanie z mojej strony, ale w tej dużej grupie panuje kompletna posucha, jeśli chodzi o pomysły, a musimy dopaść tego oprawcę policjantów. Inaczej wszystko się zawali. Gdyby doszło do konfrontacji z komendantem, oczywiście biorę na siebie pełną odpowiedzialność. Zamierzam twierdzić, że nie uprzedziłem was o niepoinformowaniu go o utworzeniu zespołu. Ale oczywiście rozumiem, w jakiej sytuacji was stawiam, więc wyłącznie od was zależy, czy się na to zgodzicie.

Katrine poczuła, jak jej wzrok – podobnie jak wszystkich pozostałych – zwraca się ku Beate Lønn. Wiedzieli, że tak naprawdę decyzja zależy od niej. Jeśli ona się zgodzi, inni pójdą za nią. Jeśli odmówi...

– Ta twarz demona na jego piersi – odezwała się Beate. Sięgnęła po leżącą na stoliku fotografię i uważnie się jej przyglądała. – Wygląda jak ktoś, kto chce się wydostać. Z więzienia. Z własnego ciała. Albo z własnego mózgu. Tak jak Bałwan. Może on również jest jednym z nich. – Podniosła głowę i lekko się uśmiechnęła. – Wchodzę w to.

Hagen popatrzył na pozostałych. Po kolei twierdząco kiwali głowami.

– Świetnie – ucieszył się. – Ja będę kierował zwykłą grupą, tak jak wcześniej. Natomiast szefostwo tej jednostki formalnie obejmuje Katrine. A ponieważ zatrudnia ją Komenda Okręgowa Policji w Bergen, formalnie nie musicie składać żadnych raportów komendantowi Oslo.

– No to pracujemy dla Bergen – stwierdziła Beate. – Czemu nie? Wobec tego wypijmy za Bergen!

Podnieśli szklanki.

Stali na chodniku pod Justisen, właśnie zaczął padać lekki deszcz. Od ziemi bił zapach piasku, oleju i asfaltu.

– Pozwólcie, że skorzystam z okazji i podziękuję za przyjęcie mnie z powrotem – powiedział Ståle Aune, zapinając płaszcz Burberry.

– No to znów działamy razem – uśmiechnęła się Katrine.

– Będzie dokładnie tak jak za dawnych dobrych czasów. – Bjørn z zadowoleniem poklepał się po brzuchu.

– Prawie – zauważyła Beate. – Brakuje tylko jednego.

– Hej! – zaprotestował Hagen. – Umówiliśmy się, że nie będziemy więcej o nim rozmawiać. Jego już nie ma i trzeba się z tym pogodzić.

– On nigdy nie zniknie całkiem, Gunnar.

Hagen westchnął, spojrzał w niebo. Wzruszył ramionami.

– Może macie rację. W Szpitalu Centralnym miała dyżur studentka z Wyższej Szkoły Policyjnej. Spytała mnie, czy było jakieś zabójstwo, którego Harry'emu nigdy nie udało się wyjaśnić. Pomyślałem najpierw, że to tylko taka mała ciekawska, która się tym interesuje, ponieważ spędza dużo czasu w jego pobliżu. Odpowiedziałem, że sprawa Gusta Hanssena nigdy nie została rozwiązana. A dzisiaj dowiaduję się, że moja sekretarka miała telefon ze szkoły policyjnej z prośbą o kopię akt akurat tej sprawy. – Hagen uśmiechnął się ze smutkiem. – Może on jednak mimo wszystko staje się legendą.

– Harry zawsze pozostanie w pamięci – oświadczył Bjørn Holm. – Nie miał lepszych od siebie ani równych sobie.

– Może i nie – powiedziała Beate. – Ale, cholera, naszej czwórce blisko do tego, żeby mu dorównać, nie uważacie?

Popatrzyli na siebie, pokiwali głowami. Pożegnali się krótkimi, mocnymi uściskami dłoni i rozeszli w trzy różne strony.

12

Mikael Bellman patrzył ponad muszką pistoletu na stojącą przed nim postać. Lekko zmrużył jedno oko i powoli ściągnął spust, wczuwając się w bicie serca. Biło spokojnie, ale ciężko. Czuł krew pompowaną w koniuszki palców. Postać się nie poruszyła, miał tylko takie wrażenie, ponieważ sam nie mógł ustać nieruchomo. Zwolnił spust, nabrał powietrza, ponownie skupił wzrok. Znów zobaczył postać ponad muszką. Nacisnął. Postacią szarpnęło. Szarpnęło we właściwy sposób. Nie żyła. Mikael Bellman wiedział, że trafił ją w głowę.

– Dawajcie trupa tutaj, przeprowadzimy obdukcję! – zawołał, opuszczając swojego hecklera & kocha P30L. Zdjął słuchawki i okulary ochronne. Usłyszał elektryczne dudnienie i śpiew stalowych drutów. Postać zaczęła płynąć w powietrzu w jego stronę. Zatrzymała się w odległości pół metra.

– Świetnie. – Truls Berntsen puścił przełącznik i warkot ustał.

– Całkiem nieźle. – Mikael zajął się oglądaniem papierowego celu i poszarpanych dziur w torsie i w głowie. Potem wskazał na sylwetkę z rozerwaną głową na sąsiednim torze. – Ale nie tak dobrze jak ty.

– Do zdania testu wystarczy. Podobno w tym roku oblewa dziesięć przecinek dwa procent. – Truls sprawnie wymienił swój cel, wcisnął przełącznik i kolejna sylwetka odjechała ze śpiewem w dal. Zatrzymała się przy nakrapianej na zielono płycie w odległości dwudziestu metrów od nich. Kilka torów na lewo rozległ się jasny kobiecy śmiech. Dwie dziewczyny nachyliły się do siebie i zaczęły szeptać, wyraźnie na nich patrząc. Pewnie studentki ze szkoły policyjnej, które rozpoznały komendanta.

Wszystkie dźwięki w tym pomieszczeniu miały swoje własne częstotliwości, więc Mikael nawet poprzez huk wystrzałów odróżniał klaśnięcia kuli uderzającej w papier i odgłos ołowiu walącego w metalową płytę. Zaraz po nim następowało metaliczne kliknięcie, kiedy kula wpadała do stojącego pod celem pudełka na zużyte naboje.

– W praktyce oznacza to, że ponad dziesięć procent policjantów nie jest w stanie bronić ani siebie, ani nikogo innego. Co na to powie pan komendant?

– Nie wszyscy policjanci mogą trenować strzelanie tyle co ty, Truls.

– Bo nie mają tyle wolnego czasu, to masz na myśli? – Truls zaśmiał się tym swoim irytującym, chrumkającym śmiechem.

Mikael patrzył na swojego podwładnego i przyjaciela z dzieciństwa. Na przypadkowo rozmieszczone zęby i dziwny zgryz, którego leczeniem jego rodzice nigdy nie zawracali sobie głowy, na czerwone dziąsła. Pozornie wszystko było jak dawniej, jednak coś się zmieniło. Może to przez świeżo obcięte włosy? A może przez to zawieszenie w obowiązkach? Takie rzeczy mimo wszystko działają na ludzi, nawet na tych, których wcześniej nie uważało się za tak wrażliwych. Może szczególnie na nich. Na tych, którzy nie mieli zwyczaju wentylowania uczuć na bieżąco i ukrywali je, mając nadzieję, że z czasem po prostu miną. To właśnie tacy ludzie potrafili pęknąć. Wpakować sobie kulkę w skroń.

Ale Truls sprawiał wrażenie zadowolonego. Cały czas się śmiał. Kiedyś w młodości Mikael tłumaczył mu, że ten jego śmiech przyprawia ludzi o dreszcze, że powinien śmiać się inaczej. Ćwiczyć bardziej zwyczajny, sympatyczniejszy śmiech. Ale Truls śmiał się z tego jeszcze głośniej. I wskazywał na Mikaela. Bez słowa pokazując na niego palcem, dalej zanosił się tym swoim strasznym prychającym śmiechem.

– Nie zamierzasz wkrótce o to spytać? – Truls wsunął nowe naboje do magazynka swojego pistoletu.

– O co?

– O pieniądze na moim koncie.

Mikael przestąpił z nogi na nogę.

– To dlatego mnie tu zaprosiłeś? Żebym cię o to spytał?

– Nie chcesz wiedzieć, w jaki sposób pieniądze tam trafiły?

– Dlaczego miałbym ci teraz o tym truć?

– Jesteś komendantem policji.

– A ty postanowiłeś, że nic nie będziesz mówił. Uważam, że to głupie z twojej strony, ale to szanuję.

– Doprawdy? – Truls wcisnął magazynek na miejsce. – Czy nie trujesz dlatego, że już i tak wiesz, skąd się wzięły, Mikael?

Mikael Bellman spojrzał na przyjaciela z dzieciństwa. Teraz już to widział. Widział, co się zmieniło. To był ten chory, mroczny błysk. Ten z czasów młodości, który zapalał się Trulsowi w oczach w chwilach wściekłości, gdy starsi chłopcy z Manglerud postanawiali dołożyć mocnemu w gębie przystojniakowi, który sprzątnął im sprzed nosa Ullę, i Mikael musiał wtedy wypychać Trulsa przed siebie. Napuszczać na nich hienę. Liszajowatą poharataną hienę, która wytrzymała już tyle ciosów, że trochę więcej czy mniej nie robiło wielkiej różnicy. Ale z czasem tamci się nauczyli, że taka potyczka może się dla nich okazać boleśniejsza, niż było warto. Bo kiedy Trulsowi zapalał się w oczach ten błysk, ten hieni blask, oznaczało to, że jest gotów umrzeć, a jeśli uda mu się wbić w kogoś zęby, to za nic już nie puści. Szczęki się zatrzasną i nie odpuszczą, dopóki nie powali przeciwnika na kolana albo dopóki się go nie odetnie.

Później ten mroczny blask zapalał się coraz rzadziej. Oczywiście palił się też wtedy, gdy zajęli się tamtym pedałem w garażu. I ostatnio, kiedy Mikael przekazał mu informację o zawieszeniu. Ale zmiana polegała na tym, że teraz ten blask nie gasł, tylko płonął przez cały czas, jakby Truls miał gorączkę.

Mikael powoli, jakby z niedowierzaniem, pokręcił głową.

– O czym ty mówisz, Truls?

– Może te pieniądze pośrednio pochodziły od ciebie. Może to ty mi płaciłeś przez cały czas. Może to ty doprowadziłeś do mnie Asajewa.

– Chyba nawdychałeś się za dużo dymu z prochu, Truls. Nigdy nie miałem nic wspólnego z Asajewem.

– Może powinniśmy go o to spytać?

– Rudolf Asajew nie żyje, Truls.

– Znakomicie się złożyło, prawda? Wszyscy, którzy mogliby coś powiedzieć, nie żyją.

Wszyscy, pomyślał Mikael Bellman. Z wyjątkiem ciebie.

– Z wyjątkiem mnie. – Truls uśmiechnął się szeroko.

– Muszę lecieć. – Mikael zerwał i zgniótł swoją papierową tarczę.

– Aha – powiedział Truls. – Środowa umowa.

Mikael zesztywniał.

– Co?

– Pamiętam po prostu, że zawsze w środy o tej godzinie musiałeś wychodzić z pracy.

Mikael przyjrzał mu się badawczo. Właśnie to było takie dziwne: po dwudziestu latach znajomości z Trulsem Mikael nie miał pewności, na ile on jest głupi, a na ile bystry.

– Aha. Ale pozwól mi jeszcze powiedzieć, że najlepiej wyjdziesz na zatrzymaniu tych spekulacji dla siebie. W obecnej sytuacji mógłbyś tylko sobie zaszkodzić, Truls. I najlepiej byłoby, gdybyś nie mówił mi za dużo. Jeśli zostałbym powołany na świadka, to mnie może postawić w trudnej sytuacji. Rozumiesz?

Ale Truls już włożył słuchawki na uszy i odwrócił się twarzą do tarczy. Oczy za szkłem okularów miał szeroko otwarte. Błysk światła. Drugi. Trzeci. Pistolet sprawiał wrażenie, jakby chciał wyrwać mu się z rąk, ale Truls trzymał go mocno. Jak hiena.

Na parkingu Mikael poczuł wibrowanie komórki w kieszeni.

To była Ulla.

– Udało ci się porozmawiać z tymi ludźmi od zwalczania szkodników?

– Tak – odparł Mikael, który nie poświęcił temu problemowi ani jednej myśli, a tym bardziej z nikim o tym nie rozmawiał.

– I co powiedzieli?

– Że ten dziwny zapach, który wyczuwasz z tarasu, to może być zdechła mysz albo szczur leżący gdzieś w środku. Ale ponieważ to beton, niczym to nie grozi. Padlina w końcu zgnije i zapach zniknie sam z siebie. Odradzili nam rujnowanie tarasu. Rozumiesz?

– Lepiej by było, gdyby ten taras wylali fachowcy, a nie Truls. Nie powinieneś był się na to godzić.

– Mówiłem ci przecież, że on to zrobił w środku nocy, nie pytając mnie o zdanie. Gdzie jesteś, kochanie?

– Umówiłam się z przyjaciółką. Zdążysz do domu na obiad?

– Oczywiście. I nie myśl już o tym tarasie, dobrze, kochanie?

– Dobrze.

Rozłączył się. Powiedział „kochanie” dwa razy, o jeden raz za dużo. Zabrzmiało to jak kłamstwo. Uruchomił silnik, wcisnął gaz, puścił sprzęgło i poczuł cudowny nacisk zagłówka na tył głowy, kiedy świeżo kupione audi przyspieszyło na otwartym parkingu. Myślał o Isabelle.

Sprawdzał. Już czuł, że krew szybciej krąży. Najdziwniejszym paradoksem było to, że wcale nie kłamał. Jego miłość do Ulli zawsze stawała się silniejsza na kilka chwil przed zaplanowanym seksem z inną kobietą.

Anton Mittet siedział na tarasie. Oczy miał zamknięte i czuł leciutkie ciepło słońca na twarzy. Wiosna stroszyła piórka, ale na razie wygrywała zima. Wreszcie otworzył oczy i jego spojrzenie znów padło na leżący przed nim na stole list.

Logo ośrodka zdrowia w Drammen wydrukowano na niebiesko.

Wiedział, że to wyniki badania krwi. Chciał rozerwać kopertę, ale znów odsunął ten moment, zamiast tego podniósł wzrok i popatrzył na rzekę. Na Drammenselva.

Kiedy zobaczyli prospekt nowych mieszkań na osiedlu Elveparken Vest w dzielnicy Åssiden, nie mieli najmniejszych wątpliwości. Dzieci już się wyprowadziły, a praca przy próbach okiełznania opornego ogrodu i konserwacji starego, stanowczo zbyt dużego drewnianego domu w Konnerud, który odziedziczyli po rodzicach Laury, z upływem lat wcale nie stawała się łatwiejsza. Sprzedaż starego domu i kupno nowoczesnego, łatwego w utrzymaniu mieszkania oznaczałyby dla nich zarówno więcej czasu, jak i więcej pieniędzy na to, o czym rozmawiali od lat. Na wspólne podróżowanie. Na odwiedzanie dalekich krajów. Na przeżywanie tego wszystkiego, co krótkie życie na ziemi ma jednak do zaoferowania.

Dlaczego więc nie podróżowali? Dlaczego Anton również to odpychał w czasie?

Poprawił ciemne okulary, przesunął list. Z głębokiej kieszeni spodni wyjął komórkę.

Czy to powszednie dni były tak gorączkowe i tylko przychodziły i odchodziły, jeden za drugim? A może to widok na rzekę cudownie uspokajał? Albo wstrzymywała go myśl o spędzeniu tak długiego czasu razem, lęk przed prawdami, jakie mogłyby się wtedy ujawnić o nich obojgu, o ich małżeństwie. A może zdecydowała o tym Sprawa, tamten upadek, który pozbawił go energii, inicjatywy, odstawił na parking i zmusił do takiego życia, bo codzienna rutyna wydawała się jedynym ratunkiem przed kompletnym rozpadem. No a potem zdarzyła się Mona…

Anton spojrzał na wyświetlacz. GAMLEM KONTAKT SZPITAL CENTRALNY.

Pod spodem trzy możliwości. Zadzwoń. Wyślij SMS. Edytuj.

Edytuj. Życie też powinno mieć taki przycisk. Wszystko mogłoby wyglądać zupełnie inaczej. Zgłosiłby od razu znalezienie tej pałki. Nie zaprosiłby Mony na kawę. Nie zasnąłby.

Ale zasnął.

Zasnął podczas dyżuru, na twardym drewnianym krześle. On, który zwykle miał problemy z zapadnięciem w sen nawet we własnym łóżku po długim i ciężkim dniu. To było nie do pojęcia. Jeszcze długo potem trwał w półśnie, nie zdołała go obudzić nawet twarz zmarłego i całe to zamieszanie, które nagle się zrobiło. Przeciwnie, stał jak zombie z tą mgłą w mózgu, nie potrafiąc niczego przedsięwziąć ani nawet przytomnie odpowiadać na pytania. Oczywiście to nie oznaczało, że gdyby nie zasnął, ocaliłby pacjenta. Sekcja niczego nie wykazała, oprócz możliwości, że umarł na zawał serca.

Jednak Anton nie wywiązał się ze swoich obowiązków. Nikt nigdy tego nie odkryje, bo niczego nie zdradził, ale przecież sam miał tę świadomość. Wiedział, że znów zawiódł.

Spojrzał na przyciski.

Zadzwoń. Wyślij SMS. Edytuj.

Najwyższa pora. Najwyższy czas coś zrobić. Zrobić coś słusznego. Po prostu to zrobić, nie odkładać na później.

Wcisnął Edytuj. Pojawiły się dalsze możliwości.

Wybrał. Wybrał słusznie. USUŃ.

Potem sięgnął po list, rozerwał kopertę, wyjął kartkę i zaczął czytać. Do ośrodka zdrowia wybrał się wcześnie rano, wkrótce po śmierci pacjenta. Wyjaśnił, że jest policjantem i jedzie do pracy, ale połknął pigułkę, której składu nie znał. Dziwnie się po niej poczuł i bał się stawiać w pracy w stanie mogącym wskazywać, że się czymś odurzył. Lekarz początkowo chciał mu tylko dać dzień zwolnienia, ale Anton uparł się, żeby pobrali mu krew.

Przebiegł wzrokiem tekst. Nie wszystkie słowa i nazwy rozumiał. Nie bardzo też wiedział, co oznaczają umieszczone obok nich wartości liczbowe, ale na szczęście lekarz dopisał na samym końcu dwa krótkie zdania wyjaśnienia.

...nitrazepam można znaleźć w silnie działających środkach nasennych. NIE POWINIEN Pan zażywać tych tabletek bez konsultacji z lekarzem.

Anton zamknął oczy i wciągnął powietrze przez zaciśnięte zęby. Niech to cholera!

A więc jego podejrzenia były słuszne. Został odurzony. Ktoś go odurzył. Domyślał się zresztą, w jaki sposób. Kawa. Ten odgłos w korytarzu. Pudełko, w którym została tylko jedna kapsułka. Przecież zastanawiał się, czy wieczko nie zostało przebite. Środek nasenny musiał zostać wstrzyknięty do środka przez igłę wbitą w wieczko. Potem ten ktoś tylko czekał, aż Anton sam przyrządzi sobie własny środek nasenny, espresso z nitrazepamem.

Mówili, że pacjent zmarł z przyczyn naturalnych, a raczej że nie ma żadnych przesłanek, by sądzić, że mogło dojść do przestępstwa. Ale ta konkluzja opierała się w znaczącym stopniu na zapewnieniach Antona, że u pacjenta nikogo nie było od czasu ostatniej wizyty lekarskiej, która miała miejsce na dwie godziny przed tym, jak jego serce przestało bić.

Anton wiedział, co trzeba zrobić. Musi to zgłosić. Teraz. Sięgnął po telefon. Powinien zgłosić kolejną wpadkę. Wyjaśnić, dlaczego od razu nie przyznał się, że spał. Popatrzył na wyświetlacz. Tym razem nie zdoła go uratować nawet Gunnar Hagen. Odłożył telefon. Na pewno zadzwoni. Ale jeszcze nie teraz.

Mikael Bellman wiązał krawat przed lustrem.

– Dobry byłeś dzisiaj – dobiegł głos z łóżka.

Mikael wiedział, że to prawda. Zobaczył, że za jego plecami Isabelle Skøyen wstaje i wciąga pończochy.

– To dlatego, że on umarł?

Rzuciła kapę ze skóry renifera na kołdrę. Nad lustrem wisiały imponujące rogi, a ściany zdobiły obrazy lapońskich artystów. W tym skrzydle hotelu wszystkie pokoje zostały zaprojektowane przez artystki kobiety i nosiły ich nazwiska. Aranżację wystroju tego pokoju powierzono Laponce. Jedynym problemem, jaki dotychczas z tego wyniknął, była kradzież rogów samca renifera przez japońskich turystów. Podobno wierzyli we wzmagające potencję działanie ekstraktu z takich rogów. Mikael kilkakrotnie sam się zastanawiał, czy tego nie zażyć. Ale nie dzisiaj. Może Isabelle miała rację. Może rzeczywiście tak podziałała ulga, jaką poczuł na wieść o śmierci pacjenta.

– Nie chcę wiedzieć, jak to się stało – oświadczył.

– I tak nie mogłabym ci o tym powiedzieć. – Isabelle włożyła spódnicę. Stanęła za nim. Ugryzła go w kark. – Nie miej takiej zmartwionej miny. Przecież życie to zabawa!

– Może dla ciebie. Ja wciąż mam na głowie te przeklęte zabójstwa policjantów.

– Ty nie musisz się starać o ponowny wybór, w przeciwieństwie do mnie. A czy ja wyglądam na zmartwioną?

Wzruszył ramionami i sięgnął po marynarkę.

– Wyjdziesz pierwsza?

Uśmiechnął się, kiedy lekko trzepnęła go w tył głowy. Słuchał, jak jej obcasy stukają, gdy kierowała się w stronę drzwi.

– Mogę mieć problemy z następną środą – powiedziała. – Przełożono posiedzenie Rady Miasta.

– W porządku – odparł i poczuł, że tak właśnie jest. W porządku. A nawet więcej, poczuł ulgę. Naprawdę.

Zatrzymała się przy drzwiach. Jak zwykle nasłuchiwała głosów, by mieć pewność, że droga na korytarz jest wolna.

– Kochasz mnie?

Otworzył usta. Spojrzał w lustro. Zobaczył pośrodku twarzy czarny otwór, z którego nie wydobył się żaden dźwięk. Usłyszał jej cichy śmiech.

– Żartowałam – szepnęła. – Wystraszyłeś się? Dziesięć minut.

Drzwi się otworzyły, a potem miękko za nią zatrzasnęły.

Umówili się, że drugie opuszcza pokój dopiero po dziesięciu minutach od wyjścia pierwszego. Nie pamiętał już, czy to był jej pomysł, czy jego. Być może czuli wtedy zagrożenie natknięcia się w recepcji na ciekawskiego dziennikarza lub inną znajomą twarz, ale do tej pory taka sytuacja zwyczajnie się nie zdarzyła.

Mikael wyjął grzebień i przeczesał nieco zbyt długie włosy. Końcówki wciąż były wilgotne po prysznicu. Isabelle nigdy się nie kąpała po tym, jak się kochali. Twierdziła, że lubi nosić na sobie jego zapach. Spojrzał na zegarek. Seks mu dzisiaj wyszedł, wcale nie musiał myśleć o Guście i nawet przedłużył randkę. I to o tyle, że gdyby odczekał pełne ustalone dziesięć minut, spóźniłby się na spotkanie z przewodniczącym Rady Miasta.

Ulla Bellman spojrzała na zegarek. Był to movado, model z roku 1947, prezent od Mikaela na rocznicę ślubu. Dwadzieścia minut po pierwszej. Z powrotem odchyliła się na fotelu i omiotła wzrokiem lobby. Zastanawiała się, czy go w ogóle pozna, bo przecież widzieli się zaledwie dwa razy. Raz, kiedy przytrzymał jej drzwi, gdy zajrzała do Mikaela na posterunku policji na Stovner. Wtedy się jej przedstawił. Czarujący, uśmiechnięty facet z północy. Za drugim razem podczas przyjęcia gwiazdkowego na tym samym posterunku tańczyli ze sobą i przytulił ją trochę mocniej, niż powinien. Nie miała nic przeciwko temu, to był jedynie niewinny flirt, potwierdzenie, na które mogła sobie pozwolić, bo przecież Mikael mimo wszystko siedział gdzieś w lokalu, a pozostałe żony policjantów też nie tańczyły ze swoimi mężami. Ale wtedy również ktoś inny niż Mikael śledził ich czujnym spojrzeniem. Stał tuż przy parkiecie z drinkiem w ręku. Truls Berntsen. Później Ulla spytała go, czy z nią nie zatańczy, ale Truls odmówił, chichocząc. Stwierdził, że marny z niego tancerz.

Runar. Już dawno zapomniała, że właśnie tak miał na imię. Nigdy więcej o nim nie słyszała ani tym bardziej się z nim nie widziała. Dopóki nie zadzwonił do niej i nie spytał, czy nie spotkałaby się z nim dziś tutaj. Przypomniał jej, że ma na imię Runar. Początkowo odmówiła, wymawiając się brakiem czasu, ale oznajmił, że ma jej do powiedzenia coś ważnego. Prosiła, by powiedział to przez telefon, on jednak nalegał, twierdził, że musi jej to pokazać. Głos miał dziwnie zniekształcony. Nie przypominała sobie, by brzmiał właśnie tak, ale może po prostu mieszał swój dawny dialekt z północy z dialektem ze wschodnich rejonów. Często się to zdarzało ludziom z prowincji, którzy przez dłuższy czas mieszkali w Oslo.

W końcu się zgodziła. Oświadczyła, że szybka kawa nie zaszkodzi, skoro i tak tego przedpołudnia wybierała się do centrum. To nie była prawda. Podobnie jak odpowiedź, którą dała Mikaelowi, gdy spytał, gdzie jest, a ona odparła, że wybiera się na spotkanie z przyjaciółką. Nie chciała kłamać. Po prostu pytanie padło tak nagle, a w tej samej chwili uświadomiła sobie, że powinna była wcześniej uprzedzić Mikaela, że wybiera się na kawę z jego dawnym kolegą. Dlaczego więc tego nie zrobiła? Czyżby w głębi ducha podejrzewała, że to, co ma zobaczyć, w jakiś sposób wiąże się z Mikaelem? Już żałowała, że tu siedzi. Znów spojrzała na zegarek.

Zorientowała się, że recepcjonista zerknął na nią kilka razy. Powinna zdjąć płaszcz. Pod spodem miała sweter i spodnie, które – jak wiedziała – podkreślają jej szczupłą sylwetkę. Nieczęsto wybierała się do centrum, ale dziś poświęciła trochę więcej czasu na makijaż i ułożenie długich jasnych włosów, które zmuszały chłopców z Manglerud do wyprzedzania jej na ulicy w celu sprawdzenia, czy przód spełnia obietnice złożone przez tył. Po ich reakcjach poznawała, że wyjątkowo spełniał. Ojciec Mikaela powiedział jej kiedyś, że jest podobna do tej ładnej dziewczyny z The Mamas and the Papas. Ale ona nie wiedziała nawet, o kogo chodzi, i nigdy nie próbowała tego sprawdzić.

Spojrzała na obrotowe drzwi. Do środka stale wchodzili nowi ludzie, ale nikt nie miał poszukującego spojrzenia, na które czekała.

Usłyszała stłumiony dzwonek drzwi windy i zobaczyła wysiadającą z niej wysoką kobietę w futrze. Pomyślała, że gdyby jakiś dziennikarz spytał tę kobietę, czy futro jest prawdziwe, to najprawdopodobniej by zaprzeczyła, ponieważ politycy Partii Pracy na ogół starali się głaskać większość wyborców z włosem. Isabelle Skøyen. Radna do spraw społecznych. Była u nich w domu na przyjęciu po mianowaniu Mikaela. Właściwie miała to być parapetówka w nowym domu, ale Mikael zamiast przyjaciół zaprosił głównie ludzi ważnych dla jego kariery. A raczej dla „ich" kariery, jak to określał. Truls Berntsen był jedną z nielicznych osób, które znała, a nie jest to typ, z którym można przegadać cały wieczór. Co prawda i tak nie miała na to czasu, musiała przecież pełnić obowiązki gospodyni.

Isabelle Skøyen spojrzała na nią i chciała iść dalej, jednak Ulla zdążyła już dostrzec cień wahania. To oznaczało, że Isabelle rozpoznała Ullę i nagle stanęła przed wyborem, czy ma udawać, że tak się nie stało, czy raczej podejść i zamienić z nią kilka słów, a na to ostatnie wyraźnie nie miała zbyt wielkiej ochoty. Ulla znała to uczucie, na przykład wobec Trulsa. W pewnym sensie nawet go lubiła, przecież razem dorastali, a on był miły i lojalny. A jednak. Miała nadzieję, że Isabelle wybierze pierwsze rozwiązanie, ułatwiając tym samym sytuację im obu. I ku swej uldze zobaczyła, że radna pospiesznie zmierza do wyjścia. Nagle jednak wyraźnie zmieniła zdanie, obróciła się na pięcie i już z szerokim uśmiechem i błyszczącymi oczami nadpłynęła w stronę Ulli. Tak, właśnie nadpłynęła, bo Isabelle Skøyen przypominała Ulli wielką pod względem rozmiarów i pełną dramatyzmu figurę dziobową.

– Ulla! – zawołała już z odległości kilku metrów, jakby to było ponowne spotkanie dwóch długo rozdzielonych najlepszych przyjaciółek.

Ulla wstała, lekko zakłopotana na samą myśl o udzieleniu odpowiedzi na nasuwające się nieuniknione pytanie: „Co ty tu robisz?".

– Ach, moja droga, bardzo ci dziękuję za to cudowne przyjątko! – Isabelle Skøyen położyła rękę na ramieniu Ulli i nadstawiła policzek, Ulla musiała więc musnąć go swoim. Przyjątko? Przecież były trzydzieści dwie osoby.

– Przepraszam, że musiałam wyjść tak wcześnie.

Ulla pamiętała, że Isabelle lekko się wstawiła. A podczas gdy ona obsługiwała gości, ta wysoka przystojna radna na pewien czas zniknęła z Mikaelem na tarasie. Ulla przez chwilę była o to wręcz zazdrosna.

– Nic nie szkodzi. Byliśmy zaszczyceni tym, że w ogóle mogłaś przyjść. – Ulla miała nadzieję, że jej uśmiech nie jest tak sztywny, jak to czuła. – Isabelle.

Radna spojrzała na nią z góry. Badawczo. Jakby czegoś szukała. Odpowiedzi na pytanie, którego jeszcze nie zadała: „Co ty tu robisz, moja droga?".

Ulla postanowiła powiedzieć jej prawdę. A potem to samo wyjaśnienie przedstawić Mikaelowi.

– Muszę pędzić – oświadczyła Isabelle, nie ruszając się i nie odrywając wzroku od Ulli.

– No tak, na pewno jesteś bardziej zajęta niż ja. – Ulla ku swej własnej irytacji usłyszała, że mimo wszystko wybuchnęła tym głupim chichotem, z którego postanowiła zrezygnować. Isabelle wciąż na nią patrzyła, a Ulla nagle pomyślała, że ta obca kobieta próbuje ją zmusić do odpowiedzi na niezadane pytanie: „Co ty, żona komendanta okręgowego policji, robisz tutaj w recepcji hotelu Grand?". Na miłość boską, czyżby sądziła, że Ulla jest tu umówiona z kochankiem, i dlatego zachowywała się tak dyskretnie? Poczuła, że sztywność uśmiechu łagodnieje, że teraz jest już łatwiej, że zaczyna uśmiechać się tak, jak uśmiechała się naprawdę, gdy chciała się uśmiechać. Wiedziała, że uśmiech dotarł do oczu. Niewiele brakowało, a roześmiałaby się w głos. W twarz Isabelle Skøyen. Ale dlaczego miałaby się śmiać? A najdziwniejsze, że Isabelle też wyglądała tak, jakby zaraz miała wybuchnąć śmiechem.

– Mam nadzieję, że niedługo znów się zobaczymy, moja droga – powiedziała radna i ścisnęła dłoń Ulli dużymi mocnymi palcami.

Odwróciła się i jak wodospad posunęła przez recepcję do wyjścia, gdzie pomknął już odźwierny, by asystować jej w opuszczaniu hotelu.

Zanim zniknęła w obrotowych drzwiach, Ulla zdążyła jeszcze zobaczyć, jak Isabelle wyjmuje komórkę i zaczyna wybierać numer.

Mikael stał przy windzie, znajdującej się jedynie o kilka kroków od pokoju Laponki. Spojrzał na zegarek. Minęły zaledwie trzy czy cztery minuty, ale to wystarczy, najważniejsze przecież, żeby nie widziano ich razem. To Isabelle zawsze wynajmowała pokój i przychodziła dziesięć minut przed nim. Gotowa czekała na niego w łóżku. Lubiła, żeby właśnie tak było. Czy on tak lubił? Na szczęście Grand od ratusza, w którym czekał przewodniczący Rady Miasta, dzieliły jedynie trzy minuty szybkiego marszu.

Drzwi windy się otworzyły i Mikael wsiadł. Wcisnął guzik z jedynką. Winda ruszyła i zatrzymała się prawie od razu. Znów otworzyły się drzwi.

– *Guten Tag*.

Niemieccy turyści. Starsze małżeństwo. Stary aparat fotograficzny w brązowym skórzanym etui. Mikael poczuł, że się uśmiecha. Że jest w dobrym humorze. Zrobił im miejsce. Isabelle miała rację. Po śmierci pacjenta odczuwał mniejsze przygnębienie. Poczuł na skórze kroplę spływającą z przydługich włosów na kark. Stoczyła się w dół, mocząc kołnierzyk. Ulla proponowała, żeby na nowym stanowisku ostrzygł się krócej, ale dlaczego miałby to robić? Czy jego młodzieńczy wygląd nie podkreślał tak istotnej kwestii, że on, Mikael Bellman, jest najmłodszym komendantem policji w Oslo w historii?

Niemieccy małżonkowie z zatroskaniem wpatrywali się w guziki windy. Stary znajomy problem. Czy jedynka oznacza kondygnację na poziomie ulicy, czy piętro wyżej? Jak to jest w Norwegii?

– *It's the ground floor*. – Mikael wcisnął guzik zamykający drzwi.

– *Danke* – mruknęła kobieta. Mężczyzna zamknął oczy i głośno westchnął. Okręt podwodny, pomyślał Mikael.

W milczeniu opadali na parter.

W chwili, gdy drzwi się otworzyły, a oni wyszli na obszar lobby, po udzie Mikaela przebiegło drżenie. Wibracje telefonu, który znów odbierał sygnały po opuszczeniu windy bez zasięgu. Mikael wyjął komórkę i zobaczył nieodebrane połączenie od Isabelle. Już miał do niej oddzwonić, kiedy telefon znów zadrżał. Tym razem SMS.

Przywitałam się z Twoją żoną, która siedzi w recepcji :)

Mikael stanął jak wryty. Podniósł głowę. Ale było już za późno.

Ulla siedziała w fotelu naprzeciwko niego. Wyglądała pięknie. Staranniej niż zazwyczaj przygotowała się do wyjścia do miasta. Piękna i skamieniała w fotelu.

– Cześć, kochana! – zawołał. Natychmiast wychwycił fałszywą nutę we własnym głosie. Po wyrazie twarzy Ulli poznał, jak to zabrzmiało.

Spojrzenie miała wbite w niego, w oczach widać było resztki zaskoczenia, które szybko ustępowało czemuś innemu. Mózg Mikaela Bellmana pracował. Odbierał i przetwarzał informacje, doszukiwał się związków, wyciągał wnioski. Wiedział, że z mokrych włosów nie zdoła się tak łatwo wytłumaczyć. Wiedział, że Ulla widziała Isabelle. I że tak jak jego mózg, jej również błyskawicznie przetwarza informacje. Bo ludzki mózg właśnie tak działa. Z nieubłaganą logiką zbiera wszystkie maleńkie ułamki informacji, które nagle zaczynają się składać w całość. Mikael widział, jak to drugie uczucie w pełni zajmuje miejsce zaskoczenia. Pewność. Ulla spuściła wzrok i kiedy mąż stanął przed nią, patrzyła na jego brzuch.

Prawie nie rozpoznał jej głosu, kiedy szepnęła:

– Tego SMS-a od niej dostałeś trochę za późno.

Katrine obróciła klucz w zamku i pociągnęła drzwi, ale nie chciały oderwać się od futryny.

Gunnar Hagen wystąpił naprzód i otworzył je szarpnięciem.

Na pięć osób buchnęła nagrzana duszna wilgoć.

– To tutaj – oznajmił Hagen. – Niczego tu nie ruszaliśmy, odkąd to pomieszczenie było używane ostatnio.

Katrine weszła pierwsza, zapaliła światło.

– Witamy w filii bergeńskiej komendy w Oslo – powiedziała płaskim głosem.

Beate Lønn przekroczyła próg.

– A więc to tutaj mamy się schować?

Zimne niebieskie światło jarzeniówki padało na prostokątne betonowe pomieszczenie z szaroniebieskim linoleum na podłodze i gołymi ścianami. W pozbawionym okien pokoju stały trzy biurka z trzema krzesłami i trzema komputerami. Był też przypalony ekspres do kawy i baniak z wodą.

– Przydzielono nam biuro w piwnicy Budynku Policji? – spytał Ståle Aune z niedowierzaniem.

– Formalnie rzecz ujmując, znajdujecie się na terenie Więzienia Okręgowego w Oslo – wyjaśnił Gunnar Hagen. – Ten podziemny korytarz na zewnątrz biegnie pod parkiem. A żelazne schody tuż za drzwiami prowadzą bezpośrednio do recepcji więzienia.

Jakby w odpowiedzi rozległy się pierwsze dźwięki *Błękitnej rapsodii* Gershwina. Hagen wyjął komórkę. Katrine spojrzała mu przez ramię, na wyświetlaczu zobaczyła nazwisko Antona Mitteta. Hagen wcisnął Odrzuć i schował telefon z powrotem do kieszeni.

– Mamy teraz zebranie grupy śledczej, więc resztę pozostawiam wam.

Po jego odejściu wszyscy pozostali popatrzyli na siebie.

– Cholernie tu ciepło – stwierdziła Katrine, rozpinając kurtkę. – Chociaż nie widzę żadnego piecyka.

– To dlatego, że kotły centralnego ogrzewania całego więzienia są tuż za ścianą – roześmiał się Bjørn Holm i powiesił swoją zamszową kurtkę na oparciu krzesła. – Nazywaliśmy ten pokój Kotłownią.

– Byłeś tu już wcześniej? – Aune poluzował muszkę.

– Pewnie. Wtedy grupa była jeszcze mniejsza. – Skinieniem głowy wskazał na biurka. – Trzyosobowa, jak widzicie. Udało nam się rozwiązać tamtą sprawę. Ale wtedy to Harry był szefem. – Spojrzał na Katrine. – Przepraszam, nie chciałem…

– Nie ma sprawy, Bjørn – odparła szybko. – Nie jestem Harrym, wcale nie jestem też tutaj szefem. Owszem, formalnie składacie raporty mnie, i to w porządku, bo dzięki temu Hagen umywa ręce. Ale ja mam dostatecznie dużo problemów z zarządzaniem samą sobą. Szefową jest Beate. Ma odpowiednią wysługę lat i doświadczenie w dowodzeniu.

Beate wzruszyła ramionami.

– Jeśli wszyscy sobie tego życzą, mogę dowodzić, o ile będzie taka potrzeba.

– Będzie – oświadczyła Katrine.

Aune i Bjørn pokiwali głowami.

– No dobrze. Wobec tego zaczynamy. Mamy tu zasięg do telefonów komórkowych. I połączenie z Internetem. Mamy… naczynia do kawy. – Beate wyciągnęła zza ekspresu białą filiżankę i przeczytała napis zrobiony flamastrem. – Hank Williams?

– Moja – ożywił się Bjørn.

Sięgnęła po drugą.
– John Fante?
– Harry'ego.
– Okej, no to rozdzielamy zadania. – Beate odstawiła filiżankę. – Katrine?
– Ja będę monitorowała sieć. Wciąż nie ma żadnego znaku życia ani od Valentina Gjertsena, ani od Judasa Johansena. Ukrywanie się przed elektronicznym okiem wymaga pewnego sprytu, a to umacnia teorię, że to nie Judas uciekł. On wiedziałby, że jego osoba nie ma aż tak dużego znaczenia dla policji, dlatego wydaje się nieprawdopodobne, że do tego stopnia ograniczałby swoją wolność, pozostając w całkowitym ukryciu, tylko po to, żeby uniknąć kilku miesięcy w więzieniu. Valentin oczywiście ma więcej do stracenia. Ale tak czy owak, jeżeli któryś z nich żyje i choćby drgnie w elektronicznym świecie, natychmiast wsiądę mu na kark.
– Dobrze. Bjørn?
– Przejrzę raporty wszystkich spraw, w które wmieszani byli Valentin i Judas. Zobaczę, czy coś ich łączy ze sprawą Tryvann albo Maridalen. Sprawdzę osoby, które się w tych śledztwach przewijają, i wszystkie zabezpieczone ślady techniczne. Już zacząłem przygotowywać listę ludzi, którzy ich znają i ewentualnie mogą nam pomóc w ich odnalezieniu. Ci, z którymi udało mi się porozmawiać do tej pory, są otwarci, jeśli chodzi o Judasa Johansena. Natomiast w kwestii Valentina Gjertsena…
– Boją się?
Bjørn tylko pokiwał głową.
– Ståle?
– Ja też przejrzę akta spraw Valentina i Judasa, ale po to, żeby sporządzić ich profile. Napiszę opinię każdego z nich pod kątem ich ewentualnej roli seryjnych zabójców.
Nagle zapadła cisza. Po raz pierwszy padło takie określenie.
– W tym wypadku „seryjny zabójca" to jedynie techniczny odruchowy termin, żadna diagnoza – pospiesznie dodał Aune. – Określenie osoby, która zabiła więcej niż jednego człowieka i może znów zabić. W porządku?
– W porządku – odparła Beate. – Ja przeanalizuję cały materiał zdjęciowy z kamer monitoringu w pobliżu miejsc zdarzeń. Ze sta-

cji benzynowych, ze sklepów całodobowych, z radarów. Już oglądałam sporo nagrań związanych z zabójstwami policjantów, ale nie wszystkie. Przejrzę też materiały związane z pierwotnymi zabójstwami.

– Dużo roboty – stwierdziła Katrine.

– Dużo – powtórzyła Beate.

Popatrzyli na siebie. Beate podniosła filiżankę z napisem „John Fante" i schowała ją z powrotem za ekspres.

13

– A poza tym? – Ulla oparła się o kuchenny blat.

– No... – Truls zakołysał się na krześle i sięgnął po filiżankę stojącą na wąskim kuchennym stole. Wypił łyk. Popatrzył na nią tym wzrokiem, który tak dobrze znała. Wystraszonym i głodnym. Zawstydzonym i badawczym. Odpychającym i błagalnym. Nie i tak.

Pożałowała natychmiast, gdy tylko się zgodziła, żeby ją odwiedził. Była jednak kompletnie nieprzygotowana, kiedy nagle zadzwonił i spytał, jak się jej mieszka w nowym domu. Czy przypadkiem nie trzeba czegoś naprawić? Dni przecież mu się dłużą, kiedy nie ma nic do roboty jako zawieszony w obowiązkach. Skłamała, że naprawiać nic nie trzeba. Nie? No to może napiją się razem kawy? Porozmawiają trochę o dawnych czasach? Odparła, że nie wie, czy... Truls jednak udał, że tego nie słyszy, wyjaśnił, że jest w pobliżu i kawa dobrze by mu zrobiła. A ona wtedy powiedziała: „Dlaczego nie, po prostu wpadnij".

– ...ciągle jestem sam, jak wiesz – dokończył wreszcie. – Pod tym względem nic się nie zmieniło.

– Na pewno w końcu kogoś znajdziesz. – Demonstracyjnie popatrzyła na zegarek, zastanawiając się, czy nie powiedzieć, że musi iść po dzieci. Ale nawet taki stary kawaler jak Truls z pewnością by zrozumiał, że jeszcze na to za wcześnie.

– Może i tak – odparł, patrząc w filiżankę, i zamiast ją odstawić, wypił kolejny łyk.

Jakby się do czegoś szykował, pomyślała z lękiem.

– Wiesz, że zawsze bardzo cię lubiłem, Ullo.

Przytrzymała się blatu.

– Więc jeśli będziesz miała jakieś kłopoty i potrzebowała… z kimś porozmawiać, zawsze możesz przyjść do mnie.

Ulla zamrugała. Nie przesłyszała się? P o r o z m a w i a ć?

– Bardzo ci dziękuję, Truls. Ale mam przecież Mikaela.

Powoli odstawił filiżankę.

– No tak, oczywiście. Masz przecież Mikaela.

– À propos, muszę się zająć szykowaniem obiadu dla niego i dla dzieci.

– No tak, pewnie tak. Ty tu stoisz i gotujesz, a on w tym czasie…

Urwał.

– A on co, Truls?

– Je obiad gdzie indziej.

– Nie rozumiem, co masz na myśli?

– Wydaje mi się, że rozumiesz. Posłuchaj, jestem tu tylko po to, żeby ci pomóc. Chcę jedynie twojego dobra, Ullo. I dzieci, oczywiście. Dzieci są ważne.

– Mam zamiar ugotować im coś smacznego. A przygotowanie takich rodzinnych obiadków wymaga czasu, więc…

– Chcę ci tylko powiedzieć jedną rzecz.

– Nie, Truls. Nie mów tego, bardzo cię proszę.

– Jesteś za dobra dla Mikaela. Wiesz, ile innych kobiet on…

– Nie, Truls!

– Ale…

– Idź już sobie. I nie chcę cię tu widzieć przynajmniej przez pewien czas.

Stała przy blacie i patrzyła, jak Truls wychodzi za furtkę i idzie do samochodu zaparkowanego przy żwirowej drodze, która wiła się między nowo wybudowanymi willami osiedla Høyenhall. Mikael mówił, że spróbuje pociągnąć za odpowiednie sznurki, wykona kilka telefonów do właściwych osób w gminie, żeby przyspieszyć asfaltowanie, ale na razie do tego nie doszło. Usłyszała krótki świergot, kiedy Truls nacisnął kluczyk, wyłączając alarm samochodowy. Obserwowała, jak wsiada do auta i siedzi nieruchomo, wpatrzony przed siebie. Nagle jego ciałem targnął wstrząs i Truls zaczął walić w kierownicę, aż się uginała. Nawet z daleka wyglądało to tak agresywnie, że Ulla zadrżała. Mikael opowiadał jej o napadach wściekłości Trulsa, ale nigdy nie widziała tego na własne oczy. Mikael twierdził, że gdyby Truls nie został policjantem, byłby przestępcą. O sobie mówił to samo, kiedy chciał się popisać. Nie wierzyła mu, bo Mikael był zbyt prosty, zbyt… łatwo się przystosowywał. Truls natomiast… Truls był z innej materii, mroczniejszej.

Truls Berntsen. Prosty, naiwny, lojalny Truls. Miała podejrzenia, to oczywiste, ale trudno jej było uwierzyć, by Truls mógł się okazać tak wyrachowany. Taki… kreatywny.

Hotel Grand.

To były najboleśniejsze sekundy jej życia.

Owszem, przychodziło jej do głowy, że Mikael może ją zdradzać. Szczególnie odkąd nie chciał się już z nią kochać. Chociaż to mogło mieć wiele przyczyn, na przykład stres związany z tymi zabójstwami policjantów… Ale Isabelle Skøyen? Na trzeźwo, w hotelu, w środku dnia? Uświadomiła też sobie, że cała ta sytuacja, w której nakryła Mikaela, została przez kogoś zaaranżowana. Fakt, iż ktoś mógł wiedzieć, że tych dwoje znajdzie się akurat w tym miejscu i akurat w tym czasie, wskazywał na pewien rodzaj rutyny. Niedobrze jej się robiło za każdym razem, gdy o tym pomyślała.

Gwałtownie pobladła twarz Mikaela. Wystraszone oczy winowajcy. I mina chłopca przyłapanego na kradzieży jabłek. Jak on to robił? Jak temu niewiernemu bydlakowi udało się sprawić wrażenie kogoś, kto nagle potrzebuje opieki? To przecież on zdeptał całe piękno ich związku. On, ojciec trojga dzieci. Dlaczego więc miał taką minę, jakby to on musiał dźwigać krzyż?

„Wrócę wcześnie do domu”, szepnął. „Tam o wszystkim porozmawiamy. Zanim dzieci… Za cztery minuty muszę się stawić w gabinecie przewodniczącego Rady Miasta”.

Czy miał w oczach łzy? Czyżby ten padalec sobie na to pozwolił?

Po jego odejściu opanowała się zaskakująco szybko. Może właśnie tak dzieje się z ludźmi, kiedy wiedzą, że muszą. Kiedy nie mają innego wyjścia, bo załamanie wyjściem nie jest. Z przypominającym paraliż spokojem zadzwoniła pod numer, z którego telefonował do niej mężczyzna twierdzący, że jest Runarem. Nikt nie odebrał. Odczekała jeszcze pięć minut i poszła. Po powrocie do domu sprawdziła ten numer, prosząc o pomoc jedną ze znajomych z KRIPOS. Okazało się, że to niezarejestrowany telefon na kartę. Pozostawało pytanie, kto chciał zadać sobie tyle trudu, by zwabić ją do Grandu, żeby zobaczyła wszystko na własne oczy. Jakiś dziennikarz z plotkarskiej prasy? Życząca jej lepiej czy gorzej przyjaciółka? A może raczej ktoś ze strony Isabelle? Żądny zemsty rywal Mikaela. Albo ktoś, kto nie chciał oddzielić go od Isabelle, lecz od niej, od Ulli. Ktoś, kto ich nienawidził? A może ktoś, kto ją kochał? Kto uważał, że rozłam w związku z Mikaelem może oznaczać szansę dla niego? Znała tylko jednego mężczyznę darzącego ją uczuciem, które żadnemu z nich nie wychodziło na dobre.

Nie wspomniała Mikaelowi o swoich podejrzeniach podczas rozmowy, którą odbyli później tamtego dnia. On najwyraźniej uznał, że jej obecność w recepcji hotelu to przypadek, jeden z gromów z jasnego nieba, które spadają w życiu na każdego człowieka. Nieprawdopodobny zbieg okoliczności, jaki niektórzy nazywają przeznaczeniem.

Mikael nawet nie próbował kłamać i wypierać się spotkania z Isabelle. To należało mu przyznać. Nie był na tyle głupi, by nie wiedzieć, że ona wie. Oświadczył, że nie musi go prosić o zerwanie tego romansu, bo właśnie uciął go z własnej inicjatywy, jeszcze przed wyjściem Isabelle z hotelu. Właśnie tego słowa użył. Romans. Z pewnością dobrze to przemyślał, bo przez to cała sprawa wydawała się taka mała, nieważna i brudna. Jak coś, co można zmieść szczotką. „Związek" natomiast byłby czymś innym. W to, że „uciął" ten romans już w hotelu, nie wierzyła ani przez sekundę, bo Isabelle miała zbyt radosną minę, żeby to mogło być prawdą. Ale jego następne słowa były prawdziwe. Powiedział, że jeśli to wyjdzie na jaw, skandal zaszkodzi nie tylko jemu, lecz również dzieciom, a pośrednio i jej. Poza tym nastąpi w najgorszym z możliwych momentów, bo to, o czym chciał rozmawiać z nim przewodniczący Rady Miasta, wiązało się z polityką. Widzieli go już w szeregach partii. Uważali za interesującego kandydata na stanowisko polityczne. Szukali właśnie takiego człowieka jak on – młodego, ambitnego, popularnego i odnoszącego sukcesy. Trochę namieszały te zabójstwa policjantów, ale kiedy uda mu się je wyjaśnić, to powinni usiąść razem i zastanowić się, czy jego przyszłość jest w policji, czy w polityce, w której w swoim mniemaniu mógł zdziałać najwięcej. Wprawdzie nie podjął jeszcze żadnej decyzji, lecz oczywiste było, że skandal z małżeńską zdradą zamknąłby przed nim te drzwi.

No i oczywiście pozostawała jeszcze kwestia jej i dzieci. Twierdził, że złamana kariera jest nieistotna w porównaniu z tym, co oznaczałaby dla niego taka strata. Przerwała mu, zanim jego użalanie się nad sobą osiągnęło apogeum, i powiedziała, że przemyślała sobie dokładnie całą sprawę, a wynik jej rachunków był podobny do jego obliczeń. Jego kariera. Dzieci. Ich wspólne życie. Oznajmiła po prostu, że mu wybacza, ale w zamian żąda obietnicy, że już nigdy nie będzie miał kontaktów z Isabelle Skøyen, oprócz tych służbowych, jako komendant policji na spotkaniach, na których obecni będą również inni. Kiedy Mikael to usłyszał, wyglądał na wręcz zawiedzionego, jakby przygotowywał się na cios, a nie na łagodne pchnięcie, zakończone ultimatum, które w sumie miało go niewiele kosztować. Ale w każdym razie tego wieczoru, kiedy dzieci już poszły spać, po raz pierwszy od kilku miesięcy podjął inicjatywę i chciał się z nią kochać.

Ulla zobaczyła, że Truls uruchamia samochód i odjeżdża. Nie zdradziła Mikaelowi swoich podejrzeń i nie zamierzała tego robić. Co by z tego przyszło? Jeśli się nie myliła, to Truls wciąż mógł pozostać szpiegiem, który uruchomi alarm, jeżeli Mikael nie dotrzyma umowy o zerwaniu kontaktów z Isabelle Skøyen.

Samochód odjechał i na dzielnicę willową wraz z chmurą kurzu opadła cisza. Ulli przez głowę przemknęła pewna myśl. Szalona myśl. Nie do zaakceptowania. Ale mózg niezbyt dobrze radzi sobie z cenzurą. Ona i Truls. W sypialni. Tu, w domu. Oczywiście wyłącznie w ramach zemsty. Odepchnęła to od siebie i myśl zniknęła równie szybko, jak się pojawiła.

Mokry śnieg, który spływał po przedniej szybie jak szara plwocina, przeszedł w padający prostopadle ciężki deszcz. Wycieraczki toczyły desperacką walkę ze ścianą wody. Anton Mittet jechał powoli. Dookoła panowała grobowa ciemność, a na dodatek w strugach deszczu wszystko zdawało się pływać, kształty się deformowały, jakby był pijany. Zerknął na zegarek w swoim volkswagenie sharanie. Kiedy trzy lata temu kupowali samochód, Laura uparła się na ten siedmioosobowy model. Zażartował wtedy, pytając, czy planuje założenie wielkiej rodziny, chociaż wiedział, że żona myśli o tym, by w razie wypadku nie siedzieli w jednym z tych mikroskopijnych samochodzików. Ale i tym autem Anton nie chciał się z nikim zderzyć. Dobrze znał te drogi i wiedział, że szanse, by ktoś nadjechał z przeciwka o tej porze, są raczej niewielkie, lecz nie chciał ryzykować.

Czuł mocne pulsowanie w skroni. Głównie z powodu tego telefonu sprzed dwudziestu minut. Ale również dlatego, że nie pił dzisiaj kawy. Stracił na nią ochotę, odkąd otrzymał wyniki badań. To oczywiście głupie, ale teraz przyzwyczajone do kofeiny naczynia krwionośne zwęziły się i ból głowy czaił się jak nieprzyjemna, dudniąca muzyka w tle. Czytał gdzieś, że objawy abstynencji u ludzi uzależnionych od kofeiny ustępują po dwóch tygodniach. Ale Anton nie chciał pozbyć się uzależnienia. Chciał pić kawę. Chciał, żeby mu smakowała. Żeby miała przyjemny smak, równie przyjemny jak miętowy smak języka Mony. Ale teraz, pijąc kawę, czuł jedynie gorycz środków nasennych.

Zebrał się w sobie, żeby zadzwonić do Gunnara Hagena i powiedzieć, że ktoś go odurzył, kiedy pacjent umierał. Przyznać się, że zasnął, a w tym czasie ktoś mógł wejść do pokoju chorego, więc chociaż lekarze twierdzili, że śmierć nastąpiła z przyczyn naturalnych, mogło wcale tak nie być. Zasugerować, że powinni przeprowadzić kolejną, dokładniejszą sekcję. Dzwonił dwa razy. Bez odpowiedzi. Nie nagrał się na automatyczną sekretarkę. Próbował. Naprawdę. I zamierzał próbować znów. Bo takie rzeczy człowieka dopadają. Tak jak teraz. To znów się stało. Ktoś został zabity.

Przyhamował. Skręcił w szutrową drogę prowadzącą do Eikersaga, dodał gazu i usłyszał drobne kamyki uderzające o podwozie.

Tu było jeszcze ciemniej, a w koleinach na drodze już stała woda. Niedługo północ. Również za pierwszym razem to się zdarzyło około północy. Ponieważ to miejsce położone było przy granicy sąsiedniej gminy, Nedre Eiker, to właśnie funkcjonariusz z tamtejszego urzędu lensmana jako pierwszy przybył na miejsce zdarzenia, po otrzymaniu telefonu od kogoś, kto usłyszał huk i wydawało mu się, że widzi w rzece samochód. Nie dość, że tamten policjant przyjechał do niewłaściwej gminy, to jeszcze narobił bałaganu, jeżdżąc tam i z powrotem i niszcząc ewentualne ślady.

Anton minął zakręt, przy którym wtedy znalazł tę pałkę. Pałkę policyjną. Było to czwartego dnia po zabójstwie Renégo Kalsnesa i Anton nareszcie miał wolne, lecz gnany niepokojem postanowił wybrać się do lasu na własną rękę. W Okręgu Policyjnym Søndre Buskerud zabójstwa nie zdarzały się przecież codziennie ani nawet co roku. Szedł poza obszarem, który został przeszukany tyralierą. I właśnie w tym miejscu znalazł tę pałkę. Pod świerkami, tuż przy zakręcie. To tutaj podjął tamtą decyzję. Tamtą głupią decyzję, która wszystko zaprzepaściła. Postanowił nie zgłaszać znalezienia tej pałki. Dlaczego? Przede wszystkim do miejsca zbrodni w Eikersaga było tak daleko, że pałka nie mogła mieć z tym nic wspólnego. Później pytano go, dlaczego w ogóle postanowił tam szukać, jeśli naprawdę uważał, że znalezisko jest nieważne z uwagi na odległość. Wtedy uznał po prostu, że ujawnienie znalezienia standardowej pałki policyjnej spowodowałoby wybuch niepotrzebnych negatywnych emocji w stosunku do policji. Ciosy, które otrzymał René Kalsnes, mogły zostać zadane jakimkolwiek ciężkim narzędziem, a obrażenia mogły powstać również na skutek obijania się w samochodzie, który spadł do rzeki z wysokości czterdziestu metrów. I z całą pewnością nie było to narzędzie zbrodni, bo Kalsnesowi strzelono w twarz z pistoletu, kaliber dziewięć milimetrów. I to koniec tej historii.

Ale dwa tygodnie później Anton powiedział Laurze o pałce i to ona w końcu zdołała go przekonać, że należy to zgłosić. Twierdziła, że nie do niego należy ocena, jak dalece ten fakt jest istotny dla śledztwa. Zgłosił to więc. Poszedł do szefa i wyznał, jak było. „Poważne zaniedbanie", tak nazwał to komendant. Podziękowaniem za spożytkowanie wolnego dnia na próbę dopomożenia w śledztwie było wycofanie go ze służby czynnej i zamknięcie w pokoju w charakterze automatycznej sekretarki. Jednym posunięciem stracił wszystko. I to dla kogo? Nikt nie mówił tego głośno, ale René Kalsnes był powszechnie znany jako zimna, pozbawiona sumienia świnia, oszukująca zarówno przyjaciół, jak i obcych. W opinii większości dobrze się stało, że świat się go pozbył. Najbardziej upokarzające było jednak to, że badania przeprowadzone w Wydziale Techniki Kryminalistycznej nie wykazały żadnych śladów wiążących pałkę z tym zabójstwem. Po trzech miesiącach w biurowym więzieniu Anton stanął przed wyborem: poinformować szefostwo, że oszalał, złożyć wypowiedzenie albo poprosić o przeniesienie. Zadzwonił więc do dawnego kolegi, Gunnara Hagena, który załatwił mu pracę w policji w Oslo. To, co Hagen mógł mu zaproponować, było co prawda krokiem w tył na ścieżce zawodowej, ale Anton mógł przynajmniej przebywać wśród rozbójników z Oslo, a wszystko było lepsze niż zatęchłe powietrze w Drammen, gdzie za wszelką cenę próbowano naśladować stolicę. Niedużą komendę nazywano Budynkiem Policji i nawet jej adres brzmiał jak plagiat: Grønland 36 zamiast Grønlandsleiret.

Anton przejechał szczyt wzgórza i widząc światła, prawą stopą odruchowo wcisnął hamulec. Opony zachrzęściły na żwirze. Samochód się zatrzymał. Deszcz zabębnił o karoserię, niemal zagłuszając warkot silnika. Światło latarki w odległości dwudziestu metrów przed nim opadło. Reflektory wyłoniły z mroku błyski pomarańczowo-białej policyjnej taśmy i żółtą odblaskową kamizelkę człowieka, który właśnie opuścił latarkę i gestami dawał znak, by Anton podjechał bliżej. To właśnie tutaj, tuż za taśmami, samochód Kalsnesa spadł ze skarpy. Musieli użyć dźwigu i stalowej liny, by przeciągnąć auto w górę rzeki do nieczynnego już tartaku i dopiero tam udało się je wyciągnąć na ląd. Zwłoki Renégo Kalsnesa musieli wycinać, bo silnik wbił się do kabiny na wysokości jego bioder.

Anton wcisnął guzik w drzwiach i boczna szyba się uchyliła. Chłodne, wilgotne nocne powietrze. Duże i ciężkie krople deszczu zaczęły trafiać w górną krawędź szyby, rozbijały się o nią, opryskując delikatnym prysznicem szyję Antona.

– No i co? – spytał. – Gdzie…

Zamrugał. Nie był pewien, czy dokończył zdanie. Miał wrażenie, jakby czas przeskoczył o sekundę niczym w źle zmontowanym filmie. Nie zauważył, co tak naprawdę się stało, wiedział tylko, że coś zniknęło. Spojrzał na kolana i zobaczył na nich odłamki szkła. Kiedy znów uniósł głowę, spostrzegł, że górna część szyby jest roztrzaskana. Otworzył usta i już miał spytać, co się dzieje, gdy usłyszał w powietrzu świst. Domyślił się, co to oznacza, chciał więc podnieść rękę, ale było za późno. Dotarł do niego chrzęst. Zrozumiał, że dźwięk dobiega z jego własnej głowy, że coś się rozpada. Uniósł rękę i krzyknął. Dotknął dłonią drążka zmiany biegów, chciał wrzucić wsteczny. Ale bieg nie zaskoczył. Wszystko zaczęło dziać się bardzo wolno. Chciał puścić sprzęgło i dodać gazu, ale wiedział, że samochodem szarpnie w przód. Ku krawędzi. Ku przepaści. Prosto do rzeki. Czterdzieści metrów. Dokładna… Dokładna… Szarpnął za drążek. Nagle wyraźniej, całą lewą połową ciała, wyczuł deszcz i chłodne nocne powietrze. Ktoś otworzył drzwi. Sprzęgło. Gdzie jest noga? Dokładna powtórka. Wsteczny. O, tak.

Mikael Bellman wpatrywał się w sufit. Słuchał uspokajającego bębnienia deszczu o dach. Holenderska dachówka. Gwarancja na czterdzieści lat. Ciekawe, ile takich dachów sprzedają właśnie ze względu na taką gwarancję. Na pewno więcej, niż potrzeba na pokrycie odszkodowania za te dachy, które tyle nie wytrzymają. Ludzie bardzo pragną gwarancji, że coś wytrzyma.

Ulla leżała z głową na jego piersi.

Rozmawiali. Rozmawiali dużo i długo. Pierwszy raz, odkąd sięgał pamięcią. Ulla płakała. Ale nie tym bolesnym płaczem, którego tak nienawidził, lecz tym drugim, miękkim, z mniejszym bólem, a większym żalem. Z tęsknotą za czymś, co było i nie mogło już wrócić. Tym płaczem, który mówił mu, że coś w ich związku było na tyle drogocenne, że warto tego żałować. Nie czuł tego żalu, dopóki nie zaczęła płakać. Jakby potrzebował jej łez, żeby to zrozumieć. Ten płacz odsuwał zasłonę, która zawsze oddzielała to, co Mikael Bellman myślał, od tego, co Mikael Bellman czuł. Ulla płakała za nich oboje, zawsze tak było. Za oboje też się śmiała.

Chciał ją pocieszyć. Głaskał po głowie. Pozwalał, żeby jej łzy moczyły jasnoniebieską koszulę, którą uprasowała mu dzień wcześniej. Potem, jakby wiedziony nawykowym odruchem, pocałował ją. A może zrobił to świadomie? Może powodowała nim ciekawość? Chęć sprawdzenia, jak zareaguje? Ten sam rodzaj ciekawości potrafił poczuć, gdy jako młody śledczy przesłuchiwał podejrzanego według dziewięciostopniowego modelu opracowanego przez Inbaua, Reida i Buckleya, na tym etapie, w którym należy przycisnąć guzik uczuć tylko po to, by sprawdzić, jaką reakcję się wywoła.

Ulla początkowo nie zareagowała na pocałunek, jedynie lekko się spięła. Potem z wahaniem odpowiedziała. Znał jej pocałunki, ale nie takie, nie wyczekujące i pełne wahania. Pocałował ją namiętniej. A ona całkiem się roztopiła. Pociągnęła go do łóżka, zdarła z siebie ubranie. A on znów o tym pomyślał. Że ona to nie on. Nie Gusto. Erekcja minęła, jeszcze zanim znaleźli się pod kołdrą.

Tłumaczył się, że jest za bardzo zmęczony, że ma w głowie za dużo myśli. Sytuacja jest taka nieprzyjemna, a wstyd za to, co zrobił, zbyt duży. Prędko jednak dodał, że to nie ma nic wspólnego z tamtą drugą. I akurat w tym momencie mówił prawdę.

Zamknął oczy, ale nie udało mu się zasnąć. Znów ten niepokój, ten sam niepokój, z którym budził się przez ostatnie miesiące. Mętne wrażenie, że stało się albo zaraz się stanie coś strasznego. Przez pewien czas miał nadzieję, że to tylko posmak jakiegoś snu, dopóki nie przypomniał sobie, o co chodziło.

Coś znów zmusiło go do otwarcia oczu. Światło. Biały poblask na suficie, bijący z podłogi przy łóżku. Obrócił się, spojrzał w dół na wyświetlacz telefonu, ustawionego na tryb wyciszony, ale zawsze włączonego. Uzgodnili z Isabelle, że nigdy nie będą esemesować w nocy. O powody, jakie nią kierowały, nawet nie spytał. Poza tym przynajmniej z pozoru dobrze przyjęła, kiedy jej oświadczył, że przez jakiś czas nie mogą się widywać, chociaż – jak sądził – zrozumiała, co miał na myśli. Że w tym zdaniu należy skreślić „przez jakiś czas".

Z ulgą zobaczył, że to SMS od Trulsa. Zdziwił się. Pewnie wiadomość wysłana po pijaku albo może pomylił adresata. Może chciał napisać do kobiety, o której nie mówił. SMS zawierał tylko dwa słowa.

Śpij dobrze.

Anton Mittet znów się ocknął.

Pierwszą rzeczą, jaką zarejestrował, był odgłos deszczu, który teraz zmienił się w zaledwie ciche mamrotanie przy przedniej szybie. Potem poczuł, że silnik gaśnie, a jego boli głowa i nie jest w stanie poruszyć rękami.

Otworzył oczy.

Reflektory samochodu wciąż były włączone. Oświetlały ziemię, ich światło przebijało się przez deszcz i znikało w ciemności w dole, gdzie ziemi nagle już nie było. Przez mokrą przednią szybę nie widział świerkowego lasu po drugiej stronie jaru, ale wiedział, że las tam jest. Niezamieszkany. Milczący. Ślepy. Wtedy nie udało im się znaleźć żadnych świadków. Tym razem też ich nie będzie.

Spojrzał na swoje dłonie. Nie mógł nimi poruszyć, ponieważ były przytwierdzone do kierownicy za pomocą plastikowych zacisków, które niemal całkowicie zastąpiły w policji tradycyjne metalowe kajdanki. Wystarczyło założyć cienkie plastikowe paski na nadgarstki aresztanta i zacisnąć. Nie dawali im rady nawet najsilniejsi, najtwardsi. Walczący z nimi człowiek osiągał jedynie to, że przecinały skórę i wbijały się w ciało, aż do kości, jeśli ktoś się nie uspokoił.

Anton złapał za kierownicę i zorientował się, że stracił czucie w palcach.

– Oprzytomniałeś?

Głos zabrzmiał dziwnie znajomo. Anton odwrócił się w stronę siedzenia pasażera. Spojrzał w oczy widoczne w otworach kominiarki, takiej, jakich używali w Delcie.

– Wobec tego poluzujemy to. – Lewa ręka w rękawiczce zacisnęła się na dźwigni ręcznego hamulca, lekko ją uniosła. Anton zawsze lubił przypominający bekanie odgłos starych ręcznych hamulców. Czuł wtedy mechanikę, koła zębate i łańcuchy, to, co się naprawdę dzieje. Tym razem dźwignia została podniesiona i opuszczona bez żadnego towarzyszącego temu odgłosu. Rozległ się jedynie lekki chrzęst. Kół. Zaczęły toczyć się do przodu. Ale pokonały jedynie metr lub dwa, bo Anton odruchowo wcisnął pedał hamulca. Musiał użyć dużej siły, ponieważ silnik był wyłączony.

– Dobra reakcja, Mittet.

Anton wpatrywał się w przednią szybę. Głos. Ten głos. Lekko zwolnił nacisk na pedał. Zazgrzytało jak nienasmarowane zawiasy, samochód się poruszył, więc znów docisnął. Tym razem już nie poruszył nogą.

Zapaliło się światło w kabinie.

– Jak myślisz, René wiedział, że umrze?

Anton Mittet nie odpowiedział. Przez moment zobaczył własne odbicie w lusterku, w każdym razie przypuszczał, że to on. Twarz miał mokrą od krwi, nos, najpewniej złamany, przechylał się na jedną stronę.

– Jakie to uczucie, Mittet, wiedzieć o tym? Możesz mi o tym opowiedzieć?

– Dla... dlaczego?

Pytanie Antona jakby samo wyrwało mu się z ust. Nie potrafił stwierdzić, czy naprawdę chce to wiedzieć. Wiedział jedynie, że jest mu zimno i że nie chce tu być. Że chce być przy Laurze, obejmować ją i czuć jej objęcia. Jej zapach. Jej ciepło.

– Nie zrozumiałeś tego, Mittet? Oczywiście dlatego, że nie rozwiązaliście tej sprawy. Daję wam nową szansę. Możliwość nauczenia się czegoś z wcześniejszych błędów.

– Na... nauczenia?

– Wiesz, że badania psychologiczne wykazały, że najlepszy wpływ na osiągnięcia w pracy ma lekko negatywny komunikat zwrotny? Nie bardzo negatywny i nie pozytywny, lecz właśnie „lekko negatywny". Karanie was zabijaniem tylko jednego ze śledczych w danej grupie to szereg takich lekko negatywnych komunikatów zwrotnych, nie uważasz?

Zatrzeszczały koła i Anton mocniej wcisnął pedał hamulca. Wpatrywał się w krawędź. Miał uczucie, że musi naciskać jeszcze mocniej.

– To przez płyn hamulcowy – poinformował głos. – Przedziurawiłem przewód. Płyn wypływa i wkrótce naciskanie nic nie da. Sądzisz, że spadając, zdążysz o czymś pomyśleć? Zdążysz pożałować?

– Pożałować? Cze... – Anton chciał mówić dalej, ale nagle usta jakby wypełniła mu mąka. Spadając. Nie chciał spadać.

– Pożałować tego, jak postąpiłeś z tą pałką – odparł głos. – I nie pomogłeś w znalezieniu mordercy. To by cię teraz ocaliło.

Anton miał wrażenie, że przyciskając pedał hamulca, wyciska też płyn hamulcowy. Że im mocniej depcze pedał, tym szybciej układ się opróżnia. Leciutko uniósł nogę, pod kołami od razu zachrzęścił żwir, a on w panice wbił plecy w oparcie, zapierając się jedną nogą o podłogę, a drugą o pedał hamulca. Samochód miał dwa odrębne układy hamulcowe, może dziura była tylko w jednym?

– Jeśli żałujesz, to może grzechy zostaną ci odpuszczone, Mittet. Jezus jest wielkoduszny.

– Ja... żałuję. Wyciągnij mnie stąd.

Cichy śmiech.

– Ależ Mittet, ja mówię o Królestwie Niebieskim. Nie jestem Jezusem. Z mojej strony nie możesz liczyć na żadne wybaczenie. – Krótka pauza. – A odpowiedź brzmi: tak, przedziurawiłem oba układy hamulcowe.

Anton przez chwilę miał wrażenie, że słyszy, jak płyn hamulcowy kapie spod podwozia, ale po chwili zorientował się, że to jego własna krew ścieka mu z brody i skapuje na kolana. Miał umrzeć. Nagle objawiło się to jako nieodwracalny fakt. Ciało powoli spowijał chłód i trudniej było się poruszać, jakby proces stężenia pośmiertnego już zaczynał postępować. Ale dlaczego zabójca wciąż siedział obok niego?

– Boisz się śmierci – mówił głos. – Twoje ciało wydziela zapach. Czujesz go? To adrenalina. Zapach lekarstw i ziół. Taki sam, jaki unosi się w domach starców i w rzeźniach. Zapach lęku przed śmiercią.

Anton z trudem łapał powietrze, jakby w samochodzie było go za mało dla nich dwóch.

– Ja się wcale nie boję śmierci – ciągnął głos. – Czy to nie dziwne, że można zatracić coś tak fundamentalnie ludzkiego jak lęk przed śmiercią? Oczywiście ma to związek z chęcią życia, ale tylko częściowo. Wielu ludzi całe swoje życie spędza w miejscu, w którym nie chce być, ze strachu, że alternatywa może okazać się jeszcze gorsza. Czy to nie smutne?

Anton czuł, że się dusi. Nigdy nie chorował na astmę, ale był świadkiem ataków Laury. Pamiętał jej zdesperowany, błagalny wyraz oczu i własną rozpacz, że nie może pomóc. Mógł jedynie być widzem i obserwować paniczną walkę o oddech. Ale jakaś jego część zawsze była ciekawa, jak to jest, chciała poznać to uczucie, kiedy człowiek znajduje się na krawędzi życia, ze świadomością, że sam nie może nic zrobić, że to się dzieje wbrew niemu. Teraz już wiedział.

– Osobiście uważam, że po śmierci trafia się do lepszego miejsca – ciągnął głos. – Ale nie mogę ci teraz towarzyszyć, Anton. Mam sprawę do załatwienia.

Anton znów usłyszał chrzęst jak ochrypły głos powoli rozpoczynający zdanie, które wkrótce miało stać się bardziej potoczyste. A pedału hamulca nie dawało się już wciskać mocniej. Był wbity do dechy.

– Żegnaj!

Poczuł powiew od strony pasażera, kiedy otworzyły się tamte drzwiczki.

– Pacjent – wycharczał Anton.

Patrzył na krawędź urwiska, na wszystko to, co za nim znikało, ale wyczuł, że osoba na siedzeniu pasażera odwróciła się w jego stronę.

– Jaki pacjent?

Anton przesunął językiem po górnej wardze, schwytał nim coś, co miało lekko słodkawy, metaliczny smak. Rozsmarował to po ustach. Odzyskał głos.

– Pacjent w Szpitalu Centralnym. Odurzyli mnie czymś, zanim go uśmiercili. Ty to zrobiłeś?

W ciągu kilku sekund ciszy słyszał tylko padający deszcz. Deszcz w ciemności. Czy istnieje piękniejszy dźwięk? Gdyby mógł wybierać, siedziałby i słuchał tego dźwięku całymi dniami. Całymi latami. Słuchałby i słuchał. Napawałby się każdą darowaną sekundą.

W końcu jednak człowiek obok niego się poruszył, a Anton poczuł, że samochód lekko się unosi, kiedy pozbył się ciężaru tamtego. Drzwiczki miękko trzasnęły. Był sam. Jechał. Odgłos ledwie sunących po żwirze opon brzmiał jak ochrypły szept. Hamulec ręczny. Od prawej ręki dzieliło go pięćdziesiąt centymetrów. Anton spróbował przyciągnąć ręce do siebie i nawet nie poczuł bólu, kiedy skóra pękła. Ochrypły szept rozbrzmiewał teraz głośniej i szybciej. Anton wiedział, że jest za wysoki i za sztywny, by wcisnąć stopę pod dźwignię ręcznego hamulca, więc się nachylił. Szeroko otworzył usta, uchwycił nimi końcówkę dźwigni, poczuł jej nacisk na wewnętrzną stronę zębów w górnej szczęce, pociągnął, ale drążek wymknął mu się z ust. Próbował ze świadomością, że jest już za późno, ale wolał umrzeć tak, walcząc desperacko i czując, że żyje. Obrócił się i znów objął ustami końcówkę drążka. Nagle zrobiło się zupełnie cicho, szept ucichł, a deszcz nagle ustał. Nie, nie ustał. To on spadał. Pozbawiony ciężaru, obracając się jak w powolnym walcu, który tańczył kiedyś z Laurą, podczas gdy wszyscy znajomi im się przyglądali. Obracał się wokół własnej osi, powolnym, kołyszącym ruchem, ciężko-lekko-lekko. Tylko że teraz był zupełnie sam. Spadał w tę dziwną ciszę. Spadał razem z deszczem.

14

Laura Mittet patrzyła na nich. Zeszła na dół przed blok w Elveparken, kiedy zadzwonili do drzwi, i stała teraz w szlafroku, z założonymi rękami, czując, że marznie. Zegarek mówił, że jest noc, ale na dworze już się rozjaśniło. Widziała pierwsze promienie słońca odbite w wodzie Drammenselva. Na kilka sekund stała się jakby nieobecna, nie słyszała ich, nie widziała nic oprócz płynącej za ich plecami rzeki. Przez kilka sekund była sama i myślała o tym, że Anton nigdy nie był tym właściwym. Że nigdy nie spotkała tego właściwego, a przynajmniej go nie dostała. Ten, którego dostała, czyli Anton, zdradził ją już tego samego roku, kiedy się pobrali. Nigdy się nie dowiedział, że to odkryła. Za dużo miała pod tym względem do stracenia. Teraz prawdopodobnie znów zrobił jakiś skok w bok, bo z taką samą miną przesadnej obojętności przekazywał jej równie marne wymówki jak wtedy. Niespodziewane nadgodziny. Okropne korki w drodze do domu. Nieodebrany telefon, bo baterie w komórce padły.

Było ich dwoje. Mężczyzna i kobieta, oboje w mundurach bez jednego zagniecenia czy plamki. Jakby właśnie na tę okazję wyjęli je z szafy. Poważne, prawie wystraszone spojrzenia. Zwracali się do niej „pani Mittet". Nikt inny tak nie mówił. Zresztą wcale by jej się to nie podobało. To było jego nazwisko, a ona wiele razy żałowała, że je przyjęła.

Chrząknęli. Mieli jej coś do przekazania. Na co więc czekali? Przecież już to wiedziała. Przekazali jej to tymi swoimi idiotycznymi, odgrywającymi tragedię minami. Była wściekła. Tak wściekła, że czuła, jak jej twarz się wykrzywia, deformuje i zmienia w coś, czego sobie nie życzyła. Jakby ona również została zmuszona do odegrania swojej roli w tej tragikomedii. Powiedzieli coś. Co to było? Po norwesku? Słowa nie miały sensu.

Nigdy nie był tym właściwym. I nigdy nie chciała nosić jego nazwiska.

Dopiero teraz.

15

Czarny volkswagen sharan, obracając się wokół własnej osi, powoli wznosił się ku błękitnemu niebu. Jak rakieta na zwolnionym filmie, pomyślała Katrine, patrząc, jak ogon stworzony nie z ognia i dymu, tylko z wody wylewającej się z drzwi i bagażnika rozbitego auta, rozpada się na krople, które błyszczą w słońcu i spadają do rzeki.

– Poprzednim razem wyciągnęliśmy samochód tutaj – oświadczył policjant z miejscowego posterunku.

Stali przed budynkiem nieczynnego tartaku, z którego ścian łuszczyła się czerwona farba, a wszystkie szyby w małych okienkach były wybite. Zwiędła trawa leżała na ziemi jak nazistowska grzywka, zaczesana w kierunku, w którym ubiegłej nocy płynęła woda. W cieniach rozciągały się jeszcze szare plamy mokrego śniegu. Ptak, który za wcześnie wrócił do domu w te rejony, śpiewał optymistycznie, chociaż był skazany na śmierć, a zadowolona rzeka śmiała się perliście.

– Ale ten utknął między dwoma kamieniami, więc łatwiej było po prostu wyciągnąć go w górę.

Wzrok Katrine przesunął się po rzecze. Powyżej tartaku była tama. Tutaj woda ledwie się sączyła między ogromnymi szarymi głazami, które uwięziły samochód. Zobaczyła, że słońce tu i ówdzie odbija się w odłamkach szkła. Obrzuciła spojrzeniem pionową skalną ścianę. Granit z Drammen, tak się chyba nazywała ta skała. Dostrzegła tył pojazdu dźwigowego i żółte ramię wystające ponad krawędzią wysoko w górze. Miała nadzieję, że ktoś starannie przemnożył wagę przez długość ramienia.

– Ale skoro jesteście śledczymi, to dlaczego nie przyłączycie się do tych na górze? – spytał policjant, który wpuścił ich za taśmy dopiero po uważnym przestudiowaniu identyfikatorów.

Katrine wzruszyła ramionami. Równie dobrze mogła powiedzieć, że przyszli całą czwórką kraść jabłka. Nie mieli przecież żadnej autoryzacji, a ich zadanie miało taki charakter, że lepiej było przynajmniej na razie nie pokazywać się oficjalnej grupie śledczej.

– Widzimy stąd to, co powinniśmy zobaczyć – odpowiedziała Beate Lønn. – Dziękujemy, że nas wpuściłeś.

– Nie ma za co.

Katrine wyłączyła iPada, wciąż zalogowanego na listę osadzonych odbywających karę w norweskich więzieniach, i pospieszyła za Beate i Stålem, którzy już przeszli przez taśmy policyjne i zmierzali do ponadtrzydziestoletniego volvo amazona należącego do Bjørna Holma. Właściciel samochodu schodził powolutku stromą ścieżką prowadzącą ze szczytu i dogonił ich, kiedy byli już przy antykwarycznym samochodzie bez klimatyzacji, poduszek powietrznych i zamka centralnego, za to ozdobionym dwoma pasami w szachownicę biegnącymi przez maskę, dach i klapę bagażnika. Katrine, słuchając oddechu Holma, stwierdziła, że dzisiaj na pewno nie zdałby egzaminów wstępnych do szkoły policyjnej.

– I co? – spytała Beate.

– Twarz jest częściowo zmasakrowana, ale mówią, że to najprawdopodobniej niejaki Anton Mittet – odparł Holm. Ściągnął z głowy rastafariańską czapkę i użył jej do wytarcia potu z okrągłej twarzy.

– Mittet – powtórzyła Beate. – No jasne.

Odwrócili się do niej.

– Miejscowy policjant. Ten sam, który zastąpił na dyżurze Simona w Maridalen. Przypominasz sobie, Bjørn?

– Nie – odparł bez cienia wstydu Holm. Katrine przypuszczała, że zdążył się już przyzwyczaić do tego, że ma szefową z Marsa.

– Mittet pracował w policji w Drammen. I był w pewnym sensie zaangażowany w śledztwo przy tamtym poprzednim zabójstwie, do którego tu doszło.

Katrine zaskoczona pokręciła głową. To, że Beate zareagowała natychmiast, gdy w sieci policyjnej pojawiło się zgłoszenie o samochodzie leżącym w rzece, i kazała im wszystkim natychmiast jechać do Drammen, bo pamiętała, że właśnie w tym miejscu zabito przed laty Renégo Kalsnesa, to jedno. Ale że pamiętała nazwisko jakiegoś faceta z Drammen, który w pewnym sensie był zaangażowany w śledztwo...

– Łatwo go było zapamiętać, ponieważ okropnie się wygłupił. – Beate najwyraźniej dostrzegła zdziwienie Katrine. – Nie zgłosił znalezienia w pobliżu policyjnej pałki, ponieważ bał się, że to rzuci cień na policję. Mówili coś o prawdopodobnej przyczynie zgonu?

– Nie – odparł Holm. – Przecież oczywiste jest, że i tak by umarł przy takim upadku. Poza tym drążek hamulca ręcznego miał wbity w usta, sterczał mu z tyłu głowy. Ale wcześniej, kiedy jeszcze żył, musiał otrzymać kilka ciosów, ślady o tym świadczą.

– Mógł sam zjechać w przepaść? – spytała Katrine.

– Mógł. Ale ręce miał przytwierdzone do kierownicy zaciskami. Nie było żadnych śladów hamowania. Poza tym samochód spadł na kamienie tuż przy skalnej ścianie, więc nie mógł jechać z dużą prędkością. Musiał się niemal stoczyć.

– Ręczny hamulec w ustach? – Beate zmarszczyła czoło. – Jak to się mogło stać?

– Miał związane ręce, a samochód toczył się ku przepaści. Może próbował zaciągnąć go zębami? – podsunęła Katrine.

– Możliwe. Wszystko jedno. To znów policjant zamordowany w miejscu zdarzenia, przy którym wcześniej pracował.

– Nad sprawą zabójstwa, które oczywiście nie zostało wyjaśnione – dodał Bjørn Holm.

– Owszem, ale jest kilka istotnych różnic między tym zabójstwem a dziewczynkami z Maridalen i Tryvann. – Beate pomachała kilkoma kartkami wstępnego raportu, który wydrukowała w pędzie, zanim opuścili swoje biuro w piwnicy. – René Kalsnes był mężczyzną i nie miał żadnych śladów świadczących o wykorzystaniu seksualnym.

– Jest jeszcze ważniejsza różnica – stwierdziła Katrine.

– Jaka? – spytali chórem.

Katrine poklepała iPada, którego trzymała pod pachą.

– Kiedy tu jechaliśmy, akurat sprawdzałam rejestr karny i listę osadzonych. René Kalsnes zginął w czasie, gdy Valentin Gjertsen odsiadywał krótki wyrok w Ila.

– O cholera! – zaklął Bjørn Holm.

– No dobrze – zamyśliła się Beate. – Ale to nie wyklucza, że Valentin zabił Antona Mitteta. Może i złamał schemat, ale to wciąż dzieło tego samego szaleńca. Co na to powiesz, Ståle?

Odwrócili się do Aunego, który był dziwnie milczący. Katrine zauważyła również, że okrąglutki mężczyzna niezwykle pobladł. Opierał się o drzwi amazona, a pierś podnosiła mu się i opadała.

– Ståle? – powtórzyła Beate.

– Przepraszam. – Aune spróbował się uśmiechnąć, ale bez powodzenia. – Ten hamulec ręczny…

– Przyzwyczaisz się – powiedziała Beate, w równie nieudany sposób próbując ukryć zniecierpliwienie. – To ten nasz oprawca policjantów czy nie?

Ståle się wyprostował.

– Seryjni zabójcy potrafią łamać schemat, jeżeli o to pytasz. Nie sądzę, żeby to był naśladowca, który podjął dzieło tam, gdzie skończył je ten pierwszy… hm… oprawca policjantów. Jak mawiał Harry, seryjny zabójca to biały wieloryb, a seryjny zabójca mordujący policjantów to biały wieloryb w różowe kropki. Dwóch takich nie ma.

– A więc jesteśmy zgodni, że to ten sam sprawca – stwierdziła Beate. – Ale ta odsiadka podcina nogi naszej teorii, że Valentin odwiedza swoje dawne miejsca przestępstw i powtarza zbrodnie.

– A jednak to jedyny przypadek, w którym skopiowano również sam sposób zabójstwa – włączył się Bjørn. – Uderzenie w twarz. Samochód w rzece. To może coś oznaczać.

– Ståle?

– To może znaczyć, że on w swoim mniemaniu nabiera wprawy. Że doprowadza zabójstwa do perfekcji, czyniąc z nich repliki w czystej postaci.

– Przestań! – prychnęła Katrine. – To brzmi tak, jakbyś mówił o artyście.

– Naprawdę? – Ståle popatrzył na nią zdziwiony.

– Lønn!

Odwrócili się. Ścieżką schodził mężczyzna w luźnej koszuli w hawajski wzór, z trzęsącym się brzuchem i tańczącymi lokami. Stosunkowo szybkie tempo schodzenia wynikało raczej ze stromizny zbocza niż ze sprawności ciała.

– Jedziemy – poleciła Beate.

Wsiedli już do amazona i Bjørn po raz trzeci próbował zapalić silnik, gdy palec wskazujący zapukał w szybę przy Beate siedzącej z przodu obok kierowcy.

Jęknęła cicho i otworzyła okno.

– Roger Gjendem – powiedziała. – „Aftenposten" ma jakieś pytania, na które mogłabym odpowiedzieć „bez komentarza"?

– To już trzecie zabójstwo policjanta – wysapał mężczyzna w hawajskiej koszuli, a Katrine stwierdziła, że pod względem kondycji Bjørn Holm trafił na jeszcze słabszego od siebie. – Macie jakieś ślady?

Beate tylko się uśmiechnęła.

– B-e-z k-o-m... – przeliterował Roger Gjendem, udając, że notuje. – Popytaliśmy trochę dookoła. To słabo zaludniona okolica. Właściciel stacji benzynowej twierdzi, że Mittet brał benzynę wczoraj późnym wieczorem. Uważa, że był sam. Czy to znaczy...

– Bez...

– ...komentarza. Sądzicie, że komendant nakaże wam od tej pory nosić służbową broń naładowaną?

Beate uniosła brew.

– O co ci chodzi?

– O służbowy pistolet w schowku w samochodzie Mitteta. – Gjendem nachylił się i podejrzliwie zerknął na pozostałych, zdziwiony tym, że naprawdę nie posiadali tej podstawowej informacji. – Pusty. Mimo że obok leżało całe pudełko nabojów. Gdyby miał pistolet naładowany, może zdołałby ocalić życie.

– Wiesz co, Gjendem – powiedziała Beate. – W zasadzie możesz wpisywać znaki powtórzenia po tej pierwszej odpowiedzi, której ci udzieliłam. A tak w ogóle wolałabym, żebyś wcale nie wspominał o naszym spotkaniu.

– A to dlaczego?

Silnik zaskoczył z cichym warknięciem.

– Miłego dnia, Gjendem! – Beate zaczęła kręcić korbką, żeby zamknąć okno, ale nie zrobiła tego dostatecznie szybko, żeby nie usłyszeć kolejnego pytania:

– Brakuje wam sami wiecie kogo?

Holm puścił sprzęgło.

Katrine patrzyła, jak postać Rogera Gjendema kurczy się w lusterku.

Wstrzymała się jednak z wypowiedzeniem na głos tego, o czym – jak wiedziała – myśleli wszyscy, dopóki nie minęli Liertoppen.

– Gjendem ma rację.

– Owszem – westchnęła Beate. – On już nie jest dostępny, Katrine.

– Wiem, ale musimy przynajmniej próbować.

– Co próbować? – zdziwił się Bjørn Holm. – Wykopać z grobu człowieka uznanego za zmarłego?

Katrine wpatrywała się w monotonny las przesuwający się za szybą wzdłuż autostrady. Myślała o tym, jak kiedyś leciała helikopterem policyjnym nad tymi najgęściej zaludnionymi obszarami Norwegii i jak ze zdumieniem stwierdziła, że nawet tutaj są głównie lasy i pustkowia. Miejsca, po których nie chodzą ludzie. Miejsca, w których można się ukryć. Że nawet tutaj domy to zaledwie punkciki światła wśród nocy, a autostrada to cienka wstążka wijąca się wśród nieprzeniknionej czerni. Że nie da się zobaczyć wszystkiego. Że trzeba jeszcze umieć wąchać. Słuchać. Wiedzieć.

Dotarli już prawie do Asker, ale jechali w milczeniu tak uporczywym, że nikt nie zapomniał pytania, kiedy Katrine w końcu odpowiedziała:

– Tak.

16

Katrine Bratt przecięła otwarty plac przed budynkiem Chateau Neuf, główną kwaterą Norweskiego Związku Studentów. Fantastyczne imprezy, świetne koncerty, gorące debaty. Pamiętała, że właśnie tak chciało się prezentować to miejsce. I od czasu do czasu nawet mu się to udawało.

Kod ubioru wśród studentów zmienił się zaskakująco niewiele od czasów, kiedy tu bywała. T-shirty, luźne spodnie, lenonki, staroświeckie puchówki i wojskowe kurtki retro. Ściśle określony styl, pomagający zakamuflować niepewność i lęk przed niepowodzeniem towarzyskim lub naukowym, ukryć prymusa pod płaszczykiem luzaka. Ale w każdym razie wszyscy oni radowali się z całego serca, że nie należą do grupy nieszczęśników z drugiej strony placu, ku której kierowała się Katrine.

Niektórzy z tych biedaków wyłaniali się właśnie z przypominającej więzienną bramy: studenci w czarnych policyjnych mundurach, które zawsze wydawały się na nich odrobinę za duże, bez względu na to, jak bardzo były obcisłe. Już z daleka potrafiła wyłowić pierwszoroczniaków, bo wyglądali tak, jakby wewnątrz munduru cały czas starali się stać na baczność, a daszki czapek mieli zbyt głęboko zsunięte na czoła. Chcieli w ten sposób albo pokryć niepewność, albo uniknąć nieco pogardliwych lub nawet wręcz współczujących spojrzeń studentów z drugiej strony placu, tych prawdziwych studentów, tych wolnych, samodzielnych, krytycznych wobec systemu, myślących intelektualistów, którzy szczerzyli w uśmiechu zęby, ukryci za długimi przetłuszczonymi włosami, wygrzewający się w słońcu na schodach, wywyższeni swoim upadkiem, zaciągając się tym, co – jak wiedzieli – studenci szkoły policyjnej mogli wziąć za jointa.

Bo to oni byli prawdziwym kwiatem młodzieży, posiadającym prawo do popełniania błędów, a wybory życiowe wciąż mieli przed, a nie za sobą.

Może w rzeczywistości tylko Katrine tak czuła, kiedy tędy szła, ale miała ochotę wykrzyczeć, że nie wiedzą, kim jest, dlaczego zdecydowała się zostać policjantką i co ma zamiar zrobić z resztą swojego życia.

Stary strażnik, Karsten Kaspersen, wciąż siedział w dyżurce tuż za drzwiami, ale nawet jeśli pamiętał studentkę Katrine Bratt, nie zdradził tego miną, kiedy oglądał jej identyfikator, i w końcu łaskawie kiwnął głową. Ruszyła korytarzem w stronę sali wykładowej. Minęła drzwi do pomieszczenia symulującego miejsce zdarzenia, urządzonego jak mieszkanie ze ściankami działowymi, ale również z galerią, z której można było się przyglądać kolegom ćwiczącym przeszukanie, odnajdywanie śladów i odczytywanie przebiegu zdarzeń.

Przeszła obok sali treningowej, woniejącej potem i wyłożonej matami gimnastycznymi, gdzie studenci wprawiali się w delikatnej sztuce powalania ludzi na ziemię i zakuwania w kajdanki. Wreszcie cicho uchyliła drzwi i wemknęła się do audytorium numer dwa. Wykład trwał. Zauważyła wolne miejsce w ostatnim rzędzie i usiadła tak dyskretnie, że dwie dziewczyny szepczące do siebie rząd niżej nie zwróciły na nią uwagi.

– Ona całkiem zwariowała. Powiesiła sobie jego zdjęcie na ścianie w pokoju.

– Naprawdę?

– Widziałam to na własne oczy.

– Boże, przecież on jest stary. I brzydki.

– Tak uważasz?

– Ślepa jesteś? – Ruchem głowy wskazała na tablicę, na której pisał coś stojący do nich tyłem wykładowca.

– Motyw! – Powtarzając zapisane na tablicy słowo, odwrócił się przodem. – Psychiczny koszt zabójstwa dla racjonalnie myślących i normalnie odczuwających ludzi jest tak wysoki, że muszą mieć ekstremalnie dobry motyw, żeby zabić drugiego człowieka. Ekstremalnie dobre motywy są z reguły łatwiejsze i szybsze do odnalezienia niż broń, za pomocą której dokonano zabójstwa, świadkowie i ślady techniczne. I z reguły wskazują bezpośrednio na potencjalnego sprawcę. Z tego powodu każdy śledczy zajmujący się zabójstwami powinien zaczynać od pytania „dlaczego?".

Zrobił pauzę, omiatając spojrzeniem zgromadzonych. Mniej więcej tak jak pies pasterski okrąża stado, utrzymując je w gromadzie, pomyślała Katrine.

Wykładowca uniósł palec wskazujący.

– W dużym uproszczeniu: znajdź motyw, a będziesz miał zabójcę.

Katrine Bratt wcale nie uważała, że jest brzydki. Oczywiście nie był ładny, nie w konwencjonalnym znaczeniu tego słowa. Docenienie jego urody wymagało raczej tego, co Anglicy nazywają *acquired taste*, trzeba było się w niej rozsmakować. I głos też miał ten sam, głęboki, ciepły, lekko stępiony na kantach aż do chrypy, trafiający do serc nie tylko młodziutkich studentek.

– Słucham? – Wykładowca zawahał się przez moment, zanim udzielił głosu studentce machającej ręką.

– Dlaczego wobec tego wysyłamy na miejsce zdarzenia duże, generujące wysokie koszty grupy techników, skoro taki bystry śledczy jak ty potrafi rozwiązać całą sprawę za pomocą kilku pytań i chwili namysłu?

W głosie studentki nie było słychać żadnej ironii, a jedynie dziecinną szczerość i akcent zdradzający, że musiała pochodzić z północnych rejonów kraju.

Katrine dostrzegła kolejne fale uczuć przebiegające przez twarz wykładowcy, od zażenowania poprzez rezygnację aż do irytacji, nim w końcu skoncentrował się na odpowiedzi.

– Dlatego że nigdy nie wystarczy w i e d z i e ć, kto jest przestępcą, Silje. Podczas fali napadów na banki w Oslo przed dziesięcioma laty w Wydziale do spraw Napadów pracowała policjantka, która potrafiła rozpoznać zamaskowane osoby po kształcie twarzy i sylwetce.

– Beate Lønn – powiedziała dziewczyna o imieniu Silje, bo tak zwrócił się do niej wykładowca. – Obecna szefowa Wydziału Techniki Kryminalistycznej.

– Owszem. I dlatego w Wydziale do spraw Napadów w ośmiu na dziesięć przypadków wiedzieli, kim były zamaskowane osoby nagrane na taśmach monitoringu. Ale nie mieli dowodów. Odciski palców to dowód. Pistolet, z którego strzelono, to dowód. Ale przekonany śledczy nie jest dowodem, bez względu na jej czy jego bystrość. Posłużyłem się dzisiaj wieloma uproszczeniami, a teraz usłyszycie ostatnie: odpowiedź na pytanie „dlaczego?" nie jest nic warta, jeżeli nie dowiemy się, w jaki sposób. I odwrotnie. Ale posunęliśmy się za daleko w procesie, jakim jest śledztwo. O badaniach technicznych będzie miał wykład Folkestad. – Zerknął na zegarek. – Więcej o motywie porozmawiamy następnym razem, ale dzisiaj zdążymy jeszcze zrobić rozgrzewkę. Dlaczego ludzie zabijają innych ludzi?

Znów popatrzył po zgromadzonych, zachęcając ich wzrokiem do mówienia. Katrine zobaczyła, że oprócz blizny, która jak szczelina w lodzie wiodła od kącika ust do ucha, miał dwie nowe szramy. Jedna wyglądała na powstałą w wyniku ukłucia nożem w szyję, druga, którą mogła pozostawić kula, była umiejscowiona z boku głowy na wysokości brwi. Ale poza tym wyglądał lepiej niż kiedykolwiek. Mierząca sto dziewięćdziesiąt trzy centymetry postać była prosta i sprężysta, w jasnej, krótko obciętej szczotce włosów nie było widać nawet cienia siwizny. Pod T-shirtem dało się zauważyć umięśnione ciało, niebędące już samą skórą i kośćmi. A najważniejsze, że oczy znów zaczęły żyć, powróciła do nich bystra czujność, energia granicząca z manią. Pojawiły się też zmarszczki od częstych uśmiechów i otwartość przejawiająca się w mowie ciała. Tego wszystkiego wcześniej u niego nie widziała. Można by wręcz przypuszczać, że cieszy się życiem. Gdyby tak było naprawdę, zdarzyłoby się to po raz pierwszy, odkąd Katrine go znała.

– Ponieważ mogą na tym coś zyskać – rozległ się chłopięcy głos.

Wykładowca zachęcająco kiwnął głową.

– Można by tak sądzić, prawda? Ale zabójstwo jako przestępstwo z chęci zysku nie jest raczej rzeczą zwyczajną, Vetle.

Chrapliwy głos z akcentem z Sunnmøre:

– Bo się kogoś nienawidzi?

– Erling proponuje zabójstwo z namiętności – powiedział wykładowca. – Z zazdrości, z poczucia odrzucenia, z zemsty. Zdecydowanie tak. Inne propozycje?

– Bo ktoś jest umysłowo chory. – Propozycja padła z ust potężnego, przygarbionego chłopaka.

– Nie mówi się umysłowo chory, Robert. – To znów odezwała się ta sama dziewczyna. Katrine widziała tylko jej jasny, układający się w „S" koński ogon nad oparciem krzesła w pierwszym rzędzie. – To się nazywa...

– W porządku. Rozumiemy, co Robert ma na myśli, Silje. – Wykładowca przysiadł na katedrze, wyciągnął przed siebie długie nogi i założył ręce na piersi na wysokości logo zespołu Glasvegas na koszulce. – Osobiście uważam, że określenie „umysłowo chory" jest bardzo trafne. Ale to też nie jest zbyt powszechna przyczyna zabójstw. Oczywiście są tacy, którzy uważają, że zabójstwo samo w sobie jest przejawem szaleństwa, ale większość zbrodni to skutek racjonalnego działania. Tak jak racjonalne jest szukanie korzyści materialnych, tak samo racjonalne jest poszukiwanie ulgi dla uczuć. Sprawcy może się wydawać, że zabójstwo ulży mu w bólu wywołanym przez nienawiść, lęk, zazdrość czy upokorzenie.

– Ale jeśli zabójstwo jest czynem racjonalnym... – ponownie zaczął pierwszy chłopak – to możesz powiedzieć, ilu zadowolonych morderców spotkałeś w życiu?

Najbystrzejszy w klasie, domyśliła się Katrine.

– Niewielu – odparł wykładowca. – Jednak to, że zabójstwo łączy się z rozczarowaniem, nie oznacza, że nie jest czynem racjonalnym, dopóki zabójca wierzy, że w ten sposób osiągnie ulgę. Zemsta zwykle jednak bywa słodsza w wyobraźni. Po wściekłym zabójstwie z zazdrości przychodzi żal, tak starannie przygotowywane przez seryjnego zabójcę *crescendo* staje się niemal antyklimaksem, dlatego sprawca próbuje znów. Krótko mówiąc... – Wstał i wrócił do tablicy. – Jeśli chodzi o zabójstwo, jest coś w przysłowiu, że przestępstwo nie popłaca. Chciałbym, żeby na następne zajęcia każdy z was wymyślił sobie motyw, który mógłby go skłonić do zabójstwa. Ale nie będę wysłuchiwać żadnych politycznie poprawnych bzdur. Chcę, żebyście zajrzeli do najmroczniejszych zakamarków swojego wnętrza. No, prawie najmroczniejszych, to wystarczy. I przeczytajcie pracę Aunego o osobowości zabójcy i profilowaniu, okej? Już zapowiadam: tak, będę zadawał pytania kontrolne, więc możecie ze strachu dobrze się przygotować. Na dzisiaj koniec.

Rozległ się trzask podnoszących się siedzeń.

Katrine nie ruszała się z miejsca, przyglądając się wychodzącym studentom. W końcu w sali zostały już tylko trzy osoby. Ona sama, wykładowca, który wycierał tablicę, i koński ogon w kształcie litery „S", który stanął tuż za nim ze złączonymi nogami i notatkami pod pachą. Katrine stwierdziła, że dziewczyna jest szczupła. I że jej głos brzmi teraz inaczej, niż kiedy odzywała się w trakcie wykładu.

– Nie sądzisz, że ten seryjny zabójca, którego ująłeś w Australii, osiągał zadowolenie, mordując te kobiety?

Udawany ton dziewczynki, która chce się przypodobać ojcu.

– Silje...

– Chodzi mi o to, że on je przecież gwałcił, a to musiało być dość przyjemne.

– Przeczytaj tę pracę Aunego i wrócimy do tematu następnym razem, dobrze?

– Dobrze.

Nie odeszła jednak. Stawała na palcach i opadała na pięty. Jakby starała się wyciągnąć w górę, pomyślała Katrine, dosięgnąć do niego. Wykładowca zbierał swoje papiery do skórzanej teczki, nawet nie zerkając na studentkę. Dziewczyna nagle obróciła się i szybko weszła po schodach prowadzących do wyjścia. Na widok Katrine zwolniła lekko, obrzuciła ją spojrzeniem, ale zaraz znów przyspieszyła i opuściła salę.

– Cześć, Harry – powiedziała cicho Katrine.

– Cześć, Katrine – odparł, nie podnosząc głowy.

– Dobrze wyglądasz.

– Nawzajem. – Zaciągnął suwak skórzanej teczki.

– Widziałeś, jak przyszłam?

– Wyczułem. – Podniósł głowę. I uśmiechnął się. Katrine zawsze zdumiewała zmiana, jakiej ulegała jego twarz, kiedy się uśmiechał. Ten uśmiech potrafił zdmuchnąć z niej twardość, nieprzychylność i znużenie życiem, które zwykle na niej nosił jak zniszczony płaszcz. Jednym machnięciem czarodziejskiej różdżki potrafił zmienić się w rozbawionego dorosłego chłopczyka, z którego wnętrza świeciło słońce. Jak w bergeński pogodny dzień w lipcu. Równie upragniony, co rzadki i krótki.

– Co to znaczy? – spytała.

– Że w pewnym sensie czekałem, aż przyjdziesz.

– Czekałeś?

– Tak. A odpowiedź brzmi „nie". – Wsunął teczkę pod pachę, czterema długimi krokami pokonał dzielące ich stopnie i mocno objął Katrine.

Uściskała go, chłonąc jego zapach.

– Co „nie", Harry?

– Nie, mnie nie dostaniesz – szepnął jej do ucha. – Ale to i tak już wiedziałaś.

– Phi! – Katrine udała, że wyrywa się z jego objęć. – Gdyby nie ta brzydula, wystarczyłoby mi pięć minut, żebyś zaczął merdać ogonem. I wcale nie powiedziałam, że wyglądasz aż tak dobrze.

Roześmiał się, puścił ją, a Katrine poczuła, że równie dobrze mógłby ją obejmować jeszcze trochę dłużej. Nigdy nie ustaliła do końca sama ze sobą, czy naprawdę miała ochotę na Harry'ego, czy też było to do tego stopnia nierealne, że po prostu uznała, iż nie musi odpowiadać sobie na to pytanie. Z czasem zmieniło się to w żart o niejasnej treści. Poza tym Harry znów był z Rakel. Z brzydulą, jak pozwalał Katrine ją nazywać, ponieważ było to określenie tak nieprawdziwe, że jedynie podkreślało irytującą urodę Rakel.

Harry potarł niestarannie ogolony podbródek.

– Hm, jeśli nie polujesz na moje obdarzone nieodpartym urokiem ciało, to musi ci chodzić... – Podniósł palec wskazujący. – Już wiem. O mój wybitny umysł!

– Dowcipu też ci z latami nie przybyło.

– A odpowiedź ciągle brzmi „nie". I dobrze o tym wiedziałaś.

– Masz jakiś gabinet, gdzie moglibyśmy to przedyskutować?

– I tak, i nie. Mam pokój, ale nie taki, w którym moglibyśmy dyskutować o tym, czy mogę wam pomóc w tej sprawie.

– W sprawach.

– Z tego, co zrozumiałem, to jedna sprawa.

– Fascynująca, prawda?

– Nie próbuj. Skończyłem z tym życiem, a ty dobrze o tym wiesz.

– Harry, ta sprawa cię potrzebuje. A ty potrzebujesz jej.

Tym razem jego uśmiech nie dotarł do oczu.

– Sprawy zabójstwa potrzebuję tak samo jak drinka, Katrine. *Sorry*. Oszczędź sobie czasu i idź do następnego na liście.

Przyjrzała mu się uważnie. Pomyślała, że porównanie z drinkiem padło zbyt szybko. To potwierdzało jej podejrzenia. On się po prostu bał. Obawiał się, że jedno zerknięcie na tę sprawę może mieć takie same konsekwencje jak kropla alkoholu. Nie zdołałby się oderwać. Sprawa pochłonęłaby go i zniszczyła. Przez chwilę poczuła wyrzuty sumienia, niespodziewany atak pogardy dla siebie, jaki czasami pojawia się u dilerów. Trwał, dopóki nie przypomniała sobie widoków z miejsc, w których doszło do zabójstw. Zmiażdżonej głowy Antona Mitteta.

– Poza tobą nie ma nikogo na liście, Harry.

– Mogę ci podrzucić kilka nazwisk. Jest taki facet, z którym byłem na kursie organizowanym przez FBI. Mogę do niego zadzwonić i…

– Harry… – Katrine ujęła go pod ramię i podprowadziła do drzwi. – Czy w tym twoim pokoju można dostać kawę?

– Owszem, ale tak jak mówiłem…

– Zapomnij o tej sprawie. Po prostu porozmawiamy o starych dobrych dziejach.

– Nie szkoda ci czasu?

– Muszę się trochę oderwać.

Spojrzał na nią, już miał coś powiedzieć, ale zmienił decyzję. Skinął głową.

– No dobrze.

Weszli na górę po schodach i ruszyli korytarzem w stronę pokoi wykładowców.

– Słyszałam, że kradniesz Stålemu Aune wykłady z psychologii – powiedziała Katrine. Jak zwykle musiała truchtać, żeby nadążyć za siedmiomilowymi krokami Harry'ego.

– Kradnę tyle, ile mogę. On przecież był najlepszy.

– Na przykład twierdzi, że określenie „chory umysłowo" to jedno z niewielu w medycynie, które było dokładne, intuicyjnie zrozumiałe, a zarazem poetyckie. Ale precyzyjne określenia zawsze trafiają na śmietnik, ponieważ głupi fachowcy uważają, że słowna wata jest lepsza dla pacjenta.

– No właśnie – potwierdził Harry.

– Dlatego nie mam już psychozy maniakalno-depresyjnej ani osobowości borderline, tylko chorobę afektywną dwubiegunową typu drugiego.

– Drugiego?

– Rozumiesz już? Dlaczego Aune nie wykłada? Myślałam, że to uwielbiał.

– Zapragnął lepszego życia. Prostszego. Więcej przyjemnego spędzania czasu z tymi, których kocha. Mądra decyzja.

Katrine popatrzyła na niego z boku.

– Powinniście go przekonać. Nikt w społeczeństwie nie powinien mieć prawa do niewykorzystywania wyjątkowego talentu tam, gdzie jest najbardziej potrzebny. Zgodzisz się ze mną?

Harry zaśmiał się krótko.

– Nie poddajesz się, prawda? Uważam, że jestem potrzebny tutaj, Katrine. A szkoła nie kontaktuje się z Aunem, ponieważ chcą mieć więcej wykładowców w mundurach, nie cywili.

– Ty jesteś cywilem.

– I właśnie o to chodzi. Nie pracuję już w policji, Katrine. Taki był mój wybór. A to oznacza, że ja, my, jesteśmy teraz w zupełnie innym miejscu.

– Skąd się wzięła ta blizna na twojej skroni? – spytała i wyczuła, że Harry prawie niezauważalnie, ale natychmiast zesztywniał. Zanim jednak zdążył odpowiedzieć, w korytarzu rozległ się donośny głos:

– Harry!

Zatrzymali się i odwrócili.

Z jednego z pokoi wyłonił się niski, krępy mężczyzna z rudą brodą, który zmierzał w ich stronę nierównym kołyszącym się krokiem. Katrine poszła za Harrym, który ruszył mężczyźnie na spotkanie.

– Masz gości – zagrzmiał rudobrody jeszcze długo przed tym, zanim znaleźli się w odległości pozwalającej na normalną rozmowę.

– Owszem – odparł Harry. – To jest Katrine Bratt, a to Arnold Folkestad.

– Chodzi mi o to, że masz gości w swoim pokoju – wyjaśnił Folkestad, zatrzymał się i kilka razy odetchnął, zanim podał Katrine dużą piegowatą dłoń.

– Obaj z Arnoldem prowadzimy wykłady na temat śledztw w sprawach zabójstw – poinformował Harry.

– A ponieważ to on wykłada rozrywkową stronę przedmiotu, oczywiście jest bardziej popularny spośród nas dwóch – mruknął Folkestad. – A ja muszę ściągać studentów na ziemię, objaśniać metody, technikę, etykę i przepisy prawa. Świat jest niesprawiedliwy.

– Z drugiej strony Arnold trochę się zna na pedagogice – dodał Harry.

– Każdy kiedyś dorasta – roześmiał się Folkestad.

Harry zmarszczył czoło.

– Ten gość to chyba nie…

– Spokojnie. To nie jest panna Silje Gravseng, tylko twoi dawni koledzy. Poczęstowałem ich kawą.

Harry posłał Katrine ostre spojrzenie, potem bez słowa się odwrócił i gniewnie pomaszerował w stronę drzwi do pokoju.

– Ojej, czy powiedziałem coś złego? – zdziwił się Folkestad.

– Rozumiem, że to może być postrzegane jako taktyka okrążania. – Beate podniosła kubek z kawą do ust.

– Chcesz powiedzieć, że to nie jest okrążanie? – Harry odchylił się na krześle na tyle, na ile dało się to zrobić w maleńkim pokoiku. Po drugiej stronie biurka za wieżami z papierów wcisnęli swoje krzesła Beate Lønn, Bjørn Holm i Katrine Bratt. Rundę powitalną załatwiono szybko. Krótkie uściski dłoni, żadnych objęć i żadnych nieudolnych prób *small talku*. Harry Hole do tego nie zachęcał. Nakazywał od razu przejść do sprawy. O której, jak oczywiście wiedzieli, sam wiedział już wszystko.

Beate upiła trochę, mimowolnie drgnęła i z dezaprobatą odstawiła plastikowy kubek.

– Wiem, że postanowiłeś już nie uczestniczyć w działaniach operacyjnych. Wiem też, że masz ku temu powody lepsze niż inni. Ale mimo wszystko chcemy cię spytać, czy nie mógłbyś teraz zrobić wyjątku. Jesteś przecież naszym jedynym specjalistą od seryjnych zabójstw. Państwo zainwestowało pieniądze w to, żeby zapewnić ci wykształcenie w FBI, które…

– …za które, jak wiesz, zapłaciłem krwią, potem i łzami – przerwał jej Harry. – I nie tylko własną krwią i własnymi łzami.

– Nie zapomniałam o tym, że Rakel i Oleg w sprawie Bałwana znaleźli się na linii strzału, ale…

– Odpowiedź brzmi „nie” – powtórzył Harry. – Obiecałem Rakel, że nikt z nas już tam nie wróci. I wyjątkowo mam zamiar dotrzymać tej obietnicy.

– Jak się miewa Oleg? – spytała Beate.

– Lepiej. – Harry spojrzał na nią czujnie. – Przecież wiesz, że jest na odwyku w klinice w Szwajcarii.

– Cieszę się. A Rakel dostała to stanowisko w Genewie?

– Tak.

– Dojeżdża z domu do pracy?

– Reguła to cztery dni w Genewie i trzy w domu. Dla Olega też lepiej, że matka jest blisko.

– To akurat świetnie rozumiem – powiedziała Beate. – Wobec tego oni i tak są w pewnym sensie poza wszelką linią strzału, prawda? A ty w tygodniu jesteś sam. W te dni możesz robić, co chcesz.

Harry zaśmiał się cicho.

– Kochana Beate, może nie wyraziłem się dość jasno, ale ja już robię to, co chcę. Wykładam. Uczę.

– Jest z nami Ståle Aune – wtrąciła Katrine.

– To świetnie dla niego – odparł Harry. – I dla was. On wie tyle samo o seryjnych zabójstwach co ja.

– Jesteś pewien, że nie więcej? – uśmiechnęła się Katrine, unosząc brew.

– Znakomita próba – roześmiał się Harry. – Okej, on wie więcej.

– O rany – zdziwiła się Katrine. – A gdzie twój instynkt rywalizacji?

– Wasza trójka w kombinacji ze Ståle Aunem to najlepsze, co może być dla tej sprawy. Mam teraz kolejny wykład, więc...

Katrine pokręciła głową.

– Co się z tobą porobiło, Harry?

– Same dobre rzeczy – odparł. – Porobiły się ze mną same dobre rzeczy.

– Komunikat odebrano i zrozumiano – powiedziała Beate, wstając. – Ale i tak spytam, czy możemy od czasu do czasu poprosić cię o radę.

Zorientowała się, że Harry już chce pokręcić głową.

– Nie odpowiadaj od razu – dodała czym prędzej. – Zadzwonię do ciebie później.

Trzy minuty później na korytarzu, kiedy Harry, sadząc długie kroki, maszerował do sali wykładowej, do której weszli już studenci, Beate pomyślała, że może to prawda, może miłość kobiety naprawdę potrafi zbawić mężczyznę. A w takim razie wątpiła w to, by poczucie obowiązku innej kobiety mogło go wciągnąć z powrotem do piekła. Ale takie miała zadanie. Harry wyglądał na szokująco zdrowego i szczęśliwego. Tak bardzo chciała, by to się nie zmieniło. Wiedziała jednak, że wkrótce znów zaczną ją nawiedzać duchy zamordowanych kolegów. I towarzysząca im myśl: oni nie są ostatni.

Zadzwoniła do Harry'ego natychmiast po powrocie do Kotłowni.

Rico Herrem obudził się gwałtownie i cały drgnął.

Zamrugał w ciemności, zanim zdołał skupić wzrok na białym ekranie trzy rzędy niżej, na którym jakaś tłusta kobieta ssała konia. Czuł, jak mocno bijący puls powoli się uspokaja. Nie ma żadnego powodu do paniki. Wciąż znajdował się w Sklepie Rybnym, a obudziły go jedynie wibracje wywołane przybyciem nowego klienta, który usiadł tuż za nim. Rico otworzył usta, próbując wchłonąć nieco tlenu z powietrza cuchnącego potem, dymem tytoniowym i czymś, co mogło być rybą, ale nie było. Minęło już czterdzieści lat, odkąd w Sklepie Rybnym Moena sprzedawano stosunkowo świeże ryby z lady i stosunkowo świeże gazetki pornograficzne spod lady. Kiedy Moen sprzedał sklep i poszedł na emeryturę po to, by móc bardziej systematycznie zapijać się na śmierć, nowi właściciele otworzyli w piwnicy całodobowe kino, w którym pokazywano niewynaturzone porno. Gdy jednak VHS i DVD odebrały im klientów, zaczęli specjalizować się w zdobywaniu i puszczaniu filmów, których nie dało się zobaczyć w sieci, w każdym razie bez ryzyka, że do drzwi zapuka policja.

Dźwięk był ustawiony tak cicho, że Rico słyszał odgłosy onanizowania się trwającego w otaczającej go ciemności. Wyjaśniono mu, że właśnie o to chodzi, że właśnie dlatego dźwięk jest tak wyciszony. On sam dawno już wyrósł z chłopięcych fascynacji grupowym waleniem konia i wcale nie dlatego tu siedział. Nie po to przyszedł tu bezpośrednio po zwolnieniu z więzienia i tkwił tu już od czterdziestu ośmiu godzin z przerwami na niezbędne krótkie wypady, żeby jeść, wydalać i zdobyć coś do picia. W kieszeni wciąż miał cztery tabletki rohypnolu. Musiały mu wystarczyć na długo.

Oczywiście nie mógł spędzić reszty życia w Sklepie Rybnym. Udało mu się jednak namówić matkę do pożyczenia mu dziesięciu tysięcy koron, a dopóki ambasada Tajlandii nie wyda mu rozszerzonej wizy turystycznej, to właśnie Sklep Rybny oferował ciemność i anonimowość, pozwalające w zasadzie nie istnieć.

Oddychał głęboko, ale powietrze zdawało się składać wyłącznie z azotu, argonu i dwutlenku węgla. Spojrzał na zegarek. Fosforyzująca wskazówka pokazywała szóstą. Po południu czy rano? Tu, w środku, panowała wieczna noc, ale musiało być popołudnie. Wrażenie, że się dusi, przyszło i minęło. Byle tylko nie wpadł teraz w klaustrofobię. Dopóki nie wyjedzie z kraju. Dopóki nie zniknie. Daleko od Valentina. Do diabła, jak on tęsknił za celą! Za poczuciem bezpieczeństwa. Za samotnością. Za powietrzem, którym da się oddychać.

Kobieta na ekranie nie przestawała pracować, ale musiała przesunąć się za koniem, który zrobił kilka kroków do przodu i na moment rozmazał się na ekranie.

– Cześć, Rico!

Rico zdrętwiał. Głos był niski, szepczący, ale dźwięk wydawał się soplem lodu wwiercającym się w ucho.

– *Vanessa's Friends*. Prawdziwy klasyk z lat osiemdziesiątych. Wiedziałeś, że Vanessa zginęła podczas kręcenia tego filmu? Stratowała ją jakaś klacz. Pewnie z zazdrości, jak sądzisz?

Rico chciał się odwrócić, ale powstrzymała go dłoń, która zacisnęła się na górnej części karku, przytrzymując głowę jak w imadle. Chciał krzyczeć, ale ręka w rękawiczce już zakryła mu usta i nos. Wciągnął zapach wilgotnej zgniłej wełny.

– Przeżyłem rozczarowanie, że tak łatwo cię znaleźć. Kino dla zboczeńców, dość oczywisty wybór, prawda? – Cichy śmiech. – Poza tym ten twój czerwony łeb świeci tu w ciemności jak latarnia morska. Ta twoja egzema chyba nie daje ci ostatnio spokoju, Rico. A egzemy intensyfikuje stres, nie mam racji?

Ręka w rękawiczce lekko odsunęła się od ust tak, żeby Rico mógł złapać trochę powietrza. Miało smak wapna i smaru do nart.

– Chodzą plotki, że rozmawiałeś z pewną policjantką w Ila, Rico. Coś was łączyło?

Rękawiczka znów odsunęła się od ust. Rico oddychał ciężko, językiem szukając śliny w ustach.

– Nic nie powiedziałem – wydyszał. – Przysięgam. Dlaczego miałbym coś mówić? Przecież i tak za kilka dni miałem wyjść.

– Dla pieniędzy.

– Mam pieniądze.

– Całą kasę wydałeś na rohypnol, Rico. Domyślam się, że w tej chwili masz w kieszeni prochy.

– Ja wcale nie żartuję! Pojutrze spadam do Tajlandii. Nie będziesz miał ze mną żadnych kłopotów, przysięgam.

Rico słyszał, że te ostatnie słowa zabrzmiały jak błaganie śmiertelnie przerażonego człowieka, ale nawet się tym nie przejął. On po prostu był śmiertelnie przerażony.

– Spokojnie, Rico. Nie mam zamiaru krzywdzić swojego tatuażysty. Przecież trzeba mieć zaufanie do człowieka, któremu się pozwoliło wbijać sobie igłę w skórę. Nie mam racji?

– Mo... możesz mi ufać.

– Świetnie. Pattaya brzmi nieźle.

Rico nie odpowiedział. Przecież nie wspomniał, że wybiera się konkretnie do Pattayi, więc skąd... Poczuł, że odchyla się leciutko do tyłu, kiedy tamten oparł się o fotel, żeby wstać.

– No, muszę lecieć. Mam coś do załatwienia. Ale korzystaj ze słońca, Rico. Słyszałem, że jest dobre na egzemę.

Rico odwrócił się i zadarł głowę. Tamten się zamaskował, zasłaniając dolną część twarzy chustką, a było za ciemno, żeby mógł zobaczyć jego oczy. Nagle mężczyzna nachylił się nad nim.

– Wiesz, że kiedy robili sekcję Vanessy, wykryli choroby weneryczne, o których istnieniu nie wiedziała medycyna? Dobrze ci radzę, trzymaj się własnego gatunku!

Rico patrzył na postać pospiesznie kierującą się ku wyjściu. Widział, jak tamten zdejmuje chustkę. Zdążył spojrzeć na jego twarz, kiedy padło na nią zielone światło szyldu z napisem *Exit*. Nagle sala jakby napełniła się tlenem, Rico chłonął go, mrugając, wciąż wpatrzony w biegnącą figurkę na szyldzie.

Był zdezorientowany.

Zdezorientowany tym, że wciąż żyje, i tym, co przed chwilą zobaczył. Wcale nie tym, że zboczeńcy interesowali się wyjściami awaryjnymi, bo tak było zawsze. Ale tym, że to nie był on. Głos był ten sam, śmiech również. Ale mężczyzną, którego przez ułamek sekundy dostrzegł w świetle padającym z szyldu, nie był on. To nie był Valentin.

17

– Więc wprowadziłeś się tutaj? – spytała Beate, rozglądając się po dużej kuchni. Za oknem ciemność spowiła już wzgórze Holmenkollen i sąsiednie wille. Wśród tych willi nie było dwóch identycznych, ale wszystkie miały tę cechę wspólną, że były co najmniej dwa razy większe od domu, który Beate odziedziczyła po matce we wschodniej dzielnicy Oslo, miały dwa razy wyższe żywopłoty, podwójne garaże i podwójne szlacheckie nazwiska połączone dywizem na skrzynkach pocztowych. Beate była w pełni świadoma swoich uprzedzeń do zachodnich dzielnic, ale i tak nie potrafiła zaakceptować obecności Harry'ego Hole w tym otoczeniu.

– Tak – odparł Harry i nalał kawy dla obojga.

– Nie czujesz się tu... samotny?

– Mhm. Ale czy ty też nie mieszkasz sama, tylko z małą?

– No tak, ale...

Nie dokończyła. Chciała dodać, że ona sama mieszka w przytulnym, pomalowanym na żółto domku wybudowanym w socjaldemokratycznym duchu epoki premiera Gerhardsena w okresie odbudowy po drugiej wojnie światowej, skromnym i praktycznym, pozbawionym modnych elementów narodowego romantyzmu, który nakazywał bogatym budować przypominające domki letniskowe twierdze, takie jak ta, z bejcowanych na czarno bali, przez które nawet w słoneczne dni dom odziedziczony przez Rakel po ojcu spowijała atmosfera wiecznego mroku i przygnębienia.

– Rakel przyjeżdża do domu na weekendy – powiedział Harry, podnosząc filiżankę do ust.

– Więc wszystko dobrze?

– Bardzo dobrze.

Beate pokiwała głową i popatrzyła na niego. Na zmiany. Wokół jego oczu pojawiły się zmarszczki, ale mimo wszystko wyglądał młodziej. Tytanowa proteza, która zastąpiła środkowy palec prawej ręki, zadzwoniła o filiżankę.

– A co u ciebie? – spytał Harry.

– Też wszystko dobrze. Dużo pracy. Zwolniłam małą ze szkoły, żeby pobyła trochę u babci w Steinkjer.

– Ze szkoły? Ależ ten czas szybko... – Przymknął oczy i roześmiał się cicho.

– Tak. To prawda. – Beate wypiła łyk kawy. – Harry, nalegałam na spotkanie z tobą, bo chciałabym wiedzieć, co się stało.

– Wiem. Miałem zamiar się z tobą skontaktować. Ale najpierw musiałem załatwić kilka spraw z Olegiem. I z sobą samym.

– Opowiadaj.

– No dobrze. – Harry odstawił filiżankę. – Byłaś jedyną osobą, którą informowałem na bieżąco. Pomogłaś mi i mam wobec ciebie wielki dług wdzięczności, Beate. I będziesz jedyną osobą, która się dowie, co zaszło, jeśli naprawdę tego chcesz. Ale na pewno chcesz wiedzieć? Później możesz mieć dylemat.

– Stałam się współwinna już wtedy, kiedy ci pomagałam, Harry. I pozbyliśmy się violiny. Już jej nie ma na ulicach.

– Fantastycznie – powiedział Harry cierpko. – Rynek wrócił do heroiny, cracka i speedu.

– Faceta od violiny też już nie ma. Rudolf Asajew nie żyje.

– Wiem.

– Tak? Wiedziałeś, że umarł? Że przeleżał przed śmiercią kilka miesięcy w Szpitalu Centralnym, w śpiączce, pod fałszywym nazwiskiem?

Harry uniósł brew.

– Asajew? Myślałem, że umarł w pokoju w hotelu Leon.

– Tam go znaleziono. Krew rozlała się na podłodze od ściany do ściany. Ale udało się utrzymać go przy życiu aż do teraz. Skąd wiesz o Leonie? Wszystko to było objęte ścisłą tajemnicą.

Harry nie odpowiedział, tylko obracał filiżankę w dłoniach.

– O cholera! – jęknęła Beate.

Harry wzruszył ramionami.

– Mówiłem, że może nie będziesz chciała o tym wiedzieć.

– To ty wbiłeś w niego nóż?

– Pomoże ci, jak powiem, że działałem w samoobronie?

– Znaleźliśmy kulę w drewnianej ramie łóżka. Ale ta dziura po nożu była duża i głęboka, Harry. Patolog mówił, że ostrze musiano obrócić kilka razy.

Harry zajrzał do filiżanki.

– No cóż, najwyraźniej i tak nie wykonałem tej roboty starannie.

– Doprawdy, Harry, ty... ty... – Beate nie umiała podnosić głosu, który drżał teraz jak dygoczący brzeszczot piły.

– On zrobił z Olega narkomana, Beate – powiedział Harry cicho, nie odrywając oczu od filiżanki.

Siedzieli w milczeniu, wsłuchując się w kosztowną ciszę Holmenkollen.

– To Asajew strzelił ci w głowę? – spytała w końcu Beate.

Harry przeciągnął palcem po nowej bliźnie na boku czoła.

– Dlaczego sądzisz, że to był strzał?

– No tak. Cóż ja mogę wiedzieć o ranach postrzałowych? Przecież jestem tylko technikiem kryminalistycznym.

– Dobrze, dobrze. Strzelał facet, który pracował dla Asajewa. Trzy strzały z bliska. Dwa w pierś. Trzeci w głowę.

Beate zrozumiała, że mówił prawdę. Ale wiedziała, że niecałą.

– Jak można przeżyć coś takiego?

– Przez dwa dni chodziłem w kamizelce kuloodpornej. Był już najwyższy czas, żeby do czegoś się przydała. Ale ten strzał w głowę całkiem mnie powalił. I byłby mnie zabił, gdyby nie…

– Gdyby nie co?

– Gdyby nie to, że ten facet natychmiast pobiegł na pogotowie przy Storgata. Groźbami ściągnął stamtąd lekarza, który mnie uratował.

– Co ty opowiadasz? Dlaczego nic o tym nie słyszałam?

– Ten lekarz połatał mnie na miejscu i chciał wysłać do szpitala, ale w porę się ocknąłem i zadbałem o to, żeby zamiast tego odesłał mnie do domu.

– Dlaczego?

– Nie chciałem robić zamieszania. Co słychać u Bjørna? Ma jakąś dziewczynę?

– Ten facet… Najpierw próbował cię zastrzelić, a potem cię uratował? Kto…

– Wcale nie próbował mnie zastrzelić. To był wypadek.

– Wypadek? Trzy strzały to nie jest żaden wypadek, Harry!

– Jeśli się jest na głodzie violinowym, a w rękach trzyma się odessę, to taka rzecz może się zdarzyć.

– Odessę?

Beate znała tę broń, tanią kopię rosyjskiego stieczkina. Na zdjęciach odessa wyglądała jak pospawany z różnych części przez średnio uzdolnionego ucznia na robotach ręcznych niezgrabny kundel, który śmie się nazywać pistoletem, i to w dodatku maszynowym. Ta broń cieszyła się jednak popularnością wśród rosyjskich urków, zawodowych przestępców, ponieważ można z niej było oddawać zarówno pojedyncze strzały, jak i całe serie. Lekki nacisk na cyngiel odessy i nagle okazywało się, że padły dwa strzały. Albo trzy. Uświadomiła sobie przy tym, że do odessy używano nabojów rzadkiego kalibru 9×18 mm Makarowa. Takich samych jak te, którymi zastrzelono Gusta Hanssena.

– Chciałabym obejrzeć tę broń – powiedziała powoli i zauważyła, że wzrok Harry'ego automatycznie wędruje w głąb salonu. Ale zobaczyła tam tylko bardzo starą czarną narożną szafkę. – Nie powiedziałeś, kim był ten facet.

– To nieważne – odparł Harry. – On już i tak dawno jest poza twoim obszarem jurysdykcji.

Beate pokiwała głową.

– Chronisz kogoś, kto prawie odebrał ci życie.

– Tym cenniejsze jest to, że je ocalił.

– Dlatego go osłaniasz?

– To, w jaki sposób wybieramy osoby, które chcemy chronić, często pozostaje zagadką, nie uważasz?

– Owszem – zgodziła się Beate. – Weźmy na przykład mnie. Ja chronię policjantów. Ponieważ zajmuję się rozpoznawaniem twarzy, uczestniczyłam w przesłuchaniu barmana z Come As You Are, baru, w którym człowiek Asajewa został zabity przez wysokiego blondyna z blizną od kącika ust do ucha. Pokazałam barmanowi zdjęcia i strasznie dużo mówiłam. Jak wiesz, pamięć wzrokową śmiesznie łatwo zmanipulować. Świadkowie przestają pamiętać to, co – jak im się wydawało – pamiętali. W końcu ten barman nabrał pewności, że człowiekiem w barze na pewno nie był ten Harry Hole, którego zdjęcia mu pokazałam.

Harry popatrzył na nią. Potem powoli skinął głową.

– Dziękuję.

– Już miałam powiedzieć, że nie ma za co. – Beate podniosła filiżankę do ust. – Ale jest. Mam nawet propozycję, jak możesz podziękować.

– Beate...

– Ja chronię policjantów. Wiesz, że kiedy policjanci umierają na służbie, to dla mnie sprawa osobista. Jack. I mój ojciec. – Spostrzegła, że mimowolnie podniosła rękę do kolczyka, przerobionego guzika od munduru jej ojca. – Nie wiemy, kto będzie następny. Ale mam zamiar zrobić wszystko, żeby powstrzymać tego drania, Harry. Wszystko, rozumiesz?

Nie odpowiedział.

– Przepraszam, oczywiście, że rozumiesz – powiedziała cicho Beate. – Masz swoich własnych zmarłych, o których myślisz.

Harry potarł grzbiet prawej dłoni o filiżankę, jakby zmarzł. Potem wstał i podszedł do okna. Odezwał się dopiero po chwili:

– Jak dobrze wiesz, do tego domu przyszedł morderca i o mało nie zabił Olega i Rakel. Z mojej winy.

– To było już dawno, Harry.

– To było wczoraj. I zawsze będzie wczoraj. Nic się nie zmieniło. Ale ja i tak próbuję. Próbuję zmienić siebie.

– I jak ci idzie?

Harry wzruszył ramionami.

– Raz lepiej, raz gorzej. Mówiłem ci, że nigdy nie pamiętałem o kupieniu prezentu urodzinowego dla Olega? Rakel przypominała mi o tym całe tygodnie wcześniej, ale zawsze taka czy inna sprawa wypierała mi z głowy tę informację. Przychodziłem tutaj i nagle widziałem, że wszystko jest przygotowane na urodziny. Musiałem wtedy uciekać się do tej samej starej sztuczki. – Skrzywił usta w półuśmiechu. – Mówiłem, że zapomniałem kupić papierosy, wsiadałem do samochodu i pędziłem jak wariat na najbliższą stację benzynową. Tam kupowałem jakieś płyty albo coś takiego. Wiedzieliśmy, że Oleg podejrzewa, co się dzieje, dlatego mieliśmy z Rakel umowę. Kiedy stawałem w drzwiach, Oleg patrzył na mnie z mrocznym wyrzutem w oczach, ale zanim zdążył mnie przeszukać, Rakel mnie obejmowała i ściskała tak, jakby nie widziała od dawna. I w czasie uścisków wyciągała te płyty czy inny prezent zza paska moich spodni, chowała je gdzieś przy sobie i odchodziła, a Oleg dopiero wtedy się na mnie rzucał. Rakel błyskawicznie pakowała prezent i wystarczało jej nawet czasu na to, żeby przypiąć karteczkę z *Dla* i *Od*.

– I?

– Oleg niedawno miał urodziny. Dostał prezent zapakowany własnoręcznie przeze mnie. Powiedział, że nie rozpoznaje charakteru pisma na tej karteczce z *Dla* i *Od*. Wyjaśniłem mu, że to dlatego, że sam to napisałem.

Beate uśmiechnęła się leciutko.

– Słodka historia. Ze szczęśliwym zakończeniem.

– Posłuchaj, Beate. Tym dwojgu ludziom zawdzięczam wszystko i wciąż ich potrzebuję. A poza tym mam takiego farta, że oni potrzebują mnie. Jako matka wiesz, jakie to błogosławieństwo i przekleństwo, że jest się komuś potrzebnym.

– Owszem. I właśnie to próbuję ci powiedzieć. Że my też cię potrzebujemy, Harry…

Harry pochylił się do niej nad stołem.

– Nie tak jak tych dwoje, Beate. Poza tym nikt nie jest niezastąpiony w pracy, nawet…

– Pewnie. Tych zamordowanych też zastąpimy. Zresztą jeden był już na emeryturze. Znajdziemy też ludzi na miejsce następnych, którzy zginą.

– Beate…

– Widziałeś to?

Harry nawet nie rzucił okiem na zdjęcia, które wyjęła z torebki i położyła na kuchennym stole.

– Zmasakrowani, Harry. Ani jedna kość nie została cała. Nawet ja miałam problem z ich zidentyfikowaniem.

Harry dalej stał. Jak gospodarz, który chce zasygnalizować, że zrobiło się późno. Ale Beate wciąż siedziała. Wypiła łyczek z filiżanki. Nie ruszała się. Harry westchnął. Wypiła jeszcze jeden łyczek.

– Oleg ma zamiar iść na prawo, kiedy wróci z tego odwyku, prawda? A potem starać się o przyjęcie do Wyższej Szkoły Policyjnej.

– Skąd o tym wiesz?

– Od Rakel. Rozmawiałam z nią, zanim tu przyszłam.

Jasnoniebieskie oczy Harry'ego pociemniały.

– Co?

– Zadzwoniłam do niej do Szwajcarii i wyjaśniłam, o co chodzi. Wiem, że to niesłychana bezczelność, i bardzo cię za to przepraszam. Ale, tak jak już mówiłam, jestem gotowa zrobić wszystko.

Wargi Harry'ego poruszyły się w bezgłośnym przekleństwie.

– I co powiedziała?

– Że to zależy od ciebie.

– No tak. Co innego mogła powiedzieć.

– Dlatego teraz cię proszę, Harry. Proszę cię w imieniu Jacka Halvorsena, w imieniu Ellen Gjelten, w imieniu wszystkich zabitych policjantów. Ale przede wszystkim w imieniu wszystkich tych, którzy jeszcze żyją. I tych, którzy być może zostaną policjantami.

Zobaczyła, że Harry mocno zaciska szczęki.

– Nie prosiłem cię, żebyś dla mnie manipulowała świadkami, Beate.

– Ty nigdy o nic nie prosisz, Harry.

– No cóż. Zrobiło się późno, więc chciałbym cię prosić…

– …żebym sobie poszła. – Pokiwała głową. W spojrzeniu Harry'ego pojawiło się to, co kazało ludziom go słuchać. Wstała więc i wyszła na korytarz. Włożyła kurtkę, zapięła. Harry patrzył na nią, stojąc w drzwiach.

– Przykro mi, że jestem taka zdesperowana – powiedziała. – Źle postąpiłam, mieszając się w twoje życie w taki sposób. Wykonujemy pracę, ale to tylko praca. – Poczuła, że głos jej się załamuje, więc czym prędzej dokończyła: – A ty oczywiście masz rację, muszą istnieć zasady i granice. Do widzenia.

– Beate…

– Śpij dobrze, Harry.

– Beate Lønn…

Beate już nacisnęła klamkę, chciała wyjść, zanim Harry zauważy łzy, które napłynęły jej do oczu. Ale Harry stanął tuż za nią i położył dłoń na płycie drzwi. Powiedział z ustami tuż przy jej uchu:

– Zastanawialiście się nad tym, w jaki sposób zabójca skłonił policjantów do tego, by dobrowolnie przybyli na dawne miejsce zabójstwa, którym kiedyś się zajmowali, dokładnie w rocznicę jego popełnienia?

Beate puściła klamkę.

– O co ci chodzi?

– O to, że czytam gazety. Było w nich, że sierżant Nilsen pojechał do Tryvann golfem, który został na parkingu, a w śniegu na drodze, którą doszedł do stacji wyciągu, znaleziono tylko jego ślady. I że macie nagrania z monitoringu z jakiejś stacji benzynowej w Drammen, które pokazują, że Anton Mittet tuż przed zabójstwem był w swoim samochodzie sam. Przecież obaj wiedzieli, że policjanci ginęli akurat w ten sposób. A mimo to się stawili.

– Oczywiście, że się nad tym zastanawialiśmy – odparła Beate. – Ale nie znaleźliśmy żadnej pewnej odpowiedzi. Wiemy, że chwilę wcześniej dzwoniono do nich z budek telefonicznych w pobliżu miejsc, w których doszło do zabójstwa. Przypuszczamy więc, że wiedzieli, kto dzwoni, i upatrywali w tym szansę na ujęcie zabójcy na własną rękę.

– Nie – zaprzeczył Harry.

– Nie?

– Technicy znaleźli nienaładowany pistolet służbowy i pudełko nabojów w schowku w samochodzie Antona Mitteta. Gdyby sądził, że idzie na spotkanie z zabójcą, to przynajmniej naładowałby najpierw broń.

– Może chciał to zrobić później, a zabójca zaatakował, zanim Mittet zdążył otworzyć schowek i…

– Odebrał ten telefon o dziesiątej trzydzieści jeden, a benzynę tankował o dziesiątej trzydzieści pięć, więc poświęcił czas na nabranie paliwa już po tym telefonie.

– Może miał zupełnie pusty bak?

– Nie. „Aftenposten" zamieściła na swojej stronie internetowej wideo z tej stacji benzynowej pod tytułem „Ostatnie zdjęcia Antona Mitteta sprzed egzekucji". Nagranie pokazuje mężczyznę, który wlewa benzynę przez trzydzieści sekund, a dystrybutorem zaraz szarpie, co oznacza, że bak jest pełny. Czyli że Mittet miał wystarczająco dużo paliwa, żeby dojechać na miejsce zdarzenia i wrócić do domu. Co z kolei świadczy o tym, że wcale mu się nie spieszyło.

– No dobrze. Mógł więc tam załadować ten pistolet, ale tego nie zrobił.

– Tryvann – powiedział Harry. – Bertil Nilsen też miał pistolet w schowku w golfie. I nie wziął tej broni ze sobą. Mamy więc dwóch policjantów z doświadczeniem w wykrywaniu sprawców zabójstw, którzy stawiają się w miejscach, gdzie popełniono niewyjaśnione zbrodnie, chociaż wiedzą, że jeden z kolegów niedawno zginął w podobnych okolicznościach. Mogli się uzbroić, ale tego nie robią. Chociaż mają wystarczająco dużo czasu. Obaj są doświadczonymi policjantami, którzy przestali już się bawić w bohaterów. Co wam to wszystko mówi?

– Okej, Harry. – Beate odwróciła się i oparła plecami o drzwi, zatrzaskując je. – Co nam to *powinno* powiedzieć?

– Powinno wam powiedzieć, że wcale nie myśleli o schwytaniu zabójcy.

– No dobrze, nie myśleli tak. Może uważali, że idą na randkę z piękną kobietą, którą podnieca myśl o seksie w miejscu zbrodni?

Beate powiedziała to żartem, ale Harry odparł bez mrugnięcia okiem:

– Za mało czasu od telefonu do ewentualnego spotkania.

Beate się zastanowiła.

– A może zabójca podał się za dziennikarza zainteresowanego rozmową o innych nierozwiązanych sprawach przy okazji tamtych? Może powiedział Mittetowi, że chce się z nim spotkać późnym wieczorem, żeby zdjęcia oddawały atmosferę?

– Dotarcie do tych miejsc wymaga pewnego wysiłku, przynajmniej jeśli chodzi o Tryvann. Z tego, co zrozumiałem, Bertil Nilsen przyjechał z Nedre Eiker. To ponad pół godziny jazdy. A poważni policjanci nie pracują za darmo tylko po to, żeby prasa mogła zamieścić jeszcze jeden szokujący artykuł.

– Kiedy mówisz, że nie pracują za darmo, masz na myśli...

– Właśnie tak. Moim zdaniem uważali, że to będzie miało coś wspólnego z ich pracą.

– Że dzwonił do nich policjant?

– Mhm.

– Zabójca zadzwonił, podał się za policjanta pracującego na miejscu zdarzenia, ponieważ... ponieważ to potencjalne miejsce, w którym sprawca może uderzyć jeszcze raz... i... i... – Beate pociągnęła się za kolczyk w uchu. – I że potrzebuje ich pomocy, aby zrekonstruować pierwotne zabójstwo!

Poczuła, że uśmiecha się jak uczennica, która właśnie prawidłowo odpowiedziała nauczycielowi na zadane pytanie, i zaczerwieniła się, kiedy Harry się roześmiał.

– Ciepło, coraz cieplej. Ale zważywszy na restrykcje dotyczące nadgodzin, wydaje mi się, że Mittet zdziwiłby się wezwaniem w środku nocy, a nie w godzinach pracy, kiedy w dodatku jest jasno.

– No to się poddaję.

– Naprawdę? – zdumiał się Harry. – A jaki telefon od kolegów skłoni cię do tego, żebyś pojechała wszędzie, nawet w środku nocy?

Beate uderzyła się w czoło.

– No jasne! – zawołała. – Ale z nas idioci!

18

– Co ty powiesz? – Katrine zadrżała w chłodnych porywach wiatru, kiedy stanęły na schodach przed żółtym domem na Bergslia. – On dzwoni do swoich przyszłych ofiar i mówi, że zabójca policjantów znów zaatakował?

– To równie proste, co genialne. – Beate stwierdziła, że klucz pasuje, obróciła go w zamku i otworzyła drzwi. – Odbierają telefon od kogoś, kto udaje śledczego. Ten człowiek mówi, że chce, by przyjechali tam jak najszybciej, ponieważ znają okoliczności poprzedniego zabójstwa, do którego doszło w tym miejscu. Potrzebują informacji, żeby się przekonać, czy to pomoże nadać sprawie właściwy priorytet, kiedy ślady wciąż jeszcze są gorące.

Beate pierwsza weszła do środka. Oczywiście rozpoznała ten dom. Technik kryminalistyczny nigdy nie zapomina miejsca, w którym popełniono zabójstwo. To wcale nie był wytarty frazes. Zatrzymała się w salonie. Blask słońca wpadał przez okno i rysował krzywe czworokąty na gołej drewnianej podłodze, wyblakłej jednakowo na całej powierzchni. Najwidoczniej od lat nie stały tu meble. Po zabójstwie krewni prawdopodobnie zabrali stąd większość rzeczy.

– Interesujące – orzekł Ståle Aune, który stanął przy oknie, skąd miał widok na las między domem a tym, co – jak przypuszczał – musiało być budynkiem Szkoły Średniej Berg. – Zabójca wykorzystuje jako wabik tę histerię wokół zbrodni, którą sam stworzył.

– Gdyby tak zadzwonił do mnie, nie dostrzegłabym w tym nic podejrzanego – stwierdziła Katrine.

– Właśnie dlatego stawiali się nieuzbrojeni – ciągnęła Beate. – Wydawało im się, że niebezpieczeństwo minęło, policja jest już na miejscu, dlatego mogą poświęcić czas na nabranie paliwa po drodze.

– Ale – odezwał się Bjørn z ustami pełnymi chrupkiego chleba z pastą kawiorową. – Skąd sprawca ma pewność, że ofiara nie zadzwoni do innego kolegi i nie dowie się, że nie było żadnego zabójstwa?

– Prawdopodobnie wydaje polecenie, żeby ofiara na razie z nikim o tym nie rozmawiała. – Beate spojrzała z potępieniem na okruchy, które upadły na podłogę.

– To też jest wiarygodne – zgodziła się Katrine. – Policjanta z doświadczeniem w sprawach zabójstw wcale by to nie zdziwiło. Wszyscy od nas wiedzą, że staramy się utrzymać znalezienie zwłok w tajemnicy tak długo, jak uważamy to za ważne.

– A dlaczego to miałoby być ważne? – spytał Ståle Aune.

– Dopóki zabójca sądzi, że zbrodnia nie została odkryta, może opuścić gardę. – Bjørn ugryzł jeszcze kęs chrupkiego pieczywa.

– I wszystko to Harry, ot tak, po prostu ci powiedział? – spytała Katrine. – Po tym, czego dowiedział się wyłącznie z gazet?

– Inaczej nie byłby Harrym – odparła Beate, słuchając zgrzytów kolejki przejeżdżającej po drugiej stronie drogi. Z okna widziała dach stadionu Ullevaal. Okna były za cienkie, by całkiem wytłumić szum dochodzący z obwodnicy. Przypomniała sobie, jak tu było zimno i jak bardzo marzli nawet w białych kombinezonach włożonych na ubrania. Ale pamiętała również, że pomyślała wtedy, iż nie tylko temperatura na zewnątrz uniemożliwia przebywanie w tym domu bez marznięcia. Może właśnie dlatego tak długo stał pusty? Może potencjalni najemcy albo kupcy wciąż wyczuwali panujące tu zimno, chłód, który przesycał opowieści i plotki z tamtych czasów?

– No dobrze – odezwał się Bjørn. – Harry wydedukował, w jaki sposób zabójca zwabia ofiary. Ale przecież już i tak wiedzieliśmy, że pojechali tam sami i dobrowolnie. Więc nie jest to żaden ogromny przełom w śledztwie, nie mam racji?

Beate podeszła do drugiego okna i omiotła wzrokiem okolicę. Oddział Delty powinien bez kłopotu ukryć się w lesie, w zagłębieniu terenu przed torami kolejki, ewentualnie w sąsiednich budynkach po obu stronach. Krótko mówiąc, otoczyć ten dom.

– Zawsze to on był osobą, która wpadała na proste pomysły. Tobie później nie mieściło się w głowie, że sam o tym nie pomyślałeś – rzuciła. – Okruchy.

– Co? – zdumiał się Bjørn.

– Okruszki z pieczywa chrupkiego.

Bjørn spojrzał na podłogę, a potem znów podniósł wzrok na Beate. W końcu wyrwał kartkę z notatnika, przykucnął i zaczął na nią zmiatać ręką okruchy.

Beate podniosła głowę i napotkała pytające spojrzenie Katrine.

– Wiem, o czym myślisz – powiedziała. – Po co taka staranność, skoro przecież nie jest to miejsce zdarzenia. Właśnie, że jest. Każde miejsce, w którym popełniono niewyjaśnione zabójstwo, jest i pozostanie miejscem zdarzenia z możliwością odkrycia śladów.

– Liczysz na znalezienie nowych śladów Rzeźnika? – spytał Ståle.

– Nie – odparła Beate, patrząc na podłogę. Musiano ją wycyklinować, bo głęboko w drewno wsiąkły takie ilości krwi, że szorowanie na pewno nic nie dało.

Ståle spojrzał na zegarek.

– Mam niedługo pacjenta, więc może powiesz nam wreszcie o tym pomyśle Harry'ego.

– Nie mówiliśmy o tym prasie – zaczęła Beate. – Ale kiedy znaleźliśmy ciało w tym pokoju, w którym teraz stoimy, musieliśmy najpierw się upewnić, czy to rzeczywiście są ludzkie zwłoki.

– Ojej! – westchnął Ståle. – Musimy słuchać dalszego ciągu?

– Tak – odparła zdecydowanie Katrine.

– Rzeźnik pociął ciało piłą na tak malutkie kawałeczki, że na pierwszy rzut oka nie dało się tego stwierdzić. Piersi umieścił na półce w witrynie, która stała tam. Jedynym śladem, na jaki natrafiliśmy, był ułamany brzeszczot wyrzynarki i... Ci, których to interesuje, mogą sobie resztę szczegółów doczytać w raporcie. Mam go tutaj. – Beate poklepała torebkę.

– Świetnie – powiedziała Katrine z uśmiechem, który chyba uznała za zbyt słodki, i prędko wróciła do poważnej miny.

– Ofiarą była młoda dziewczyna, przebywała w domu sama – kontynuowała Beate. – Również wtedy uznaliśmy, że w sposobie działania przejawiają się pewne cechy wspólne z zabójstwem nad Tryvann. Ale dla naszej sprawy najważniejsze jest to, że tego zabójstwa nie udało się wyjaśnić. I że popełniono je siedemnastego marca.

W pokoju zrobiło się tak cicho, że słychać było radosne okrzyki ze szkolnego boiska po drugiej stronie zagajnika.

Pierwszy odezwał się Bjørn:

– To za cztery dni.

– Owszem – potwierdziła Katrine. – A Harry, ten chory człowiek, proponuje zastawienie pułapki, prawda?

Beate przytaknęła.

Katrine powoli pokręciła głową.

– Dlaczego nikt z nas nie wpadł na to wcześniej?

– Ponieważ nikt z nas nie zrozumiał, w jaki sposób zabójca wabi ofiary na miejsce zbrodni – stwierdził Ståle.

– Wciąż nie da się wykluczyć, że Harry jest w błędzie – zauważyła Beate – zarówno jeśli chodzi o sposób działania sprawcy, jak i przewidywane miejsce kolejnego ataku. Od czasu pierwszego zabójstwa policjanta minęło już wiele rocznic niewyjaśnionych spraw w rejonie Østlandet, a nic się nie działo.

– Ale Harry dostrzegł podobieństwo między sprawą Rzeźnika a tymi innymi zabójstwami – powiedział Ståle. – Kontrolowane planowanie w połączeniu z pozornie niekontrolowaną brutalnością.

– Oświadczył, że brzuch mu tak mówi – poinformowała Beate. – Rozumie przez to…

– …analizę niespójnych faktów – dokończyła Katrine. – Nazywaną również metodą Harry'ego.

– I uważa, że to się stanie za cztery dni? – spytał Bjørn.

– Tak – potwierdziła Beate. – I dodał do tego jeszcze jedną wróżbę. Spostrzegł, tak jak Ståle, że to ostatnie zabójstwo jest bardziej podobne do pierwotnego przez to, że sprawca umieścił ofiarę w samochodzie i doprowadził do stoczenia się auta w przepaść. Uważa, że ten człowiek będzie się starał doprowadzić wszystko do jeszcze większej perfekcji, więc następnym logicznym krokiem będzie wybór dokładnie tego samego narzędzia zbrodni.

– To znaczy wyrzynarki. – Katrine aż odebrało dech.

– To by było typowe dla seryjnego zabójcy o osobowości narcystycznej – oświadczył Ståle.

– I Harry był pewien, że to się stanie tutaj? – Bjørn skrzywił się i rozejrzał.

– Akurat co do tego miał najwięcej wątpliwości – odparła Beate. – Do pozostałych miejsc zabójstw był swobodny dostęp. Ten dom stoi pusty od lat, bo nikt nie chciał zamieszkać w miejscu, w którym działał Rzeźnik. Jednak mimo wszystko jest zamknięty. Budka przy stacji wyciągu w Tryvann też nie była otwarta, ale tutaj są sąsiedzi. Zwabienie policjanta w to miejsce łączyłoby się z dużym ryzykiem. Harry uważa więc, że tym razem zabójca może złamać schemat i zwabić ofiarę w jakieś inne miejsce. Ale zastawimy tu pułapkę na oprawcę policjantów i zobaczymy, czy zadzwoni.

Zapadła chwila milczenia, podczas której wszyscy jakby przeżuwali to, że Beate posłużyła się określeniem, jakim prasa ochrzciła zabójcę. Oprawca policjantów.

– A ofiara… – spytała Katrine.

– Jej nazwisko jest tutaj. – Beate znów poklepała się po torebce. – Mam listę wszystkich, którzy pracowali przy sprawie Rzeźnika. Otrzymają polecenie, że mają siedzieć w domu z włączonym telefonem. Ten, do którego zadzwoni, będzie udawał, że nic się nie dzieje, i potwierdzi, że przyjdzie. Potem poinformuje Centralę Operacyjną, a my rozpoczniemy akcję. Jeśli to będzie jakieś inne miejsce niż Bergslia, przeniesiemy tam Deltę.

– Policjant ma udawać, że nic się nie stało, kiedy dzwoni do niego seryjny zabójca i chce się z nim umówić? – Bjørn wzruszył ramionami. – Nie wiem, czy wystarczyłoby mi zdolności aktorskich, żeby odegrać coś takiego.

– Ten ktoś wcale nie musi ukrywać zdumienia – zauważył Ståle. – Przeciwnie, to nawet wyglądałoby podejrzanie, gdyby policjantowi nie zadrżał głos na wieść o śmierci następnego kolegi.

– Bardziej martwi mnie to rozwiązanie z Deltą i Centralą Operacyjną – stwierdziła Katrine.

– Wiem – przyznała Beate. – Za duże zaangażowanie sił, żeby dało się to zrealizować bez informowania Bellmana i oficjalnej grupy śledczej. Jeśli coś się zacznie dziać, Hagen będzie musiał poinformować Bellmana.

– A co się stanie z naszą grupą, kiedy on się o tym dowie?

– Jeżeli istnieje możliwość, żebyśmy do czegoś doszli, ta kwestia ma drugorzędne znaczenie, Katrine. – Beate pociągnęła się za policyjny guzik w uchu. – Ale chodźmy już stąd. Nie ma sensu dłużej się tu kręcić, bo jeszcze ktoś nas zobaczy. I niczego tu nie zostawiajcie.

Katrine zrobiła krok w stronę drzwi i zamarła w pół ruchu.

– Co się stało? – spytał Ståle.

– Nie słyszeliście? – szepnęła.

– Czego?

Uniosła stopę i zmrużonymi oczami popatrzyła na Bjørna.

– Chrzęst.

Beate roześmiała się swoim zaskakująco lekkim jasnym śmiechem, natomiast chłopak ze Skreia ciężko westchnął, wyjął kartkę z notatnika i znów przykucnął.

– Hej, hej! – zawołał nagle.

– O co chodzi?

– To wcale nie są moje okruchy – orzekł, nachylając się i zaglądając pod stół. – Stara guma do żucia. Resztki są wciśnięte pod blat. Tak już wyschła, że kawałki z niej odpadły.

– Może to guma zabójcy – podsunął Ståle i ziewnął. – Normalni ludzie przylepiają gumę pod siedzeniami w kinach i w autobusach, ale nie pod własnym stołem.

– Ciekawa teoria. – Bjørn wziął kawałek gumy i podszedł z nim do okna. – Zwykle w gumie daje się znaleźć DNA ze śliny nawet po kilku miesiącach, ale ta kompletnie wyschła.

– No dalej, Sherlocku – uśmiechnęła się Katrine. – Przeżuj ją kilka razy i powiedz nam, co to za marka...

– Wystarczy – przerwała im Beate. – Wychodzimy.

Arnold Folkestad odstawił kubek z herbatą i spojrzał na Harry'ego. Podrapał się w rudą brodę. Harry widział kiedyś, jak kolega wyciągał z niej świerkowe igły po przyjeździe do pracy rowerem ze swojego domku stojącego gdzieś w lesie, a mimo to zaskakująco blisko centrum. Arnold jasno dał jednak do zrozumienia, że ci, którzy uważają go za fanatycznego ekologa ze względu na jego długą brodę, rower i dom w lesie, zwyczajnie się mylą. On jest po prostu trochę skąpym dziwakiem z zamiłowaniem do ciszy.

– Musisz jej powiedzieć, żeby się hamowała – szepnął Arnold tak cicho, żeby nikt inny w kantynie ich nie usłyszał.

– Miałem zamiar ciebie o to poprosić – odparł Harry. – To by było... – Nie znalazł słowa. Nie wiedział, czy takie określenie w ogóle istnieje. Jeżeli tak, to mieściło się gdzieś między „właściwsze" a „mniej żenujące dla wszystkich stron".

– Czyżby Harry Hole bał się dziewczynki, która podkochuje się w swoim wykładowcy? – zaśmiał się Arnold Folkestad.

– ...właściwsze i mniej żenujące dla wszystkich stron.

– Musisz to załatwić sam, Harry. Spójrz, to ona. – Arnold ruchem głowy wskazał na placyk pod oknem kantyny. Silje Gravseng stała samotnie w odległości kilku metrów od grupy studentów, która ze śmiechem o czymś dyskutowała. Dziewczyna popatrzyła w niebo, śledziła coś wzrokiem.

Harry westchnął.

– Może powinienem trochę zaczekać. Statystycznie rzecz ujmując, takie uczucia do wykładowców mijają w stu procentach.

– À propos statystyki – powiedział Folkestad. – Podobno twierdzą, że ten pacjent, któremu Hagen dał ochronę policyjną w Szpitalu Centralnym, zmarł z przyczyn naturalnych.

– Tak się mówi.

– FBI robiło statystyki. Przyjrzeli się wszystkim przypadkom zgonów świadków koronnych oskarżenia w okresie od oficjalnego powołania ich na świadka do rozpoczęcia rozprawy. W poważnych sprawach, w których oskarżonemu groziło ponad dziesięć lat więzienia, świadkowie umierali z tak zwanych przyczyn nienaturalnych w siedemdziesięciu ośmiu procentach przypadków. Wyniki tych badań doprowadziły do wielu ponownych sekcji, po których ta liczba wzrosła do dziewięćdziesięciu czterech procent.

– I co?

– Dziewięćdziesiąt cztery to dość wysoki odsetek, nie uważasz?

Harry spojrzał na plac. Silje wciąż wpatrywała się w niebo. Na jej uniesioną w górę twarz świeciło słońce.

Cicho zaklął i dopił kawę.

Gunnar Hagen wiercił się na drewnianym krzesełku w gabinecie Bellmana i zaskoczony patrzył na komendanta. Przed chwilą poinformował go o istnieniu małej grupy śledczej, którą utworzył wbrew jego poleceniu, i o planie zorganizowania pułapki na Bergslia. Zaskoczenie wynikało stąd, że jego wyznania wcale nie zaszkodziły niesłychanie dobremu humorowi komendanta.

– Znakomicie! – zawołał Bellman i klasnął w ręce. – Nareszcie przejawiacie jakąś aktywność. Możecie mi przesłać plan działania i mapę, żebyśmy mogli zacząć coś robić?

– My? Chcesz powiedzieć, że osobiście…

– Tak. Uważam za naturalne, że to ja będę dowodził, Gunnarze. Taka duża akcja oznacza konieczność podejmowania decyzji na wysokim szczeblu…

– To tylko jeden dom i jeden człowiek, który…

– Ze wszech miar słuszne jest, żebym się zaangażował, kiedy ryzyko jest tak duże. A sprawa jest do tego stopnia ważna, że całą tę akcję należy utrzymać w tajemnicy, rozumiesz?

Hagen kiwnął głową. W tajemnicy, na wypadek gdyby okazała się bezowocna, pomyślał. Gdyby natomiast zakończyła się sukcesem i aresztowaniem, wszystko zostanie upublicznione, tak aby Mikael Bellman mógł zbierać hołdy i informować prasę o tym, że kierował wszystkim osobiście.

– Rozumiem – powiedział Hagen. – Wobec tego zaczynam działać. I o ile dobrze zrozumiałem, grupa w Kotłowni może kontynuować pracę.

Bellman się roześmiał. Hagen nie wiedział, co mogło wywołać u niego taką zmianę nastroju. Komendant wydawał się o dziesięć lat młodszy i dziesięć kilo lżejszy. A poza tym pozbył się tej zmarszczki zatroskania, którą nosił na czole jak głęboką ranę już od dnia, w którym objął stanowisko.

– Tylko nie bądź za bardzo bezczelny, Gunnarze. To, że podoba mi się pomysł, który mi przedstawiliście, nie oznacza, że lubię, gdy podwładni sprzeciwiają się moim nakazom.

Hagena przeszły ciarki. Starał się jednak wytrzymać rozbawione, ale zimne spojrzenie komendanta.

– Na razie zamrażam wszelką aktywność w tej twojej grupie. Niezbędną rozmowę przeprowadzimy po akcji. A jeśli się dowiem, że w tym czasie chociażby uruchomiliście wyszukiwarkę albo wykonaliście bodaj jeden telefon w tej sprawie…

Jestem od niego starszy i jestem lepszym człowiekiem, pomyślał Gunnar Hagen, nie spuszczając wzroku, ale wiedział, że bunt w powiązaniu ze wstydem malują mu na policzkach rumieńce.

To tylko sztafaż, pouczał się w duchu. Tylko dystynkcje na mundurze.

W końcu spuścił wzrok.

Było już późno. Katrine Bratt wpatrywała się w leżący przed nią raport. Nie powinna tego robić. Przed chwilą zadzwoniła do niej Beate i przekazała prośbę Hagena, by zawiesili całe śledztwo na bezpośrednie polecenie Bellmana. Katrine powinna więc być w domu, leżeć w łóżku z dużym kubkiem herbaty rumiankowej i mężczyzną, który ją kochał, ewentualnie z serialem telewizyjnym, który kochała ona, a nie tkwić tutaj, w Kotłowni, czytać akta spraw zabójstw i doszukiwać się możliwych błędów, zgrzytów i niejasnych powiązań. W dodatku to powiązanie było na tyle słabe, że graniczyło z idiotyzmem. A może nie? Stosunkowo łatwo było uzyskać dostęp do raportów z zabójstwa Antona Mitteta przez policyjną bazę danych. Lista przedmiotów znalezionych w samochodzie była równie szczegółowa co nudna do uśpienia. Dlaczego więc zatrzymała się przy tym jednym zdaniu? Wśród ewentualnych śladów i przedmiotów wyjętych z samochodu Mitteta był skrobak do lodu i zapalniczka leżąca pod siedzeniem kierowcy plus guma do żucia przyklejona do siedzenia od spodu.

W raporcie były też dane kontaktowe do wdowy po Antonie, Laury Mittet.

Katrine zawahała się, w końcu wystukała numer. Głos kobiety, która odebrała, był zmęczony, przyćmiony tabletkami. Katrine przedstawiła się i zadała krótkie pytanie.

– Guma do żucia? – powtórzyła powoli Laura Mittet. – Nie, on nigdy nie żuł gumy. Pił kawę.

– Czy tym samochodem jeździł ktoś inny, kto żuł…

– Nigdy nie jeździł nim nikt inny oprócz Antona.

– Dziękuję – powiedziała Katrine.

19

Był wieczór, świeciło się w oknach kuchni żółtego drewnianego domu na Oppsal, gdzie Beate Lønn właśnie zakończyła swoją codzienną rozmowę telefoniczną z córeczką. Później słuchawkę przejęła teściowa i ustaliły, że jeśli dziewczynka wciąż będzie kasłać i gorączkować, to powrót do domu odłożą o kilka dni, a dziadkowie z wielką chęcią zatrzymają wnuczkę u siebie w Steinkjer.

Beate pochyliła się do szafki pod zlewem i akurat wpychała plastikową torebkę z resztkami jedzenia do białego worka na śmieci, kiedy zadzwonił telefon. Katrine. Od razu przeszła do rzeczy.

– Pod siedzeniem kierowcy w samochodzie Mitteta była przylepiona guma do żucia.

– Aha…

– Zabezpieczono ją, ale nie przekazano do analizy DNA.

– Ja też bym tego nie zleciła, skoro znaleziono ją pod siedzeniem kierowcy. To przecież oznacza, że była Mitteta. Sama wiesz, gdyby bezkrytycznie badać pod kątem DNA każdą najmniejszą rzecz, jaką się znajdzie w miejscu zdarzenia, to kolejka i czas oczekiwania…

– Ale Ståle ma rację, Beate! Ludzie nie przylepiają gumy do żucia pod własnym stołem. Ani do siedzenia we własnym samochodzie. Zresztą żona Mitteta twierdzi, że on nie żuł gumy, a nikt inny nie jeździł tym samochodem. Wydaje mi się, że ten, kto ją tam przylepił, wychylił się przez siedzenie kierowcy i dopiero to zrobił. Według raportu zabójca przypuszczalnie zajmował siedzenie pasażera i nachylał się nad Mittetem, kiedy mocował mu ręce do kierownicy plastikowymi zaciskami. Samochód był w rzece, ale Bjørn mówił, że DNA w ślinie, która została w gumie…

– Domyślam się, do czego zmierzasz – przerwała jej Beate. – Musisz zadzwonić z tą informacją do kogoś z grupy Bellmana.

– Czy ty niczego nie pojmujesz? – zdenerwowała się Katrine. – To może nas doprowadzić bezpośrednio do zabójcy.

– Rozumiem. I wydaje mi się, że wiem, co ci chodzi po głowie. Ale to nas zaprowadzi prosto do piekła. Odsunięto nas od tej sprawy, Katrine.

– Mogę się wybrać do magazynu z dowodami, a później przesłać tę gumę do analizy DNA i sprawdzić wynik w rejestrze. Jeśli nie będzie żadnego trafienia, to nikt nie musi o niczym wiedzieć. A jeżeli będzie, to – bum! – i rozwiązałyśmy sprawę. Wtedy nikt nie będzie się czepiał o sposób, w jaki to zrobiłyśmy. Tak, myślę egoistycznie, ale wyjątkowo to my możemy wyjść z tego w chwale, Beate! My! Kobiety! Cholera, zasługujemy na to!

– Wiem, że cię świerzbią ręce, a poza tym to nie zaburzy śledztwa tej drugiej grupy, ale…

– Żadnych ale! Chyba raz możemy sobie pozwolić na rozpychanie się łokciami. Naprawdę masz ochotę patrzeć, jak Bellman z tym swoim uśmieszkiem samozadowolenia znów będzie zbierał podziękowania za naszą pracę?

Zapadło milczenie. Na długo.

– Mówisz, że nikt nie musi się o niczym dowiedzieć – odezwała się w końcu Beate. – Tylko że pobieranie czegokolwiek z magazynu dowodów i rzeczy zatrzymanych należy rejestrować w okienku. Jeśli ktoś odkryje, że grzebałyśmy w dowodach w sprawie Mitteta, to taka informacja natychmiast trafi na biurko Bellmana.

– Rejestrować jak rejestrować. O ile dobrze pamiętam, to naczelnik Wydziału Techniki Kryminalistycznej, która od czasu do czasu musi zbadać jakiś dowód poza godzinami dyżurów w magazynie, ma własny klucz.

Beate głośno jęknęła.

– Obiecuję ci, że nie będzie żadnych kłopotów – pospiesznie zapewniła ją Katrine. – Posłuchaj, zaraz do ciebie wpadnę, pożyczę klucz, odszukam tę gumę, odetnę kawałeczek, wszystko porządnie odłożę, a jutro przed południem ten kawałeczek już będzie w Instytucie Medycyny Sądowej gotowy do analizy. Gdyby ktoś pytał, powiem, że chodzi o zupełnie inną sprawę. *Yes? Good?*

Szefowa Wydziału Techniki Kryminalistycznej zaczęła rozważać wszystkie za i przeciw. Absolutnie nie było *good*. Nabrała powietrza, żeby odpowiedzieć.

– Jak mawiał Harry: „Byle tylko, do jasnej cholery, piłka wylądowała w bramce".

Rico Herrem leżał w łóżku i gapił się w telewizor. Była piąta rano, ale jemu poplątały się pory doby i nie mógł spać. Powtarzali program z wczoraj, z dnia jego przyjazdu. Waran z Komodo niezdarnie wędrował brzegiem. Wysuwał z paszczy długi jaszczurczy jęzor, obracał nim i wciągał go z powrotem. Waran szedł za bawołem wodnym, którego z pozoru nieszkodliwie ukąsił. Wędrował tak już od kilku dni. Rico wyciszył dźwięk i w pokoju hotelowym słychać było jedynie szum klimatyzacji, która i tak nie mogła dostatecznie schłodzić pomieszczenia. Objawy przeziębienia poczuł już w samolocie. Klasyka. Klima, za lekkie ubranie w drodze do ciepłych krajów i wakacje natychmiast zmieniają się w ból głowy, katar i gorączkę. Ale on przecież miał czas. Nie zamierzał wracać do domu tak od razu. No bo po co? Był w Pattayi, raju wszystkich zboczeńców i ściganych. Wszystko, czego pragnął, miał tuż za drzwiami hotelu. Zza moskitiery w oknie dochodził uliczny szum i głosy gadające coś w obcym języku. Po tajsku. Nie rozumiał ani słowa. Nie musiał. Bo one były tu dla niego, nie odwrotnie. Widział je po drodze z lotniska. Stały przed barami go-go. Młode. Bardzo młode. A głębiej w zaułkach, ukrywając się za tacami, z których sprzedawały gumę do żucia, te najmłodsze. Za młode. Ale one nie uciekną. Wciąż tu będą, kiedy stanie na nogi. Nasłuchiwał szumu fal, chociaż wiedział, że tani hotel, w którym się zatrzymał, stoi zbyt daleko od morza. Ale morze też gdzieś tam było. Morze i gorące słońce. A także drinki i inni *farangowie* przybyli tu w tym samym celu, którzy mogli mu powiedzieć, jak się to tutaj załatwia. I waran z Komodo.

Dziś w nocy znów śnił mu się Valentin.

Rico wyciągnął rękę po butelkę z wodą stojącą na nocnym stoliku. Woda miała smak wnętrza jego własnych ust, śmierci i zarazy.

Do pokoju, razem z zachodnim śniadaniem, którego prawie nie tknął, przyniesiono mu norweskie gazety zaledwie sprzed dwóch dni. Na razie nie pisano nic o ujęciu Valentina. Nietrudno pojąć dlaczego. Valentin nie był już przecież Valentinem.

Rico zastanawiał się, czy nie powinien tego zrobić. Czy nie zadzwonić, nie odszukać tej policjantki, Katrine Bratt, i nie powiedzieć jej, że Valentin się przeobraził. Sam przecież widział, że tu, gdzie teraz jest, takie rzeczy można załatwić za kilka grubych norweskich banknotów w którejś z prywatnych klinik.

Zadzwonić do Bratt, anonimowo przekazać informację, że Valentina widziano w pobliżu Sklepu Rybnego i że poddał się on gruntownej operacji plastycznej. Nie żądać nic w zamian. Po prostu pomóc im go złapać. Pomóc samemu sobie, tak by w końcu dało się spać i więcej o nim nie śnić.

Waran z Komodo ułożył się w odległości kilku metrów od wielkiej kałuży, w której bawół zanurzył się, by zażyć kąpieli w chłodzącym błocie. Bawół pozornie nie zwracał uwagi na trzymetrowego żarłocznego potwora, który po prostu czekał.

Rico poczuł mdłości i opuścił nogi na podłogę. Mięśnie go bolały. Cholera, to regularna grypa!

Z łazienki wrócił z pieczeniem kwasu żółciowego w gardle i dwiema gotowymi decyzjami. Po pierwsze, pójdzie do jednej z tutejszych klinik i poprosi o silne leki, jakich nie chcą dawać lekarze w Norwegii. Po drugie, kiedy już je zażyje i poczuje się silniejszy, zadzwoni do tej Bratt. Przekaże jej rysopis. Wreszcie będzie mógł spać.

Sięgnął po pilota i podgłośnił. Entuzjastyczny głos tłumaczył po angielsku, że długo sądzono, iż *the Komodo dragon* zabija zainfekowaną bakteriami śliną, którą wstrzykuje do układu krwionośnego ofiar przy ukąszeniu, ale ostatnio odkryto, że jaszczurka ma jednak gruczoły jadowe. Ten jad nie dopuszcza do koagulacji krwi i ofiara powoli wykrwawia się na śmierć przez pozornie niewinną rankę.

Rica przeszedł dreszcz. Zamknął oczy, próbując zasnąć. Rohypnol. Myślał już o tym, że to wcale nie grypa, tylko syndrom odstawienia. A przypuszczalnie tu, w Pattayi, mają rohypnol w menu room-service'u. Nagle szeroko otworzył oczy. Poczuł, że nie może oddychać. W przypływie czystej paniki uniósł biodra i zaczął wymachiwać rękami, chcąc powstrzymać niewidzialnego napastnika. Poczuł się dokładnie tak, jak w Sklepie Rybnym, w pokoju brakowało tlenu! Zaraz jednak płuca dostały to, czego się domagały, i z powrotem opadł na łóżko.

Patrzył na drzwi.

Zamknięte.

Nie było tu nikogo innego. Nikogo. Tylko on.

20

Katrine szła po ciemku w górę zbocza. Za nią wisiał na niebie blady, anemiczny księżyc, ale w fasadzie Budynku Policji nie odbijało się ani trochę blasku, który mimo wszystko rzucał. Budowla pochłaniała światło jak czarna dziura. Katrine zerknęła na praktyczny nieduży zegarek, odziedziczony po ojcu, upadłym policjancie o bardzo trafnym przezwisku Żelazny Rafto. Piętnaście po jedenastej.

Pociągnęła ciężkie, trudne do pokonania wejściowe drzwi z dziwacznym oknem przypominającym wytrzeszczone oko. Jakby podejrzliwość zaczynała się jeszcze przed wejściem.

Pomachała nocnemu dyżurnemu, który siedział schowany z lewej strony, ale na pewno ją widział. Weszła do atrium, minęła pustą recepcję i skierowała się do windy. Zjechała na pierwszą kondygnację pod ziemią. Tam wysiadła i ruszyła po betonowej podłodze skąpo oświetlonego korytarza. Słyszała własne kroki, a nasłuchiwała cudzych.

W godzinach dyżurowania metalowe drzwi magazynu dowodów i rzeczy zatrzymanych były otwarte do wewnątrz, a zaraz za nimi znajdował się kontuar. Wyjęła klucz, który dostała od Beate, wsunęła go do zamka, obróciła i otworzyła drzwi. Weszła do środka. Nasłuchiwała. Potem zamknęła drzwi za sobą.

Zapaliła latarkę, podniosła klapę w kontuarze i ruszyła w głąb ciemności magazynu. Czerń wydawała się tak gęsta, że światło latarki potrzebowało czasu, by się przez nią przebić i dotrzeć do regałów z szerokimi półkami, wypełnionymi pudłami z matowego plastiku, przez który można było dostrzec jedynie zarys znajdujących się w nich przedmiotów. Zarządzać tym wszystkim musiała osoba o wyjątkowym zamiłowaniu do porządku, bo pojemniki stały na półkach tak równiutko, że ich krótsze boki tworzyły jednolitą płaszczyznę. Katrine szła szybko, odczytując numery spraw na etykietach przyklejonych do pudeł. Pudła były ustawione według dat, od lewego rogu coraz głębiej i na prawo. Przesuwano je na bieżąco, gdy jakaś sprawa się przedawniła lub materiał dowodowy zwracano właścicielom albo niszczono.

Szła wzdłuż środkowego rzędu i dotarła niemal do samego końca pomieszczenia, kiedy światło latarki wyłowiło poszukiwany przez nią pojemnik. Stał na samym dole i przy wyciąganiu zaszurał o betonową podłogę. Katrine zdjęła pokrywę. Zawartość zgadzała się z raportem. Skrobak do lodu. Pokrowiec na siedzenie. Plastikowa torebka z kilkoma włosami. Plastikowa torebka z gumą do żucia. Odłożyła latarkę, otworzyła torebkę, pęsetką wyjęła zawartość i już miała odciąć kawałeczek, gdy nagle w wilgotnym powietrzu wyczuła powiew.

Spojrzała na swoje przedramię widoczne w świetle latarki i zobaczyła cień delikatnych ciemnych włosków, które się podniosły. Popatrzyła w górę i poświeciła na ścianę. Pod sufitem był otwór wentylacyjny. Ale sam nie mógł wywołać tego, co z całą pewnością było silnym ruchem powietrza.

Nasłuchiwała.

Nic. Absolutnie nic. Jedynie szum własnej krwi w uszach.

Znów skupiła się na twardej gumie do żucia. Odkroiła kawałeczek przezornie zabranym scyzorykiem Swiss Army. I zdrętwiała.

Dźwięk dochodził od strony drzwi wejściowych, ale z tak daleka, że ucho nie było w stanie go zidentyfikować. Czy to brzęk kluczy? Odgłos klapy w kontuarze? A może nic, po prostu jeden z tych dźwięków, jakie powstają samoistnie w tak dużych budynkach?

Zgasiła latarkę i wstrzymała oddech. Zamrugała, jakby to miało jej pomóc zobaczyć coś w ciemności. Było cicho. Cicho jak w…

Starała się nie kończyć zdania.

Zamiast tego próbowała skoncentrować się na tej drugiej myśli, tej, od której serce powinno zwolnić: co właściwie najgorszego mogło się teraz stać? Odkryto by jej gorliwość i udzielono reprymendy? Ewentualnie odesłano do domu, do Bergen? Przykre, ale to jeszcze nie powód, żeby serce tłukło jej się w piersi jak młot pneumatyczny.

Czekała i dalej nasłuchiwała.

Nic.

Ciągle nic.

I nagle uświadomiła sobie, że przecież jest ciemno. Gdyby naprawdę ktoś tu wszedł, to musiałby zapalić światło. Uśmiechnęła się i poczuła, że serce zwalnia. Znów zapaliła latarkę, odłożyła dowody do pudła i wepchnęła je na miejsce. Dopilnowała, aby stało równiutko z innymi, i ruszyła do wyjścia. Przez głowę przemknęła jej myśl, która trochę ją zaskoczyła. Cieszyła się, że do niego zadzwoni. Bo właśnie taki miała zamiar. Zadzwonić i pochwalić się, co zrobiła. Nagle się zatrzymała.

Snop światła latarki coś wyłapał.

W pierwszym odruchu chciała iść dalej, bo cichy tchórzliwy głosik szeptał jej do ucha, że powinna natychmiast stąd wyjść.

Ale poświeciła jeszcze raz.

Nierówność.

Jedno z pudeł odrobinę wystawało.

Podeszła bliżej i poświeciła na etykietę z datą i numerem sprawy.

Harry'emu wydało się, że usłyszał trzaśnięcie drzwi. Ściągnął z uszu słuchawki, w których dalej rozbrzmiewała muzyka z nowej płyty Bon Iver, do tej pory spełniającej pokładane w niej nadzieje.

Nasłuchiwał. Nic.

– Arnold? – zawołał.

Nie było odpowiedzi.

Przyzwyczaił się już do tego, że tak późnym wieczorem ma to skrzydło Wyższej Szkoły Policyjnej w zasadzie do własnej dyspozycji. Oczywiście ktoś z personelu sprzątającego mógł czegoś zapomnieć. Ale spojrzenie na zegarek kazało mu stwierdzić, że jest nie wieczór, a noc. Spojrzał w lewo na stos leżących na biurku niesprawdzonych prac. Większość studentów drukowała je na grubym makulaturowym papierze, którego używano w bibliotece i który tak strasznie kurzył, że Harry wracał do domu z żółtymi jak od nikotyny koniuszkami palców. Rakel kazała mu się myć, zanim pozwalała się dotknąć.

Wyjrzał przez okno. Na niebie wisiał księżyc, duży i okrągły, a jego światło odbijało się w szybach i dachach kamienic ciągnących się w stronę Kirkeveien i Majorstua. Na południu widział połyskującą na zielono sylwetkę budynku KPMG, obok kina Colosseum. Nie był to imponujący, piękny ani nawet malowniczy widok. Ale w tym mieście mieszkał i pracował przez całe swoje życie. W Hongkongu zdarzyło mu się kilka razy po dodaniu odrobiny opium do papierosa wypalać go na dachu Chungking Mansions w oczekiwaniu na nowy dzień. Siedział po ciemku i marzył, żeby miasto, które wkrótce miało wyłonić się z ciemności, okazało się jego miastem. Skromnym miastem z niskimi, nierzucającymi się w oczy budynkami, zamiast tych budzących grozę stalowych iglic. Pragnął zobaczyć miękkie zielone wzgórza Oslo w miejscu stromych, brutalnych czarnych skał Hongkongu, usłyszeć zgrzyt hamującego tramwaju albo syrenę promu przypływającego z Danii, zachwyconego, że kolejny raz udało mu się pokonać morze między Frederikshavn a Oslo.

Spojrzał na pracę studenta leżącą w kręgu światła biurkowej lampy, będącej jedynym oświetleniem pokoju. Oczywiście mógł zabrać wszystko na Holmenkollveien. Kawa, cicho grające radio, zapach lasu wpadający przez otwarte okno. Oczywiście. Ale postanowił nie zastanawiać się nad tym, dlaczego wolał siedzieć samotnie tutaj niż tam. Prawdopodobnie dlatego, że domyślał się odpowiedzi. Tam nie był sam. Nie całkiem. Pobejcowana na czarno twierdza z trzema zamkami w drzwiach i kratami we wszystkich oknach i tak nie potrafiła odgrodzić go od wszystkich potworów. Upiory czaiły się w ciemnych kątach, śledziły go pustymi oczodołami. Poczuł wibrowanie komórki w kieszeni. Wyjął ją i na świecącym ekranie zobaczył, że to SMS. Od Olega. Wiadomość nie zawierała żadnej litery, tylko szereg cyfr. 665625. Harry się uśmiechnął. To oczywiście daleko do legendarnego rekordu świata w Tetris wynoszącego 1 648 905 punktów i ustanowionego przez Stephena Krogmana w roku 1999, ale Oleg już dawno pobił najlepsze wyniki Harry'ego w tej raczej już archaicznej grze komputerowej. Ståle Aune twierdził, że istnieje pewna granica, za którą rekordy w Tetris z imponujących zmieniają się w po prostu smutne, a Oleg i Harry już dawno przekroczyli tę granicę. Ale nikt inny nie wiedział o tej drugiej granicy, którą też przekroczyli. O granicy śmierci i powrotu z niej. Oleg na krześle obok łóżka Harry'ego. Harry rozpalony gorączką, kiedy ciało walczyło z ranami od kul wystrzelonych przez Olega. Zapłakany, roztrzęsiony Oleg na głodzie narkotykowym. Wtedy też niewiele padło między nimi słów, ale Harry miał mgliste wspomnienie, że w pewnej chwili trzymali się za ręce tak mocno, że aż bolało. Ten obraz dwóch mężczyzn wczepionych w siebie, za skarby świata niechcących się puścić, miał mu towarzyszyć już zawsze.

Harry wstukał *„I'll be back"* i wysłał. Liczba i trzy słowa. To wystarczyło. Wystarczyło, by wiedzieć, że ten drugi tam jest. Do czasu kolejnego kontaktu mogły minąć tygodnie. Harry znów włożył słuchawki na uszy i odszukał utwór, który Oleg wrzucił mu przez Dropbox bez żadnego komentarza. Zespół nazywał się The Decemberists i grał bardziej w stylu Harry'ego niż Olega, który wolał ostrzejszą muzykę. Harry słuchał samotnej gitary Fendera z jej czystym ciepłym brzmieniem, jakie dać może jedynie wzmacniacz lampowy, a nie żaden wyrafinowany piecyk, chyba że jest to zdradziecko dobry piecyk, i nachylił się nad następną pracą. Student napisał, że po nagłym wzroście liczby zabójstw w latach siedemdziesiątych ubiegłego wieku liczba ta ustabilizowała się na tym nowym wyższym poziomie i obecnie w Norwegii popełnianych jest około pięćdziesięciu zabójstw rocznie, czyli mniej więcej jedno tygodniowo.

Harry poczuł, że zrobiło się duszno i powinien otworzyć okno.

Student wiedział, że wykrywalność kształtuje się na poziomie dziewięćdziesięciu pięciu procent. I wyciągnął z tego wniosek, że z ostatnich dwudziestu lat musi być około pięćdziesięciu niewyjaśnionych zabójstw. Z ostatnich trzydziestu lat – siedemdziesiąt pięć.

– Pięćdziesiąt osiem.

Harry drgnął na krześle. Głos dotarł do mózgu wcześniej niż perfumy. Nic dziwnego, lekarz kiedyś tłumaczył mu, że zmysł powonienia, a konkretnie komórki węchowe uległy u niego uszkodzeniu przez lata palenia i nadużywania alkoholu. Ale akurat te perfumy z dość naturalnych przyczyn zdołał rozpoznać natychmiast. Nazywały się Opium, a wymyślił je Yves Saint Laurent i stały w łazience w domu na Holmenkollveien. Wyrwał słuchawki z uszu.

– Pięćdziesiąt osiem w ciągu ostatnich trzydziestu lat – oznajmiła. Umalowała się. Włożyła czerwoną sukienkę i była boso. – Ale statystyki KRIPOS nie obejmują obywateli norweskich zamordowanych za granicą. Do tego trzeba wykorzystać dane Centralnego Biura Statystycznego. Wtedy ta liczba wyniesie siedemdziesiąt dwa, a to oznacza, że wykrywalność w Norwegii jest wyższa. Co zresztą komendant policji regularnie wykorzystuje do autoreklamy.

Harry odsunął się od niej razem z krzesłem.

– Jak tu weszłaś?

– Jestem mężem zaufania w grupie i mam klucz. – Silje Gravseng przysiadła na brzegu biurka. – Ale trzeba dodać, że większość zabójstw popełnianych za granicą to napady, w których, jak możemy przypuszczać, sprawca nie zna ofiary.

Sukienka lekko jej się podwinęła, a Harry zwrócił uwagę na opalone kolana i uda dziewczyny. Musiała niedawno wrócić z wakacji w ciepłych krajach.

– A jeśli chodzi o napady, to wykrywalność w Norwegii jest niższa niż w krajach, z którymi powinniśmy się porównywać. Prawdę mówiąc, jest przerażająco niska. – Przechyliła głowę na ramię, a wilgotne jasne włosy opadły jej na twarz.

– Ach tak?

– Tak. W Norwegii jest tylko czterech śledczych, których średnia w wykrywaniu sprawców zabójstw wynosi sto procent. Ty jesteś jednym z nich...

– Nie wiem, czy to prawda – powiedział Harry.

– Ale ja wiem. – Uśmiechnęła się do niego, mrużąc oczy i machając nogami, jakby siedziała na brzegu kei i w twarz zaświeciło jej niskie wieczorne słońce. Przytrzymała wzrokiem jego spojrzenie. Harry miał wrażenie, że próbuje wyssać mu gałki oczne z oczodołów.

– Co tu robisz tak późno? – spytał.

– Ćwiczyłam w sali treningowej. – Wskazała na leżący na podłodze plecak i ugięła prawą rękę. Na ramieniu wyskoczył wydłużony, ale wyraźny biceps. Harry'emu przypomniało się, że instruktor walki wręcz wspominał, że ta dziewczyna potrafi powalić wielu chłopców.

– Trenowałaś sama o tej porze?

– Przecież muszę się jak najwięcej nauczyć. A może ty mógłbyś mi pokazać, jak się obezwładnia podejrzanego?

Harry spojrzał na zegarek.

– Powiedz mi, czy nie powinnaś...

– Już spać? Ale ja nie mogę spać, Harry. Ciągle myślę...

Złożyła usta w ciup i palcem wskazującym dotknęła płomiennie czerwonych warg. Harry poczuł narastającą irytację.

– Dobrze, że myślisz, Silje. Kontynuuj myślenie. A ja będę mógł kontynuować... – Ruchem głowy wskazał na stos papierów.

– Nie spytałeś, o czym myślę, Harry.

– Trzy rzeczy, Silje. Jestem twoim wykładowcą, a nie spowiednikiem. Nie masz czego szukać w tym skrzydle budynku bez wcześniejszego umówienia się. I dla ciebie jestem Hole, a nie Harry. Okej?

– Wiedział, że jego głos zabrzmiał surowiej, niż to konieczne, a kiedy podniósł głowę, zobaczył, że jej oczy są okrągłe i wielkie, prawie wytrzeszczone. Opuściła palec. Wargi też już ułożyła normalnie, ale kiedy się odezwała, mówiła szeptem:

– Myślałam o tobie, Harry.

Zaśmiała się głośno, przenikliwie.

– Proponuję, żebyśmy zatrzymali się w tym miejscu, Silje.

– Przecież ja cię kocham, Harry. – I znów ten śmiech.

Czyżby była pijana? Naćpana? Może przyszła tu bezpośrednio z imprezy?

– Silje, nie...

– Harry, ja wiem, że ty masz zobowiązania. Wiem też, że wykładowców i studentów obowiązują pewne zasady. Ale wymyśliłam, co możemy zrobić. Możemy wyjechać do Chicago, tam gdzie FBI szkoliło cię w łapaniu seryjnych zabójców. Mogę się starać, żeby mnie tam przyjęli, a ty...

– Dość!

Harry usłyszał echo swojego krzyku aż na korytarzu. Silje skuliła się, jakby ją uderzył.

– Odprowadzę cię teraz na dół, do samych drzwi, Silje.

Zamrugała zdziwiona.

– O co chodzi, Harry? Jestem prawie najładniejsza na całym roku. Spałam do tej pory tylko z dwoma chłopakami. Mogłabym mieć w szkole każdego, kogo bym tylko zechciała, z wykładowcami włącznie. Ale oszczędzałam się dla ciebie.

– Chodź już!

– Chcesz wiedzieć, co mam pod sukienką, Harry?

Podciągnęła bosą stopę na biurko i rozchyliła uda. Harry zadziałał tak szybko, że nie zdążyła zareagować, kiedy strącił jej nogę z blatu.

– Żadnych nóg na moim biurku oprócz moich własnych!

Silje się skuliła. Ukryła twarz w dłoniach. Potarła nimi czoło, potem głowę, jakby próbowała schować się w kryjówce własnych długich, umięśnionych ramion. Płakała. Cicho szlochała. Harry pozwolił jej tak siedzieć, dopóki szloch nie ucichł. Miał właściwie ochotę położyć jej rękę na ramieniu, ale zrezygnował.

– Posłuchaj, Silje. Może się czegoś nałykałaś. Trudno, takie rzeczy mogą zdarzyć się każdemu. Moja propozycja jest taka: wyjdziesz stąd teraz i będziemy udawać, że to się nigdy nie stało. I żadne z nas nikomu o tym nie powie.

– Boisz się, że ktoś się o nas dowie, Harry?

– Nie ma żadnych „nas", Silje. I słuchaj mnie uważnie, bo daję ci szansę.

– Myślisz, że jak ktoś się zorientuje, że rżniesz studentkę…

– Ja nikogo nie rżnę. Myślę o tym, co dla ciebie najlepsze.

Silje opuściła rękę i uniosła głowę. Harry się przestraszył. Tusz spływał jej z powiek jak czarna krew. Oczy błyszczały dziko, a nagły uśmiech drapieżnika przywiódł mu na myśl zwierzę, które oglądał na jednym z kanałów przyrodniczych.

– Kłamiesz, Harry! Rżniesz tę sukę Rakel i wcale o mnie nie myślisz, chociaż tak mówisz, przeklęty łgarzu! Ale właśnie, że myślisz. Myślisz jak o kawałku mięsa, które możesz przerżnąć. Które masz zerżnąć.

Zsunęła się z biurka i zrobiła krok w jego stronę. Harry siedział wysunięty na krześle z nogami przed sobą tak jak zazwyczaj. Patrzył na nią z wrażeniem, że jest uczestnikiem przedstawienia, które zaraz się zacznie. Nie, cholera, już się zaczęło. Silje nachyliła się zgrabnie, ręką opierając się lekko o jego kolano, ale zaraz zaczęła przesuwać ją do góry, sama przy tym zbliżała się coraz bardziej. W końcu wsunęła rękę pod T-shirt Harry'ego. Mruczała przy tym jak kot: „Mmm, piękny sześciopak, panie profesorze". Harry złapał ją za rękę, wykręcił nadgarstek, jednocześnie podnosząc się z krzesła. Krzyknęła, kiedy wygiął jej rękę za plecy i zmusił do opuszczenia głowy aż do podłogi. Potem odwrócił ją w stronę drzwi i wyprowadził na korytarz, po drodze zabierając plecak.

– Harry… – jęknęła.

– Ten chwyt to po prostu wykręcenie ręki do tyłu, często nazywa się go chwytem policyjnym. – Harry, nie zatrzymując się, sprowadzał ją ze schodów. – Dobrze go umieć na egzamin. To znaczy, jeśli w ogóle dotrwasz do egzaminu. Bo chyba rozumiesz, że będę musiał to zgłosić.

– Harry!

– Nie dlatego, żebym czuł się osobiście dotknięty, ale trzeba sobie odpowiedzieć na pytanie, czy jesteś dostatecznie stabilna psychicznie, a tego wymaga zawód policjantki, Silje. Ocenę pozostawię kierownictwu. A ty przygotuj się na przekonanie władz uczelni, że to był tylko przypadkowy błąd z twojej strony. Nie uważasz, że takie rozwiązanie jest fair?

Wolną ręką otworzył drzwi wejściowe, ale w chwili, gdy ją za nie wypychał, obróciła się i popatrzyła na niego. Z jej oczu biła nieskrywana wściekłość i dzikość, która potwierdziła podejrzenia Harry'ego, które żywił wobec Silje Gravseng już od pewnego czasu: że tej osobie raczej nie należy udzielać władzy przysługującej policjantom.

Patrzył potem, jak chwiejnym krokiem przechodzi przez bramę i idzie przez plac w stronę Chateau Neuf, przed którym jakiś student palił papierosa, odpoczywając od muzyki głucho pulsującej wewnątrz. Stał oparty o latarnię w wojskowej kurtce à la Kuba 1960. Dyskretnie patrzył na Silje z pozorną obojętnością, dopóki go nie minęła, a potem otwarcie zaczął się na nią gapić.

Harry zatrzymał się w korytarzu. Głośno zaklął. Raz. I drugi. Poczuł, że puls mu się uspokaja. Wyjął telefon i zadzwonił pod jeden z numerów z listy kontaktów, która była tak krótka, że do rozróżnienia wszystkich wystarczała jedna litera.

– Słucham, Arnold.

– Tu Harry. Silje Gravseng pojawiła się u mnie w gabinecie. Tym razem zupełnie jej odbiło.

– Tak? Opowiadaj!

Harry przedstawił koledze skróconą wersję wydarzeń.

– Niedobrze, Harry. Możliwe, że gorzej, niż masz tego świadomość.

– Mogła być naćpana, bo wyglądała tak, jakby przyszła z imprezy. Albo po prostu ma problem z kontrolą impulsów i niewłaściwym postrzeganiem rzeczywistości. Potrzebuję rady. Nie wiem, co mam dalej robić. Domyślam się, że powinienem to zgłosić, ale...

– Ty nic nie rozumiesz. Ciągle stoisz przy wyjściu?

– Tak, a co? – zdziwił się Harry.

– Strażnik pewnie już poszedł do domu. Jest tam ktoś inny w pobliżu?

– Ktoś inny?

– Ktokolwiek.

– Jakiś facet stoi przed Chateau Neuf.

– Widział, jak wychodziła?

– Tak.

– Świetnie. Natychmiast do niego podejdź. Porozmawiaj z nim. Niech ci poda swoje nazwisko i adres. I niech zostanie przy tobie, dopóki ja po ciebie nie przyjadę.

– Co?

– Później ci to wyjaśnię.

– Weźmiesz mnie na bagażnik swojego roweru?

– Muszę się przyznać, że mam tu gdzieś samochód. Będę za dwadzieścia minut.

– Dobry... dzień dobry? – wymamrotał Bjørn Holm i spojrzał na zegarek, ale nie miał pewności, czy nadal nie śpi.

– Spałeś?

– Skąd! – Bjørn oparł się o wezgłowie łóżka i przycisnął telefon do ucha, jakby dzięki temu ona mogła znaleźć się bliżej.

– Chciałam ci tylko przekazać, że zdobyłam kawałek gumy do żucia przylepionej pod siedzeniem w samochodzie Mitteta – powiedziała Katrine Bratt. – Myślę, że to może być guma zabójcy. Ale to oczywiście tylko przypuszczenie.

– No tak.

– Uważasz, że to zmarnowany wysiłek?

Bjørn miał wrażenie, że słyszy w jej głosie rozczarowanie.

– To ty prowadzisz śledztwo taktyczne – odparł i zaraz pożałował, że nie wymyślił czegoś podnoszącego na duchu.

Podczas chwili milczenia, które zapadło, zaczął się zastanawiać, gdzie ona teraz jest. W domu? Też już się położyła?

– No tak – westchnęła. – Natknęłam się zresztą na coś dziwnego.

– Tak? Opowiadaj! – Bjørn zorientował się, że tym razem przesadził z entuzjazmem.

– Kiedy tam byłam, wydawało mi się, że ktoś wszedł i wyszedł. Oczywiście mogę się mylić, ale odniosłam wrażenie, że ktoś grzebał na półkach i przesunął jedno z pudeł z dowodami. Sprawdziłam nalepkę...

Bjørn był przekonany, że ona już leży, bo jej głos nabrał leniwej miękkości.

– To była sprawa Renégo Kalsnesa.

Harry zamknął za sobą ciężkie drzwi, odcinając się od porannego światła.

W chłodnym mroku domu z drewnianych bali przeszedł do kuchni. Opadł na krzesło. Rozpiął koszulę.

To zajęło dużo czasu.

Facet w wojskowej kurtce wyglądał na nieźle przerażonego, kiedy Harry podszedł do niego i poprosił, by razem z nim zaczekał na przybycie kolegi policjanta.

„Ale to przecież zwykły tytoń", wymamrotał i podał Harry'emu papierosa.

Po przyjeździe Arnolda załatwili spisanie relacji studenta wraz z jego podpisem, a potem wsiedli do zakurzonego fiata z nieokreślonego rocznika i pojechali prosto do Wydziału Techniki Kryminalistycznej, gdzie ciągle jeszcze pracowano ze względu na ostatnie zabójstwo policjanta. Tam Harry'ego rozebrano, a ubranie zabrano do dokładniejszych oględzin. W tym czasie dwóch techników zbadało jego organy płciowe i ręce, posługując się ostrym światłem i papierem samoprzylepnym. Później wręczyli mu pusty plastikowy pojemnik.

– Załaduj całą porcję, Hole, jeśli się zmieści. Łazienka jest na końcu korytarza. Tylko myśl o czymś przyjemnym, dobra?

– Mhm.

Harry bardziej czuł, niż słyszał, tłumiony śmiech, kiedy od nich odchodził.

Myśl o czymś przyjemnym.

Obracał w palcach kopię raportu leżącego na kuchennym stole. Poprosił Hagena, żeby mu go przysłał. Prywatnie. Dyskretnie. Raport składał się w zasadzie wyłącznie z medycznych łacińskich terminów. Ale Harry znał przynajmniej niektóre z nich. Na tyle, by zrozumieć, że śmierć Rudolfa Asajewa była równie tajemnicza i niewyjaśniona jak jego życie. I że z braku śladów wskazujących na możliwość popełnienia przestępstwa lekarze musieli poprzestać na stwierdzeniu zatrzymania akcji serca. Zawał. Udar. To, co może się zdarzyć.

Jako śledczy specjalizujący się w wykrywaniu sprawców zabójstw Harry mógłby im powiedzieć, że takie rzeczy się nie zdarzają. Bo świadkowie koronni, niestety, nie umierają przypadkiem. Co mówił Arnold? W dziewięćdziesięciu czterech przypadkach na sto dochodzi do zabójstwa, jeżeli ktoś miał dostatecznie dużo do stracenia na zeznaniach świadka koronnego.

Paradoks polegał oczywiście na tym, że Harry sam był jednym z tych, którzy mieli dużo do stracenia na zeznaniach Asajewa. Naprawdę dużo. Czym więc się przejmować? Dlaczego po prostu nie podziękować, nie ukłonić się i dalej żyć? Ale na to odpowiedź była dosyć prosta. Harry miał pewną wrodzoną wadę.

Rzucił raport na sam koniec długiego dębowego stołu z silnym postanowieniem, że jutro go zniszczy. Teraz musiał się przespać.

Myśl o czymś przyjemnym.

Wstał i rozebrał się w drodze do łazienki. Stanął pod prysznicem, ustawił go prawie na wrzątek i poczuł, jak woda kłuje skórę. Taka kara.

Myśl o czymś przyjemnym.

Wytarł się, położył w czystej białej pościeli w podwójnym łóżku, zamknął oczy i próbował się pospieszyć. Ale myśli dopadły go, zanim nadszedł sen.

Myślał o niej.

Kiedy stał tam, w kabinie toalety, z zamkniętymi oczami i próbował się koncentrować, żeby przenieść się w jakieś inne miejsce, myślał o Silje Gravseng. O jej miękkiej opalonej skórze, o ustach, o gorącym uśmiechu. O dzikiej wściekłości w oczach, umięśnionym ciele, o kształtach, jędrności, o całym tym niesprawiedliwym pięknie przynależnym młodości.

Niech to szlag!

Jej ręka nad jego paskiem, na brzuchu. Ciało zbliżające się do jego ciała. Chwyt policyjny. Jej głowa prawie przy samej ziemi. Lekki jęk protestu. Wygięte plecy i pośladki uniesione w jego stronę. Giętka jak trzcina.

Niech to jasna cholera!

Usiadł w łóżku. Rakel uśmiechała się do niego ciepło ze zdjęcia na nocnej szafce. Ciepło, mądrze, wiedząco. Ale czy ona tak naprawdę wiedziała? Czy gdyby mogła spędzić pięć sekund w jego głowie, zobaczyć, kim on tak naprawdę jest, to nie wybiegłaby stąd przerażona? A może wszyscy jesteśmy chorzy na głowę? Może różnica polega tylko na tym, że jedni wypuszczają tkwiące w nich potwory, a inni tego nie robią?

Myślał o niej. Wyobrażał sobie, że robi dokładnie to, o co go prosiła. Tam, na biurku. Że zwala stos prac, które fruwają po pokoju jak pożółkłe motyle, lepią się do ich spoconej skóry, grube kartki z malutkimi czarnymi literami układającymi się w statystyki zabójstw, zabójstw na tle rabunkowym, na tle seksualnym, popełnianych w odurzeniu narkotykowym, z zazdrości, w rodzinie, zabójstw grupowych, honorowych, z chęci zysku. Myślał o niej, kiedy stał w tej toalecie. I napełnił pojemnik po brzegi.

21

Beate Lønn ziewnęła, zamrugała i wyjrzała przez okno tramwaju. Poranne słońce zaczęło już pracowicie wypalać mgłę nad parkiem Frogner. Mokre od rosy korty tenisowe były puste, tylko na jednym, na którym jeszcze nie powieszono siatki na sezon, stał chudy starszy pan i zagubionym spojrzeniem wpatrywał się w tramwaj. Patykowate uda wystające z niemodnych spodenek tenisowych, krzywo zapięta niebieska biurowa koszula, rakieta oparta o ziemię. Czeka na partnera, który nie przychodzi, pomyślała Beate. Może dlatego, że umówił się z nim o tej porze, ale w zeszłym roku, a partner w tym czasie zdążył umrzeć. Wiedziała, co ten człowiek czuje.

Kiedy tramwaj minął główną bramę parku i zatrzymał się na przystanku, dostrzegła w dali zarys wielkiej rzeźby, Monolitu.

Tej nocy, gdy tylko Katrine zabrała klucz do magazynu z dowodami, Beate też odwiedziła partnera. Właśnie dlatego znajdowała się teraz w tym tramwaju i w tej stronie miasta. Partner był zwyczajnym człowiekiem. Tak go określała w duchu. Nie kimś, o kim się śni, tylko kimś, kogo się od czasu do czasu potrzebuje. Jego dzieci mieszkały z byłą żoną, więc teraz, kiedy mała pojechała do babci do Steinkjer, mieli czas i okazję na to, by trochę częściej się widywać. A jednak Beate zauważyła, że stara się ograniczać te spotkania, bo w zasadzie ważniejsza jest dla niej świadomość, że on istnieje jako możliwość, niż wspólne spędzanie czasu. Przecież i tak nie zastąpiłby Jacka. Ale trudno. Nie chciała żadnego zastępstwa, chciała po prostu właśnie tego. Czegoś innego, niezobowiązującego, co nie kosztowałoby jej zbyt wiele, gdyby zostało jej odebrane.

Wyglądała przez okno. Patrzyła na tramwaj, który nadjechał z przeciwnej strony i zatrzymał się na tej samej wysokości. W ciszy docierał do niej lekki szum ze słuchawek dziewczyny na sąsiednim siedzeniu, rozpoznała nawet popularną irytującą piosenkę z lat dziewięćdziesiątych. Była wtedy najspokojniejszą dziewczyną w Wyższej Szkole Policyjnej. Bladą, z przykrą tendencją do czerwienienia się, gdy tylko ktoś na nią spojrzał. Na szczęście niewielu patrzyło. A ci, którzy spojrzeli, od razu o niej zapominali. Beate Lønn miała ten rodzaj urody i osobowości, które natychmiast pochłaniał niebyt, była jak wygaszacz ekranu, wizualny teflon.

Ale ona ich pamiętała.

Zapamiętywała każdą osobę.

Dlatego teraz, patrząc na twarze w tramwaju, mogła sobie przypomnieć, którą z nich już kiedyś widziała i gdzie. Może w tym samym tramwaju dzień wcześniej albo na boisku szkolnym dwadzieścia lat temu. Na nagraniach z kamery monitoringu umieszczonej w banku, na których miała identyfikować przestępców. Na schodach ruchomych w domu towarowym Steen & Strøm, gdzie zajrzała, żeby kupić rajstopy. I nie robiło żadnej różnicy to, że ci ludzie byli starsi, zmienili fryzurę, zapuścili brodę, wstrzyknęli sobie botoks czy silikon. Ich twarze, prawdziwe twarze, zawsze przeświecały spod spodu, jakby były czymś trwałym, wyjątkowym, jedenastocyfrową liczbą w kodzie DNA. To było jej błogosławieństwo i przekleństwo, przez niektórych psychiatrów uważane za jeden z objawów zespołu Aspergera, przez innych – za niewielką wadę mózgu, którą starał się zrekompensować jej *gyrus fusiformis*, zakręt wrzecionowaty, czyli ten obszar, który odpowiada za rozpoznawanie twarzy. A inni, ci mądrzejsi, w ogóle tego nie nazywali, tylko przyjmowali, że ona naprawdę wszystkie te kody pamięta, że je rozpoznaje.

Z tego powodu dla Beate Lønn nie było niczym niezwykłym, że jej mózg już podjął próbę umiejscowienia twarzy mężczyzny w tym drugim tramwaju.

Niezwykłe było jedynie to, że nie udało mu się to od razu.

Dzieliło ich zaledwie półtora metra, a Beate zwróciła na niego uwagę, ponieważ mazał coś na zaparowanej szybie i dlatego był twarzą zwrócony do niej. Widziała go już wcześniej, ale kod pozostawał dla niej ukryty.

Może to przez odbicie w szybie, a może przez cień, który padał mu na oczy. Już miała się poddać, kiedy jej tramwaj ruszył, światło padło pod innym kątem, a on podniósł głowę i spojrzał na nią.

Beate Lønn jakby poraził prąd. To był wzrok gada.

Zimny wzrok zabójcy, którego nazwisko znała.

Valentin Gjertsen.

Wiedziała też, dlaczego nie rozpoznała go od razu, zrozumiała, w jaki sposób zdołał się ukryć.

Wstała, chcąc przedostać się do wyjścia, ale dziewczyna na sąsiednim siedzeniu miała zamknięte oczy i kiwała głową do rytmu muzyki. Kiedy Beate ją szturchnęła, dziewczyna skrzywiła się z irytacją.

– Muszę wyjść – wyjaśniła Beate.

Dziewczyna uniosła cienką, jakby narysowaną ołówkiem brew, ale się nie ruszyła.

Beate zerwała jej słuchawki z głowy.

– Policja! Wysiadam.

– Przecież jedziemy – odparowała dziewczyna.

– Rusz tę tłustą dupę!

Inni pasażerowie zaczęli się im przyglądać, ale Beate się nie zaczerwieniła. Nie była już tamtą dziewczyną. Pozostała równie drobna i delikatna, skórę miała bladą, prawie przezroczystą, a włosy bezbarwne i suche jak nieugotowane spaghetti, ale tamtej Beate Lønn już nie było.

– Zatrzymać tramwaj! Policja! Zatrzymać!

Przedarła się do motorniczego. Już słyszała przenikliwy pisk hamulców. Wyjęła identyfikator, pokazała motorniczemu i niecierpliwie czekała. Tramwaj zatrzymał się z ostatnim gwałtownym szarpnięciem. Stojącymi pasażerami zarzuciło, musieli mocniej przytrzymać się uchwytów. Drzwi się otworzyły i Beate jednym skokiem znalazła się na zewnątrz, obiegła tramwaj od przodu i pognała wzdłuż szyn dzielących ulicę. Czuła, że rosa pokrywająca trawę przenika przez cienkie płócienne buty. Widziała, że tamten tramwaj rusza, słyszała nabierającą mocy piosenkę szyn i biegła, ile miała sił w nogach. Nie było powodu, by przypuszczać, że Valentin jest uzbrojony, a nie wymknąłby się z zatłoczonego tramwaju, gdyby zaczęła wymachiwać identyfikatorem, krzycząc, za co go zatrzymuje. Byle tylko udało jej się dogonić ten przeklęty tramwaj. Biegi nie były jej najmocniejszą stroną. Lekarz, który stwierdził u niej zespół Aspergera, mówił, że takim jak ona zazwyczaj brakuje sprawności fizycznej.

Poślizgnęła się na mokrej trawie, ale zdołała utrzymać się na nogach. Jeszcze tylko kilka metrów. Dogoniła tramwaj. Uderzyła ręką w jego tył, krzycząc i wymachując identyfikatorem z nadzieją, że motorniczy zauważy ją w lusterku. Może i ją dostrzegł, ale zobaczył kobietę spieszącą się do pracy, która zaspała, a teraz rozpaczliwie daje mu znaki biletem miesięcznym. Piosenka szyn podniosła się jeszcze o ćwierć tonu i tramwaj odjechał.

Beate zatrzymała się i patrzyła, jak tramwaj sunie w stronę Majorstua. Odwróciła się i zobaczyła, że ten, którym sama jechała, znika jej z oczu, kierując się ku Frogner plass.

Zaklęła cicho, wyjęła telefon, przeszła na drugą stronę ulicy i opierając się o siatkę ogrodzenia kortów tenisowych, wybrała numer.

– Słucham, Holm.

– To ja. Właśnie widziałam Valentina.

– Co? Jesteś pewna?

– Bjørn…

– *Sorry*. Gdzie?

– W tramwaju, który przejeżdża obok parku Frogner i jedzie do góry, na Majorstua.

– A co ty tam robiłaś o tej porze?

– Niech cię to nie obchodzi. Jesteś w pracy?

– Tak.

– To był tramwaj numer dwanaście. Sprawdź, dokąd jedzie, i niech go zatrzymają. On nie może się wymknąć!

– Dobrze, sprawdzę przystanki i przekażę rysopis Valentina patrolom.

– Właśnie o to chodzi.

– O co?

– O rysopis. On się zmienił.

– To znaczy?

– Operacja plastyczna. Na tyle radykalna, że mógł poruszać się po Oslo niezauważony. Przyślij mi informację, gdzie ten tramwaj się zatrzyma. Pojadę tam i go rozpoznam.

– Zrozumiano.

Beate schowała komórkę z powrotem do kieszeni. Dopiero teraz zorientowała się, że wciąż brakuje jej tchu. Schyliła głowę i oparła się o siatkę ogrodzenia. Poranny szczyt trwał, jakby nic się nie wydarzyło. Jakby fakt, że właśnie ujawnił się zabójca, nie miał kompletnie żadnego znaczenia.

– Gdzie oni się podziali?

Beate odsunęła się od płotu i odwróciła w stronę trzeszczącego głosu. Staruszek patrzył na nią pytająco.

– Gdzie oni wszyscy się podziali? – powtórzył.

Beate, widząc ból w jego oczach, musiała szybko przełknąć grudę rosnącą jej w gardle.

– Myśli pani, że… – na próbę machnął rakietą – …że są na tym drugim korcie?

Beate wolno skinęła głową.

– No tak, pewnie tak – powiedział. – Nie powinienem tu być. Są na tym drugim korcie i tam na mnie czekają.

Beate patrzyła na jego chude plecy, kiedy szedł do bramy.

Za chwilę szybkim krokiem ruszyła w kierunku Majorstua. Mimo że w jej głowie tłoczyły się myśli o tym, skąd i dokąd jechał Valentin i jak bliscy byli jego ujęcia, nie mogła się uwolnić od echa szeptu staruszka:

– Tam na mnie czekają.

Patolog Mia Hartvigsen długo wpatrywała się w Holego. Ręce skrzyżowała na piersi i odwróciła się do niego lekko bokiem. Wokół niej stały duże niebieskie plastikowe pojemniki z odciętymi częściami ciała. Studenci wyszli już z sali w Instytucie Anatomii na pierwszym piętrze Szpitala Centralnego, a ich miejsce zajęło echo przeszłości, które zjawiło się tu z raportem z sekcji Asajewa pod pachą.

Nieprzychylna mowa ciała Mii Hartvigsen nie wynikała z jej antypatii do Holego, tylko z przekonania, że Hole przynosi kłopoty. Jak zwykle. Kiedy był śledczym, jego nazwisko zawsze oznaczało mnóstwo pracy, robotę na wczoraj i duże prawdopodobieństwo trafienia pod pręgierz z powodu w zasadzie niepopełnionych błędów.

– Powtarzam, że przeprowadziliśmy sekcję zwłok Rudolfa Asajewa – oznajmiła Mia. – Staranną.

– Nie dość staranną – odparł Harry, kładąc raport na jednym z błyszczących metalowych stołów, na których studenci jeszcze przed chwilą kroili ludzkie ciała. Spod przykrycia wystawało umięśnione ramię odcięte w okolicy barku. Harry przeczytał wytatuowany na nim napis: *Too young to die*. Aha. Może to jeden z członków gangu Los Lobos, który zginął podczas rozprawy Asajewa z konkurencją.

– Co cię skłania do tego, by sądzić, że nie byliśmy dość staranni, Hole?

– Po pierwsze, to, że nie udało wam się wskazać konkretnej przyczyny zgonu.

– Dobrze wiesz, że czasami ciało po prostu nie daje nam żadnych przesłanek, chociaż to wcale nie oznacza, że mamy do czynienia ze zgonem z przyczyn nienaturalnych.

– Akurat w tym wypadku zabójstwo byłoby najbardziej naturalne.

– Wiem, że był potencjalnym świadkiem koronnym, ale sekcję zwłok przeprowadza się według ściśle określonych zasad, na które tego rodzaju okoliczności nie mają wpływu. Znajdujemy to, co znajdujemy, i nic poza tym. Patologia nie jest nauką opartą na jasnowidzeniu.

– À propos nauki. – Harry przysiadł na biurku. – Nauka opiera się na potwierdzaniu hipotez, prawda? Wysnuwa się jakąś teorię, a potem się ją sprawdza. Testuje, czy jest prawdziwa, czy nie. Mam rację?

Mia Hartvigsen pokręciła głową. Owszem, Hole miał rację, ale nie podobał jej się obrót, jaki przyjęła ta rozmowa.

– Według mojej teorii... – ciągnął Hole z niby-niewinnym uśmieszkiem, z którym wyglądał jak chłopiec próbujący przekonać matkę, że na Gwiazdkę powinien dostać bombę atomową – ...Asajew został zabity przez osobę, która doskonale wie, jak pracujecie i co trzeba zrobić, żebyście niczego nie odkryli.

Mia zmieniła pozycję. Obróciła się do Holego drugim ramieniem.

– No i co?

– Jak ty byś postąpiła w takiej sytuacji, Mia?

– Ja?

– Przecież znasz wszystkie sztuczki. Jak próbowałabyś oszukać samą siebie?

– Jestem o coś podejrzana?

– W tej chwili tak.

Poddała się, czując, że się uśmiecha. Ależ to wariat!

– A jakie narzędzie zbrodni?

– Strzykawka – odparł Hole.

– Tak? Dlaczego?

– Coś związanego z anestezją.

– Aha. Potrafimy wykryć niemal wszystkie substancje, szczególnie jeśli możemy działać szybko, tak jak było w tym wypadku. W zasadzie jedyną możliwością, jaką widzę, jest...

– Co?

Uśmiechał się tak, jakby już ugrał swoje. Irytujący facet. Nie można się zdecydować, czy chce się go uderzyć, czy pocałować.

– Zastrzyk z powietrza – dokończyła.

– To znaczy?

– Najstarsza i wciąż najlepsza sztuczka. Wstrzykuje się dostateczną ilość powietrza, żeby utworzył się pęcherzyk, który zablokuje naczynie krwionośne. Jeśli będzie je zatykał dostatecznie długo, by krew nie dopływała do ważnego dla życia organu, takiego jak mózg czy serce, człowiek umrze. Szybko i bez śladów substancji, którą dałoby się wykryć. Ale taki zator wcale nie musi być wywołany zewnętrznie, może się wytworzyć sam z siebie. I po sprawie.

– Ale przecież zostaje ślad po zastrzyku.

– Jeśli zrobi się go jedną z najcieńszych igieł, to tylko bardzo staranne badanie całej powierzchni skóry ujawni takie ukłucie.

Hole się rozjaśnił. Chłopczyk otworzył prezent i już sądził, że to jest bomba atomowa. Mia też się cieszyła.

– Wobec tego musicie sprawdzić…

– Już sprawdziliśmy. – Prztyczek w nos. – Każdy milimetr skóry. Zbadaliśmy nawet przewód kroplówki, bo tą drogą też można podać powietrze. Nigdzie nie było ukłucia nawet takiego, jakie zostawia komar. – Widziała, jak gorączkowy blask w jego oczach przygasa. – Przykro mi, Hole. Ale wiedzieliśmy, że mamy do czynienia z podejrzanym zgonem. – „Wiedzieliśmy" wymówiła z naciskiem. – Muszę teraz przygotować się do następnych zajęć, więc…

– A co z miejscami, na których nie ma skóry? – spytał Hole.

– Słucham?

– A jeśli ktoś zrobił zastrzyk w takim miejscu, w którym skóry nie ma? W otworze ciała, w ustach, odbycie, w dziurce od nosa albo w uchu?

– Interesująca teoria, ale w nosie i w uszach mało jest naczyń krwionośnych, które by się do tego nadawały. Odbyt daje pewną możliwość, ale szansa na odcięcie od krwi ważnych dla życia organów jest mniejsza w tych rejonach. A poza tym trzeba mieć ogromne doświadczenie, żeby znaleźć żyłę na ślepo. Usta mogłyby być niezłym pomysłem, bo tam naczynia znajdują się blisko mózgu, co oznaczałoby szybką i pewną śmierć. Ale usta sprawdzamy zawsze. Poza tym są wyścielone śluzówką, której nakłucie prowadziłoby do łatwo zauważalnej opuchlizny.

Popatrzyła na niego. Dosłownie czuła, jak jego mózg szuka nowych możliwości, ale w końcu Hole z rezygnacją kiwnął głową.

– Miło było znów cię widzieć, Hole. Zajrzyj, jeśli jeszcze będziesz miał jakąś sprawę.

Odwróciła się i podeszła do jednego z naczyń, by obrócić leżące w nim sine ramię, którego rozczapierzone palce sterczały ze spirytusu.

– Zajrzyj... – usłyszała głos Harry'ego.

Westchnęła ciężko. To naprawdę bardzo irytujący facet.

– On mógł wbić strzykawkę od spodu – stwierdził Hole.

– Od spodu?

– Powiedziałaś, że dobrze, jeśli droga do mózgu jest krótka. Trzeba zajrzeć pod spód. Sprawca mógł ukryć ukłucie pod spodem.

– Pod spodem czego? – urwała, widząc, na co on pokazuje. Zamknęła oczy i znów westchnęła.

– *Sorry* – powiedział Harry. – Ale statystyki FBI wykazują, że po dokonaniu ponownej sekcji potencjalnych świadków procent zabójstw wzrasta z siedemdziesięciu ośmiu do dziewięćdziesięciu czterech.

Mia Hartvigsen pokręciła głową. Harry Hole. Kłopoty. Dodatkowa praca. Możliwość trafienia pod pręgierz za niepopełnione błędy.

– Tutaj – powiedziała Beate Lønn i taksówka podjechała pod krawężnik.

Tramwaj stał na przystanku przy Welhavens gate. Jeden radiowóz parkował przed wagonem, dwa za nim. Bjørn Holm i Katrine Bratt opierali się o amazona.

Beate zapłaciła i wyskoczyła z taksówki.

– I co?

– Trzech naszych jest w tramwaju, nie pozwalają nikomu wysiąść. Czekamy tylko na ciebie.

– Ten tramwaj ma numer jedenaście. Mówiłam wam, że to była dwunastka.

– Zmienił numer na przystanku na Majorstukrysset, ale to ten sam skład.

Beate szybko podeszła do przednich drzwi, mocno zapukała, pokazując identyfikator. Drzwi otworzyły się z parsknięciem. Wsiadła. Skinęła głową umundurowanemu funkcjonariuszowi, który trzymał w rękach pistolet Heckler & Koch P30L.

– Idź za mną – poleciła, ruszając w głąb zatłoczonego tramwaju.

Przesuwała wzrokiem po wszystkich twarzach, torując sobie drogę na środek wagonu. Serce zabiło jej szybciej, kiedy zbliżyła się i rozpoznała gryzmoły na zaparowanej szybie. Dała znak idącemu za nią policjantowi i zwróciła się do mężczyzny na siedzeniu:

– Przepraszam. Pan, właśnie pan.

Twarz, która się do niej odwróciła, pokrywały czerwone zaognione pryszcze. Biło z niej przerażenie.

– Ja... ja nie chciałem. Zostawiłem miesięczny w domu. To się już nie powtórzy.

Beate zamknęła oczy i zaklęła w duchu. Skinęła na funkcjonariusza, żeby szedł za nią dalej. Dotarłszy na koniec wagonu, krzyknęła do motorniczego, żeby otworzył tylne drzwi i tamtędy wysiadła.

– No i co? – spytała Katrine.

– Zniknął. Przesłuchajcie wszystkich pasażerów, czy go widzieli. Za godzinę o wszystkim zapomną, jeżeli w ogóle jeszcze coś pamiętają. Tak jak wcześniej to czterdziestokilkulatek, wzrost około metra osiemdziesięciu, niebieskie oczy, ale teraz są lekko skośne. Ma brązowe, krótko obcięte włosy, mocno zarysowane kości policzkowe i wąskie wargi. I niech nikt nie dotyka szyby, na której pisał. Zabezpieczcie odciski palców i zróbcie zdjęcia. Bjørn?

– Słucham.

– Sprawdzisz wszystkie przystanki stąd do parku Frogner. Porozmawiasz z ludźmi, którzy pracują w sklepach przy ulicy. Spytasz, czy znają człowieka o takim rysopisie. Kiedy ludzie rano jadą tramwajem, często ma to związek z jakimś stałym elementem dnia. Jadą do pracy, do szkoły, na trening, do ulubionej knajpy.

– W takim razie mamy więcej szans – wtrąciła Katrine.

– No i musisz zachować ostrożność, Bjørn. Staraj się zorientować, czy osoby, z którymi rozmawiasz, przypadkiem go nie zaalarmują. Katrine, ty się zajmiesz zorganizowaniem grupy, która jutro rano wsiądzie do tego tramwaju. Potrzebni nam są też ludzie, którzy dzisiaj przez cały dzień będą jeździć na trasie stąd do parku Frogner, na wypadek gdyby Valentin chciał wracać tą samą drogą, okej?

Katrine i Bjørn poszli do pozostałych policjantów, żeby rozdzielić zadania, a Beate zbliżyła się do okna tramwaju, w którym widziała Valentina. Popatrzyła na szybę. Z narysowanych przez niego kresek spłynęła woda, ale widać było, że to powtarzający się wzór, niemal szlaczek.

Pionowa kreska, a po niej kółko. Pod pierwszym rządkiem ciągnął się kolejny, niżej następny, aż uformowały kwadrat.

To wcale nie musiało być ważne.

Ale, jak zwykle mówił Harry: „To nie musi być nic ważnego, ale wszystko zawsze coś znaczy. A trzeba zaczynać szukać tam, gdzie jest światło, gdzie coś widać".

Beate wyjęła komórkę i zrobiła zdjęcie szyby. Nagle coś jej się przypomniało.

– Katrine, podejdź tutaj!

Katrine usłyszała wołanie i zostawiła Bjørna z podziałem zadań.

– Jak ci poszło w nocy?

– Dobrze – odpowiedziała Katrine. – Przekazałam rano tę gumę do żucia do analizy DNA. Podałam numer umorzonej sprawy gwałtu. Zabójstwa policjantów mają priorytet, ale obiecali, że przyjrzą się temu najszybciej, jak będą mogli.

Beate w zamyśleniu pokiwała głową i potarła ręką twarz.

– Co to znaczy „najszybciej, jak będą mogli"? Nie możemy dla własnej chwały i radości w milczeniu patrzeć, jak coś, co może przynieść profil DNA zabójcy, trafia na sam koniec kolejki.

Katrine położyła rękę na biodrze i popatrzyła na Bjørna, który gestykulował, tłumacząc coś policjantom.

– Znam dziewczynę, która tam pracuje – skłamała. – Zadzwonię do niej i poproszę, żeby przyspieszyła sprawę.

Beate spojrzała na nią, zawahała się, ale kiwnęła głową.

– A może po prostu chciałaś zobaczyć Valentina Gjertsena? – Ståle Aune stanął przy oknie, wpatrzony w ruchliwą ulicę w dole, w ludzi idących pospiesznie w jedną i w drugą stronę. W ludzi, wśród których mógł być Valentin Gjertsen. – Omamy wzrokowe często występują w przypadku braku snu. Ile spałaś w ciągu ostatnich czterdziestu ośmiu godzin?

– Policzę – odparła Beate Lønn tonem, który powiedział Ståłemu, że wcale nie musi liczyć. – Dzwonię, ponieważ on narysował coś na szybie. Dostałeś MMS-a?

– Tak – potwierdził Aune. Akurat zaczął terapię z pacjentem, kiedy wiadomość od Beate zaświeciła w wyciągniętej szufladzie biurka.

OBEJRZYJ MMS. PILNE. ZADZWONIĘ.

Poczuł niemal perwersyjną przyjemność, kiedy spojrzał na zaskoczoną twarz Paula Stavnesa i oświadczył, że po prostu m u s i odebrać ten telefon. Zorientował się, że do pacjenta dotarł podtekst tej informacji: to o wiele ważniejsze niż twoje przeklęte użalanie się nad sobą.

– Mówiłeś mi kiedyś, że wy, psycholodzy, umiecie przeanalizować gryzmoły socjopatów i na ich podstawie powiedzieć coś o ich osobowości.

– Hm. Mówiłem zapewne o metodzie opracowanej na uniwersytecie w Granadzie w Hiszpanii. Można ją wykorzystać do badania psychopatologicznych zaburzeń osobowości. Ale wtedy osobom badanym mówi się, co mają narysować. A to wygląda mi raczej na pismo.

– Tak sądzisz?

– Ja w każdym razie dostrzegam tu „i" oraz „o". To zresztą bardzo interesujące.

– Pod jakim względem?

– Wcześnie rano w tramwaju, ciągle w półśnie... To, co się odruchowo pisze, wciąż wypływa z podświadomości. A podświadomość już tak ma, że lubi szyfry i rebusy. Niekiedy bywają niepojęte, kiedy indziej zaskakująco łatwe do rozszyfrowania, wręcz banalne. Miałem kiedyś pacjentkę, która śmiertelnie się bała, że zostanie zgwałcona. Dręczył ją nawracający koszmar o tym, że budzi ją lufa czołgu przebijająca szybę w oknie sypialni i zatrzymująca się tuż przy jej łóżku. A w otworze lufy wisiała kartka z literą „P" i cyfrą 9*. Dziwne może się wydawać to, że pacjentka sama nie zrozumiała tego dziecinnie prostego rebusu, ale mózg często kamufluje to, o czym człowiek naprawdę myśli. Robi to, bo tak jest wygodniej, z poczucia winy, ze strachu...

– Ale co oznacza to, że on rysuje „i" i „o"?

– Może po prostu się nudzi, jadąc tramwajem. Nie przeceniaj mnie, Beate. Zająłem się psychologią wtedy, kiedy to były studia dla tych, którzy byli za głupi, żeby zostać lekarzami albo inżynierami. Ale zastanowię się nad tym i odezwę do ciebie. Mam teraz pacjenta.

– Dobrze.

Aune rozłączył się i znów spojrzał na ulicę. Po jej drugiej stronie, sto metrów dalej w kierunku Bogstadveien, którą jeździł tramwaj jedenastka, mieściło się studio tatuażu. A Valentin miał tatuaż. Tatuaż,

---

* 9 – po norwesku *ni* (przyp. tłum.).

który pozwoliłby go zidentyfikować. Chyba że zostałby usunięty przez profesjonalistę. Albo zmieniony w studiu tatuażu.

Rysunek można całkowicie zmienić, dodając kilka nieskomplikowanych linii. Wystarczy na przykład za pionową kreską dorysować półkole i już jest „D". Albo przekreślić kółko i tworzy się „Ø". Aune chuchnął na szybę.

Za plecami usłyszał poirytowane chrząknięcie.

Narysował w zaparowanym miejscu pionową kreskę i kółko, takie jak widział w MMS-ie.

– Nie zapłacę pełnej stawki godzinowej, jeżeli…

– Wie pan co, panie Paul… – Aune wymówił jego imię z wyraźnym norweskim „æ" i dorysował półkole i ukośną kreskę. Przeczytał. DØ. Wytarł. – Tę godzinę dostanie pan gratis.

22

Rico Herrem wiedział, że umrze. Wiedział o tym zawsze. Nowością natomiast było to, że dowiedział się, iż umrze w ciągu najbliższych trzydziestu sześciu godzin.

– *Anthrax* – powtórzył lekarz bez tajskiej skłonności do niewymawiania „r", i w dodatku z amerykańskim akcentem. Skośnooki pewnie tam studiował medycynę i dzięki temu zakwalifikował się do pracy w prywatnej klinice, której pacjentami zapewne byli wyłącznie cudzoziemcy, ekspaci i turyści. – *I'm so sorry.*

Rico oddychał przez maskę tlenową, ale nawet to sprawiało mu trudność. Trzydzieści sześć godzin. Tak powiedział ten lekarz. Trzydzieści sześć godzin. Spytał, czy Rico życzy sobie, żeby skontaktował się z jego rodziną, może ktoś zdążyłby dojechać, gdyby od razu wsiadł w samolot. Albo może chciałby chrześcijańskiego księdza. Czy jest katolikiem?

Po zdumionej minie Rica musiał poznać, że konieczne są dalsze wyjaśnienia.

– *Anthrax is a bacteria. It's in your lungs. You probably inhaled it some days ago.*

Rico wciąż nic nie rozumiał.

– *If you had digested it or got it on your skin, we might have been able to save you. But in the lungs…*

Bakteria? Miałby umrzeć od bakterii? Od bakterii, którą wciągnął w płuca, oddychając? Gdzie?

Słowa lekarza zabrzmiały jak echo tej myśli:

– *Any idea where? The police will want to know to prevent other people from catching the bacteria.*

Rico Herrem zamknął oczy.

– *Please, try to think back, mister Herrem. You might be able to save others…*

Ocalić innych. Ale nie siebie. Trzydzieści sześć godzin.

– *Mister Herrem?*

Rico chciał kiwnąć głową, by zasygnalizować, że słyszy, ale nie miał siły. Dotarł do niego odgłos otwieranych drzwi, stukanie kilku par butów, zdyszany, ściszony kobiecy głos:

– *Miss Kari Farstad from Norwegian Embassy. We came as soon as we could. Is he…?*

– *Blood circulation is stopping, miss. He is going into shock now.*

Gdzie? W tym daniu, które zjadł, kiedy taksówka zatrzymała się w obskurnej restauracji między Bangkokiem a Pattayą? W tej cuchnącej dziurze w podłodze, którą tutaj nazywają toaletą? A może w hotelu, z klimatyzacji? Czy nie w taki właśnie sposób często rozprzestrzeniają się bakterie? Ale lekarz mówił, że pierwsze objawy są takie same jak przy przeziębieniu, a one pojawiły się już w samolocie. A jeśli bakterie unosiły się już w samolocie, to zarazić musiało się więcej osób.

Usłyszał cichy głos kobiety, tym razem mówiący po norwesku:

– Laseczka wąglika. Boże, myślałam, że ona istnieje wyłącznie jako broń biologiczna.

– Nie – odpowiedział jej mężczyzna. – Po drodze sprawdziłem w Internecie. *Bacillus anthracis*. Może całymi latami leżeć w ziemi. Twardy zawodnik. Rozprzestrzenia się przez przetrwalniki. Właśnie takie przetrwalniki znajdowały się w proszku rozsyłanym pocztą w Stanach Zjednoczonych kilka lat temu, pamiętasz?

– Myślisz, że ktoś wysłał do niego list z wąglikiem?

– Mógł to złapać wszędzie. Chociaż najczęściej można się zarazić przez kontakt z dużymi zwierzętami. Ale najprawdopodobniej nigdy się nie dowiemy, jak do tego doszło.

Ale Rico już wiedział. Olśniło go. Zdołał podnieść rękę do maski tlenowej.

– Znalazłeś jakąś rodzinę? – spytała kobieta.

– Znalazłem.

– I?

– Powiedzieli, że może sobie zgnić tam, gdzie jest.

– Aha. Pedofil?

– Nie, ale lista jest długa. Hej, zobacz, on się rusza!

Ricowi udało się odsunąć maskę od ust i nosa, próbował mówić, ale z ust wydobył mu się tylko ochrypły szept. Powtórzył. Zauważył, że kobieta ma jasne włosy i patrzy na niego z troską pomieszaną z obrzydzeniem.

– *Doctor, is it…?*

– *No, it is not contagious between humans.*

Niezakaźne. Tylko on.

Twarz tej kobiety się zbliżyła. A Rico Herrem, nawet umierając, a może właśnie dlatego, chciwie chłonął jej zapach. Wdychał jej perfumy, tak jak wdychał zapach tamtego dnia, w Sklepie Rybnym. Zapach wełnianej rękawiczki. Zapach mokrej wełny i czegoś, co miało smak wapna. Proszek. Valentin, który naciągnął chustkę na usta i nos wcale nie po to, żeby się zamaskować. Leciuteńkie przetrwalniki unoszące się w powietrzu. *Might have been able to save you, but in the lungs…*

Podjął wysiłek. Z trudem wypowiedział słowa. Trzy słowa. Zdążył pomyśleć, że będą ostatnie. A potem – jak kurtyna po trwającym czterdzieści dwa lata żałosnym, nędznym przedstawieniu – nad Rikiem Herremem zapadła ciemność.

Brutalny deszcz zabębnił o dach samochodu, jakby próbował przedostać się do środka, i Kari Farstad mimowolnie drgnęła. Jej skórę stale pokrywała warstewka potu. Podobno miało być lepiej po przejściu pory deszczowej, kiedyś w listopadzie. Zatęskniła za swoim mieszkaniem przy ambasadzie. Nienawidziła tych wyjazdów do Pattayi. Ten nie był pierwszy. Nie wybrała takiej ścieżki kariery po to, żeby pracować z ludzkimi śmieciami, raczej wprost przeciwnie. Wyobrażała sobie koktajle z ciekawymi, inteligentnymi ludźmi, prowadzone na wysokim poziomie konwersacje na temat polityki i kultury, spodziewała się rozwoju osobistego i zbliżenia się do odpowiedzi na wielkie pytania. Tymczasem stale musiała krążyć wokół małych pytań. Na przykład, jak znaleźć dobrego adwokata dla Norwega będącego sprawcą przestępstw na tle seksualnym, ewentualnie jak doprowadzić do jego ekstradycji i odesłania do norweskiego więzienia o standardzie hotelu średniej klasy.

Deszcz przestał padać równie nagle, jak lunął. Jechali teraz w chmurach pary unoszącej się znad rozgrzanego asfaltu.

– Co ten Herrem powiedział? – spytał sekretarz ambasady.

– Valentin.

– Nie, chodzi mi o to drugie.

– Mówił bardzo niewyraźnie. To było jakieś długie słowo, brzmiało jak „komoda".

– Komoda?

– Mniej więcej.

Kari zapatrzyła się na rzędy drzew kauczukowych, którymi obsadzona była autostrada. Chciała wracać do domu. Do prawdziwego domu.

23

Harry szybkim krokiem minął obraz Fransa Widerberga na korytarzu Wyższej Szkoły Policyjnej.

Silje stała w drzwiach sali gimnastycznej, gotowa do walki, w obcisłym stroju treningowym, z rękami założonymi na piersi, oparta o futrynę. Śledziła go wzrokiem. Harry chciał jej kiwnąć głową, ale ktoś zawołał ją po imieniu, a ona natychmiast weszła do środka.

Na drugim piętrze Harry zajrzał do Arnolda.

– Jak poszedł wykład?

– Nieźle. Ale na pewno brakowało im twoich wstrząsających, chociaż nieistotnych przykładów z tak zwanego prawdziwego życia. – Arnold dalej masował bolącą stopę.

– I tak ci dziękuję, że mnie zastąpiłeś – uśmiechnął się Harry.

– Nie ma za co. A co było takie ważne?

– Spotkanie w Instytucie Medycyny Sądowej. Dyżurny patolog zgodził się na ekshumację Rudolfa Asajewa i ponowne przeprowadzenie sekcji. Posłużyłem się tą twoją statystyką FBI dotyczącą martwych świadków.

– Cieszę się, że mogłem się na coś przydać. A poza tym znów masz gościa.

– Chyba nie…

– To ani panna Gravseng, ani nikt z twoich byłych kolegów. Powiedziałem mu, że może zaczekać w twoim pokoju.

– Kto to…

– Chyba ktoś, kogo znasz. Dałem mu kawy.

Popatrzyli na siebie, Harry krótko skinął głową i wyszedł.

Mężczyzna, który siedział na krześle w pokoju Harry'ego, niewiele się zmienił. Troszeczkę przytył, twarz mu bardziej obwisła, a skronie przyprószyła siwizna. Ale wciąż miał chłopięcą grzywkę, która bardzo pasowała do określenia „junior" przy nazwisku, garnitur, który wyglądał na pożyczony, i bystry wzrok, dzięki któremu potrafił przeczytać jedną stronicę dokumentu w ciągu czterech sekund i zacytować z niej na sali sądowej to, co niezbędne. Krótko mówiąc, Johan Krohn był odpowiedzią prawników na Beate Lønn, adwokatem, który wygrywał nawet wtedy, gdy jego przeciwnikiem był zbiór ustaw prawa norweskiego.

– Harry Hole! – przywitał go jasnym młodzieńczym głosem. Wstał i wyciągnął rękę. – Dawno się nie widzieliśmy!

– Nie żałuję. – Harry przycisnął tytanowy palec do grzbietu dłoni prawnika. – Zawsze przynosiłeś złe wiadomości, Krohn. Dobra kawa?

Krohn odpowiedział uściskiem. Mocnym. Nowe kilogramy musiały oznaczać mięśnie.

– Twoja kawa jest dobra – uśmiechnął się pobłażliwie. – Moje wiadomości jak zawsze złe.

– Tak?

– Nie mam zwyczaju stawiać się osobiście, ale w tym wypadku postanowiłem porozmawiać twarzą w twarz, zanim ewentualnie sporządzimy coś na piśmie. Chodzi o twoją studentkę, Silje Gravseng.

– O moją studentkę – powtórzył Harry.

– A co, to się nie zgadza?

– O tyle, o ile, ale powiedziałeś to tak, że zabrzmiało, jakby studiowała mnie.

– Postaram się formułować zdania możliwie najprecyzyjniej. – Krohn złożył usta do uśmiechu. – Dziewczyna zwróciła się do mnie, zamiast iść ze swoją sprawą na policję. Ze strachu, że będziecie się nawzajem chronić.

– Wy?

– Policja.

– Ja nie jestem...

– Przez wiele lat byłeś zatrudniony w policji, teraz pracujesz w szkole policyjnej i wciąż stanowisz element systemu. Ona się boi, że zaczną ją nakłaniać, żeby nie zgłaszała tego gwałtu. Mogą jej wmawiać, że to zaszkodzi jej późniejszej karierze w policji.

– O czym ty mówisz, Krohn?

– Wciąż wyrażam się niejasno? Wczoraj wieczorem tuż przed północą zgwałciłeś w tym gabinecie Silje Gravseng.

Zapadła chwila ciszy, podczas której Krohn bacznie obserwował Harry'ego.

– Akurat tego nie mogę wykorzystać przeciwko tobie, Hole, ale twój brak widocznego zaskoczenia jest znaczący. I umacnia wiarygodność mojej klientki.

– A ona potrzebuje umocnienia?

Krohn złączył dłonie czubkami palców.

– Mam nadzieję, że zdajesz sobie sprawę z powagi sytuacji, Hole. Samo złożenie zawiadomienia o przestępstwie i poinformowanie o nim opinii publicznej postawi twoje życie na głowie.

Harry próbował wyobrazić go sobie w todze. Rozprawa. Groźnie uniesiony palec, podkreślający zarzuty wobec Harry'ego siedzącego na ławie oskarżonych. Silje dzielnie ocierająca łzy. Oburzone twarze ławników. Zimny front publiczności na galerii. Nieustający chrobot ołówków po kartkach w blokach rysunkowych ilustratorów prasowych.

– Jedynym powodem, dla którego przyszedłem tu ja zamiast dwóch policjantów gotowych wyprowadzić cię stąd w kajdankach na oczach kolegów i studentów, jest fakt, że oznaczałoby to wysokie koszty również dla mojej klientki.

– To znaczy?

– Z całą pewnością wiesz, o czym mówię. Na zawsze pozostałaby tą, która posłała byłego policjanta do więzienia. Ktoś mógłby ją nazwać donosicielką. A z tego, co zrozumiałem, takie rzeczy w policji nie są zbyt wysoko cenione.

– Naoglądałeś się filmów, Krohn. Policja ceni wykrycie sprawcy gwałtu bez względu na to, kim jest podejrzany.

– Proces byłby ogromnym przeżyciem dla tak młodej dziewczyny. Zwłaszcza przed ważnymi egzaminami. A ponieważ bała się pójść prosto na policję i musiała się zastanowić, zanim zgłosiła się do mnie, wiele dowodów technicznych już przepadło. A to oznacza, że proces mógłby się przeciągnąć znacznie dłużej, niż można by przewidywać.

– A jakie dowody macie?

– Siniaki. Zadrapania. Podartą sukienkę. Poza tym gdybym poprosił o dokładne sprawdzenie tego pokoju, jestem pewien, że znalazłyby się tu włókna z tej samej sukienki.

– Gdybym?

– Tak. Nie przynoszę wyłącznie samych złych wiadomości, Harry.

– Nie?

– Mam alternatywne rozwiązanie.

– Prawdopodobnie jakiś iście diabelski pomysł.

– Jesteś inteligentnym człowiekiem, Hole. Wiesz, że nie mamy dowodów, które doprowadziłyby bezpośrednio do natychmiastowego skazania. Typowe w sprawach o gwałt, prawda? To będzie słowo przeciwko słowu i sprawa zakończy się przegraną obu stron. Pokrzywdzona może być podejrzewana o rozwiązłość i fałszywe oskarżenia, a o uniewinnionym wszyscy i tak pomyślą, że zwyczajnie miał szczęście. Zważywszy na możliwość zaistnienia właśnie takiej sytuacji, Silje Gravseng wyraziła życzenie, a właściwie wysunęła propozycję, do której nie mam zastrzeżeń i mogę się do niej przyłączyć. Pozwól, że na chwilę wyjdę z roli adwokata twojej przeciwniczki, Hole. Dobrze ci radzę, żebyś to zaakceptował. Alternatywą jest złożenie zawiadomienia na policji. Pod tym względem moja klientka wyraziła się całkiem jasno.

– Tak?

– Owszem. Jako osoba, która wybrała zawód czynnej przedstawicielki prawa w naszym kraju, uważa za swój oczywisty obowiązek skuteczne karanie gwałcicieli, ale na szczęście dla ciebie niekoniecznie przez sąd.

– Taka jest zasadnicza?

– Na twoim miejscu byłbym mniej jadowity, a bardziej wdzięczny, Hole. Bo osobiście wolałbym raczej złożenie zawiadomienia o przestępstwie.

– Czego chcecie, Krohn?

– Krótko mówiąc, chcemy, żebyś zrezygnował z wykładów w Wyższej Szkole Policyjnej i nigdy więcej nie podejmował żadnej pracy związanej z policją. Żeby Silje mogła spokojnie ukończyć studia bez konieczności stykania się z tobą. To samo dotyczy jej późniejszej ścieżki zawodowej. Jedna uwłaczająca uwaga z twojej strony i umowa zostanie anulowana, a doniesienie na policję złożone.

Harry oparł łokcie na biurku i pochylił się ze spuszczoną głową. Zaczął masować sobie czoło.

– Przygotuję pisemną umowę w formie ugody – ciągnął Krohn. – Twoje wypowiedzenie w zamian za jej milczenie. Umowa będzie zakładać dochowanie tajemnicy przez obie strony. Ale jej upublicznienie nie zaszkodzi mojej klientce, bo jej decyzja z pewnością spotka się ze zrozumieniem.

– Ja natomiast wyjdę na winnego, ponieważ zgodziłem się zawrzeć taką umowę?

– Potraktuj to jako redukcję szkody, Hole. Człowiek z taką przeszłością jak twoja bez najmniejszego trudu zmieni branżę. Możesz na przykład zatrudnić się jako śledczy w towarzystwie ubezpieczeniowym. One płacą lepiej niż szkoła policyjna, możesz mi wierzyć.

– Wierzę.

– No to świetnie. – Krohn podniósł klapkę telefonu. – Jak wygląda twój kalendarz na najbliższe dni?

– Mogę być gotów już jutro, jeśli ci to pasuje.

– Świetnie. Wobec tego w mojej kancelarii o drugiej. Adres chyba jeszcze pamiętasz?

Harry kiwnął głową.

– Znakomicie. Miłego dnia, Hole.

Krohn dosłownie zerwał się z krzesła. Ugięcia kolan, podciąganie i podnoszenie ciężarów, pomyślał Harry.

Po wyjściu Krohna Harry spojrzał na zegarek. Był czwartek, Rakel w ten weekend miała wrócić do domu wcześniej. Samolot lądował o siedemnastej trzydzieści, a on zaofiarował się, że wyjedzie po nią na lotnisko, na co ona po dwukrotnym powtórzeniu „nie, nie musisz" w końcu z wdzięcznością się zgodziła. Wiedział, że uwielbiała te trzy kwadranse spędzone w samochodzie podczas podróży z lotniska. Rozmowę. Spokój. Wstęp do miłego wieczoru. Tłumaczenie z zapałem, co to właściwie oznacza, że jedynie państwa mogą być stronami w sprawach rozstrzyganych przez Międzynarodowy Trybunał w Hadze. Rozmowy o władzy i bezsile ONZ-etu, a w tle krajobraz uciekający za szybą. Czasami mówili też o Olegu. O tym, jak się miewa, że z dnia na dzień lepiej wygląda i że powoli wraca dawny Oleg. O planach, które układał. Studia. Prawo. Szkoła policyjna. O tym, ile mieli fartu i jak kruche jest szczęście.

Rozmawiali o wszystkim, o czym myśleli, niczego nie ukrywając. Prawie o wszystkim. Harry nigdy nie mówił o swoim strachu. O tym, jak bardzo się boi złożyć obietnicę, bo nie wie, czy będzie mógł jej dotrzymać. Czy będzie mógł być dla nich tym, kim chciał i musiał być. Nie wiedział też, czy oni mogą być tym dla niego. Nie wiedział, czy ktoś w ogóle może dać mu szczęście.

To, że czuł się teraz szczęśliwy razem z Rakel i Olegiem, było niemal jak stan wyjątkowy i do końca w to nie wierzył. Uważał, że to podejrzanie cudowny sen, z którego miał się obudzić. Jakby na to czekał.

Potarł twarz. Może to obudzenie już się zbliża. Ostre brutalne światło dnia. Rzeczywistość, w której wszystko będzie jak dawniej. Zimna, twarda i samotna. Zadrżał.

Katrine Bratt spojrzała na zegarek. Dziesięć po dziewiątej. Możliwe, że na zewnątrz był nieoczekiwanie ciepły wiosenny wieczór, ale tu, w piwnicy, panował wilgotny zimowy chłód. Popatrzyła na Bjørna Holma, który drapał się w rudy baczek. Na Stålego Aune, który skrobał coś w notatniku. Na Beate Lønn, która tłumiła ziewnięcie. Siedzieli wokół komputera. Ekran wypełniało zrobione przez Beate zdjęcie szyby w tramwaju. Rozmawiali trochę o tym, co może oznaczać rysunek, aż w końcu stwierdzili, że nawet gdyby go zrozumieli, raczej i tak nie pomógłby im w ujęciu Valentina.

Katrine jeszcze raz powtórzyła, że odniosła wrażenie, iż ktoś był razem z nią w magazynie dowodów.

– To musiał być któryś z pracowników – stwierdził Bjørn. – Ale rzeczywiście dość dziwne, że nie zapalił światła.

– Klucz do magazynu łatwo dorobić – zauważyła Katrine.

– Może to wcale nie są litery – odezwała się Beate. – Może to liczby.

Odwrócili się do niej. Wciąż siedziała ze wzrokiem wbitym w monitor.

– Może to jedynki i zera, nie „i" i „o". Tak jak w systemie binarnym. Czy nie jest tak, że jedynka oznacza „tak", a zero „nie", Katrine?

– Jestem użytkownikiem, a nie programistą. Ale owszem, tak jest. Tłumaczono mi, że jedynka przepuszcza prąd, natomiast zero go wstrzymuje.

– Jedynka oznacza działanie, zero zaniechanie – zamyśliła się Beate. – Robić. Nie robić. Robić. Nie robić. Jeden. Zero. Rząd za rzędem.

– Jak stokrotka – wtrącił Bjørn.

Milczeli. Słychać było jedynie szum wiatraka w komputerze.

– Ten wzór kończy się zerem – zauważył Aune. – Nie robić.

– Pod warunkiem że on dokończył rysunek – przypomniała Beate. – Przecież musiał wysiąść na swoim przystanku.

– Zdarza się, że seryjni zabójcy przestają zabijać – powiedziała Katrine. – Znikają. I zbrodnie już się nie powtarzają.

– Rzadkie wyjątki – oświadczyła Beate. – No, zero czy nie zero. Kto z was uważa, że oprawca policjantów ma zamiar zakończyć działalność? Stale?

– Katrine ma rację, ale boję się, że akurat ten będzie działał dalej.

Boisz się, pomyślała Katrine i już miała powiedzieć wprost, że ona boi się tego, że będzie odwrotnie. Że teraz, kiedy są już tak blisko, on przestanie zabijać i zniknie, dlatego warto ryzykować. Że w najgorszym razie byłaby skłonna poświęcić w ofierze jeszcze jednego z kolegów w zamian za złapanie Valentina. To była chora myśl, ale jednak się pojawiła. Naprawdę czuła, że strata jeszcze jednego policjanta byłaby do zniesienia, natomiast nie wytrzymałaby, gdyby Valentin miał się wywinąć. Poruszyła wargami w milczącym zaklęciu: „Jeszcze raz, ty diable! Uderz jeszcze raz!".

Zadzwoniła jej komórka. Po numerze poznała, że to Instytut Medycyny Sądowej, więc odebrała.

– Dzień dobry. Sprawdziliśmy kawałek gumy do żucia z tej sprawy gwałtu.

– I co? – Katrine poczuła, że serce szybciej zaczyna pompować krew. Do diabła ze wszystkimi chorymi teoriami! Tu mieli w ręku twardy dowód. *Hard evidence*.

– Niestety nie znaleźliśmy żadnego materiału pozwalającego sporządzić profil DNA.

– Co? – Poczuła się tak, jakby wylano jej na głowę wiadro zimnej wody. – Ale przecież tam musiało być mnóstwo śliny!

– Czasami niestety tak bywa. Oczywiście możemy to sprawdzić jeszcze raz, ale przy tych zabójstwach policjantów…

Katrine się rozłączyła.
– Nic nie znaleźli w tej gumie – przekazała cicho.
Bjørn i Beate pokiwali głowami, a Katrine wydało się, że dostrzega na twarzy Beate pewną ulgę.
Ktoś zapukał do drzwi.
– Proszę! – zawołała Beate.
Katrine wpatrzyła się w metalowe drzwi, nagle przekonana, że to będzie on, wysoka jasnowłosa postać. Zmienił decyzję i przyszedł uratować ich z tej otchłani bezradności.
Drzwi się otworzyły, a Katrine zaklęła w duchu. To był Gunnar Hagen.
– Co słychać? – spytał.
Beate przeciągnęła się z rękami nad głową.
– Nie było Valentina w żadnym tramwaju numer jedenaście czy dwanaście po południu, przepytywanie okolicznych mieszkańców też nic nie dało. Nasi ludzie będą jeździć tramwajami do wieczora, ale raczej trzeba mieć nadzieję, że pojawi się jutro rano.
– Grupa śledcza zwróciła się do mnie z pytaniem o wykorzystanie funkcjonariuszy w tramwajach. Chcą wiedzieć, czy to ma jakiś związek z zabójstwami policjantów.
– Plotki szybko się roznoszą – stwierdziła Beate.
– Trochę za szybko – pokiwał głową Hagen. – To na pewno dotrze do Bellmana.
Katrine dalej patrzyła w ekran. Wzór. Schemat. To była jej specjalność. Dzięki temu wpadli wtedy na ślad Bałwana. Jedynka i zero. Dwie cyfry łącznie. Może dziesięć. Para cyfr, które się powtarzają. Wiele razy. Wiele…
– Dlatego zamierzam powiedzieć mu o Valentinie już dziś wieczorem.
– Co to będzie oznaczało dla naszej grupy? – spytała Beate.
– Pojawienie się Valentina w tramwaju to nie nasza wina. W takiej sytuacji musieliśmy natychmiast zadziałać. Ale jednocześnie grupa zrealizowała już swój cel. Wykazała, że Valentin żyje, i dała nam głównego podejrzanego. Jeśli nie uda nam się go złapać teraz, to wciąż pozostaje możliwość, że pojawi się w Berg. Dalej zajmą się tym już inni.
– A może poli-ti? – podsunęła Katrine.
– Słucham? – zdziwił się łagodnie Hagen.

– Ståle mówi, że palce zapisują to, nad czym pracuje podświadomość. Może Valentin zapisał kilka dziesiątek jedna po drugiej. Poli – oznacza dużo. Czyli poli-ti, jak *politi*[*]. W takim wypadku to może oznaczać, że planuje kolejne zabójstwa policjantów.

– O czym ona mówi? – Hagen zwrócił się do psychologa.

Aune wzruszył ramionami.

– Próbujemy odcyfrować to, co namazał na szybie w tramwaju. Osobiście doszedłem do tego, że napisał „umrzeć". Ale może on po prostu uważa, że jedynki i zera ładnie wyglądają. Ludzki mózg to czterowymiarowy labirynt. Wszyscy w nim błądzili, ale nikt nie zna drogi.

Idąc ulicami Oslo do policyjnego mieszkania na Grünerløkka, Katrine nie zwracała uwagi na toczące się wokół niej życie. Na roześmianych podnieconych ludzi pragnących uczcić krótką wiosnę, krótki weekend, życie, zanim się skończy.

Wiedziała już, dlaczego tak się przejmowali tym idiotycznym kodem. Po prostu rozpaczliwie pragnęli, aby rzeczy wiązały się ze sobą i tworzyły jakiś sens. Ale przede wszystkim dlatego, że nie mieli nic innego. Z tego powodu starali się wydusić treść z kamienia, w którym wcale jej nie było.

Ze wzrokiem wbitym w chodnik rytmicznie uderzała obcasami o ziemię w rytm zaklęcia, którego nie przestała w duchu powtarzać: „Jeszcze raz, ty diable! Uderz jeszcze raz!".

Harry chwycił ją za długie włosy. Ciągle lśniąco czarne, miękkie i tak gęste, jakby trzymał linę. Przyciągnął rękę do siebie, zobaczył, że jej głowa się odchyla, patrzył na wąskie, łukowato wygięte plecy z widoczną linią kręgosłupa, wijącą się jak wąż pod rozpaloną spoconą skórą. Pchnął jeszcze raz. Jej jęk przypominał warknięcie na niskiej częstotliwości, wydobywające się głęboko z piersi, wściekłe, pełne frustracji. Czasami kochali się spokojnie i po cichu, leniwie jak w wolnym tańcu. Kiedy indziej jakby ze sobą walczyli. Tak było dzisiaj. Jej podniecenia nie dawało się zaspokoić, stale narastało. Przypominało to gaszenie ogniska benzyną. Pożądanie rosło, wymykało się spod kontroli, a Harry'emu w takich chwilach zdarzało się myśleć, że to się nie może dobrze skończyć.

---

* *Politi* (norw.) – policja; *ti* (norw.) – 10 (przyp. tłum.).

Jej sukienka leżała na podłodze przy łóżku. Czerwona. W czerwieni wyglądała tak pięknie, że aż grzech. Bosa. Nie, wcale nie była bosa. Harry nachylił się i chłonął jej zapach.

– Nie przestawaj – jęknęła.

Opium. Rakel mówiła mu, że ta gorycz w zapachu to pot z kory jakiegoś arabskiego drzewa. Nie, nie pot, tylko łzy. Łzy księżniczki, która uciekła do Arabii z powodu zakazanej miłości. Księżniczka Myrra. Jej życie zakończyło się w smutku, ale Yves Saint Laurent płacił fortunę za litr jej łez.

– Nie przestawaj...

Złapała go za rękę i położyła na własnej szyi. Ścisnął lekko. Wyczuł żyły i napięte mięśnie.

– Mocniej. Moc...

Jej głos się urwał, kiedy zrobił to, o co prosiła. Wiedział, że zatrzymuje dopływ tlenu do mózgu. To było jej życzenie, które spełniał, podniecony, ponieważ ją to podniecało. Ale tym razem coś się zmieniło. Pojawiła się myśl o tym, że ona jest w jego mocy. Że może z nią zrobić, co zechce. Popatrzył na jej sukienkę. Na czerwoną sukienkę. Poczuł, że dłużej nie będzie mógł się wstrzymywać. Zamknął oczy i wyobraził ją sobie na czworakach, jak powoli odwraca twarz do niego. Jej włosy zmieniły kolor i dopiero wtedy zrozumiał, kim jest. Oczy miała wywrócone, a na szyi sińce, które uwidoczniły się w ostrym błysku flesza techników.

Harry przyciągnął rękę do siebie, ale Rakel już doszła. Zesztywniała i zadrżała jak sarna, a sekundę później już spadała na ziemię. Zastygła, jakby umarła. Osunęła się, opierając czołem o materac, a z jej gardła wyrwał się szloch. Leżała tak, klęcząc jak w modlitwie.

Kiedy Harry się z niej wysunął, załkała i spojrzała oskarżycielskim wzrokiem. Zwykle czekał, aż będzie gotowa na rozstanie.

Szybko pocałował ją w kark, wstał z łóżka, sięgnął po bokserki Paula Smitha, które kupiła mu na lotnisku gdzieś między Oslo a Genewą. We wranglerach przewieszonych przez oparcie krzesła znalazł paczkę cameli. Zszedł na dół do salonu. Usiadł na fotelu i wyjrzał przez okno. Noc osiągnęła już swój najczarniejszy moment, a mimo to widział sylwetkę wzgórza Holmenkollen na tle nieba. Zapalił papierosa. Chwilę później usłyszał dreptanie. Poczuł jej rękę głaszczącą go po włosach i po karku.

– Coś się dzieje?

– Nie.

Przysiadła na podłokietniku i wtuliła nos w zagłębienie jego szyi. Jej skóra wciąż była ciepła, pachniała Rakel i miłością. I łzami księżniczki Myrry.

– Opium – powiedział. – Ależ nazwa dla perfum!

– Nie podoba ci się?

– Podoba. – Harry wydmuchał dym pod sufit. – Ale dosyć... dziwna.

Rakel uniosła głowę. Popatrzyła na niego.

– Mówisz o tym dopiero teraz?

– Wcześniej się nie zastanawiałem. Teraz właściwie też nie, dopóki nie spytałaś.

– Chodzi ci o spirytus?

– Co?

– O alkohol w perfumach. To on...?

Pokręcił głową.

– Ale coś się dzieje – stwierdziła. – Znam cię, Harry. Jesteś niespokojny, nosi cię. Zobacz tylko, jak palisz, człowieku! Przecież zaciągasz się tym papierosem tak, jakby w środku była ostatnia kropla wody na świecie!

Harry się uśmiechnął. Pogładził ją po pokrytych gęsią skórką plecach. Rakel lekko pocałowała go w policzek.

– Wobec tego jeśli nie chodzi o odstawienie alkoholu, to o to drugie.

– To drugie?

– Odstawienie policji.

– Aha.

– To przez te zabójstwa policjantów, prawda?

– Beate przyszła tutaj, żeby mnie namówić. Powiedziała, że wcześniej rozmawiała z tobą.

Rakel kiwnęła głową.

– I że w jej przekonaniu ty się zgodziłaś.

– Powiedziałam, że to zależy od ciebie.

– Zapomniałaś o naszej obietnicy?

– Nie, ale nie mogę cię zmusić do dotrzymania przyrzeczenia, Harry.

– A gdybym się zgodził i przyłączył do śledztwa?

– Złamałbyś obietnicę.

– A konsekwencje?

– Dla ciebie, dla mnie i dla Olega? Wyższe prawdopodobieństwo, że wszystko pójdzie w diabły. Dla śledztwa w sprawie zabójstw trzech policjantów? Wyższe prawdopodobieństwo wyjaśnienia sprawy.

– Mhm. To pierwsze jest pewne, Rakel. A to drugie wysoce niepewne.

– Być może, ale dobrze wiesz, że z nami może pójść źle bez względu na to, czy wrócisz do policji, czy nie. W morzu jest mnóstwo raf. Jedną z nich jest to, że chodzisz po ścianach, ponieważ nie możesz robić tego, do czego – wiem o tym – uważasz, że jesteś stworzony. Słyszałam o mężczyznach, którzy rozwodzą się tuż przed sezonem jesiennych polowań.

– Przed polowaniem na łosie, nie na pardwy?

– No tak, to trzeba przyznać.

Harry zaciągnął się dymem. Rozmawiali przytłumionymi, spokojnymi głosami, jakby omawiali zakupy spożywcze. Ale właśnie tak rozmawiamy, pomyślał. Ona właśnie taka jest. Przyciągnął ją do siebie i szepnął jej do ucha:

– Mam zamiar cię zatrzymać, Rakel. Zatrzymać to.

– Tak?

– Tak. Bo to jest dobre. Najlepsze, co mi się zdarzyło. A ty wiesz, z czego ja jestem poskładany. Pamiętasz diagnozę Stålego. Skłonność do uzależnień granicząca z zaburzeniami obsesyjno-kompulsyjnymi. Alkohol czy polowanie, wszystko jedno. Myśli i tak krążą tymi samymi torami. Jeśli otworzę te drzwi, to tam zostanę, Rakel. A nie chcę tam być, chcę być tutaj. Cholera, już tam idę, wystarczy, że o tym rozmawiamy! Nie robię tego dla Olega ani dla ciebie, robię to dla siebie!

– Już dobrze, dobrze. – Rakel pogłaskała go po włosach. – Porozmawiajmy wobec tego o czymś innym.

– Może i tak. Naprawdę powiedzieli, że Oleg będzie gotowy wcześniej?

– Pozbył się już wszystkich objawów odstawienia i wydaje się bardziej zmotywowany niż kiedykolwiek. Harry?

– Słucham.

– Powiedział mi, co się wydarzyło tamtego wieczoru.

Jej ręka nie przestawała go głaskać. Harry nie do końca wiedział, czego chce, ale miał pewność, że pragnie, by ta ręka stale przy nim była.

– Którego wieczoru?

– Przecież wiesz. Tamtego, kiedy lekarz okleił cię plastrami.

– A więc powiedział ci?

– Mówiłeś, że strzelił do ciebie jeden z pomagierów Asajewa.

– To w pewnym sensie prawda. Oleg nim był.

– Tamta stara wersja bardziej mi się podobała. Ta, że Oleg pojawił się chwilę później, zrozumiał, że jesteś ciężko ranny, i pobiegł wzdłuż rzeki na pogotowie.

– Ale ty nigdy do końca w nią nie uwierzyłaś, mam rację?

– Mówił mi, że wmaszerował prosto do gabinetu i zagroził lekarzowi tym pistoletem, tą odessą, zmuszając go, żeby z nim poszedł.

– Lekarz mu wybaczył, kiedy się zorientował, w jakim jestem stanie.

Rakel pokręciła głową.

– Chciał mi też opowiedzieć resztę, ale twierdzi, że niewiele pamięta z tych miesięcy.

– Heroina ma taki skutek.

– Pomyślałam, że może ty mógłbyś wypełnić te białe plamy. Co ty na to?

Harry się zaciągnął, odczekał sekundę i wypuścił dym.

– Chętnie możliwie najmniej.

Pociągnęła go za włosy.

– Uwierzyłam wam wtedy, ponieważ c h c i a ł a m wam wierzyć. Boże, Oleg strzelił do ciebie, Harry! Powinien siedzieć w więzieniu!

Harry pokręcił głową.

– To był najczystszy wypadek, Rakel. Poza tym wszystko już jest za nami i dopóki policja nie znajdzie odessy, nikt nie zdoła powiązać Olega ani z zabójstwem Gusta Hanssena, ani z niczym innym.

– O czym ty mówisz, Harry? Przecież Olega uniewinniono od zarzutu tego zabójstwa. Chcesz powiedzieć, że on jednak miał z tym jakiś związek?

– Nie, Rakel, nie chcę.

– No to czego ty mi nie mówisz, Harry?

– Jesteś pewna, że chcesz wiedzieć? Naprawdę?

Długo na niego patrzyła, nie odpowiadając.

Harry czekał. Wyjrzał przez okno. Spojrzał na sylwetkę wzgórza, będącego właściwie fragmentem krawędzi krateru uśpionego wulkanu, w którym zbudowano to spokojne i bezpieczne miasto, gdzie nic się nie działo. Wszystko zależało od punktu widzenia. Od tego, co się wiedziało.

– Nie – szepnęła w ciemności. Ujęła go za rękę i przyłożyła ją do swojego policzka.

Można szczęśliwie żyć w nieświadomości, pomyślał Harry. To jedynie kwestia wyparcia. Wyparcia ze świadomości odessy, która leżała albo nie leżała zamknięta w szafce. Wyparcia trzech zabójstw policjantów, za których wyjaśnienie nie jesteś odpowiedzialny. Wyparcia pełnego nienawiści spojrzenia odrzuconej studentki w czerwonej sukience zadartej do pasa. Nie miał racji?

Zgasił papierosa.

– Kładziemy się?

O trzeciej w nocy obudził się z gwałtownym drgnięciem.

Znów mu się przyśniła. Wszedł do jakiegoś pokoju i ją zauważył. Leżała na podłodze na brudnym materacu i nożyczkami cięła czerwoną sukienkę, którą miała na sobie. Obok niej stał przenośny telewizor, w którym pokazywano ją i jej ruchy z parosekundowym opóźnieniem. Harry rozejrzał się, ale nigdzie nie zauważył kamery. Potem przyłożyła błyszczące ostrze nożyczek do wnętrza białego uda, rozsunęła nogi i szepnęła:

– Nie rób tego.

Harry wycofał się po omacku, odnalazł klamkę w drzwiach, które się za nim zatrzasnęły, ale okazały się zamknięte na klucz. Odkrył, że jest nagi, i ruszył w jej stronę.

– Nie rób tego.

Dźwięk dotarł z telewizora jak opóźnione o dwie sekundy echo.

– Muszę tylko mieć klucz, żeby stąd wyjść – odpowiedział, ale miał wrażenie, jakby mówił pod wodą, i nie wiedział, czy go usłyszała. Zaczęła wsuwać sobie po kolei palce w pochwę, dwa, trzy, cztery, a on obserwował, jak w końcu znika cała jej szczupła dłoń. Podszedł jeszcze o krok. Jej ręka ukazała się znów, trzymając teraz pistolet. Wycelowany w niego. Lśniący wilgotny pistolet na sznurku łączącym go z nią jak pępowina.

– Nie rób tego – powiedziała, ale on już przed nią klęczał, nachylił się i poczuł przyjemny chłód broni na czole. Odparł szeptem:

– Zrób to.

24

Korty tenisowe były puste, kiedy volvo amazon Bjørna Holma podjechało do radiowozu zaparkowanego na placyku przed główną bramą parku Frogner.

Beate wyskoczyła całkowicie przytomna, chociaż w nocy prawie nie spała. Trudno jej było zasnąć w obcym łóżku. Tak, wciąż myślała o nim jak o obcym. Znała jego ciało, ale usposobienie, zwyczaje i sposób myślenia ciągle pozostawały dla niej tajemnicą. Nie wiedziała, czy ma dość cierpliwości i ciekawości, by je badać. Każdego ranka, kiedy budziła się w jego łóżku, zadawała sobie kontrolne pytanie: „Ciągniesz to dalej?".

Dwaj policjanci w cywilu, którzy stali oparci o radiowóz, oderwali się od auta i ruszyli im naprzeciw. Beate zauważyła, że w samochodzie siedzą dwaj mundurowi, a na tylnym siedzeniu jeszcze jedna osoba.

– To on? – spytała, czując, jak serce cudownie jej przyspiesza.

– Tak – odparł jeden z tych w cywilu. – Świetny portret pamięciowy. On wygląda identycznie.

– A tramwaj?

– Puściliśmy go. Był napchany po brzegi. Ale spisaliśmy pewną kobietę, bo akcja rozwinęła się dramatycznie.

– Dlaczego?

– Próbował uciekać, kiedy pokazaliśmy identyfikatory i poleciliśmy iść z nami. Błyskawicznie wyskoczył na środek, szarpnął wózek dziecięcy i odgrodził się od nas. Wrzeszczał, że tramwaj ma się zatrzymać.

– Wózek dziecięcy?

– No właśnie! To przestępstwo!

– Obawiam się, że… robił gorsze rzeczy.

– Chodzi mi o zabieranie wózka dziecięcego do tramwaju w godzinach porannego szczytu.

– Aha. No ale go złapaliście.

– Ta kobieta od wózka zaczęła wrzeszczeć i ciągnąć go za ramię, tak że musiałem go usadzić. – Policjant wyszczerzył zęby w uśmiechu i pokazał zaciśniętą pięść z zakrwawionymi kostkami. – Nie ma sensu wymachiwać giwerą, skoro to jeszcze działa, co nie?

– Świetnie. – Beate starała się, by zabrzmiało to, jakby naprawdę tak myślała. Przykucnęła i zajrzała do samochodu na tylne siedzenie, ale w porannym słońcu oprócz własnego odbicia w szybie dostrzegła tylko zarys sylwetki. – Czy ktoś może uchylić okno?

Kiedy szyba się opuszczała, starała się oddychać spokojnie.

Poznała go od razu, chociaż nie patrzył na nią, tylko gapił się przed siebie, na poranne Oslo, półprzymkniętymi oczami, jakby wciąż znajdował się we śnie, z którego nie chciał się zbudzić.

– Przeszukaliście go? – spytała.

– Bliskie spotkanie trzeciego stopnia – wyszczerzył się ten w cywilu. – Ale nie miał przy sobie żadnej broni.

– Chodzi mi o to, czy nie miał przy sobie narkotyków. Sprawdziliście kieszenie i tak dalej?

– Hm, no nie. A dlaczego mielibyśmy sprawdzać?

– Ponieważ to jest Chris Reddy, nazywany Adidasem. Ma kilka wyroków za handel speedem. A jeśli próbował uciec, to możecie być pewni, że ma przy sobie towar, więc go rozbierzcie do naga.

Wyprostowała się i wróciła do amazona.

– Myślałem, że ona się zajmuje odciskami palców – usłyszała głos tego w cywilu, zwracającego się do Bjørna Holma, który stanął przy nich. – A nie łowieniem dilerów.

– Ona zna wszystkie twarze, jakie zostały kiedykolwiek uwiecznione w archiwach policji w Oslo – odparł Bjørn. – A następnym razem starajcie się przyglądać ludziom trochę uważniej, okej?

Kiedy Bjørn wsiadł do samochodu, włączył silnik i spojrzał na nią, Beate wiedziała, że wygląda jak wściekłe babsko, gdy z rękami założonymi na piersi i z ponurą miną patrzyła przez przednią szybę.

– Złapiemy go w niedzielę – oświadczył Bjørn.

– Miejmy nadzieję, że tak będzie – westchnęła Beate. – Na Bergslia wszystko gotowe?

– Delta zrobiła rozpoznanie w okolicy i wybrała posterunki, które chce wykorzystać. Mówią, że to będzie łatwe ze względu na las w pobliżu. Ale chcą też wejść do sąsiednich domów.

– I wszyscy, którzy wtedy byli w grupie śledczej, zostali poinformowani?

– Tak. Wszyscy będą przez cały dzień w pobliżu telefonu i dadzą znać natychmiast, gdyby do nich zadzwonił.

– To dotyczy również ciebie, Bjørn.

– I ciebie. A tak w ogóle to dlaczego Harry nie brał udziału w takiej poważnej sprawie? Przecież był wtedy komisarzem w Wydziale Zabójstw.

– Hm. Był wtedy niedysponowany.

– W ciągu?

– A jak wykorzystamy Katrine?

– Ma wyznaczony dość odległy posterunek w lesie, z dobrym widokiem na dom.

– No dobrze. Chcę mieć z nią na bieżąco kontakt przez komórkę, dopóki tam będzie.

– Przekażę jej.

Beate spojrzała na zegarek. Dziewiąta szesnaście. Jechali przez Thomas Heftyes gate i Bygdøy allé. Nie była to najkrótsza droga do Budynku Policji, ale z całą pewnością najładniejsza. A poza tym dzięki temu minie więcej czasu. Beate znów spojrzała na zegarek. Dziewiąta dwadzieścia dwie. D-Day za półtorej doby. W niedzielę.

Serce wciąż biło jej mocno.

Już biło mocno.

Johan Krohn kazał Harry'emu odczekać w recepcji zwyczajowe cztery minuty po umówionej godzinie i dopiero wtedy wyszedł. Przekazał recepcjonistce dwie wyraźnie zbędne informacje i wreszcie zwrócił się do osób, które na niego czekały.

– Hole – odezwał się, przyglądając się uważnie twarzy policjanta, jakby chciał zdiagnozować jego humor i nastawienie, zanim podał mu rękę. – I przyprowadził pan własnego adwokata?

– To jest Arnold Folkestad – odparł Harry. – Kolega. Poprosiłem, by przyszedł ze mną, żebym miał świadka na to, co zostanie powiedziane i ustalone.

– Mądrze, mądrze – stwierdził Johan Krohn, chociaż nic w jego tonie ani wyrazie twarzy nie świadczyło, by naprawdę to pochwalał. – Proszę, zapraszam.

Poszedł przodem, dyskretnie zerkając na zaskakująco mały i kobiecy zegarek. Harry zrozumiał sygnał: „Jestem rozrywanym adwokatem i tej stosunkowo małej sprawie mogę poświęcić niewiele czasu". Gabinet był imponującej wielkości. Unosił się w nim zapach skóry, bijący – jak Harry przypuszczał – z oprawionych roczników „Norweskiego Dziennika Sądowego" wypełniających półki. I zapach perfum. Co do jego pochodzenia nie miał żadnych wątpliwości. Silje Gravseng siedziała na krześle odwrócona częściowo do nich, a częściowo ku masywnemu biurku Johana Krohna.

– Gatunek zagrożony wyginięciem? – spytał Harry, przeciągając dłonią po blacie, zanim usiadł.

– Zwykły tek – odparł Krohn i zajął miejsce przewodnika po lesie deszczowym.

– Zwykły dzisiaj, zagrożony jutro – stwierdził Harry i krótko skinął głową Silje. Odpowiedziała, wolno opuszczając i unosząc powieki, jakby nie mogła się poruszyć. Włosy miała związane w koński ogon tak ciasno, że oczy wydawały się węższe niż zwykle. Ubrana była w kostium, w którym wyglądała raczej na pracownicę kancelarii adwokata niż na studentkę. Wydawała się spokojna.

– Przystępujemy od razu do sprawy? – spytał Johan Krohn, który usiadł w swojej zwykłej pozycji, łącząc dłonie czubkami palców w wieżyczkę. – A więc panna Gravseng zeznała, że została zgwałcona w pańskim gabinecie w Wyższej Szkole Policyjnej około północy wiadomego dnia. Wstępne dowody w sprawie to zadrapania, siniaki i podarta sukienka. Wszystkie te ślady zostały sfotografowane i mogą posłużyć jako dowody na sali sądowej. – Krohn zerknął na Silje, jakby chciał się upewnić, czy dziewczyna zdoła to wytrzymać, i dopiero wtedy podjął: – Badanie lekarskie w pogotowiu dla ofiar gwałtów nie wykazało wprawdzie skaleczeń ani wybroczyn w okolicach podbrzusza, ale tego rodzaju obrażenia i tak rzadko się obserwuje. Nawet w wypadku wyjątkowo brutalnych napaści takie ślady można znaleźć jedynie u piętnastu do trzydziestu procent pokrzywdzonych. W pochwie nie ma śladów nasienia, ponieważ był pan na tyle przytomny, by doprowadzić do ejakulacji na zewnątrz, a konkretnie na brzuchu panny Gravseng. Po czym pozwolił pan jej się ubrać, zaciągnął ją do wyjścia i wyrzucił za drzwi. Szkoda, że ona nie wykazała się podobną przytomnością i nie zabezpieczyła nasienia jako dowodu, tylko godzinami stała zapłakana pod prysznicem, usiłując zmyć z siebie wszelkie ślady. Może nie było to zbyt mądre, ale to zrozumiała i całkiem normalna reakcja u młodej dziewczyny.

Głos Krohna zadrżał urażony. W opinii Harry'ego nieszczerze, ale adwokat pragnął zademonstrować, jak skutecznie potrafi przedstawić ten element podczas ewentualnej rozprawy.

– Wszystkie zespoły personelu w pogotowiu dla ofiar gwałtów mają obowiązek w kilku zdaniach opisać psychiczne reakcje ofiary. Mówimy tu o fachowcach z długim doświadczeniem w pracy z ofiarami gwałtów. Opis ten sąd z pewnością weźmie pod uwagę. I proszę mi wierzyć, w tym wypadku obserwacje w pełni poświadczają opowieść mojej klientki.

Na twarzy adwokata przez moment widać było wręcz przepraszający uśmiech.

– Zanim jednak uważnie przyjrzymy się dowodom, możemy sobie wyjaśnić, czy udało się panu zastanowić nad moją propozycją, Hole. Jeśli doszedł pan do wniosku, że to właściwa droga, a z uwagi na dobro obu stron uważam, że powinien pan tak uznać, to mam tutaj pisemną wersję umowy, która oczywiście pozostaje konfidencjonalna.

Krohn podał Harry'emu teczkę z czarnej skóry, znacząco patrząc na Arnolda Folkestada, który ze zrozumieniem skinął głową.

Harry otworzył teczkę i szybko przeczytał kartkę formatu A4.

– Mhm. Mam złożyć wymówienie w Wyższej Szkole Policyjnej, a także zrezygnować z pracy w policji i wszelkich innych instytucjach, które mają z nią związek. I nigdy więcej nie rozmawiać z Silje Gravseng ani o Silje Gravseng. Gotowe do podpisania, jak widzę.

– Umowa nie jest zbyt skomplikowana, więc jeśli zdążył pan już wszystko pododawać i poodejmować i uzyskał właściwy wynik…

Harry kiwnął głową. Spojrzał na dziewczynę, która siedziała sztywno jak posąg i patrzyła przed siebie z twarzą bez wyrazu.

Arnold Folkestad chrząknął cicho. Krohn posłał mu życzliwe spojrzenie, przy okazji jakby przypadkiem poprawiając zegarek. Arnold podał mu żółtą tekturową teczkę.

– Co to jest? – spytał Krohn, biorąc ją od niego z lekko uniesioną brwią.

– Nasza propozycja umowy – wyjaśnił Folkestad. – Jak pan sam zobaczy, proponujemy, aby Silje Gravseng zrezygnowała ze studiów w trybie natychmiastowym i nigdy nie próbowała ubiegać się o pracę w policji ani w żadnej powiązanej z nią instytucji.

– Chyba sobie żartujecie…

– Oraz że już nigdy nie podejmie próby nawiązania kontaktu z Harrym Hole.

– To niesłychane!

– W zamian – dla dobra obu stron – nie będziemy ścigać tej próby szantażu podjętej wobec pracownika Wyższej Szkoły Policyjnej.

– Wobec tego sprawa jest rozstrzygnięta, nie ma o czym mówić. Widzimy się na sali sądowej – oświadczył Krohn. Udało mu się przy tym powiedzieć to w taki sposób, że wytarty frazes wcale tak nie zabrzmiał. – Chociaż wy jako strony będziecie na tym cierpieć, to osobiście cieszę się z możliwości reprezentowania mojej klientki w tej sprawie.

Folkestad wzruszył ramionami.

– Obawiam się, że trochę się pan rozczaruje, Krohn.

– O tym, kto się rozczaruje, jeszcze się przekonamy. – Krohn już wstał, zapiął jeden guzik marynarki, co miało być sygnałem, że zaraz ma następne spotkanie, gdy nagle zauważył spojrzenie Harry'ego. Zastygł w pół ruchu i wyraźnie się zawahał.

– O co wam chodzi?

– Gdyby zechciał pan poświęcić chwilę – odezwał się Folkestad – proponowałbym, aby przeczytał pan dokumenty, które leżą pod propozycją umowy.

Krohn znów otworzył teczkę, przerzucił kartkę, przeczytał.

– Jak pan widzi, pańska klientka pilnie słuchała wykładów na temat gwałtów, podczas których opisywane były między innymi typowe psychiczne reakcje ofiar.

– To wcale nie znaczy...

– Proszę, żeby zebrał pan swoje zastrzeżenia i przedstawił je nam na końcu, a teraz rzucił okiem na następną kartkę. Znajdzie pan tam podpisane i na razie nieupublicznione zeznanie studenta uniwersytetu, który stał tuż przed wejściem i widział, jak panna Gravseng opuszcza szkołę policyjną w czasie, o którym mówimy. Świadek napisał, że wyglądała raczej na wściekłą niż przestraszoną. Nie wspomina nic o podartej sukience, przeciwnie, pisze, że była w pełni ubrana i nie miała żadnych obrażeń. A przyznaje jednocześnie, że przyglądał jej się uważnie. – Folkestad obrócił się do Silje. – Przypuszczam, że to komplement dla pani...

Silje nadal siedziała nieruchomo, ale na jej policzkach pojawił się rumieniec, a oczy szybko mrugały.

– Jak może pan przeczytać, Harry Hole podszedł do niego maksymalnie minutę, czyli sześćdziesiąt sekund, po tym, jak minęła go panna Gravseng. W tym czasie nie zdążyłby na przykład wziąć prysznica. Hole pozostał ze świadkiem aż do mojego przyjazdu. Zabrałem go do Wydziału Techniki Kryminalistycznej, który... Następna strona – zasygnalizował.

Krohn przeczytał i opadł z powrotem na krzesło.

– Tam opisano, że u Holego nie stwierdzono żadnych śladów, jakich można by się spodziewać u osoby, która przed chwilą dokonała gwałtu. Brak fragmentów naskórka pod paznokciami, żadnych wydzielin czy włosów łonowych innej osoby na rękach i na organach płciowych. A to raczej niezbyt się zgadza z tym, co panna Gravseng mówiła o drapaniu i penetracji. Hole nie miał również na ciele żadnych śladów świadczących, by ona w jakikolwiek sposób się broniła. Jedyne znalezione ślady to dwa włosy na jego ubraniu, ale niczego innego nie można się było spodziewać, ponieważ Silje Gravseng dosłownie się na nim położyła. Opis tego zdarzenia znajdzie pan na stronie trzeciej.

Krohn przerzucił kartkę, nie podnosząc głowy. Przesunął wzrokiem po tekście, a po trzech sekundach jego wargi ułożyły się do przekleństwa. Harry zrozumiał, że ten mit jest prawdziwy: nikt w całym prawniczym światku Norwegii nie potrafi przeczytać kartki formatu A4 szybciej niż Johan Krohn.

– A na koniec – podjął Folkestad – jeśli przyjrzy się pan liczbie określającej objętość nasienia wyprodukowanego przez Holego zaledwie w pół godziny po rzekomym gwałcie, to zobaczy pan, że wartość ta wynosi cztery mililitry. Podczas pierwszego wytrysku normalnie produkowanych jest od dwóch do pięciu mililitrów spermy. Drugi wytrysk w ciągu pół godziny to tylko dziesięć procent tej ilości. Krótko mówiąc, jeżeli jądra Harry'ego Hole nie są zrobione z czegoś wyjątkowego, to nie mógł on mieć wytrysku w tym czasie, jak twierdzi panna Gravseng.

W ciszy, która zapadła, Harry usłyszał trąbienie samochodu za oknem, jakiś krzyk, czyjeś wołanie, potem śmiech i głośne przekleństwa. Korek na ulicy.

– To akurat nie jest zbyt skomplikowane. – Folkestad lekko się uśmiechnął w brodę. – Więc jeśli zdążył pan już wszystko pododawać i poodejmować…

Hydrauliczne parsknięcie puszczanych hamulców. A potem huk krzesła, kiedy Silje Gravseng gwałtownie się poderwała, i trzaśnięcie drzwi, które się za nią zamknęły.

Krohn długo siedział ze spuszczoną głową. Kiedy ją wreszcie podniósł, skierował spojrzenie na Harry'ego.

– Przepraszam – powiedział. – Jako obrońcy musimy akceptować to, że nasi klienci kłamią dla ratowania własnej skóry. Ale coś takiego… Powinienem był lepiej odczytać tę sytuację.

Harry wzruszył ramionami.

– Przecież ty jej nie znasz.

– Nie znam – przyznał Krohn. – Ale znam ciebie. Po tylu latach powinienem cię już znać dobrze. Nakłonię ją do podpisania waszej umowy.

– A jeśli się nie zgodzi?

– Wytłumaczę jej konsekwencje składania fałszywych zeznań. A także oficjalnego wydalenia ze szkoły policyjnej. To nie jest głupia dziewczyna.

– Wiem – westchnął Harry i wstał. – Wiem.

Na ulicy samochody znów ruszyły.

Harry i Arnold Folkestad szli w górę Karl Johans gate.

– Dziękuję ci – powiedział Harry. – Ale ciągle się zastanawiam, jak się tego tak szybko domyśliłeś.

– Mam pewne doświadczenie z ZOK – uśmiechnął się Arnold.

– Słucham?

– Z zaburzeniami obsesyjno-kompulsyjnymi. Kiedy osoba o takich skłonnościach coś sobie postanowi, to nie przebiera w środkach. Działanie samo w sobie staje się ważniejsze niż konsekwencje.

– Wiem, czym jest ZOK. Mam kolegę psychologa, który zarzuca mi, że poniekąd sam na to cierpię. Chodziło mi o to, jak mogłeś tak szybko zrozumieć, że musimy mieć świadka i koniecznie dotrzeć do techników kryminalistycznych.

Folkestad roześmiał się cicho.

– Nie wiem, czy mogę ci to wyjawić, Harry.

– Dlaczego?

– Mogę ci zdradzić tylko tyle, że miałem do czynienia z podobną sprawą. Człowiek pobity do nieprzytomności przez dwóch policjantów zamierzał zgłosić zawiadomienie o przestępstwie. Ale oni go uprzedzili, podejmując akcję podobną do tej, którą wykonaliśmy. Dowody zostały co prawda zmanipulowane, a jeden z tych dwóch policjantów spalił ślady, które przemawiały na ich niekorzyść. To wystarczyło, by adwokat tamtego mężczyzny doradził mu rezygnację ze składania zawiadomienia, ponieważ i tak nic by nie ugrał. Liczę, że podobnie będzie i w tym wypadku.

– Powiedziałeś to tak, jakbym naprawdę ją zgwałcił.

– Przepraszam – roześmiał się Arnold. – Chyba w pewnym sensie czekałem, aż coś takiego się wydarzy. Ta dziewczyna jest jak odbezpieczona bomba. Nasze testy psychologiczne powinny ją zdyskwalifikować przed przyjęciem.

Przecinali Egertorget. Przez mózg Harry'ego przeleciały obrazy. Roześmiana narzeczona z wczesnej młodości w majowy dzień. Zwłoki żołnierza Armii Zbawienia przed świątecznym kociołkiem-skarbonką. Miasto pełne wspomnień.

– Kim byli ci dwaj policjanci?

– Wysoko postawieni.

– To dlatego nie chcesz mi podać szczegółów? A ty maczałeś w tym palce? Wyrzuty sumienia?

Arnold Folkestad wzruszył ramionami.

– Każdy, kto nie ma odwagi walczyć o sprawiedliwość, powinien mieć wyrzuty sumienia.

– Mhm. Policjant w połączeniu ze skłonnością do przemocy i paleniem dowodów... Niewielu jest takich. Czy my przypadkiem nie mówimy o funkcjonariuszu, który nazywa się Truls Berntsen?

Arnold Folkestad milczał, ale drgnienie, które przebiegło przez jego okrągłą niewysoką postać, było dla Harry'ego wystarczającą odpowiedzią.

– Cień Mikaela Bellmana. To masz na myśli, mówiąc „wysoko postawiony", prawda? – Harry splunął na asfalt.

– Porozmawiamy o czymś innym, Harry?

– No dobrze. Zjemy lunch U Schrødera.

– W restauracji Schrødera? Czy oni tam naprawdę serwują, hm... lunch?

– Mają kanapki z kotletem siekanym. I miejsce.

– Nic się tu nie zmieniło, Nino. – Harry zwrócił się do kelnerki, która postawiła przed nimi dwie kanapki z mocno wysmażonym kotletem z siekanej wołowiny przykrytym bladą cebulą.

– Tak, wszystko po staremu – uśmiechnęła się i odeszła.

– No tak. Truls Berntsen – powiedział Harry, oglądając się przez ramię. Byli prawie jedynymi gośćmi w tym skromnym, zwyczajnym lokalu, który mimo wielu lat od wprowadzenia ustawy antynikotynowej wciąż wydawał się przesiąknięty dymem. – Wydaje mi się, że on od wielu lat działał w policji jako palacz.

– Naprawdę? – Folkestad sceptycznie wpatrywał się w leżącą przed nim padlinę. – A co z Bellmanem?

– Bellman był wtedy odpowiedzialny za narkotyki. Wiem, że zawarł umowę z niejakim Rudolfem Asajewem, który sprzedawał przypominające heroinę dragi nazywane violiną – odparł Harry. – Bellman zagwarantował Asajewowi monopol w Oslo w zamian za to, że Asajew doprowadzi do radykalnego ograniczenia widocznego handlu narkotykami, liczby ćpunów na ulicach i zgonów z przedawkowania. Dzięki temu Bellman wypadał znacznie lepiej.

– Na tyle dobrze, że dostał stanowisko komendanta?

Harry wziął na próbę do ust kawałek kotleta i zacząć żuć, jednocześnie wzruszając ramionami, co miało oznaczać „być może".

– Dlaczego nie poszedłeś wyżej z tym, co wiesz? – Arnold Folkestad ostrożnie próbował ukroić kawałek tego, co – jak miał nadzieję – było mięsem. Zrezygnował jednak, spojrzał na Harry'ego, który z miną bez wyrazu odpowiedział mu spojrzeniem, cały czas żując. – A walka o sprawiedliwość?

Harry przełknął. Sięgnął po papierową serwetkę i otarł kąciki ust.

– Nie miałem żadnych dowodów. Poza tym nie byłem już policjantem. To nie moja działka. I teraz też już nie jest, Arnold.

– Aha. – Folkestad nabił kawałek na widelec, podniósł i uważnie mu się przyglądał. – Nie żebym chciał się wtrącać, Harry, ale skoro to nie twoja działka i nie jesteś już policjantem, to dlaczego przysłali ci z Instytutu Medycyny Sądowej raport z sekcji tego Rudolfa Asajewa?

– Mhm. Widziałeś go?

– Tylko dlatego, że zwykle zabieram i twoją korespondencję, kiedy już jestem przy przegródkach z pocztą. Dlatego, że administracja wszystko otwiera. I oczywiście dlatego, że jestem ciekawski i lubię wściubiać nos w nie swoje sprawy.

– I jak ci smakuje?

– Jeszcze nie próbowałem.

– Nie bój się, to nie gryzie.

– Nawzajem, Harry.

Uśmiechnął się.

– Sprawdzili pod gałką oczną. I tam znaleźli to, czego szukaliśmy. Maleńką dziurkę w dużym naczyniu krwionośnym. Ktoś mógł odsunąć gałkę oczną Asajewa na bok, kiedy był w śpiączce, i wstrzyknąć mu w kącik oka pęcherzyk powietrza. Wynikiem tego byłaby natychmiastowa ślepota i zator w mózgu, którego nie dałoby się odkryć.

– Teraz rzeczywiście nabrałem jeszcze większej ochoty na to jedzenie – skrzywił się Folkestad, odkładając widelec. – Mówisz, że nie masz dowodów na zabójstwo Asajewa?

– Skąd. Przyczyny śmierci nie da się stwierdzić z całą pewnością. Ale to ukłucie pokazuje, co mogło się zdarzyć. Oczywiście zagadką pozostaje, w jaki sposób ktoś mógł wejść do pokoju chorego w szpitalu. Policjant, który dyżurował pod drzwiami, twierdził, że nikt tam nie wchodził w czasie, gdy musiano zrobić ten zastrzyk. Ani lekarze, ani żadne niepowołane osoby.

– To pachnie zagadką zamkniętego pokoju.

– Albo czymś prostszym. Na przykład tym, że policjant zszedł z dyżuru albo zasnął i, co zrozumiałe, nie chciał się do tego przyznać. Albo że był pośrednio lub bezpośrednio zaangażowany w to zabójstwo.

– Gdyby zszedł z dyżuru albo zasnął, to zabójstwo musiałoby się opierać na wyjątkowo szczęśliwym zbiegu okoliczności, a w to raczej nie wierzymy, prawda?

– Nie, nie wierzymy, Arnoldzie. Ale ktoś mógł go stamtąd odwołać lub na przykład uśpić.

– Albo przekupić. Musisz wezwać tego policjanta na przesłuchanie!

Harry pokręcił głową.

– Dlaczego nie, na miłość boską?

– Po pierwsze, ja już nie pracuję w policji. Po drugie, tamten policjant nie żyje. To jego zabito w samochodzie zepchniętym do wody pod Drammen. – Harry pokiwał głową jakby do siebie, sięgnął po filiżankę z kawą i wypił łyk.

– O cholera! – Arnold wychylił się nad stołem. – A po trzecie?

Harry dał znak Ninie, że prosi o rachunek.

– Mówiłem, że będzie jakieś „po trzecie"?

– Powiedziałeś „po drugie" zamiast „a po drugie", jakbyś był dopiero w połowie wyliczeń.

– Aha. Muszę popracować nad swoim norweskim.

Arnold lekko przekrzywił wielką rozczochraną głowę. Harry dostrzegł w oczach kolegi pytanie: „Jeśli to sprawa, którą nie chcesz się zajmować, to dlaczego mi o tym wszystkim mówisz?".

– Jedz już – powiedział Harry. – Niedługo mam wykład.

Słońce przesunęło się po bladym niebie i miękko wylądowało na horyzoncie, barwiąc chmury na pomarańczowo.

Truls Berntsen siedział w samochodzie i słuchając radia policyjnego, czekał na zapadnięcie ciemności. Czekał, aż zapalą się światła w domu stojącym nieco wyżej na zboczu. Czekał, aż będzie mógł ją zobaczyć. Wystarczyłoby mu, gdyby Ulla bodaj mignęła w oknie.

Coś się działo. Poznawał to po ich sposobie porozumiewania się. Coś odbywało się poza zwykłą spokojną rutyną. Krótkie, ostre komunikaty padające tylko od czasu do czasu, jakby wydano polecenie korzystania z radia tylko w razie konieczności. I raczej świadczyło o tym nie to, co mówiono, tylko to, o czym nie mówiono. Sposób, w jaki starano się to przemilczeć. Urywane zdania pozornie dotyczące oględzin miejsca i transportu, ale bez adresów, godzin czy nazwisk. Podobno swego czasu częstotliwość policyjna była czwartym pod względem popularności lokalnym radiem w Oslo, ale od niedawna połączenia były szyfrowane. Mimo to dzisiaj policja zachowywała się tak, jakby śmiertelnie się bała, że ktoś może podsłuchiwać.

Znów to samo. Truls podgłośnił.

– Zero Jeden. Delta Dwa Zero. Spokój.

Oddział specjalny Delta. Zbrojna akcja.

Truls wyjął lornetkę. Spojrzał w okno salonu. W nowym domu trudniej ją było zobaczyć, bo taras przed salonem trochę przeszkadzał. Kiedy jeszcze mieszkali w starym domu, mógł stać w zagajniku i patrzeć prosto w okna. Obserwować, jak Ulla siedzi na kanapie z podwiniętymi nogami, bosa, jak odgarnia jasne włosy z twarzy. Jakby wiedziała, że jest obserwowana. Taka piękna, że był bliski płaczu.

Niebo nad Oslofjorden z pomarańczowego zmieniło się w czerwone, a potem w fioletowe.

Tamtej nocy, kiedy zaparkował tuż przy meczecie na Åkebergveien, było całkiem czarne. Piechotą przeszedł do Budynku Policji, przypiął sobie do piersi identyfikator, na wypadek gdyby patrzyli na niego z dyżurki, z atrium zszedł na dół do magazynu z dowodami. Drzwi otworzył sobie dorobionym kluczem, który miał już od trzech lat. Włożył noktowizor. Zaczął go używać od czasu, gdy zapalone światło wzbudziło kiedyś podejrzenia u jednego z nocnych strażników z Securitas, gdy palił dowody na zlecenie Asajewa. Działał szybko. Na podstawie daty znalazł pudło z dowodami, otworzył torebkę z kulą kalibru dziewięć milimetrów wyjętą z głowy Renégo Kalsnesa i zastąpił ją tą, którą miał w kieszeni kurtki.

Zdziwiło go jedynie nieodparte wrażenie, że nie jest sam.

Popatrzył na Ullę. Czy ona też się tak czuła? Czy dlatego od czasu do czasu podnosiła głowę znad książki i spoglądała w okno? Jakby coś za nim było. Coś, co za nim czekało.
W radiu znów zaczęli się komunikować.
Wiedział, o czym mówią.
Zrozumiał, co planują.

25

D-Day powoli się kończył.
Cicho zatrzeszczała krótkofalówka.
Katrine Bratt przekręciła się na cienkiej karimacie. Znów sięgnęła po lornetkę i popatrzyła w dół na dom przy Bergslia. Ciemno i cicho. Taki stan trwał od niemal doby.
Wkrótce coś musiało zacząć się dziać. Za trzy godziny zmieni się data. Na niewłaściwą.
Drżała z zimna. Ale mogło być gorzej. Prawie dziesięć stopni na plusie w ciągu dnia i bez deszczu. Jednak po zachodzie słońca temperatura spadła i Katrine zaczęła marznąć, mimo pełnego zestawu zimowej bielizny i puchowej kurtki, która według sprzedawcy miała „...osiemset według skali amerykańskiej, a nie europejskiej". Wiązało się to chyba z ciepłem podzielonym przez wagę. A może z ilością puchu na objętość czegoś? W tej chwili Katrine mogła jedynie żałować, że nie ma czegoś cieplejszego niż osiemset. Na przykład mężczyzny, do którego mogłaby się przytulić...
W samym domu nie umieszczono nikogo. Nie chcieli ryzykować, że ktoś zaobserwuje moment wejścia albo wyjścia. Nawet podczas rekonesansu parkowali daleko, przekradali się w sporej odległości od domu, nigdy więcej niż dwie osoby naraz i zawsze w cywilu.
Miejsce, które jej przydzielono, znajdowało się na niewielkim wzgórzu w lesie, w pewnej odległości od stanowisk ludzi z Delty. Znała ich pozycje, ale chociaż przyglądała się właściwym miejscom przez lornetkę, niczego nie widziała. Wiedziała jednak, że mają czterech strzelców wyborowych pilnujących każdy swojej strony domu oraz jedenastu gotowych do szturmu komandosów, którzy w razie potrzeby dotrą do celu w ciągu maksimum ośmiu sekund.

Znów spojrzała na zegarek. Jeszcze dwie godziny i pięćdziesiąt osiem minut.

Z tego, co wiedzieli, do pierwotnego zabójstwa doszło pod koniec doby, ale trudno było precyzyjnie określić czas zgonu, ponieważ ciało pocięto na kawałki ważące maksymalnie dwa kilogramy. Jednak czas, w jakim popełniano wtórne zbrodnie, do tej pory mniej więcej zgadzał się z oryginałami, więc w zasadzie braku aktywności sprawcy do tej pory należało się spodziewać.

Od zachodu nadciągały chmury. Nie zapowiadano opadów, ale będzie ciemniej, a widoczność się pogorszy. Z drugiej strony może dzięki temu trochę się ociepli. Powinna była wziąć śpiwór.

Zawibrowała komórka. Katrine odebrała.

– No i co się dzieje?

To była Beate.

– Nic ciekawego. – Katrine podrapała się w kark. – Oprócz tego, że globalne ocieplenie stało się faktem. Tutaj są meszki. W marcu.

– Masz na myśli komary?

– Nie, meszki. To są… W Bergen jest ich mnóstwo. Miałaś jakieś ciekawe telefony?

– Nie. U mnie są tylko chipsy serowe, pepsi max i Gabriel Byrne. Powiedz mi, czy on jest ciacho, czy trochę na to za stary?

– Ciacho. Oglądasz *Terapię*?

– Pierwszy sezon. Trzecią płytę.

– Nie sądziłam, że masz skłonność do kalorii i DVD. Jesteś w dresie?

– Z ekstralużną gumką. Muszę wykorzystać szansę na odrobinę hedonizmu, kiedy małej nie ma.

– Zamieniamy się?

– Nie. Kończę, na wypadek gdyby miał zadzwonić. Informuj mnie na bieżąco.

Katrine położyła telefon obok krótkofalówki, sięgnęła po lornetkę i obejrzała drogę przed domem. On w zasadzie mógł się zjawić z każdego kierunku. Oczywiście nie przeszedłby przez ogrodzenie po obu stronach torów, po których właśnie ze zgrzytem przejechała kolejka, ale gdyby przybył od strony Damplassen, mógł przedostać się lasem, jedną z wielu ścieżek. Mógł też dotrzeć do domu przez ogrody na zboczu Bergslia, szczególnie teraz, kiedy się zachmurzyło i ściemniło. Ale jeżeli czuł się bezpieczny, to nie było powodu, żeby nie przyszedł zwyczajnie drogą.

Ktoś jechał starym rowerem pod górę. Wężykiem, może nie do końca trzeźwy.

Ciekawe, co teraz robi Harry.

Nikt nie wiedział do końca, co Harry robi, nawet kiedy siedział naprzeciwko niego. Tajemniczy Harry. Nie taki jak inni. Nie taki jak Bjørn Holm, po którym wszystko widać. Wczoraj powiedział jej, że czekając na telefon, zamierza przesłuchać wszystkie płyty Merle'a Haggarda i jeść domowej roboty klopsiki z łosia ze Skreia. A kiedy się na to skrzywiła, dodał, że jak już będzie po wszystkim, zaprosi ją na te klopsiki zrobione przez jego matkę, z frytkami, i otworzy przed nią tajemnicę Bakersfield sound. Była to chyba jedyna tajemnica, jaką miał. Nic dziwnego, że ciągle był singlem. Kiedy łagodnie odmówiła, zrobił taką minę, jakby żałował, że w ogóle jej to zaproponował.

Truls Berntsen jechał przez Kvadraturen. Tak jak jeździł ostatnio prawie co wieczór, w poprzek i wzdłuż, przyspieszał i zwalniał. Dronningens gate, Kirkegata, Skippergata, Nedre Slottsgate, Tollbugata. To było kiedyś jego miasto. I znów miało do niego należeć.

W radiu policyjnym wciąż wygadywali bzdury. Porozumiewali się szyfrem z uwagi na niego. To jego, Trulsa Berntsena, chcieli utrzymać z dala od tego, co się działo. Tym idiotom wydawało się, że im się to udało, a on nic nie rozumie. Ale jego nie wykiwają. Poprawił lusterka, spojrzał na służbowy pistolet, który leżał na kurtce na przednim siedzeniu. Jak zwykle było odwrotnie. To on wykiwa ich.

Kobiety na chodnikach ignorowały go, rozpoznawały samochód, wiedziały, że nie zamierza kupować ich usług. Mocno umalowany chłopak w bardzo obcisłych spodniach wił się wokół słupka ze znakiem zakazu parkowania, jakby tańczył na rurze, a na widok Trulsa wysunął biodro i złożył usta w ciup. Truls odpowiedział wystawieniem środkowego palca.

Ciemność jakby odrobinę zgęstniała. Truls pochylił się do przedniej szyby i spojrzał w górę. Od zachodu nadciągały chmury. Zatrzymał się na czerwonym świetle. Znów spojrzał na siedzenie obok. Udawało mu się nabierać ich raz za razem i teraz znów to robił. To było jego miasto i nikt mu go nie odbierze.

Włożył pistolet do schowka na rękawiczki. Narzędzie zbrodni. Minęło już tyle czasu, ale wciąż pamiętał tamtą twarz. Renégo Kalsnesa.

Tę miękką ciotowatą twarz, ładną jak u dziewczyny. Truls mocno uderzył ręką w kierownicę. Do diabła, niech się zrobi zielone!

Najpierw pobił go pałką.

Potem wyjął służbowy pistolet.

Nawet w tej zakrwawionej, zmasakrowanej twarzy Truls potrafił dostrzec błaganie. Usłyszeć żebrzący syk jak z przebitej dętki. Bez słów. Bez skutku.

Strzelił w nasadę nosa. Zaobserwował drgnięcie, takie, jak się widzi na filmach. Potem zepchnął samochód w przepaść i odjechał. Pokonawszy kawałek drogą, wytarł pałkę i rzucił ją w las. W szafie w sypialni miał ich więcej. Trzymał tam różne rodzaje broni, noktowizor, kamizelkę kuloodporną, a nawet karabin Märklin, który – jak wszyscy sądzili – leży bezpiecznie w magazynie dowodów i rzeczy zatrzymanych.

Wjechał w tunele prowadzące w głąb brzucha Oslo. Przyjazna samochodom partia ze skrajnej prawicy nazywała nowo wybudowane tunele niezbędnymi do życia arteriami stolicy. Przedstawiciel partii przyjaznej środowisku odpowiedział, że to raczej jelita niż naczynia krwionośne. Może i niezbędne, ale mimo wszystko produkujące gówno.

Jechał, manewrując między zjazdami i rondami z oznakowaniem wiernym obowiązującej w Oslo tradycji, która mówiła, że trzeba dobrze znać miasto, żeby nie dać się nabrać na głupie dowcipy Zarządu Dróg. Wreszcie znalazł się na wzgórzu. Wschodnia część Oslo. Jego dzielnica. W radiu dalej gadali. W pewnym momencie czyjś głos zagłuszyły szum i zgrzyt. Kolejka. Idioci. Wydawało im się, że on nie zrozumie ich dziecinnych szyfrów. Byli na Bergslia. Przed żółtym domem.

Harry leżał na plecach i patrzył, jak dym z papierosa wolno unosi się pod sufit, układając się w figury i twarze. Wiedział czyje. Mógłby wymienić je po nazwisku, jedną po drugiej. *Dead Policemen's Society*. Dmuchnął i zniknęły. Podjął decyzję. Nie wiedział, w którym momencie się to stało, wiedział jedynie, że to odmieni wszystko.

Od pewnego czasu próbował sobie wmawiać, że wcale nie musi być aż tak groźnie, że przesadza. Ale od zbyt wielu lat zmagał się z alkoholizmem, by nie umieć rozpoznać fałszywych wymówek i tłumaczeń. Kiedy powie to, co zamierzał powiedzieć, zmieni się wszystko w jego związku z kobietą, która leżała obok niego. Bał się tego. Próbował smaku sformułowań. Musiał jej o tym powiedzieć już teraz, od razu.

Wziął głęboki oddech, ale ona go uprzedziła.

– Dasz mi pociągnąć? – spytała i przytuliła się do niego jeszcze mocniej. Jej naga skóra miała w sobie ciepło pieca kaflowego, za którym potrafił zatęsknić w najdziwniejszych chwilach. Kołdra była ciepła pod spodem, a chłodna na wierzchu. Biała pościel. Zawsze biała pościel. Nic innego nie było chłodne w taki sposób.

Podał jej camela. Patrzył, jak niezdarnie bierze go w palce, jak zaciągając się, wsysa policzki, jednocześnie zezując na papierosa, jakby uważała, że najbezpieczniej nie spuszczać go z oka. Pomyślał o wszystkim, co miał.

O wszystkim, co mógł stracić.

– Odwieźć cię jutro na lotnisko? – spytał.

– Nie musisz.

– Wiem. Ale wykład mam późno.

– To mnie odwieź. – Pocałowała go w policzek.

– Pod dwoma warunkami.

Rakel obróciła się na bok i spojrzała na niego pytająco.

– Po pierwsze, że nigdy nie przestaniesz palić jak czternastolatka na imprezie.

Roześmiała się cicho.

– Postaram się. A drugi warunek?

Harry zbierał ślinę w ustach. Wiedział, że być może będzie kiedyś wspominał ten moment jako ostatnią chwilę szczęścia w życiu.

– Czekam…

Niech to szlag.

– Zamierzam złamać obietnicę – oświadczył. – Obietnicę, którą przede wszystkim złożyłem sobie. Ale obawiam się, że w równym stopniu dotyczy ona ciebie.

Bardziej wyczuł, niż usłyszał, zmianę w jej oddechu, który stał się teraz krótszy, szybszy. Wystraszony.

Katrine ziewnęła. Spojrzała na zegarek. Na połyskującą zielono wskazówkę sekundnika odliczającą czas. Żaden ze śledczych biorących udział w tamtej sprawie nie odebrał podejrzanego telefonu.

Powinna czuć narastanie napięcia, w miarę jak zbliżała się graniczna godzina, było jednak odwrotnie. Miała wrażenie, że już zaczęła walczyć z rozczarowaniem, i za wszelką cenę starała się myśleć pozytywnie. O gorącej kąpieli, którą zrobi sobie, kiedy tylko wróci do mieszkania. O łóżku. O kawie jutro rano. O nowym dniu z nowymi możliwościami. Bo zawsze istniały nowe możliwości. Musiały istnieć.

Widziała światła samochodów z obwodnicy, życie miasta, które w niezrozumiały sposób toczyło się dalej. Ciemność jeszcze zgęstniała, kiedy chmury nasunęły się, zasłaniając księżyc. Znów chciała się obrócić, gdy nagle zdrętwiała. Jakiś dźwięk. Trzask. Złamana gałązka. Tutaj.

Wstrzymała oddech i nasłuchiwała. Stanowisko, które jej przydzielono, otaczały gęste krzaki i drzewa, chodziło bowiem o to, by pozostawała niewidoczna ze ścieżek, którymi mógł przyjść zabójca. Ale na ścieżkach nie było żadnych gałązek.

Kolejny trzask. Tym razem bliżej. Katrine odruchowo otworzyła usta, jakby krew już szybciej krążąca w żyłach potrzebowała więcej tlenu.

Sięgnęła po krótkofalówkę. Ale nie zdążyła jej chwycić.

Musiał poruszać się błyskawicznie, mimo to oddech, który poczuła na karku, był miarowy, a szept, który rozległ się tuż przy jej uchu, spokojny, prawie wesoły:

– Co się dzieje?

Katrine odwróciła się i wypuściła powietrze z płuc z przeciągłym sykiem.

– Nic.

Mikael Bellman wziął od niej lornetkę i skierował ją na dom w dole.

– Delta ma dwa posterunki przed linią kolejową, prawda?

– Tak. Skąd...

– Dostałem kopię mapy operacyjnej – wyjaśnił Bellman. – Dzięki niej odnalazłem twoje stanowisko. Nieźle ukryte, to muszę przyznać. – Klepnął się dłonią w czoło. – O cholera, komary w marcu!

– Meszki – poprawiła go Katrine.

– Pomyłka. – Bellman wciąż trzymał lornetkę przy oczach.

– A właściwie oboje mamy rację. Meszki to takie komary, tylko o wiele mniejsze...

– Pomyłka, że...

– ...niektóre z nich są tak maleńkie, że wysysają krew nie z ludzi, tylko z innych owadów. To znaczy płyn, bo owady przecież nie mają...

– ...że nic się nie dzieje. Przed domem właśnie zatrzymał się samochód.

– Wyobraź sobie, że jesteś komarem na bagnach, co już i tak musi być okropne, a jeszcze na dodatek zjadają cię inne komary. – Katrine wiedziała, że paple z nerwów, chociaż nie potrafiłaby stwierdzić, co ją tak zdenerwowało. Może to, że sam komendant...

– Jakaś osoba wysiada z samochodu i idzie w kierunku domu – ciągnął Bellman.

– Trzeba być naprawdę bardzo złym hindu... – W krótkofalówce zatrzeszczało, ale ona po prostu nie potrafiła przestać mówić. – A jeśli meszka... Co powiedziałeś?

Wyrwała mu lornetkę. Komendant czy nie, to był jej posterunek. I rzeczywiście. W blasku latarni zobaczyła osobę, która zdążyła już minąć furtkę i szła alejką w stronę schodów prowadzących do domu. Ten człowiek był ubrany na czerwono i niósł coś, czego nie mogła dojrzeć. Poczuła suchość w ustach. To był on. Działo się. Działo się teraz. Sięgnęła po komórkę.

– Nie łamię tej obietnicy z lekkim sercem – powiedział Harry. Patrzył na papierosa, którego znów trzymał w ręce. Miał nadzieję, że wystarczy go na chociaż jedno głębokie zaciągnięcie się aż do brzucha. Wiedział, że będzie go bardzo potrzebował.

– Co to za obietnica? – Głos Rakel zabrzmiał cienko, bezradnie. Samotnie.

– Obietnica, którą złożyłem samemu sobie... – Harry objął wargami filtr. Zaciągnął się. Poczuł dym, końcówkę papierosa, która z jakiegoś powodu zawsze smakuje zupełnie inaczej niż początek. – ...że nigdy nie poproszę, żebyś za mnie wyszła.

W ciszy słychać było szelest wiatru w gałęziach. Niczym szept podnieconej, zaszokowanej publiczności.

Potem padła jej odpowiedź. Jak krótki meldunek przez krótkofalówkę.

– Powtórz.

Harry chrząknął.

– Wyjdziesz za mnie, Rakel?

Wiatr poleciał dalej. A Harry pomyślał, że teraz został już tylko spokój. Cisza. Noc. A w jej środku on, Harry, i Rakel.

– Nie żartujesz?

Odsunęła się od niego.

Harry zamknął oczy. Miał wrażenie, że spada.
– Nie żartuję.
– Na pewno?
– A dlaczego miałbym żartować? Chciałabyś, żeby to był żart?
– Po pierwsze, faktem jest, że masz bardzo kiepskie poczucie humoru, Harry.
– Zgadzam się.
– Po drugie, jest Oleg i muszę go brać pod uwagę. Ty zresztą również.
– Nie rozumiesz, że Oleg to jeden z największych plusów przy ocenie ciebie jako materiału na żonę?
– Po trzecie, nawet gdybym chciała, to małżeństwo oznacza pewne prawne implikacje. Mój dom…
– Myślałem o rozdzielności majątkowej. Przecież nie oddam ci swojego majątku, ot tak, na srebrnej tacy. Wiele nie mogę ci obiecać, ale przyrzekam najmniej bolesny rozwód wszech czasów.
Roześmiała się krótko.
– Ale przecież dobrze nam tak, jak jest, Harry, prawda?
– Owszem, i mamy mnóstwo do stracenia. A po czwarte?
– A po czwarte, nie tak wyglądają oświadczyny. W łóżku, z papierosem w ustach.
– Aha. Ale jeśli chcesz, żebym uklęknął, to muszę najpierw włożyć spodnie.
– Tak.
– Tak na to, że mam włożyć spodnie, czy tak na…
– Tak, ty wariacie! Tak, wyjdę za ciebie!
Reakcja Harry'ego była mechaniczna, zautomatyzowana w ciągu długiego życia policjanta. Obrócił się na bok i spojrzał na zegarek. Zapamiętał godzinę. Dwudziesta trzecia jedenaście. Przy sporządzaniu raportu należało podawać godzinę. Godzinę przybycia na miejsce zdarzenia, godzinę dokonania aresztowania, godzinę, w której padł strzał.
– O Boże – usłyszał szept Rakel. – Co ja wygaduję?
– Czas do namysłu mija za pięć sekund. – Harry odwrócił się z powrotem w jej stronę.
Twarz Rakel znalazła się tak blisko, że widział tylko lekki błysk w jej oczach.
– Czas minął – stwierdziła. – Co to za szczerzenie zębów?

A Harry dopiero teraz poczuł uśmiech, który dalej rozlewał mu się po twarzy jak jajko właśnie wbite na patelnię.

Beate leżała z nogami na bocznym oparciu kanapy i patrzyła, jak Gabriel Byrne niespokojnie wierci się na krześle. Stwierdziła, że to musi chodzić o rzęsy i o irlandzki akcent. Rzęsy Mikaela Bellmana, wymowa poety. Mężczyzna, z którym się spotykała, nie miał żadnej z tych cech, ale nie to stanowiło problem. Było w nim coś dziwnego. Przede wszystkim namolność; nie mógł pojąć, dlaczego nie może do niej przyjść, skoro ona spędza w domu samotny wieczór. Przecież tak świetnie się składało. No i te jego historie z przeszłości. Opowiadał jej różne rzeczy, które, jak z czasem się zorientowała, nie były do końca spójne.

A może wcale nie było w tym nic dziwnego? Może każdy, chcąc zrobić dobre wrażenie, trochę koloryzuje?

Może na odwrót, to ona była dziwna? Próbowała sprawdzać go w Google. Nic nie znalazła. Zamiast tego sprawdziła więc Gabriela Byrne'a. Z zainteresowaniem przeczytała, że pracował, mocując oczy pluszowym misiom, zanim wreszcie w ramce w Wikipedii znalazła to, czego naprawdę szukała. Żona: Ellen Barkin (1988–1999). Przez chwilę myślała, że Gabriel Byrne jest wdowcem, opuszczonym tak jak ona, nim dotarło do niej, że to najprawdopodobniej małżeństwo umarło. A w takim razie musiał być singlem dłużej niż ona. A może po prostu hasła w Wikipedii nie zaktualizowano.

Na ekranie pacjentka prowadziła bezwstydny flirt, ale Gabriel nie pozwalał się zauroczyć. Posłał jej tylko krótki udręczony uśmiech, wbił w nią swoje łagodne spojrzenie i powiedział coś trywialnego, co w jego ustach zabrzmiało jak wiersz Yeatsa.

Na stoliku się zaświeciło, a Beate serce zamarło w piersi.

Telefon. Dzwonił. To mógł być on. Valentin.

Wzięła komórkę do ręki i spojrzała na wyświetlacz. Westchnęła.

– Tak, Katrine?

– On jest tutaj.

Beate z podniecenia koleżanki domyśliła się, że to prawda. Że mają branie.

– Mów...

– Stoi na schodach.

Na schodach! To coś więcej niż branie. To była ryba w ręku. Na miłość boską, przecież otoczyli cały dom!

– Tylko stoi. Wyraźnie się waha.

Beate słyszała, że w krótkofalówce coś się dzieje. Złapcie go, złapcie! Katrine odpowiedziała na jej prośbę.

– Poszedł sygnał do akcji.

Beate usłyszała w tle czyjś inny głos. Znajomy, ale w tej chwili nie potrafiła go zidentyfikować.

– Szturmują dom – relacjonowała Katrine.

– Proszę ze szczegółami.

– Delta. Ubrani na czarno. Broń automatyczna. O Boże, ależ oni biegną...

– Mniej koloru, więcej treści.

– Czterech ludzi pędzi alejką. Oślepiają go reflektorami. Pozostali czekają w ukryciu. Chcą sprawdzić, czy nie ma jakiegoś zaplecza. On puszcza to, co trzyma w rękach... Wyciąga br...

Głośny przenikliwy dźwięk. Beate jęknęła. Dzwonek do drzwi.

– Nie zdąży, już są przy nim. Powalili go na ziemię.

– *Yes*!

– Wygląda na to, że go przeszukują.

– Broń?

Znów ten dzwonek, ostry, natarczywy.

– Chyba raczej jakiś pilot.

– O cholera. Bomba?

– Nie wiem. Ale w każdym razie go mają. Sygnalizują, że sytuacja jest pod kontrolą. Zaczekaj...

– Muszę otworzyć. Zadzwonię do ciebie później.

Beate wstała z kanapy. Potruchtała do drzwi. Zastanawiała się, jak mu wytłumaczy, że to nie do przyjęcia, bo kiedy mówi, że chce być sama, to właśnie tego chce.

Otwierając, myślała o tym, jak daleko zaszła. Ze wstydliwej, chowającej się w skorupie dziewczyny, która skończyła tę samą szkołę policyjną co jej ojciec, zmieniła się w kobietę, która nie tylko wiedziała, czego chce, ale potrafiła to zrealizować. Że to była długa, niekiedy trudna droga. Ale nagroda warta była każdego kroku, który na niej zrobiła.

Spojrzała na stojącego przed nią mężczyznę. Światło odbite od jego twarzy padło na jej siatkówkę, zmieniło się we wrażenie zmysłowe, karmiło *gyrus fusiformis* danymi. Z tyłu rozległ się spokojny głos Gabriela Byrne'a. Wydało jej się, że mówi: *Don't panic*.

Mózg już zdążył rozpoznać tę twarz.

Harry czuł zbliżający się orgazm. Swój własny. Słodki ból. Napięcie mięśni pleców i brzucha. Zamknął drzwi do tego, na co patrzył, i otworzył oczy. Spojrzał w dół na Rakel, która wpatrywała się w niego szklanym spojrzeniem. Na czoło wystąpiła jej żyła. Jej ciałem i twarzą szarpało przy każdym jego pchnięciu. Wyglądała tak, jakby próbowała coś powiedzieć. Nagle zorientował się, że nie ma wcale tego cierpiącego poczucia krzywdy w oczach, które zawsze się pojawiało tuż przed, tym razem dostrzegł w nich strach, który widział tylko raz wcześniej, również w tym pokoju. Zorientował się, że Rakel obiema rękami ściska go za nadgarstek, próbuje odciągnąć jego dłoń zaciśniętą na jej własnej szyi.

Czekał. Nie wiedział dlaczego, ale nie puszczał. Czuł opór jej ciała, widział, jak oczy coraz bardziej się wytrzeszczają. Puścił.

Usłyszał syk, kiedy gwałtownie brała oddech.

– Harry... – Głos miała zachrypnięty, nie do poznania. – Co ty robisz?

Popatrzył na nią, nie znalazł odpowiedzi.

– Ty... – zakasłała. – Nie możesz trzymać aż tak długo!

– Przepraszam. Poniosło mnie.

Poczuł, że to nadchodzi. Nie orgazm, tylko coś podobnego. Słodki ból w piersi, który wypełniał gardło i rozlewał się za oczami.

Osunął się na łóżko obok niej. Zakopał twarz w poduszce. Czuł łzy. Odwrócił się tyłem do Rakel, ciężko dysząc, walcząc ze sobą. Co się z nim, do cholery, działo?

– Harry?

Nie odpowiedział. Nie mógł.

– Coś złego się dzieje, Harry?

Pokręcił głową.

– Po prostu jestem zmęczony – szepnął w poduszkę.

Poczuł jej rękę na karku, gładzącą go z czułością, potem przesuwającą się na pierś, i zaraz Rakel przytuliła się do jego pleców.

Pomyślał o tym, o czym – jak wiedział – musi kiedyś pomyśleć: jak mógł poprosić osobę, którą tak bardzo kochał, o to, żeby dzieliła życie z kimś takim jak on?

* * *

Katrine leżała z otwartymi ustami i słuchała wściekłej komunikacji w krótkofalówce. Za jej plecami Mikael Bellman cicho klął. Mężczyzna na schodach wcale nie trzymał pilota.

– To terminal płatniczy – zaskrzeczał zdyszany głos.

– A w torbie?

– Pizza.

– Powtórz.

– Wygląda na to, że to jakiś pieprzony roznosiciel pizzy. Twierdzi, że pracuje dla Pizza Ekspres. Trzy kwadranse temu dostał zamówienie pod ten adres.

– Okej, sprawdzamy.

Mikael Bellman nachylił się, sięgnął po krótkofalówkę.

– Tu Bellman. Przysłał tego roznosiciela jako sapera. To znaczy, że jest gdzieś w okolicy i wszystko obserwuje. Mamy psy?

Pauza. Kolejne trzaski.

– Tu U Zero Pięć. Nie ma psów. Mogą być za piętnaście.

Bellman znów zaklął szeptem.

– Sprowadzić. I helikopter z reflektorem i termowizją. Odbiór.

– Zrozumiano. Sprowadzić helikopter. Ale w nim chyba nie ma termowizji.

Bellman zamknął oczy, szepnął „idiota" i dopiero wtedy odpowiedział:

– Owszem, zainstalowano kamerę termowizyjną, więc jeśli jest w lesie, to go znajdziemy. Weźcie wszystkich ludzi i zróbcie blokadę, na północ i na zachód od lasu. Jeśli będzie uciekać, to tamtędy. Jaki jest twój numer komórki, U Zero Pięć?

Zwolnił przycisk i dał znak Katrine, która już trzymała telefon w pogotowiu. Wstukiwała cyfry, w miarę jak U Zero Pięć je podawał. Przekazała aparat Bellmanowi.

– U Zero Pięć? Falkeid? Posłuchaj, przegrywamy ten mecz, a jest nas za mało, żeby skutecznie przeszukać las. Musimy strzelać z daleka. Ponieważ on najwyraźniej wiedział, że tu będziemy, możliwe, że ma również dostęp do naszych częstotliwości. To prawda, że nie mamy kamery termowizyjnej, ale jeśli uwierzy, że mamy i że zakładamy blokadę od północy i zachodu, to… – Bellman przez chwilę słuchał. – No właśnie. Rozmieść swoich ludzi po wschodniej stronie. Ale dwóch zatrzymaj, na wypadek gdyby mimo wszystko podszedł pod dom, żeby sprawdzić, co się dzieje.

Bellman przerwał połączenie i oddał telefon Katrine.

– I co myślisz? – spytała. Wyświetlacz komórki zgasł i białe plamki na policzkach komendanta nagle zdawały się pulsować w ciemności.

– Myślę – odparł Mikael Bellman – że wystawił nas do wiatru.

26

Wyjechali z miasta o siódmej.

Samochody zmierzające w przeciwną stronę stały w milczeniu. Cisza panowała również w ich aucie, bo oboje dotrzymywali zawartego przed laty paktu o obywaniu się bez niepotrzebnego gadania przed dziewiątą.

Gdy przejeżdżali przez punkt pobierania opłat przy wjeździe na autostradę, pojawiła się lekka mżawka, którą wycieraczki zdawały się raczej wchłaniać niż ścierać.

Harry włączył radio. Wysłuchał kolejnej porcji wiadomości, ale i teraz nie było tej, która od rana powinna być wszędzie. O aresztowaniu w dzielnicy Berg. O zatrzymaniu podejrzanego o dokonanie zabójstw policjantów. Po wiadomościach sportowych w całości poświęconych meczowi reprezentacji Norwegii z Albanią puścili duet Pavarottiego z jakąś gwiazdą popu, więc Harry czym prędzej wyłączył.

W okolicy wzgórz przy Karihaugen Rakel nakryła dłonią jego rękę, która jak zwykle spoczywała na drążku zmiany biegów. Harry czekał, aż Rakel coś powie.

Niepotrzebne gadanie, a jednak potrzebne.

Wkrótce mieli się rozstać na cały tydzień, a Rakel jeszcze ani słowem nie wspomniała jego wieczornych oświadczyn. Żałowała? Nigdy nie mówiła czegoś, jeśli naprawdę tak nie myślała. Przy zjeździe na Lørenskog uświadomił sobie, że może ona myśli, że on żałuje. Więc jeśli będą udawać, że nic się nie stało, i zatopią się w morzu ciszy, to będzie tak, jakby te słowa w ogóle nie padły, a w najgorszym razie zostaną zapamiętane jako absurdalny sen. Cholera, a może naprawdę mu się to przyśniło? W czasach, kiedy dni wypełniało mu opium, zdarzało mu się rozmawiać z ludźmi o czymś, co w jego przekonaniu się zdarzyło, ale w odpowiedzi otrzymywał jedynie zdziwione spojrzenie.

Przy zjeździe na Lillestrøm zerwał jeden z paktów.

– Co myślisz o czerwcu? Dwudziesty pierwszy wypada w sobotę.

Zerknął na nią, ale siedziała odwrócona, wpatrzona w zamrożony falisty krajobraz pól. Milczenie. Cholera, ona żałuje, ona...

– Czerwiec to dobry pomysł. Ale jestem prawie pewna, że dwudziesty pierwszy to piątek.

Po tonie jej głosu poznał, że się uśmiechnęła.

– Duży czy...

– Tylko my i świadkowie?

– A co o tym myślisz?

– Możesz zdecydować, ale maksymalnie dziesięć osób. Dla większej liczby nie mamy identycznych nakryć. A jeśli na każde z nas przypadnie po pięcioro, to i tak możesz zaprosić całą swoją listę kontaktów w komórce.

Roześmiał się. To się mogło dobrze skończyć. Kryzys wciąż jeszcze mógł nastąpić, ale m o g ł o się skończyć dobrze.

– A jeśli myślisz o Olegu jako świadku, to jest już zaklepany.

– Rozumiem.

Harry zaparkował przed terminalem odlotów i pocałował Rakel przy wciąż otwartej klapie bagażnika.

W drodze powrotnej zadzwonił do Øysteina Eikelanda. Jego kumpel od wypitki i jedyny przyjaciel z dzieciństwa, taksówkarz, miał taki głos, jakby był na kacu. Ale z drugiej strony Harry nie wiedział, jaki Øystein ma głos, kiedy nie jest na kacu.

– Świadkiem na ślubie? Cholera, Harry, wzruszyłeś mnie. Że ty m n i e o to prosisz. Do diabła, zaraz się rozpłaczę!

– Dwudziesty pierwszy czerwca. Masz coś w kalendarzu na ten dzień?

Øystein zaśmiał się z dowcipu. Śmiech przeszedł w kaszel, a następnie w kląskanie z butelki.

– Naprawdę mnie wzruszyłeś, Harry. Ale moja odpowiedź brzmi „nie". Potrzebny ci ktoś, kto będzie mógł stanąć w kościele prosto i w miarę wyraźnie wygłosić przemowę na weselu. A mnie potrzebna jest miła partnerka przy stole, bezpłatne drinki i zero odpowiedzialności. Obiecuję, że włożę najlepszy garnitur.

– Łżesz, Øystein. Nigdy w życiu nie miałeś na sobie garnituru.

– Właśnie dlatego moje garnitury tak świetnie się trzymają. Rzadko używane. Tak jak twoi kumple, Harry. Mógłbyś chociaż zadzwonić od czasu do czasu.

– Pewnie tak.

Zakończyli rozmowę, a Harry, pchając się dalej w stronę centrum, sprawdzał w głowie krótką listę kandydatów na świadków. Właściwie była tylko jedna taka osoba. Wybrał numer do Beate Lønn. Po pięciu dzwonkach włączyła się automatyczna sekretarka. Zostawił wiadomość.

Korek się ślimaczył.

Zadzwonił do Bjørna Holma.

– Cześć, Harry.

– Beate już przyszła do pracy?

– Chora.

– Beate? Przecież ona nigdy nie choruje. Przeziębiła się?

– Nie mam pojęcia. W nocy przysłała SMS-a do Katrine, że jest chora. Słyszałeś o Berg?

– Nie, całkiem zapomniałem – skłamał Harry. – I jak?

– Nie zaatakował.

– Szkoda. No nic, pracujcie dalej. Spróbuję złapać ją w domu.

Zadzwonił do Beate na telefon stacjonarny.

Kiedy nie został odebrany po dwóch minutach dzwonienia, spojrzał na zegarek. Do wykładu pozostało jeszcze sporo czasu. Oppsal było po drodze. Niewiele będzie go kosztowało, jeśli tam zajrzy. Zjechał z autostrady przy Helsfyr.

Beate odziedziczyła dom po matce. Harry'emu przypominał ten, w którym sam dorastał, również na Oppsal. Typowy drewniany dom z lat pięćdziesiątych, praktyczne pudełko dla rosnącej klasy średniej, przekonanej, że jabłoniowy sad nie jest już wyłącznie przywilejem klasy wyższej.

Oprócz warkotu śmieciarki, sunącej od pojemnika do pojemnika w głębi ulicy, panował tu spokój. Wszyscy byli w pracy, w szkole albo w przedszkolu. Harry zaparkował samochód, otworzył furtkę, minął przypięty dziecięcy rowerek, kontener na śmieci, z którego wysypywały się czarne worki, i huśtawkę. Wbiegł po schodkach i stanął przy sportowych butach Nike, które rozpoznał. Wcisnął dzwonek pod ceramiczną tabliczką z nazwiskiem i imionami Beate i jej córki.

Czekał.

Zadzwonił jeszcze raz.

Na piętrze zauważył otwarte okno, prawdopodobnie którejś sypialni. Zawołał Beate po imieniu. Może nie usłyszała, bo stalowy ubijak śmieciarki, głośno hałasując, komprymował i miażdżył śmieci, podsuwając się coraz bliżej. Sprawdził klamkę. Otwarte. Wszedł do środka. Podszedł do schodów na piętro i znów ją zawołał. Żadnej odpowiedzi. Teraz nie mógł już dłużej lekceważyć niepokoju, który czuł od pewnego czasu.

Od chwili, gdy w wiadomościach nie pojawiła się ta informacja.

Od chwili, gdy nie odebrała komórki.

Szybko wbiegł na górę, sprawdził sypialnie.

Puste. Nieruszone.

Znów zbiegł na dół do salonu. Stanął w progu, rozejrzał się. Dobrze wiedział, dlaczego nie wchodzi do środka. Ale tej myśli za żadne skarby nie chciał do siebie dopuścić.

Nie chciał się przyznać przed samym sobą, że być może ogląda ewentualne miejsce zdarzenia.

Był tu już wcześniej. Teraz pokój wydał mu się bardziej nagi. Może to z powodu porannego światła, a może po prostu dlatego, że nie było tu Beate. Jego spojrzenie zatrzymało się na stole. Komórka. Usłyszał, jak powietrze z niego uszło, i dopiero teraz uświadomił sobie, jak wielką poczuł ulgę. Beate po prostu poszła na chwilę do sklepu, zostawiła telefon, nie chciało jej się nawet zamykać drzwi. Może wyskoczyła do apteki w centrum po jakieś tabletki od bólu głowy albo przeciwgorączkowe. Tak, na pewno. Przypomniały mu się buty Nike na schodach. No i co z tego? Przecież każda kobieta na pewno ma więcej butów. Poczeka kilka minut, a ona zaraz tu będzie.

Przestąpił z nogi na nogę. Kanapa zachęcała, ale wciąż nie wchodził do środka. Popatrzył na podłogę. Wokół niskiego stolika przed telewizorem widoczne było jaśniejsze pole.

Musiała pozbyć się dywanu.

Niedawno.

Poczuł swędzenie pod koszulą, jakby właśnie przetoczył się spocony i mokry po trawie. Przykucnął. Od parkietu bił lekki zapach amoniaku. O ile się nie mylił, to takie podłogi niezbyt lubiły amoniak. Podniósł się, wyprostował. Przeszedł przez korytarz do kuchni.

Pusta, wysprzątana.

Otworzył wysoką szafkę przy lodówce. W domach zbudowanych w latach pięćdziesiątych poniekąd obowiązywały pewne niepisane reguły mówiące, gdzie należy przechowywać suche artykuły spożywcze, gdzie narzędzia czy ważne dokumenty, a gdzie środki czystości. Na dnie szafki stało wiadro ze starannie złożoną i przewieszoną przez jego brzeg ścierką. Na najniższej, lekko cofniętej półce trzy ściereczki do kurzu, jedna nowa i jedna zaczęta rolka białych worków na śmieci, butelka szarego mydła w płynie Krystal. I pojemnik z napisem: Bona Polish. Nachylił się i przeczytał.

Przeznaczenie: pielęgnacja parkietów. Nie zawiera amoniaku.

Powoli się wyprostował. Stał nieruchomo, nasłuchiwał. Wietrzył.

Zdążył już zardzewieć, ale i tak starał się wchłonąć i zapamiętać wszystko, co widział. Pierwsze wrażenie. Podczas wykładów raz po raz podkreślał, że dla śledczego często najważniejsze okazują się te myśli, które pojawiły się w miejscu zdarzenia jako pierwsze. Wtedy zmysły, wciąż jeszcze wyostrzone, zbierają informacje, po czym przygasają, zmęczone suchymi faktami techników.

Harry zamknął oczy. Próbował usłyszeć, co ten dom ma mu do powiedzenia, jaki szczegół przeoczył, czego mu brakuje, żeby wiedzieć.

Ale nawet jeśli dom mówił, to zagłuszał go hałas śmieciarki pracującej tuż za otwartymi drzwiami wejściowymi. Harry słyszał głosy śmieciarzy, dźwięk otwierającej się furtki, wesoły śmiech. Beztroski. Tak jakby nic się nie zdarzyło. Może rzeczywiście tak było. Może Beate za chwilę stanie w drzwiach i pociągając nosem, mocniej owinie szyję szalikiem, a na jego widok rozjaśni się, zaskoczona, ale ucieszona. A jeszcze bardziej się ucieszy, kiedy Harry ją spyta, czy zechciałaby być świadkiem na jego ślubie z Rakel. Roześmieje się i zaczerwieni. Tak jak kiedyś, gdy tylko ktoś na nią spojrzał. Jak wtedy, gdy była jeszcze dziewczyną zamykającą się w House of Pain, sali wideo w Budynku Policji, w której potrafiła przesiedzieć dwanaście godzin z rzędu i z bezbłędną pewnością identyfikować zamaskowanych rabusiów sfilmowanych bankowymi kamerami monitoringu. A potem została szefową techników. Lubianą szefową. Harry przełknął ślinę.

To brzmiało jak brudnopis mowy pogrzebowej.

Przestań, ona zaraz przyjdzie! Wziął głęboki oddech. Usłyszał trzaśnięcie furtki i zaraz ubijak śmieciarki znów się uruchomił.

Nagle uświadomił sobie, co to był za szczegół. Co mu się nie zgadzało.

Wpatrywał się w szafkę. Na wpół zużyta rolka białych worków na śmieci.

A worki w pojemniku były czarne.

Odbił się i popędził.

Biegł przez korytarz, przez drzwi, do furtki. Biegł, ile sił w nogach, a mimo to serce zdawało się go wyprzedzać.

– Stop!

Śmieciarz podniósł głowę. Stał jedną nogą na platformie śmieciarki, która sunęła już ku następnemu domowi. Trzaski i chrzęsty przeżuwających stalowych szczęk wydawały się dochodzić z głowy Harry'ego.

– Zatrzymajcie to diabelstwo!

Przeskoczył przez płot i wylądował obiema nogami na asfalcie. Śmieciarz zareagował natychmiast. Wcisnął czerwony guzik zatrzymujący stempel, a jednocześnie walnął pięścią w bok pojazdu, który zaraz stanął z wściekłym prychnięciem.

Stempel upychacza znieruchomiał.

Śmieciarz robił coraz większe oczy.

Harry wolnym krokiem podszedł do niego, patrząc w to samo miejsce. W żelazną paszczę. Prawdopodobnie dość mocno cuchnęło, ale Harry tego nie zarejestrował. Widział jedynie na wpół zgniecione popękane worki na śmieci, z których coś wypływało, i metal, który zabarwił się na czerwono.

– Cholera, ludzie mają źle w głowach – szepnął śmieciarz.

– Co jest? – To wołał kierowca, który wyglądał z szoferki.

– Chyba ktoś znowu wyrzucił psa! – odkrzyknął jego kolega, a patrząc na Harry'ego, spytał: – To twój?

Harry nie odpowiedział, tylko zrobił duży krok nad krawędzią i wszedł w uchyloną paszczę maszyny.

– Hej, tak nie wolno! To jest śmiertelnie niebez...

Harry wyrwał się mężczyźnie. Poślizgnął się na czerwonej mazi, łokciem i policzkiem uderzył o śliską jak mydło stalową powierzchnię. Poczuł smak i zapach jednodniowej krwi. Podniósł się na kolana i rozerwał jeden z worków.

Zawartość wypadła i zsunęła się po pochyłej płycie śmieciarki.

– O cholera! – zakrztusił się śmieciarz.

Harry rozerwał drugi worek. I trzeci.

Usłyszał, jak śmieciarz odskakuje, a potem plusk jego wymiocin uderzających o asfalt.

W czwartym worku znalazł to, czego szukał. Pozostałe części ciała mogły należeć do kogokolwiek, ale nie ta. Nie te jasne włosy, nie ta blada twarz, która już nigdy więcej się nie zarumieni. Nie to puste spojrzenie, rozpoznające wszystkich, których widziało chociaż raz. Twarz była zmasakrowana, ale Harry nie miał wątpliwości. Dotknął palcem kolczyka przerobionego z guzika od munduru.

Bolało. Tak bolało, że nie mógł oddychać, że musiał zgiąć się wpół, jak zdychająca pszczoła z wyrwanym żądłem.

Usłyszał dźwięk wydobywający się z jego ust, ale brzmiący obco – przeciągłe wycie, które echem rozniosło się po cichej okolicy.

CZĘŚĆ IV

27

Beate Lønn pochowano na Cmentarzu Staromiejskim obok ojca. Nie był to jego rejonowy cmentarz. Miejsce pochówku wybrano, ponieważ znajdowało się najbliżej Budynku Policji.

Mikael Bellman poprawił krawat. Wziął Ullę za rękę. To rzecznik prasowy zaproponował, żeby zabrał żonę ze sobą. Jego sytuacja jako osoby odpowiedzialnej stała się po tym ostatnim zabójstwie na tyle trudna, że potrzebował pomocy. Rzecznik na samym wstępie wyjaśnił mu dobitnie, jak ważne jest, by jako komendant okazał więcej osobistego zaangażowania i empatii, bo do tej pory prezentował się zbyt profesjonalnie. Ulla się stawiła. Jakżeby inaczej. Olśniewająco piękna w żałobnym stroju, dobranym z wielką starannością. Była dla niego dobrą żoną. Nie zapomni jej tego, jeszcze długo nie zapomni.

Pastor mówił i mówił o tym, co nazywał wielkimi pytaniami. O tym, co się dzieje po śmierci. Ale oczywiście nie te wielkie pytania się teraz liczyły, tylko to, co się wydarzyło przed śmiercią Beate Lønn i kto ją zabił. Ją oraz trzech innych policjantów w ciągu ostatniego półrocza.

To właśnie były wielkie pytania dla prasy, która ostatnie dni poświęciła na składanie hołdów genialnej szefowej Wydziału Techniki Kryminalistycznej i krytykowanie nowego, najwyraźniej niedoświadczonego komendanta policji. To były wielkie pytania dla Rady Miasta, która wezwała go na posiedzenie, uprzedzając, że będzie musiał się tłumaczyć z nieskutecznych działań w związku z tymi zabójstwami.

To były wielkie pytania również dla obu grup śledczych, i dla tej dużej, i dla tej małej, którą Hagen powołał, nie informując go o tym fakcie, lecz którą Bellman zaakceptował, ponieważ miała przynajmniej jeden konkretny ślad, nad którym mogła pracować. Valentina Gjertsena. Słabość teorii zakładającej, że za zbrodnie miał być odpowiedzialny ten duch z zaświatów, polegała na tym, iż opierała się ona na twierdzeniu jednego świadka, który upierał się, że widział go żywego. Ale ten świadek leżał teraz w trumnie przed ołtarzem.

W raportach sporządzonych przez grupę pracującą na miejscu zdarzenia, w notatkach śledczych i protokołach patologów brakowało szczegółów pozwalających naszkicować pełny obraz tego, co zaszło. Ale to, co wiedzieli, zgadzało się z dawnymi ustaleniami dotyczącymi tamtego zabójstwa na Bergslia.

Gdyby więc założyć, że również inne okoliczności się zgadzały, wynikałoby z tego, że Beate Lønn uśmiercono w najokrutniejszy z możliwych sposobów.

W szczątkach nie znaleziono śladów środka usypiającego. Raport z Instytutu Medycyny Sądowej zawierał takie określenia, jak „rozległe krwotoki w mięśniach i w tkance podskórnej", „zmiany zapalne" i „procesy w tkankach", które w rzeczywistości oznaczały, że Beate Lønn żyła nie tylko, gdy odcinano jej kolejne części ciała, lecz, niestety, jeszcze jakiś czas później.

Powierzchnie cięcia wskazywały, że zwłoki zostały poćwiartowane przy użyciu piły szablastej, a nie wyrzynarki. Technicy przypuszczali, że wykorzystano brzeszczot z bimetalu, czternastocentymetrowe ostrze z delikatnymi ząbkami, będące w stanie przeciąć kość. Bjørn Holm dodał, że myśliwi w regionie, z którego pochodził, nazywali takie ostrze „piłą na łosie".

Możliwe, że Beate Lønn poćwiartowano na niskim stole w salonie, ponieważ miał on blat ze szkła, który został później starannie umyty. Środek czyszczący z amoniakiem i czarne worki na śmieci zabójca prawdopodobnie przyniósł ze sobą, ponieważ w miejscu zdarzenia nie było nic takiego.

W śmieciarce znaleziono również resztki dywanu nasiąkniętego krwią.

Nie znaleziono natomiast żadnych obcych odcisków palców, śladów butów, włókien z tekstyliów, włosów ani innego materiału DNA.

Ani śladów włamania.

Katrine Bratt powiedziała, że Beate rozłączyła się, ponieważ ktoś zadzwonił do drzwi.

Wydawało się jednak mało prawdopodobne, by Lønn dobrowolnie wpuściła do domu kogoś obcego, zwłaszcza w samym środku akcji. Przyjęto więc, że zabójca groził jej bronią.

No i oczywiście była też ta druga teoria: to wcale nie był nikt obcy. Beate Lønn miała bowiem na solidnych drzwiach założony łańcuch, a wokół niego pełno zadrapań, świadczących o tym, że był regularnie używany.

Bellman powiódł wzrokiem po rzędach ławek. Gunnar Hagen. Bjørn Holm i Katrine Bratt. Jakaś starsza pani z dziewczynką, najprawdopodobniej córeczką Lønn, bo podobieństwo było uderzające.

Jeszcze jeden duch z zaświatów. Harry Hole. Rakel Fauke. Ciemnowłosa, z tymi czarnymi błyszczącymi oczami, niemal równie piękna jak Ulla. Niepojęte, że taki facet jak Hole mógł złapać ją w swoje szpony.

A nieco bardziej z tyłu Isabelle Skøyen. Oczywiście Rada Miasta musiała przysłać swojego reprezentanta. Gdyby tego nie zrobiła, prasa natychmiast by to wytknęła. Zanim weszli do kościoła, Isabelle odciągnęła go na bok, nie bacząc na to, że Ulla czeka, przestępując z nogi na nogę, i spytała, jak długo jeszcze ma zamiar nie odpowiadać na jej telefony. A on powtórzył, że to już koniec. Spojrzała na niego tak, jak się patrzy na owada, zanim się go rozdepcze, i oświadczyła, że ona jest *leaver*, a nie *leavee*, tą, która porzuca, a nie zostaje porzucona. Zapowiedziała, że Mikael jeszcze się o tym przekona. Czuł jej spojrzenie na plecach, kiedy podchodził do Ulli i podawał jej ramię.

Poza tym ławki wypełniali, jak przypuszczał, członkowie rodziny, przyjaciele i koledzy z pracy. Większość w mundurach. Podsłuchał, jak pocieszają się tym, czym mogą, mówiąc, że nie było śladów torturowania, a utrata krwi sprawiła, że Beate najprawdopodobniej bardzo szybko straciła przytomność.

Na ułamek sekundy napotkał czyjś wzrok. Przesunął spojrzenie dalej, udając, że go nie widzi. Truls Berntsen. Co on tu, u diabła, robi? Przecież nie było go na liście przyjaciół Beate Lønn.

Ulla lekko uścisnęła go za rękę i popatrzyła pytająco, więc szybko odpowiedział jej uśmiechem. Niechże i tak będzie. Pewnie w obliczu śmierci wszyscy jesteśmy kolegami.

Katrine się pomyliła. Wcale nie wypłakała jeszcze wszystkich łez.

Przez pierwsze dni po znalezieniu Beate wydawało jej się tak wiele razy. Myślała, że nie ma już w sobie więcej łez. Ale miała. Wypływały z ciała już zdrętwiałego od długich, męczących ataków płaczu.

Płakała, dopóki ciało nie zaczynało protestować, zmuszając ją do wymiotów, dopóki nie zasypiała z czystego wycieńczenia. I zaczynała płakać, kiedy tylko się budziła. Teraz płakała znów.

A we śnie dręczył ją diabeł, ten, z którym zawarła pakt. Była przecież gotowa poświęcić jeszcze jednego spośród kolegów w zamian za ujęcie Valentina. Ten pakt podpisała zaklęciem: „Jeszcze raz, ty diable! Uderz jeszcze raz".

Załkała głośno.

Głośne łkanie kazało Trulsowi Berntsenowi podnieść głowę. O mało nie zasnął. Niech to diabli wezmą. Materiał taniego garnituru okazał się tak śliski, że Truls mógł się zsunąć z wyszlifowanej do połysku kościelnej ławki jak ze zjeżdżalni.

Utkwił wzrok w ołtarzu. W Jezusie, któremu z głowy sterczały promienie, jakby miał założoną latarkę czołówkę. Odpuszczenie grzechów. To akurat było genialne posunięcie. Religia zaczęła się źle sprzedawać, a w miarę jak ludzie mieli coraz więcej pieniędzy i stać ich było na uleganie kolejnym pokusom, dotrzymywanie wszystkich przykazań stało się cholernie trudne. No to wymyślili, że wystarczy wierzyć. Pomysł na sprzedaż równie skuteczny dla zwiększenia obrotów jak kredyty. Człowiek miał wrażenie, że zbawienie można dostać gratis. Ale tak jak z kredytami, trochę się to wymknęło spod kontroli. Ludzie przestali się przejmować, grzeszyli z całych sił, bo przecież wystarczyło wierzyć, choćby trochę. Dlatego mniej więcej w średniowieczu przyszła pora na zaciśnięcie pasa, wprowadzenie systemu odzyskiwania długów. Z tego powodu wymyślono piekło i smażenie w nim dusz. Pstryk – i przerażeni klienci zaczęli wracać do Kościoła i tym razem już spłacać długi. Kościół się wzbogacił, w pełni na to zasługując, bo naprawdę wykonał cholernie dobrą robotę. Truls był o tym święcie przekonany, chociaż osobiście uważał, że śmierć oznacza absolutny koniec, bez żadnego odpuszczenia grzechów czy piekła. Ale jeśli się mylił, nie zajmował najlepszej pozycji wyjściowej, to było jasne. Są przecież granice tego, ile można wybaczyć. A Jezus raczej nie miał na tyle wybujałej fantazji, by wyobrazić sobie niektóre czyny Trulsa.

Harry patrzył przed siebie. Był zupełnie gdzie indziej. W House of Pain, w którym Beate pokazywała i tłumaczyła. Ocknął się dopiero, gdy usłyszał szept Rakel:

– Musisz pomóc Gunnarowi i reszcie, Harry.

Drgnął. Spojrzał na nią zdziwiony.

Rakel skinieniem głowy wskazała na ołtarz, gdzie przy trumnie ustawili się ci, którzy mieli ją nieść. Gunnar Hagen, Bjørn Holm, Katrine Bratt, Ståle Aune i brat Halvorsena. Hagen uprzedzał, że Harry ma stanąć w parze ze szwagrem Beate, który był najwyższy wśród pozostałych.

Wstał i ruszył środkowym przejściem, sadząc długie kroki.

Musisz pomóc Gunnarowi i reszcie.

To zabrzmiało jak echo tego, co powiedziała poprzedniego wieczoru.

Wymienił ledwie zauważalne skinienia głowy z pozostałymi. Zajął wolne miejsce.

– Na trzy – polecił cicho Hagen.

Dźwięki organów zaczęły się na siebie nakładać, jakby puchły.

Wynieśli Beate Lønn na światło.

W Justisen po pogrzebie było tłoczno od ludzi.

Z głośników dudniła piosenka, którą Harry słyszał tu już wcześniej, *I Fought the Law* grupy Bobby Fuller Four. Z optymistycznym ciągiem dalszym „*...and the law won*".

Po ceremonii pogrzebowej odprowadził Rakel do pociągu na lotnisko, a w tym czasie wielu jego byłych kolegów już zdążyło się wstawić. Harry'emu, będącemu trzeźwym outsiderem, to niemal paniczne picie skojarzyło się z pokładem tonącego statku. Od wielu stolików dochodził towarzyszący Bobby'emu Fullerowi wrzask, że prawo wygrało.

Harry zasygnalizował stolikowi, przy którym siedziała Katrine Bratt wraz z innymi, którzy nieśli trumnę, że zaraz przyjdzie, i wyszedł do toalety. Opróżniał już pęcherz, kiedy nagle ktoś się przy nim pojawił. Usłyszał odgłos rozpinanego suwaka.

– To jest knajpa dla policjantów – rozległ się bełkot. – Więc co ty, u diabła, tutaj robisz?

– Sikam – odparł Harry, nie podnosząc głowy. – A ty? Palisz?

– Nie stawiaj się, Hole.

– Gdybym się stawiał, to nie chodziłbyś na wolności, Berntsen.

– Uważaj – stęknął Truls Berntsen, wolną ręką opierając się o ścianę nad pisuarem. – Mogę ci przykleić zabójstwo, dobrze o tym wiesz.

Tego Ruska w barze Come As You Are. Wszyscy w policji wiedzą, że to ty. Ale tylko ja mogę to udowodnić, dlatego boisz się próbować czegokolwiek.

– Ja wiem, Berntsen, że ten Rusek był handlarzem narkotyków, który próbował mnie załatwić. Ale jeśli ci się wydaje, że masz lepsze szanse niż on, to próbuj. Już wcześniej zdarzyło ci się zaatakować policjanta.

– Co?

– Tobie i Bellmanowi. Jakiegoś geja, nie mam racji?

Harry usłyszał, że strumień, który Berntsen wreszcie zdołał wytworzyć, szybko przestał płynąć.

– Znów pijesz, Hole?

– Mhm. – Harry zapiął rozporek. – Chyba mamy sezon na tych, którzy nienawidzą policjantów. – Podszedł do umywalki. W lustrze zobaczył, że Berntsen dalej nie może się wysikać. Umył ręce, wytarł. Ruszył do drzwi. Usłyszał jeszcze cichy syk Berntsena:

– Mówię ci, tylko się nie stawiaj! Jak mnie wkopiesz, pociągnę cię za sobą.

Harry wszedł do baru. Bobby Fuller już prawie kończył, a Harry pomyślał o tym, jak pełne dziwnych zbiegów okoliczności jest życie. Kiedy Bobby'ego Fullera w 1966 roku znaleziono martwego w samochodzie w oparach benzyny, a niektórzy twierdzili, że zamordowała go policja, miał wtedy dwadzieścia trzy lata. Tyle samo co René Kalsnes.

Zaczęła się nowa piosenka. Supergrass i *Caught by the Fuzz*. Harry się uśmiechnął. Gaz Coombes śpiewa o tym, jak złapała go policja, *the fuzz*, która chce go skłonić, żeby sypnął, a dwadzieścia lat później policja puszcza tę piosenkę jak pochwałę samej siebie. *Sorry*, Gaz.

Harry rozejrzał się po knajpie. Pomyślał o wczorajszej długiej rozmowie z Rakel. Rozmawiali o wszystkim, co w życiu da się obejść, ominąć, uniknąć. O tym, przed czym się nie ucieknie, ponieważ to coś jest życiem. Sensem istnienia. A wszystko inne – miłość, spokój, szczęście – to tylko elementy towarzyszące, których warunkiem istnienia jest tamto. Głównie mówiła Rakel. To ona tłumaczyła mu, że musi, bo cienie śmierci Beate już są tak długie, że położą się na tym czerwcowym dniu bez względu na to, jak histerycznie będzie świecić słońce. Musi. Dla nich obojga. Dla nich wszystkich.

Harry utorował sobie drogę do stolika tych, którzy nieśli trumnę.

Hagen wstał i przysunął mu zajęte dla niego krzesło.

– No i jak? – spytał.

– Jestem z wami – powiedział Harry.

Truls stał przy pisuarze, wciąż sparaliżowany tym, co powiedział Harry Hole. „Chyba mamy sezon na tych, którzy nienawidzą policjantów". Czyżby coś wiedział? Bzdura! Hole nic nie wiedział. Nie mógł wiedzieć. Gdyby wiedział, nie rzuciłby tych słów, ot, tak sobie, jakby chciał go sprowokować. Ale wiedział o tym pedale z KRIPOS, tym, którego pobili. A skąd ktokolwiek mógł o tym wiedzieć?

Facet próbował dobierać się do Mikaela. Pocałować go w toalecie. A Mikael uważał, że ktoś mógł to zobaczyć. Tam, w garażu, naciągnęli mu na głowę kaptur. Truls bił, Mikael tylko się przyglądał. Jak zwykle. Zainterweniował tuż przed tym, zanim Trulsowi całkiem odbiło, i kazał mu przestać. Ale przecież jemu odbiło już wcześniej. Kiedy stamtąd wychodzili, facet się nie ruszał.

Mikael się wystraszył. Uważał, że posunęli się za daleko. Facet mógł się nie pozbierać albo na nich donieść. To była pierwsza robota Trulsa jako palacza. Skorzystali z niebieskiego koguta, by natychmiast znaleźć się w Justisen, tam wepchnęli się w kolejkę do baru i uparli, żeby zapłacić za dwa piwa Munkholm, które dostali pół godziny wcześniej. Barman, kiwając głową, oświadczył, że miło jest mieć do czynienia z uczciwymi ludźmi, a Truls dodatkowo dał mu taki napiwek, że mógł być pewny, że barman go zapamięta. Wziął paragon z wydrukowaną godziną i pojechał z Mikaelem do Wydziału Techniki Kryminalistycznej, gdzie pracował zupełnie zielony technik, który – jak Truls wiedział – miał wielką ochotę zostać śledczym taktycznym. Powiedział mu, że istnieje prawdopodobieństwo, że ktoś oskarży ich o napaść, dlatego musi sprawdzić, czy są czyści. Młody szybko zabrał ich ubrania i nie znalazł na nich ani DNA, ani krwi. Truls odwiózł potem Mikaela do domu, a sam wrócił do tego garażu. Pedała już nie było, ale krwawy ślad świadczył o tym, że zdołał się stamtąd wydostać na własną rękę. Może sytuacja nie była aż tak groźna. Truls jednak i tak wyczyścił miejsce z możliwych śladów, a potem pojechał do doków i utopił pałkę w morzu.

Następnego dnia jakiś kolega zadzwonił do Mikaela z informacją, że ta ciota skontaktowała się z nim ze szpitala i chce złożyć zawiadomienie o pobiciu. Truls wybrał się więc do niego, zaczekał, aż skończy się obchód, i przedstawił mu zarówno sytuację dowodową, jak i tę, w jakiej sam się znajdzie, jeśli kiedykolwiek jeszcze wspomni o tym choćby słowem albo przyjdzie do pracy.

W KRIPOS już go więcej nie widzieli. Dzięki niemu, Trulsowi Berntsenowi. Więc niech diabli wezmą Mikaela Bellmana! Truls zawsze ratował tego gnoja. Przynajmniej do teraz. Bo teraz Harry Hole znał prawdę. A Hole to odbezpieczona bomba. Może być groźny. Zbyt groźny.

Truls Berntsen przejrzał się w lustrze. Terrorysta. Cholera, naprawdę był terrorystą. A przecież ledwie zaczął.

Wyszedł do innych. W samą porę, by usłyszeć ostatnie zdania z przemowy Bellmana:

– ...Beate Lønn była z takiej materii, z jakiej, mamy nadzieję, jest cała policja. Teraz od nas zależy, czy to udowodnimy. Tylko tak możemy uczcić jej pamięć w sposób, w jaki by tego chciała. Dopadniemy go. Wypijmy!

Truls obserwował przyjaciela z dzieciństwa, gdy wszyscy wznieśli szklanki pod sufit jak wojownicy, którzy unoszą włócznie na rozkaz wodza. Widział, jak oczy im błyszczą w poważnych, zaciętych twarzach, a Bellman kiwa głową, jakby coś uzgodnili. Widać było, że jest wzruszony, wzruszony tą chwilą, własnymi słowami, tym, że je wypowiedział, i władzą, jaką miał nad innymi ludźmi w tym pomieszczeniu.

Truls wrócił na korytarzyk prowadzący do toalet, schował się za automat do gry, wrzucił do telefonu monetę i podniósł słuchawkę. Wybrał numer Centrali Operacyjnej.

– Policja.

– Chciałem przekazać anonimowe zgłoszenie. Chodzi o tę kulę w sprawie Renégo Kalsnesa. Wiem, z jakiej broni ją wyszcze... wyscz... – Truls starał się mówić szybko, bo wiedział, że rozmowa jest nagrywana i później można ją odsłuchać. Ale język nie chciał być posłuszny poleceniom mózgu.

– Wobec tego powinien pan porozmawiać ze śledczymi z Wydziału Zabójstw albo z KRIPOS – przerwał mu głos z centrali. – Ale dzisiaj wszyscy są na pogrzebie.

– Wiem. – Truls usłyszał, że mówi niepotrzebnie głośno. – Chciałem tylko o tym poinformować.

– Wie pan?

– Tak, proszę posłuchać…

– Po numerze widzę, że dzwoni pan z Justisen. Tam powinien ich pan wszystkich znaleźć.

Truls gapił się w telefon. Uświadomił sobie, że jest pijany. I popełnił wielki błąd. Gdyby z tego zrobiła się wielka afera, a oni wiedzieli, że dzwonił z Justisen, wystarczyłoby ściągnąć ludzi, którzy tu teraz byli, puścić nagranie i spytać, czy ktoś rozpoznaje ten głos. Zbyt wielkie ryzyko.

– To miał być tylko żart – powiedział. – Przepraszam, trochę za dużo piwa.

Rozłączył się i ruszył przez knajpę, nie oglądając się ani w prawo, ani w lewo. Ale kiedy otworzył drzwi na ulicę i poczuł chłód mokrego od deszczu powietrza, mimo wszystko się zatrzymał. Odwrócił się. Zobaczył, że Mikael stoi z ręką na ramieniu jakiegoś kolegi. Zobaczył też grupę wokół tego pijaka Holego. Kobieta z tej grupy nawet go obejmowała.

Truls wyjrzał na deszcz.

Zawieszony. Wykluczony.

Poczuł na ramieniu czyjąś dłoń. Podniósł głowę. Twarz się rozpływała, jakby patrzył przez wodę. Czyżby naprawdę był aż tak pijany?

– W porządku, nie przejmuj się – odezwała się ta twarz łagodnie, a dłoń mocniej ścisnęła go za ramię. – Wyrzuć to z siebie. Wszyscy dzisiaj tak się czujemy.

Truls zareagował instynktownie. Odepchnął tę rękę i wybiegł. Ruszył ulicą, czując, jak krople deszczu wsiąkają w ramiona kurtki. Do diabła z nimi! Do diabła z nimi wszystkimi! Sam zadba o ich transport do piekła!

28

Na szarych metalowych drzwiach ktoś nakleił kartkę. *KOTŁOWNIA*.

W środku Gunnar Hagen stwierdził, że minęła dopiero siódma rano, a wszyscy czworo się stawili. Piąta osoba już miała nie przyjść. Jej krzesło zostało puste. Nowy przyniósł sobie własne, z jednej z sal konferencyjnych na którymś piętrze Budynku Policji.

Gunnar Hagen patrzył na nich po kolei.

Bjørn Holm wyglądał, jakby wczorajszy dzień go wykończył, Katrine Bratt podobnie. Ståle Aune był jak zawsze nienagannie ubrany w tweed i muszkę. Gunnar Hagen wyjątkowo badawczo przyjrzał się nowemu. Naczelnik wydziału wyszedł z Justisen, kiedy Harry wciąż poprzestawał na wodzie i kawie. Teraz jednak, gdy siedział zapadnięty w krześle, blady i nieogolony, z zamkniętymi oczami, Hagen nie miał pewności, czy Harry nie pękł. Grupie potrzebny był śledczy Harry Hole, a nie pijak na kacu.

Hagen spojrzał na białą tablicę, na której wspólnymi siłami przygotowali podsumowanie dla Harry'ego. Nazwiska ofiar wzdłuż osi czasu, miejsca, nazwisko Valentina Gjertsena i strzałki biegnące od wcześniejszych zabójstw z datami.

– No więc – zaczął Hagen – Maridalen, Tryvann, Drammen i ta ostatnia zbrodnia w domu ofiary. Czworo policjantów biorących udział w poprzednich śledztwach, dotyczących wcześniejszych niewyjaśnionych zabójstw, do których doszło tego samego dnia roku, a w trzech wypadkach w tym samym miejscu. Trzy pierwotne zabójstwa były typowymi zbrodniami na tle seksualnym i chociaż dzieli je długi okres, to również wtedy wiązano je ze sobą. Wyjątkiem jest Drammen, gdzie ofiarą był mężczyzna, René Kalsnes, na którego ciele nie znaleziono oznak wykorzystania seksualnego. Katrine?

– Jeżeli założymy, że to Valentin Gjertsen dokonał wszystkich czterech pierwotnych zabójstw i czterech zabójstw policjantów, to Kalsnes stanowi interesujący wyjątek. Był homoseksualistą, a ludzie, z którymi Bjørn i ja rozmawialiśmy w klubie w Drammen, opisują go jako rozwiązłego intryganta, który nie tylko rozkochiwał w sobie starszych partnerów i wykorzystywał ich jako dojne krowy, ale również chętnie sprzedawał się w klubie, gdy tylko nadarzyła się taka okazja. Podobno był skłonny do wszystkiego, jeśli tylko dało się na tym zarobić.

– A więc osoba o zachowaniu i profesji z pierwszej grupy ryzyka, jeśli chodzi o zabójstwa – podsumował Bjørn Holm.

– No właśnie – potwierdził Hagen. – Ale to uprawdopodobnia teorię, że sprawca również był homoseksualistą. Albo biseksualistą. Ståle?

Ståle Aune chrząknął.

– Seksualność sprawców takich jak Valentin Gjertsen często bywa złożona. Czynniki, które taką osobę podniecają, wiążą się raczej z potrzebą posiadania kontroli, z sadyzmem i przekraczaniem granic niż z płcią i wiekiem ofiary. Ale niewykluczone również, że zabójstwo Renégo Kalsnesa to zwykłe morderstwo z zazdrości. Może wskazywać na to brak śladów wykorzystania seksualnego, a także wściekłość. To jedyna spośród pierwotnych ofiar, która została pobita tępym narzędziem, tak jak zamordowani policjanci.

Zapadła cisza. Wszyscy patrzyli na Harry'ego, który zsunął się z krzesła, przybierając półleżącą pozycję, z wciąż zamkniętymi oczami i rękami złożonymi na brzuchu. Katrine przez chwilę myślała już, że zasnął, ale naraz chrząknął i spytał:

– Odkryto jakieś powiązania między Valentinem a Kalsnesem?

– Na razie nie – odparła. – Brak kontaktów telefonicznych, żadnego wykorzystania karty w klubie czy w ogóle w Drammen, nie ma też innych śladów elektronicznych, które wykazałyby, że Valentin mógł się kręcić w pobliżu Renégo Kalsnesa. Nikt, kto znał Kalsnesa, nie słyszał o Valentinie i nie widział nikogo podobnego do niego. To nie oznacza, że oni…

– Nie, nie. – Harry znów zamknął oczy. – Tak się tylko zastanawiałem.

Wszyscy zebrani w Kotłowni przez dłuższą chwilę wpatrywali się w niego w milczeniu.

Otworzył jedno oko.

– O co chodzi?

Nikt nie odpowiedział.

– Nie wstanę teraz i nie zacznę chodzić po wodzie ani nie zmienię wody w wino.

– Nikt o to nie prosi – powiedziała Katrine. – Wystarczy, że przywrócisz wzrok czwórce ślepców.

– To też mi się nie udaje.

– Myślałem, że rolą dowódcy jest przekonywanie swoich ludzi, że wszystko jest możliwe – rzucił Bjørn.

– Dowódcy? – Harry uśmiechnął się i usiadł normalnie. – Nie powiedziałeś im, jaki jest mój status, Hagen?

Gunnar Hagen chrząknął.

– Harry nie ma już statusu ani uprawnień policjanta, został więc zaangażowany jako konsultant, tak jak Ståle. To oznacza, że nie może prosić o wydanie nakazu zatrzymania, nosić broni ani dokonać aresztowania. Nie może też dowodzić operacyjnymi działaniami policji. I naprawdę ważne jest, żebyśmy się tego trzymali. Wyobraźcie sobie, że dopadamy Valentina, mamy kieszenie pełne dowodów, a jego adwokat odkrywa, że działaliśmy bezprawnie...

– Słyszałem, że tego rodzaju konsultanci... – skrzywił się Ståle Aune, nabijając fajkę – ...mają taką stawkę godzinową, że psycholodzy w porównaniu z nimi wychodzą na idiotów. Nie trwońmy więc czasu. Powiedz coś mądrego, Harry.

Harry w odpowiedzi wzruszył ramionami.

– Aha. – Ståle Aune uśmiechnął się kwaśno i wsunął niezapaloną fajkę do ust. – Bo widzisz, my wszystkie mądre rzeczy, jakie mieliśmy do powiedzenia, już zdążyliśmy powiedzieć. I taka sytuacja trwa od pewnego czasu.

Harry przez chwilę miał wzrok wbity we własne dłonie. Wreszcie wziął głębszy oddech.

– Nie wiem, czy to będzie mądre, bo to wszystko jest jeszcze bardzo surowe, ale pomyślałem sobie... – Podniósł głowę i napotkał cztery pary szeroko otwartych oczu. – Zdaję sobie sprawę z tego, że Valentin Gjertsen jest podejrzany. Problem w tym, że nie możemy go znaleźć. Dlatego proponuję, żebyśmy znaleźli sobie nowego podejrzanego.

Katrine pomyślała, że się przesłyszała.

– Co? Mamy podejrzewać kogoś, chociaż nie wierzymy, że naprawdę jest sprawcą?

– Tu nie chodzi o to, w co wierzymy. Będziemy podejrzewać ludzi z różnym stopniem prawdopodobieństwa. Ale musimy jednocześnie rozważyć, ile będzie kosztować potwierdzanie naszych podejrzeń. Istnienie życia na Księżycu uważamy za mniej prawdopodobne niż na Gliese 581 d, która leży w idealnej odległości od Słońca, tak że woda tam ani nie zamarza, ani się nie gotuje. A jednak najpierw badamy Księżyc.

– Czwarte przykazanie Harry'ego Hole – westchnął Bjørn Holm. – „Zacznij szukać tam, gdzie jest jasno". A może to było piąte?

Hagen chrząknął.

– Mamy zezwolenie na poszukiwanie Valentina Gjertsena. Wszystko inne to zadanie dużej grupy śledczej. Bellman na nic innego się nie zgodzi.

– Z całym szacunkiem – powiedział Harry. – Do diabła z Bellmanem! Nie jestem wcale bystrzejszy od któregokolwiek z was, ale jestem nowy. I to nam daje szansę spojrzenia na wszystko nowymi oczami.

– Za czarta nie uwierzę, że naprawdę nie uważasz się za bystrzejszego od nas – prychnęła Katrine.

– Ale przynajmniej na razie mogę tak udawać – odparł Harry ze spokojem. – Więc zacznijmy zupełnie od nowa. Motyw. Komu zależy na zabijaniu policjantów, którym nie udało się rozwiązać sprawy? Bo właśnie to jest tutaj wspólnym mianownikiem, prawda? – Założył ręce na piersi, znów zsunął się z krzesła i zamknął oczy. Czekał.

Pierwszy przerwał ciszę Bjørn Holm:

– Bliscy ofiar.

Za nim poszła Katrine:

– Ofiary gwałtów, którym policja nie uwierzyła albo nie przeprowadziła dostatecznie gruntownego śledztwa. Morderca karze policjantów, którzy nie wykryli sprawców innych przestępstw na tle seksualnym.

– René Kalsnes nie został zgwałcony – przypomniał Hagen. – A gdybym uważał, że moja sprawa nie została dostatecznie dobrze zbadana, ograniczyłbym się do zabójstwa policjantów, którzy nie potrafili rozwiązać akurat tej sprawy, a nie jakichś innych.

– Przedstawiajcie propozycje dalej. Później się z nimi rozprawimy – powiedział Harry. – Ståle?

– Niesłusznie skazani – podsunął Aune. – Odbyli karę, są napiętnowani, stracili pozycję, pewność siebie, poczucie godności i szacunek innych. To lwy odrzucone przez stado bywają najgroźniejsze. Nie czują żadnej odpowiedzialności, tylko nienawiść i rozgoryczenie. I są skłonni podjąć ryzyko, żeby się zemścić, bo ich życie i tak już straciło wartość. Jako zwierzęta stadne czują, że nie mają dużo do stracenia. Sprawianie cierpienia tym, którzy ich przyprawili o cierpienie, jest jedyną siłą pozwalającą im na wstanie z łóżka.

– Czyli mściciele – skonstatował Bjørn.

– Dobrze – stwierdził Harry. – Zanotujcie, że musimy sprawdzić wszystkie gwałty, w których skazany się nie przyznał, a jego wina nie była oczywista, ale odbył wyrok i wyszedł na wolność.

– Skazany nie musi zabijać osobiście – zauważyła Katrine. – Może ciągle jeszcze siedzieć albo na przykład popełnił samobójstwo z rozpaczy, a pomścić go chce ukochany, brat albo ojciec.

– Czyli działanie z miłości – podsumował Harry. – Świetnie.

– Cholera, chyba nie myślisz tak naprawdę? – zaprotestował Bjørn.

– Że co? – spytał Harry.

– Z miłości? – Głos Bjørna brzmiał metalicznie, a twarz wykrzywił mu dziwny grymas. – Nie chcesz chyba powiedzieć, że ta krwawa łaźnia ma jakikolwiek związek z m i ł o ś c i ą!

– Owszem, tak właśnie myślę – odparł Harry. Znów zsunął się na krześle i zamknął oczy.

Bjørn się poderwał, czerwony na twarzy.

– Psychopatyczny seryjny zabójca, który… – Głos mu się załamał, więc tylko kiwnął głową, wskazując na puste krzesło.

– Spójrz na siebie! – Harry otworzył jedno oko.

– Co?

– Spójrz na siebie i sprawdź, co czujesz. Jesteś wściekły, nienawidzisz, chcesz, żeby winny zadyndał na stryczku, żeby umarł i żeby cierpiał, prawda? Bo tak jak my wszyscy kochałeś ją. Więc matką twojej nienawiści jest miłość, Bjørn. I to miłość, a nie nienawiść sprawia, że jesteś gotów zrobić wszystko, posunąć się do ekstremalnego wysiłku, żeby tylko złapać winnego. Siadaj!

Bjørn usiadł. A Harry wstał.

– Właśnie to mnie dziwi również w tych zabójstwach. Wysiłek, jakiego wymaga zrekonstruowanie pierwotnych zbrodni. Ryzyko, jakie zabójca jest skłonny podjąć. Kiedy sobie uświadamiam, ile pracy się za tym kryje, nie jestem już taki pewien, czy powoduje nim wyłącznie żądza krwi albo nienawiść. Żądny krwi sprawca zabija prostytutki, dzieci albo inne łatwe ofiary. Ten, kto nienawidzi bez miłości, nigdy nie posunie się do tak ekstremalnego wysiłku. Naprawdę uważam, że powinniśmy raczej szukać kogoś, kto bardziej kocha niż nienawidzi. Dlatego zastanówmy się, biorąc pod uwagę to, co wiemy o Valentinie, czy on naprawdę jest zdolny kochać tak mocno?

– Być może – powiedział Gunnar Hagen. – Nie wiemy przecież wszystkiego o Valentinie Gjertsenie.

– Mhm. Kiedy wypada rocznica następnego nierozwiązanego zabójstwa?

– Mamy teraz spory skok – odparła Katrine. – Maj. Sprawa sprzed dziewiętnastu lat.

– Do maja jeszcze ponad miesiąc – zauważył Harry.

– Tak, a poza tym to też nie było zabójstwo na tle seksualnym, raczej awantura rodzinna. Dlatego pozwoliłam sobie rzucić okiem na pewne zaginięcie, które wygląda mi na zabójstwo. Dziewczyna zaginęła tu, w Oslo, ale na policję zgłoszono to dopiero, kiedy przez ponad dwa tygodnie nikt jej nie widział. Brak reakcji otoczenia wynikał stąd, że do wielu osób, z którymi miała częsty kontakt, rozesłała SMS-y z informacją, że jedzie na tanie wakacje na południe Europy, bo potrzebuje odprężenia i odcięcia się od wszystkiego. Sporo ludzi zareagowało na tę wiadomość, ale nie doczekali się odpowiedzi, więc doszli do wniosku, że to odcięcie się dotyczy również komórki. Po zgłoszeniu zaginięcia policja sprawdziła we wszystkich liniach lotniczych, ale dziewczyny nie było na żadnej liście pasażerów. Krótko mówiąc, zniknęła bez śladu.

– A telefon? – spytał Bjørn Holm.

– Ostatni sygnał pochodził ze stacji bazowej w centrum Oslo, później zamilkł. Bateria mogła się wyczerpać.

– Mhm – mruknął Harry. – Ten SMS. Otoczenie otrzymuje informację, że jest chora...

Bjørn i Katrine pokiwali głowami.

Ståle Aune westchnął.

– Możecie mi to jakoś przybliżyć?

– Harry ma na myśli, że to samo mogło się stać z Beate – wyjaśniła Katrine. – Dostałam SMS-a, że jest chora.

– Do diabła, rzeczywiście – powiedział Hagen.

Harry skinął głową.

– Możliwe na przykład, że on sprawdza rejestr połączeń w aparacie, stwierdza, z kim ofiary ostatnio się kontaktowały, i wysyła krótką informację opóźniającą pościg.

– Przez to trudniej znaleźć ślady techniczne w miejscu zdarzenia – uzupełnił Bjørn. – On umie w to grać.

– Którego dnia wysłano tę wiadomość?

– Dwudziestego szóstego marca – odparła Katrine.

– To dzisiaj – stwierdził Bjørn.

– Mhm. – Harry potarł brodę. – Mamy ewentualne zabójstwo na tle seksualnym, ale nie mamy miejsca zdarzenia. Którzy ze śledczych byli w to zaangażowani?

– Nie utworzono żadnej grupy śledczej, ponieważ sprawa została zaklasyfikowana jako zaginięcie i nigdy nie uznano jej za zabójstwo.

– Katrine przeglądała swoje notatki. – Ale w końcu przesłano ją do Wydziału Zabójstw i przydzielono jednemu z komisarzy. Prawdę mówiąc, tobie.

– Mnie? – Harry zmarszczył czoło. – Ja na ogół pamiętam swoje sprawy.

– Tę przydzielili ci tuż po Bałwanie. Uciekłeś wtedy do Hongkongu i więcej się nie pojawiłeś. Sam o mało nie trafiłeś na listę zaginionych.

Harry wzruszył ramionami.

– No dobrze. Bjørn, ty sprawdzisz w Wydziale do spraw Osób Zaginionych, co zebrali w tej sprawie. I przygotujesz ich na to, że ktoś nagle może zadzwonić do nich do drzwi albo mogą mieć jakiś tajemniczy telefon w ciągu dnia. Okej? Chociaż nie mamy ciała czy miejsca zdarzenia, to i tak uważam, że powinniśmy pracować dalej. – Harry klasnął w ręce. – Kto tu się zajmuje parzeniem kawy?

– Mmm – mruknęła Katrine basowym ochrypłym głosem, zsunęła się z krzesła, zamknęła oczy i potarła podbródek. – Chyba świeżo zatrudniony konsultant.

Harry zacisnął wargi, kiwnął głową, poderwał się i po raz pierwszy, odkąd znaleźli Beate, w Kotłowni rozległ się śmiech.

W sali konferencyjnej ratusza zaległa ciężka powaga.

Mikael Bellman siedział przy jednym końcu stołu, przewodniczący Rady Miasta przy drugim. Mikael znał nazwiska większości zebranych, nauczenie się ich było jednym z pierwszych jego posunięć na stanowisku komendanta okręgowego policji. Nauczył się nazwisk i twarzy. „Nie można grać w szachy bez znajomości figur", powiedział mu poprzedni komendant. „Musisz wiedzieć, co mogą, a czego nie mogą zrobić".

To była rada udzielona z dobrego serca przez doświadczonego dowódcę, ale dlaczego właśnie on, emerytowany komendant, siedział teraz tutaj, na tej sali? Czy wezwano go jako kogoś w rodzaju konsultanta? Bez względu na to, jak wielkie mógł mieć doświadczenie w szachach, to z całą pewnością nie grał takimi figurami jak ta wysoka blondynka, którą od przewodniczącego Rady Miasta dzieliły dwa krzesła i która w tej chwili zabierała głos. Królowa. Radna do spraw społecznych. Isabelle Skøyen. *The leavee*. Mówiła zimnym biurokratycznym tonem osoby, która wie, że z posiedzenia spisywany jest protokół.

– Z rosnącym niepokojem obserwujemy, że Komenda Okręgowa Policji w Oslo nie jest w stanie powstrzymać zabójstw w jej własnych szeregach. Media oczywiście już od dłuższego czasu wywierają silną presję, domagając się od nas drastycznych posunięć, ale ważniejsze jest to, że również zwykli mieszkańcy miasta już tracą cierpliwość. Nie możemy po prostu dłużej żyć z rosnącym brakiem zaufania do instytucji publicznych. W tym wypadku chodzi o policję i Radę Miasta. A ponieważ jest to obszar, za który jestem odpowiedzialna, podjęłam inicjatywę zorganizowania tego nieformalnego spotkania, tak aby Rada Miasta mogła się ustosunkować do przygotowanych przez komendanta planów rozwiązania tej sprawy, które – jak mamy nadzieję – istnieją, a następnie zastanowić się nad alternatywnymi działaniami.

Mikael Bellman się pocił. Nienawidził pocić się w mundurze. Na próżno usiłował pochwycić spojrzenie swojego poprzednika. Co on, u diabła, tu robił?

– Uważam, że jeśli chodzi o działania alternatywne, powinniśmy być bardzo otwarci i myśleć możliwie świeżo – ciągnęła Isabelle Skøyen monotonnym głosem. – Rozumiemy przecież, że to może być wyjątkowo trudna sytuacja dla młodego komendanta policji, który tak niedawno objął stanowisko. Źle się złożyło, że akurat sprawa wymagająca dużego doświadczenia i rutyny wynikła tak wcześnie po przejęciu przez niego obowiązków. Byłoby chyba najlepiej, gdyby trafiła na biurko poprzedniego komendanta, zważywszy na jego długie doświadczenie i osiągnięcia. Sądzę, że takiego rozwiązania życzyliby sobie wszyscy zebrani w tej sali, z obydwoma komendantami włącznie.

Mikael Bellman nie był pewien, czy dobrze usłyszał. Czy ona chciała… próbowała…

– Co pan na to, Bellman?

Mikael Bellman chrząknął.

– Przepraszam, że przerwę, Bellman – powiedziała Isabelle, założyła okulary do czytania od Prady na sam czubek nosa i mrużąc oczy, spojrzała na leżącą przed nią kartkę. – Mam tu przed sobą protokół z poprzedniego posiedzenia w tej sprawie, na którym powiedział pan… Cytuję: „Pragnę zapewnić Radę Miasta, że sprawa pozostaje pod kontrolą i mamy nadzieję na jej niezwłoczne rozwiązanie". – Znów zdjęła okulary. – Aby oszczędzić i panu, i nam czasu, którego nie mamy za dużo, może zechciałby pan pominąć powtarzanie tego, co już słyszeliśmy, i przedstawił swoje przemyślenia – inne i lepsze od tych poprzednich.

Bellman ściągnął łopatki z nadzieją, że koszula odlepi się od pleców. Przeklęty pot! Przeklęta suka!

Była ósma wieczorem, a Harry, wchodząc do Wyższej Szkoły Policyjnej, czuł, że jest zmęczony. Od dawna nie trenował i nie potrafił już się tak koncentrować. Nie posunęli się zbyt daleko. Przeczytali raporty, wymienili myśli, które nasuwały im się już tuzin razy wcześniej, kręcili się w kółko i walili głowami w ścianę z nadzieją, że ściana prędzej czy później się podda.

Były komisarz skinął głową sprzątaczowi i pobiegł na górę po schodach.

Zmęczony, a mimo wszystko zaskakująco przytomny. Pełen energii. Gotowy na więcej.

Kiedy mijał pokój Arnolda, usłyszał własne imię, zawrócił więc i zajrzał do środka. Kolega siedział z rękami za głową z nastroszonymi włosami.

– Chciałem się tylko dowiedzieć, jakie to uczucie znów być prawdziwym policjantem.

– Znakomite – odparł Harry. – Muszę tylko jeszcze poprawić resztę sprawdzianów ze śledztwa taktycznego.

– Nimi się nie przejmuj, mam je tutaj. – Arnold postukał palcem w stojącą przed nim papierową wieżę. – Zajmij się złapaniem tego faceta.

– Okej, Arnold. Dziękuję.

– A tak poza tym mieliśmy tu włamanie.

– Włamanie?

– Do sali treningowej. Wyłamano zamek w szafce ze sprzętem. Ale zginęły jedynie dwie pałki.

– O, cholera. Drzwi wejściowe?

– Żadnych śladów włamania, więc może zrobił to któryś z pracowników. Albo wpuścił kogoś lub pożyczył mu kartę wstępu.

– Nie można tego sprawdzić?

Arnold wzruszył ramionami.

– Nie mamy w szkole za dużo cennych rzeczy, więc na ogół nie marnujemy budżetu na prowadzenie zawiłych rejestrów wstępu, monitoring i całodobową ochronę.

– Może i nie mamy broni palnej, narkotyków i sejfów, ale znalazłyby się chyba jakieś rzeczy, które łatwiej sprzedać niż pałki policyjne?

Arnold uśmiechnął się krzywo.

– No to sprawdź, czy twój komputer ciągle jeszcze stoi na biurku.

Harry poszedł do siebie. Stwierdził, że pokój wydaje się nietknięty, i usiadł. Nie wiedział, co ma robić, bo ten wieczór przeznaczył na poprawianie sprawdzianów, a w domu czekały na niego jedynie cienie. Jakby w odpowiedzi na to pytanie poczuł wibrowanie komórki.

– Katrine?

– Cześć, wpadłam na coś. – Wydawała się podniecona. – Pamiętasz, mówiłam ci, że obie z Beate rozmawiałyśmy z Irją, tą, która wynajmowała Valentinowi mieszkanie w suterenie.

– I dała mu fałszywe alibi?

– Tak. Mówiła, że natrafiła u niego na jakieś zdjęcia. Zdjęcia z gwałtów i napaści. I że na jednym z nich zobaczyła jego buty i tapetę w sypialni, w tym mieszkaniu.

– Mhm. Myślisz o tym, że...

– Że to nie jest bardzo prawdopodobne. Ale to może być miejsce zdarzenia. Skontaktowałam się z nowymi właścicielami. Okazuje się, że mieszkają u rodziców w sąsiedztwie, a w domu trwa remont. Ale nie mają nic przeciwko temu, żebyśmy wzięli klucze i tam zajrzeli.

– Sądziłem, że uzgodniliśmy, że nie będziemy teraz szukać Valentina.

– A ja sądziłam, że jesteśmy zgodni co do tego, żeby szukać tam, gdzie jest jasno.

– *Touché*, bystra panienko. Vinderen to w zasadzie w pobliżu. Jaki adres? – Zanotował. – Niedaleko, da się dojść piechotą. Idę tam od razu. Przyjdziesz?

– Jasne, ale tak się tym podnieciłam, że zapomniałam w ogóle o jedzeniu.

– No dobrze, przyjdź, jak będziesz gotowa.

Była za kwadrans dziewiąta, kiedy Harry szedł alejką prowadzącą do pustego domu. Pod ścianą stały wiadra po farbie, a spod brezentu wystawały bele folii i deski. Właściciele wyjaśnili mu, że ma zejść na dół po kamiennych schodkach i chodnikiem z kamiennych płyt przejść na tyły domu. Otworzył drzwi do mieszkania w suterenie i natychmiast buchnął w niego zapach kleju i farby. Ale również ten inny zapach, jak mówili właściciele, będący jednym z powodów, dla których zdecydowali się na remont. Nie potrafili określić, skąd płynął, bo roznosił się po całym domu. Wezwali nawet specjalistę od szkodników, ale stwierdził tylko, że przy tak mocnym odorze musi chodzić o więcej niż jednego martwego gryzonia. I że chyba przyjdzie im zrywać podłogi i ściany, żeby znaleźć źródło smrodu.

Harry zapalił światło. Podłogę w przedpokoju pokrywała przezroczysta folia, pełna szarych śladów podeszew z grubym wzorem. Stały tu też skrzynki z rozmaitymi narzędziami, młotkami, łomami i poplamionym farbą młotem pneumatycznym. Ze ściany zdjęto szereg desek, odsłaniając izolację. Oprócz przedpokoju mieszkanie w suterenie składało się z malutkiej kuchni, łazienki i pokoju z wnęką, w której za zasłonką znajdowała się sypialnia. Remont najwyraźniej nie dotarł do sypialni, w której przechowywano meble z pozostałych pomieszczeń. Aby ochronić je przed kurzem, zasłonkę z koralików odsunięto na bok i zastąpiono zasłoną z grubej matowej folii, która Harry'emu skojarzyła się z rzeźnią, chłodnią i odizolowanymi miejscami zbrodni.

Wciągnął w nozdrza odór rozpuszczalnika i zgnilizny. I tak jak specjalista od szkodników, stwierdził, że to nie może być pojedynczy mały gryzoń.

Łóżko przesunięto w kąt, by pozostałe meble lepiej się zmieściły, a sprzętów w środku było tyle, że nie dawało się stwierdzić, w którym miejscu doszło do gwałtu i sfotografowania dziewczyny. Katrine zapowiedziała, że pójdzie jeszcze raz do Irji spytać, czy nie dałoby się gdzieś wytropić tych zdjęć, lecz jeśli to Valentin był oprawcą policjantów, Harry wiedział jedno: z całą pewnością nie zostawił tu zdjęć stanowiących dowód przeciwko niemu. Tamte fotografie albo zostały zniszczone, albo ukryte w jakimś nowym miejscu po jego wyprowadzce.

Powiódł wzrokiem po sypialni od podłogi przez ściany do sufitu i znów w dół, zahaczając o swoje odbicie w szybie okna wychodzącego na wieczorną ciemność w ogrodzie. To pomieszczenie przyprawiało o klaustrofobię, lecz nawet jeśli było miejscem zbrodni, to i tak do niego nie przemawiało. Zresztą zbyt dużo czasu już minęło, za dużo innych rzeczy się tu wydarzyło, została jedynie tapeta. I zapach.

Znów otworzył oczy i podniósł wzrok na sufit. Tu się zatrzymał. Klaustrofobia. Skąd brało się to wrażenie tutaj, w sypialni, skoro nie było go w pokoju? Wyciągnął swoje sto dziewięćdziesiąt trzy centymetry plus długość ręki do sufitu. Zdołał go dotknąć koniuszkami palców. Płyty gipsowe. Przeszedł do pokoju i zrobił to samo. Sufitu nie dosięgnął.

To oznaczało, że sufit w sypialni musiał zostać obniżony. Takie rzeczy się robiło, szczególnie w latach siedemdziesiątych, żeby oszczędzić na ogrzewaniu. A w przestrzeni między starym a nowym sufitem zostawało miejsce. Schowek.

Wyszedł do przedpokoju, z jednej ze skrzynek z narzędziami wyjął łom i wrócił do sypialni. Zdrętwiał, kiedy zawadził spojrzeniem o okno. Wiedział, że oczy automatycznie reagują na ruch. Przez dwie sekundy nasłuchiwał. Nic.

Znów skoncentrował się na suficie. Nie było żadnych śladów, ale płyty gipsowe to łatwa sprawa, można wyciąć dużą dziurę, którą potem wystarczy zatkać, zaszpachlować i pomalować całość. Przypuszczał, że sprawna osoba może się z tym uporać w pół dnia.

Wszedł na fotel, stanął na podłokietnikach i wycelował ostrym końcem łomu w sufit. Hagen miał rację. Gdyby śledczy nieposiadający nakazu przeszukania zerwał sufit bez zgody właściciela, sąd z całą pewnością odrzuciłby dowody uzyskane w taki sposób. Bo Harry nie był policjantem, a jedynie cywilnym konsultantem, nie prowadził śledztwa, więc jako osoba prywatna mógł zostać pociągnięty do odpowiedzialności i skazany za wandalizm. Ale był gotów zapłacić tę cenę.

Dźgnął. Łom z głuchym stęknięciem przebił sufit, a na twarz Harry'ego posypały się białe drobiny.

Zamknął oczy i lekko odgiął łom. Poczuł gips sypiący się na ramiona i na czoło. I smród, który wyraźnie się nasilił. Jeszcze raz wbił łom i powiększył otwór. Rozejrzał się za czymś, co mógłby postawić na fotelu, aby sięgnąć do otworu głową.

Znów to samo. Jakiś ruch za oknem. Zeskoczył, osłonił dłońmi oczy, odgradzając się od światła, i nachylił się do szyby. Ale w ciemności dostrzegł jedynie zarysy jabłoni. Kilka gałęzi lekko się chwiało. Czyżby zerwał się wiatr?

Obrócił się w stronę pokoju, zauważył dużą skrzynkę z Ikei, położył ją na siedzeniu fotela i już miał się wspinać, gdy usłyszał jakiś odgłos w przedpokoju. Cichy trzask. Znów stanął, czekał i nasłuchiwał. Ale więcej takich dźwięków nie było.

Otrząsnął się z tego wrażenia, to na pewno stary drewniany dom trzeszczy, kiedy wieje wiatr. Wspiął się na skrzynkę, ostrożnie wyprostował i opierając dłonie o sufit, wsunął głowę do otworu w gipsowej płycie. Smród był tu tak intensywny, że oczy Harry'ego natychmiast wypełniły się łzami i musiał się skoncentrować na oddychaniu. Odór był znajomy. Ciało w takiej fazie rozkładu, w której wdychanie wytwarzającego się gazu może bezpośrednio zagrażać zdrowiu. Czuł ten smród z taką intensywnością tylko raz w życiu, kiedy znaleźli zwłoki od dwóch lat leżące w ciemnej piwnicy i zrobili dziurę w plastikowym worku, w który były opakowane. Nie, to nie mógł być gryzoń. Ani nawet żadne gryzoniowate zwierzę. W środku było ciemno, bo jego głowa zasłaniała całe światło, ale mimo ciemności dostrzegał jakiś kształt. Zaczekał, aż źrenice powoli się rozszerzą i wykorzystają odrobinę światła. Wtedy zobaczył wiertarkę. Nie, wyrzynarkę. Ale w głębi było coś jeszcze, czego nie widział, tylko fizycznie to wyczuwał. Coś... Poczuł ściskanie w gardle. Dźwięk. Kroki. Pod nim.

Próbował wyciągnąć głowę, lecz otwór nagle jakby stał się za wąski. Jakby zaczął wrastać mu w szyję i chciał zatrzymać go, zamknąć w tym grobie. Poczuł, że ogarnia go panika, ale udało mu się wcisnąć palce między szyję a nierówną krawędź gipsowej płyty i oderwać kilka kawałków. Wyciągnął głowę.

Kroków już nie słyszał.

Czuł pulsowanie w gardle. Zaczekał, aż zupełnie się uspokoi, w końcu wyciągnął z kieszeni zapalniczkę, wsunął rękę w otwór, zapalił i już znów miał wetknąć głowę do środka, gdy nagle coś dostrzegł. Za plastikową zasłoną w przejściu do pokoju coś się rysowało. Postać. Ktoś stał za zasłoną i go obserwował.

– Katrine?

Bez odpowiedzi.

Wzrok Harry'ego powędrował w poszukiwaniu łomu odłożonego gdzieś na dół. Znalazł go i najciszej, jak umiał, schylił się i postawił jedną nogę na podłodze. Usłyszał szelest zasłony odsuwanej na bok i zrozumiał, że nie zdąży.

– A więc znów się spotykamy. – Głos zabrzmiał wręcz wesoło.

Podniósł głowę. Pod światło potrzebował paru sekund na rozpoznanie tej twarzy. Zaklął w duchu. Mózg zaczął szukać możliwych scenariuszy, ale żadnego nie znalazł. Rozbijał się o pytanie: i co dalej, do cholery?

29

Torba zsunięta z ramienia upadła na podłogę z zaskakująco głośnym hukiem.

– Co ty tu robisz? – spytał Harry ochryple, uświadamiając sobie, że to powtórka. Takie samo pytanie i taka sama odpowiedź.

– Ćwiczyłam. Sporty walki.

– To nie jest odpowiedź, Silje.

– Owszem, jest – odparła Silje Gravseng, wysuwając jedno biodro. Była ubrana w cienką dresową kurtkę, czarne legginsy i sportowe buty. Miała włosy związane w koński ogon i uśmiechała się zagadkowo. – Trenowałam i widziałam, jak wychodzisz ze szkoły. Poszłam za tobą.

– Po co?

Wzruszyła ramionami.

– Może po to, żeby dać ci jeszcze jedną szansę.

– Szansę na co?

– Na to, żebyś zrobił to, czego pragniesz.

– Czyli...?

– Chyba nie muszę tego mówić. – Przechyliła głowę. – Widziałam to po tobie w kancelarii Krohna. Nie masz twarzy pokerzysty, Harry. Chciałbyś mnie zerżnąć.

Harry ruchem głowy wskazał na jej torbę.

– Ten twój trening to jakieś walki ninja z bronią obuchową? – Głos miał zachrypnięty od suchości w ustach.

Silje omiotła wzrokiem pomieszczenie.

– Mniej więcej. Mamy tu nawet łóżko.

Sięgnęła po torbę, wyminęła go i odsunęła na bok krzesło. Położyła torbę na łóżku i spróbowała przesunąć wielką kanapę, która zagradzała drogę, ale mebel nie dał się ruszyć. Silje nachyliła się, chwyciła za oparcie i pociągnęła.

Harry patrzył na jej pośladki, które wyłoniły się spod zadartej kurtki, na napięte mięśnie ud.

– Nie pomożesz mi? – jęknęła.

Przełknął ślinę.

Niech to diabli wezmą!

Patrzył na jasny koński ogon, tańczący na jej plecach jak jakiś cholerny uchwyt. Na materiał wciśnięty między pośladki. Przestała się poruszać. Stała tylko, jakby coś wyczuła. Naprawdę wyczuła. Wiedziała, co myślał.

– Tak? – spytała szeptem. – Chcesz mnie tak?

Nie odpowiedział, poczuł zbliżającą się erekcję, jak spóźniony ból po uderzeniu w brzuch rozlewający się po podbrzuszu. Zaszumiało mu w głowie, banieczki powietrza zaczęły się w nim unosić z szumem. Zrobił krok do przodu. Zatrzymał się.

Lekko odwróciła głowę, ale wzrok miała spuszczony. Patrzyła w podłogę.

– Na co czekasz? – spytała szeptem. – Chcesz... chcesz, żebym stawiała opór?

Harry przełknął ślinę. Nie działał na autopilocie. Wiedział, co robi. To był on. Taki był. Nawet gdyby powiedział to sobie głośno, i tak by to zrobił. Nie chciał?

– Tak – usłyszał własny głos. – Powstrzymaj mnie.

Zobaczył, że Silje lekko unosi pośladki i pomyślał, że to jakiś rytuał ze świata zwierząt, że jednak jest na to zaprogramowany. Położył rękę na jej krzyżu, na wgłębieniu pleców, poczuł spoconą nagą skórę tuż nad legginsami. Dwa palce pod gumkę. Wystarczyłoby je ściągnąć. Silje jedną ręką przytrzymywała się oparcia kanapy, drugą łóżka. Przy torbie, która była otwarta.

– Spróbuję – szepnęła. – Spróbuję.

Harry, drżąc, nabrał powietrza. Wyczuł ruch. Działo się to tak szybko, że nie zdążył zareagować.

– Co się stało? – spytała Ulla, odwieszając płaszcz Mikaela do szafy.

– A stało się coś? – spytał, pocierając twarz dłońmi.

– Chodź – powiedziała i zaprowadziła go do salonu. Usadziła go na kanapie, a sama stanęła z tyłu. Położyła mu dłonie na barkach, blisko karku, palcami odnalazła środek mięśnia czworobocznego i przycisnęła. Mikael głośno jęknął.

– No więc? – spytała.

Westchnął.

– Isabelle Skøyen. Zaproponowała, żeby były komendant pomagał nam w rozwiązaniu sprawy tych zabójstw policjantów.

– Aha. I to takie złe? Sam przecież mówiłeś, że potrzebujecie więcej sił i środków.

– W praktyce oznacza to, że on będzie pełnił obowiązki komendanta, a ja będę mu przynosił kawę. To wyraz takiego braku zaufania, z którym nie będę mógł żyć, rozumiesz?

– Ale to przecież chyba tylko tymczasowe rozwiązanie, prawda?

– A później? Jeśli sprawa zostanie wyjaśniona pod jego szefostwem, a nie moim, to radna powie, że teraz, kiedy już nic złego się nie dzieje, znów mogę wrócić na stanowisko? Au!

– Przepraszam, ale to siedzi akurat w tym miejscu. Spróbuj się rozluźnić, kochanie.

– Na tym polega jej zemsta, rozumiesz? Porzucone kobiety... Au!

– Ojej, znów to bolące miejsce?

Mikael odsunął się od jej rąk.

– Najgorzej, że nic nie mogę zrobić. Ona się zna na tej grze, a ja jestem dopiero początkujący. Gdybym miał trochę czasu na rozruch, zbudował jakieś alianse, gdybym mógł zrozumieć, kto kogo drapie po plecach...

– No to wykorzystaj te alianse, które już zawarłeś – poradziła Ulla.

– Wszystkie ważne alianse znajdują się po jej stronie boiska – odparł Mikael. – Przeklęci politycy! Oni nie myślą o wynikach tak jak my, tylko przeliczają wszystko na głosy. Interesuje ich, jak sprawa może w y g l ą d a ć w oczach idiotów, którym przysługuje prawo do głosowania.

Mikael opuścił głowę. Jej ręce znów go dotknęły, tym razem łagodniej. Masowały go, gładziły po włosach. A kiedy myśli powoli zaczęły od niego odpływać, nagle jakby się zatrzymały i powróciły do niego słowa Ulli: „Wykorzystaj te alianse, które już zawarłeś".

Harry stał oślepiony. Kiedy wyczuł ten ruch za plecami, odruchowo puścił Silje i się odwrócił. Plastikowa zasłona była odsunięta na bok, a jego oślepiało białe światło. Podniósł rękę i zasłonił oczy.

– *Sorry* – rozległ się znajomy głos i światło opadło. – Wzięłam latarkę. Nie pomyślałeś o tym...

Harry z jękiem wypuścił powietrze z płuc.

– Niech cię cholera, Katrine, aleś mnie przestraszyła! To znaczy... nas.

– O... studentka. Widziałam cię w szkole.
– Zrezygnowałam ze studiów. – Głos Silje brzmiał obojętnie, prawie tak, jakby się nudziła.
– Tak? No to co robicie?
– Przesuwamy meble – odparł Harry i pociągnął nosem, wskazując na otwór w suficie. – Próbujemy znaleźć coś stabilniejszego, na czym dałoby się stanąć.
– Zaraz za drzwiami stoi drabinka malarska – zauważyła Katrine.
– Naprawdę? No to idę.
Harry minął ją i wyszedł do salonu. Niech to szlag trafi!
Drabinka stała na zewnątrz, oparta o ścianę między wiadrami po farbie.
Kiedy wrócił, zastał całkowite milczenie. Nic nie wskazywało na to, by wcześniej toczyła się tu jakaś rozmowa. Obie stały z rękami założonymi na piersi i kamiennymi twarzami. Odsunął fotel i ustawił aluminiową drabinkę pod otworem.
– Co to za smród? – spytała Katrine.
– Daj mi latarkę. – Harry już się wspinał po stopniach. Oderwał jeszcze kawałek gipsowej płyty, wsunął latarkę do środka, a zaraz za nią głowę. Dosięgnął zielonej wyrzynarki. Brzeszczot był ułamany. Harry chwycił narzędzie w dwa palce i podał Katrine.
– Ostrożnie, mogą być na niej odciski palców.
Poświecił latarką w głąb, wytężył wzrok. Zwłoki leżały na boku wciśnięte między stary a nowy sufit. Pomyślał, że, do cholery, zasłużył na to, żeby stać tu i wdychać smród martwego gnijącego mięsa, a raczej na to, żeby nim być. Bo on, Harry Hole, jest chorym człowiekiem. Bardzo chorym człowiekiem. Jeśli nie zastrzelą go na miejscu, to potrzebuje pomocy. Bo przecież był gotów to zrobić, prawda? A może by się powstrzymał? Ale wysnuł tę myśl chyba wyłącznie po to, by zasiać bodaj ziarno wątpliwości.
– No i co, widzisz coś? – spytała Katrine.
– Widzę.
– Potrzebni będą technicy?
– To zależy.
– Od czego?
– Od tego, czy Wydział Zabójstw zechce się zająć tymi zwłokami.

30

– Cholernie trudno mi o tym mówić – zaczął Harry. Zgasił papierosa na parapecie, zostawił wychodzące na Sporveisgata okno otwarte i wrócił na krzesło. Ståle Aune zgodził się, żeby przyszedł o ósmej, przed pierwszym pacjentem, kiedy Harry zadzwonił do niego o szóstej rano i oświadczył, że znów się pogubił.

– Już wcześniej mówiłeś tu o trudnych rzeczach – przypomniał Ståle. Odkąd Harry pamiętał, Aune był psychologiem, do którego zwracali się policjanci z Wydziału Zabójstw i z KRIPOS, kiedy zabrnęli w ślepą uliczkę. Nie tylko dlatego, że mieli jego numer telefonu, po prostu Ståle Aune był jednym z niewielu psychologów, którzy dobrze znali ich codzienność. Wiedzieli też, że mogą mu ufać, bo zachowa pełną dyskrecję.

– Tak, ale wtedy chodziło o picie – powiedział Harry. – To... teraz chodzi o coś zupełnie innego.

– Naprawdę?

– Nie wierzysz?

– Myślę, że skoro pierwszą rzeczą, jaką robisz, jest telefon do mnie, to sądzisz, że to może być to samo.

Harry westchnął, pochylił się i oparł czoło na złożonych dłoniach.

– Może i tak. Zawsze miałem wrażenie, że wybieram najgorszy moment, żeby znów zacząć pić. Że pękam zawsze wtedy, kiedy najważniejsze jest, żebym był trzeźwy. Jakbym miał w sobie demona, który chce, żeby wszystko poszło w diabły. Żebym ja poszedł w diabły.

– Na tym polega praca demonów. – Ståle stłumił ziewnięcie.

– W takim razie ten demon świetnie wykonał swoją robotę. O mało nie zgwałciłem dziewczyny.

Ståle już nie ziewał.

– Co ty mówisz? Kiedy?

– Wczoraj wieczorem. To była studentka z Wyższej Szkoły Policyjnej. Zjawiła się, kiedy oglądałem tamto mieszkanie, które wynajmował Valentin.

– Tak? – Ståle zdjął okulary. – Znalazłeś coś?

– Wyrzynarkę ze złamanym brzeszczotem. Musiała tam leżeć od lat. Oczywiście możliwe, że zostawili ją robotnicy, kiedy obniżali sufit, ale technicy porównują teraz powierzchnię złamania z tamtym brzeszczotem znalezionym w Bergslia.

– Coś więcej?

– Nie. A właściwie tak. Martwy borsuk.

– Borsuk?

– Tak. Najwyraźniej zrobił tam sobie gniazdo.

– Ha, ha, tak jak w tej dziecięcej piosence? U nas też kiedyś był borsuk. No, ale na szczęście trzymał się ogrodu. Te zwierzęta mają przerażające pyski. Pewnie zdechł, kiedy zapadł w sen zimowy.

Harry lekko uniósł kącik ust.

– Jeśli cię to interesuje, mogę poprosić patologów o sekcję.

– Przepraszam, ja... – Ståle pokręcił głową i znów założył okulary. – Ta dziewczyna przyszła, a ty odczułeś pokusę, żeby ją zgwałcić, tak było?

Harry uniósł ręce nad głowę.

– Właśnie się oświadczyłem kobiecie, którą kocham ponad wszystko na ziemi. Nie pragnę bardziej niczego innego niż szczęśliwego życia z nią. I nagle, kiedy właśnie to zrozumiałem, wyskakuje ten diabeł i... i... – Opuścił ręce.

– Dlaczego urwałeś?

– Ponieważ siedzę tu i wymyślam diabła, a wiem, jak ty go nazwiesz. Strach przed odpowiedzialnością.

– A nie jest tak?

– Oczywiście, że jest, cholera. To ten sam gość, tyle że się przebrał. Wydawało mi się, że nazywa się Jim Beam. Że to wczesna śmierć matki albo presja w pracy, może testosteron czy pijackie geny. I może to wszystko jest prawda, ale jak go rozbierzesz, to on i tak się nazywa Harry Hole.

– I mówisz, że Harry Hole wczoraj o mało nie zgwałcił dziewczyny?

– Od dawna o tym śniłem.

– O gwałcie? Tak ogólnie?

– Nie. Chodzi o tę dziewczynę. Prosiła, żebym to zrobił.

– Żebyś ją zgwałcił? To chyba już nie jest gwałt?

– Za pierwszym razem prosiła tylko, żebym ją zerżnął. Sprowokowała mnie. Ale nie mogłem, bo wtedy była jeszcze studentką. Później zacząłem fantazjować, że ją gwałcę. Ja... – Harry potarł ręką twarz. – Myślałem, że nie mam tego w sobie. Że nie mam w sobie gwałciciela. Co się ze mną dzieje, Ståle?

– Miałeś więc ochotę i okazję, żeby zgwałcić, ale postanowiłeś tego nie robić?

– Ktoś przyszedł i nam przeszkodził. No i gwałt jak gwałt. Ona zapraszała do odgrywania ról. Ale ja byłem gotowy do przyjęcia tej roli, Ståle. Cholernie gotowy.

– No dobrze, ale wciąż nie widzę tu gwałtu.

– Może nie w rozumieniu prawnym, ale...

– Ale co?

– Ale gdybyśmy zaczęli i ona poprosiłaby, żebym przestał, to, cholera, nie wiem, czybym to zrobił.

– Nie wiesz?

Harry wzruszył ramionami.

– Ma pan dla mnie diagnozę, doktorze?

Ståle spojrzał na zegarek.

– Musiałbyś mi opowiedzieć trochę więcej, a mój pierwszy pacjent już czeka.

– Ståle, ja nie mam czasu chodzić na terapię. Musimy złapać mordercę.

– W takim razie – Aune zakołysał pulchnym ciałem na krześle – musi ci wystarczyć strzał z biodra. Przychodzisz do mnie, bo czujesz coś, czego nie potrafisz zidentyfikować. A zidentyfikować tego nie potrafisz, ponieważ to uczucie próbuje się zakamuflować jako coś innego. Ponieważ nie życzysz sobie tego prawdziwego uczucia. To klasyczne zaprzeczenie. Dokładnie taki sam mechanizm jak u mężczyzn, którzy nie chcą się przyznać przed sobą do homoseksualizmu.

– Ale przecież ja nie zaprzeczam, że jestem potencjalnym gwałcicielem, tylko pytam cię o to wprost!

– Nie jesteś gwałcicielem, Harry. Człowiek tak się nie zmienia przez noc. Wydaje mi się, że to może mieć związek z jedną z dwóch rzeczy, a może z obydwiema. Po pierwsze, możesz czuć w sobie jakiś rodzaj agresji w stosunku do tej dziewczyny i chodzi ci o sprawowanie nad nią kontroli, a mówiąc językiem laików, chcesz ją pieprzyć za karę. Trafiłem?

– Mhm. Być może. A to drugie?

– Rakel.

– Słucham?

– Tym, co cię pociąga, nie jest ani gwałt, ani ta dziewczyna, lecz niewierność. Niewierność wobec Rakel.

– Ståle, ty…

– Spokojnie. Przychodzisz do mnie, ponieważ potrzebujesz kogoś, kto nazwie słowami to, co już zrozumiałeś. Kto ci to powie jasno i wyraźnie, ponieważ sam nie potrafisz sobie tego powiedzieć i nie chcesz tego czuć.

– Czego czuć?

– Że śmiertelnie boisz się z nią wiązać. Że myśl o małżeństwie przywiodła cię na krawędź paniki.

– Tak? Dlaczego?

– Ośmielę się twierdzić, że trochę cię znam po tych wszystkich latach, i uważam, że w twoim wypadku chodzi o lęk przed odpowiedzialnością za innych ludzi. Masz z tym złe doświadczenia.

Harry przełknął ślinę. Czuł, że coś rośnie mu w piersi, jak nowotwór w trybie *fast forward*.

– …zaczynasz pić, kiedy świat zewnętrzny staje się od ciebie zależny, ponieważ nie masz siły na to, żeby dźwignąć tę odpowiedzialność. C h c e s z, żeby wszystko poszło w diabły. To trochę tak jak wtedy, gdy domek z kart jest prawie gotowy i napięcie staje się tak wielkie, że go nie wytrzymujesz, więc zamiast sprawdzić, czy uda się go skończyć, po prostu go burzysz. Chcesz mieć klęskę już za sobą. I wydaje mi się, że to samo robisz teraz. Pragniesz zawieść Rakel jak najszybciej, ponieważ jesteś przekonany, że to się i tak wydarzy. Nie masz siły na długie zadręczanie się. Przechodzisz więc do ofensywy i burzysz ten cholerny domek z kart, którym jest teraz według ciebie twój związek z Rakel.

Harry chciał coś powiedzieć. Ale kula rozrosła się do gardła, zamykając drogę słowom. Wypowiedział więc tylko jedno:

– Destrukcja.

– Twoje podstawowe nastawienie jest konstruktywne, Harry. Ty się po prostu boisz. Boisz się, że będzie bolało. I ciebie, i ją.

– Chcesz powiedzieć, że jestem tchórzem, prawda?

Ståle długo na niego patrzył. Nabrał powietrza, jakby chciał zaprotestować, ale najwyraźniej zmienił decyzję.

– Tak, jesteś tchórzem. Tchórzysz, bo ogromnie tego pragniesz. Pragniesz być z Rakel, chcesz płynąć z nią tą samą łodzią, przywiązać się do masztu i żeglować naprzód albo iść na dno. Zawsze tak z tobą jest, kiedy już z rzadka złożysz jakąś obietnicę. Jakie były słowa tej piosenki?

– *No retreat, baby, no surrender* – mruknął Harry.

– No i masz. To cały ty.

– To cały ja – powtórzył Harry cicho.

– Zastanów się nad tym. Porozmawiamy o tym jutro po spotkaniu w Kotłowni.

Harry kiwnął głową i wstał.

Na korytarzu przestępował już z nogi na nogę jakiś spocony facet w dresie. Demonstracyjnie spojrzał na zegarek i posłał Harry'emu pełne złości spojrzenie.

Harry poszedł przez Sporveisgata. Nie spał tej nocy, nie jadł też śniadania. Potrzebował czegoś. Sprawdził czego. Potrzebował drinka. Postanowił jednak o tym zapomnieć i wszedł do kawiarni tuż przy Bogstadveien. Zamówił potrójne espresso. Wlał je w siebie przy barze i poprosił o jeszcze jedno. Za plecami usłyszał cichy śmiech, ale się nie odwrócił. Drugą kawę wypił już wolniej. Sięgnął po leżącą na barze gazetę, zobaczył zapowiedź artykułu w środku i przerzucił strony. Roger Gjendem sugerował, że Rada Miasta, zważywszy na nierozwiązaną sprawę zabójstw policjantów, dokona roszady w Budynku Policji.

Ståle po wprowadzeniu Paula Stavnesa do gabinetu zajął swoje miejsce za biurkiem, Stavnes natomiast przeszedł w kąt, żeby przebrać się w suchy T-shirt, który miał w plecaku. Ståle wykorzystał ten czas na swobodne ziewnięcie, otwarcie górnej szuflady i umieszczenie w niej telefonu tak, by był łatwo widoczny. Potem podniósł wzrok. Spojrzał na gołe plecy pacjenta. Odkąd Stavnes zaczął przyjeżdżać na wizyty rowerem, przebieranie się w gabinecie było stałą procedurą. Jak zwykle robił to odwrócony tyłem. Jedyną niezwykłą rzeczą było otwarte okno, w którym przedtem palił Harry. Światło padało tak, że Ståle Aune mógł zobaczyć odbity w szybie goły tors Paula Stavnesa.

Stavnes szybkim ruchem wciągnął koszulkę i się odwrócił.

– Te umówione godziny…

– Należy się ich trzymać – dokończył szybko Ståle. – Zgadzam się. To się już więcej nie powtórzy.

Stavnes podniósł wzrok.

– Coś nie tak?

– Nie, po prostu wstałem dzisiaj wcześniej niż zwykle. Proszę zostawić to okno otwarte, strasznie mało tu powietrza.

– Powietrza jest dużo.

– No to jak pan sobie życzy.

Stavnes już miał zamknąć okno. Ale się zatrzymał. Długo na nie patrzył. Odwrócił się do Aunego. Na jego twarzy ukazał się uśmieszek.

– Jakieś problemy z oddychaniem, panie Aune?

Ståle Aune poczuł ból w piersi i w ramieniu. Powszechnie znane objawy zawału serca. Tylko że to nie był zawał. To był najprawdziwszy czysty strach.

Zmusił się do mówienia spokojnie, cichym niskim tonem.

– Ostatnio znów rozmawialiśmy o tym, że pan słuchał *Dark Side of the Moon*. Ojciec wchodził do pokoju i wyłączał wzmacniacz, a pan patrzył, jak czerwone światełko umiera. A potem umierała również dziewczyna, o której pan myślał.

– Opowiadałem, że przestawała mówić – zirytował się Stavnes. – Nie że umierała, to zupełnie coś innego.

– No tak, no tak. – Ståle Aune ostrożnie sięgnął po telefon, który leżał w szufladzie. – Chciałby pan, żeby się odezwała?

– Nie wiem. Pan się poci. Źle się pan czuje, doktorze?

Znów ten drwiący ton. I paskudny uśmieszek.

– Wszystko w porządku, dziękuję za troskę.

Palce Ståle'ego spoczywały na przyciskach telefonu. Musiał skłonić pacjenta do mówienia, żeby zagłuszyć klikanie klawiatury.

– Nie rozmawialiśmy jeszcze o pańskim małżeństwie. Co pan może powiedzieć o swojej żonie?

– Niewiele. Dlaczego chce pan o niej rozmawiać?

– To bliska relacja. A wydaje się, że pan nie lubi ludzi, którzy są panu bliscy. „Pogarda", sam pan użył tego słowa.

– A więc przynajmniej trochę mnie pan słuchał? – Krótki gorzki śmiech. – Gardzę większością ludzi, ponieważ są słabi, głupi i nie mają fartu. Na trzy możliwe – trzy pudła. – I znów śmiech. – Niech mi pan powie, uzdrowił pan Iksa?

– Słucham?

– Tego policjanta pedała, który próbował pocałować innego gliniarza w kiblu.

– Raczej nie.

Ståle Aune pisał, przeklinając swoje tłuste palce, które z podniecenia jeszcze jakby napuchły.

– Więc jeśli w pańskiej opinii jestem taki jak on, to dlaczego sądzi pan, że mnie pan naprawi?

– Iks był schizofrenikiem, słyszał głosy.

– Uważa pan, że ze mną jest lepiej? – Pacjent roześmiał się gorzko, a Ståle dalej pisał. Próbował wciskać klawisze w chwili, gdy mężczyzna coś mówił, kamuflować odgłos klikania szuraniem butów po podłodze. Jedna litera. Jeszcze jedna. Przeklęte palce. Już. Nagle uświadomił sobie, że pacjent przestał mówić. Pacjent Paul Stavnes. Ciekawe, skąd wziął to nazwisko. Ale nowe nazwiska zawsze można zdobyć. Albo pozbyć się starych. Gorzej z tatuażami. Szczególnie tymi dużymi, pokrywającymi całą pierś.

– Wiem, dlaczego się pocisz, Aune – odezwał się w końcu pacjent. – Zobaczyłeś odbicie w szybie, kiedy się przebierałem, prawda?

Ståle Aune poczuł, że ból w piersi się nasila, jakby serce nie mogło się zdecydować, czy ma bić szybciej, czy w ogóle przestać. Miał nadzieję, że mina, którą zrobił, wyraża takie zdziwienie, jakie starał się okazać.

– Co? – spytał głośno, żeby zagłuszyć ostatnie kliknięcie przycisku Wyślij.

Pacjent podciągnął T-shirt pod szyję.

Z jego piersi na twarz Stålego Aune patrzyła twarz uwieczniona w niemym krzyku. Twarz demona.

– No to mów. – Harry przyłożył telefon do ucha, powoli opróżniając drugą filiżankę kawy.

– Na wyrzynarce są odciski palców Valentina Gjertsena – oznajmił Bjørn Holm. – A powierzchnia złamania brzeszczotu pasuje do tego, którego użyto na Bergslia.

– A więc to Valentin Gjertsen był Rzeźnikiem.

– Na to wygląda – odparł Bjørn. – Dziwi mnie tylko, że Gjertsen schował narzędzie zbrodni u siebie w domu, zamiast je gdzieś po prostu wyrzucić.

– Zamierzał użyć go jeszcze raz – stwierdził Harry.

Poczuł krótkie wibrowanie komórki. SMS. Zerknął na wyświetlacz. Nadawcą był S, czyli Ståle Aune. Harry przeczytał wiadomość. Potem przeczytał jeszcze raz:

valentin jest tu sos

– Bjørn, wyślij patrole do gabinetu Stålego na Sporveisgata. Valentin tam jest!

– Halo? Harry! Halo?

Ale Harry już biegł.

31

– Zawsze przykro jest zostać odkrytym – powiedział pacjent. – Ale czasami gorzej jest być tym, który odkrywa.

– Co odkrywa? – spytał Ståle, przełykając ślinę. – To tatuaż, i co z tego? To przecież nie jest karalne. Wielu ludzi ma... – kiwnął głową ku twarzy demona – ...takie.

– Doprawdy? – Stavnes opuścił koszulkę. – To dlatego wyglądałeś tak, jakbyś zaraz miał umrzeć, kiedy go zobaczyłeś?

– Wciąż nie rozumiem, o co panu chodzi? – Ståle z trudem wymawiał słowa. – Będziemy rozmawiać dalej o pańskim ojcu?

Pacjent roześmiał się głośno.

– Wiesz co, Aune? Kiedy przyszedłem tu pierwszy raz, nie mogłem się zdecydować, czy jestem dumny, czy rozczarowany tym, że mnie nie poznałeś.

– Nie poznałem?

– Już się kiedyś spotkaliśmy. Byłem oskarżony w pewnej sprawie, a ciebie wezwano, żebyś ocenił moją poczytalność. Pewnie miałeś setki takich spraw i na rozmowę ze mną poświęciłeś tylko trzy kwadranse. Mimo wszystko w pewnym sensie żałowałem, że nie zrobiłem na tobie większego wrażenia.

Ståle popatrzył na niego zdziwiony. Naprawdę wystawił opinię psychologiczną człowiekowi, który przed nim siedział? Rzecz jasna, niemożliwe było przechowywanie w pamięci ich wszystkich, ale jednak zazwyczaj zapamiętywał przynajmniej twarze.

Te dwie blizny pod brodą. Oczywiście. Przypuszczał, że to po zwykłym liftingu, ale przecież Beate mówiła, że Valentin Gjertsen musiał się poddać większej operacji plastycznej.

– Za to ty zrobiłeś wrażenie na mnie, Aune. Rozumiałeś mnie. Nie przerażały cię szczegóły, dalej drążyłeś. Pytałeś o właściwe rzeczy. O bolesne. Jak dobry masażysta, który dokładnie wie, w którym miejscu tkwi supeł. Znalazłeś bolące miejsce. Właśnie dlatego do ciebie wróciłem. Miałem nadzieję, że znów zdołasz odnaleźć ten wrzód, przetniesz go i wyciągniesz ze mnie to świństwo. Potrafisz to? Czy już całkiem straciłeś zaangażowanie, Aune?

Ståle chrząknął.

– Nie dam rady tego zrobić, jeśli mnie okłamujesz, Paul. – Tym razem wypowiedział jego imię tak, jak pacjent sobie życzył, z preferowanym długim „o".

– Ależ ja nie kłamię, Aune. Jedynie o pracy i żonie. Cała reszta to prawda. No i nazwisko. Poza tym…

– A Pink Floyd? Dziewczyna?

Pacjent rozłożył ręce i uśmiechnął się.

– Dlaczego mi o tym teraz mówisz, Poool?

– Już nie musisz mnie tak nazywać. Możesz mówić Valentin, jeśli chcesz.

– Va… co?

Pacjent zaśmiał się krótko.

– Przykro mi, ale marny z ciebie aktor, Aune. Dobrze wiesz, kim jestem. Wiedziałeś to już od chwili, kiedy zobaczyłeś mój tatuaż odbity w szybie.

– Dlaczego miałbym wiedzieć?

– Ponieważ ja jestem tym, którego szukacie. Jestem Valentin Gjertsen.

– Wy? Szukacie?

– Zapomniałeś, że musiałem tu siedzieć i wysłuchiwać, jak rozmawiasz z gliną o tym, co Valentin Gjertsen namazał na szybie w tramwaju? Poskarżyłem się i dostałem tę godzinę gratis, nie pamiętasz?

Ståle na kilka sekund zamknął oczy. Odciął się od wszystkiego. Tłumaczył sobie, że Harry niedługo tu będzie, nie zdążyłby przecież przemieścić się gdzieś daleko.

– Zresztą właśnie dlatego zacząłem przyjeżdżać rowerem zamiast tramwajem – powiedział Valentin. – Uznałem, że tramwaj będzie obserwowany.

– Ale dalej przyjeżdżałeś.

Valentin wzruszył ramionami i wsunął rękę do plecaka.

– Na rowerze, w kasku i goglach jest się prawie niemożliwym do zidentyfikowania, prawda? A ty niczego nie zrozumiałeś. Zdecydowałeś, że jestem Paul Stavnes i basta. No a ja potrzebowałem tych godzin, Aune. Szczerze mi przykro, że muszą się skończyć...

Aune zdusił szloch, kiedy zobaczył rękę Valentina Gjertsena wyłaniającą się z plecaka. Błysnął metal.

– Wiesz, że to narzędzie nazywa się *survival knife*? – spytał Valentin. – Chociaż w twoim wypadku to raczej mylące określenie. Ale można go wykorzystać do wielu różnych celów. Na przykład to... – Dotknął palcem zębatej części górnej krawędzi ostrza. – Większość ludzi nie bardzo wie, do czego to służy. Uważają tylko, że wygląda strasznie. I wiesz co? – Znów uśmiechnął się tym swoim paskudnym uśmieszkiem. – Mają rację. Kiedy się takim nożem przeciągnie po gardle... – udał, że to robi – ...pierwszy ząbek zahacza o skórę i rozrywa ją, a następne rozszarpują to, co jest pod nią. Na przykład cienką błonę naczynia krwionośnego. A jeśli to tętnica pod ciśnieniem... to mówię ci, widok jest naprawdę niesamowity. Ale nie bój się, ty tego nie zobaczysz. Obiecuję.

Ståle poczuł, że kręci mu się w głowie. Wręcz liczył na zawał serca.

– Pozostaje więc w zasadzie tylko jedna rzecz, Ståle. Mogę ci mówić po imieniu, tak po prostu? No więc, jaka jest diagnoza?

– Dia... dia...

– Diagnoza. Po grecku rozpoznanie, prawda? Co mi dolega, Ståle?

– Ja... nie wiem. Ja...

Ruch, który nastąpił, był tak błyskawiczny, że Ståle Aune nie zdążyłby ruszyć palcem, nawet gdyby próbował. Valentin zniknął mu z oczu, a kiedy znów rozległ się jego głos, dochodził z tyłu, tuż zza ucha Aunego.

– Oczywiście, że wiesz. Miałeś do czynienia z takimi jak ja przez całe swoje zawodowe życie. Niedokładnie takimi, ale podobnymi. Z wybrakowanymi produktami.

Ståle nie widział już noża. Ale go czuł. Czuł go na podwójnym podbródku, który się trząsł, kiedy Ståle ciężko oddychał przez nos. To nienaturalne, żeby człowiek mógł poruszać się tak szybko. Nie chciał umierać. Chciał żyć. Na żadną inną myśl nie miał już miejsca.

– Tobie... tobie nic nie dolega, Paul.

– Valentin. Okaż trochę szacunku. Zaraz opróżnię cię z krwi, wtedy mój fiut się nią wypełni, a ty sugerujesz, że nic mi nie dolega? – Valentin zaśmiał się Aunemu do ucha. – No dalej! Diagnoza!

– Kompletny szaleniec.

Obaj podnieśli głowy. I popatrzyli na drzwi, skąd dochodził głos.

– Koniec wizyty, Valentin. Możesz zapłacić w kasie przy wyjściu.

Wysoka postać o szerokich barkach, która wypełniła drzwi, zrobiła krok do środka. Ciągnęła za sobą coś, co Ståle rozpoznał dopiero po sekundzie – sztangę ze statywu nad kanapą w przestrzeni wspólnej.

– Trzymaj się z daleka, gliniarzu! – syknął Valentin, a Ståle poczuł mocniejszy nacisk ostrza na skórę.

– Patrole już jadą, Valentin. Koniec pieśni. Puść doktora.

Valentin kiwnął głową w stronę okna otwartego na ulicę.

– Nie słyszę żadnej syreny. Spadaj, bo inaczej zabiję doktora tu i teraz.

– Nie sądzę. – Harry uniósł sztangę. – Bez niego nie masz żadnej tarczy.

– W takim razie... – powiedział Valentin, a Ståle jednocześnie poczuł, że wykręca mu rękę, zmuszając, by wstał – ...pójdę i zabiorę doktora ze sobą.

– Weź raczej mnie – zaproponował Harry.

– Dlaczego?

– Jestem lepszym zakładnikiem. Z nim ryzykujesz, że wpadnie w panikę albo ci zemdleje. No i nie będziesz musiał się martwić o to, co mógłbym wymyślić.

Milczenie. Przez okno zdawał się dochodzić jakiś dźwięk. Może odległa syrena, a może nie. Ståle poczuł, że nacisk ostrza zelżał. W chwili, kiedy już chciał odetchnąć, poczuł lekkie ukłucie i szelest cięcia. Coś upadło na podłogę. Muszka.

– Jeśli tylko się ruszysz... – usłyszał syk, po czym Valentin zwrócił się do Harry'ego: – Jak sobie chcesz, gliniarzu. Ale najpierw odłóż tę sztangę. A potem stań twarzą do ściany z rozstawionymi nogami i...

– Wiem, co mam robić. – Harry rzucił sztangę, odwrócił się, oparł ręce wysoko o ścianę i rozstawił nogi.

Ståle poczuł, że uchwyt na ręce zelżał, a dosłownie mgnienie oka później Valentin stał już za Harrym, wykręcał mu rękę na plecy i przykładał nóż do szyi.

– No to idziemy, przystojniaczku – nakazał Valentin.

Wyszli.

Ståle wreszcie zaczerpnął powietrza.

Przez okno wiatr przynosił to cichnący, to rosnący dźwięk syreny.

* * *

Harry zobaczył przerażoną twarz recepcjonistki, kiedy mijali ją bez słowa jak zrośnięty dwugłowy troll. Na schodach próbował trochę zwolnić, ale zaraz poczuł kłujący ból w boku.

– Ten nóż wejdzie ci w nerkę, jeśli będziesz próbował mnie opóźniać.

Harry przyspieszył. Nie czuł jeszcze krwi, ponieważ miała tę samą temperaturę co skóra, ale wiedział, że płynie pod koszulą.

Dotarli na dół. Valentin kopniakiem otworzył drzwi i pchnął Harry'ego przed sobą, ale nóż nie stracił z nim kontaktu.

Stali na Sporveisgata. Harry słyszał już syrenę. W ich stronę szedł jakiś mężczyzna w ciemnych okularach z psem, ale minął ich, nie poświęcając im ani jednego spojrzenia. Biała laska stukała o chodnik jak kastaniety.

– Stań tutaj! – nakazał Valentin, wskazując słupek ze znakiem zakazu parkowania, do którego przypięty był górski rower.

Harry stanął przy słupku. Czuł, że koszula lepi mu się do pleców, ból w boku pulsował własnym rytmem. Nóż przyciskał się do krzyża. Zabrzęczał klucz i zapięcie rowerowe. Syreny się zbliżały. Nóż zniknął. Ale zanim Harry zdążył zareagować i odskoczyć, poczuł szarpnięcie za głowę i coś na szyi. Zobaczył gwiazdy, kiedy uderzył tyłem głowy o słupek. Zabrakło mu tchu. Znów zabrzęczały klucze. Nacisk na szyję zelżał, więc Harry odruchowo podniósł rękę i wsunął dwa palce między szyję a to, co go przytrzymywało. Zorientował się, co to jest. Niech to szlag.

Valentin wskoczył na rower. Założył gogle, zasalutował do kasku i nacisnął na pedały.

Harry patrzył, jak jego czarny plecak znika w głębi ulicy. Syreny wyły już tylko kilka przecznic dalej. Przejechał rowerzysta. Kask, czarny plecak. Jeszcze jeden. Bez kasku, ale czarny plecak. Jeszcze jeden. Do diabła! Syreny zdawały się rozlegać w jego głowie. Harry zamknął oczy, pomyślał o starym greckim paradoksie: coś się zbliża, jest odległe o kilometr, ale najpierw musi pokonać pół kilometra, jedną czwartą, jedną ósmą, jedną setną. Jeżeli prawdą jest, że szereg liczb jest nieskończony, to to coś nigdy nie dotrze na miejsce.

32

– I tak stałeś przypięty do słupka ze zwykłym zamkiem od roweru na szyi? – spytał Bjørn Holm z niedowierzaniem.

– Do słupka z pieprzonym zakazem parkowania. – Harry zajrzał do pustej filiżanki.

– Niezła ironia – stwierdziła Katrine.

– Musiał przyjechać specjalny patrol z wielkimi obcęgami, żeby mnie uwolnić.

Otworzyły się drzwi i do Kotłowni wpadł wściekły Gunnar Hagen.

– Przed chwilą się dowiedziałem. Co się dzieje?

– Wszystkie patrole w okolicy oczywiście go szukają – poinformowała Katrine. – Zatrzymują i sprawdzają każdego rowerzystę.

– Chociaż on już dawno pozbył się roweru i siedzi w taksówce albo jedzie środkiem transportu publicznego – pokiwał głową Harry. – O Valentinie Gjertsenie można powiedzieć wiele, ale nie to, że jest głupi.

Naczelnik zdyszany opadł na krzesło.

– Zostawił jakieś ślady?

Milczenie.

Zaskoczony spojrzał na mur wyrażających dezaprobatę twarzy.

– Co jest?

Harry chrząknął.

– Usiadłeś na krześle Beate.

– Naprawdę? – Hagen się poderwał.

– Zostawił kurtkę od dresu. Bjørn już ją przekazał technikom.

– Pot, włosy, cały pakiet – ożywił się Bjørn. – Myślę, że w ciągu doby albo dwóch dostaniemy potwierdzenie, że Paul Stavnes to Valentin Gjertsen.

– Było tam coś więcej? – spytał Hagen.

– Nie było portfela, telefonu, notatnika czy kalendarza z zaznaczonymi datami zaplanowanych zabójstw – odparł Harry. – Tylko to.

Hagen automatycznie wziął do ręki i obejrzał to, co podał mu Harry. Niedużą zamkniętą plastikową torebeczkę z trzema drewnianymi patyczkami kosmetycznymi.

– Na co mu to było?

– Może, żeby kogoś zabić – podsunął Harry spokojnie.

– Te patyczki mają służyć do czyszczenia uszu – powiedział Bjørn. – Ale właściwie są do drapania się w uchu, prawda? Podrażniają skórę, drapiemy się w ucho, produkcja woskowiny rośnie i nagle po prostu potrzebujemy ich jeszcze więcej. To taka heroina dla uszu.

– Albo do szminkowania – zaproponował Harry.

– Tak? – Hagen uważnie oglądał torebeczkę. – Chcesz powiedzieć, że on się... maluje?

– Raczej maskuje. Przecież już zrobił operację plastyczną. Ståle, ty go widziałeś z bliska.

– Nie zastanawiałem się nad tym, ale możesz mieć rację.

– Wystarczy odrobina tuszu i kredki do oczu, żeby uzyskać różnicę – powiedziała Katrine.

– No dobrze – westchnął Hagen. – Mamy coś na nazwisko Paula Stavnesa?

– Mało – odparła Katrine. – W ewidencji ludności nie ma Paula Stavnesa z taką datą urodzenia, jaką podał u Aunego. Dwaj mężczyźni o tym samym imieniu i nazwisku już zostali wyeliminowani ze sprawy. Starsi państwo, których adres podał, nigdy nie słyszeli ani o Paulu Stavnesie, ani o Valentinie Gjertsenie.

– Nie mamy zwyczaju sprawdzania informacji podawanych przez pacjentów – wyjaśnił Aune. – Zresztą on się rozliczał po każdej wizycie.

– Hotel – powiedział Harry. – Pensjonat. Schronisko. Wszyscy mają teraz rejestry gości w komputerach.

– Zaraz sprawdzę. – Katrine już się odwróciła i zaczęła stukać w klawiaturę.

– Takie rzeczy są w Internecie? – spytał z powątpiewaniem Hagen.

– Nie – odparł Harry. – Ale Katrine używa wyszukiwarek, których istnienia byś sobie nie życzył.

– A to dlaczego?

– Bo mają dostęp do takiego poziomu kodowania, że nawet najlepsze zapory ogniowe na świecie są nieprzydatne. – Bjørn zajrzał Katrine przez ramię, słuchając wściekłego stukania w klawisze, które brzmiało tak, jakby karaluchy uciekały po szklanym stole.

– Jak to możliwe? – zdumiał się Hagen.

– Ponieważ to ten sam poziom kodów, na którym budowane są zapory ogniowe – wyjaśnił Bjørn. – Te wyszukiwarki same są zaporami.

– Marnie to wygląda – oznajmiła Katrine. – Nigdzie nie ma żadnego Paula Stavnesa.

– Ale on musiał gdzieś mieszkać – upierał się Hagen. – Może wynajął mieszkanie pod tym nazwiskiem? Da się to sprawdzić?

– Wątpię, żeby był zwykłym najemcą – odparła Katrine. – Większość osób próbuje się czegoś dowiedzieć o swoich przyszłych najemcach. Wrzuca ich w Google albo przynajmniej zagląda na listy podatkowe. A Valentin wie, że to by było podejrzane, gdyby nigdzie nie mogli go znaleźć.

– Hotel – powiedział nagle Harry, stając przy tablicy, na której wypisali coś, co Hagenowi początkowo wydało się mapą luźnych skojarzeń, ze strzałkami i hasłami, dopóki nie rozpoznał nazwisk ofiar. Jedna z nich była oznaczona tylko literą B.

– Już wspominałeś o hotelu, mój drogi – przypomniała Katrine.

– Trzy patyczki do uszu – ciągnął Harry, nachylając się do Hagena i sięgając po zaklejoną fabrycznie plastikową torebkę. – Czegoś takiego nie kupi się w sklepie. Takie rzeczy leżą w hotelowej łazience razem z miniaturowymi buteleczkami z szamponem i odżywką do włosów. Spróbuj jeszcze raz, Katrine. Tym razem Johansen.

Poszukiwanie trwało mniej niż piętnaście sekund.

– Negatywne.

– O cholera! – zaklął Hagen.

– Ale to jeszcze nie koniec. – Harry uważnie oglądał torebkę. – Tu nie ma nazwy producenta, ale na ogół takie patyczki mają plastikowy trzonek, a te są z drewna. Chyba da się sprawdzić, kto je dostarcza i do których hoteli w Oslo.

– Zaopatrzenie hoteli. – Owadzie palce Katrine znów ruszyły po klawiaturze.

– No, pójdę już. – Ståle wstał.

– Odprowadzę cię – zaproponował Harry.

– Nie znajdziecie go – oświadczył Ståle, kiedy stanęli pod Budynkiem Policji z widokiem na park skąpany w ostrym chłodnym wiosennym świetle.

– Chciałeś chyba powiedzieć „my".

– Być może – westchnął Ståle. – Ale nie czuję, żebym jakoś wam pomagał.

– Pomagał? – zdziwił się Harry. – Przecież osobiście wystawiłeś nam Valentina!

– Ale uciekł.

– Ujawnił fałszywe nazwisko, zbliżamy się do niego. Właściwie dlaczego nie wierzysz, że go złapiemy?

– Sam go widziałeś. I co o tym myślisz?

Harry pokiwał głową.

– Powiedział, że przyszedł właśnie do ciebie, ponieważ wcześniej sporządzałeś opinię psychologiczną o nim. Wtedy stwierdziłeś, że jest poczytalny w rozumieniu prawa, tak?

– Owszem. Ale, jak wiesz, ludzi z poważnymi zaburzeniami osobowości można skazywać.

– A ty szukałeś ciężkiej schizofrenii, psychozy w chwili popełniania czynu?

– Tak.

– Ale on może mieć na przykład psychozę maniakalno-depresyjną. To znaczy cierpieć na chorobę afektywną dwubiegunową typu drugiego. Albo socjopatię.

– Obecnie mówi się o osobowości dyssocjalnej. – Ståle przyjął papierosa, którego podał mu Harry.

Harry przypalił im obu.

– To, że przyszedł do ciebie, chociaż wie, że pracujesz dla policji, to w porządku. Ale że przychodził dalej, nawet wtedy, kiedy już wiedział, że jesteś zaangażowany w jego ściganie?

Ståle zaciągnął się i wzruszył ramionami.

– Widocznie jestem tak świetnym terapeutą, że postanowił zaryzykować.

– A jakieś inne propozycje?

– Hm. Może szuka napięcia. Wielu seryjnych zabójców zgłaszało się do śledczych, posługując się najprzeróżniejszymi wymówkami. Chcieli mieć kontakt z własnym pościgiem i poczuć triumf z oszukiwania policji.

– Valentin zdjął koszulkę, chociaż musiał mieć świadomość, że wiesz o tym tatuażu. Cholerne ryzyko, jeśli popełniło się zabójstwo, za które jest się poszukiwanym.

– Co chcesz przez to powiedzieć?

– No właśnie, co ja chcę przez to powiedzieć?

– Że on podświadomie pragnie zostać złapany. Że przyszedł do mnie po to, żebym go rozpoznał, a kiedy sobie z tym nie poradziłem, podświadomie pomógł mi, pokazując tatuaż. Że to wcale nie był przypadek. On wiedział, że ja zobaczę to odbicie.

– A kiedy to osiągnął, rozpaczliwie rzucił się do ucieczki?

– Świadomość zwyciężyła. To może postawić zabójstwa policjantów w nowym świetle, Harry. Zbrodnie Valentina to czynności przymusowe, on podświadomie pragnie z tym skończyć. Chce kary, egzorcyzmu. Chciałby, żeby ktoś powstrzymał tego demona, który w nim tkwi. A ponieważ nie zdołaliśmy go złapać za te pierwotne zbrodnie, robi to, co wielu seryjnych zabójców – zwiększa ryzyko. W jego przypadku jest to rzucenie się na policjantów, którzy nie zdołali go złapać za pierwszym razem, ponieważ wie, że przy zabójstwach tego typu angażowane są absolutnie wszystkie siły i środki. A na koniec pokazuje tatuaż osobie, która bierze udział w śledztwie. Cholera, wydaje mi się, że możesz mieć rację, Harry.

– Mhm. Chyba nie mnie należą się prawa autorskie. Ale może jest jakieś prostsze wyjaśnienie? Może Valentin nie jest aż tak ostrożny, jak według nas powinien być, ponieważ nie ma się aż tak czego obawiać?

– Akurat tego nie zrozumiałem, Harry.

Harry zaciągnął się papierosem. Wypuścił dym ustami, a jednocześnie wciągnął go nosem. Nauczył się tej sztuczki od niemieckiego muzyka o mlecznobiałej skórze grającego na didgeridoo w Hongkongu: *Exhale and inhale at the same fucking time, mate, and you can smoke your cigarettes twice*.

– Idź do domu i odpocznij – polecił Harry. – To był cholerny dzień.

– Dziękuję, ale to ja tu jestem jakby psychologiem.

– Kiedy zabójca przykłada ci błyszczącą stal do gardła? *Sorry*, doktorze, ale tego nie uda ci się zracjonalizować. Koszmary już tłoczą się w kolejce. Możesz mi wierzyć, bo to znam. Więc porozmawiaj o tym z jakimś kolegą po fachu. To rozkaz.

– Rozkaz? – Jakieś drgnienie na twarzy Stålego zapowiadało uśmiech. – Jesteś teraz szefem, Harry?

– A kiedykolwiek miałeś co do tego wątpliwości? – Harry sięgnął do kieszeni. Wyjął z niej telefon. – Tak?

Rzucił ledwie zaczętego papierosa na ziemię.

– Zgaś go za mnie. Coś znaleźli.

Ståle patrzył, jak Harry znika w drzwiach. Spojrzał na palącego się papierosa na asfalcie. Delikatnie przydeptał go butem. Zwiększył nacisk. Lekko obrócił stopą. I poczuł, jak papieros ulega zmiażdżeniu pod cienką skórzaną podeszwą. Poczuł napływającą wściekłość. Kręcił jeszcze mocniej, wcierał w asfalt filtr, popiół, papier i miękkie kawałeczki tytoniu. Rzucił swojego papierosa, powtórzył ruchy. Czuł jednocześnie przyjemność i przykrość. Miał ochotę krzyczeć, bić, śmiać się i płakać. Wcześniej wyczuwał każdy niuans smaku w tym papierosie. Żył. Żył jak cholera.

– Hotel Casbah na Gange-Rolvs gate – oznajmiła Katrine, jeszcze zanim Harry zdążył zamknąć drzwi. – Korzystają z niego głównie ambasady, zanim znajdą mieszkanie dla swoich pracowników. Stosunkowo niedrogie nieduże pokoje.

– Mhm. Dlaczego akurat ten hotel?

– Jedyny hotel, do którego dostarczane są takie patyczki do uszu, a jednocześnie położony w odpowiedniej stronie miasta, żeby jeździć dwunastką – wyjaśnił Bjørn. – Zadzwoniłem do nich, nie mają w rejestrze gości Stavnesa, Gjertsena ani Johansena. Ale przefaksowałem im portret pamięciowy zrobiony na podstawie opisu Beate.

– I?

– Recepcjonista powiedział, że jest u nich ktoś podobny. Niejaki Sawicki. Podał, że pracuje dla ambasady białoruskiej. Zwykle wychodził do pracy w garniturze, ale ostatnio zaczął nosić dres. I jeździć rowerem.

Harry już trzymał w ręku słuchawkę telefonu stacjonarnego.

– Hagen? Potrzebujemy Delty. Natychmiast.

33

– Więc chcesz, żebym to zrobił? – Truls obracał w rękach szklankę z piwem. Siedzieli w Kampen Bistro. Mikael wyjaśnił mu, że to niezła knajpa, modne miejsce we wschodniej dzielnicy, popularne wśród tych na topie, tych, którzy mają więcej kapitału kulturalnego niż finansowego. Tych, co są najbardziej trendy, a ich roczny dochód jest akurat na tyle niski, by mogli utrzymać studencki styl życia, nie wychodząc przy tym na żałosnych.

Truls całe życie mieszkał we wschodniej części miasta i nigdy nie słyszał o tej knajpie.

– A dlaczego miałbym to zrobić?

– Zawieszenie. – Mikael przelał resztę wody z butelki do szklanki. – Doprowadzę do jego wycofania.

– Tak? – Truls spojrzał podejrzliwie na Mikaela.

– Owszem.

Truls wypił łyk ze szklanki, przeciągnął grzbietem dłoni po ustach, chociaż piana już dawno zniknęła. Nie spieszył się.

– Jeśli to takie proste, dlaczego nie zrobiłeś tego do tej pory?

Mikael przymknął oczy i odetchnął głębiej.

– Ponieważ to nie jest aż takie proste, ale to zrobię.

– Ponieważ…

– Ponieważ jeśli mi nie pomożesz, będę skończony.

Truls zarechotał.

– Dziwne, jak szybko sytuacja potrafi się odwrócić. Prawda, Mikael?

Bellman rozejrzał się na obie strony. W lokalu było pełno, ale wybrał go, ponieważ z całą pewnością nie przychodzili tu policjanci, a nie powinien się pokazywać z Trulsem. Miał wrażenie, że Truls to zrozumiał. Ale co z tego?

– I jak będzie? Mogę wykorzystać kogoś innego.

Truls zaśmiał się głośno.

– Za cholerę nie możesz.

Mikael rozejrzał się jeszcze raz. Nie chciał uciszać Trulsa, ale… Dawniej Mikael w zasadzie potrafił przewidzieć, jak Truls zareaguje. Umiał manipulować nim tak, jak chciał. W przyjacielu z dzieciństwa zaszła jednak zmiana. Pojawiła się ta mroczność i nieobliczalność.

– Muszę mieć odpowiedź. Sprawa jest pilna.

– W porządku. – Truls opróżnił szklankę. – Ale zawieszenie to jedno. Potrzebuję jeszcze czegoś.

– Czego?

– Używanych majtek Ulli.

Mikael oniemiał. Czy Truls się upił? A może dzikość w jego wilgotnych oczach teraz już w ogóle nie znikała?

Truls zachrumkał jeszcze głośniej i z hukiem odstawił szklankę. Niektórzy z tych na topie odwrócili się, kierując spojrzenia w ich stronę.

– Ja... – zaczął Mikael – ...zobaczę, co...

– Wygłupiam się, ty durniu!

Mikael zaśmiał się krótko.

– Ja też. Czy to znaczy, że...

– Do diabła, przecież jesteśmy przyjaciółmi z dzieciństwa, co nie?

– Jasne. Nie masz pojęcia, jaki ci jestem za to wdzięczny, Truls. – Mikael z trudem walczył o uśmiech.

– Owszem, mam pojęcie. – Truls wyciągnął rękę nad stołem i ciężko położył ją na ramieniu Mikaela.

Za ciężko, pomyślał Mikael.

Nie było żadnego rozpoznania, żadnego studiowania planów, korytarzy, wyjść i możliwych dróg ewakuacji. Nie było samochodów patrolowych blokujących drogi, którymi wjechał Geländewagen oddziału Delta. Było jedynie krótkie wprowadzenie podczas jazdy. Sivert Falkeid wyszczekiwał polecenia, a ciężko uzbrojeni mężczyźni w samochodzie milczeli jak zaklęci, co oznaczało, że rozumieją.

Wszystko było kwestią czasu. I nawet najlepszy plan na świecie do niczego by się nie przydał, gdyby ptaszek wyfrunął.

Harry, słuchając tego z tyłu dziewięcioosobowego samochodu terenowego, wiedział, że to nie jest też prawie najlepszy ani trzeci z kolei najlepszy plan na świecie.

Falkeid od razu na wstępie spytał go, czy sądzi, że Valentin będzie uzbrojony. Harry odpowiedział, że przy zabójstwie Renégo Kalsnesa użyto broni palnej, a poza tym przypuszczał, że Beate Lønn również grożono bronią.

Patrzył na siedzących przed nim mężczyzn. Na policjantów, którzy dobrowolnie zgłaszali się do akcji z bronią. Wiedział, o ile więcej im płacą, i wiedział też, że nie jest to wcale dużo więcej. Wiedział również, ile zdaniem podatników można wymagać od Delty, a mianowicie zdecydowanie za dużo. Ileż to razy słyszał, jak ludzie, którzy mają na wszystko gotowe rozwiązania w ręku, krytykowali komandosów z Delty za to, że nie narażają się na większe niebezpieczeństwo, że nie mają jakiegoś szóstego zmysłu, podpowiadającego im, co znajduje się za zamkniętymi drzwiami, w porwanym samolocie, na porośniętym lasem brzegu, i nie rzucają się w to na oślep. Dla członka Delty uczestniczącego średnio w czterech zbrojnych akcjach rocznie, czyli w około stu w ciągu całej służby, taka polityka byłaby proszeniem się o śmierć w pracy. A i tak najważniejsza była świadomość, że śmierć podczas akcji to najpewniejszy sposób skazania przedsięwzięcia na niepowodzenie i narażenie na niebezpieczeństwo kolegów z oddziału.

– Jest tylko jedna winda – warknął Falkeid. – Biorą ją Dwójka i Trójka. Czwórka, Piątka i Szóstka biorą główne schody, Siódemka i Ósemka schody przeciwpożarowe. Hole, ty i ja zabezpieczymy obszar na zewnątrz, gdyby chciał się wydostać przez okno.

– Nie mam broni – powiedział Harry.

– Proszę. – Falkeid posłał na tył glocka 17.

Harry poczuł w dłoni solidny ciężar, równowagę.

Nigdy nie rozumiał ludzi, którzy mają fioła na punkcie broni, tak samo zresztą jak tych, którzy wariują na punkcie samochodów albo budują domy dostosowane do sprzętu hi-fi. Nie czuł jednak bezpośredniej niechęci do trzymania broni w ręku. Aż do tego roku. Wrócił pamięcią do chwili, kiedy ostatni raz trzymał w ręku pistolet. Pomyślał o odessie w szafie. Szybko postarał się o niej zapomnieć.

– Jesteśmy na miejscu – oznajmił Falkeid.

Zatrzymali się na mało ruchliwej ulicy pod bramą okazałego czteropiętrowego budynku, niemal identycznego jak wszystkie pozostałe domy w tej okolicy. Harry wiedział, że w niektórych mieszkają stare pieniądze, w innych nowe, które chcą uchodzić za stare, natomiast w pozostałych mieszczą się ambasady, mieszkania dyplomatów, agencje reklamowe, wytwórnie płytowe i mniejsze spółki armatorskie. Jedynie dyskretna mosiężna tabliczka na słupku bramy świadczyła o tym, że są pod właściwym adresem.

Falkeid podniósł rękę z zegarkiem.

– Komunikacja przez radio – powiedział.

Członkowie Delty po kolei podawali swoje numery – te same, które mieli wymalowane z przodu na hełmach. Opuścili kominiarki i napięli rzemienie pistoletów maszynowych MP5.

– Odliczam od pięciu i wchodzimy. Pięć, cztery…

Harry nie miał pewności, czy to jego własna adrenalina, czy cudza, ale czuł charakterystyczny zapach i smak, gorzko-słony, jak po strzelaniu kapiszonami z pistoletu-zabawki.

Drzwi się otworzyły i Harry zobaczył ścianę czarnych pleców wbiegających przez bramę i pokonujących dziesięć metrów do wejścia, w którym zniknęły.

Wysiadł za nimi. Poprawił kuloodporną kamizelkę. Skórę pod nią już miał mokrą od potu. Falkeid opuścił siedzenie pasażera, wyciągając kluczyki ze stacyjki. Harry jak przez mgłę przypominał sobie akcję, podczas której przestępcy będący obiektem szturmu uciekli policyjnym samochodem, ponieważ zostawiono kluczyki. Oddał glocka Falkeidowi.

– Nie mam pozwolenia na broń.

– Masz. Wydane tymczasowo przeze mnie – oświadczył Falkeid. – Uwarunkowane sytuacją. Instrukcja policyjna paragraf jakiś tam. Chyba.

Harry załadował pistolet i ruszył po żwirze akurat w chwili, gdy z budynku wybiegł młody mężczyzna z szyją wygiętą jak u pelikana. Jabłko Adama poruszało mu się w górę i w dół, jakby usiłował coś przełknąć, a Harry zobaczył, że nazwisko na plakietce przypiętej do poły czarnej marynarki zgadza się z nazwiskiem recepcjonisty, z którym rozmawiał przez telefon.

Nie potrafił powiedzieć, czy gość znajduje się w swoim pokoju, czy w jakimś innym miejscu w hotelu, ale zaofiarował się, że sprawdzi, a Harry surowo mu tego zabronił. Kazał kontynuować zwykłe zajęcia i udawać, że nic się nie dzieje, bo dzięki temu nie stanie się nic ani jemu, ani nikomu innemu. Widok siedmiu ubranych na czarno i uzbrojonych po zęby mężczyzn miał jednak najwyraźniej utrudnić to udawanie.

– Dałem im klucz uniwersalny – wysapał recepcjonista z wyraźnie wschodnioeuropejskim akcentem. – Kazali mi wyjść i…

– Stań za naszym samochodem – szepnął Falkeid, kciukiem wskazując za ramię.

Harry ich zostawił. Z pistoletem w wyciągniętej ręce przeszedł na tyły budynku, gdzie rozciągał się cienisty ogród z rzędem jabłoni przy płocie sąsiedniej parceli. Starszy pan, który siedział na tarasie i czytał „Daily Telegraph", opuścił gazetę i spojrzał ponad okularami. Harry wskazał na żółte litery układające się w napis POLICJA z przodu kamizelki kuloodpornej i położył palec wskazujący na ustach, a gdy w odpowiedzi otrzymał lekkie skinienie głową, skoncentrował się na oknach na czwartym piętrze. Recepcjonista wyjaśnił im, gdzie znajduje się pokój rzekomego Białorusina oraz że można do niego dojść tylko jednym, zakończonym ślepo korytarzem, a okno pokoju wychodzi na tyły kamienicy.

Harry poprawił słuchawkę w uchu, czekał.

Po kilku sekundach usłyszał. Głuchy trzask granatu hukowego, po którym zabrzęczały szyby.

Harry wiedział, że fala dźwiękowa nie mogła wywołać żadnego innego efektu oprócz tego, że osoby obecne w pokoju ogłuchłyby na pewien czas. Ale huk w połączeniu z oślepiającym błyskiem i nagłym szturmem sprawiał, że nawet dobrze wyćwiczone obiekty paraliżowało na trzy sekundy. A właśnie tych trzech sekund potrzebowała Delta.

Harry czekał. Wreszcie w słuchawce rozległ się przytłumiony głos i padły słowa, których się spodziewał:

– Pokój czterysta sześć zabezpieczony. Nikogo nie ma.

Dopiero dalszy ciąg sprawił, że Harry głośno zaklął:

– Wygląda na to, że tu był i zabrał wszystkie swoje rzeczy.

Harry stał z założonymi rękami w korytarzu przed pokojem czterysta sześć, kiedy przyjechała Katrine z Bjørnem.

– Pudło? – spytała Katrine.

– I to do pustej bramki – odparł Harry, kręcąc głową.

Weszli za nim do pokoju.

– Przyjechał prosto tutaj, zabrał ze sobą wszystko i wyszedł.

– Wszystko? – spytał Bjørn.

– Wszystko z wyjątkiem dwóch używanych patyczków do uszu i dwóch biletów tramwajowych, które znaleźliśmy w koszu na śmieci. I jeszcze ten bilet na mecz piłki nożnej, który, jeśli dobrze pamiętam, wygraliśmy.

– My? – spytał Bjørn, rozglądając się po ze wszech miar standardowym pokoju hotelowym. – Masz na myśli drużynę Vålerenga?

– Reprezentację narodową. Przeciwko Słowenii, tak tu jest napisane.

– Wygraliśmy – potwierdził Bjørn. – Riise strzelił w dogrywce.

– Chorzy z was faceci, skoro pamiętacie takie rzeczy. – Katrine aż pokręciła głową. – Ja nie pamiętam nawet, czy Brann wygrał kolejkę, czy spadł w tabeli w zeszłym roku.

– Ja wcale taki nie jestem – zaprotestował Bjørn. – Pamiętam to tylko dlatego, że był remis, a Riise…

– I tak byś to zapamiętał, Rain Manie, ty…

– Hej!

Odwrócili się do Harry'ego, który wciąż wpatrywał się w bilet.

– Pamiętasz, co to było, Bjørn?

– Co?

– Do czego cię wtedy wezwali?

Bjørn Holm podrapał się w baczek.

– Zaraz, zaraz. To był wczesny wieczór…

– Dobrze, nie musisz się zastanawiać – przerwał mu Harry. – To było zabójstwo Erlenda Vennesli w Maridalen.

– Naprawdę?

– Tego samego dnia kadra grała na stadionie Ullevaal, data jest na bilecie. O siódmej.

– O rany! – westchnęła Katrine.

– Nie mów tego – poprosił Bjørn z cierpiącą miną. – Bardzo cię proszę, tylko nie mów, że Valentin Gjertsen był na tym meczu, bo jeśli tak…

– …to nie może być zabójcą – dokończyła Katrine. – A przecież chcielibyśmy, żeby nim był. Więc powiedz nam raczej coś dodającego otuchy.

– Okej – odparł Harry. – Dlaczego ten bilet nie leżał w koszu na śmieci razem z patyczkami do uszu i biletami tramwajowymi? Dlaczego Valentin zostawił go na biurku, skoro sprzątnął wszystko inne? Dlaczego położył go w takim miejscu, chociaż wiedział, że z całą pewnością go znajdziemy?

– Podłożył alibi – stwierdziła Katrine.

– Zostawił go dla nas, żebyśmy stali dokładnie tak jak w tej chwili, pełni wątpliwości i niezdolni do działania. Ale to tylko bilet. To jeszcze nie dowód, że on tam był. Przeciwnie, to wręcz dziwne, że wybrał się w tak tłoczne miejsce, gdzie nikt nie jest w stanie zapamiętać żadnej osoby, a jeszcze na dodatek z niewyjaśnionych powodów zachował bilet.

– Na tym bilecie jest numer miejsca – zauważyła Katrine. – Może ktoś siedzący z boku albo tuż za nim zapamiętał, kto tam siedział, albo że miejsce było puste? Mogę pogrzebać, może znajdę…

– Spróbuj – powiedział Harry. – Ale robiliśmy już to samo z rzekomymi alibi w teatrze i w kinie. Okazuje się, że ludzie już po trzech, czterech dniach nie pamiętają żadnego z obcych, którzy siedzieli obok.

– No tak, masz rację. – Katrine przygasła.

– To był mecz reprezentacji – wtrącił Bjørn.

– I co z tego? – Harry już wchodził do łazienki, po drodze rozpinając rozporek.

– Mecze kadry podlegają regułom Międzynarodowej Federacji Piłki Nożnej. Ze względu na chuliganizm.

– Oczywiście! Świetnie, Bjørn! – zawołał Harry z łazienki i trzasnął drzwiami.

– Co? – krzyknęła Katrine. – O czym wy mówicie?

– O kamerach – wyjaśnił Bjørn. – FIFA nakazuje filmowanie kibiców, na wypadek gdyby podczas meczu doszło do jakichś incydentów. Wprowadzono tę zasadę podczas fali chuligańskich zamieszek w latach dziewięćdziesiątych, żeby policja mogła ustalić tożsamość kiboli i ich skazać. Filmują trybuny podczas całego meczu, jakość jest na tyle dobra, że każdą twarz można przybliżyć i zidentyfikować. A my mamy sektor, rząd i numer miejsca, na którym siedział Valentin.

– Nie siedział! – wrzasnęła Katrine. – Cholera, on nie ma prawa być na tym nagraniu, nie rozumiesz? Bo to oznacza powrót do punktu wyjścia!

– Oczywiście możliwe, że już skasowali to nagranie – powiedział Bjørn. – Podczas tego meczu nie było żadnej awantury, a dyrektywa dotycząca archiwizowania danych na pewno określa, jak długo mają prawo przechowywać nagranie...

– Jeśli zdjęcia są magazynowane na komputerze, to trzeba czegoś więcej niż wciśnięcia Delete, żeby pliki zniknęły z twardego dysku.

– Dyrektywa dotycząca archiwizowania danych...

– Usuwanie plików na stałe jest jak zdrapywanie psiego gówna z adidasa. Myślisz, że w jaki sposób znajdujemy dziecięcą pornografię na komputerach, które zboczeńcy wydają nam dobrowolnie, bo są pewni, że wszystko zniknęło? Uwierz mi, znajdę Valentina Gjertsena, jeśli był tamtego dnia na Ullevaal! A jaki był przypuszczalny czas zgonu Erlenda Vennesli?

Zaszumiała spłuczka w toalecie.

– Między siódmą a wpół do ósmej – odparł Bjørn. – To znaczy na samym początku meczu. Zaraz po wyrównaniu Henriksena. Vennesla w Maridalen musiał słyszeć krzyk radości.

Drzwi do łazienki się otworzyły.

– Co oznacza, że Valentin mógł zdążyć na stadion zaraz po zabójstwie w Maridalen – stwierdził Harry, dopinając ostatni guzik. – A na Ullevaal mógł postarać się zrobić coś, żeby ktoś go zapamiętał.

– Valentina nie mogło być na tym meczu – oświadczyła Katrine. – Ale jeśli mimo wszystko był, to obejrzę to pieprzone wideo od początku do końca ze stoperem w ręku, jeśli bodaj ruszy tyłek z siedzenia. I niech się pocałuje w dupę z takim alibi!

Wśród wielkich willi panowała cisza.

Cisza przed burzą, wywołaną przez rój volvo i audi powracających do domu z pracy w Norwegii spółce z o.o., pomyślał Truls.

Nacisnął dzwonek i rozejrzał się.

Pięknie utrzymany, zadbany ogród. Pewnie ma się czas na takie rzeczy, kiedy się jest emerytowanym komendantem policji.

Drzwi się otworzyły. Postarzał się. Miał to samo niebieskie ostre spojrzenie, ale skóra na szyi lekko obwisła, a sylwetka nie była już taka prosta. Nie wyglądał tak imponująco, jak zapamiętał go Truls. Może to przez sprany domowy strój, a może tak się dzieje z człowiekiem, kiedy praca nie zmusza go już do ciągłego stania na baczność.

– Berentzen, Wydział Przestępczości Zorganizowanej. – Truls spokojnie podniósł identyfikator, przekonany, że jeśli stary naprawdę zdąży przeczytać jego nazwisko, będzie sądził, że również to samo usłyszał. Kłamstwo z możliwością odwrotu. Ale komendant kiwnął głową, nawet nie zerkając na identyfikator.

– Chyba cię pamiętam. Czym mogę służyć, Berentzen?

Nie miał zamiaru zapraszać Trulsa do środka. No i dobrze. I tak nikt ich nie widział, a hałas w tle był minimalny.

– Chodzi o pańskiego syna, Sondrego.

– A co się stało?

– Prowadzimy akcję przeciwko albańskim sutenerom i w związku z tym obserwowaliśmy, co się dzieje na obszarze Kvadraturen. Zrobiliśmy sporo zdjęć i zidentyfikowaliśmy dużo samochodów, do których wsiadały prostytutki. Mamy zamiar wezwać właścicieli aut na przesłuchanie. Zaproponujemy złagodzenie kary w zamian za wykorzystanie tego, co powiedzą nam o sutenerach. A jeden ze sfotografowanych samochodów jest zarejestrowany na pańskiego syna.

Komendant uniósł krzaczaste brwi.

– Co to ma znaczyć? Sondre? Wykluczone!

– Ja też tak uważam. Ale chciałem się z panem naradzić. Jeżeli uważa pan, że to nieporozumienie, a kobieta, którą zabiera do samochodu, nie jest nawet prostytutką, zniszczymy to zdjęcie.

– Sondre jest szczęśliwie żonaty. To ja go wychowałem, mój syn umie odróżnić dobro od zła!

– Nie wątpię. Chciałem się tylko upewnić, czy taka jest również pańska ocena sprawy.

– Na miłość boską, miałby kupować... – stojący przed Trulsem mężczyzna skrzywił się, jakby nadgryzł zgniłe winogrono – ...seks na ulicy? Niebezpieczeństwo zarażenia. Dzieci. Ależ to niemożliwe!

– No to chyba jesteśmy zgodni, że nie ma sensu dalej badać tej sprawy. Chociaż są powody, żeby przypuszczać, że ta kobieta jednak jest prostytutką, mógł to być ktoś, komu pański syn pożyczył samochód, bo zdjęcia kierowcy nie mamy.

– W takim razie nie ma żadnej sprawy. Zapomnijcie o tym.

– Dobrze, zrobimy tak, jak pan mówi.

Komendant powoli skinął głową, uważnie przyglądając się Trulsowi.

– Berentzen z Wydziału Przestępczości Zorganizowanej, tak?

– Zgadza się.

– Dziękuję, Berentzen. Robicie dobrą robotę.

Truls uśmiechnął się szeroko.

– Staramy się, jak możemy. Miłego dnia.

– Co ty takiego powiedziałeś? – spytała Katrine, gdy wpatrywali się w czarny ekran monitora.

Na świecie poza Kotłownią było już popołudnie. Tutaj powietrze zgęstniało od ludzkich wyziewów.

– Mówiłem, że dyrektywa o przechowywaniu danych najprawdopodobniej nakazała usunięcie nagrań kibiców na trybunach – odparł Bjørn. – I, jak widzisz, miałem rację.

– A co ja na to?

– Powiedziałaś, że pliki są jak psie gówno przyklejone do adidasa – przypomniał Harry. – Niemożliwe do usunięcia.

– Wcale nie mówiłam, że niemożliwe – zaprotestowała Katrine.

Tłoczyli się we czworo wokół jej komputera. Kiedy Harry zadzwonił do Ståle i poprosił go o przyjście, w głosie psychologa zabrzmiała wyraźna ulga.

– Powiedziałam, że to jest trudne – ciągnęła Katrine. – Ale z reguły gdzieś zostaje odbicie tych plików. A zręczny specjalista od komputerów może je znaleźć.

– Albo specjalistka? – spytał Ståle.

– Nie – odparła Katrine. – Kobiety nie potrafią parkować równolegle, nie zapamiętują wyników meczów i nie chce im się uczyć sztuczek z komputerem. Do tego potrzebni są dziwni faceci w koszulkach z nazwami zespołów i życiem seksualnym ograniczonym do absolutnego minimum. Tak jest już od epoki kamiennej.

– Więc ty nie...

– Mnóstwo razy próbowałam wam tłumaczyć, że nie jestem specjalistką od informatyki, Ståle. Moje wyszukiwarki przejrzały archiwum filmowe Norweskiego Związku Piłki Nożnej, ale stamtąd wszystkie nagrania wykasowano. Od tego momentu niestety byłam nieprzydatna.

– Zaoszczędzilibyśmy mnóstwo czasu, gdybyście mnie posłuchali – powiedział Bjørn. – I co teraz robimy?

– Ale nie miałam na myśli „nieprzydatna do wszystkiego". – Katrine wciąż zwracała się do Ståle. – Bo ja mam za to jeszcze kilka uzupełniających zalet, takich jak kobiecy czar, niekobiecy upór i zero wstydu. To są rzeczy, które torują drogę do świata zwariowanych komputerowców. Dlatego ci, którzy swego czasu udostępnili mi te wyszukiwarki, skontaktowali mnie teraz, wykazując się dobrą wolą, z pewnym prawdziwym niezależnym specjalistą informatykiem o pseudonimie artystycznym Side Cut. Godzinę temu zadzwoniłam do Hajdarabadu i podsunęłam mu trop.

– I...?

– I możemy puścić film. – Katrine wcisnęła Enter.

Ekran się zaświecił.

Patrzyli.

– To on – zawyrokował Ståle. – Wygląda na to, że jest sam.

Valentin Gjertsen alias Paul Stavnes siedział przed nimi z rękami założonymi na piersi. Obserwował mecz bez widocznego zaangażowania.

– Jasna cholera! – zaklął cicho Bjørn.

Harry poprosił Katrine o przyspieszenie obrazu.

Wcisnęła jakiś klawisz i ludzie wokół Valentina Gjertsena zaczęli się poruszać dziwacznymi szarpanymi ruchami, natomiast zegar i licznik w prawym dolnym rogu gnały naprzód. Jedynie Valentin Gjertsen siedział nieruchomo jak martwy pomnik wśród rojącego się życia.

– Szybciej! – polecił Harry.

Katrine nacisnęła klawisz i ci sami ludzie jeszcze bardziej się ożywili, nachylali się i odchylali, wyrzucali ręce do góry, znikali, wracali z kiełbaską albo kubkiem kawy w ręku. Pojawiło się dużo pustych niebieskich siedzeń.

– Jeden jeden i przerwa – stwierdził Bjørn.

Siedzenia znów się zapełniły, wśród publiczności zapanował jeszcze większy ruch. Zegar w rogu wciąż pędził. Kręcenie głowami i wyraźna frustracja. A potem nagle ręce w górze. Na kilka sekund obraz jakby się zatrzymał, po czym ludzie synchronicznie poderwali się z krzeseł, cieszyli się, podskakiwali, obejmowali. Wszyscy z wyjątkiem tego jednego.

– Riise z karnego w dogrywce – wyjaśnił Bjørn.

Koniec. Ludzie opuszczali stadion. Valentin siedział nieruchomo, dopóki wszyscy nie wyszli. Potem nagle poderwał się i zniknął.

– Pewnie nie lubi się tłoczyć w kolejce – orzekł Bjørn.

Ekran znów pociemniał.

– No i co widzieliśmy? – spytał Harry.

– Widzieliśmy, jak mój pacjent ogląda mecz – odparł Ståle. – A raczej mój były pacjent, bo zakładam, że na następną wizytę już nie przyjdzie. Ale tak czy owak, była to interesująca rozrywka dla wszystkich oprócz niego. A ponieważ znam jego mowę ciała, mogę z dużym prawdopodobieństwem stwierdzić, że jego to nie interesowało. Co oczywiście budzi pytanie: po co wobec tego poszedł na mecz?

– No i podczas całego meczu nie jadł, nie wyszedł do toalety ani nawet nie wstał z siedzenia – wtrąciła Katrine. – Siedział jak jakiś cholerny słup soli. Czy to nie dziwne? Jakby wiedział, że będziemy sprawdzać to nagranie, i nie chciał nam dać nawet dziesięciu sekund wątpliwości co do tego cholernego alibi.

– Gdyby przynajmniej gdzieś dzwonił – westchnął Bjørn. – Moglibyśmy powiększyć zdjęcie i zobaczyć, jaki numer wybiera. Albo o której godzinie, żeby móc sprawdzić rozmowy wychodzące w stacjach bazowych obejmujących stadion i…

– On nigdzie nie dzwonił – przerwał mu Harry.

– Ale gdyby...

– Nie dzwonił, Bjørn. Bez względu na to, jakim motywem kierował się Valentin Gjertsen, oglądając mecz na stadionie Ullevaal, faktem jest, że tam siedział, kiedy w Maridalen zabijano Erlenda Venneslę. A drugi fakt to... – Harry ponad ich głowami spoglądał na gołą białą ścianę – ...że wracamy do punktu wyjścia.

34

Aurora siedziała na huśtawce i patrzyła na słońce, które zdawało się kapać między listkami grusz. W każdym razie tatuś uparcie twierdził, że to grusze, chociaż nikt nigdy nie widział na nich gruszek. Aurora miała dwanaście lat i była trochę za duża na to, żeby się huśtać, i trochę za duża na to, żeby wierzyć we wszystko, co mówi tatuś.

Po powrocie ze szkoły odrobiła lekcje i wyszła do ogrodu. Mama pojechała do sklepu, a tatuś zapowiedział, że nie wróci do domu na obiad, bo znów zaczął długo pracować, chociaż obiecał jej i mamie, że będzie wracał do domu jak inni tatusiowie i nie będzie pracował dla policji wieczorami, tylko prowadził psychoterapię w gabinecie. Ale zdaje się, że znów wrócił do policji. Rodzice nie bardzo chcieli mówić, o co chodzi.

Znalazła na iPodzie piosenkę, której szukała. Rihanna śpiewała, że ten, kto ją chce, musi przyjść i ją sobie wziąć. Aurora wyciągnęła długie nogi, żeby się rozhuśtać. W ciągu ostatniego roku zrobiły się takie długie, że musiała albo je podkulać, albo podnosić wysoko, żeby nie zahaczały o ziemię pod huśtawką. Wkrótce będzie już tak wysoka jak mama. Odchyliła głowę, poczuła przyjemny ciężar długich gęstych włosów, zamknęła oczy przed słońcem wiszącym nad drzewami i linami huśtawki. Słuchała Rihanny i lekkiego trzeszczenia gałęzi za każdym razem, gdy huśtawka znajdowała się najniżej. Usłyszała też inny dźwięk. Odgłos otwierającej się furtki i kroki w alejce.

– Mama? – zawołała, ale nie chciała otwierać oczu, bo słońce tak cudownie grzało w twarz. Ponieważ jednak nikt jej nie odpowiedział, uświadomiła sobie, że nie słyszała samochodu, tego gorączkowego, jakby nakręcającego się warkotu niebieskiej psiej budki, którą jeździła mama.

Dotknęła więc ziemi piętami, wyhamowała huśtawkę, ale ciągle nie otwierała oczu. Nie chciała się wyrywać z tej cudownej bańki słońca, muzyki i marzeń.

Poczuła, że padł na nią cień i nagle zrobiło się zimno, jak wtedy, gdy w dość chłodny dzień na słońce nasunie się chmura. Otworzyła oczy i zobaczyła stojącą nad nią postać. Z aureolą wokół głowy, tam gdzie wcześniej było słońce. Zamrugała zdziwiona, zdezorientowana myślą, która przyszła jej do głowy.

Jezus wrócił. Stał tu teraz. A to znaczyło, że rodzice się mylą, bo Bóg istnieje naprawdę i może wybaczyć wszystkie grzechy.

– Cześć, mała – powiedział głos. – Jak ci na imię?

W każdym razie Jezus mówił po norwesku.

– Aurora – odparła, mrużąc jedno oko, żeby lepiej przyjrzeć się twarzy. Ten Jezus nie miał brody ani długich włosów.

– Twój ojciec jest w domu?

– W pracy.

– Aha. To znaczy, że jesteś w domu sama, Auroro?

Już miała potwierdzić, ale coś ją powstrzymało. Nie bardzo wiedziała co.

– Kim pan jest? – spytała.

– Muszę porozmawiać z twoim ojcem. Ale my też możemy sobie pogadać, skoro oboje jesteśmy sami, prawda?

Aurora nie odpowiedziała.

– Jakiej muzyki słuchasz? – spytał mężczyzna, wskazując na iPoda.

– Rihanny. – Aurora cofnęła się lekko z huśtawką, nie tylko po to, by wyjść z cienia mężczyzny, lecz również żeby lepiej go widzieć.

– Aha. Mam w domu kilka jej płyt. Może chciałabyś pożyczyć?

– Tych piosenek, których nie mam, słucham na Spotify. – Aurora stwierdziła, że mężczyzna w zasadzie wygląda zupełnie zwyczajnie, raczej nie ma w sobie nic z Jezusa.

– Aha, Spotify. – Mężczyzna przykucnął, tak że nie tylko zrównał się z nią wzrostem, lecz jego głowa znalazła się nawet niżej. Aurora zdecydowanie tak wolała. – No to możesz słuchać całej muzyki, jaka jest.

– Prawie. Ale ja za nic nie płacę, więc między piosenkami są reklamy.

– A ty tego nie lubisz?

– Nie lubię, jak mówią, bo to psuje nastrój.

– Wiesz, że są takie płyty, na których mówią, i właśnie to jest najfajniejsze w tych piosenkach?

– Nie. – Aurora lekko przechyliła głowę, zastanawiając się, dlaczego on mówi takim łagodnym głosem, bo miała wrażenie, że to nie jest jego zwyczajny głos. Takim samym tonem mówiła Emilie, jej przyjaciółka, kiedy chciała Aurorę o coś prosić, na przykład o pożyczenie jakiegoś ciucha, na co Aurora nie miała ochoty, bo tylko robił się z tego bałagan.

– No to musisz posłuchać Pink Floydów.

– Kogo?

Mężczyzna rozejrzał się.

– Możemy iść do komputera, to ci pokażę. I zaczekamy na tatę.

– Niech pan powie, jak to się pisze, zapamiętam.

– Lepiej, żebym ci pokazał. A przy okazji dałabyś mi szklankę wody.

Aurora patrzyła na niego. Teraz, kiedy siedział niżej od niej, słońce znów świeciło jej w twarz, ale już nie grzało. Dziwne. Odchyliła się na huśtawce. Mężczyzna się uśmiechnął. Zobaczyła, że coś błysnęło między jego zębami. Jakby czubek języka, który pojawił się i zniknął.

– No chodź już – poprosił, wstając. Złapał za linę huśtawki na wysokości głowy Aurory.

Aurora ześlizgnęła się z siedzenia i przemknęła pod jego ramieniem. Ruszyła w stronę domu. Za plecami słyszała jego kroki. Głos.

– Spodoba ci się to, Auroro. Obiecuję.

Łagodny jak pastor podczas konfirmacji. To było wyrażenie taty. A może to jednak jest Jezus? Wszystko jedno, nie chciała, żeby wchodził z nią do domu. Ale szła dalej. No bo co powie tacie? Że nie wpuściła jego znajomego i nie dała mu wody? Przecież tak nie mogła się zachować. Szła coraz wolniej, żeby dać sobie czas do namysłu, znaleźć jakąś wymówkę i nie wpuścić go do środka, ale na nic takiego nie mogła wpaść. A ponieważ zwolniła, on się zbliżył i słyszała już jego oddech. Ciężki, jakby zdyszał się już po tych kilku krokach dzielących go od huśtawki. I czuć było od niego dziwny zapach przypominający zmywacz do paznokci.

Jeszcze pięć kroków do schodów. Wymówka. Dwa kroki. Schody. No dalej! Nic. Już byli przy drzwiach.

Aurora przełknęła ślinę.

– Chyba są zamknięte na klucz – wypaliła. – Musimy zaczekać na dworze.

– Tak? – Mężczyzna wszedł na schody i rozejrzał się, jakby gdzieś za wszystkimi żywopłotami wypatrywał taty. Albo sąsiadów. Poczuła ciepło jego ręki, kiedy wyciągnął ją ponad jej ramieniem. Ujął klamkę, nacisnął i otworzył.

– Ho, ho – powiedział, oddychając jeszcze szybciej, i z lekkim drżeniem w głosie dodał: – No to mieliśmy szczęście.

Aurora odwróciła się do drzwi. Zajrzała w półmrok przedpokoju. Tylko szklanka wody. I ta muzyka z głosami, która wcale jej nie interesowała. Z daleka dobiegł warkot kosiarki. Rozzłoszczony, agresywny, natarczywy. Przekroczyła próg.

– Muszę... – zaczęła. Urwała i w tej samej chwili poczuła jego rękę na ramieniu, jakby na nią wpadł. Poczuła ciepło jego skóry, tam gdzie kończył się dekolt sukienki i gdzie zaczynała się jej własna skóra. Serce zabiło jej mocniej. Usłyszała jeszcze jedną kosiarkę, która wcale nie była kosiarką, tylko gorączkowym, nakręcającym się warkotem małego silnika.

– Mama! – zawołała, wysuwając się z uścisku mężczyzny. Dała nurka pod jego ręką, zeskoczyła z czterech stopni, wylądowała na żwirze i ruszyła biegiem. Przez ramię jeszcze krzyknęła: – Muszę jej pomóc wnieść zakupy!

Pobiegła w stronę furtki, nasłuchując kroków za plecami, ale chrzęst jej własnych adidasów na żwirze niemal ogłuszał. Już była przy furtce, otworzyła ją szarpnięciem i zobaczyła, że mama wysiada z niebieskiego samochodziku przed garażem.

– Cześć, kochanie! – Mama popatrzyła na nią ze zdziwieniem. – Ale pędzisz!

– Przyszedł tu pan, który pyta o tatę – wyjaśniła Aurora i zorientowała się, że alejka jest dłuższa, niż sądziła, w każdym razie zdążyła się zasapać. – Stoi na schodach.

– Tak? – Mama podała jej torbę z zakupami, z tylnego siedzenia wzięła pozostałe, trzasnęła drzwiczkami i razem z córką weszła za furtkę.

Schody były puste. Ale drzwi do domu wciąż otwarte.

– Wszedł do środka? – spytała matka.

– Nie wiem.

Aurora została w przedpokoju, w pobliżu otwartych drzwi, podczas gdy matka przez salon przeszła do kuchni.

– Halo? – Do Aurory dotarło jej wołanie. – Halo!

Wróciła do przedpokoju już bez zakupów.

– Nikogo tu nie ma, Auroro.

– Ale był, przysięgam!

Matka spojrzała na nią zdziwiona i zaśmiała się krótko.

– Ależ oczywiście, kochanie. Dlaczego miałabym ci nie wierzyć?

Aurora milczała. Nie wiedziała, co ma powiedzieć. Jak miała wyjaśnić, że to może był Jezus? Albo Duch Święty? A już na pewno ktoś, kogo nie każdy może zobaczyć.

– Pewnie jeszcze się pokaże, jeśli to coś ważnego – stwierdziła matka i wróciła do kuchni.

Aurora została w przedpokoju. Zapach, ten słodki duszny zapach wciąż tu był.

35

– Powiedz mi, czy ty nie masz żadnego życia?

Arnold Folkestad podniósł głowę znad papierów. Uśmiechnął się, widząc wysoką postać opartą o futrynę.

– Nie, ja też go nie mam, Harry.

– Już po dziewiątej, a ty ciągle tu jesteś.

Arnold roześmiał się i złożył papiery na kupkę.

– Ale ja wybieram się do domu, a ty właśnie przyszedłeś. Długo zamierzasz siedzieć?

– Nie. – Harry długim krokiem podszedł do krzesła i usiadł. – Ja mam przynajmniej kobietę, z którą mogę spędzać weekendy.

– Ach tak? Za to ja mam byłą żonę, z którą nie muszę spędzać weekendów.

– Naprawdę? Nie wiedziałem.

– Przynajmniej ekspartnerkę.

– Jest kawa? A co się stało?

– Nie ma kawy. Jedno z nas wpadło na kiepski pomysł, że najwyższa pora na oświadczyny. Dalej była już tylko droga w dół. Odwołałem wszystko, kiedy zaproszenia już były rozesłane, a ona się wtedy wyprowadziła. Powiedziała, że nie potrafi dalej z tym żyć. To najlepsze, co mi się przydarzyło, Harry.

– Mhm. – Harry palcami potarł oczy.

Arnold wstał i zdjął kurtkę z wieszaka na ścianie.

– Ciężko u was?

– No cóż. Cofnęliśmy się dzisiaj do początku. Valentin Gjertsen...

– Tak?

– Sądzimy, że to on jest Rzeźnikiem, ale to nie on zabija policjantów.

– Na pewno?

– W każdym razie jeżeli tak, to nie działa sam.

– A może ich być więcej?

– Katrine tak zasugerowała. Ale faktem jest, że w dziewięćdziesięciu ośmiu i sześciu dziesiątych procent zabójstw na tle seksualnym sprawca działa sam.

– Więc...

– Katrine się upiera. Przypomniała, że w sprawie tej dziewczynki nad Tryvann zabójców najprawdopodobniej było dwóch.

– To ta sprawa, w której fragmenty zwłok znaleziono w odległości kilku kilometrów od siebie?

– Tak. Katrine uważa, że Valentin mógł mieć stałego partnera i że mogli wykorzystywać ten fakt do wprowadzania policji w błąd.

– Na zmianę zabijać i zapewniać sobie alibi?

– Właśnie. Takie rzeczy się zdarzały. W latach sześćdziesiątych spiknęli się dwaj skazani wcześniej gwałciciele z Michigan. Ich działanie wyglądało na klasyczną serię zabójstw, bo wypracowali schemat, którym posługiwali się za każdym razem. Zabójstwa wyglądały jak własne kopie. Przypominały poza tym przestępstwa, które obaj wcześniej popełnili, mieli swoje chore preferencje i FBI się nimi interesowało. Ale skoro raz jeden, raz drugi miał szczelne alibi na kilka zabójstw, to oczywiście musieli się znaleźć poza podejrzeniami.

– Sprytnie. Dlaczego nie uważasz, że coś podobnego mogło mieć miejsce i tutaj?

– Dziewięćdziesiąt osiem...

– ...przecinek sześć procent. Nie sądzisz, że takie podejście cię ogranicza?

– To przecież dzięki twoim procentom dotyczącym przyczyn śmierci świadków koronnych wykazałem, że Asajew nie umarł z przyczyn naturalnych.

– Ale nadal nic z tym nie zrobiłeś?

– Nie. Zostawmy to teraz, Arnold, bo ta sprawa jest ważniejsza. – Harry oparł głowę o ścianę i zamknął oczy. – Myślimy dość podobnie, a ja jestem cholernie zmęczony. Właściwie dlatego przyszedłem spytać, czy nie mógłbyś mi pomóc trochę pomyśleć.

– Ja?

– Jesteśmy w kompletnej dupie, Arnold. Musimy zaczynać od zera. A ty masz w mózgu kilka zwojów, których mnie wyraźnie brakuje.

Folkestad zdjął kurtkę, powiesił ją starannie na oparciu krzesła i usiadł.

– Harry?

– Tak?

– Nie masz pojęcia, jak mi przyjemnie.

Harry uśmiechnął się krzywo.

– To świetnie. Motyw.

– Motyw. No to rzeczywiście od zera.

– Tak jak mówiłem. Jaki motyw może mieć zabójca?

– Chyba jednak poszukam gdzieś kawy, Harry.

Harry przegadał całą pierwszą filiżankę kawy i kilka łyków drugiej, zanim wreszcie dopuścił Arnolda do głosu.

– Uważam, że zabójstwo Renégo Kalsnesa jest ważne, ponieważ stanowi wyjątek, nie pasuje do innych. To znaczy i pasuje, i nie pasuje. Nie pasuje do oryginalnych zabójstw na tle seksualnym, do sadyzmu i wyjątkowego okrucieństwa. Pasuje natomiast do zabójstw policjantów, ponieważ we wszystkich tych przypadkach użyto tępego narzędzia do zmasakrowania twarzy i głowy.

– Mów dalej – poprosił Harry, odstawiając filiżankę.

– Dobrze pamiętam zabójstwo Kalsnesa – powiedział Arnold. – Byłem wtedy w San Francisco na kursie policyjnym. Mieszkałem w hotelu, gdzie wszyscy dostawali pod drzwi „The Gayzette".

– Gazetę gejowską?

– Rozdmuchali tę zbrodnię w małej Norwegii na pierwszej stronie, z oburzeniem twierdząc, że to kolejne homofobiczne zabójstwo z nienawiści. Ciekawe było natomiast to, że żadna z norweskich gazet z tego dnia, które czytałem później, w ogóle nie wspomniała, że zginął gej. Zastanawiałem się, jak ci Amerykanie mogą z takim przekonaniem od razu tak twierdzić, więc przeczytałem starannie cały artykuł. Dziennikarz z „The Gayzette" napisał, że to zabójstwo miało wszystkie klasyczne cechy: homoseksualista, który w prowokujący sposób prezentuje swoją skłonność całemu światu, zostaje zabrany i przewieziony w odludne miejsce, gdzie poddaje się go rytualnej wściekłej przemocy. Zabójca dysponuje bronią palną, ale nie wystarcza mu zastrzelenie. Najpierw musi zmiażdżyć Kalsnesowi twarz. Dać upust homofobii poprzez zniszczenie tego, co zbyt ładne, zbyt kobiece, prawda? To działanie z premedytacją, zaplanowane. Zabójstwo z nienawiści, za homoseksualizm. Taka jest konkluzja dziennikarza. I wiesz co, Harry? Moim zdaniem wcale nie taka głupia.

– Mhm. Ale jeśli to było zabójstwo za homoseksualizm, jak to nazywasz, w ogóle nie pasuje do schematu. Nic nie wskazuje na homoseksualne skłonności pozostałych ofiar, ani przy pierwotnych zabójstwach, ani wśród zabitych policjantów.

– Być może. Ale mamy tu jeszcze coś interesującego. Mówiłeś, że jedynym śledztwem, w którym w taki czy inny sposób uczestniczyli wszyscy zamordowani policjanci, było właśnie to w sprawie zabójstwa Kalsnesa, prawda?

– Środowisko śledczych zajmujących się zabójstwami jest tak nieduże, że stale przewijają się ci sami ludzie, Arnold, więc trudno tu mówić o jakimś zbiegu okoliczności.

– A ja jednak mam uczucie, że to jest ważne.

– Nie nadymaj się tak, Arnold.

– Powiedziałem coś nie tak? – spytał Folkestad z urażoną miną.

– „Mam uczucie". Powiem ci, kiedy dojdziesz do punktu, w którym twoje uczucia będą argumentem.

– Bo niewielu z nas jest w tym punkcie?

– Zaledwie kilku. Mów dalej, tylko nie zbaczaj z tematu, okej?

– Jak sobie życzysz. Ale może pozwolisz mi przynajmniej powiedzieć, że w moim odczuciu się ze mną zgadzasz.

– Być może.

– Wobec tego zaryzykuję i stwierdzę, że powinniście poświęcić wszystkie siły i środki na wykrycie zabójcy tego geja. Najgorsze, co się może wtedy zdarzyć, to rozwiązanie przynajmniej tej jednej sprawy. A najlepsze – wyjaśnienie również zabójstw policjantów.

– Mhm. – Harry dopił kawę i wstał. – Dzięki, Arnold.

– To ja ci dziękuję. Byli policjanci, tacy jak ja, cieszą się, kiedy ktoś zechce ich wysłuchać. À propos. Spotkałem dzisiaj na dyżurze Silje Gravseng. Przyszła oddać klucz, bo wcześniej była... kimś tam.

– Mężem zaufania.

– Może i tak. W każdym razie pytała o ciebie. Nic nie powiedziałem. Oświadczyła, że cała ta twoja legenda to oszustwo, bo twój szef jej wyjawił, że nie masz wcale wykrywalności na poziomie stu procent. Wspomniała Gusta Hanssena. To prawda?

– O tyle o ile.

– O tyle o ile? Co to ma znaczyć?

– Że prowadziłem śledztwo w tej sprawie i nikogo nie aresztowałem. Jakie zrobiła na tobie wrażenie?

Arnold Folkestad zmrużył oko i patrzył na Harry'ego tak, jakby w niego celował, szukając czegoś w jego twarzy.

– Wrażenie jak wrażenie. To dziwna dziewczyna, ta Silje. Chciała się ze mną umówić na strzelnicy, żebyśmy razem poćwiczyli na Økern, ot tak, nie wiadomo dlaczego.

– Mhm. I co ty na to?

– Wymówiłem się uszkodzeniem wzroku i drżeniem. Powiedziałem, zresztą zgodnie z prawdą, że muszę mieć cel w odległości pół metra, żeby mieć szansę na trafienie. Nawet to zaakceptowała, ale potem zacząłem się zastanawiać, po co jej trening strzelecki, skoro nie musi już zdawać policyjnego testu.

– No cóż. – Harry wzruszył ramionami. – Niektórzy ludzie lubią strzelać dla samego strzelania.

– Ich sprawa. – Arnold wstał. – Ale wyglądała dobrze, to trzeba przyznać.

Harry patrzył, jak kolega wychodzi, utykając. Zastanowił się przez chwilę, zanim odnalazł numer telefonu do urzędu lensmana w Nedre Eiker, i zadzwonił. Potem długo myślał o tym, co powiedziała mu policjantka. Bertil Nilsen rzeczywiście nie uczestniczył w śledztwie w sprawie Renégo Kalsnesa w Drammen, w sąsiedniej gminie. Ale z drugiej strony był na dyżurze, kiedy zadzwonił telefon z informacją o samochodzie leżącym w rzece przy Eikersaga, więc pojechał tam, ponieważ niejasne było, po której stronie granicy między gminami znajduje się samochód. Powiedziała mu również, że policja z Drammen i KRIPOS straszliwie ich objechały za to, że Nilsen jeździł po miękkim gruncie, w którym mogły się zachować wyraźne ślady opon sprawcy.

– Można więc powiedzieć, że miał pośredni wpływ na wynik śledztwa.

Była prawie dziesiąta, a słońce już dawno zaszło za zielonymi wzgórzami na zachodzie, kiedy Ståle Aune zaparkował samochód w garażu i alejką ruszył do domu. Zauważył, że nie świeci się ani w kuchni, ani w salonie. Nie było w tym nic dziwnego, zdarzało się, że Ingrid kładła się wcześnie.

Czuł ciężar własnego ciała naciskający na stawy kolanowe. Boże, jakiż on zmęczony! Otworzył drzwi kluczem. To był długi dzień, a jednak liczył, że żona nie będzie spała. Miał ochotę chociaż przez chwilę z nią porozmawiać, choć trochę wyrzucić z siebie. Zrobił to, co polecił mu Harry. Skontaktował się z kolegą po fachu, który przyjął go w swoim domowym gabinecie. Opowiedział o ataku, o tym, że był już pewien końca. Wszystko to wyznał już tam, teraz chodziło tylko o to, żeby spać. Żeby mógł zasnąć.

Wszedł do środka. Zobaczył na wieszaku kurtkę Aurory. Znów nowa kurtka. Boże, jak ta dziewczyna rośnie! Zdjął buty i wsłuchał się w ciszę w domu. Nie bardzo potrafił określić, o co chodzi, ale wydało mu się, że jest ciszej niż zwykle. Brakowało jakiegoś dźwięku. Ale takiego, z którego w ogóle nie zdawał sobie sprawy, kiedy go słyszał.

Szedł po schodach na piętro, z każdym krokiem coraz wolniej. Poruszał się jak przeładowany skuter pod górkę. Powinien zacząć trenować, zrzucić z dziesięć kilo albo i więcej. Trening jest dobry na sen, na samopoczucie, na długie dni w pracy, na oczekiwaną długość życia, na seks, na akceptację siebie, krótko mówiąc, jest dobry na wszystko. Ale za diabła nie zacznie trenować.

Ciężkim krokiem minął drzwi pokoju Aurory. Zatrzymał się, zawahał. Zawrócił. Otworzył drzwi.

Chciał popatrzeć na śpiącą córkę, tak jak robił dawniej. Wkrótce nie będzie to już tak naturalne. Zauważył, że dziewczynka zaczęła zwracać uwagę na prywatność. Ciągle jeszcze rozbierała się przy nim, ale nie paradowała już bez skrępowania tak jak kiedyś. A skoro dostrzegł, że dla niej przestało to być naturalne, to oczywiście przestało być naturalne i dla niego. Ale chciał mimo wszystko ukraść to dla siebie, zobaczyć, jak Aurora śpi spokojnie, bezpieczna, chroniona przed wszystkim tym, co spotkało go dzisiaj.

Nie wszedł jednak. Przecież i tak zobaczy ją jutro przy śniadaniu.

Westchnął, zamknął drzwi i poszedł do łazienki. Umył zęby, opłukał twarz. Rozebrał się i z ubraniem w ręku wszedł do sypialni. Tam położył je na krześle i już miał się wsunąć do łóżka, kiedy znów zdziwiła go ta cisza. Czego brakowało? Warkotu lodówki? Szumu w otworze wentylacyjnym, który zazwyczaj był otwarty?

Poczuł, że nie ma siły się nad tym zastanawiać, i ułożył się pod kołdrą. Wystawały spod niej kosmyki włosów Ingrid. Chciał jej dotknąć, pogładzić ją po głowie, po plecach, poczuć, że jest. Ale ona miała taki lekki sen, ogromnie nie lubiła być budzona. Przecież o tym wiedział.

Już miał zamknąć oczy, ale zmienił decyzję.

– Ingrid?

Nie było odpowiedzi.

– Ingrid?

Cisza.

To mogło zaczekać. Zamknął oczy.

– Co?

Poczuł, że obróciła się w jego stronę.

– Nic – mruknął. – Tylko… ta sprawa…

– Powiedz, że już jej nie chcesz.

– Ktoś musi się tym zająć. – Zabrzmiało to jak frazes i naprawdę nim było.

– No to nie znajdą nikogo lepszego od ciebie.

Ståle otworzył oczy. Popatrzył na nią i pogładził po ciepłym okrągłym policzku. Czasami – nie, częściej niż czasami – nie było nikogo lepszego niż ona.

Ståle Aune zamknął oczy. I teraz przyszedł sen. Omdlenie. P r a w d z i w e koszmary.

36

Przedpołudniowe słońce odbijało się w dachach willi, wciąż mokrych po krótkiej, intensywnej ulewie. Mikael Bellman wcisnął dzwonek i rozejrzał się.

Zadbany ogród. Pewnie na takie rzeczy ma się czas na emeryturze.

Drzwi się otworzyły.

– Mikael! Jak miło.

Postarzał się. To samo ostre, niebieskie spojrzenie, ale starsze.

– Proszę, wejdź!

Mikael wytarł mokre buty o wycieraczkę. W środku pachniało czymś, co pamiętał z własnego dzieciństwa, ale nie potrafił tego wyizolować i zidentyfikować.

Usiedli w salonie.

– Jesteś sam – stwierdził Mikael.

– Żona jest u najstarszego syna. Potrzebowali trochę pomocy babci, a ona w takich sytuacjach nie daje się długo prosić. – Uśmiechnął się szeroko. – Właściwie zamierzałem się z tobą skontaktować. Wprawdzie Rada Miasta nie podjęła jeszcze ostatecznej decyzji, ale obaj przecież wiemy, czego sobie życzą, więc chyba dobrze by było, żebyśmy prędzej czy później usiedli we dwóch i porozmawiali o tym, w jaki sposób się tym zajmiemy. Mam na myśli podział pracy i tak dalej.

– No tak – powiedział Mikael. – Mógłbyś zrobić kawy?

– Słucham? – Dziko rosnące brwi zawędrowały wysoko na czoło starszego mężczyzny.

– Skoro mamy trochę posiedzieć, to chyba miło by było napić się kawy.

Były komendant uważnie przyjrzał się Mikaelowi.

– Tak, tak, jasne. Chodź, usiądziemy w kuchni.

Mikael ruszył za nim. Minął cały gąszcz rodzinnych zdjęć, ustawionych na stołach i szafkach. Przypominały mu umocnienia na plażach podczas D-Day, daremną obronę przed atakiem z zewnątrz.

Kuchnia była zmodernizowana w połowie i z połowicznym zaangażowaniem. Wyglądało to na kompromis między naleganiem synowej na konieczność stawiania minimalnych wymagań pomieszczeniu nazywanemu kuchnią a pierwotnym pragnieniem starych mieszkańców domu ograniczonym do wymiany zepsutej lodówki. Koniec i kropka.

Podczas gdy stary wyjmował z górnej szafki z mrożonym szkłem w drzwiczkach torebkę tradycyjnej kawy do gotowania, ściągał z niej gumkę i odmierzał odpowiednią porcję żółtą plastikową miarką, Bellman usiadł, położył na stole odtwarzacz MP3 i wcisnął Play. Głos Trulsa zabrzmiał metalicznie i cienko:

Chociaż są powody, żeby przypuszczać, że ta kobieta jednak jest prostytutką, mógł to być ktoś, komu pański syn pożyczył samochód, bo zdjęcia kierowcy nie mamy.

Głos byłego komendanta okręgowego policji dochodził z dalszej odległości, ale bez hałasu w tle, więc słowa były zrozumiałe:

W takim razie nie ma żadnej sprawy. Zapomnijcie o tym.

Mikael zobaczył, że kawa wysypuje się z żółtej miarki, kiedy stary drgnął i zesztywniał, jakby ktoś właśnie wbił mu lufę pistoletu w krzyż.

Głos Trulsa:

Dobrze, zrobimy tak, jak pan mówi. – Berentzen z Wydziału Przestępczości Zorganizowanej, tak? – Zgadza się. – Dziękuję, Berentzen. Robicie dobrą robotę.

Stary powoli się obrócił. Pobladł. Jak trup, pomyślał Mikael Bellman. To w zasadzie najbardziej twarzowy kolor dla ludzi, których należy uznać za martwych.

– Chcesz spytać, co to znaczy? – odezwał się Mikael. – A odpowiedź brzmi: były komendant policji wywiera nacisk na funkcjonariusza, nie chcąc dopuścić do tego, by w stosunku do jego syna przeprowadzono takie samo dochodzenie i postępowanie karne, jak wobec wszystkich innych obywateli tego kraju.

Głos starego komendanta zabrzmiał jak pustynny wiatr:

– On nawet tam nie był. Rozmawiałem z Sondrem. Samochód od maja stoi w warsztacie, bo silnik się spalił. Nie mógł tam być.

– To chyba jeszcze bardziej przykre – stwierdził Mikael – kiedy prasa i Rada Miasta dowiedzą się, że twoja próba wywarcia nacisku na policjanta nie była nawet konieczna dla ratowania syna.

– Nie ma żadnego zdjęcia tego samochodu i prostytutki, prawda?

– W każdym razie już nie ma. Przecież kazałeś je zniszczyć. A kto wie, może ono było sprzed maja? – uśmiechnął się Mikael. Nie chciał, ale nie umiał się powstrzymać.

Na policzki starego wróciły kolory wraz z basem w głosie:

– Nie wyobrażasz sobie chyba, że ujdzie ci to na sucho, Bellman?

– Ja sobie nic nie wyobrażam. Wiem tylko, że Rada Miasta nie będzie miała ochoty zatrudnić jako pełniącego obowiązki komendanta policji człowieka, który ma na koncie nadużycia.

– Czego chcesz, Bellman?

– Spytaj raczej siebie, czego ty chcesz. Życia w spokoju i chwale dobrego uczciwego policjanta, nie mam racji? Pod tym względem aż tak bardzo się od siebie nie różnimy, bo ja pragnę tego samego. Chcę w spokoju wykonywać swoją pracę komendanta policji, chcę doprowadzić do rozwiązania sprawy zabójstw policjantów bez kłód rzucanych mi pod nogi przez jakąś cholerną radną do spraw społecznych i chcę, żeby zapamiętano mnie jako dobrego policjanta. W jaki sposób możemy osiągnąć to obaj? – Bellman odczekał chwilę, aż nabrał pewności, że stary oprzytomniał i że wszystko do niego dotrze. – Chcę, żebyś oświadczył Radzie Miasta, że zapoznałeś się gruntownie z tą sprawą i zaimponował ci profesjonalizm, z jakim jest prowadzona, nie widzisz zatem sensu przejmowania sterów. Przeciwnie, uważasz, że zmiana dowództwa osłabiłaby możliwości jej wyjaśnienia. Musisz też podać w wątpliwość zdolność radnej do spraw społecznych do oceny sytuacji w tej sprawie, ponieważ radna powinna wiedzieć, że praca policyjna musi być prowadzona metodycznie i długofalowo, ona zaś sprawia wrażenie, jakby wpadła w panikę. Wprawdzie wszyscy jesteśmy pod presją, ale odpowiednie wymagania należy stawiać nie tylko fachowcom, lecz również przywódcom politycznym, którym nie wolno tracić głowy w sytuacjach, kiedy ta głowa jest im najbardziej potrzebna. Dlatego nalegasz, aby obecny komendant mógł kontynuować pracę bez wtrącania się w nią innych osób, ponieważ w twoim przekonaniu właśnie to daje największą szansę na pozytywny rezultat. W związku z tym wycofujesz swoją kandydaturę.

Bellman wyjął z wewnętrznej kieszeni kopertę i przesunął ją po stole.

– Tak wygląda w skrócie treść tego listu adresowanego osobiście do przewodniczącego Rady Miasta. Wystarczy go podpisać i wysłać. Jak widzisz, jest nawet znaczek. A ten odtwarzacz MP3 dostaniesz na własność, kiedy dotrze do mnie zadowalająca wiadomość o decyzji Rady Miasta. – Skinął głową w stronę parującego garnka. – I jak, będzie ta kawa?

Harry wypił łyk kawy i spojrzał na swoje miasto. Kantyna znajdowała się na samej górze Budynku Policji i roztaczał się z niej widok na Ekeberg, fiord i nową dzielnicę budowaną w Bjørvika. Ale on przede wszystkim widział stare punkty charakterystyczne dla miasta. Ile przerw na lunch tu spędził, próbując spojrzeć na sprawy od innej strony, innymi oczami, z nowej, innej perspektywy? Szarpał nim nikotynowy i alkoholowy głód, a on mówił sobie, że nie wolno mu wyjść na taras na papierosa, dopóki nie będzie miał przynajmniej jednej nowej hipotezy, którą dałoby się przetestować.

Wydawało mu się, że za tym tęskni.

Jedna hipoteza. Nie jakiś bzdurny wymysł, tylko coś naprawdę wypływającego z konkretu, coś, co da się sprawdzić, znaleźć odpowiedź.

Podniósł filiżankę. Odstawił ją z powrotem. Nie wypije kolejnego łyku, dopóki mózg czegoś nie wymyśli. Motyw. Walili głową w mur już od tak dawna, że chyba najwyższa pora przenieść się w inne miejsce. W miejsce, gdzie jest chociaż trochę światła.

Zaszurało krzesło. Harry podniósł głowę. Bjørn Holm. Postawił filiżankę na stole, delikatnie, tak żeby kawa się nie wylała, ściągnął z głowy rastafariańską czapkę i zmierzwił rude włosy. Harry obojętnie obserwował ten gest. Czyżby Bjørn chciał dopuścić trochę powietrza do skóry na głowie? A może bał się przylizanej fryzury, której jego pokolenie tak panicznie unikało, ale Olegowi najwyraźniej się podobała. Kosmyki włosów przyklejone do spoconego czoła nad okularami w rogowych oprawkach, oczytany komputerowiec, onanista internetowy, świadomy własnej wartości człowiek miasta, który z przyjemnością przyjął image przegranego, fałszywą rolę outsidera. Czy właśnie tak wygląda ten, którego szukali? Czy może raczej jest rumianym wiejskim chłopakiem w jasnych dżinsach, praktycznych butach, z fryzurą z najbliższego salonu fryzjerskiego, takim, który myje schody, kiedy przypada jego kolej, uprzejmy, pomocny i złego słowa nie da się o nim powiedzieć? Nie ma żadnych możliwych do przetestowania hipotez. Nie ma łyku kawy.

– I jak? – spytał Bjørn i sam wziął potężny haust.

– No cóż. – Harry nigdy nie spytał Bjørna, dlaczego ten wielbiciel muzyki country chodzi w rastafariańskiej czapce, a nie w kowbojskim kapeluszu. – Wydaje mi się, że powinniśmy przyjrzeć się bliżej zabójstwu Renégo Kalsnesa. Musimy przy tym zapomnieć o motywie, a patrzeć jedynie na fakty i na dowody techniczne. Mamy tę kulę, od której w końcu zginął. Dziewięć milimetrów. Najzwyklejszy kaliber. Kto go używa?

– Wszyscy. Absolutnie wszyscy. Nawet my.

– Mhm. Wiesz, że globalnie w czasie pokoju policja odpowiada za cztery procent wszystkich zabójstw? W Trzecim Świecie ta liczba wynosi dziewięć procent. A to czyni z nas najbardziej morderczą grupę zawodową.

– O rany! – westchnął Bjørn.

– On się wygłupia – oświadczyła Katrine. Przyciągnęła sobie krzesło do ich stolika i postawiła przed sobą duży parujący kubek herbaty. – W siedemdziesięciu dwóch procentach wypadków, kiedy ludzie powołują się na statystykę, podają liczby, które sami wymyślili.

Harry się roześmiał.

– To takie zabawne? – zdziwił się Bjørn.

– Taki dowcip – powiedział Harry.

– Jak to?

– Spytaj ją.

Bjørn spojrzał na Katrine. Uśmiechała się, mieszając w kubku.

– Ja nic nie rozumiem. – Bjørn popatrzył z wyrzutem na Harry'ego.

– Taki samokomentujący się dowcip. Katrine wymyśliła te siedemdziesiąt dwa procent, prawda?

Bjørn, nic nie rozumiejąc, kręcił głową.

– Taki paradoks – powiedział Harry. – Jak z tym Grekiem, który mówił, że wszyscy Grecy kłamią.

– Ale to wcale nie musi oznaczać nieprawdy – zauważyła Katrine. – Mam na myśli te siedemdziesiąt dwa procent. Więc uważasz, że zabójcą jest policjant, Harry?

– Ja tak nie powiedziałem. – Harry, dalej się śmiejąc, założył ręce za głowę. – Powiedziałem tylko... – urwał. Poczuł, że włoski na karku mu się jeżą. Stare dobre włoski na karku. Hipoteza. Zajrzał do filiżanki. Naprawdę miał wielką ochotę na ten łyk kawy.

– Policja – powtórzył, podniósł głowę i zobaczył, że koledzy się w niego wpatrują. – Renégo Kalsnesa zabił policjant.

– Co? – zdziwiła się Katrine.

– To będzie nasza hipoteza. Kula miała kaliber dziewięć milimetrów. Taki sam jak nasze służbowe pistolety, Heckler & Koch. W pobliżu miejsca zdarzenia znaleziono policyjną pałkę. To również jedyne z pierwotnych zabójstw, które wykazuje cechy podobieństwa z zabójstwami policjantów. Zmasakrowane twarze. Większość pierwotnych zbrodni miała tło seksualne, a to były zabójstwa z nienawiści. Dlaczego człowiek nienawidzi?

– Znów wracasz do motywu, Harry – zaoponował Bjørn.

– Szybko, mówcie dlaczego?

– Z zazdrości – powiedziała Katrine. – Z zemsty za doznane upokorzenie, za odrzucenie, ośmieszenie, za odebranie żony, dzieci, brata, siostry, możliwości na przyszłość, dumy...

– Stop! – przerwał Harry. – Nasza hipoteza zakłada, że zabójca jest związany z policją. Po przyjęciu takiego punktu widzenia musimy na nowo rozgrzebać sprawę Renégo Kalsnesa i stwierdzić, kto go zabił.

– No dobrze – zgodziła się Katrine. – Ale chociaż jest parę przesłanek, to trochę niejasne pozostaje dla mnie, dlaczego nagle takie oczywiste dla ciebie się stało, że mamy szukać policjanta.

– A ktoś przedstawi jakąś lepszą hipotezę? Liczę do pięciu... – Harry popatrzył wyzywająco.

Bjørn jęknął.

– Tylko nie mów, że mamy to robić, Harry.

– Co?

– Jeżeli reszta komendy się dowie, że chcemy ścigać własnych ludzi...

– Akurat to będziemy musieli wytrzymać – stwierdził Harry. – Zostaliśmy z niczym i musimy od czegoś zacząć. W najgorszym razie rozwiążemy starą sprawę, w najlepszym...

Katrine dokończyła zdanie za niego:

– ...znajdziemy tego, kto zabił Beate.

Bjørn przygryzł dolną wargę, ale w końcu wzruszył ramionami i skinieniem głowy zasygnalizował, że jest z nimi.

– Świetnie – powiedział Harry. – Katrine, ty dotrzesz do rejestru zagubionych albo skradzionych pistoletów służbowych, sprawdzisz też, czy ten Kalsnes utrzymywał kontakty z kimś w policji. Ty, Bjørn, przejrzysz materiały dowodowe pod kątem tej hipotezy. Zorientujesz się, czy nie wypłynie coś nowego.

Bjørn i Katrine wstali.

– Niedługo przyjdę – rzucił Harry. Patrzył, jak idą przez kantynę do drzwi, widział spojrzenia, jakie wymieniają między sobą siedzący przy innych stolikach policjanci, zapewne wchodzący w skład dużej grupy śledczej. Któryś z nich coś powiedział i gruchnął śmiech.

Harry zamknął oczy i sprawdził, co czuje. Szukał. Co to mogło być? Co się mogło stać? Zadał sobie to samo pytanie, które zadała Katrine: dlaczego nagle tak oczywiste dla niego się stało, że mają szukać policjanta? Bo coś musiało być. Skupił się, odciął od wszystkiego na zewnątrz, wiedział, że to było jak sen, że musi się pospieszyć, bo inaczej to przepadnie. Powoli zapadał się w siebie, jak nurek zanurzający się w głąb bez latarki, który musi po omacku błądzić w mroku podświadomości. Złapał coś. Sprawdził. Musiało chodzić o ten metażart Katrine. Meta. Samokomentujący. Czyżby zabójca komentował samego siebie? To coś odeszło i w tej samej chwili prąd porwał go w górę, z powrotem ku światłu. Otworzył oczy i dźwięki powróciły. Szczęk talerzy, rozmowy, śmiech. Niech to szlag. Już prawie to miał, ale teraz było za późno. Wiedział tylko, że ten żart na coś wskazuje. Że zadziałał jak katalizator na coś ukrytego głębiej, czego nie mógł teraz uchwycić, ale mógł mieć nadzieję, że samo wypłynie na powierzchnię. Ta reakcja jednak i tak mu coś dała, jakiś kierunek. Punkt wyjścia. Testowalną hipotezę.

Wypił duży łyk z filiżanki, wstał i wyszedł na taras zapalić papierosa.

Bjørnowi Holmowi wydano zza kontuaru magazynu dowodów i rzeczy zatrzymanych dwa plastikowe pudła. Pokwitował załączony spis zawartości.

Zabrał pudła ze sobą do Wydziału Techniki Kryminalistycznej sąsiadującego z KRIPOS na Bryn i zaczął od pojemnika ze śladami zebranymi w związku z pierwotnym zabójstwem.

Przede wszystkim zdziwiła go sama kula wyjęta z głowy Renégo Kalsnesa. Po pierwsze, uległa aż takiej deformacji po przejściu przez mięśnie, chrząstkę i kość, a więc mimo wszystko dość miękkie i elastyczne materiały. Po drugie, kula po tylu latach w pudle nie pokryła się za bardzo nalotem. Co prawda upływ czasu nie pozostawiał zbyt wyraźnych śladów na ołowiu, ale kula i tak wydawała mu się dziwnie nowa. Przejrzał zdjęcia ciała zrobione w miejscu zdarzenia. Zatrzymał się na zbliżeniu ukazującym ten bok twarzy, na którym skóra została przedziurawiona, a z otworu sterczała złamana kość. Na białej powierzchni widoczna była czarna plama. Sięgnął po szkło powiększające. To wyglądało na dziurę, taką jak w zębie, ale przecież kości policzka nie atakuje próchnica. Plama oleju z rozbitego samochodu? Kawałeczek zgniłego liścia albo zastygłe błoto z rzeki? Sięgnął po raport z sekcji. Szukał, aż znalazł.

Fragment czarnego lakieru na kości jarzmowej, pochodzenie nieznane.

Lakier na kości jarzmowej. Patolodzy zazwyczaj nie pisali czegoś, czego nie byli pewni – raczej przeciwnie, w ogóle o tym nie wspominali.

Bjørn przerzucał zdjęcia, aż znalazł samochód. Czerwony. A więc to nie lakier samochodowy.

Nie ruszając się z miejsca, zawołał:

– Kim Erik!

Sześć sekund później w drzwiach pojawiła się głowa.

– Wołałeś?

– Tak. Byłeś w grupie badającej miejsce zdarzenia przy tym zabójstwie Mitteta w Drammen. Znaleźliście jakiś czarny lakier?

– Lakier?

– Coś, co mogło pochodzić z broni obuchowej, kiedy uderzysz tak... – Bjørn zademonstrował, unosząc zaciśniętą pięść i opuszczając ją jak w grze w papier, nożyce, kamień – ...że przebija się skórę, kość jarzmowa się łamie i wystaje, ale ty dalej walisz w te ostre odłamki kości, aż lakier na tym, czym uderzasz, zaczyna się łuszczyć.

– Nie.

– Okej. Dziękuję.

Bjørn Holm otworzył drugie pudło, to z materiałami ze sprawy Mitteta, ale spostrzegł, że młody technik kryminalistyczny wciąż stoi w drzwiach.

– Słucham? – Bjørn nawet nie podniósł głowy.

– Był granatowy.

– Co?

– Lakier. I nie na kości jarzmowej, tylko na żuchwie, na powierzchni złamania. Przeanalizowaliśmy go. To bardzo zwyczajny lakier. Używany do lakierowania narzędzi z żelaza. Dobrze się trzyma i hamuje rdzę.

– Masz jakąś sugestię, co to mogło być za narzędzie?

Bjørn widział, jak Kim Erik, wciąż stojąc w drzwiach, dosłownie rośnie. Osobiście go szkolił, a teraz mistrz pytał ucznia, czy ma „jakąś sugestię".

– Nie da się stwierdzić. Stosowany do wszystkiego.

– Okej, dziękuję.

– Ale sugestię mam.

Bjørn spojrzał na kolegę, który o mało nie pękł. Mogli być z niego ludzie.

– No to mów.

– Lewarek. Przecież wszystkie samochody dostarczane są z lewarkiem, a w bagażniku go nie było.

Bjørn pokiwał głową. Aż serce go zabolało, że musi to powiedzieć:

– To był volkswagen sharan z 2010 roku, Kim Erik. Jak sprawdzisz, to się przekonasz, że to właśnie jeden z tych modeli, do których nie dołączają lewarka.

– Aha. – Twarz młodego chłopaka oklapła jak przebita piłka plażowa. – Ale dzięki za pomoc, Kim Erik.

Pewnie, że mogli być z niego ludzie. Chociaż dopiero za kilka lat.

Bjørn zaczął systematycznie przeglądać przedmioty w pudle Mitteta. Nic więcej go nie zdziwiło.

Zamknął pokrywę, poszedł do pokoju na samym końcu korytarza i zapukał w otwarte drzwi. W pierwszej chwili zamrugał zdziwiony, patrząc na wypolerowaną do połysku czaszkę, zanim uświadomił sobie, że to Roar Midtstuen, najstarszy i najbardziej doświadczony z techników kryminalistycznych. Był jednym z tych, którzy swego czasu mieli pewne problemy z podporządkowaniem się szefowej, nie dość że młodszej, to jeszcze kobiecie. Z czasem jednak szemranie ucichło, kiedy zrozumiał, że Beate Lønn była czymś najlepszym, co mogło się przydarzyć wydziałowi.

Midtstuen akurat wrócił do pracy po kilkumiesięcznym zwolnieniu, na które poszedł po śmierci córki w wypadku samochodowym. Dziewczyna pojechała rowerem za miasto powspinać się na ściance. Znaleziono ją w rowie razem z rowerem, w przeciwieństwie do kierowcy, którego wciąż poszukiwano.

– I co, Midtstuen?

– I co, Holm? – Roar Midtstuen obrócił się na krześle. Wzruszył ramionami, uśmiechnął się, próbował przekazać wszelkie możliwe sygnały energii, której nie miał. Kiedy znów pojawił się w pracy, Bjørn prawie nie poznał tej opuchniętej twarzy. Podobno był to zwykły skutek uboczny środków antydepresyjnych.

– Czy pałki w policji zawsze były czarne?

Jako technicy byli przyzwyczajeni do najdziwniejszych drobiazgowych pytań, więc Midtstuen nawet nie mrugnął okiem.

– W każdym razie ciemne. – Midtstuen tak jak Bjørn dorastał w Østre Toten, ale tylko wtedy, gdy rozmawiali ze sobą, resztki dialektu z dzieciństwa wydobywały się na powierzchnię. – Ale przez jakiś czas w latach dziewięćdziesiątych były chyba granatowe. To cholernie irytujące.

– Co?

– Że zawsze musimy zmieniać kolory, nie możemy się czegoś trzymać na stałe. Najpierw samochody są biało-czarne, potem białe z czerwono-niebieskimi pasami, a teraz pasy mają być czarno-żółte. Takie zmiany osłabiają markę. To samo z tymi taśmami policyjnymi w Drammen.

– Jakimi taśmami?

– Kim Erik był tam, gdy zabili Mitteta, i znalazł kilka kawałków taśmy policyjnej. Uznał, że to z poprzedniego zabójstwa, tego... obaj pracowaliśmy przy tej sprawie, ale ja stale zapominam nazwiska tego... geja...

– Renégo Kalsnesa.

– Tacy młodzi ludzie jak Kim Erik nie pamiętają, że w tamtym czasie taśmy policyjne były biało-niebieskie. Ale Kim Erik może być niezły – dodał czym prędzej, jakby się bał, że powiedział coś za ostro.

– Ja też tak uważam.

– To świetnie. – Szczęki Midtstuena pracowały, jakby to przeżuwał. – Dobrze, że jesteśmy zgodni.

Bjørn zaraz po powrocie do swojego pokoju zadzwonił do Katrine. Kazał jej iść na komisariat na drugim piętrze Budynku Policji, zeskrobać trochę lakieru z policyjnej pałki i przesłać to natychmiast na Bryn do analizy.

Dopiero później zaczął myśleć o tym, że odruchowo poszedł do pokoju na końcu korytarza, tam, dokąd zawsze chodził, kiedy szukał odpowiedzi. Tak pochłonęła go praca, że całkiem zwyczajnie zapomniał, że jej już tam nie ma, a pokój zajął Midtstuen. Przez krótką sekundę pomyślał, że potrafi zrozumieć Roara Midtstuena i to, jak żal za drugim człowiekiem może wyssać szpik, uniemożliwić zrobienie czegokolwiek, odebrać sens wstawaniu rano. Otrząsnął się z tych myśli. Odepchnął od siebie widok opuchniętej twarzy Midtstuena. Bo na coś wpadli. Czuł to po sobie.

Harry, Katrine i Bjørn siedzieli na dachu Opery i patrzyli na wyspy, na Hovedøya i Gressholmen.

Propozycja wyszła od Harry'ego. Uznał, że potrzeba im świeżego powietrza.

Był ciepły pochmurny wieczór, turyści dawno już zniknęli, mieli więc dla siebie cały marmurowy dach, lekkim ukosem schodzący do

Oslofjorden, który cały mienił się od świateł ze wzgórza Ekeberg, budynku dawnego magazynu portowego, a obecnie biurowca, i duńskiego promu cumującego przy nabrzeżu Vippetangen.

– Przejrzałem jeszcze raz od nowa raporty techników ze wszystkich zabójstw policjantów – powiedział Bjørn. – Oprócz Mitteta drobinki lakieru znaleziono też na Vennesli i Nilsenie. To zwykły lakier, używany do wielu różnych rzeczy, między innymi do lakierowania policyjnych pałek.

– Świetnie, Bjørn – pochwalił go Harry.

– No i jeszcze te resztki taśmy policyjnej w miejscu zabójstwa Mitteta. Nie mogły pochodzić ze śledztwa w sprawie Kalsnesa, bo tego rodzaju taśm się wtedy nie używało.

– To były taśmy z poprzedniego dnia – stwierdził Harry. – Zabójca zadzwonił do Mitteta, kazał mu przyjechać w miejsce dawnej zbrodni, w którym – jak Mittet sądził – doszło do zabójstwa policjanta. Mittet przyjeżdża, widzi taśmy policyjne i niczego nie podejrzewa. Możliwe, że zabójca jest nawet w mundurze.

– O cholera! Poświęciłam cały dzień na szukanie związków Kalsnesa z policjantami, ale nic mi nie wyszło. Rozumiem jednak, że wpadliśmy na jakiś trop. – Katrine ożywiona popatrzyła na Harry'ego, który zapalił papierosa.

– To co teraz robimy? – spytał Bjørn.

– Teraz... – zaczął Harry – ...teraz ściągniemy pistolety służbowe do analizy balistycznej i sprawdzimy, który pasuje do kuli.

– Jakie pistolety służbowe?

– Wszystkie.

W milczeniu patrzyli na Harry'ego.

Pierwsza spytała Katrine:

– Co masz na myśli, mówiąc wszystkie?

– Wszystkie pistolety służbowe w policji. Najpierw z Oslo, potem z rejonu Østlandet, a jeśli będzie trzeba, z całego kraju.

Kolejna chwila milczenia. Jakaś mewa ochryple zaskrzeczała nad ich głowami.

– Żartujesz sobie? – spytał na próbę Bjørn.

Papieros w ustach zatańczył, kiedy Harry odpowiadał:

– Nie.

– To niemożliwe, zapomnij o tym – zgasił go Bjørn. – Ludziom się wydaje, że analiza balistyczna pistoletu trwa pięć minut, bo tak to wygląda w *CSI*. Nawet policjanci, którzy do nas przychodzą, tak myślą. A prawdą jest, że sprawdzenie pistoletu to prawie cały dzień roboty. Wszystkie? W samym okręgu policyjnym Oslo jest… Ilu policjantów?

– Tysiąc osiemset siedemdziesięciu dwóch.

Obaj spojrzeli na Katrine.

Wzruszyła ramionami.

– Przeczytałam to w raporcie rocznym okręgu.

Dalej na nią patrzyli.

– Tam, gdzie mieszkam, telewizor nie działa i nie mogłam spać, okej?

– Wszystko jedno – powiedział w końcu Bjørn. – Nie ma takich mocy przerobowych. Tego zwyczajnie nie da się zrobić.

– Z tego wszystkiego, co teraz mówiłeś, najważniejsze jest, że nawet policjanci myślą, że to zajmuje pięć minut. – Harry dmuchnął dymem w ciemne niebo.

– Bo…

– Wydaje im się, że taką akcję da się przeprowadzić. Bo co się stanie, kiedy zabójca się dowie, że jego służbowy pistolet ma zostać sprawdzony?

– Ty przebiegły diable! – zawołała Katrine.

– Co? Co? – dopytywał się Bjørn.

– Natychmiast zgłosi zagubienie albo kradzież pistoletu – wyjaśniła Katrine.

– Właśnie tego będziemy szukać – oświadczył Harry. – Ale możliwe, że on był ostrożniejszy, niż nam się wydaje, i postanowił uprzedzić taki rozwój wypadków, więc zaczniemy od zdobycia listy służbowych pistoletów, których zaginięcie już zgłoszono po zabójstwie Renégo Kalsnesa.

– I tu mamy problem – orzekła Katrine.

– Wiem – mruknął Harry. – Czy komendant zgodzi się na wydanie rozkazu, który w praktyce oznacza rzucenie podejrzeń na wszystkich funkcjonariuszy? Na pewno będzie umiał wyobrazić sobie pierwsze strony gazet. – Harry narysował w powietrzu prostokąt. – „Komendant podejrzewa swoich podwładnych". „Czyżby szefostwo traciło kontrolę?"

– Czyli nic z tego – podsumowała Katrine.

– Możesz mówić o Bellmanie, co chcesz, ale on z całą pewnością nie jest głupi i wie, co dla niego dobre. Jeśli zdołamy uprawdopodobnić tezę, że zabójcą może być policjant, którego prędzej czy później złapiemy, bez względu na to, czy Bellman będzie z nami współpracował, czy nie, to zrozumie, że będzie wyglądało jeszcze gorzej, jeżeli wyjdzie na jaw, że z tchórzostwa opóźniał wykrycie sprawcy. Musimy mu to wytłumaczyć: prowadzenie śledztwa we własnych szeregach pokazuje światu, że policja w tej sprawie jest gotowa zajrzeć pod każdy najmniejszy kamyk, bez względu na to, jakie brudy się pod nim kryją, że takie działanie to przejaw odwagi, właściwego dowodzenia, mądrości itepe.

– I sądzisz, że tobie uda się go przekonać? – prychnęła Katrine. – O ile dobrze pamiętam, Harry Hole zajmuje bardzo wysokie miejsce na jego liście osób znienawidzonych.

Harry pokręcił głową.

– Zaangażowałem już do tego Gunnara Hagena.

– Kiedy ma się tym zająć?

– W tej chwili. – Harry popatrzył na papierosa. Dopalił się prawie do samego filtra. Miał ochotę go rzucić, obserwować, jak iskra rysuje parabolę, a potem stacza się po pochyłym, lekko połyskującym marmurze, wpada do wody i gwałtownie gaśnie. Co go powstrzymało? Myśl o tym, że zaśmieca miasto? Czy dezaprobata świadków potępiających go za zaśmiecanie miasta? Sam czyn czy kara? Ten Rosjanin, którego zabił w Come As You Are, to była prosta sprawa. Działał w samoobronie. Tamten albo on. Ale tak zwana niewyjaśniona sprawa Gusta Hanssena to był wybór. A jednak wśród wszystkich upiorów, które regularnie go nawiedzały, nigdy nie pojawił się ten młody, piękny jak dziewczyna chłopak o zębach wampira. Pocałujcie mnie w dupę z niewyjaśnioną sprawą!

Pstryknął w żar. Rozżarzone kawałeczki tytoniu poszybowały w ciemności i zniknęły.

37

Poranne światło wpadało przefiltrowane przez żaluzje w zaskakująco małych oknach ratusza w Oslo, gdzie przewodniczący Rady Miasta chrząknął w sposób oznaczający początek posiedzenia.

Wokół stołu siedziało dziewięcioro radnych odpowiedzialnych za różne dziedziny, a ponadto były komendant policji, którego wezwano w celu krótkiego przedstawienia planu nowej organizacji śledztwa w sprawie oprawcy policjantów, jak konsekwentnie nazywała go prasa. Kwestie formalne załatwiono w ciągu kilku sekund, posługując się hasłami i porozumiewawczymi kiwnięciami głową, które błyskawicznie odnotowała spisująca protokół sekretarka.

Przewodniczący Rady Miasta oddał głos byłemu komendantowi policji.

Ten podniósł wzrok, zauważył entuzjastyczne, zachęcające go do mówienia gesty Isabelle Skøyen i zaczął:

– Dziękuję, panie przewodniczący. Postaram się mówić krótko i nie zabierać Radzie zbyt dużo czasu. – Zerknął na Skøyen, której entuzjazm jakby zmalał po tym niezbyt imponującym wstępie. – Zapoznałem się ze sprawą, tak jak mi polecono. Przyjrzałem się pracy policji i postępom w śledztwie, formie dowodzenia, opracowanej strategii i jej stosowaniu. Zgodnie z życzeniem radnej Skøyen sprawdziłem, czy przygotowano plan działania i czy jest on stosowany.

Śmiech Isabelle Skøyen był głośny i pełen zadowolenia, ale szybko ucichł, być może dlatego, że zorientowała się, iż śmieje się tylko ona.

– Wykorzystałem całe swoje kompetencje i długie doświadczenie, aby dojść do konkluzji określającej, co należy zrobić. – Zobaczył, że Skøyen kiwa głową, a błysk w jej oczach sprawił, że przez chwilę przypominała zwierzę, nie mógł tylko uświadomić sobie jakie. – Cóż, wykrycie jednego przestępstwa nie świadczy o właściwym zarządzaniu policją. Podobnie niewykrycie jednego przestępstwa nie jest skutkiem złego zarządzania. A po przyjrzeniu się temu, czego dokonało obecne szefostwo policji, a szczególnie Mikael Bellman, uważam, że sam nie zrobiłbym niczego inaczej. A mówiąc jeszcze jaśniej, nie mógłbym zrobić niczego inaczej.

Odnotował, że mocna szczęka Isabelle Skøyen lekko opada, i ciągnął, ku własnemu zaskoczeniu, z lekko sadystyczną przyjemnością:

– Zawód śledczego, tak jak wszystkie inne dziedziny życia społecznego, podlega rozwojowi i z tego, co widzę, Bellman i jego ludzie wykorzystują nowe metody i nowinki techniczne, z czym ja i inne osoby bliskie mi wiekiem nie potrafiłyby sobie poradzić. Mikael Bellman cieszy się zaufaniem wśród swoich ludzi, znakomicie ich motywuje, a pracę zorganizował w sposób, który koledzy z innych krajów skandynawskich określają jako wzorowy. Nie wiem, czy radna Skøyen to odnotowała, ale Mikaela

Bellmana poproszono o wygłoszenie wykładu na dorocznej konferencji Interpolu w Lyonie na temat śledztwa i dowodzenia z przyjęciem za punkt wyjścia właśnie tej sprawy. Radna Skøyen sugerowała, że Bellman nie dojrzał do tej pracy. Rzeczywiście trzeba przyznać, że jest młody jak na komendanta, ale Bellman to nie tylko materiał na przyszłość – on sprawdza się świetnie już teraz. Krótko mówiąc, panie przewodniczący, to osoba, która w zaistniałej sytuacji jest na właściwym miejscu. Tym samym ja jestem tu zbędny. Takie są moje wnioski.

Były komendant wyprostował się, zebrał kartki z notatkami, które wcześniej przed sobą rozłożył, i zapiął górny guzik marynarki, starannie dobranej, obszernej, tweedowej, z rodzaju tych, jakie chętnie noszą emeryci. Z szuraniem odsunął krzesło, jakby potrzebował więcej miejsca, żeby móc wstać. Zobaczył, że usta Isabelle Skøyen są już całkiem otwarte. Radna patrzyła na niego z niedowierzaniem bijącym z oczu. Zaczekał, aż usłyszy, że przewodniczący nabiera powietrza, żeby coś powiedzieć, i dopiero wtedy rozpoczął ostatni akt. Zakończenie. Wbicie sztyletu.

– A jeśli wolno mi jeszcze coś dodać, ponieważ ta sprawa dotyczy również kompetencji i zdolności zarządzania Rady Miasta w sprawach tak poważnych, jak zabójstwa policjantów…

Krzaczaste brwi przewodniczącego, które zwykle otaczały wysokimi łukami jego uśmiechnięte oczy, teraz opadły w dół i wyglądały jak szarobiałe markizy nad ciskającym gromy spojrzeniem. Komendant zaczekał, aż przewodniczący kiwnie głową, dopiero wtedy podjął:

– Rozumiem, że radna Skøyen odczuwa wielką presję, przecież sprawa należy do obszaru, za który jest odpowiedzialna, a media nie dają spokoju. Ale kiedy członek Rady Miasta ulega presji i działa w panice, próbując uciąć głowę własnemu komendantowi policji, to uważam, że należy zadać sobie pytanie, czy radna dojrzała do wykonywania powierzonego jej zadania. Owszem, sprawa jest wyjątkowa, zwłaszcza dla radnej piastującej stanowisko od niedawna, i źle się złożyło, że sytuacja wymagająca doświadczenia i rutyny pojawiła się akurat na samym początku kadencji.

Zobaczył, że przewodniczący lekko odchyla głowę, rozpoznając słowa.

– Zatem byłoby chyba najlepiej, gdyby ta sprawa mogła trafić na biurko poprzedniej radnej, zważywszy na jej długie doświadczenie i osiągnięcia.

Po nagle pobladłej twarzy Isabelle Skøyen poznał, że ona również rozpoznała własne sformułowania wygłoszone na temat Bellmana na poprzednim posiedzeniu Rady. I musiał przyznać, że już dawno tak świetnie się nie bawił.

– Jestem pewien – dodał na zakończenie – że takiego rozwiązania życzyliby sobie wszyscy zebrani wokół tego stołu, z radną do spraw społecznych obecnej kadencji włącznie.

– Dziękuję za tak jasne sformułowania i za szczerość – powiedział przewodniczący. – Zakładam, iż to oznacza, że nie przygotował pan alternatywnego planu działania.

– Nie, nie przygotowałem, ale za drzwiami stoi człowiek, którego pozwoliłem sobie zaprosić do wystąpienia zamiast mnie. Przekaże państwu to, czego oczekujecie.

Wstał, lekko skinął głową i ruszył w stronę drzwi. Miał wrażenie, że czuje, jak wzrok Isabelle Skøyen wypala dziurę w jego tweedowej marynarce gdzieś między łopatkami. Ale to nic nie szkodziło, nie wybierał się donikąd drogą, na której mogłaby mu rzucać kłody pod nogi. Wiedział, że dziś wieczorem przy kieliszku wina najbardziej będzie się cieszył z trzech krótkich słów, które wczoraj dopisał do szkicu swojego wystąpienia. Zawierały one cały podtekst, jakiego potrzebowała radna. Jednym z tych słów było „próbować" w wyrażeniu „próbować obciąć głowę własnemu komendantowi", pozostałymi – podkreślenie „obecnej kadencji".

Kiedy drzwi się otworzyły, Mikael Bellman wstał z krzesła.

– Twoja kolej – oznajmił mężczyzna w tweedowej marynarce i ruszył dalej w stronę windy, nie poświęcając mu nawet spojrzenia.

Bellman, widząc na jego twarzy leciutki uśmieszek, uznał, że coś mu się przywidziało.

Przełknął ślinę, wziął głębszy oddech i wkroczył do tej samej sali konferencyjnej, w której nie tak dawno temu zarżnięto go i poćwiartowano.

Wokół stołu zobaczył jedenaście twarzy. Z dziesięciu biło dziwne wyczekiwanie, jak z twarzy publiczności teatralnej przed rozpoczęciem drugiego aktu po udanym pierwszym. I jedna dziwnie blada. Tak blada, że przez moment jej nie poznał. Twarz rzeźniczki.

Czternaście minut później skończył. Przedstawił im plan. Wyjaśnił, że cierpliwość się opłaciła, a systematyczna praca doprowadziła do przełomu w śledztwie. A ten przełom był zarazem radosny i bolesny, ponieważ wskazywał, że winny może znajdować się w ich własnych szeregach. Ale z tego powodu nie mogli się wycofać. Trzeba pokazać opinii publicznej, że są gotowi podnieść każdy najmniejszy kamyk, bez względu na to, jakie brudy mogą się pod nim znajdować. Pokazać, że nie są tchórzami, że są przygotowani na burzę. W takich sytuacjach ważne jest, by pokazać odwagę, właściwe dowodzenie i mądrość. I to nie tylko w Budynku Policji, ale również w ratuszu. Że jest gotów stać wyprostowany u steru, lecz aby mógł podjąć walkę, potrzebne mu zaufanie Rady Miasta.

Zorientował się, że pod koniec słowa były może zbyt napuszone, bardziej napuszone niż kiedy Gunnar Hagen wygłosił je u niego w salonie wczoraj wieczorem. Wiedział jednak, że przynajmniej zdołał ich złapać na haczyk. Dwie spośród kobiet nawet się zarumieniły, zwłaszcza gdy podkreślił końcowy punkt: gdy ogłoszą, że zamierzają sprawdzić i porównać z kulą wszystkie pistolety służbowe w całym kraju, niczym książę z butem poszukujący Kopciuszka, on jako pierwszy przekaże swoją broń do badania balistycznego.

Decydujący nie był jednak rumieniec pań, lecz zdanie przewodniczącego Rady Miasta, a on zachował twarz pokerzysty.

Truls Berntsen schował telefon do kieszeni i dał znak Tajce, żeby przyniosła mu jeszcze jedną kawę. Uśmiechnęła się i odeszła.

Skłonni do usługiwania ci Tajowie. W przeciwieństwie do nielicznych Norwegów, którzy wciąż kelnerowali, leniwych, złych i głęboko urażonych tym, że muszą uczciwie pracować. Nie tak jak tajska rodzina prowadząca tę restauracyjkę na Torshov, podrywająca się na najmniejszy ruch jego brwi. A kiedy płacił ledwie za sajgonkę czy kawę, uśmiechali się od ucha do ucha i kłaniali ze złączonymi dłońmi, jakby był wielkim białym bogiem, który do nich zstąpił. Przeleciało mu przez głowę, że powinien wybrać się do Tajlandii, ale teraz nic z tego nie wyjdzie, bo miał przecież wrócić do pracy.

Przed chwilą zadzwonił Mikael z informacją, że ich plan się powiódł, a zawieszenie wkrótce zostanie cofnięte. Nie chciał konkretyzować, co rozumie przez „wkrótce", tylko powtórzył: wkrótce.

Pojawiła się kawa, Truls wypił maleńki łyk. Nie była nadzwyczajnie dobra, ale on doszedł do wniosku, że w zasadzie nie lubi tego, co inni ludzie nazywają dobrą kawą. Kawa powinna mieć właśnie taki smak, zaparzona w ekspresie przelewowym. Powinna mieć smak papierowego filtra, plastiku i starego przypalonego kawowego tłuszczu. Ale pewnie dlatego był tu teraz jedynym gościem. Ludzie pili kawę gdzie indziej, a tu przychodzili o innych porach, na tani obiad albo po jedzenie na wynos.

Tajka usiadła przy narożnym stoliku, gdzie siedziała już reszta rodziny, pewnie nad rachunkami. Słuchał szumu ich dziwnego języka. Nie rozumiał ani słowa, ale podobał mu się. Lubił siedzieć w pobliżu, łaskawie kiwać głową, gdy się do niego uśmiechali, czuć, że jest prawie cząstką tej wspólnoty. Czyżby dlatego tu przychodził? Nie miał ochoty się nad tym zastanawiać. Znów skupił się na problemie.

Na tej drugiej sprawie, o której wspomniał Mikael.

Na badaniu służbowej broni. Mikael powiedział, że broń będzie sprawdzana w związku z zabójstwami policjantów i że on sam zamierza pokazać, że nakaz dotyczy wszystkich, zarówno małych, jak i dużych. Jutro rano przekaże swój pistolet do badania balistycznego. A Truls musi jak najszybciej zrobić to samo, mimo że jest zawieszony.

Musiało chodzić o kulę w głowie Renégo Kalsnesa. Domyślili się, że pochodziła z policyjnego pistoletu.

On sam był bezpieczny. Nie dość, że wymienił kulę, to już dawno zgłosił kradzież pistoletu, którego wtedy używał. Oczywiście odczekał pewien czas – a konkretnie mówiąc, cały rok – by mieć pewność, że nikt nie powiąże broni z zabójstwem Kalsnesa. Potem użył łomu na drzwiach do swojego mieszkania, tak by wyglądało to wiarygodnie, i zgłosił włamanie. Wypisał mnóstwo rzeczy, które zginęły, dostał nawet czterdzieści tysięcy z ubezpieczenia. I nowy służbowy pistolet.

Nie to było problemem.

Problemem była kula, która leżała teraz w pudle z dowodami. W tamtym czasie wydawało się to, jak się to mówi, dobrym pomysłem. Ale teraz nagle zaczął potrzebować Mikaela Bellmana. Jeśli Bellman zostanie zawieszony jako komendant, to nie będzie mógł wycofać zawieszenia Trulsa. Trudno, i tak już za późno, żeby cokolwiek z tym zrobić.

Zawieszony.

Truls zachrumkał na tę myśl i uniósł filiżankę z kawą do toastu z samym sobą odbitym w ciemnych okularach, które położył na stoliku. Zrozumiał, że musiał się głośno roześmiać, bo Tajowie popatrzyli na niego zdziwieni.

– Nie wiem, czy zdążę odebrać cię z lotniska – powiedział Harry, mijając miejsce, w którym powinien być park, a gdzie Rada Miasta w wyniku zbiorowego zaćmienia umysłu doprowadziła do zbudowania przypominającego więzienie stadionu lekkoatletycznego, na którym raz w roku organizowano międzynarodowe zawody, a poza tym niewiele się działo.

Musiał przyciskać telefon do ucha, żeby usłyszeć ją w popołudniowym zgiełku godzin szczytu.

– Zabraniam ci wyjeżdżać po mnie – zaprotestowała Rakel. – Masz teraz ważniejsze rzeczy na głowie. Przeciwnie, zastanawiałam się, czy nie powinnam zostać tu na weekend. Dałabym ci trochę swobody.

– Swobody do czego?

– Do bycia komisarzem Hole. Bardzo miło z twojej strony udawać, że nie będę ci przeszkadzać, ale oboje wiemy, w jakim stanie jesteś w czasie śledztwa.

– Chcę, żebyś tu była. Ale jeśli ty nie chcesz…

– Ja chcę być z tobą c a ł y c z a s, Harry. Chcę siedzieć na tobie, żebyś nie mógł nigdzie odejść. Tylko tego pragnę. Ale wydaje mi się, że tego Harry'ego, z którym chciałabym być akurat w tej chwili, nie ma w domu.

– Lubię, kiedy na mnie siedzisz, i nigdzie się nie wybieram.

– No właśnie. Nigdzie się nie wybieramy. Mamy całe mnóstwo czasu. Okej?

– Okej.

– To dobrze.

– Jesteś pewna? Bo jeśli bardziej by cię ucieszyło, żebym trochę dłużej pomarudził, chętnie to zrobię.

Ten jej śmiech.

– A Oleg?

Opowiadała. Uśmiechnął się ze dwa razy, roześmiał co najmniej raz.

– Muszę już kończyć – powiedział, stając przed drzwiami restauracji U Schrødera.

– Dobrze. A co to w ogóle za spotkanie?

– Rakel…

– Wiem, że nie powinnam pytać, ale tutaj tak nudno. Posłuchaj…

– Słucham.

– Kochasz mnie?

– Kocham.

– Słyszę samochody. To znaczy, że stoisz w miejscu publicznym i głośno mówisz, że mnie kochasz?

– Tak.

– Ludzie się odwracają?

– Nie patrzyłem.

– Będę dziecinna, jeśli cię poproszę, żebyś to powtórzył?

– Tak.

I znów ten śmiech. Boże, oddałby wszystko, żeby go zawsze słuchać.

– No i co?

– Kocham cię, Rakel Fauke.

– A ja kocham ciebie, Harry Hole. Zadzwonię jutro.

– Pozdrów Olega.

Rozłączyli się, Harry otworzył drzwi i wszedł do środka.

Silje Gravseng siedziała sama przy stoliku w głębi przy oknie. Dawnym ulubionym stoliku Harry'ego. Czerwona spódnica i czerwona bluzka miały kolor krwi na tle starych wielkich obrazów przedstawiających stolicę za jej plecami. Czerwieńsze były tylko jej usta.

Harry usiadł naprzeciwko.

– Cześć – powiedział.

– Cześć.

38

– Dziękuję, że mogłaś przyjść tak szybko – powiedział Harry.

– Jestem tu już od pół godziny. – Silje skinieniem głowy wskazała na stojącą przed nią pustą szklankę.

– Czyżbym… – Harry spojrzał na zegarek.

– Nie, nie, po prostu nie mogłam się już doczekać.

– Harry? – rozległ się znajomy głos.

Podniósł głowę.

– Cześć, Nino. Dzisiaj nic nie zamawiam.

Kelnerka odeszła.

– Spieszy ci się? – spytała Silje. Siedziała na krześle wyprostowana, gołe ręce skrzyżowała pod obciągniętymi czerwonym materiałem piersiami. Sprawiały teraz wrażenie oprawionych w nagą skórę. Twarz dziewczyny nieustannie się zmieniała, raz była ładna jak u lalki, za chwilę niemal brzydka. Jedynie intensywność spojrzenia utrzymywała się na stałym poziomie. Harry dopiero teraz zrozumiał, że właśnie w tym spojrzeniu należy odczytywać każdą najmniejszą nawet zmianę nastroju i uczuć Silje. Musiał być ślepy. Bo widział tylko tę intensywność, nic innego, ochotę nie wiadomo na co. A ona wcale nie chciała wyłącznie jednej nocy, jednej godziny, dziesięciu minut pieprzenia przypominającego gwałt. To nie było takie proste.

– Chciałem z tobą porozmawiać, ponieważ dyżurowałaś w Szpitalu Centralnym.

– Już o tym rozmawiałam z grupą śledczą.

– O czym?

– Pytali, czy Anton Mittet nie wyjawił mi czegoś, zanim został zabity. Czy się z kimś nie pokłócił albo czy nie był związany z kimś ze szpitala. Ale ja im powiedziałam, że to przecież nie było żadne pojedyncze zabójstwo dokonane przez zazdrosnego męża, tylko dzieło oprawcy policjantów. Wszystko się zgadzało, prawda? Dużo czytałam o seryjnych zabójstwach, zorientowałbyś się podczas wykładów, kiedy doszlibyśmy do tego.

– To nie jest wykład o seryjnych zabójstwach, Silje. Zastanawiałem się, czy nie widziałaś, żeby ktoś tam przychodził podczas twoich dyżurów. Nie zauważyłaś czegoś, co nie zgadzałoby się z rutyną, co by cię zdziwiło? Krótko mówiąc, czegoś…

– Czego nie powinno tam być? – Uśmiechnęła się. Białe młode zęby. Dwa nierówne. – To z twojego wykładu. – Wygięcie pleców większe niż powinno być.

– Więc jak? – spytał Harry.

– Myślisz, że pacjenta ktoś zabił, a Mittet brał w tym udział? – Lekko przechyliła głowę, a skrzyżowane przedramiona odrobinę uniosła.

Harry zadał sobie pytanie, czy dziewczyna tylko udaje, czy też naprawdę jest aż tak pewna siebie. A może była po prostu głęboko zaburzoną osobą, usiłującą naśladować to, co uważała za normalne zachowanie, ale przez cały czas odrobinę pudłowała?

– Ty tak właśnie myślisz – orzekła. – Uważasz, że Mittet zginął, bo za dużo wiedział, a morderca zakamuflował jego śmierć jako jedno z zabójstw policjantów.

– Nie – odparł Harry. – Gdyby zabili go tacy ludzie, ciało wrzucono by do morza z czymś ciężkim w kieszeniach. Proszę cię, zastanów się dobrze, Silje. Skup się.

Silje wzięła głęboki oddech, a Harry starał się nie patrzeć na jej piersi, które lekko się uniosły. Próbowała pochwycić jego spojrzenie, ale uniknął tego, pochylając głowę i drapiąc się w kark. Czekał.

– Nie, nic takiego sobie nie przypominam – powiedziała w końcu. – Tam nic się nie działo. Pojawił się nowy pielęgniarz anestezjologiczny, ale przyszedł tylko raz czy dwa.

– Okej. – Harry wsunął rękę do kieszeni kurtki. – A co powiesz o tym z lewej?

Położył przed nią na stoliku kartkę z wydrukiem zdjęcia. Znalazł je w sieci, w grafice Google. Był na nim młody Truls Berntsen stojący obok Mikaela Bellmana, przed posterunkiem policji na Stovner.

Silje uważnie obejrzała zdjęcie.

– Nie, nigdy nie widziałam go w szpitalu. Ale ten z prawej...

– Widziałaś go tam? – przerwał jej Harry.

– Nie, zastanawiałam się tylko, czy to nie...

– Tak, to komendant. – Harry chciał zabrać zdjęcie, ale Silje nakryła ręką jego dłoń.

– Harry?

Czuł ciepło jej miękkiej ręki. Czekał.

– Widziałam ich kiedyś razem. Jak się nazywa ten drugi?

– Truls Berntsen. Gdzie to było?

– Ćwiczyli razem na strzelnicy na Økern. Całkiem niedawno.

– Dziękuję. – Harry przyciągnął do siebie i swoją rękę, i zdjęcie. – Wobec tego nie będę ci już zabierał czasu.

– Akurat o to, żeby czasu mi nie brakowało, sam się zatroszczyłeś, Harry.

Nie odpowiedział.

Zaśmiała się krótko, nachyliła się.

– Chyba nie tylko po to chciałeś się ze mną spotkać? – Blask lampki na stole zatańczył w jej oczach. – Wiesz, jaka szalona myśl przyszła mi do głowy, Harry? Że wyrzuciłeś mnie ze szkoły, ponieważ teraz możesz być ze mną, nie obawiając się problemów z kierownictwem. Dlaczego więc nie powiesz mi wprost, czego naprawdę chcesz?

– To, czego naprawdę chciałem, Silje...

– Jaka szkoda, że ta twoja koleżanka pojawiła się ostatnim razem, kiedy się spotkaliśmy. Akurat wtedy, gdy mieliśmy...

– ...to spytać cię o ten szpital...

– Mieszkam na Josefines gate, ale to już na pewno sprawdziłeś w Google.

– ...i powiedzieć ci, że ostatnio to był cholerny błąd z mojej strony. Że się wygłupiłem i...

– Piechotą stąd to jedenaście minut i dwadzieścia trzy sekundy. Dokładnie. Mierzyłam czas, idąc tutaj.

– ...nie mogę. Nie chcę. Ja...

– Pójdziemy? – Poruszyła się, jakby chciała wstać.

– ...się żenię jeszcze tej wiosny.

Opadła z powrotem na krzesło. Wpatrywała się w niego.

– Ty... żenisz się? – Jej głos ledwie było słychać w hałaśliwym lokalu.

– Tak – potwierdził Harry.

Źrenice jej się zwęziły, ściągnęły się jak rozgwiazda, którą ktoś ukłuł patykiem.

– Z nią? – szepnęła. – Z Rakel Fauke?

– Owszem, ona tak się nazywa. Ale wszystko jedno, czy mam się żenić, czy nie, czy ty jesteś studentką, czy nie, między nami i tak nic by nie było. Dlatego przepraszam za... za tę sytuację, która zaistniała.

– Żenisz się... – powtórzyła jak lunatyczka, patrząc gdzieś daleko, jakby go nie widziała.

Harry kiwnął głową. Poczuł drżenie na piersi. Przez chwilę sądził, że to serce, ale prędko rozpoznał wibrowanie telefonu w kieszonce koszuli.

Wyjął go.

– Tu Harry.

Słuchał głosu. Potem położył telefon przed sobą i patrzył na niego tak, jakby to z aparatem coś się stało.

– Powtórz – powiedział, przykładając go z powrotem do ucha.

– Mówię, że znaleźliśmy ten pistolet – powtórzył Bjørn Holm. – I tak, to jego pistolet.

– Ile osób o tym wie?

– Nikt.

– Sprawdź, jak długo będziesz mógł zatrzymać tę informację.

Harry się rozłączył i wybrał nowy numer.

– Muszę iść – rzucił do Silje i wsunął banknot pod szklankę. Zobaczył, że jej czerwone usta się otwierają, ale wstał i wyszedł, zanim zdążyła coś powiedzieć.

Już przy drzwiach miał na drugim końcu linii Katrine. Powtórzył to, co przekazał mu Bjørn.

– Żartujesz sobie – oświadczyła.

– To dlaczego się nie śmiejesz?

– Bo to... to po prostu niewiarygodne.

– Właśnie dlatego wcale w to nie wierzymy – powiedział Harry. – Sprawdź to. Znajdź błąd.

I nawet przez telefon usłyszał, że dziesięcionogi owad już zaczął biegać po klawiaturze.

Aurora dreptała na przystanek razem z Emilie. Ściemniało się i cały czas się wydawało, że zaraz zacznie padać, a jednak nie padało. Taka pogoda, od której człowiek się złości, pomyślała.

Powiedziała o tym Emilie, przyjaciółka mruknęła coś w odpowiedzi, ale Aurora zorientowała się, że i tak nic nie zrozumiała.

– Czy ten deszcz nie mógłby wreszcie zacząć padać, żebyśmy już mieli to za sobą? – ciągnęła mimo wszystko Aurora. – Lepiej, kiedy naprawdę pada, niż kiedy człowiek boi się, że będzie padać.

– Ja lubię deszcz – stwierdziła Emilie.

– Ja też, przynajmniej trochę. Ale... – poddała się.

– Co się stało na treningu?

– A co się miało stać?

– Arne cię skrzyczał, bo nie kryłaś.

– Tylko trochę się zagapiłam.

– Wcale nie. Zupełnie znieruchomiałaś i patrzyłaś na trybuny. Arne mówi, że w piłce ręcznej najważniejsza jest obrona. A w obronie najważniejsze jest krycie. Czyli że krycie jest najważniejsze w piłce ręcznej.

Arne często gada głupoty, pomyślała Aurora, ale nie powiedziała tego głośno. Emilie i tak by nic nie zrozumiała.

Aurora straciła koncentrację na boisku, ponieważ była pewna, że widziała go na trybunie. Nietrudno go było zauważyć, bo oprócz niego siedziała tam tylko drużyna chłopięca, czekająca niecierpliwie na przejęcie sali po dziewczynkach. Ale to był on. Miała prawie całkowitą pewność. Ten mężczyzna, który rozmawiał z nią w ogrodzie. Pytał o tatę i chciał, żeby posłuchała jakiegoś zespołu o nazwie, która już dawno wyleciała jej z głowy. Chciał wody.

Pewnie dlatego znieruchomiała, przeciwniczki strzeliły bramkę, a Arne, ich trener, wstrzymał grę i ją objechał. A jej jak zwykle zrobiło się smutno. Starała się walczyć z tym uczuciem, nie cierpiała tego u siebie, tej skłonności do płaczu z powodu takich głupot, ale nic nie mogła na to poradzić. Łzy same napłynęły do oczu. Wytarła je frotką na nadgarstku, tym samym gestem ocierając też czoło, jakby po prostu się spociła. A kiedy Arne skończył mówić, znów spojrzała na trybuny, lecz on już zniknął. Tak jak poprzednio. Ale tym razem ukazał się na tak krótko, że wcale nie była taka pewna, czy w ogóle go zobaczyła, czy tylko jej się przywidziało.

– O nie! – westchnęła Emilie, kiedy przeczytały rozkład jazdy na przystanku. – Sto czterdzieści dziewięć będzie dopiero za dwadzieścia minut, a mama upiekła dla nas na kolację pizzę. Będzie lodowata.

– Rzeczywiście głupio się złożyło – przyznała Aurora, nie odrywając wzroku od rozkładu. Nie lubiła ani pizzy, ani nocowania u przyjaciółek. Ale teraz wszyscy tak robili. Wszyscy nocowali u wszystkich, to przypominało taniec z figurami, w którym należało uczestniczyć. Albo się temu poddać, albo znaleźć się poza grupą. A Aurora nie chciała znaleźć się poza grupą, przynajmniej nie całkiem.

– Posłuchaj – powiedziała, patrząc na zegarek. – Tutaj jest napisane, że sto trzydzieści jeden będzie za minutę, a ja zapomniałam szczoteczki do zębów, więc pojadę po nią autobusem, a do ciebie przyjadę rowerem.

Po minie Emilie poznała, że nie spodobał jej się ten pomysł. Przyjaciółka wyraźnie nie miała ochoty stać tu o zmroku, prawie w deszczu, który nie chciał zacząć padać, i sama jechać do domu. Pewnie podejrzewała też Aurorę o jakiś podstęp, o to, że zadzwoni z domu i jednak nie będzie u niej nocować.

– Jak sobie chcesz – prychnęła Emilie ze złością, skubiąc torbę ze strojem treningowym. – Ale z pizzą nie będziemy na ciebie czekać.

Aurora zobaczyła autobus wyłaniający się zza zakrętu. Sto trzydzieści jeden.

– Zęby możemy umyć jedną szczoteczką – ciągnęła Emilie. – Przecież jesteśmy przyjaciółkami.

Nie jesteśmy, pomyślała Aurora. Ty jesteś Emilie, przyjaźnisz się ze wszystkimi dziewczynkami w klasie, masz najmodniejsze ciuchy, najpopularniejsze imię w Norwegii i jesteś taka fajna, bo nigdy się z nikim nie kłócisz i nigdy nikogo nie krytykujesz. Przynajmniej wtedy, kiedy ten ktoś słyszy. A ja jestem Aurora i robię to, co muszę – ale nie więcej – żeby być z wami, bo boję się być sama. A i tak uważacie mnie za dziwaczkę. Chociaż na tyle bystrą i pewną siebie, że boicie się mi dokuczać.

– Zobaczysz, że będę u ciebie wcześniej niż ty – zapowiedziała Aurora. – Obiecuję.

Harry siedział na skromnej trybunie z głową podpartą rękami i patrzył na boisko.

W powietrzu czuło się deszcz, mógł zacząć padać lada chwila, a na stadionie Valle Hovin nie było dachu.

Miał ten brzydki mały stadion tylko dla siebie. Wiedział, że tak będzie, bo koncerty odbywały się teraz rzadko, daleko też było do sezonu łyżwiarskiego, kiedy wyleją lodowisko i każdy, kto zechce, będzie mógł przychodzić potrenować. Właśnie tutaj siedział i obserwował, jak Oleg stawia pierwsze niezdarne kroki na łyżwach i jak rozwija się w całkiem niezłego panczenistę w swojej grupie wiekowej. Miał nadzieję, że wkrótce znów go tu zobaczy. Znów będzie po kryjomu mierzył czas, zapisywał postępy i stagnację, dodawał otuchy, kiedy będzie szło źle, tłumacząc to złymi warunkami albo tępymi łyżwami, a kiedy będzie szło dobrze – chwalił umiarkowanie, bez wybuchów entuzjazmu. Będzie czymś w rodzaju kompresora, pomagającego zasypać doły i zniwelować szczyty. Oleg tego potrzebował, inaczej kompletnie zawładnęłyby nim uczucia. Na łyżwach Harry znał się niezbyt dobrze, ale akurat o tym wiedział sporo. Ståle nazwał to problemem z kontrolą afektu, będącą jednym z najważniejszych elementów w rozwoju dziecka, ale nie u wszystkich rozwiniętą w wystarczającym stopniu. Zdaniem Ståle'go Harry'emu przydałoby się zwiększenie kontroli afektu, ponieważ brakuje mu przeciętnej zdolności do uciekania od tego, co boli, do zapominania, do koncentrowania się na czymś przyjemniejszym, łatwiejszym.

Harry pozwalał, by tę pracę wykonywał za niego alkohol. Ojciec Olega też był alkoholikiem, Rakel mówiła, że przepił życie i rodzinną fortunę gdzieś w Moskwie. Może to był jeden z powodów, dla których Harry tak troszczył się o tego chłopca, może właśnie to ich łączyło: brak kontroli afektu.

Harry usłyszał kroki na betonowej płycie. W ciemności ktoś nadchodził z drugiej strony boiska. Mocniej zaciągnął się papierosem, aby żar wskazywał drogę do niego.

Tamten przeskoczył przez bandę i lekkim, sprężystym krokiem wszedł po betonowych stopniach na trybunę.

– Harry Hole – powiedział, zatrzymując się dwa schodki niżej.

– Mikael Bellman – mruknął Harry. W ciemności białoróżowe plamki na twarzy Bellmana zdawały się świecić.

– Dwie rzeczy, Harry. Po pierwsze, to powinno być coś ważnego, bo zaplanowaliśmy z żoną miły wieczór w domu.

– A po drugie?

– Powinieneś zgasić papierosa. Dym jest niebezpieczny dla zdrowia.

– Dziękuję ci za troskę.

– Myślałem o sobie, nie o tobie, więc zgaś, bardzo proszę.

Harry potarł końcem papierosa o beton, a niedopałek schował do paczki. Tymczasem Bellman usiadł koło niego.

– Wyjątkowe miejsce spotkań, Hole.

– Moje jedyne oprócz Schrødera. A tutaj jest mniej ludzi.

– Rzeczywiście, raczej pusto. Przez chwilę nawet zastanawiałem się, czy to nie ty jesteś oprawcą policjantów i nie chcesz mnie tu zwabić. Bo wciąż uważamy, że to policjant, tak?

– Z całą pewnością. – Harry poczuł, że już mu brakuje papierosa.
– Znaleźliśmy ten pistolet.

– Już? Błyskawicznie. Nie przypuszczałem, że w ogóle zaczęliście je zbierać.

– Nie musimy. Mieliśmy trafienie za pierwszym razem.

– Naprawdę?

– To był twój pistolet, Bellman. Oddano z niego próbny strzał i wynik idealnie pasuje do kuli ze sprawy Kalsnesa.

Bellman wybuchnął głośnym śmiechem, aż między trybunami poniosło się echo.

– To jakiś głupi dowcip, Harry?

– Ty musisz mi to wytłumaczyć, Mikael.

– Dla ciebie jestem panem komendantem albo Bellmanem, Harry. Zresztą pana możesz pominąć. I nie „muszę" nic ci tłumaczyć. Co się dzieje?

– Ty musisz... Przepraszam, powinieneś, tak lepiej? Ty powinieneś mi to powiedzieć, panie komendancie... Bo inaczej musimy – i tym razem naprawdę musimy – wezwać cię na oficjalne przesłuchanie. Tego i ty, i my chcielibyśmy uniknąć. Zgadzamy się?

– Do rzeczy, Harry. Jak to się mogło stać?

– Widzę dwa możliwe wyjaśnienia. Pierwsze, najprostsze, to że zastrzeliłeś Renégo Kalsnesa, panie komendancie.

– Ja... ja...

Harry widział, jak usta Mikaela Bellmana pracują, a światło z białych plamek pulsuje jak u egzotycznego głębinowego stworzenia.

– Masz alibi – dokończył za niego Harry.

– Mam?

– Zaraz po informacji o tym trafieniu włączyłem w sprawę Katrine Bratt. Tamtej nocy, kiedy zginął René Kalsnes, byłeś w Paryżu.

Bellman wreszcie zamknął usta.

– Naprawdę?

– Wrzuciła do wyszukiwarki twoje nazwisko i datę. Pojawiło się na liście pasażerów lotu Air France z Oslo do Paryża i w rejestrze gości hotelu Golden Oriole tej samej nocy. Ktoś, kogo tam spotkałeś, będzie mógł to potwierdzić?

Mikael Bellman mrugał w skupieniu, żeby lepiej widzieć. Zorza polarna na skórze zniknęła. Po namyśle skinął głową.

– No tak, ta sprawa Kalsnesa. To było tego dnia, kiedy miałem interview w Interpolu, w Paryżu. Na pewno znajdę świadków. Pamiętam, że wieczorem wychodziliśmy gdzieś na kolację.

– No to teraz trzeba jeszcze stwierdzić, gdzie tamtej nocy był twój pistolet.

– W domu – odparł Mikael Bellman z niezachwianą pewnością. – Zamknięty. A klucz w pęku, który miałem ze sobą.

– Da się to udowodnić?

– Raczej nie. Ale mówiłeś, że są dwa możliwe wyjaśnienia. To drugie... Niech zgadnę. Chłopcy od balistyki...

– Akurat teraz pracuje tam więcej dziewczyn.

– ...popełnili błąd. Zamienili tamtą kulę, która zabiła, z jakimś moim testowym nabojem albo coś takiego.

– Nie. Ołowiany nabój, który leżał w pudle stojącym w magazynie dowodów, pochodzi z twojego pistoletu, Bellman.

– Co chcesz przez to powiedzieć?

– Przez co?

– Mówiąc „nabój, który leżał w magazynie dowodów", a nie „kula, którą znaleziono w czaszce Kalsnesa".

– Zbliżamy się, Bellman – pokiwał głową Harry.

– Do czego?

– Drugą ewentualnością, którą widzę, jest to, że ktoś podmienił nabój w magazynie dowodów na kulę z twojego pistoletu. W tej kuli jedna rzecz się nie zgadza. Sposób odkształcenia wskazuje na to, że musiała uderzyć w coś twardszego niż człowiek.

– Aha. I w co twoim zdaniem trafiła?

– W stalową płytę na końcu toru w strzelnicy na Økern.

– Dlaczego, na miłość boską, tak ci się wydaje?

– Mnie się w zasadzie nic nie wydaje. Ja to wiem. Kazałem dziewczynom od balistyki pojechać tam i przeprowadzić jeszcze jeden test z użyciem twojego pistoletu. I wiesz co? Kula testowa wygląda identycznie jak ta, która była w pudle z dowodami.

– A dlaczego przyszła ci do głowy akurat strzelnica?

– Nie sądzisz, że to naturalne? Czy nie tam policjanci oddają najwięcej strzałów nieprzeznaczonych dla ludzi?

Mikael Bellman zastanowił się przez chwilę.

– To jeszcze nie wszystko, co masz mi do powiedzenia. O co chodzi?

– No cóż. – Harry wyciągnął paczkę cameli, podsunął ją Bellmanowi, ale ten pokręcił głową. – Zastanawiałem się nad tym, ilu znam specjalistów od palenia dowodów w policji. I wiesz co? Przyszedł mi do głowy tylko jeden. – Harry wyjął nadpalonego papierosa, pstryknął zapalniczką i zaciągnął się dymem, głęboko, niemal ze świstem. – Truls Berntsen. A przypadek sprawił, że rozmawiałem z pewnym świadkiem, który widział, jak niedawno razem trenowaliście na strzelnicy. Tam kule po uderzeniu w stalową płytę wpadają do pudełka, więc ktoś z łatwością mógł stamtąd jedną wyjąć już po twoim wyjściu.

Bellman położył dłoń na kolanie i odwrócił się do Harry'ego.

– Podejrzewasz naszego wspólnego kolegę, Trulsa Berntsena, o podrzucanie fałszywych dowodów przeciwko mnie, Harry?

– A ty nie?

Bellman wyglądał tak, jakby chciał coś powiedzieć, ale się rozmyślił. Wzruszył ramionami.

– Nie wiem, co robi Berntsen, Hole. I szczerze mówiąc, nie sądzę, żebyś ty to wiedział.

– A ja nie wiem, czy jesteś szczery, ale wiem o nim parę rzeczy. Berntsen natomiast wie parę rzeczy o tobie, prawda?

– Wydaje mi się, że coś insynuujesz, chociaż nie mam pojęcia co, Hole.

– Owszem, masz. Ale prawdopodobnie niewiele z tego da się udowodnić, więc to zostawmy. Chcę się dowiedzieć, o co chodzi Berntsenowi.

– Twoją pracą jest prowadzenie śledztwa w sprawie oprawcy policjantów, Hole, a nie wykorzystywanie sytuacji do urządzania osobistego polowania na czarownice, skierowanego przeciwko mnie czy Trulsowi Berntsenowi.

– Uważasz, że to robię?

– Dla nikogo raczej nie jest tajemnicą, że nie we wszystkim się ze sobą zgadzaliśmy, Harry. Na pewno widzisz w tym szansę, żeby się odgryźć.

– A co z tobą i Berntsenem? Też nie we wszystkim się zgadzaliście? Przecież to ty zawiesiłeś go w obowiązkach jako podejrzanego o korupcję.

– Nie ja, tylko Rada do spraw Zatrudnienia. Poza tym to nieporozumienie już niedługo zostanie wyjaśnione.

– Tak?

– Mój błąd. Na jego konto wpłynęły pieniądze ode mnie.

– Od ciebie?

– Truls zbudował taras w moim nowym domu, zapłaciłem mu gotówką, którą wpłacił na konto. Ale zażądałem zwrotu tych pieniędzy, bo źle to zrobił, dlatego nie zgłosił tej kwoty do urzędu podatkowego. Nie chciał płacić podatku od pieniędzy, które nie należały do niego. Wczoraj wysłałem informację do Økokrim*.

---

* Økokrim – specjalna jednostka ds. przestępstw gospodarczych i ekologicznych (przyp. tłum).

– Źle zrobił taras?

– Wdała się wilgoć czy coś takiego. W każdym razie coś śmierdzi. Kiedy Økokrim zainteresowało się tą kwotą niewiadomego pochodzenia, Truls wbił sobie do głowy, że jeśli wyjawi, skąd wzięły się te pieniądze, postawi mnie w głupiej sytuacji. Ale wszystko jedno, ta sprawa jest już załatwiona. – Bellman podciągnął rękaw, w ciemności zaświeciła tarcza zegarka TAG Heuer. – Jeśli to już koniec pytań w kwestii tej kuli z mojego pistoletu, to mam parę innych rzeczy do zrobienia, Harry. I ty zapewne też. Na przykład musisz się przygotować do jakichś wykładów.

– Poświęcam cały swój czas temu śledztwu.

– Poświęcałeś.

– To znaczy?

– Tylko tyle, że musimy oszczędzać. Dlatego zamierzam wydać ze skutkiem natychmiastowym rozkaz zerwania współpracy tej alternatywnej grupki śledczej Hagena z wszelkimi konsultantami.

– Czyli ze Stålem Aunem i ze mną. To połowa grupy.

– Pięćdziesiąt procent kosztów osobowych. Już gratuluję sobie tej decyzji. A ponieważ grupa porusza się błędnym torem, zastanawiam się nad likwidacją całego projektu.

– Aż tak masz się czego bać, Bellman?

– Kiedy jest się największym zwierzęciem w dżungli, Harry, to wcale nie trzeba się bać. A ja mimo wszystko jestem...

– ...komendantem. Cholera, oczywiście, że tak.

Bellman wstał.

– Dobrze, że to zapamiętałeś. A ja wiem, że kiedy zaczynacie rzucać podejrzenia na zaufanych pracowników, takich jak Berntsen, to nie jest to rzeczowe śledztwo, tylko jakaś osobista wendeta, wyreżyserowana przez zapijaczonego, rozgoryczonego byłego policjanta. Moim obowiązkiem jako komendanta jest bronić dobrego imienia policji. Wiesz, co odpowiem, kiedy ktoś mnie spyta, dlaczego umorzyliśmy śledztwo w sprawie tego Rosjanina, któremu ktoś wbił korkociąg w tętnicę szyjną w Come As You Are? Odpowiem, że śledztwo to również kwestia priorytetów, a ta sprawa wcale nie została umorzona, tylko akurat w tej chwili priorytety są inne. I chociaż wszyscy, którzy są w policji bodaj jedną nogą, słyszeli plotki o tym, kto się za tym kryje, to udaję, że do moich uszu one nie dotarły. Ponieważ jestem komendantem.

– To ma być groźba, Bellman?

– A czy ja muszę grozić wykładowcy z Wyższej Szkoły Policyjnej? Miłego dnia, Harry.

Harry patrzył, jak Bellman bokiem schodzi do bandy, jednocześnie zapinając marynarkę. Wiedział, że powinien ugryźć się w język. Miał jeszcze asa, którego postanowił trzymać w rękawie, na wypadek gdyby okazał się konieczny. Ale przecież otrzymał wyraźną informację, że ma się wynosić, więc nie miał już nic do stracenia. Musi postawić wszystko na jedną szalę. Zaczekał, aż Bellman przełoży przez bandę jedną nogę.

– Spotkałeś kiedyś Renégo Kalsnesa, Bellman?

Bellman zesztywniał w pół ruchu. Katrine sprawdziła powiązania Bellmana i Kalsnesa na wszystkie możliwe strony i gdyby bodaj płacili rachunek w tej samej restauracji, kupili przez Internet bilety na ten sam film do kina, mieli miejsca blisko siebie w samolocie albo w pociągu, odkryłaby to. A Bellman jednak zesztywniał. Stanął, obejmując bandę nogami.

– Skąd to idiotyczne pytanie, Harry?

Harry zaciągnął się papierosem.

– To dość powszechnie znana sprawa, że René Kalsnes sprzedawał seks mężczyznom, jeśli akurat nadarzyła mu się taka okazja. A ty oglądałeś gejowski seks w sieci.

Bellman wciąż stał nieruchomo, najwyraźniej przeliczył się z siłami. Harry po ciemku nie widział jego miny, tylko białe plamki na twarzy jaśniejące tak jak poprzednio tarcza zegarka.

– Kalsnes zasłynął jako chciwy cynik bez moralnego kręgosłupa. – Harry obserwował żar papierosa. – Wyobraź sobie żonatego mężczyznę, dobrze ustawionego, którego szantażuje ktoś taki jak René. Może ma jakieś zdjęcia ze wspólnego seksu? Nie brzmi to jak motyw zabójstwa? Ale René mógł komuś coś powiedzieć o tym żonatym, więc ktoś mógłby ujawnić taki motyw. Dlatego ten żonaty do dokonania zabójstwa musi nakłonić kogoś innego. Kogoś, kogo dobrze zna i na kogo ma tyle haków, a tamten na niego, że muszą sobie wzajemnie ufać. Do zabójstwa oczywiście dochodzi w czasie, na który żonaty ma idealne alibi, na przykład kolację w Paryżu. Ale później między tymi dwoma przyjaciółmi z dzieciństwa coś zaczyna pękać. Wynajęty morderca zostaje zawieszony w obowiązkach, a żonaty odmawia mu przyjścia z pomocą. Chociaż jako szef mógłby to zrobić z łatwością. Tamten zdobywa więc kulę z pistoletu żonatego i umieszcza ją w pudle z dowodami – albo powodowany czystą zemstą, albo po to, żeby szantażować żonatego i zmusić go do ponownego przyjęcia do pracy. Bo dla kogoś, kto się nie zna na paleniu dowodów, usunięcie tej kuli wcale nie jest łatwe. Wiedziałeś zresztą o tym, że Truls Berntsen zgłosił zaginięcie swojego pistoletu służbowego rok po zastrzeleniu Kalsnesa? Znalazłem jego nazwisko na liście dostarczonej mi przez Katrine Bratt dwie godziny temu. – Harry znów się zaciągnął. Zamknął oczy, żeby blask żaru w papierosie nie popsuł mu możliwości widzenia po ciemku. – I co pan na to, panie komendancie?

– Powiem ci tak. Dziękuję, Harry. Dziękuję za pomoc przy ocenie konieczności zlikwidowania całej grupy. To będzie pierwsza rzecz, jaką zrobię jutro rano.

– To znaczy, że twierdzisz, że nigdy nie spotkałeś Renégo Kalsnesa?

– Nie próbuj na mnie tych technik przesłuchania, Harry. To ja je przywiozłem z Interpolu do Norwegii. A o gejowskie zdjęcia każdy może się przypadkiem potknąć w Internecie, przecież są wszędzie. Niepotrzebne nam grupy śledcze wyciągające tego rodzaju detale w poważnym śledztwie.

– Ty się nie potknąłeś, Bellman. Zapłaciłeś za te filmy kartą kredytową i ściągnąłeś je na własny komputer.

– Czy ty nie słyszysz, co mówię, człowieku? Czy ciebie też nie interesują tabu? Jeśli ktoś ściąga z sieci zdjęcie z zabójstwa, to wcale nie znaczy, że jest mordercą. A jeżeli kobieta snuje fantazje o gwałcie, to nie znaczy, że chce zostać zgwałcona. – Bellman przełożył już drugą nogę. Był za bandą. Wyrwał się. Poprawił marynarkę. – Jeszcze tylko ostatnia dobra rada, Harry. Nie czepiaj się mnie, jeśli wiesz, co dla ciebie dobre. Dla ciebie i dla twojej kobiety.

Harry patrzył, jak plecy Bellmana znikają w ciemności boiska. Słyszał twarde kroki, których przytłumione echo rozchodziło się między trybunami. Rzucił papierosa na ziemię i przydeptał. Mocno. Próbował wetrzeć go w beton.

39

Harry znalazł zajeżdżonego mercedesa Øysteina Eikelanda na postoju po północnej stronie Dworca Centralnego. Taksówki ustawione w kręgu przypominały nocującą karawanę krytych wozów, która utworzyła koliste ogrodzenie chroniące przed Apaczami, władzami podatkowymi, tańszą konkurencją i wszystkimi innymi, którzy mogli przyjść i odebrać im to, co według nich prawnie im się należało.

Harry usiadł z przodu.

– Pracowity wieczór?

– Nawet na sekundę nie zdjąłem nogi z gazu – odparł Øystein, ostrożnie zacisnął wargi na mikroskopijnym niedopałku skręta i dmuchnął dymem w lusterko wsteczne, w którym widział rosnącą kolejkę samochodów.

– Właściwie ilu płacących klientów masz w ciągu jednego dyżuru? – spytał Harry i wyciągnął paczkę własnych papierosów.

– Na tyle mało, że zastanawiam się, czy teraz nie włączyć taksometru. Ojej, nie umiesz czytać? – Øystein wskazał naklejkę *Zakaz palenia* na pokrywie schowka.

– Potrzebuję rady, Øystein.

– Mówię: nie, nie żeń się. Rakel to świetna kobieta, ale małżeństwo przynosi więcej kłopotów niż zabawy. Słuchaj starego lisa.

– Przecież ty nigdy nie byłeś żonaty, Øystein.

– No przecież mówię. – Przyjaciel z dzieciństwa pokazał żółte zęby w chudej twarzy i mocno poruszył głową, uderzając o zagłówek cieniutkim końskim ogonem.

Harry zapalił papierosa.

– Kiedy myślę o tym, że prosiłem cię na świadka...

– Świadek musi być trzeźwy, Harry, a wesele bez upicia się jest równie bezsensowne jak tonik bez dżinu.

– Okej, ale ja nie przyszedłem do poradni małżeńskiej.

– No to gadajże wreszcie. Eikeland słucha.

Dym zapiekł Harry'ego w gardle. Śluzówki odzwyczaiły się od dwóch paczek papierosów dziennie. Dobrze wiedział, że Øystein nie może mu udzielić żadnej rady, również w tej sprawie. A przynajmniej dobrej rady. Jego domowej roboty logika i zasady dotyczyły życia tak dysfunkcyjnego, że mogłyby skusić wyłącznie osoby o bardzo specyficznych skłonnościach. Istnienie Eikelanda opierało się na alkoholu, kawalerskim stanie, kobietach z najniższej półki, interesującym intelekcie – niestety, odstawionym na boczny tor – pewnej dawce dumy, instynkcie samozachowawczym, który mimo wszystko skutkował większą liczbą godzin jeżdżenia taksówką niż picia, oraz zdolnością do śmiania się w twarz życiu i diabłu, której zazdrościć musiał nawet Harry.

– Podejrzewam, że za tymi zabójstwami policjantów stoi policjant.

– No to wsadź go za kratki. – Øystein zdjął z języka kawałeczek tytoniu. Nagle znieruchomiał. – Powiedziałeś: zabójstwami policjantów? Chodzi o te zabójstwa policjantów?

– Owszem. Problem w tym, że jeśli go aresztuję, to on pociągnie mnie za sobą.

– Jak to?

– Może udowodnić, że to ja zabiłem Rosjanina w Come As You Are.

Øystein wielkimi oczami spojrzał w lusterko.

– Ukatrupiłeś Ruska?

– Więc co mam zrobić? Złapać tamtego i iść na dno razem z nim? W takim razie Rakel nie będzie miała męża, a Oleg ojca.

– Zgadzam się.

– Zgadzasz się? Z czym?

– Z tym, że im należy się pierwszeństwo. W ogóle dobrze mieć pod ręką takie filantropijne wymówki. Człowiek od razu lepiej śpi. Zawsze o to zabiegałem. Pamiętasz, jak poszliśmy na jabłka, złapali nas, a ja uciekłem i zostawiłem Drewniaka samego? On nie umiał tak szybko biegać z tymi swoimi kilogramami i w tych butach. Tłumaczyłem sobie, że Drewniak potrzebuje manta bardziej niż ja, żeby się naprostować moralnie, znaleźć w życiu właściwy kierunek. Bo przecież jemu o to chodziło, żeby dołączyć do porządnych, prawda? A ja chciałem być bandytą, więc po co mi manto za kilka nędznych jabłek?

– Ja nie zrzucam na nikogo winy, Øystein.

– No a jeśli ten facet załatwi kolejnych gliniarzy, a ty będziesz wiedział, że mogłeś go powstrzymać?

– Właśnie o to chodzi. – Harry dmuchnął dymem w naklejkę z zakazem palenia.

Øystein długo patrzył na kumpla.

– Nie, Harry...

– Co nie?

– Nie... – Øystein uchylił okno ze swojej strony i pstryknął tym, co zostało z niedopałka, dwoma centymetrami wilgotnej od śliny bibułki Rizla. – Zresztą nie chcę o tym słuchać. Po prostu tego nie rób.

– No dobrze. Ale okazałbym się największym tchórzem, gdybym nie zrobił nic. Gdybym tłumaczył sobie, że nie mam dostatecznych dowodów, co zresztą poniekąd jest prawdą. Niech będzie i tak. Tylko czy można z tym żyć, Øystein?

– Cholera, pewnie że tak. Ale akurat w tej kwestii to z ciebie niezły dziwak, Harry. Czy ty będziesz umiał z tym żyć?

– Normalnie nie umiałbym. Tyle że, tak jak ci mówiłem, teraz liczą się inne względy.

– A nie możesz zrobić tak, że niby ktoś inny go złapie?

– On wykorzysta wszystko, co wie o innych policjantach, żeby wynegocjować dla siebie złagodzenie kary. Pracował jako śledczy od zabójstw, a poza tym palił dowody. Zna absolutnie wszystkie sztuczki. Poza tym komendant będzie go ratował, bo obaj za dużo o sobie wiedzą.

Øystein sięgnął po papierosy Harry'ego.

– Wiesz co, Harry? Wygląda mi na to, że przyszedłeś po moje błogosławieństwo przed zabójstwem. Ktoś jeszcze wie, czym się zajmujesz?

Harry pokręcił głową.

– Nawet moja mała grupa śledcza.

Øystein wyjął papierosa i przypalił go własną zapalniczką.

– Harry?

– Tak?

– Jesteś najbardziej kurewsko samotnym facetem, jakiego znam. I to z własnego wyboru.

Harry spojrzał na zegarek, niedługo północ. Zmrużonymi oczami popatrzył w przednią szybę.

– Wszystko jedno. – Otworzył drzwi. – Dziękuję za radę.

– Za jaką radę?

Drzwiczki się zatrzasnęły.

– Za jaką pieprzoną radę? – krzyknął Øystein, patrząc na przygarbioną postać, która szybko zniknęła w ciemności Oslo. – I co z taksówką do domu, ty skąpy draniu!

W domu było ciemno i cicho.

Harry siedział na kanapie i gapił się w szafkę.

Nikomu nie zdradził swoich podejrzeń wobec Trulsa Berntsena.

Zadzwonił do Bjørna i Katrine, powiedział im, że odbył krótką rozmowę z Mikaelem Bellmanem, a ponieważ komendant miał alibi na noc zabójstwa, więc albo ktoś popełnił błąd, albo dowód został podrzucony, i dlatego na razie wciąż powinni zachować dla siebie fakt, iż kula w pudle z dowodami pochodzi z pistoletu Bellmana. Ale nie przekazał im ani słowa z tej rozmowy.

Ani słowa o Trulsie Berntsenie.

Ani słowa o tym, co należało zrobić.

Właśnie tak musi być. W tej sprawie należy działać w samotności.

Klucz leżał schowany na półce z płytami.

Harry zamknął oczy. Próbował wcisnąć pauzę, nie słuchać tego dialogu, który w kółko toczył się w jego głowie. Ale nie dało się, głosy zaczynały krzyczeć natychmiast, gdy tylko odpuszczał. Że Truls Berntsen to szaleniec. Że to nie żadne przypuszczenie, tylko fakt. Nikt przy zdrowych zmysłach nie wszcząłby takiej kampanii zabójstw przeciwko własnym kolegom.

Ta sprawa nie była pierwszą tego typu. Wystarczyło spojrzeć na wszystkie te historie ze Stanów, w których osoby wyrzucone z pracy lub upokorzone w inny sposób wracały do swoich firm i strzelały do współpracowników. Omar Thornton zabił ośmiu kolegów ze składu piwa, kiedy wyrzucono go za kradzież. Wesley Neal Higdon – pięciu, po awanturze, jaką zrobił mu szef. Jennifer San Marco umieściła sześć śmiertelnych strzałów w głowach kolegów z urzędu pocztowego, kiedy pracodawca zwolnił ją, ponieważ była – no właśnie – szalona.

Różnica polegała na stopniu dokładności zaplanowania i zdolności do wykonania czynu. Więc jak szalony był naprawdę Truls Berntsen? Czy na tyle szalony, by policja odrzuciła jego twierdzenie, że Harry Hole zabił kogoś w barze?

Nie.

Nie, jeśli miał dowody.

Dowodom nie można zarzucić szaleństwa.

Truls Berntsen.

Harry sprawdził.

Wszystko się zgadzało. Ale czy zgadzało się najważniejsze? Motyw? Jak to powiedział Mikael Bellman? Że nawet jeśli kobieta snuje fantazje o gwałcie, to wcale nie znaczy, że chce zostać zgwałcona. Że jeśli mężczyzna snuje fantazje o gwałcie, to wcale nie znaczy…

Cholera! Przestań!

Ale to nie chciało przestać. Nie chciało dać mu spokoju, dopóki nie rozwiąże problemu. A rozwiązać można tylko na dwa sposoby. Jeden był stary. Ten, którego krzykiem domagało się teraz jego ciało. Drink. Drink, który porządkował, zaciemniał, kamuflował i znieczulał. To ten tymczasowy sposób. Ten zły. Ten drugi był ostateczny. Konieczny. Usuwał problem. Diabelska alternatywa.

Harry się poderwał. W całym domu nie było alkoholu. Taki stan trwał, odkąd się wprowadził. Zaczął krążyć po pokoju. Zatrzymał się. Spojrzał na starą narożną szafkę. Coś mu przypomniała. Barek, w który kiedyś wpatrywał się w taki sam sposób. Co go powstrzymywało? Ile razy wcześniej sprzedawał duszę za mniejszą zapłatę? A może właśnie o to chodziło? O to, że kiedyś dostawał jakąś resztę, trochę drobnych, usprawiedliwienie moralnej wściekłości. A tym razem to było… nieczyste. Chciał za jednym zamachem ratować własną skórę.

Ale słyszał już w głowie ten szept: „Wyjmij mnie, wykorzystaj. Użyj mnie do tego, do czego jestem przeznaczona. Tym razem sobie poradzę. Żadna kuloodporna kamizelka mnie nie oszuka".

Dojazd stąd do mieszkania Trulsa Berntsena na Manglerud zajmie mu nie więcej niż pół godziny. Do tego arsenału z bronią w sypialni, który widział na własne oczy. Broń ręczna, kajdanki, maska przeciwgazowa. Pałka. Dlaczego więc to odkładał? Przecież wiedział, co należy zrobić.

Ale czy to się do końca zgadzało? Czy naprawdę Truls Berntsen zabił Renégo Kalsnesa na polecenie Mikaela Bellmana? Co do tego, że Truls jest szalony, nie było najmniejszych wątpliwości, ale czy Mikael Bellman również jest szaleńcem?

A może to tylko konstrukcja, którą jego mózg ułożył z kamyczków, które miał do dyspozycji? Zmusił je, by się połączyły, ponieważ chciał, pragnął, żądał jasnego obrazu. Wszystko jedno jakiego, byleby przyniósł sens, a przynajmniej odpowiedź, poczucie, że punkty zostały połączone liniami.

Harry wyjął z kieszeni telefon i wcisnął A.

Minęło ponad dziesięć sekund, zanim usłyszał niewyraźne:

– …ucham.

– Cześć, Arnold, to ja.

– Harry?

– Tak. Siedzisz w pracy?

– Jest pierwsza w nocy, Harry. Jestem jako tako normalny, więc leżę w łóżku.

– *Sorry*, chcesz spać?

– Jeśli naprawdę musisz wiedzieć, to owszem.

– Okej, ale skoro już się obudziłeś...

Usłyszał jęk na drugim końcu.

– Zastanawiałem się nad Mikaelem Bellmanem. Ty przecież pracowałeś w KRIPOS, kiedy on tam był. Nie wyczułeś u niego nigdy czegoś, co mogłoby świadczyć o tym, że pociągają go seksualnie mężczyźni?

Nastąpiła długa cisza, w której słychać było tylko równy oddech Arnolda i turkot kół pociągu po szynach. Po akustyce Harry poznał, że Arnold musi spać przy otwartym oknie, bo brzmiało to prawie tak, jakby był na dworze. Pewnie się przyzwyczaił do tych odgłosów, nie wdzierały się w sen. Nagle przyszło mu do głowy, chociaż nie jako objawienie, lecz raczej jako pojedyncza myśl, że być może z tą sprawą jest podobnie – że nie słyszą zwykłych dźwięków, dlatego one ich nie budzą. A właśnie tych dźwięków powinni nasłuchiwać.

– Zasnąłeś, Arnold?

– Nie, nie. Tylko ten pomysł jest dla mnie na tyle nowy, że muszę go przetrawić. Kiedy się cofnę pamięcią i spojrzę na różne elementy w innym kontekście... nawet wtedy nie mogę... Ale to przecież oczywiste...

– Co jest oczywiste?

– No... był Bellman i ten jego wierny pies z tym swoim bezgranicznym oddaniem.

– Truls Berntsen.

– No właśnie. Ci dwaj... – Kolejna pauza. Kolejny pociąg. – Nie, Harry, nie wydaje mi się, żeby ci dwaj byli parą. Mam nadzieję, że rozumiesz.

– Rozumiem. Przepraszam, że cię obudziłem. Dobranoc.

– Dobranoc. A zresztą poczekaj chwilę...

– Mhm.

– Był w KRIPOS pewien facet, całkiem o tym zapomniałem. Ale wszedłem raz do toalety. Obaj z Bellmanem stali wtedy przy umywalkach i byli czerwoni jak buraki. Jakby coś zaszło, rozumiesz? Pamiętam, że coś sobie wtedy pomyślałem, ale długo się nad tym nie zastanawiałem. A ten facet wkrótce potem zniknął z KRIPOS.

– Jak się nazywał?
– Nie pamiętam. Może mógłbym się dowiedzieć, ale nie teraz.
– Dzięki, Arnold, śpij dobrze.
– Dziękuję. A co się dzieje?
– Niewiele – odparł Harry, rozłączył się i schował telefon do kieszeni.

Zapatrzył się na półkę z płytami. Klucz leżał przy W.

– Niewiele – powtórzył.

W drodze do łazienki ściągnął koszulkę. Wiedział, że pościel będzie biała, czysta i chłodna, cisza za otwartym oknem totalna, a nocne powietrze dostatecznie ostre. Że nie zaśnie nawet na sekundę.

Kiedy już się położył, leżał i słuchał gwizdu wiatru. Wiatr gwizdał przez dziurkę od klucza w czarnej, bardzo starej narożnej szafce.

Dyżurna w Centrali Operacyjnej przyjęła zawiadomienie o pożarze o godzinie 04.06. Słysząc wzburzony głos strażaka, odruchowo przyjęła, że musi chodzić o jakiś większy pożar, o zdarzenie wymagające być może zamknięcia ulic, zabezpieczenia wartościowych rzeczy, transportu rannych lub zmarłych. Dlatego w pierwszej chwili trochę się zdziwiła, kiedy strażak powiedział, że to dym uruchomił alarm przeciwpożarowy w pewnym barze w Oslo, zamkniętym już na noc, i dodał, że ogień sam zgasł przed ich przyjazdem. Jeszcze bardziej się zdziwiła, kiedy strażak kazał im przyjeżdżać natychmiast, wówczas zorientowała się, że to, co w pierwszej chwili wzięła za wzburzenie, to był strach. Strach człowieka, który z całą pewnością wiele widział w pracy, ale jednak nic nie przygotowało go na to, co próbował teraz przekazać drżącym głosem:

– To jeszcze dziewczynka. Musiała zostać czymś polana, bo na barze stoją puste butelki po alkoholu.
– Gdzie to jest?
– Ona… jest całkiem zwęglona. I przywiązana do rury z wodą.
– Gdzie to jest?
– Przywiązana za szyję. To wygląda na zamek rowerowy. Mówię, że musicie przyjechać.
– Dobrze, ale gdzie…
– Kvadraturen. Ten bar nazywa się Come As You Are. Boże, to zaledwie dziewczynka…

40

Stålego Aune o godzinie 06.28 obudził dzwonek. Początkowo z jakiegoś powodu pomyślał, że to telefon, ale potem rozpoznał budzik. Coś musiało mu się przyśnić. Ponieważ jednak nie miał dużo większej wiary w odczytywanie snów niż w psychoterapię, nie próbował nawet prześledzić wspomnienia tego snu, tylko wyłączył budzik i zamknął oczy, żeby nacieszyć się tymi dwiema minutami pozostałymi do wpół do siódmej, kiedy rozdzwoni się drugi budzik. Z reguły o tej porze słyszał już odgłos bosych stóp Aurory, która spuszczała nogi na podłogę i biegła do łazienki, żeby zająć ją jako pierwsza.

Teraz było cicho.

– Gdzie Aurora?

– Nocuje u Emilie – odpowiedziała Ingrid niewyraźnym głosem.

Ståle Aune wstał. Wziął prysznic, ogolił się, zjadł śniadanie razem z żoną, ale w milczącej samotności, ponieważ ona czytała gazetę. Ståle nieźle się wprawił w czytaniu do góry nogami. Pominął to, co pisano na temat zabójstw policjantów, bo nie było żadnych nowych informacji, same spekulacje.

– Aurora nie zajrzy do domu przed pójściem do szkoły? – spytał.

– Wzięła ze sobą rzeczy potrzebne na dzisiejsze lekcje.

– Aha. Dobre jest takie nocowanie poza domem przed zwykłym dniem nauki?

– Nie, szkodliwe. Powinieneś interweniować.

Przerzuciła stronę.

– Wiesz, co brak snu robi z mózgiem, Ingrid?

– Państwo norweskie sfinansowało sześć lat twoich studiów, żebyś ty to wiedział, Ståle, więc uznałabym za marnowanie podatku, który płacę, gdybym ja również miała to wiedzieć.

Ståle zawsze czuł pewną irytację zmieszaną z podziwem dla jej zdolności i gotowości do zadawania ciosów tak wcześnie rano. Przed dziesiątą Ingrid go nokautowała. Do obiadu nie był w stanie wytrzymać jednej pełnej rundy. W zasadzie dopiero około szóstej po południu mógł mieć nadzieję na skuteczny udział w jakimś słownym zwarciu.

Zastanawiał się trochę nad tym, wyjeżdżając samochodem z garażu i jadąc w stronę gabinetu na Sporveisgata. I doszedł do wniosku, że nie wie, czy wytrzymałby z kobietą, która nie umiałaby go codziennie pokonać. A gdyby nie wiedział tyle o genetyce, to prawdziwą tajemnicą wydawałoby mu się, jak ich dwoje mogło spłodzić takie kochane, wrażliwe dziecko, jakim była Aurora. Potem zapomniał o wszystkim. Jechało się wolno, ale nie wolniej niż zwykle. Najważniejsza była przewidywalność, a nie czas, jaki naprawdę zajmował dojazd. Na dwunastą zwołano zebranie w Kotłowni, wcześniej miał trzech pacjentów.

Włączył radio.

Usłyszał wiadomość jednocześnie z dzwoniącym telefonem i instynkt podpowiedział mu, że jest między nimi związek.

To był Harry.

– Musimy odłożyć zebranie. Popełniono kolejne zabójstwo.

– Ta dziewczynka, o której mówili w radiu?

– Tak. Przynajmniej jesteśmy pewni, że to dziewczynka.

– Nie wiecie, kto to jest?

– Nie. Nie zgłoszono żadnego zaginięcia.

– Ile może mieć lat?

– Trudno stwierdzić na pewno, ale zważywszy na wzrost i budowę ciała, od dziesięciu do czternastu.

– I uważacie, że to ma jakiś związek z naszą sprawą?

– Tak.

– Dlaczego?

– Ponieważ znaleziono ją w miejscu niewyjaśnionego zabójstwa. W barze, który się nazywa Come As You Are. I ponieważ… – Harry kaszlnął. – Była przytwierdzona do rury z wodą za pomocą zapięcia rowerowego zaciśniętego na szyi.

– O Boże!

Znów usłyszał kaszel Harry'ego.

– Harry?

– Tak.

– Dobrze się czujesz?

– Nie.

– Czy coś jest nie tak?

– Mhm.

– Oprócz tego z zamkiem rowerowym? Rozumiem, że to…

– Przed podpaleniem oblał ją alkoholem. Puste butelki stoją na kontuarze. Trzy, wszystkie tej samej marki. Chociaż było wiele innych butelek, spośród których mógł wybierać.

– To jest…

– Tak, Jim Beam.

– Twoja marka.

Ståle usłyszał, że Harry zwraca komuś uwagę, że ma czegoś nie dotykać, ale zaraz spytał:

– Chcesz przyjechać zobaczyć to miejsce?

– Mam pacjentów, może później.

– Okej, sam zdecydujesz. My zostaniemy tu jeszcze przez jakiś czas.

Rozłączyli się.

Ståle próbował znów skoncentrować się na prowadzeniu samochodu. Czuł, że oddycha szybciej, że nozdrza mu się rozszerzają, pierś się unosi. Wiedział, że dzisiaj będzie jeszcze gorszym terapeutą niż zwykle.

Harry wyszedł przed bar na ruchliwą ulicę, po której spieszyli ludzie, pieszo, rowerami, samochodami i tramwajami. Zamrugał, zanim oczy przyzwyczaiły się do światła po wyjściu z mroku panującego w środku. Patrzył na bezsensownie rojące się życie, niezważające na to, że kilka metrów za nim jest równie bezsensowna śmierć, w postaci zwęglonych zwłok dziewczynki o nieustalonej tożsamości na stalowym krzesełku ze stopionym plastikowym siedzeniem. Harry wprawdzie przypuszczał, kim ona może być, ale nie miał siły dokończyć tej myśli. Wziął kilka głębokich oddechów i jednak dokończył. Potem zadzwonił do Katrine, którą odesłał do Kotłowni, żeby siedziała na *stand by* w swojej hali maszyn.

– Nadal nikt nie zgłosił zaginięcia? – spytał.

– Nie.

– Okej. No to sprawdź, którzy ze śledczych mają córki w wieku od ośmiu do szesnastu lat. Zacznij od pracujących przy sprawie Kalsnesa. Jak znajdziesz kogoś takiego, to dzwoń do niego i pytaj, czy widział dzisiaj córkę. Tylko delikatnie.

– Jasne.

Harry się rozłączył.

Bjørn też wyszedł z baru i stanął obok niego. Głos miał ściszony, miękki, jakby siedzieli w kościele.

– Harry?

– Tak?

– To najstraszniejsze, co widziałem w życiu.

Harry pokiwał głową. Zdawał sobie sprawę, że Bjørn wiele w życiu widział, ale czuł, że kolega mówi prawdę.

– Ten, kto to zrobił... – Bjørn podniósł obie ręce, wciągnął powietrze, wydał z siebie jakiś bezradny odgłos i znów ręce opuścił. – Cholera, zasłużył na kulę w łeb.

Harry zacisnął pięści w kieszeniach kurtki. On też wiedział, że to prawda. Ten człowiek zasłużył na kulę, na niejedną kulę z odessy leżącej w szafce na Holmenkollveien. I to nie teraz, tylko wczoraj w nocy, kiedy pieprzony tchórzliwy były gliniarz poszedł się położyć, bo zdecydował, że nie może być katem, dopóki nie uzyska pełnej jasności co do motywu. I nie wiedział, czy zrobiłby to dla potencjalnych ofiar, dla Rakel i Olega, czy też raczej dla samego siebie. No cóż, ta dziewczynka nie zapyta go już o motyw. Dla niej i dla jej rodziców jest za późno. Niech to wszyscy diabli.

Spojrzał na zegarek.

Truls Berntsen już wiedział, że Harry go ściga. Będzie gotowy. Zaprosił go, zwabił, lokując to zabójstwo właśnie tutaj. Upokorzył, używając stałej trucizny alkoholika, Jima Beama, i tego zamknięcia do roweru, o którym słyszała połowa policjantów w Oslo. Słyszeli, że wielki Harry Hole stał przywiązany tą obrożą do słupka ze znakiem zakazu parkowania na Sporveisgata.

Odetchnął głęboko. Mógł rzucić karty, powiedzieć wszystko, o Guście, Olegu i martwych Rosjanach, potem wziąć udział w szturmie Delty na mieszkanie Trulsa Berntsena, a gdyby Berntsen uciekł, ogłosić poszukiwania na wielką skalę, zaangażować w nie Interpol i posterunki we wszystkich, nawet najbardziej zapadłych dziurach w Norwegii. Albo...

Zaczął wyciągać z kieszeni pogniecioną paczkę cameli. Schował ją z powrotem. Miał już dość papierosów.

...albo mógł zrobić dokładnie to, czego ten diabeł się dopraszał.

Dopiero podczas przerwy po drugim pacjencie Ståle dokończył myśl. A właściwie dwie.

Po pierwsze, dlaczego nikt nie zgłosił zaginięcia dziewczynki? Dziewczynki w wieku od dziesięciu do czternastu lat. Przecież rodzice powinni zauważyć, że nie wróciła do domu na noc. Powinni to zgłosić.

Druga linia myślenia koncentrowała się na związku ofiary z zabójstwami policjantów. Co mogła mieć z nimi wspólnego? Zabójca do tej pory uśmiercał jedynie śledczych, więc może odezwała się typowa u seryjnych zabójców potrzeba eskalacji zła: co gorszego można zrobić człowiekowi, niż odebrać mu życie? To proste. Zabrać mu potomstwo. Dziecko. Pozostawało pytanie, na kogo padło tym razem. Oczywiście nie na Harry'ego, bo on nie miał dzieci.

Właśnie w tej chwili zimny pot w niekontrolowany sposób zaczął się wylewać ze wszystkich porów pulchnego ciała Stålego Aune. Psycholog gwałtownym ruchem chwycił komórkę leżącą w otwartej szufladzie, odnalazł imię Aurory i zadzwonił.

Po ośmiu sygnałach włączyła się poczta głosowa.

Oczywiście Aurora nie odbierała, bo była w szkole. A tam mieli zakaz używania telefonów.

Jak Emilie ma na nazwisko? Słyszał je wiele razy, ale koleżanki córki były domeną Ingrid. Zastanawiał się, czy nie zadzwonić do żony, ale postanowił jej niepotrzebnie nie denerwować i zamiast tego zaczął szukać maili z tematem „zielona szkoła". Pojawiło się mnóstwo ubiegłorocznych wiadomości przesyłanych do wszystkich rodziców dzieci z klasy Aurory. Studiował nazwiska, licząc na objawienie. I rzeczywiście nastąpiło dość szybko. Torunn Einersen. Emilie Einersen. Nawet nietrudno to było zapamiętać. A jeszcze lepiej, że poniżej znajdowały się numery telefonów do wszystkich rodziców.

Wystukał cyfry, czując, że palec mu drży, że nie trafia. Musiał wypić za dużo albo za mało kawy.

– Słucham, Torunn Einersen.

– Dzień dobry, tu mówi Ståle Aune, ojciec Aurory. Ja... chciałem się tylko dowiedzieć, czy wszystko było okej dziś w nocy.

Pauza. Zbyt długa.

– Z nocowaniem – dodał. I dla pewności jeszcze: – U Emilie.

– A, o to panu chodzi. Nie, Aurora u nas nie nocowała. Pamiętam, że była o tym mowa, ale...

– Najwyraźniej coś źle zrozumiałem – powiedział Ståle, czując, że słowa wymawia z trudem.

– No tak. Ostatnio niełatwo zapamiętać, kto u kogo nocuje – zaśmiała się Torunn Einersen, ale słychać było, że jest trochę zażenowana faktem, iż ojciec nie wie, gdzie jego córka spędziła noc. Ståle odłożył słuchawkę. Koszulę już miał całą mokrą.

Zadzwonił do Ingrid. Poczta głosowa. Zostawił wiadomość, że ma koniecznie oddzwonić. Potem wstał i wybiegł z gabinetu. Oczekująca pacjentka, kobieta w średnim wieku, która przychodziła na terapię z zupełnie dla niego niezrozumiałych powodów, podniosła głowę.

– Musimy dzisiaj odwołać wizytę, pani...

Chciał zwrócić się do niej po nazwisku, ale przypomniał je sobie dopiero, gdy już pokonał schody, otworzył drzwi i biegiem puścił się przez Sporveisgata do samochodu.

Harry czuł, że za mocno ściska papierowy kubek z kawą, gdy zakryte nosze przenoszono obok nich do oczekującej karetki. Patrzył spod oka na gapiów, którzy zdążyli się zebrać.

Zadzwoniła Katrine. Wciąż nie zgłoszono żadnego zaginięcia, a żaden ze śledczych zajmujących się sprawą Kalsnesa nie miał córki w wieku od ośmiu do szesnastu lat. Harry poprosił więc, żeby rozszerzyła poszukiwania na innych policjantów.

Bjørn wyszedł z baru. Ściągnął lateksowe rękawiczki i kaptur białego kombinezonu.

– Dalej nie ma żadnych wiadomości od ekipy od DNA? – spytał Harry.

– Nie.

Pierwszą rzeczą, jaką Harry zrobił po przybyciu na miejsce, było pobranie próbki tkanki, którą na sygnale zawieziono do Instytutu Medycyny Sądowej. Przeprowadzenie pełnej analizy DNA wymagało czasu, ale pierwsze cyfry kodu można było uzyskać dość szybko. A tylko tego potrzebowali. Wszyscy śledczy zajmujący się zabójstwami, zarówno taktyczni, jak i technicy, rejestrowali swoje profile DNA, na wypadek gdyby zanieczyścili miejsce zdarzenia. W ostatnim roku zaczęto również rejestrować policjantów, którzy przybywali na miejsce zdarzenia jako pierwsi lub je zabezpieczali, a nawet ludzi spoza policji, którzy w takich miejscach przebywali. To był prosty rachunek prawdopodobieństwa. Wystarczyły pierwsze trzy czy cztery cyfry jedenastocyfrowego kodu, by wyeliminować większość mogących wchodzić w grę policjantów. Przy pięciu albo sześciu – wszystkich. To znaczy, oprócz jednego, jeżeli miał rację.

Spojrzał na zegarek.

Nie wiedział dlaczego. Nie wiedział, na co mają zdążyć, a jedynie, że mają mało czasu. Że on ma mało czasu.

Ståle Aune zaparkował samochód przed bramą szkoły i włączył światła awaryjne. Słyszał echo własnych kroków, gdy biegał między budynkami wokół podwórza. Odgłos samotności dzieciństwa. Spóźnienia się na lekcje. Albo letnich wakacji, kiedy wszyscy wyjechali. Szarpnął ciężkie drzwi, pobiegł dalej korytarzem. Teraz nie słyszał już żadnego echa, tylko własny krótki oddech w uszach. To są drzwi do jej klasy. A może nie? Grupa czy klasa? Tak mało wiedział o jej życiu na co dzień. Tak mało ją widywał w ciągu ostatniego pół roku. Tyle chciał wiedzieć, tyle czasu zamierzał teraz z nią spędzać. Jeśli tylko... jeśli tylko...

Harry rozejrzał się po barze.

– Drzwi otwarto wytrychem – poinformował policjant za jego plecami.

Harry pokiwał głową. Zauważył zadrapania przy zamku.

Wytrych. Narzędzie policjanta. To dlatego alarm się nie uruchomił.

Nie widać żadnych oznak stawiania oporu, żadnych przewróconych przedmiotów, które upadły na podłogę, krzeseł czy stołów przestawionych z miejsc, w których naturalne było pozostawienie ich wieczorem przed zamknięciem. Przesłuchiwano właściciela; Harry powiedział, że nie musi z nim rozmawiać. Nie powiedział, że nie chce. Nie podał powodu. Na przykład takiego, że wolałby nie zostać rozpoznany.

Spojrzał na wysoki stołek przy barze, rekonstruował zdarzenia z tamtego wieczoru, gdy siedział z nietkniętą szklanką Jima Beama przed sobą. Rosjanin zaszedł go od tyłu, próbował wbić mu ostrze swojego syberyjskiego noża w tętnicę szyjną. Przeszkodziła w tym tytanowa proteza Harry'ego. Właściciel przerażony stał za barem i tylko patrzył, jak Harry sięga po korkociąg na ladzie. Krew zabarwiła podłogę niczym świeżo otwarta przewrócona butelka czerwonego wina.

– Na razie żadnych śladów – oznajmił Bjørn.

Harry znów kiwnął głową. Oczywiście. Berntsen miał to miejsce tylko dla siebie. Mógł się nie spieszyć. Posprzątać po sobie, zanim ją oblał, nasączył... Słowo przyszło, chociaż wcale tego nie chciał: zamarynował.

Potem zapalił zapalniczkę.

Zabrzmiały pierwsze dźwięki *She* Grama Parsonsa i Bjørn przyłożył telefon do ucha.

– Tak? Jest w rejestrze? Zaczekaj... – Wyjął ołówek i nieodłączny notatnik Moleskine. Harry podejrzewał, że Bjørn kocha spatynowane okładki do tego stopnia, że kiedy notes się zapełnia, wyciera stare zapiski gumką i używa go od nowa. – Rozumiem, że nie śledczy. Ale pracował przy zabójstwach. Tak, niestety, z tym się liczyliśmy. Jak się nazywa?

Bjørn położył notes na barze. Gotowy, żeby zapisać. Ale ołówek zawisł w powietrzu.

– Jak ma na nazwisko ojciec? Możesz powtórzyć?

Harry po głosie kolegi poznał, że jest źle. Bardzo źle.

Gdy Ståle Aune szarpnięciem otwierał drzwi do klasy, przez głowę przelatywały mu różne myśli.

Że był złym ojcem.

Że nie jest pewien, czy klasa Aurory ma stałą salę. A jeśli tak, to czy wciąż jest nią to samo pomieszczenie.

Był tu dwa lata temu, podczas dnia otwartego, kiedy wszyscy uczniowie ze szkoły prezentowali swoje rysunki, modele z zapałek, gliniane figurki i inne bzdury, które wzbudziły w nim zaledwie umiarkowany podziw. U lepszego ojca ten podziw naturalnie byłby większy.

Głosy ucichły, wszystkie twarze obróciły się ku niemu.

A on w milczeniu skanował te młode, miękkie buzie. Niezdeformowane, niezbrukane twarze, które nie przeżyły jeszcze tego czasu, do jakiego miały prawo. Dopiero miały się kształtować, uzyskiwać charakter, a z upływem lat zesztywnieć, zmienić się w maskę skrywającą ich prawdziwe wnętrze.

Jego spojrzenie wyławiało twarze, które widział na zdjęciach klasowych, na przyjęciach urodzinowych, na dosłownie kilku meczach piłki ręcznej, na zakończeniach roku. Niektóre z imionami, większość bez. Patrzył dalej, szukał tej jednej, czując, jak jej imię już wydobywa mu się z gardła z płaczem: Aurora. Aurora. Aurora.

Bjørn schował telefon do kieszeni. Stał nieruchomo przy barze, odwrócony do Harry'ego plecami. Wolno pokręcił głową. Potem się odwrócił. Wyglądał tak, jakby wytoczono z niego krew.

– To ktoś, kogo dobrze znasz – stwierdził Harry.

Bjørn wolno skinął głową, jak lunatyk. Przełknął ślinę.

– To jest, cholera, niemożliwe...

– Aurora!

Ściana twarzy ze zdumieniem wpatrzonych w Stålego. Jej imię wydobyło mu się z ust jak szloch, jak błaganie.

– Aurora – powtórzył.

Kątem oka dostrzegł nauczycielkę idącą w jego stronę.

– Co jest niemożliwe? – spytał Harry.

– Jego córka. To... to po prostu nie może być.

Oczy Stålego zalały łzy. Poczuł rękę na ramieniu. Zobaczył, że jakaś postać przed nim wstaje, idzie w jego stronę, jej zarysy rozmywały się jak w krzywym zwierciadle. A mimo to wydawało mu się, że to ona. Wyglądała jak Aurora. Jako psycholog wiedział jednak, że to może być tylko ucieczka mózgu. Ludzki sposób na radzenie sobie z tym, co niemożliwe. Kłamstwo. Widzenie tego, co się chce zobaczyć. A jednak powtórzył szeptem jej imię:

– Aurora.

Przysiągłby, że nawet głos brzmi jak jej.

– Co się stało...

Usłyszał też ostatnie słowo na końcu zdania, ale nie wiedział już, czy to ona je dodała, czy jego mózg:

– ...tatusiu?

– Dlaczego nie może być?

– Bo... – Bjørn patrzył na Harry'ego tak, jakby go tam nie było.

– Bo co?

– Bo ona już nie żyje.

41

Na Cmentarzu Zachodnim panował przedpołudniowy spokój. Słychać było jedynie daleki szum samochodów na Sørkedalsveien i turkot kolejki wiozącej ludzi do centrum.

– Roar Midtstuen – powtórzył Harry, sadząc długie kroki między nagrobkami. – Właściwie od ilu lat on jest u was?

– Tego nikt nie wie. – Bjørn próbował dotrzymać mu kroku. – Od zarania dziejów.

– A jego córka zginęła w wypadku samochodowym?

– Latem. To przecież chore. To się nie może zgadzać. Mają dopiero pierwszy fragment kodu DNA, więc ciągle jest jeszcze jakieś dziesięć czy piętnaście procent szans na to, że to ktoś inny. Może ktoś...

Wpadł na Harry'ego, który nagle się zatrzymał.

– No cóż. – Harry przykucnął i zanurzył palce w ziemi przed nagrobkiem z nazwiskiem Fii Midtstuen. – Te szanse akurat spadły do zera.

Uniósł rękę i świeżo poruszona ziemia rozsypała mu się między palcami.

– Wykopał ciało, przetransportował je do Come As You Are i podpalił.

– Jasna cholera.

Harry słyszał płacz w głowie kolegi. Nie patrzył na niego. Zostawił go w spokoju. Czekał. Zamknął oczy, nasłuchiwał. Jakiś ptak śpiewał bezsensowną dla żywych ludzi piosenkę. Wiatr, cicho gwiżdżąc, popychał chmury na niebie. Kolejka przejechała z turkotem na zachód. Czas płynął. Ale czy miał jeszcze dokąd płynąć? Harry otworzył oczy i chrząknął.

– Musimy zlecić wykopanie trumny. Trzeba to potwierdzić, zanim zadzwonimy do ojca.

– Ja to zrobię.

– Bjørn – zaczął Harry. – Lepiej, że stało się właśnie tak. Lepiej, że to nie była młoda dziewczyna, która spłonęła żywcem, okej?

– Przepraszam, jestem po prostu zmęczony. A Roar już wcześniej był załamany, więc... – Bjørn bezradnie rozłożył ręce.

– W porządku. – Harry wstał.

– Dokąd idziesz?

Harry zmrużonymi oczami popatrzył na północ. W stronę ulicy i kolejki. Chmury pędziły w jego stronę. Wiatr z północy. I znów pojawiło się to wrażenie, że coś wie i że jeszcze to do niego nie dotarło. Że coś jest na dnie w ciemnej wodzie, którą był on sam, i nie chce wyłonić się na powierzchnię.

– Muszę coś załatwić.

– Gdzie?

– To tylko coś, co za długo odkładałem.

– Aha. Wiesz, zastanawiałem się nad czymś.

Harry znów spojrzał na zegarek i lekko kiwnął głową.

– Kiedy wczoraj rozmawiałeś z Bellmanem, to co on mówił? Że niby co mogło się stać z tą kulą?

– Nie miał pojęcia.

– A ty co myślisz? Zawsze masz co najmniej jedną hipotezę.

– Mhm. Muszę lecieć.

– Harry?

– Tak?

– Tylko... – Bjørn uśmiechnął się niemądrze. – Tylko nie rób nic głupiego.

Katrine Bratt siedziała lekko odchylona na krześle i wpatrywała się w monitor. Przed chwilą dzwonił Bjørn z informacją, że znaleźli ojca ofiary, jakiegoś Midtstuena, technika, który uczestniczył w śledztwie w sprawie Kalsnesa, ale że jego córka już nie żyła i dlatego Katrine nie wytropiła jej w sieci. A ponieważ ta informacja sprawiła, że Katrine była tymczasowo bezrobotna, zaczęła się wpatrywać w wyniki działań wyszukiwarki z poprzedniego dnia. Nie było żadnych trafień dla Mikaela Bellmana z Reném Kalsnesem łącznie. Kiedy zażądała listy osób, z którymi Mikael Bellman występował najczęściej, wyróżniały się trzy nazwiska. Najwyższą pozycję zajmowała Ulla Bellman. Następny był Truls Berntsen. A na trzecim miejscu Isabelle Skøyen. Najwyższe miejsce żony było oczywiste, radna do spraw społecznych, będąca poniekąd zwierzchniczką Bellmana, na trzecim miejscu również raczej nie dziwiła.

Ale Truls Berntsen zastanawiał.

Z tego prostego powodu, że pojawił się link do wewnętrznej notatki przekazanej komendantowi policji. Z uwagi na pewną kwotę pieniędzy, z której Truls Berntsen nie potrafił się wytłumaczyć, wydział Økokrim poprosił o zezwolenie na wszczęcie śledztwa dotyczącego możliwej korupcji.

Żadnej odpowiedzi nie znalazła, doszła więc do wniosku, że Bellman udzielił jej ustnie.

Zdziwiło ją natomiast, że komendant i podejrzewany o korupcję funkcjonariusz tak często do siebie dzwonili i wymieniali SMS-y, używali kart kredytowych w tych samych miejscach i w tym samym czasie, podróżowali tymi samymi samolotami i pociągami, meldowali się tego samego dnia w tych samych hotelach, chodzili razem na tę samą strzelnicę. Kiedy Harry poprosił ją o gruntowne sprawdzenie Bellmana, wytropiła, że komendant oglądał w sieci gejowski seks. Czy ten Truls Berntsen mógł być jego kochankiem?

Katrine przez chwilę intensywnie wpatrywała się w ekran.

I co z tego? To nie musiało nic znaczyć.

Wiedziała, że Harry spotkał się wieczorem z Bellmanem na Valle Hovin. Powiedział mu o znalezieniu kuli z jego pistoletu. A przed wyjściem mruknął, że chyba wie, kto mógł podmienić tę kulę w magazynie dowodów. Kiedy o to spytała, Harry odpowiedział tylko: Cień.

Katrine rozszerzyła czas, jaki miało objąć wyszukiwanie, cofając się jeszcze dalej w przeszłość.

Przeczytała wyniki.

Bellman i Berntsen byli nierozłączni jak bliźnięta syjamskie przez całą drogę zawodową. Najwyraźniej zaczęła się ona na posterunku na Stovner, zaraz po skończeniu szkoły policyjnej.

Wyszukała listę pozostałych pracowników posterunku w tym okresie.

Uważnie czytała informacje na ekranie. Zatrzymała się na jednym nazwisku. W telefonie wstukała numer zaczynający się od 55, kierunkowego do Bergen.

– Najwyższa pora, panno Bratt! – zaśpiewał w telefonie znajomy głos, a Katrine poczuła, jak ogromną przyjemność sprawiło jej słuchanie niezafałszowanego dialektu z Bergen. – Już dawno powinna pani zgłosić się na badania!

– Hans…

– Doktorze Hansie, jeśli można. Bardzo proszę rozebrać się do pasa, panno Bratt!

– Przestań! – ostrzegła, ale czuła, że się uśmiecha.

– Proszę, żeby nie myliła pani medycyny z nieakceptowanym zachowaniem o charakterze seksualnym w miejscu pracy, panno Bratt.

– Ktoś mi mówił, że wróciłeś do wydziału porządkowego, to prawda?

– Owszem. A gdzie ty teraz jesteś?

– W Oslo. Ale wiesz, mam tu listę, z której wynika, że pracowałeś na posterunku na Stovner w tym samym czasie co Mikael Bellman i Truls Berntsen.

– To było zaraz po szkole i wyłącznie z powodu kobiety, panno Bratt. Maren z cyckami. Opowiadałem ci o niej?

– Prawdopodobnie.

– Ale kiedy z nią zerwałem, to zerwałem i z Oslo. *Vestland, Vestland über alles*... – zanucił.

– Hans! Kiedy pracowałeś z...

– Z tymi chłopakami nikt nie pracował, Katrine. Albo się pracowało dla nich, albo przeciwko nim.

– Truls Berntsen jest zawieszony w obowiązkach.

– Najwyższa pora. Przypuszczam, że znów komuś przylał.

– Przylał? Bił aresztowanych?

– Jeszcze gorzej. Bił policjantów.

Katrine poczuła, że włoski na jej ręku się podnoszą.

– Tak? Kogo?

– Każdego, kto tylko za bardzo się zbliżył do żony Bellmana. „Beavis" Berntsen był po uszy zakochany w nich obojgu.

– A czego używał?

– O co ci chodzi?

– Czym bił?

– Skąd mam to wiedzieć? Przypuszczam, że czymś twardym. W każdym razie tak to wyglądało u tego młodego chłopaka z północy, który był na tyle głupi, że tańcząc, trochę za bardzo się przytulał do pani Bellman na przyjęciu gwiazdkowym.

– Co to za chłopak z północy?

– Jak on miał na imię? Zaraz, zaraz... Jakoś na R. Rune. Nie, Runar. Tak, na pewno Runar. Runar... Runar...

No dalej, ponagliła go w myślach Katrine, ale palce odruchowo już biegały po klawiaturze.

– Przykro mi, Katrine, to było wieki temu. Może gdybyś się rozebrała do pasa...

– Kusząca propozycja – powiedziała Katrine – ale sama już znalazłam. Na Stovner w tym czasie był tylko jeden Runar. Trzymaj się, Hans.

– Zaczekaj. Krótka mammografia nie musi być...

– Muszę kończyć, ty wariacie.

Rozłączyła się. Dwa krótkie kliknięcia w nazwisko. Wyszukiwarka pracowała dalej, a ona się w nie wpatrywała. Było w nim coś znajomego. Gdzie je słyszała? Zamknęła oczy, powtarzając po cichu. Nazwisko było na tyle niezwykłe, że nie mogło być mowy o żadnym zbiegu okoliczności. Otworzyła oczy. Wyniki już były. Dużo wyników. Wystarczająco dużo. Szpitalne karty chorego. Przyjęcie na odwyk. Korespondencja między jednym z odwykowych ośrodków w Oslo a komendantem policji. Przedawkowanie. Ale przede wszystkim uderzyło ją zdjęcie. Czyste, niewinnie błękitne oczy, które na nią patrzyły. Już wiedziała, skąd zna to nazwisko.

Harry otworzył kluczem drzwi, wszedł do domu i nie zdejmując butów, skierował się od razu do półki z płytami. Wsunął palce między *Bad as Me* Toma Waitsa i *A Pagan Place*, którą umieścił jako pierwszą w rzędzie płyt zespołu Waterboys z dużymi wątpliwościami, ponieważ było to zremasterowane wydanie z 2002 roku. Bez względu na wszystko i tak pozostawało to najbezpieczniejszym miejscem w całym domu, bo ani Rakel, ani Oleg nigdy dobrowolnie nie sięgnęliby po płytę, na której śpiewał Tom Waits albo Mike Scott.

Wydłubał klucz. Mosiężny, malutki i pusty w środku, nie ważył prawie nic. A mimo to wydawał się taki ciężki, że ściągał rękę do podłogi, kiedy Harry podchodził do narożnej szafki. Wsunął go w dziurkę i obrócił. Czekał. Wiedział, że kiedy otworzy, nie będzie już drogi odwrotu. Obietnica zostanie złamana.

Musiał użyć siły, żeby uporać się z zacinającymi się drzwiczkami szafki. Wiedział, że to tylko stare drewno odrywające się od futryny, ale zabrzmiało to tak, jakby z ciemności w głębi wydobyło się głębokie westchnienie. Jakby odessa zrozumiała, że nareszcie jest wolna. Wolna, żeby móc zrobić piekło na ziemi.

Zapachniało metalem i smarem.

Odetchnął głęboko. Miał wrażenie, że wsuwa rękę do gniazda żmij. Przez chwilę szukał jej po omacku, zanim wreszcie dotknął chłodnej łuskowatej skóry metalu. Chwycił gadzi łeb i wyjął.

To była brzydka broń. Fascynująco brzydka. Sowiecka sztuka inżynieryjna w najbardziej brutalnym i skutecznym wydaniu. Zdolna wytrzymać tyle co kałasznikow.

Harry zważył pistolet w ręku.

Wiedział, że jest ciężki, a mimo to wydawał mu się lekki. Lekki był teraz, kiedy już podjął decyzję. Wypuścił powietrze z płuc. Demon wydostał się na wolność.

* * *

– Cześć. – Ståle zamknął za sobą drzwi do Kotłowni. – Sam jesteś?

– Tak – odparł Bjørn, który siedział na swoim krześle i wpatrywał się w telefon.

Ståle też usiadł.

– Gdzie...

– Harry musiał coś załatwić. Katrine już nie było, kiedy przyszedłem.

– Wyglądasz, jakbyś miał za sobą ciężki dzień.

Bjørn uśmiechnął się blado.

– Ty też, doktorze.

Ståle przeciągnął ręką po głowie.

– No cóż. Przed chwilą stałem w szkolnej klasie i obejmując córkę, płakałem głośno na oczach wszystkich jej kolegów. Aurora twierdzi, że ta scena naznaczy ją do końca życia. Próbowałem jej tłumaczyć, że większość dzieci na szczęście rodzi się z dostatecznym zapasem sił, by udźwignąć ten ciężar, jaką jest przesadna troskliwość rodziców, i dlatego, patrząc z punktu widzenia ewolucji, ona również powinna przeżyć. A wszystko dlatego, że nocowała u Emilie, a w klasie są dwie dziewczynki o tym imieniu. Zadzwoniłem do niewłaściwej Emilie.

– Nie dotarła do ciebie informacja, że dzisiejsze zebranie jest przełożone? Znów są zwłoki. Dziewczynka.

– Tak, wiem. Słyszałem, że to straszna sprawa.

Bjørn powoli kiwnął głową i wskazał na telefon.

– Mam teraz zadzwonić do ojca.

– I oczywiście się boisz.

– Oczywiście.

– Zastanawiasz się, dlaczego ojciec ma być ukarany w taki sposób? Dlaczego musi tracić ją dwa razy? Dlaczego raz nie wystarczy?

– Mniej więcej.

– To dlatego, że zabójca uważa się za boskiego mściciela, Bjørn.

– Tak? – Bjørn patrzył na psychologa pustym wzrokiem.

– Znasz chyba ten ustęp z Biblii? „Pan jest Bóg zapalczywy i mściwy, mściwy jest Pan a gniewliwy; Pan, który się mści nad przeciwnikami swymi, i chowa gniew przeciwko nieprzyjaciołom swoim"*. Co prawda to stare tłumaczenie, ale chyba rozumiesz tekst?

– Ja jestem tylko prostym chłopakiem z Østre Toten, który dotarł ledwie do konfirmacji i…

– Właśnie tak sobie myślałem i dlatego tu teraz jestem. – Ståle wychylił się na krześle. – Zabójca jest mścicielem, a Harry ma rację. On zabija z miłości, a nie z nienawiści, żądzy zysku czy sadystycznej przyjemności. Ktoś mu odebrał to, co kochał, a teraz on odbiera ofiarom to, co kochały najbardziej. To może być ich życie albo coś, co cenią jeszcze wyżej. Dziecko.

Bjørn pokiwał głową.

– Roar Midtstuen z radością oddałby swoje teraźniejsze życie za odzyskanie córki.

– Dlatego musimy szukać kogoś, kto stracił coś, co kochał. Mściciela działającego w imię miłości. Bo to… – Aune zacisnął w pięść prawą rękę. – To jedyny motyw, który jest dostatecznie silny. Rozumiesz mnie, Bjørn?

Technik kiwnął głową.

– Chyba tak. Ale właściwie muszę już zadzwonić do Midtstuena.

– Dzwoń. Przypuszczam, że chcesz to zrobić w spokoju.

Bjørn poczekał, aż Ståle wyjdzie, i dopiero wtedy wybrał numer, w który wpatrywał się już tak długo, że miał wrażenie, iż wżarł mu się w siatkówkę. Oddychając głęboko, liczył dzwonki. Zastanawiał się, ile musi ich usłyszeć, zanim będzie mógł się rozłączyć.

Nagle usłyszał głos kolegi:

– To ty, Bjørn?

– Tak. To znaczy, że masz mój numer w telefonie?

– Oczywiście.

– Aha, no tak. Dzwonię, bo muszę ci o czymś powiedzieć.

Pauza.

Bjørn przełknął ślinę.

– Chodzi o twoją córkę. Ona…

– Bjørn – przerwał mu ostro Midtstuen. – Posłuchaj mnie, zanim powiesz coś więcej. Nie wiem, o co chodzi, ale po twoim głosie poznaję, że o coś poważnego, a nie zniosę już więcej informacji o Fii przez

---

* *Biblia Gdańska*, Księga Nahuma 1,2.

telefon. Tak samo było poprzednio. Nikt nie miał odwagi spojrzeć mi w oczy, wszyscy tylko dzwonili, bo tak było łatwiej. Czy możesz tu przyjść, żeby mi to przekazać? Po prostu spojrzeć mi w oczy, kiedy będziesz to mówił?

– Jasne – odparł Bjørn Holm zaskoczony. Jeszcze nigdy nie słyszał, żeby Roar Midtstuen tak otwarcie i szczerze mówił o swojej słabości. – A gdzie jesteś?

– Dzisiaj mija dokładnie dziewięć miesięcy od dnia, kiedy to się stało, więc jestem w drodze do miejsca, w którym zginęła. Chcę położyć kwiaty, pomyśleć…

– Wytłumacz mi, gdzie to jest. Zaraz tam będę.

Katrine Bratt zrezygnowała z szukania miejsca do zaparkowania. O wiele łatwiej poszło ze znalezieniem numeru telefonu i adresu. Były w sieci. Ale po czterokrotnej próbie dodzwonienia się i niepołączeniu się z żadną osobą czy automatyczną sekretarką wzięła policyjny samochód i dojechała do Industrigata w dzielnicy Majorstua, jednokierunkowej ulicy, na której był sklep kolonialny, dwie galerie, co najmniej jedna restauracja, warsztat ramiarski, ale ani jednego miejsca parkingowego.

Katrine podjęła decyzję. Przednimi kołami wjechała ukosem na chodnik. Zgasiła silnik, a pod przednią szybą zostawiła zaświadczenie, że jest z policji. Wiedziała, że to niewiele znaczy dla wysłanników szefa Zarządu Dróg nakładających mandaty i według Harry'ego będących jedynym elementem, który oddziela cywilizację od totalnego chaosu.

Ruszyła z powrotem tą samą drogą, którą przyjechała, w kierunku handlowej histerii Bogstadveien. W końcu zatrzymała się przed kamienicą na Josefines gate, do której trafiła raz czy dwa na afterparty w okresie studiów w Wyższej Szkole Policyjnej. Przynajmniej zapowiadaną jako party. Ale wcale tego źle nie wspominała. Właścicielem kamienicy była Komenda Okręgowa Policji w Oslo, wynajmowano tu skromne pokoje studentom szkoły policyjnej. Katrine odnalazła szukane nazwisko na domofonie i wcisnęła guzik, przyglądając się czteropiętrowej fasadzie. Nacisnęła jeszcze raz. Czekała.

– Nikogo nie ma w domu?

Odwróciła się. Uśmiechnęła się odruchowo. Oszacowała mężczyznę na czterdzieści kilka lat, ewentualnie na dobrze się trzymającego pięćdziesięciolatka. Wysoki, włosy w dobrym stanie, flanelowa koszula, levisy 501.

– Jestem tu dozorcą.

– A ja jestem Katrine Bratt, policjantka z Wydziału Zabójstw. Szukam Silje Gravseng.

Obejrzał jej identyfikator i bezwstydnie otaksował spojrzeniem od stóp do głów.

– Silje Gravseng, aha. Podobno rzuciła szkołę, więc długo już tu nie zabawi.

– Ale ciągle jeszcze tu mieszka?

– Owszem. Czterysta dwanaście. Coś jej przekazać?

– Tak, poproszę. Niech zadzwoni pod ten numer. Chcę z nią porozmawiać o jej bracie, Runarze Gravsengu.

– Zrobił coś złego?

– Nie, raczej nie. Przebywa na oddziale zamkniętym i zawsze siedzi na środku pokoju, bo wydaje mu się, że ściany to ludzie, którzy chcą go zabić.

– O rany!

Katrine wyjęła notes i zaczęła zapisywać swój numer.

– Proszę jej przekazać, że chodzi o zabójstwa policjantów.

– No tak, ona bardzo się tym interesuje.

Katrine przestała pisać.

– Co pan ma na myśli?

– Wytapetowała sobie ściany wycinkami z gazet o tych zabitych policjantach. Nie żeby to była moja sprawa, studenci mogą wieszać, co chcą, ale to trochę… straszne.

Katrine mu się przyjrzała.

– Przepraszam, mógłby pan powtórzyć swoje nazwisko?

– Leif Rødbekk.

– Proszę posłuchać, myśli pan, że mogłabym zajrzeć do jej mieszkania? Chciałabym zobaczyć te wycinki.

– Po co?

– Mogę?

– Jasne. Potrzebny mi tylko nakaz przeszukania.

– Raczej go nie…

– Żartuję – uśmiechnął się. – Proszę za mną.

Minutę później stali w windzie jadącej na czwarte piętro.

– W umowie najmu jest zapisane, że mogę wchodzić do pokojów, jeśli o tym uprzedzę. Akurat teraz przeprowadzamy kontrolę grzejników elektrycznych, sprawdzamy, czy na którymś nie ma za dużo przypalonego kurzu, bo w zeszłym tygodniu jeden zaczął się palić żywym ogniem. A ponieważ Silje nie odbiera telefonów, to oznacza, że podjęliśmy próbę uprzedzenia jej przed wejściem. Czy to dobrze brzmi, pani sierżant? – Znów wyszczerzył zęby. Wilczy uśmiech, pomyślała Katrine, wcale niepozbawiony czaru. Gdyby pozwolił sobie na użycie jej imienia na końcu zdania, oczywiście przekreśliłby swoje szanse, ale najwyraźniej był obdarzony pewnym słuchem muzycznym. Spojrzała na jego serdeczny palec. Gładkie złoto lekko połyskiwało. Po otwarciu drzwi windy ruszyła za nim wąskim korytarzem. Zatrzymał się przed niebiesko pomalowanymi drzwiami.

Zapukał. Czekali. Zapukał jeszcze raz. Znów czekali.

– No to wchodzimy – oświadczył, przekręcając klucz w zamku.

– Bardzo pan pomocny, Rødbekk.

– Leif. Z przyjemnością pomogę. Nie co dzień mam bliski kontakt z taką… – Otworzył drzwi, ale stanął tak, że aby wejść, musiałaby się o niego otrzeć. Posłała mu ostrzegawcze spojrzenie.

– …poważną sprawą – dokończył ze śmiechem w oczach i odsunął się na bok.

Katrine weszła. Studenckie pokoje niewiele się zmieniły od jej czasów. Był tu kącik kuchenny i drzwi do łazienki w jednym końcu, a za zasłonką w drugim, jak Katrine dobrze pamiętała, stało łóżko. Natychmiast jednak uderzyło ją wrażenie, że znalazła się w pokoju małej dziewczynki, że nie mogła tu mieszkać osoba dorosła. Silje Gravseng musiała bardzo tęsknić za czymś, co było. Kanapę w rogu zaludniały misie, lalki i przytulanki nieznanego pochodzenia. Ubrania rozrzucone na stole i krzesłach miały jaskrawe kolory, wśród których przeważał róż. Na ścianach wisiały zdjęcia, ludzka menażeria wystylizowanych młodych chłopców i dziewcząt, nieznanych Katrine, przypuszczała jednak, że są to członkowie boysbandów albo bohaterowie czegoś, co puszczają na Disney Channel.

Drugą rzeczą, która rzuciła jej się w oczy, były czarno-białe wycinki z gazet, powieszone między kolorowymi zdjęciami. Znajdowały się w całym pokoju, najgęściej na ścianie nad monitorem iMaca stojącego na biurku.

Katrine podeszła bliżej, ale większość z nich już zdążyła rozpoznać, bo takie same wisiały na ścianie w Kotłowni.

Wycinki przymocowano pinezkami, a oprócz zapisanych długopisem dat nie było przy nich innych notatek.

Odrzuciła pierwszą myśl i postanowiła przetestować drugą: może nie ma nic dziwnego w tym, że studentkę szkoły policyjnej interesuje taka duża aktualna sprawa?

Przy klawiaturze na biurku leżały gazety, z których wybrano wycinki, a między nimi widokówka ze zdjęciem norweskiej góry, którą rozpoznała, Svolværgeita na Lofotach. Sięgnęła po kartkę, odwróciła ją, ale nie było na niej znaczka, adresata ani podpisu. Już ją odłożyła i dopiero wtedy mózg zasygnalizował, co spojrzenie zarejestrowało w miejscu, w którym szukała podpisu. Było to słowo napisane drukowanymi literami. Pod tekstem. *POLICJA*. Znów sięgnęła po kartkę, tym razem delikatnie ujmując ją za brzegi, i przeczytała treść.

Uważają, że policjanci giną, ponieważ ktoś ich nienawidzi. Nie zrozumieli jeszcze, że jest odwrotnie. Że zabija ich ktoś, kto kocha policję i jej święte zadanie: łapać i karać anarchistów, nihilistów, ateistów, niewiernych i niewierzących, wszystkie destrukcyjne siły. Nie wiedzą, że ścigają apostoła sprawiedliwości, kogoś, kto musi karać nie tylko tych, którzy niszczą, lecz również tych, którzy nie wypełniają swoich obowiązków, którzy z lenistwa lub obojętności nie spełniają wymogów i nie zasługują na nazwę POLICJA.

– Wiesz co, Leif? – Katrine nie odrywała wzroku od mikroskopijnych, starannie nakreślonych niebieskim tuszem, prawie dziecinnych literek. – Naprawdę żałuję, że nie mam tego nakazu przeszukania.

– Tak?

– Na pewno go dostanę, ale wiesz, jak to bywa, to może potrwać, a w tym czasie to, o czym myślę, mogłoby wyparować.

Katrine podniosła na niego wzrok. Leif Rødbekk spojrzał na nią. Ale nie flirtował, tylko szukał u niej potwierdzenia, że to naprawdę ważne.

– Wiesz co, Bratt? Przypomniało mi się, że na chwilę muszę zejść do piwnicy. Elektrycy wymieniają tam szafkę. Dasz sobie radę przez chwilę sama?

Uśmiechnęła się, a kiedy również odpowiedział jej uśmiechem, nie była już pewna, jak to tłumaczyć.

– Postaram się – powiedziała.

Stuknęła w klawisz spacji iMaca już w chwili, gdy usłyszała drzwi zamykające się za Rødbekkiem. Ekran się rozświetlił. Przesunęła kursor na wyszukiwarkę i wstukała „Mittet". Żadnych trafień. Spróbowała jeszcze paru nazwisk ze śledztwa, nazwy miejscowości i „zabójstwa policjantów", ale bez rezultatów.

A więc Silje Gravseng nie korzystała z iMaca. Bystra dziewczyna.

Katrine szarpnęła za szuflady biurka. Zamknięte na klucz. Dziwne. Która dwudziestokilkuletnia dziewczyna zamyka na klucz szuflady we własnym pokoju?

Wstała i podeszła do zasłonki, odsunęła ją na bok.

Rzeczywiście była to wnęka sypialna.

Z dwiema dużymi fotografiami na ścianie nad wąskim łóżkiem.

Na jednej był młody mężczyzna, którego Katrine nie znała. Ale domyśliła się, kto to jest. Widziała Silje Gravseng tylko dwa razy. Raz w Wyższej Szkole Policyjnej, wtedy kiedy przyszła do Harry'ego, drugi – w mieszkaniu Valentina. Ale podobieństwo rodzinne między Silje Gravseng a mężczyzną na zdjęciu było tak uderzające, że miała pełną jasność.

Co do tożsamości człowieka na drugiej fotografii nie było najmniejszych wątpliwości.

Silje musiała znaleźć w sieci zdjęcie o dużej rozdzielczości i zrobiła z niego powiększenie. Wyraźnie było widać każdą bliznę, każdą zmarszczkę i por na zniszczonej twarzy. Ale wszystko to jakby znikało w blasku niebieskich oczu i we wściekłości spojrzenia, które właśnie odkryło fotografa i chciało przepędzić aparat. Harry Hole. To o tym zdjęciu rozmawiały dziewczyny siedzące rząd niżej w audytorium.

Katrine podzieliła w myślach pokój na kwadraty i zaczęła od lewego górnego rogu. Przesuwała wzrok do podłogi, potem przeniosła się do następnego rzędu kwadratów, tak jak nauczyła się od Harry'ego. Przypomniała sobie jego naukę: „Nie szukaj czegoś, po prostu szukaj. Jeżeli zaczniesz szukać czegoś konkretnego, wszystko inne będzie milczeć. Pozwól, żeby przemawiały do ciebie wszystkie rzeczy".

Kiedy skończyła oględziny pokoju, znów usiadła przy komputerze. Głos Harry'ego wciąż szumiał jej w głowie.

„A kiedy już skończysz i wydaje ci się, że nic nie znalazłaś, to masz myśleć odwrotnie, jakby w lustrzanym odbiciu – niech przemówią do ciebie te inne rzeczy, te, których tam nie ma, a które powinny być. Nóż do chleba. Kluczyki do samochodu. Kurtka dresowa do kompletu ze spodniami".

Właśnie ten ostatni przykład pozwolił jej stwierdzić, czym Silje Gravseng zajmuje się akurat w tej chwili. Przejrzała wszystkie ubrania w szafie, kosz z brudną bielizną w maleńkiej łazience i wieszaki przy drzwiach wejściowych, ale nie znalazła stroju, w który Silje Gravseng była ubrana ostatnio, kiedy Katrine widziała ją razem z Harrym w suterenie, w mieszkaniu Valentina. Czarnego stroju treningowego. Katrine pamiętała, że dziewczyna w czerni od stóp do głów przypominała jej żołnierza marines na nocnej akcji.

Silje poszła pobiegać. Poćwiczyć. Tak jak ćwiczyła, żeby zdać egzaminy wstępne do szkoły policyjnej. Żeby się dostać na tę uczelnię i zrobić to, co zaplanowała. Harry mówił, że motywem zabójstwa jest miłość, nie nienawiść. Na przykład miłość do brata.

Katrine zareagowała na samo nazwisko. Runar Gravseng. A kiedy zaczęła grzebać głębiej, dużo znalazła. Między innymi nazwiska Bellmana i Berntsena. Runar Gravseng w rozmowach z szefem instytucji odwykowej twierdził, że w czasie, gdy pracował na posterunku na Stovner, został pobity przez zamaskowanego mężczyznę, a pobicie było powodem zwolnienia lekarskiego, wymówienia w pracy i narastającego uzależnienia od narkotyków. Gravseng twierdził, że sprawcą tego pobicia był niejaki Truls Berntsen, a motywem tego aktu przemocy nieco zbyt swobodny taniec z żoną Mikaela Bellmana podczas zorganizowanego na posterunku przyjęcia gwiazdkowego. Komendant policji zrezygnował z wszczęcia wewnętrznego śledztwa na podstawie mglistych oskarżeń otępiałego narkomana, a szef szpitala nawet go poparł, oświadczając, że chciał tylko przekazać informację.

Katrine usłyszała zgrzyt windy na korytarzu i w tej samej chwili jej wzrok padł na coś, co wystawało spod szuflad biurka, a co do tej pory jej umknęło. Schyliła się. Czarna policyjna pałka. Drzwi się otworzyły.

– Elektrycy pracują?

– Tak – odparł Leif Rødbekk. – Masz taką minę, jakbyś zamierzała jej użyć.

Katrine postukała pałką w dłoń.

– Interesująca rzecz do przechowywania w pokoju studenckim, prawda?

– Ja też ją o to spytałem, kiedy w zeszłym tygodniu zmieniałem uszczelkę kranu w łazience. Powiedziała, że to do ćwiczeń na egzamin. I na wypadek gdyby pojawił się oprawca policjantów. – Leif Rødbekk zamknął drzwi za sobą. – Znalazłaś coś?

– To. Widziałeś czasami, jak z tym wychodziła?

– Tak, ze dwa razy.

– Naprawdę? – Katrine przesunęła się na krześle. – O jakiej porze dnia?

– Wieczorem oczywiście. Wystrojona, na obcasach, ze świeżo umytymi włosami. I z pałką. – Zaśmiał się cicho.

– Dlaczego, na miłość...

– Mówiła, że to na gwałcicieli.

– Ciągnąć ze sobą pałkę do miasta na wszelki wypadek? – Katrine zważyła pałkę w dłoni. Przypominała jej zwieńczenie stojącego wieszaka z Ikei. – Chyba łatwiej już by było omijać parki.

– Przeciwnie. Ona chodziła do parków. Właśnie tam się wybierała.

– Co?

– Chodziła do parku Vaterland, chciała ćwiczyć walkę wręcz.

– Chciała, żeby jakiś gwałciciel próbował ją zaatakować i...

– ...i chciała pobić go na sino. Właśnie tak. – Leif Rødbekk znów odsłonił w uśmiechu wilcze zęby, ale patrzył przy tym na Katrine tak bezpośrednio, że nie była pewna, którą z nich ma na myśli, kiedy mówił: – Naprawdę niezła dziewczyna.

– No tak. – Wstała. – A ja muszę ją teraz znaleźć.

– Spieszysz się?

Nawet jeśli Katrine poczuła się przyjemnie, słysząc to pytanie, to i tak nie dotarło ono do jej świadomości, dopóki nie wyszła na korytarz. Ale na schodach pomyślała, że nie, aż tak zrozpaczona jeszcze nie jest, nawet jeśli ten powolny żółw, na którego czekała, nigdy nie kiwnie palcem.

Harry jechał przez tunel Svartdal. Światła przesuwały się po masce i przedniej szybie. Nie jechał szybciej, niż mógł, nie musiał dotrzeć na miejsce szybciej, niż musiał. Pistolet leżał na siedzeniu obok, z dwunastoma nabojami 9×18 mm Makarowa w magazynku. Wystarczy na to, co musiał zrobić. Pozostawało tylko pytanie, czy go na to stać.

Czy ma do tego serce.

Jeszcze nigdy nie zastrzelił nikogo z zimną krwią. Ale to było zadanie, które musiał wykonać. Po prostu.

Inaczej chwycił kierownicę. Przy wyjeździe z tunelu na niknące dzienne światło zmienił bieg na niższy i zaczął się wspinać pod górę ku Ryenkrysset. Poczuł wibrację telefonu. Wyjął go z kieszeni i spojrzał na wyświetlacz. Rakel. Niezwykła pora jak na nią. Nie umawiali się na stałe godziny, ale zazwyczaj telefonowali do siebie po dziesiątej wieczorem. Nie mógł teraz z nią rozmawiać. Był zbyt wzburzony, od razu by to zauważyła, zaczęłaby się dopytywać. A kłamać nie chciał. Nie chciał już więcej kłamać.

Pozwolił, żeby telefon się wydzwonił, potem go wyłączył i położył przy pistolecie. Bo nie było już nic, co musiał przemyśleć. Wszystko zostało przemyślane. Dopuszczenie do głosu jakichkolwiek wątpliwości oznaczałoby powrót do punktu wyjścia tylko po to, by jeszcze raz przejść tę samą długą drogę i skończyć dokładnie tu, gdzie właśnie był. Decyzja została podjęta. Wycofanie się byłoby zrozumiałe, ale niedopuszczalne. Jasna cholera! Uderzył ręką w kierownicę. Pomyślał o Olegu. O Rakel. To pomogło.

Przejechał przez rondo, skręcił na Manglerud w stronę bloku Trulsa Berntsena. Poczuł napływający spokój. Nareszcie. Ten spokój pojawiał się zawsze, kiedy wiedział, że przekroczył próg, za którym było już za późno, kiedy osiągał stan cudownego swobodnego spadania, kiedy wszystkie świadome myśli odchodziły i pozostawały jedynie zaprogramowane ruchy, celowe działanie i rutyna. Ale to już było tak dawno. A teraz poczuł, że nie jest pewien, czy wciąż to w sobie ma. No cóż. Miał.

Spokojnie prowadził samochód ulicami. Pochylił się i spojrzał w niebo, na które nasuwały się ołowianoszare chmury jak niezapowiedziana armada o nieznanych zamiarach. Odchylił się z powrotem. Nad dachami niższych domów zobaczył wysokie bloki.

Nie musiał patrzeć na pistolet, by się upewnić, że tam jest.

Nie musiał powtarzać w myślach kolejności tego, co zamierzał zrobić, by mieć pewność, że ją pamięta.

Nie musiał liczyć uderzeń serca, żeby wiedzieć, że bije w tempie spoczynkowym.

Na moment zamknął oczy, usiłując to zwizualizować, i właśnie wtedy ogarnęło go uczucie, którego wcześniej doznał kilka razy w życiu jako policjant. Strach. Ten sam strach, który czasami wychwytywał u ściganych. Strach zabójcy przed ujrzeniem własnego odbicia w lustrze.

42

Truls Berntsen uniósł biodra i wcisnął głowę w poduszkę. Zamknął oczy, stęknął i doszedł. Poczuł spazmy wstrząsające ciałem. Potem leżał nieruchomo, to śniąc, to się budząc. Gdzieś w oddali, prawdopodobnie na dużym parkingu, zaczął wyć alarm samochodowy. Poza tym panowała niemal dźwięcząca cisza. To w zasadzie dziwne, że w takim miejscu, w którym mieszka tak blisko siebie tyle ssaków, jest ciszej niż w najniebezpieczniejszych nawet lasach, gdzie najmniejszy szelest może sprawić, że staniesz się ofiarą. Podniósł głowę i napotkał spojrzenie Megan Fox.

– Tobie też było tak dobrze? – szepnął.

Nie odpowiedziała, ale nie odwróciła spojrzenia, uśmiech nie zniknął, a ciało dalej tak samo zapraszało. Megan Fox. Jedyna stała w jego życiu. Wierna i godna zaufania.

Nachylił się do nocnego stolika, znalazł papier toaletowy, wytarł się i sięgnął po pilota do odtwarzacza DVD. Wycelował go w Megan, która leciutko drżała na zatrzymanym obrazie pięćdziesięciocalowego płaskiego telewizora na ścianie, pioneera z serii, którą musieli przestać produkować, ponieważ była za droga, za dobra w stosunku do ceny, jakiej mogliby żądać. Truls zdobył ostatni egzemplarz, kupił go za pieniądze za spalenie dowodów przeciwko pewnemu kapitanowi samolotu, który przemycał heroinę dla Asajewa. Oczywiście wpłacając resztę tych pieniędzy na konto, zachował się jak idiota. Asajew był zbyt niebezpieczny dla Trulsa, dlatego na wieść o jego śmierci od razu pomyślał, że teraz będzie wolny, bo wszystko się wyzerowało i nikt już go nie dopadnie.

Zielone oczy Megan Fox świeciły się do niego. Szmaragdowozielone.

Przez pewien czas myślał o tym, żeby kupić jej szmaragdy. Ulli do twarzy w zieleni. Tak jak w tym zielonym swetrze, który czasami wkładała, gdy czytała, siedząc w domu na kanapie. Posunął się nawet do tego, że poszedł do jubilera. Właściciel szybko go otaksował, ocenił jego wagę i wartość, a potem rzucił uwagę, że niektóre oszlifowane szmaragdy mogą być droższe nawet od diamentów, może więc powinien zastanowić się nad czymś innym. Na przykład wybrać jakiś ładny opal, jeśli oczko już koniecznie musi być zielone. Ewentualnie jakiś inny kamień zawierający chrom, bo to właśnie chrom nadaje szmaragdom zieloną barwę, większej tajemnicy w tym nie ma.

Większej tajemnicy w tym nie było.

Truls wyszedł od jubilera z obietnicą złożoną samemu sobie, że następnym razem, gdy ktoś skontaktuje się z nim w sprawie palenia dowodów, podsunie mu pomysł włamania właśnie do tego jubilera. I spalenia go. Dosłownie. Żeby się spalił tak jak ta dziewczynka w Come As You Are. Słyszał o tym przez policyjne radio, kiedy jeździł po mieście. Rozważał nawet, czy nie pojechać tam i nie spytać, czy mógłby w czymś pomóc, bo przecież zawieszenie już zostało wycofane. Mikael mówił, że pozostało jeszcze tylko kilka formalności, zanim znów będzie mógł stawić się w pracy. Plany terrorystycznego ataku na Mikaela przestały już być potrzebne. Na pewno uda im się postawić dawną przyjaźń na nogi i wszystko będzie jak kiedyś. Tak, nareszcie weźmie w tym udział. Będzie mógł działać, pomagać. Złapie tego cholernego, chorego na umyśle oprawcę policjantów. Gdyby tylko miał szansę, to osobiście…

Spojrzał na szafę przy łóżku. Miał tam dość broni do wyekspediowania na tamten świat nawet pięćdziesięciu takich typów.

Zabrzęczał dzwonek.

Truls westchnął.

Ktoś stał pod blokiem i czegoś od niego chciał. Doświadczenie podpowiadało mu, że to jedna z czterech możliwości. Ma stać się świadkiem Jehowy i dramatycznie zwiększyć swoje szanse na trafienie do raju. Ma dać pieniądze na jakąś zbiórkę na afrykańskiego prezydenta, który swoją konsumpcję finansuje z tych zbiórek. Ma otworzyć bandzie gnojów, którzy powiedzą, że zapomnieli klucza, a po prostu zamierzają się włamać do piwnicy. Ma się stawić na prace społeczne, o czym koniecznie musi mu przypominać któryś z idiotów ze spółdzielni.

Żadna z tych ewentualności nie stanowiła powodu do wstania z łóżka.

Dzwonek zabrzęczał po raz trzeci.

Nawet świadkowie Jehowy poprzestawali na dwóch.

To oczywiście mógł być Mikael, który chciał porozmawiać o czymś, co nie nadawało się do przekazania przez otwartą linię. Na przykład omówić kwestię uzgodnienia zeznań w razie dalszych przesłuchań na temat tych pieniędzy na koncie.

Truls przez chwilę to rozważał.

W końcu opuścił nogi z łóżka.

– Tu Aronsen z bloku C. To pan jest właścicielem srebrnoszarego suzuki vitara?

– Tak – odparł Truls przez domofon.

To miało być Audi Q5 2.0 z sześciostopniową ręczną skrzynią biegów. Nagroda za ostatnie zlecenie dla Asajewa. Ostatnia rata za wystawienie im tego natrętnego Harry'ego Hole. Zamiast tego miał japoński samochód, z którego nazwy ludzie sobie dowcipkowali.

– Słyszy pan alarm?

Przez domofon wycie dochodziło jeszcze wyraźniej.

– O cholera. Zaraz sprawdzę, może uda mi się go wyłączyć kluczykiem z balkonu.

– Na pana miejscu od razu zszedłbym na dół. Już wybili szybę i próbowali wyrwać radio i odtwarzacz CD, kiedy nadszedłem. Na pewno gdzieś się tu kręcą, żeby zobaczyć, co się będzie działo.

– Cholera – powtórzył Truls.

– Nie ma za co dziękować – powiedział Aronsen.

Truls włożył adidasy, sprawdził, czy ma kluczyki do samochodu. Zastanowił się. Potem zawrócił do sypialni, otworzył drzwi szafy i wyjął jeden z pistoletów, jericho 941. Wsunął go za pasek. Znów się zastanowił. Wiedział, że jeśli zatrzymany obraz zostawi się na zbyt długo, wypali się on w plazmie ekranu. Ale przecież nie zamierzał wychodzić na długo.

Na klatce też było cicho. Winda stała na jego piętrze, szybko więc wsiadł, wcisnął guzik parteru i dopiero wtedy uświadomił sobie, że nie zamknął drzwi na klucz, ale windy już nie zatrzymywał. To przecież miało zająć zaledwie kilka minut.

Pół minuty później biegł już przez pogodny i chłodny marcowy wieczór w stronę parkingu. Parking wprawdzie otaczały bloki, lecz mimo to często włamywano się do samochodów. Powinni tu postawić więcej latarni, czarny asfalt wchłaniał wszelkie światło. Po zapadnięciu zmroku zbyt łatwo było węszyć wokół samochodów. Od czasu zawieszenia miał problemy ze spaniem, bo tak to już jest, kiedy ma się cały dzień na spanie, walenie konia, spanie, walenie konia, jedzenie, walenie konia. Dlatego w niektóre noce siedział na balkonie z noktowizorem i märklinem w nadziei, że zauważy kogoś na parkingu. Nikt się niestety nie pojawił. Albo na szczęście. Tak, na szczęście. Przecież on, do cholery, nie był mordercą!

Oczywiście trafił się ten facet z Los Lobos, któremu wyborował w głowie dziurę, ale to był czysty wypadek. A teraz gość służył jako taras wysoko na wzgórzu w dzielnicy Høyenhall.

No i jeszcze wycieczka do więzienia Ila, gdzie rozpuścił plotkę o tym, że to Valentin Gjertsen zabijał te dzieci w Maridalen i Tryvann. Wprawdzie nie mieli stuprocentowego przekonania, że to zrobił, ale nawet jeśli nie, to i tak było dość powodów, żeby tej świni siedziało się w pierdlu najgorzej, jak to tylko możliwe. Skąd mógł wiedzieć, że ci szaleńcy go zabiją? Jeśli to w ogóle był on, bo ostatnie komunikaty w radiu mogły świadczyć o tym, że ukatrupili kogoś innego.

Najbardziej do prawdziwego zabójstwa Truls zbliżył się oczywiście przy okazji sprawy tamtej wymalowanej cioty w Drammen. Ale to po prostu trzeba było zrobić. Sukinsyn sam się o to napraszał. Do jasnej cholery, właśnie tak. To Mikael przyszedł do Trulsa i powiedział mu o telefonie od faceta, który twierdził, że wie, że on i jego kolega pobili tamtego pedała, który pracował w KRIPOS. Że ma dowody. I zażądał pieniędzy za milczenie. Stu tysięcy koron. Pieniądze należało przekazać w odludnym miejscu tuż pod Drammen. Mikael stwierdził, że Truls sam musi to załatwić, bo to on tym razem posunął się za daleko. To jego wina. Truls więc, wsiadając do samochodu, żeby się spotkać z tamtym, wiedział, że jest sam. Zupełnie sam. I że zawsze był sam.

Pojechał według drogowskazów jakimiś leśnymi ścieżkami poza Drammen i zatrzymał się w miejscu do nawrotek w pobliżu przepaści, skalnej ściany spadającej pionowo do rzeki. Po pięciu minutach czekania przyjechał tamten samochód, zatrzymał się, ale nie wyłączył silnika. Truls zrobił tak, jak się umówili. Wziął brązową kopertę z pieniędzmi i podszedł do samochodu, w którym otworzyła się boczna szyba. Facet był w czapce nasuniętej na czoło, a jedwabny szalik podciągnął pod sam nos. Truls zadał sobie pytanie, czy gość jest upośledzony umysłowo. Przecież samochód nie był kradziony, a tablice pozostały w pełni widoczne. Poza tym Mikael już wytropił tę rozmowę i wiedział, że telefonowano z pewnego klubu w Drammen, gdzie nie mogło pracować zbyt wiele osób.

Facet otworzył kopertę, zaczął liczyć pieniądze. Najwyraźniej się pomylił, bo zaczął od nowa, z irytacją marszcząc czoło. Podniósł wzrok.

– Tu nie ma stu...

Cios trafił go w usta. Truls czuł, jak pałka się zapada pod łamiącymi się zębami. Drugi cios, chociaż lekki, zlikwidował nos. Chrząstka i cienka kość. Trzeci z miękkim chrzęstem spadł na czoło tuż nad brwiami.

Potem Truls obszedł samochód i usiadł na miejscu pasażera. Odczekał chwilę, aż facetowi wróci przytomność. Nastąpiła krótka rozmowa.

– Kim...

– Jednym z tych dwóch. Jakie masz dowody?

– Ja... ja...

– To jest heckler & koch i ma cholerną ochotę gadać. Więc który z was odezwie się pierwszy?

– Nie...

– No to gadaj.

– Ten, którego pobiliście, powiedział mi o tym. Proszę, potrzebowałem tylko...

– Podał nasze nazwiska?

– Co? Nie.

– To skąd wiesz, kim jesteśmy?

– Tylko mi opowiedział, co się stało. Sprawdziłem wasze rysopisy u kogoś w KRIPOS. To musieliście być wy dwaj.

Facet obejrzał się w lusterku i rozległo się takie wycie, jak przy wyłączaniu odkurzacza.

– O Boże! Zniszczyłeś mi twarz!

– Zamknij się i siedź spokojnie! Czy ten, którego, jak twierdzisz, pobiliśmy, wie, że nas szantażujesz?

– On? Nie, skąd. On by nigdy...

– Jesteś jego chłopakiem?

– Nie. Może on tak myśli, ale...

– Ktoś inny jeszcze wie?

– Nie, przysięgam! Puść mnie, nikomu...

– To znaczy, że nikt nie wie, że tu jesteś.

Truls napawał się widokiem otwartych ust faceta. Widać było, jak implikacje ze stwierdzenia Trulsa z mozołem docierają do jego mózgu.

– Wiedzą! Dużo osób...

– Nawet nieźle kłamiesz – prychnął Truls, przystawiając lufę do czoła chłopaka. Pistolet wydawał się w dłoni zaskakująco lekki. – Ale nie tak znowu świetnie.

Truls nacisnął spust. To nie był trudny wybór. Bo to w ogóle nie był wybór, tylko zadanie, które należało wykonać. Kwestia przeżycia. Facet coś na nich miał i prędzej czy później postanowiłby to wykorzystać, bo hieny jemu podobne już takie są. Tchórzliwe i pokorne przy rozmowie twarzą w twarz, ale chciwe i cierpliwe. Pozwalają się upokorzyć, zginają kark i czekają, ale gdy tylko odwrócisz się plecami, atakują.

Później starannie wytarł siedzenie i wszystkie miejsca, na których zostawił odciski palców, chustką obwiązał rękę, kiedy zwalniał hamulec ręczny i wrzucał na luz. Zepchnął samochód w przepaść. Potem słuchał trwającej sekundy dziwnej ciszy, kiedy auto spadało. W końcu nastąpił głuchy huk i dźwięk zgniatanego metalu. Z góry spojrzał na samochód leżący w rzece.

Pałki pozbył się najszybciej, jak mógł. Wjechał dobry kawałek w las ścieżką, otworzył okno i rzucił ją między drzewa. Nikt jej nie znajdzie, a nawet jeśli, to i tak nie będzie na niej odcisków palców ani DNA, które mogłoby powiązać ją z tym zabójstwem albo z nim.

Gorzej z pistoletem. Kulę można dopasować do broni, a po niej dojść do niego.

Z tym więc zaczekał, aż dotarł do mostu w Drammen. Jechał wolno i śledził wzrokiem pistolet przelatujący przez balustradę tam, gdzie rzeka Drammen spotyka się z fiordem Drammen. W miejscu, gdzie nigdy nie zostanie znaleziony. Pod dziesięcioma albo dwudziestoma metrami wody. Słodkiej przemieszanej ze słoną. Niepewnej. Ani zupełnie złej, ani zupełnie dobrej. Śmierć w strefie granicznej. Jednak czytał gdzieś, że istnieją zwierzęta, które wyspecjalizowały się w przeżyciu we właśnie takiej skundlonej wodzie. Gatunki tak perwersyjne, że niezdolne do funkcjonowania w wodzie niezbędnej dla normalnych form życia.

Truls wcisnął przycisk alarmu, jeszcze zanim dotarł na parking, i wycie natychmiast ustało. Nikogo nie było widać ani tu, ani na balkonach dookoła, ale jemu i tak się wydało, że słyszy chóralne westchnienie ulgi z zamieszkanych bloków: „Do diabła, najwyższa pora! Lepiej pilnuj tego swojego samochodu! Mógłbyś zamontować ogranicznik czasowy tego alarmu, tu durniu!".

Boczna szyba rzeczywiście była wybita. Truls wsunął głowę do auta. Nie zauważył żadnych oznak wyrywania radia. Co ten Aronsen miał na myśli… Kto to jest ten Aronsen? Blok C, to mógł być każdy, kto…

Mózg Trulsa wysnuł wniosek na ułamek sekundy przed tym, zanim poczuł stal na karku. Instynktownie wiedział, że to stal. Lufa pistoletu. Wiedział, że nie ma żadnego Aronsena, żadnych chuliganów, którzy wybrali się na łowy.

Szept rozległ się tuż przy jego uchu:

– Nie odwracaj się, Berntsen. A jak ci włożę rękę w spodnie, to nawet nie drgnij. Ho, ho, ale pięknie napięte mięśnie...

Truls wiedział, że jest w niebezpieczeństwie, tylko nie wiedział w jakim. W tym głosie Aronsena było coś znajomego.

– Ojej, spociłeś się teraz, Berntsen? A może po prostu ci się to podoba? Ale mnie chodzi tylko o to. Jericho? Do czego miałeś zamiar go użyć? Chciałeś strzelić komuś w twarz, tak jak strzeliłeś Renému?

Teraz Truls już wiedział, co to za niebezpieczeństwo.

Śmiertelne.

43

Rakel stała przy kuchennym oknie, w ręku ściskała telefon i znów wpatrywała się w zmierzch. Mogła się pomylić, ale wydawało jej się, że widzi jakiś ruch między świerkami po drugiej stronie podjazdu.

Wiedziała przecież, że zawsze będzie widzieć jakieś ruchy w mroku. Takiej traumy doznała. Nie wolno o tym myśleć. Można się bać, ale nie myśleć. Niech ciało dalej gra w tę swoją niemądrą grę, a ty ją ignoruj, tak jak się ignoruje niegrzeczne dziecko.

Sama stała skąpana w świetle kuchni, więc jeśli tam naprawdę ktoś był, mógł się jej uważnie przyglądać. Ale stała dalej. Musiała ćwiczyć. Nie mogła dopuścić, by to jej strach decydował, co ma robić i gdzie stać. To był przecież jej dom, do diabła!

Z piętra dobiegała muzyka. Puszczał jedną ze starych płyt Harry'ego. Z tych, które ona też lubiła. Talking Heads. *Little Creatures*.

Znów spojrzała na telefon, jakby zaklęciami próbowała zmusić go, żeby zadzwonił. Już dwa razy próbowała skontaktować się z Harrym, ale ciągle nie odbierał. Uznali, że to będzie miła niespodzianka. Wiadomość z kliniki przyszła poprzedniego dnia. Było to przed terminem, ale zdecydowano, że jest gotowy. Oleg nie posiadał się z radości. To on wpadł na pomysł, żeby nie uprzedzali o przyjeździe. Po prostu pojadą do domu, a kiedy Harry wróci z pracy, wyskoczą i będzie o-la-la.

Właśnie tego wyrażenia użył. O-la-la.

Rakel miała wątpliwości, bo Harry nie lubił niespodzianek, ale Oleg się uparł. Twierdził, że Harry musi wytrzymać taką nagłą radość, dlatego w końcu się zgodziła. Ale teraz żałowała.

Odeszła od okna i położyła telefon na kuchennym stole obok jego filiżanki po kawie. Zwykle bardzo starannie sprzątał wszystko przed wyjściem z domu, musiał więc być ogromnie zestresowany tymi zabójstwami policjantów. Ostatnio podczas ich nocnych rozmów w ogóle nie wspominał o Beate, co w sposób oczywisty znaczyło, że o niej myślał.

Nagle Rakel się odwróciła. Tym razem to nie było żadne przywidzenie. Usłyszała coś. Chrzęst żwiru pod butami. Znów wróciła do okna i zaczęła wpatrywać się w ciemność, która z każdą sekundą zdawała się gęstnieć.

Zesztywniała.

To była jakaś postać. Właśnie oderwała się od pnia, przy którym stała. I szła tutaj. Jakaś osoba ubrana na czarno. Jak długo mogła tam stać?

– Oleg! – zawołała Rakel, czując, że serce o mało nie wyskakuje jej z piersi. – Oleg!

Muzyka na piętrze przycichła.

– Tak?

– Zejdź na dół. Natychmiast!

– On już idzie?

Tak, pomyślała. Idzie.

Postać, która się zbliżała, okazała się drobniejsza, niż w pierwszej chwili jej się wydawało. Kierowała się do drzwi wejściowych, a kiedy wreszcie znalazła się w kręgu światła nad drzwiami, Rakel ku swemu zdumieniu i uldze stwierdziła, że to kobieta, a wręcz dziewczyna. Chyba w stroju do ćwiczeń. Trzy sekundy później zadzwonił dzwonek.

Rakel się zawahała. Popatrzyła na Olega, który zatrzymał się w połowie schodów i spojrzał na nią pytająco.

– To nie Harry. – Rakel uśmiechnęła się przelotnie. – Otworzę, możesz wracać na górę.

Na widok dziewczyny stojącej na schodach serce Rakel jeszcze bardziej się uspokoiło. Dziewczyna wyglądała na wystraszoną.

– Pani jest Rakel – stwierdziła. – Ukochana Harry'ego.

Rakel pomyślała, że taki wstęp może powinien ją zaniepokoić. Młoda, śliczna dziewczyna, która zwraca się do niej lekko drżącym głosem, powołując się na jej przyszłego męża. Pewnie powinna sprawdzić, czy pod obcisłym sportowym strojem nie zaczyna rysować się brzuszek.

Ale wcale się nie zaniepokoiła i wcale tego nie sprawdziła. Kiwnęła tylko głową w odpowiedzi.

– Owszem.

– A ja jestem Silje Gravseng.

Dziewczyna patrzyła na Rakel wyczekująco, jakby spodziewała się reakcji, jakby uważała, że to nazwisko powinno jej coś powiedzieć. Zauważyła, że dziewczyna trzyma ręce za plecami. Jakiś psycholog powiedział jej kiedyś, że ludzie, którzy ukrywają dłonie, mają coś do ukrycia. Wtedy pomyślała: owszem, ręce.

Uśmiechnęła się.

– W czym mogę ci pomóc, Silje?

– Harry jest... był moim wykładowcą.

– Aha?

– Muszę pani coś o nim powiedzieć. I o mnie.

Rakel zmarszczyła czoło.

– Ach, tak?

– Mogę wejść?

Rakel się zawahała. Nie była w nastroju do przyjmowania obcych ludzi. Miał być tylko Oleg, ona i Harry, kiedy wróci. Ich troje. Nikt więcej. A już na pewno nie ktoś, kto chciał jej coś o nim powiedzieć. I o sobie. A jednak to się stało. Spojrzenie mimowolnie powędrowało na brzuch dziewczyny.

– To nie potrwa długo, pani Fauke.

Pani. Co Harry jej opowiadał? Próbowała ocenić sytuację. Usłyszała, że Oleg znów głośniej słucha muzyki. Otworzyła drzwi szerzej.

Dziewczyna weszła do środka, schyliła się i zaczęła rozwiązywać adidasy.

– To niekonieczne – rzuciła Rakel. – Postaramy się załatwić to szybko, okej? Jestem trochę zajęta.

– Dobrze – odparła dziewczyna i uśmiechnęła się. Dopiero teraz, w ostrym świetle w przedpokoju, Rakel zobaczyła, że jej twarz jest pokryta warstwą błyszczącego potu. Zaprowadziła dziewczynę do kuchni.

– Muzyka – powiedziała dziewczyna. – Harry jest w domu?

Rakel poczuła teraz niepokój. Dziewczyna automatycznie powiązała muzykę z Harrym. Czyżby wiedziała, że Harry tego słuchał? Następna myśl przyszła tak szybko, że Rakel nie zdążyła jej odrzucić: czy słuchał tej muzyki razem z dziewczyną?

Silje Gravseng usiadła przy dużym stole. Położyła dłoń na blacie, pogładziła go. Rakel uważnie obserwowała jej ruchy. Dziewczyna gładziła szorstkie, surowe drewno, jakby już wiedziała, jakie jest w dotyku, że wydaje się takie przyjemne, żywe. Nie odrywała spojrzenia od filiżanki Harry'ego. Czyżby…

– Co mi chciałaś powiedzieć, Silje?

Dziewczyna uśmiechnęła się smutnym, niemal bolesnym uśmiechem, wciąż wpatrzona w filiżankę.

– On naprawdę nie mówił o mnie, pani Fauke?

Rakel na moment zamknęła oczy. To się nie działo. Nie wierzyła, że to się działo. Ufała mu. Znów otworzyła oczy.

– Powiedz to, co chcesz powiedzieć, tak jakby mi nic nie mówił, Silje.

– Jak pani sobie życzy, pani Fauke. – Dziewczyna oderwała wreszcie wzrok od filiżanki i spojrzała na nią. Miała wręcz nienaturalnie błękitne oczy, niewinne i nieświadome jak u dziecka. I jak u dziecka okrutne, pomyślała Rakel.

– Opowiem pani o gwałcie – oświadczyła Silje.

Rakel poczuła nagle, że ma problemy z oddychaniem. Jakby ktoś właśnie wyssał z pokoju całe powietrze, jak się to robi przy próżniowym pakowaniu kołder w plastikowe torby.

– O jakim gwałcie? – wydusiła z siebie.

Zapadał już zmrok, kiedy Bjørn Holm wreszcie zauważył samochód.

Zjechał z głównej szosy koło Klemetsrud i ruszył na wschód drogą wojewódzką 155, ale najwyraźniej przeoczył zjazd na Fjell. Dopiero w powrotnej drodze, kiedy zrozumiał, że pojechał za daleko, i musiał zawrócić, zauważył, gdzie powinien był skręcić. Ta droga była uczęszczana jeszcze mniej niż wojewódzka, a kiedy zrobiło się ciemno, sprawiała wrażenie pustkowia. Gęsty las zdawał przysuwać się bliżej, gdy nagle Bjørn zauważył tylne światła samochodu na poboczu.

Zwolnił i zerknął w lusterko. Dookoła wyłącznie ciemność, a przed nim jedynie dwa kruche czerwone światełka. Bjørn zjechał na bok, stanął za samochodem i wysiadł. W lesie pohukiwał jakiś ptak, głucho i melancholijnie. Roar Midtstuen kucał przy rowie w świetle reflektorów własnego auta.

– Przyjechałeś – odezwał się.

Bjørn złapał się za pasek, podciągnął spodnie. Ostatnio zaczął tak robić. Nie wiedział, skąd mu się to wzięło. A zresztą wiedział. Jego ojciec miał zwyczaj podciągania spodni jako wstęp, prefiks do czegoś ważnego, co zamierzał powiedzieć albo zrobić. Bjørn zaczynał coraz bardziej przypominać ojca. Oprócz tego, że rzadko miał coś ważnego do powiedzenia.

– A więc to się stało tutaj.

Roar kiwnął głową. Wpatrywał się w bukiet kwiatów, który położył na asfalcie.

– Przyjechała tu powspinać się z kolegami. W drodze powrotnej do domu zatrzymała się, żeby się wysiusiać w lesie. Kazała reszcie jechać przodem. Uznano, że to się musiało stać wtedy, kiedy wybiegła z lasu i wsiadła na rower. Spieszyło jej się, żeby dogonić resztę, prawda? Ona była taka pełna życia i energii... – Roar musiał się bardzo starać, żeby panować nad głosem. – Pewnie zarzuciło ją na drogę, zanim złapała równowagę, i przez to... – Podniósł oczy, jakby chciał pokazać, skąd nadjechał samochód. – Nie było żadnych śladów hamowania. Nikt nie pamięta, jak on wyglądał, chociaż musiał mijać tamtych chwilę później. Ale oni byli zajęci rozmową o trasach wspinaczkowych, które wypróbowywali, mówili, że pewnie mijało ich więcej samochodów. Zresztą przejechali już spory kawałek w stronę Klemetsrud, zanim w ogóle się zorientowali, że Fia dawno powinna ich dogonić, więc coś musiało się stać.

Bjørn skinął głową. Odchrząknął. Chciał już mieć to za sobą. Ale Roar nie dopuszczał go do głosu.

– Nie pozwolili mi brać udziału w śledztwie, Bjørn. Ponieważ byłem ojcem. Dali do sprawy zupełnie świeżych ludzi. A kiedy wreszcie zrozumieli, że ta sprawa wcale nie jest prosta, a kierowca ani sam się nie zgłosi, ani nie zdradzi w żaden inny sposób, było już za późno na wytaczanie wielkich armat. Ślady wystygły, ludzka pamięć wyblakła.

– Roar...

– Zła praca policyjna, Bjørn. Po prostu. Harujemy całe życie dla policji. Wypruwamy z siebie flaki, a kiedy tracimy to, co najdroższe, co dostajemy? Nic. To cholerna zdrada, Bjørn.

Bjørn patrzył na szczęki kolegi, które nieustannie się poruszały po torze elipsy, a mięśnie policzków to napinały się, to rozluźniały. Napinały i rozluźniały. Cholera jasna, ta guma zastygła czy co, pomyślał.

– Przez to wstyd mi, że jestem policjantem – ciągnął Midtstuen. – Tak samo jak w tej sprawie Kalsnesa. Zła robota od początku do końca. Pozwalamy mordercy uciec i nikt nikogo nie pociąga za to do odpowiedzialności. Nawet nie próbuje... Każdy myśli tylko o własnym tyłku, Bjørn.

– Ta dziewczynka, którą znaleźli spaloną w Come As You Are dziś rano...

– Anarchia. Właśnie tak. Ktoś musi wziąć odpowiedzialność. Ktoś...

– To była Fia.

W ciszy, która zapadła, Bjørn znów usłyszał pohukiwanie ptaka, ale tym razem z jakiegoś innego miejsca. Widocznie się przemieścił. Nagle przyszło mu do głowy, że to może jakiś inny ptak. Że mogą być dwa. Dwa ptaki tego samego gatunku. Pohukujące do siebie w lesie.

– Gwałt Harry'ego na mnie. – Silje spojrzała na Rakel tak spokojnie, jakby właśnie przekazała jej prognozę pogody.

– Harry cię zgwałcił?

Silje się uśmiechnęła. Było to ledwie ściągnięcie mięśnia, grymas, który nie zdążył dotrzeć do oczu i już zniknął, a przy okazji zabrał ze sobą całe udawanie i obojętność. Oczy dziewczyny powoli wypełniły się łzami.

Boże, pomyślała Rakel. Ona nie kłamie. Otworzyła szerzej usta, żeby wchłonąć więcej tlenu, bo nagle miała całkowitą pewność: może i ta dziewczyna jest szalona, ale nie kłamie.

– Taka byłam w nim zakochana, pani Fauke. Myślałam, że jesteśmy sobie przeznaczeni. Poszłam więc do jego pokoju na uczelni. Wystroiłam się. A on źle zrozumiał.

Rakel patrzyła na Silje i widziała, jak pierwsza łza odrywa się od rzęs, przez chwilę wisi w powietrzu, a potem spada na młody miękki policzek. Toczy się po nim, rozpływa na skórze. Wiedziała, że na blacie za jej plecami stoi kuchenny ręcznik, ale po niego nie sięgnęła. O nie, na pewno tego nie zrobi.

– Harry nie rozumie źle. – Rakel była zaskoczona spokojem we własnym głosie. – I nie gwałci. – Spokój i przekonanie. Ciekawe, jak długo się utrzyma?

– Pani się myli. – Silje uśmiechnęła się przez łzy.

– Doprawdy? – Rakel miała ochotę uderzyć pięścią tę pewną siebie zgwałconą twarz.

– Tak, pani Fauke. To pani teraz nie rozumie.

– Powiedz, co masz do powiedzenia, i wyjdź.

– Harry...

Rakel tak nienawidziła brzmienia jego imienia w jej ustach, że odruchowo rozejrzała się za czymś, czym mogłaby ją powstrzymać. Za patelnią, tępym nożem do chleba, taśmą klejącą, czymkolwiek.

– Myślał, że przyszłam spytać o coś związanego ze szkołą, a ja przyszłam go uwieść.

– Wiesz co, moja droga? Akurat tyle już zrozumiałam. A teraz twierdzisz, że dostałaś to, o co ci chodziło, ale to mimo wszystko był gwałt? I co się dalej stało? Podniecona powtarzałaś „nie, nie" i dopiero później poczułaś, że to naprawdę było „nie"? A on powinien to zrozumieć wcześniej niż ty?

Rakel zorientowała się, że jej słowa zabrzmiały nagle jak refren obrońcy powtarzany w wielu sprawach o gwałt, którym przysłuchiwała się w sądzie. Refren, którego osobiście nienawidziła, choć jako prawniczka rozumiała, że musi zostać odśpiewany. Ale to nie była tylko retoryka. Ona tak czuła. Właśnie tak musiało być. Nie mogło być inaczej.

– Nie – zaprotestowała Silje. – Chciałam właśnie powiedzieć, że on mnie nie zgwałcił.

Rakel zamrugała. Musiała cofnąć ścieżkę dźwiękową o kilka sekund dla pewności, że dobrze zrozumiała. Nie zgwałcił.

– Groziłam, że złożę na niego doniesienie na policję, ponieważ... – Dziewczyna zgiętym palcem wskazującym wycierała łzy z oczu, ale zaraz napływały kolejne. – ...ponieważ zamierzał zawiadomić władze uczelni, że zachowałam się wobec niego nieodpowiednio. Miał do tego pełne prawo, ale ja wpadłam w desperację, próbowałam go uprzedzić tym oskarżeniem. A teraz chciałam mu powiedzieć, że już to sobie przemyślałam. Żałuję tego, co zrobiłam. Wiem... tak, to przestępstwo. Fałszywe oskarżenie. Paragraf sto sześćdziesiąt osiem Kodeksu karnego. Zagrożone karą do ośmiu lat.

– Zgadza się – potwierdziła Rakel.

– No tak. – Silje uśmiechnęła się przez łzy. – Zapomniałam, że pani jest prawniczką.

– Skąd wiesz?

– O… – Silje pociągnęła nosem. – Ja wiem dużo o życiu Harry'ego. Można powiedzieć, że go studiowałam. Był moim idolem, a ja głupią dziewczynką. Prowadziłam nawet śledztwo w sprawie tych zabójstw policjantów. Uważałam, że mogę mu pomóc. Zaczęłam już pisać krótki referat, żeby mu wyjaśnić, jak to wszystko się ze sobą łączy. Ja, studentka, która nic nie wie, chciałam wyjaśnić Harry'emu Hole, jak ma łapać oprawcę policjantów. – Silje zmusiła się do kolejnego uśmiechu, kręcąc przy tym głową.

Rakel sięgnęła jednak po kuchenny ręcznik i podała dziewczynie.

– Przyszłaś tutaj, żeby mu to wszystko powiedzieć?

Silje powoli skinęła głową.

– Wiem, że nie odbiera telefonu, kiedy widzi, że to ja dzwonię. Dlatego postanowiłam podczas treningu przybiec tu i sprawdzić, czy on jest w domu. Zauważyłam, że nie ma samochodu, i już miałam iść, kiedy zobaczyłam panią w oknie i doszłam do wniosku, że chyba lepiej będzie, jak wszystko to powiem bezpośrednio pani. Bo to będzie najlepszy dowód na to, że naprawdę tak myślę i że przychodząc tutaj, nie miałam żadnych złych zamiarów.

– Zauważyłam, że tam stałaś – powiedziała Rakel.

– Musiałam się dobrze zastanowić. I zebrać się na odwagę.

Rakel poczuła, jak jej złość zmienia kierunek i z tej zagubionej, zakochanej dziewczyny ze zbyt otwartym spojrzeniem przenosi się na Harry'ego. Nie wspomniał o całej tej historii ani słowem. Dlaczego?

– Dobrze, że przyszłaś, Silje. Ale teraz powinnaś już chyba iść.

Silje kiwnęła głową i wstała.

– Mam w rodzinie schizofreników – oznajmiła.

– Tak? – rzuciła tylko Rakel.

– I wydaje mi się, że sama chyba nie jestem normalna. – Śmiesznie dorosłym tonem dziewczyna dodała: – Ale to nic nie szkodzi.

Rakel odprowadziła ją do drzwi.

– Już więcej mnie nie zobaczycie – oświadczyła Silje, stojąc już na schodach.

– Powodzenia, Silje.

Rakel z rękami założonymi na piersi patrzyła, jak dziewczyna biegnie przez podwórze. Czy Harry nic jej o tym nie powiedział, bo bał się, że ona mu nie uwierzy? Że mimo wszystko zostanie jakiś cień wątpliwości?

A czy ten cień zostanie? Jak dobrze się znają? Jak dobrze jeden człowiek może poznać drugiego?

Ubrana na czarno postać z roztańczonym jasnym końskim ogonem zniknęła jej z oczu na długo, zanim ucichł chrzęst adidasów na żwirze.

– On ją wykopał – powiedział Bjørn Holm.

Roar Midtstuen siedział ze zwieszoną głową. Lekko podrapał się w kark pokryty krótkimi włosami jak szczotką. Zapadła ciemność. Noc podkradła się bezszelestnie, gdy tak siedzieli w światłach reflektorów samochodu Midtstuena. Kiedy Roar wreszcie się odezwał, Bjørn musiał się nachylić, żeby usłyszeć, co mówi.

– Moja jednorodzona córka. – Lekkie skinienie głową. – Pewnie zrobił tylko to, co musiał.

Bjørn w pierwszej chwili pomyślał, że się przesłyszał. Potem zrozumiał, że to Midtstuen musiał się pomylić, że nie mógł tak myśleć, że zmienił, zgubił albo umieścił w złym miejscu zdania jakieś jedno słowo. A przecież to zdanie było tak proste i wyraźne, brzmiała w nim taka oczywistość. Szczerość. Oprawca policjantów robił tylko to, co musiał.

– Przyniosę resztę kwiatów – powiedział Midtstuen, wstając.

– Jasne. – Bjørn spojrzał na bukiet, który już tam leżał, a Midtstuen w tym czasie opuścił krąg światła i obszedł samochód. Bjørn usłyszał odgłos otwieranego i zamykanego bagażnika. Myślał o określeniu, którego użył Midtstuen. Moja jednorodzona córka. Jedyne dziecko. Przypomniało mu konfirmację i słowa Aunego: zabójca czuje się Bogiem. Bogiem, który się mści. Ale Bóg również składał w ofierze. Złożył w ofierze swego jednorodzonego syna. Powiesił go na krzyżu. Wystawił na ogląd wszystkich, by patrzyli i wyobrażali sobie cierpienie, i syna, i ojca.

Bjørnowi stanęła przed oczami Fia Midtstuen na spalonym krzesełku. Moja jednorodzona. Ojciec i córka. Dwie osoby. A były trzy. Jak nazywał to pastor?

Usłyszał jakiś brzęk z bagażnika i pomyślał, że Roar przy wyjmowaniu kwiatów musiał zawadzić o coś metalowego.

Trójca Święta. To było to. Tym trzecim był Duch Święty. Upiór. Demon. Ten, którego nikt nigdy nie widział, lecz od czasu do czasu pojawiał się w Biblii i znów znikał. Głowa Fii Midtstuen została przymocowana do rury tak, by ciało nie spadło z krzesła. Zostało wystawione na publiczny ogląd. Jak ten, którego ukrzyżowano.

Bjørn Holm usłyszał za sobą kroki.

Złożony w ofierze. Ukrzyżowany przez własnego ojca. Tak chciała historia. Jak brzmiały te słowa?

Zrobił tylko to, co musiał.

Harry patrzył na Megan Fox. Drżała w swoich pięknych konturach koloru skóry, ale przytrzymywała go wzrokiem. Uśmiech nie znikał. Zaproszenie wystosowane przez ciało wciąż było aktualne. Sięgnął po pilota i zgasił telewizor. Megan Fox i zniknęła, i została. Kontur gwiazdy filmowej wypalił się w plazmowym ekranie.

Zniknęła i wciąż tu była.

Harry rozejrzał się po sypialni Trulsa Berntsena. Podszedł do szafy, w której, jak wiedział, Berntsen przechowywał swoje cukiereczki. Teoretycznie mógł się w niej zmieścić człowiek. Harry trzymał odessę w pogotowiu. Na palcach zbliżył się do szafy, przywarł do ściany i otworzył drzwi lewą ręką. Światło w środku zapaliło się automatycznie.

Poza tym nic się nie wydarzyło.

Harry wysunął głowę do przodu i błyskawicznie ją cofnął. Ale zdążył zobaczyć to, co chciał. Nikogo nie było. Stanął więc przed szafą.

Truls uzupełnił swój skarbiec o to, co Harry zabrał stąd poprzednim razem. O kamizelkę kuloodporną, maskę przeciwgazową, MP5 i miotacz ognia. I chyba wciąż miał te same pistolety co ostatnio. Jedynie na samym środku tablicy pozostał pusty obrys broni.

Czyżby Berntsen zorientował się, że Harry do niego idzie, zrozumiał, z jaką sprawą przyjdzie, zabrał pistolet i uciekł z mieszkania? W takim popłochu, że nie zamknął drzwi na klucz ani nie wyłączył telewizora? Dlaczego w takim razie nie zaczaił się gdzieś tutaj?

Wcześniej Harry przeszukał prawie całe mieszkanie i wiedział, że w tamtej części nie ma nikogo. Po sprawdzeniu kuchni i salonu zamknął drzwi tak, jakby wyszedł z mieszkania, i z odbezpieczoną odessą wycelowaną w drzwi sypialni usiadł na skórzanej kanapie w miejscu, z którego nie dało się go zobaczyć przez dziurkę od klucza.

Gdyby Truls tam się zaczaił, to ten, który pokazałby się pierwszy, znalazłby się w trudniejszej sytuacji. To był pojedynek na czekanie. Harry więc czekał. Nieruchomo, oddychał spokojnie, głęboko, bezszelestnie, z cierpliwością lamparta.

Dopiero po czterdziestu minutach, podczas których nic się nie wydarzyło, zdecydował się wejść do sypialni.

Usiadł na łóżku. Czy powinien zadzwonić do Berntsena? W ten sposób by go ostrzegł. Ale przecież Truls najwyraźniej i tak już zrozumiał, że Harry na niego poluje.

Włączył swoją komórkę. Zaczekał, aż telefon złapie sieć, i wstukał numer, którego nauczył się na pamięć przed wyjazdem z Holmenkollen już prawie dwie godziny temu.

Po trzech daremnych próbach w końcu się poddał.

Zadzwonił do Thorkilda ze spółki telekomunikacyjnej. Odpowiedź usłyszał w ciągu dwóch sekund.

– Czego chcesz, Hole?

– Sprawdzenia w stacjach bazowych. Chodzi o niejakiego Trulsa Berntsena. On używa służbowego policyjnego telefonu, więc z całą pewnością ma abonament u was.

– Nie możemy już działać w taki sposób.

– To oficjalne zlecenie policyjne.

– No to trzymaj się procedur. Skontaktuj się z prokuratorem, niech prześle sprawę do mojego szefa i zadzwoń jeszcze raz, kiedy już będziesz miał zezwolenie.

– To pilne.

– Posłuchaj, nie mogę ciągle dawać ci…

– Chodzi o zabójstwa policjantów, Thorkild.

– Więc powinieneś uzyskać takie zezwolenie w ciągu kilku sekund, Hole.

Harry zaklął cicho.

– Przykro mi, ale muszę myśleć o własnym stanowisku. Gdyby się wydało, że śledzę ruchy policjantów bez upoważnienia… Jaki masz problem z tym pozwoleniem?

– Zdzwonimy się.

Harry się rozłączył. Miał dwa nieodebrane połączenia i trzy SMS-y. Musiały przyjść, kiedy miał wyłączony telefon. Otwierał je po kolei. Pierwszy był od Rakel.

Próbowałam dzwonić. Jestem w domu. Ugotuję coś dobrego, jeśli dasz znać, kiedy wrócisz. Przywiozłam Ci niespodziankę, która chce Cię ograć w Tetris.

Harry przeczytał wiadomość jeszcze raz. Rakel wróciła do domu. Z Olegiem. W pierwszym odruchu chciał natychmiast biec do samochodu. Zrezygnować z tego projektu. Stwierdził, że się pomylił, że nie powinien być tu teraz. Jednocześnie wiedział, że to jest właśnie pierwszy odruch. Próba ucieczki przed tym, co nieuniknione.

Drugi SMS był z nieznanego numeru:

Muszę z Tobą porozmawiać. Jesteś w domu? Silje G.

Skasował tę wiadomość. A numer, z którego wysłano trzeciego SMS-a, rozpoznał natychmiast.

Chyba chcesz się ze mną skontaktować. Znalazłem rozwiązanie naszego problemu. Spotkaj się ze mną w miejscu, w którym zginął G. Jak najszybciej. Truls Berntsen

44

Idąc przez parking, Harry zwrócił uwagę na samochód ze zbitą szybą. W świetle latarki błysnęły odłamki na asfalcie. To było suzuki vitara. Berntsen jeździł czymś takim. Harry zadzwonił na Dyżur Kryminalny.

– Tu Harry Hole. Chciałbym sprawdzić właściciela samochodu po numerach rejestracyjnych.

– Wszyscy mogą to teraz zrobić bezpośrednio w Internecie, Hole.

– To znaczy, że mógłbyś to zrobić dla mnie?

Usłyszał tylko burknięcie, odczytał więc numer. Odpowiedź przyszła po trzech sekundach.

– Niejaki Truls Berntsen. Adres…

– W porządku.

– Chcesz coś zgłosić?

– Co?

– Czy ten samochód jest w coś wmieszany? Wygląda na skradziony albo na przykład ktoś się do niego włamał?

Pauza.

– Halo?

– Nie. Wygląda całkiem normalnie. To tylko nieporozumienie.

– Niepo...

Harry się rozłączył. Dlaczego Truls Berntsen nie odjechał stąd własnym samochodem? Nikt z policyjną pensją nie jeździł już po Oslo taksówkami. Harry usiłował zwizualizować sobie sieć kolejki w Oslo. Jedna linia biegła zaledwie sto metrów stąd. Stacja Ryen. Ale nie słyszał pociągu, pewnie w tym miejscu wjeżdżał w tunel. Zamrugał w ciemności, bo właśnie usłyszał coś innego.

Lekki szelest własnych podnoszących się włosów na karku.

Wiedział, że nie da się tego usłyszeć, ale takie odniósł wrażenie. Znów wyjął telefon. Wcisnął K i Zadzwoń.

– Nareszcie – odezwała się po drugiej stronie Katrine.

– Nareszcie?

– Chyba widzisz, że próbowałam do ciebie dzwonić?

– Tak? Jesteś zdyszana.

– Bo biegłam, Harry. Silje Gravseng.

– Co z nią?

– Jej mieszkanie jest obwieszone wycinkami dotyczącymi zabójstw policjantów. Ma też pałkę policyjną. Dozorca mówi, że bije nią gwałcicieli. A jej brat siedzi w domu wariatów, odkąd pobili go dwaj policjanci. I sama jest szalona, Harry. Kompletnie szalona.

– Gdzie jesteś?

– W parku Vaterland. Nie ma jej tutaj. Uważam, że trzeba ogłosić poszukiwania.

– Nie.

– Nie?

– Ona nie jest tą osobą, której szukamy.

– O co ci chodzi? Motyw, sposobność, dyspozycja fizyczna. Wszystko jest na miejscu, Harry.

– Zapomnij o Silje Gravseng. Chcę, żebyś sprawdziła mi pewną statystykę.

– Statystykę! – krzyknęła tak głośno, że aż membrana zatrzeszczała. – Stoję tu, mam za plecami śliniących się sprawców połowy przestępstw obyczajowych z rejestru karnego, szukam oprawcy policjantów, a ty mi mówisz, że mam się zająć statystyką? Niech cię diabli porwą, Hole!

– Sprawdzisz statystyki FBI dotyczące świadków, którzy zmarli między oficjalnym powołaniem ich na świadka koronnego a rozpoczęciem procesu.

– Co to ma wspólnego ze sprawą?

– Po prostu podaj mi te liczby, okej?

– Nie okej.

– No to potraktuj to jako rozkaz, Bratt.

– Aha, ale... chwileczkę. Kto z nas jest tutaj szefem?

– Skoro musisz pytać, to na pewno nie ty.

Zanim się rozłączył, usłyszał jeszcze wiązkę przekleństw w dialekcie bergeńskim.

Mikael Bellman siedział na kanapie przy włączonym telewizorze. Kończyły się wiadomości. Doszli już do sportu, więc wzrok Mikaela od telewizora powędrował za okno, w stronę miasta, które leżało daleko w dole w czarnej niecce. Materiał z przewodniczącym Rady Miasta trwał dokładnie dziesięć sekund. Przewodniczący oświadczył, że zmiany w Radzie nie są niczym niezwykłym, a ta ostatnia została spowodowana niezwykle dużym obciążeniem pracą akurat na tym stanowisku, dlatego za rozsądne uznano wykorzystanie osoby z większym doświadczeniem. Isabelle Skøyen wróci na stanowisko asystentki radnej, a Rada Miasta cieszy się, że wciąż będzie mogła korzystać z jej kompetencji. Od samej Isabelle Skøyen, jak poinformowała redakcja, nie udało się uzyskać komentarza.

Jego miasto błyszczało jak klejnot.

Usłyszał miękkie trzaśnięcie drzwi do jednego z pokojów dzieci i chwilę później Ulla już siadała przy nim na kanapie.

– Śpią?

– Jak kamienie – odparła, a on poczuł jej oddech na szyi. – Masz ochotę na telewizję? – Lekko ugryzła go w ucho. – Czy...

Uśmiechnął się, ale się nie poruszył. Napawał się tą sekundą. Czuł, jaka jest idealna. Być tutaj. Teraz. Na samym szczycie. Samiec alfa z kobietami u stóp. Jedna w jego ramionach. Druga zneutralizowana, już niegroźna. Ta sama sytuacja z mężczyznami. Asajew nie żyje. Truls przywrócony do łask jako wierny pomocnik. Były komendant, spętany ich wspólnym grzechem, będzie tańczył, jak mu Mikael zagra, gdyby okazał się potrzebny. Wiedział też, że zdobył zaufanie Rady Miasta, nawet gdyby wykrycie oprawcy policjantów miało jeszcze potrwać.

Dawno już nie czuł się tak dobrze, tak rozluźniony. Poczuł jej dłonie. Wiedział, co zrobią, zanim jeszcze ona to wiedziała. Potrafiła go rozpalić. Nie stawał przy niej w ogniu, tak jak przy innych. Jak przy tej, którą zniszczył. Jak przy tym, który zginął na Hausmanns gate. Umiała jednak podniecić go na tyle, że wkrótce mieli wylądować w łóżku. To było małżeństwo. I dobrze. To więcej niż dość. A w życiu istnieją ważniejsze rzeczy.

Przyciągnął ją do siebie, wsunął rękę pod zielony sweter. Naga skóra, gorąca, jakby się przyłożyło dłoń do płytki elektrycznej nastawionej na najniższy stopień. Westchnęła cicho. Pochyliła się do niego. Właściwie nie lubił całować się z nią aż tak namiętnie. Może kiedyś, ale teraz już nie. Nigdy jej o tym nie mówił. Po co miał mówić, skoro ona tego chciała, a on mógł to jakoś wytrzymać. Małżeństwo. Mimo to poczuł pewną ulgę, kiedy rozćwierkał się bezprzewodowy telefon na stoliku przy kanapie.

Odebrał.

– Słucham.

– Cześć, Mikael.

Głos zwrócił się do niego po imieniu z taką swobodą, że w pierwszej chwili pomyślał, że go zna i potrzebuje tylko kilku sekund, aby go umiejscowić.

– Cześć – odpowiedział więc i wstał z kanapy. Przeszedł w stronę tarasu. Oddalił się od dźwięku telewizora. Od Ulli. To był odruch, wyćwiczony przez lata. Częściowo ze względu na nią. Częściowo ze względu na jego własne tajemnice.

Głos na drugim końcu linii zaśmiał się cicho.

– Nie znasz mnie, Mikael. Rozluźnij się.

– Dziękuję, właśnie się rozluźniam – odparł. – W domu. Dlatego chciałbym, żebyś przeszedł do rzeczy.

– Jestem pielęgniarzem ze Szpitala Centralnego.

To była dla Mikaela nowa myśl, a w każdym razie taka, której nie mógł sobie przypomnieć, a mimo to dalszy ciąg znał jakby na pamięć. Otworzył drzwi na taras i wyszedł na zimne kamienne płyty, mocniej przyciskając telefon od ucha.

– Zajmowałem się Rudolfem Asajewem. Na pewno go pamiętasz, Mikael. Jasne, że tak. Przecież robiliście razem interesy. Zwierzył mi się, kiedy się wybudził ze śpiączki. Mówił, co robiliście.

Zachmurzyło się, temperatura spadła, a kamienne płyty były tak zimne, że aż piekły przez skarpety. Mimo to gruczoły potowe Mikaela Bellmana pracowały na pełny gaz.

– À propos interesów – powiedział głos. – Może powinniśmy o tym porozmawiać we dwóch.

– Czego chcesz?

– Skoro nie lubisz owijania w bawełnę, pozwól, że powiem tak: chcę trochę twoich pieniędzy w zamian za trzymanie języka za zębami.

To musiał być on, ten pielęgniarz z Enebakk. Ten, którego Isabelle wynajęła do wykończenia Asajewa. Twierdziła, że z radością przyjął honorarium w postaci seksu, lecz najwyraźniej to nie wystarczyło.

– Ile? – spytał Bellman pozornie spokojnym głosem, ale zorientował się, że nie zabrzmiało to tak zimno, jak sobie życzył.

– Niedużo. Jestem skromnym człowiekiem, który ma skromne potrzeby. Dziesięć tysięcy.

– Za mało.

– Za mało?

– To brzmi jak pierwsza rata.

– Równie dobrze możemy powiedzieć sto.

– No to dlaczego tak nie powiesz?

– Ponieważ potrzebuję tych pieniędzy dziś. Dziś wieczorem. Już. Banki są zamknięte, a z bankomatu nie wypłacisz więcej niż dziesięć tysięcy.

Desperat. To dobra wiadomość. Ale czy aby na pewno? Mikael podszedł do samego brzegu tarasu, spojrzał na swoje miasto, próbował się skupić. To była jedna z sytuacji, w których zwykle czuł się najlepiej. Kiedy grał o wszystko, a najmniejszy fałszywy krok mógł się okazać fatalny w skutkach.

– Jak się nazywasz?

– Hm. Możesz mi mówić Dan. Jak Danuvius.

– W porządku, Dan. Rozumiesz chyba, że chociaż teraz z tobą negocjuję, to wcale nie oznacza, że przyznaję się do czegokolwiek. Być może usiłuję cię tylko wciągnąć w pułapkę i aresztować za szantaż.

– Mówisz to wyłącznie ze strachu, że mogę się okazać dziennikarzem, który usłyszał jakieś plotki i próbuje cię zmanipulować, żebyś się zdradził.

Cholera.

– Gdzie?

– Jestem w pracy, więc musisz przyjść tutaj. Ale w dyskretnym miejscu. Spotkaj się ze mną w tym zamkniętym skrzydle. Nikogo tam teraz nie ma. Za trzy kwadranse w pokoju Asajewa.

Trzy kwadranse. Spieszyło mu się. Oczywiście mogło to być podyktowane ostrożnością – nie chciał dać Mikaelowi czasu na zastawienie pułapki. Ale Mikael wierzył w proste wyjaśnienia. Na przykład takie, że ma do czynienia z pielęgniarzem narkomanem, któremu nagle skończyły się własne zapasy. To mogło uprościć sprawę. A nawet uciąć jej łeb.

– W porządku – powiedział i rozłączył się. Wciągnął ten dziwny, wręcz mdlący zapach, który zdawał się wydobywać z tarasu. Potem wrócił do salonu i zamknął za sobą drzwi.

– Muszę wyjść – oznajmił.

– Teraz? – Ulla popatrzyła na niego urażonym wzrokiem, który czasami go drażnił i prowokował do nieprzyjemnych komentarzy.

– Teraz.

Pomyślał o pistolecie, który zamknął w bagażniku samochodu. Glock 22. Prezent od amerykańskiego kolegi. Nieużywany. Niezarejestrowany.

– Kiedy wrócisz?

– Nie wiem. Nie czekaj na mnie.

Już szedł do przedpokoju, czując na sobie jej wzrok. Nie zatrzymał się. Stanął dopiero w drzwiach.

– Nie, to nie z nią mam się spotkać. W porządku?

Ulla nie odpowiedziała. Odwróciła się tylko do telewizora, udając, że interesuje ją prognoza pogody.

Spocona Katrine przeklinała w upale Kotłowni, ale dalej stukała w klawisze.

Gdzie, u diabła, schowała się ta statystyka FBI dotycząca martwych świadków? I po co ona, do cholery, Harry'emu?

Spojrzała na zegarek. Westchnęła i wystukała jego numer.

Nie odebrał. Jakżeby inaczej.

Wysłała SMS-a z informacją, że potrzebuje więcej czasu, bo chociaż dostała się do najświętszej świętości FBI, to ta statystyka musi być albo jakaś cholernie tajemnicza, albo on po prostu źle coś zrozumiał. Ze złością rzuciła telefon na biurko. Pomyślała, że ma ochotę zadzwonić do Leifa Rødbekka. Nie, nie do niego. Do jakiegoś innego idioty, który zechciałby zadać sobie trochę trudu i przespać się z nią dziś wieczorem. Pierwszy kandydat, który pojawił się w jej głowie, przyprawił ją o zmarszczkę na czole. Skąd on się wziął? Owszem, słodki, ale… Ale co? Czyżby myślała o nim już od jakiegoś czasu, nie zdając sobie z tego sprawy?

Znów skupiła się na ekranie.

Może to nie chodzi o FBI, może raczej o CIA?

Wpisała w wyszukiwarkę nowe słowa. Central Intelligence Agency, *witness*, *trial* i *death*. Enter. Maszyna pracowała. Pojawiły się pierwsze trafienia.

Za jej plecami otworzyły się drzwi. Poczuła chłodny powiew z korytarza.

– Bjørn? – spytała, nie odrywając oczu od ekranu.

Harry zaparkował samochód pod kościołem Świętego Jakuba i stamtąd piechotą poszedł na Hausmanns gate 92.

Zatrzymał się przed kamienicą i spojrzał w górę na fasadę.

Na trzecim piętrze słabo się świeciło w oknach, w których pojawiły się kraty. Pewnie nowy właściciel miał dość włamań przez schody przeciwpożarowe na tyłach budynku.

Harry sądził, że poczuje coś więcej. Przecież mimo wszystko tutaj zginął Gusto, a on sam o mało nie rozstał się z życiem.

Poruszył bramą.

Była otwarta, tak jak wcześniej. Swobodny dostęp.

Przy schodach na samym dole wyjął odessę, odbezpieczył, popatrzył w górę klatki schodowej i nasłuchiwał, wciągając w nozdrza zapach uryny i marynowanego w wymiocinach drewna. Zupełna cisza.

Ruszył w górę po schodach. Starał się stąpać możliwie bezszelestnie po mokrych gazetach, kartonach po mleku i używanych igłach do strzykawek. Na trzecim piętrze zatrzymał się przed drzwiami. Również one były nowe. Metalowe. Zamek elektroniczny. Tylko bardzo zmotywowanym włamywaczom chciałoby się próbować je pokonać.

Nie widział powodu, żeby pukać i rezygnować z ewentualnego momentu zaskoczenia. Kiedy więc nacisnął klamkę i poczuł, że mocne sprężyny stawiają opór, ale ciężkie drzwi nie są zamknięte na klucz, ujął odessę w obie ręce i prawą nogą kopnął w metalową płytę.

Wszedł do środka i błyskawicznie uskoczył w lewo, żeby nie być łatwym celem. Za sprawą ściągających się sprężyn drzwi natychmiast się za nim zatrzasnęły.

Zapadła cisza, słychać było tylko ściszone cykanie.

Harry zamrugał zdziwiony.

Oprócz niedużego przenośnego telewizora ustawionego na *stand by*, z białymi cyframi pokazującymi błędną godzinę na czarnym ekranie, nic się tutaj nie zmieniło. To była ta sama zatęchła narkomańska nora z materacami i śmieciami na podłodze. A jeden śmieć siedział na krześle i patrzył na niego.

Truls Berntsen.

W każdym razie Harry przypuszczał, że to Truls Berntsen.

Że to był kiedyś Truls Berntsen.

45

Biurowe krzesło stało na środku pokoju pod jedynym źródłem światła – zwisającą z sufitu lampą z podartym abażurem z papieru ryżowego.

Harry stwierdził, że zarówno lampa, krzesło, jak i telewizor, z którego dochodziło zacinające się cykanie zdychającej elektroniki, musiały być produktami z lat siedemdziesiątych, ale pewności nie miał.

To samo dotyczyło zawartości krzesła.

Trudno było bowiem stwierdzić, czy to naprawdę Truls Berntsen, urodzony w siedemdziesiątym którymś, zmarły w tym roku, jest przywiązany do krzesła taśmą. Ten człowiek nie miał twarzy. Tam gdzie kiedyś była, teraz znajdowała się papka składająca się ze stosunkowo świeżej czerwonej krwi i czarnej zakrzepłej, a także z białych drobinek kości. Ta papka spłynęłaby, gdyby nie przytrzymywała jej na miejscu przezroczysta plastikowa błona, którą obciągnięto głowę, w jednym miejscu przebita kawałkiem kości.

Folia spożywcza, pomyślał Harry. Świeże mielone mięso. Takie jak można kupić w sklepie.

Zmusił się do odwrócenia wzroku i wciskając się w ścianę, próbował wstrzymać oddech, żeby lepiej słyszeć. Z lekko uniesionym pistoletem zaczął skanować pokój od lewej do prawej.

Spojrzał w kąt, z którego widoczna była kuchnia. Dostrzegł fragment tej samej starej lodówki i blatu, ale w półmroku ktoś mógł się ukrywać. Żadnego dźwięku. Żadnego ruchu.

Czekał. Próbował wyciągać wnioski. Jeżeli to miała być pułapka, do której ktoś go zwabił, to powinien już nie żyć.

Odetchnął głębiej. Miał tę przewagę, że już tu kiedyś był i wiedział, że oprócz kuchni i toalety nie ma innych kryjówek. Niestety, po to by sprawdzić jedno z tych pomieszczeń, musiał odwrócić się tyłem do drugiego.

Podjął decyzję. Zrobił kilka kroków w stronę kuchni, wysunął głowę zza ściany i równie błyskawicznym ruchem ją cofnął, dopiero wtedy pozwalając, by mózg przetworzył otrzymane informacje. Kuchenka, stosy kartonów po pizzy i lodówka. Nikogo tam nie było.

Przeszedł do toalety. Drzwi z jakiegoś powodu usunięto, a światło było zgaszone. Policzył do siedmiu. Wystawił głowę i natychmiast cofnął. Pusto.

Po ścianie osunął się na podłogę. Dopiero teraz poczuł, jak mocno serce tłucze się o żebra.

Przesiedział tak kilka sekund. Zbierał się w sobie.

W końcu podszedł do zwłok na krześle, przykucnął i przyjrzał się czerwonej masie owiniętej plastikiem. Twarzy nie było, ale wysunięte czoło i dolna szczęka, a także tania fryzura nie pozostawiały wątpliwości, że to Truls Berntsen.

Mózg Harry'ego już zaczął pracować nad faktem, że jednak się pomylił co do Trulsa Berntsena. To wcale nie on był oprawcą policjantów.

Natychmiast pojawiła się nowa myśl: przynajmniej nie jedynym.

Czy to możliwe, by miał teraz do czynienia ze współwinnym, z zabójcą, który zaciera ślady? Czy Truls „Beavis" Berntsen mógł współpracować z człowiekiem równie chorym jak on sam? Czy Valentin z premedytacją siedział przed kamerą na stadionie Ullevaal, bo w tym czasie Berntsen dokonywał zabójstwa w Maridalen? Jeśli tak, to w jaki sposób rozdzielali te zbrodnie między siebie? Na które z nich Berntsen miał alibi?

Harry wyprostował się i rozejrzał. Dlaczego po niego przysłali? Przecież zwłoki i tak prędko by odkryto. Zresztą zbyt wiele tu się nie zgadzało. Truls Berntsen nigdy nie był zaangażowany w śledztwo w sprawie Gusta. Prowadziła je niewielka grupa, składająca się z Beate, dwóch innych techników i dwóch śledczych taktycznych, którzy mieli niewiele roboty, ponieważ Olega zatrzymano jako przypuszczalnego sprawcę już kilka minut po przybyciu policji na miejsce. A dowody techniczne potwierdzały winę podejrzanego. Jedyna…

W ciszy Harry wciąż słyszał słabe cykanie. Regularne i niezmienne jak w zegarku. Dokończył myśl. Jedyna inna osoba, której chciało się badać to mało znaczące tuzinkowe zabójstwo narkomana, stała teraz w tym pokoju. On, Harry Hole.

Został – tak jak inni policjanci – wezwany tu, by umrzeć w miejscu, gdzie popełniono zabójstwo, którego nie wyjaśnił.

W następnej sekundzie znalazł się już przy drzwiach i naciskał klamkę. Było tak, jak się tego obawiał. Klamka poddała się bez oporu, pociągnął za nią, ale drzwi ani drgnęły. Nie miały żadnej gałki, w jaką bywają wyposażone drzwi w pokojach hotelowych. A on nie miał karty-klucza.

Znów omiótł pokój wzrokiem.

Grube szyby z kratami od wewnątrz. Metalowe drzwi, które same się zatrzasnęły. Dał się złapać w pułapkę jak upojony pościgiem idiota, którym, niestety, zawsze był.

Cykanie wcale nie stało się głośniejsze. To tylko jemu tak się wydawało.

Zapatrzył się na przenośny telewizor. Na migające w nim sekundy. To nie była źle ustawiona godzina. Bo to wcale nie była godzina. Zegary nie chodzą do tyłu.

Kiedy tu przyszedł, na ekranie wyświetlały się cyfry 00.06.10. Teraz – 00.03.51.

Odliczanie.

Podszedł do telewizora i spróbował go podnieść. Na próżno. Musiał zostać przytwierdzony do podłogi. Mocno kopnął w górną część, plastikowa obudowa pękła z hukiem. Zajrzał do środka. Metalowe rurki, szklane tuby, przewody.

Nie był żadnym ekspertem, ale widział już dość wnętrzności telewizorów, aby wiedzieć, że jest tu tego za dużo. Dość też widział zdjęć improwizowanych bomb, by rozpoznać bombę rurową.

Ocenił przewody, ale szybko zrezygnował z tego pomysłu. Jeden z chłopaków od bomb z Delty wyjaśnił mu kiedyś, że zabawa z przecinaniem niebieskich albo czerwonych przewodów, co ma niby pozwolić na bezpieczny powrót do domu, to już, niestety, zamierzchła przeszłość. Teraz w użyciu było cyfrowe diabelstwo, bezprzewodowe sygnały przesyłane przez bluetooth, szyfry i safeguards, które natychmiast przestawiają licznik na zero, kiedy tylko zacznie się w nich grzebać.

Wziął rozbieg i rzucił się na drzwi. Futryna mogła mieć jakieś słabe punkty. Ale nie miała.

Kraty w oknach też nie.

Barki i żebra bolały, kiedy z powrotem stanął na nogi. Zaczął krzyczeć w okno.

Ale tu nie przedostawał się żaden dźwięk z zewnątrz, więc żaden też się nie wydostawał.

Wyjął komórkę. Centrala Operacyjna. Delta. Mogliby wysadzić drzwi. Spojrzał na zegar na telewizorze. Trzy minuty i cztery sekundy. Ledwie zdążą przekazać adres. Dwie minuty i pięćdziesiąt dziewięć sekund. Zapatrzył się w listę kontaktów. R.

Rakel.

Zadzwonić do niej. Pożegnać się. Z nią i z Olegiem. Powiedzieć im, że ich kocha. Że muszą żyć. Żyć lepiej niż on. Być razem z nimi w ciągu tych dwóch ostatnich minut. Nie umierać w samotności. Mieć towarzystwo i dzielić się z nimi tą traumą, smakiem śmierci. Zafundować im ostatni koszmar na dalsze życie.

Niech to szlag!

Schował telefon z powrotem do kieszeni, rozejrzał się. Drzwi toalety usunięto. Żeby nie było gdzie się schować.

Dwie minuty i czterdzieści sekund.

Przeszedł do kuchni mieszczącej się w krótszej części mieszkania, które miało kształt litery L. Nie była dostatecznie głęboka. Bomba rurowa tej wielkości roztrzaska wszystko i tutaj.

Spojrzał na lodówkę. Otworzył ją. Karton z mlekiem, dwie butelki piwa i puszka pasztetu. Przez krótką chwilę zastanawiał się, co wybrać: piwo czy panikę. Po czym wybrał panikę i zaczął wyrzucać za siebie półki, szklane płyty i plastikowe pudełka. Zgiął się wpół i spróbował wcisnąć się do środka. Jęknął. Nie mógł schylić karku, by zmieścić głowę. Spróbował jeszcze raz. Przeklinał swoje długie członki, usiłując ułożyć je tak, by zabierały jak najmniej przestrzeni.

Nie da się!

Znów spojrzał na telewizor. Dwie minuty i sześć sekund.

Schował głowę, podciągnął kolana pod siebie, ale teraz plecy nie dawały się odpowiednio zgiąć. Do pioruna! Zaśmiał się głośno. W Hongkongu zrezygnował z propozycji darmowych zajęć z jogi. Czy teraz przyjdzie mu za to zapłacić?

Houdini. Przypominał sobie coś o wdechu i wydechu, o rozluźnieniu.

Wypuścił powietrze z płuc, starał się o niczym nie myśleć, tylko skupić na rozluźnieniu. Nie myśleć o sekundach, tylko wczuwać się w coraz bardziej posłuszne, elastyczniejsze mięśnie i stawy. Czuć, jak kawałeczek po kawałeczku jego ciało ulega komprymacji.

Poszło.

Do diabła ciężkiego, naprawdę poszło! Siedział cały w lodówce, w której było dość metalu i izolacji, by go ocalić. Być może. Chyba że to bomba rodem z samego piekła.

Objął ręką brzeg drzwiczek, ostatni raz spojrzał na telewizor i już miał zamykać. Minuta czterdzieści siedem.

Miał zamykać, ale ręka go nie słuchała. Nie słuchała, ponieważ mózg odmawiał odrzucenia tego, co zobaczyły oczy, chociaż część mózgu odpowiadająca za rozsądne myślenie usiłowała udawać, że nic nie widzi. Nie chciała widzieć, bo to nie miało znaczenia dla jedynej rzeczy, która teraz się liczyła: przeżyć, ratować siebie. Udać, że nie widzi, ponieważ nie miał czasu, nie miał współczucia, nie mógł sobie na to pozwolić.

Mielone mięso na krześle.

Pojawiły się w nim dwie białe plamki.

Białe jak białko oczu.

Oczu patrzących na niego przez folię spożywczą.

Ten diabeł żył.

Harry wrzasnął i wygramolił się z lodówki. Podszedł do krzesła, kątem oka cały czas zerkając na telewizor. Minuta trzydzieści jeden. Zerwał folię. Oczy w czerwonej masie zamrugały i ledwie usłyszał oddech. Berntsen musiał czerpać powietrze wpadające przez dziurę w plastiku, którą przebił odłamek kości.

– Kto to zrobił? – spytał Harry.

W odpowiedzi tylko oddech. Krwawa maska zaczęła się zsuwać jak roztopiona stearyna.

– Kim on jest? Kto jest oprawcą policjantów?

Wciąż tylko sam oddech.

Harry spojrzał na zegar. Minuta dwadzieścia sześć. Ponowne wciśnięcie się w lodówkę mogło trochę potrwać.

– Dalej, Truls! Mogę go złapać.

Bańka krwi zaczęła rosnąć w miejscu, w którym – jak Harry zrozumiał – musiały znajdować się usta, a kiedy pękła, rozległ się ledwie słyszalny szept:

– Był w masce. Nie mówił.

– W jakiej masce?

– W zielonej. Wszystko zielone.

– Zielone?

– Chi... rurg.

– W masce chirurgicznej?

Lekki ruch głową i oczy znów się zamknęły.

Minuta pięć.

Nic więcej się od niego nie dowie.

Wrócił do lodówki. Tym razem poszło szybciej. Zamknął drzwiczki, światełko zgasło.

Zatrząsł się w ciemności, licząc sekundy. Czterdzieści dziewięć.

Przecież ten diabeł i tak miał umrzeć.

Czterdzieści osiem.

Lepiej, że ktoś inny wziął na siebie tę robotę.

Czterdzieści siedem.

Zielona maska. Truls Berntsen wyjawił Harry'emu to, co wiedział, nie prosząc o nic w zamian. A więc miał w sobie przynajmniej trochę z policjanta.

Czterdzieści sześć.

Nie ma o czym myśleć. Tu i tak zmieści się tylko jedna osoba.

Czterdzieści pięć.

Poza tym nie ma czasu na to, żeby odwiązywać go od krzesła.

Czterdzieści cztery.

Nawet gdyby chciał, to i tak nie było czasu.

Czterdzieści trzy.

Już dawno nie było czasu.

Czterdzieści dwa.

Cholera!

Czterdzieści jeden.

Szlag by to trafił!

Czterdzieści.

Jedną nogą otworzył drzwiczki lodówki, drugą wybił się ze środka. Szarpnięciem wysunął szufladę, złapał coś, co wyglądało na nóż do chleba, rzucił się do krzesła i zaczął przecinać taśmy na podłokietnikach.

Starał się nie patrzeć na ekran telewizora, ale słyszał cykanie.

– Niech cię diabli porwą, Berntsen!

Obszedł krzesło i przeciął taśmy na oparciu i nogach.

Objął Berntsena wpół i podniósł.

Ten cholernik jeszcze na dodatek był ciężki.

Zaczął go ciągnąć i przeklinać, szarpać i znów przeklinać. Nie słyszał już, jakie słowa padały z jego ust. Miał tylko nadzieję, że dostatecznie ubliży i niebu, i piekłu, że przynajmniej z jednej strony doczeka się interwencji, która zmieni ten idiotyczny, lecz nieunikniony przebieg wydarzeń.

Wycelował w otwartą lodówkę, przyspieszył i wcisnął Trulsa Berntsena do środka.

Zakrwawione ciało osunęło się i wypadło.

Harry próbował je upchnąć, ale nic z tego nie wychodziło. Odciągnął Berntsena od lodówki, krwawą smugą znacząc linoleum, puścił go, odsunął lodówkę od ściany, usłyszał, że razem z nią wyrwał gniazdko, i przewrócił lodówkę na plecy między blatem a kuchenką. Chwycił Berntsena i wepchnął go do lodówki. Za nim wczołgał się sam. Położył się na Berntsenie i wciągnął w nozdrza zapach potu, krwi i moczu, który się pojawia, kiedy człowiek siedzi na krześle i wie, że wkrótce zginie.

Harry miał nadzieję, że w lodówce zmieszczą się obaj, skoro poprzednio problemem były głównie wysokość i szerokość, a nie głębokość lodówki.

Ale teraz chodziło o głębokość. Nie dawało się, do cholery, zamknąć za nimi drzwiczek.

Harry próbował je przyciągać, bez skutku. Brakowało nie więcej niż dwudziestu centymetrów. Bez hermetycznego zamknięcia nie mieli żadnych szans. Fala uderzeniowa zgniecie wątrobę i śledzionę, gorąco wypali oczy, a każdy wolno stojący obiekt w pomieszczeniu zmieni się w kulę wystrzeloną z cekaemu, która będzie rozrywać na kawałki.

Nie musiał nawet podejmować decyzji. Już i tak było za późno.

Co oznaczało również, że nie ma nic do stracenia.

Znów kopniakiem otworzył drzwiczki, wyskoczył, stanął za lodówką i z powrotem ją postawił. Z boku zobaczył, że Truls Berntsen wypływa na podłogę. Nie zdołał się powstrzymać od rzucenia okiem na telewizor. Zegar pokazywał 00.00.12. Dwanaście sekund.

– *Sorry*, Berntsen! – krzyknął Harry.

Złapał Trulsa wpół, podciągnął na nogi i razem z nim tyłem wszedł do stojącej lodówki. Wysunął jedną rękę za Trulsa, przymknął drzwiczki. I zaczął się kołysać. Ciężki agregat chłodzący, a wraz z nim środek ciężkości lodówki umieszczony był stosunkowo wysoko, co mogło mu pomóc.

Lodówka przechyliła się do tyłu i znieruchomiała. Truls osunął się na Harry'ego.

Nie mogli upaść w ten sposób!

Harry się spiął, próbując pchnąć Trulsa w stronę drzwiczek.

Lodówka w tym czasie sama podjęła decyzję i wreszcie się przewróciła. Przechyliła się w drugą stronę. W tym momencie Harry przez uchylone drzwiczki ostatni raz spojrzał na telewizor.

Stracił oddech, kiedy huknęli w podłogę. I poczuł, że ogarnia go panika, gdy zaczęło mu brakować tlenu. Ale było ciemno. Zupełnie ciemno. Ciężar agregatu i samej szafki zrobiły to, na co liczył. Przycisnęły drzwiczki do podłogi.

Wtedy wybuchła bomba.

Mózg Harry'ego doznał implozji, zgasł.

Mrugał w ciemności.

Na kilka sekund musiał stracić przytomność.

W uszach mu piszczało i miał wrażenie, jakby ktoś oblał mu twarz kwasem. Ale żył.

Przynajmniej na razie.

Potrzebował powietrza. Wcisnął ręce między siebie a Trulsa, który leżał pod nim na drzwiczkach, plecami zaparł się w boczną ścianę i pchnął z całej siły. Lodówka przewróciła się na bok.

Harry wylazł ze środka. Wstał.

Pokój wyglądał jak z jakiejś dystopii. Szare piekło kurzu, pyłu i dymu. Niczego nie dałoby się zidentyfikować. Nawet to, co było kiedyś lodówką, wyglądało teraz inaczej. Stalowe drzwi wejściowe na korytarz zdmuchnęło z futryny.

Harry zostawił Berntsena. Miał tylko nadzieję, że ten dureń nie żyje. Chwiejąc się, zszedł ze schodów na ulicę.

Tam stanął, popatrzył na Hausmanns gate. Widział koguty policyjnych radiowozów, ale w uszach słyszał jedynie pisk, taki jaki wydaje drukarka, w której zabrakło papieru. Jak alarm, który ktoś musiał wkrótce wyłączyć.

Kiedy tak stał, obserwując poruszające się bezszelestnie radiowozy, pomyślał o tym samym, co wtedy, kiedy nasłuchiwał kolejki na Manglerud. Że nie słyszy. Nie słyszał tego, co powinien słyszeć. Ponieważ się nie zastanawiał. Dopiero tam, na Manglerud, przypomniał sobie, jak wygląda sieć kolejki miejskiej w Oslo. I nareszcie uświadomił sobie, o co mu chodziło. Co kryło się głęboko w mroku i nie chciało wydobyć się na powierzchnię.

Las. W lesie nie jeździ kolejka.

46

Mikael Bellman zatrzymał się.

Nasłuchując, patrzył w głąb pustego korytarza.

To jak pustynia, pomyślał. Nie ma na czym zawiesić wzroku, jest tylko to drżące białe światło rozmywające wszystkie kontury.

I ten dźwięk, przenikliwe wibracje jarzeniówek, pustynnego gorąca, niczym preludium do czegoś, co i tak nigdy się nie stanie. Tylko pusty szpitalny korytarz z niczym na końcu. Może wszystko było jedynie fatamorganą? I to podsunięte przez Isabelle Skøyen rozwiązanie problemu Asajewa, telefon godzinę temu, tysiąckoronowe banknoty wyplute przez bankomat w centrum, i ten pusty korytarz w bezludnym skrzydle szpitala.

Niechże to będzie fatamorgana, sen, pomyślał Mikael i ruszył przed siebie. Ale ręką trzymaną w kieszeni płaszcza upewnił się, czy glock jest odbezpieczony. W drugiej kieszeni miał plik banknotów. Na wypadek gdyby rzeczywiście musiał zapłacić. Gdyby na przykład tamten nie przyszedł sam. Ale w to nie wierzył. Ta kwota była za mała, by się nią dzielić. Tajemnica za duża.

Minął ekspres do kawy, przeszedł za róg i zobaczył, że korytarz ciągnie się dalej wśród tej płaskiej bieli. Ale dostrzegł również krzesło. Nie usunięto krzesła, na którym siedzieli policjanci pilnujący Asajewa.

Obejrzał się, by się upewnić, czy nikt za nim nie idzie, i dopiero wtedy ruszył dalej.

Szedł długimi krokami, ale podeszwy stawiał miękko, niemal bezgłośnie. Idąc, sprawdzał kolejne mijane drzwi. Wszystkie były zamknięte.

Wreszcie stanął przed tymi właściwymi, obok krzesła. Odruch kazał mu dotknąć siedzenia dłonią. Zimne.

Wziął głęboki oddech i wyciągnął pistolet. Spojrzał na swoją rękę. Nie drżała, prawda?

To ważne w decydujących momentach.

Z powrotem schował pistolet do kieszeni i nacisnął klamkę w drzwiach, które się otworzyły.

Nie ma powodu rezygnować z momentu zaskoczenia, pomyślał Bellman, pchnął drzwi i wszedł do środka.

Pokój był skąpany w świetle, ale pusty i nagi, z wyjątkiem łóżka, w którym dawniej leżał Asajew. Stało na samym środku tuż pod lampą. Na metalowym stoliku na kółkach przy łóżku błyszczały ostre gładkie narzędzia. Może urządzili tu prostą salę zabiegową?

Mikael dostrzegł jakiś ruch za oknem i mrużąc oczy, mocniej zacisnął rękę na pistolecie w kieszeni. Czyżby potrzebował okularów?

Kiedy wreszcie udało mu się wyostrzyć wzrok i stwierdzić, że ruch był odbiciem tego, co działo się za nim, było już za późno.

Poczuł dłoń na ramieniu i zareagował błyskawicznie, ale ukłucie w szyję natychmiast przecięło połączenie mózgu z ręką trzymającą pistolet. Zanim ogarnęła go całkowita ciemność, w czarnym lustrze szyby dostrzegł jeszcze twarz mężczyzny tuż przy swojej. Ten człowiek miał na głowie czepek i zieloną maseczkę na ustach. Jak chirurg. Jak chirurg, który za chwilę przystąpi do operacji.

Katrine była zbyt zajęta tym, co się działo na ekranie komputera, by zareagować na brak odpowiedzi od osoby, która weszła. Ale powtórzyła pytanie, kiedy drzwi się zamknęły, odcinając Kotłownię od dźwięków z korytarza:

– Gdzie byłeś, Bjørn?

Poczuła rękę na ramieniu i na karku. Pomyślała, że bardzo przyjemnie jest czuć na nagiej skórze ciepłą, życzliwą rękę mężczyzny.

– Składałem kwiaty w miejscu zdarzenia – powiedział głos za jej plecami.

Katrine zdziwiona zmarszczyła czoło.

Na ekranie widniał napis: *No files found*. Naprawdę? W ogóle nie znaleziono żadnych plików, które pokazywałyby statystyki zgonów świadków koronnych? Wcisnęła imię Harry'ego w telefonie. Ręka zaczęła masować mięśnie jej karku. Katrine jęknęła, głównie po to, by pokazać, że sprawia jej to przyjemność. Zamknęła oczy i spuściła głowę. Słyszała sygnał na drugim końcu linii.

– Trochę niżej. W jakim miejscu zdarzenia?

– Na wiejskiej drodze. Ktoś przejechał tam dziewczynkę. Nie wyjaśniono kto.

Harry nie odbierał. Katrine odsunęła telefon od ucha i wystukała SMS-a:

Żadnych trafień dot. tej statystyki.

Wcisnęła Wyślij.

– Długo to trwało – stwierdziła Katrine. – A co robiłeś potem?

– Zajmowałem się facetem, który był tam ze mną. Załamał się.

Katrine zrobiła już wszystko, co miała zrobić, i teraz jakby inne rzeczy w pokoju nagle uzyskały dostęp do jej świadomości. Głos. Ręka. Zapach. Powoli obróciła się na krześle. Podniosła głowę.

– Kim jesteś? – spytała.

– Kim jestem?

– Tak. Ty nie jesteś Bjørn Holm.

– Nie?

– Nie. Bjørn Holm to odciski palców, balistyka i krew. Nie robi masażu, od którego czuje się słodycz w ustach. Więc czego ty chcesz?

Zobaczyła rumieniec oblewający bladą okrągłą twarz, rybie oczy stały się jeszcze trochę bardziej wyłupiaste niż zwykle. Bjørn szybko przyciągnął rękę do siebie i zaczął gorączkowo drapać się w rudy bak.

– No tak, przepraszam, nie chciałem… Ja tylko… Ja…

I rumieniec, i jąkanie jeszcze się nasiliły, aż w końcu po prostu opuścił rękę i spojrzał na nią zrozpaczonym, kapitulującym wzrokiem.

– Cholera, Katrine, ale się porobiło!

Katrine przyglądała mu się i o mało nie wybuchnęła śmiechem. Jaki on słodki, kiedy tak stoi zagubiony!

– Masz samochód? – spytała.

* * *

Truls Berntsen się ocknął.

Patrzył przed siebie, otaczała go biel i jasność. I nie czuł już żadnego bólu. Przeciwnie, czuł się cudownie. Biało i cudownie. Musiał już umrzeć. Oczywiście, na pewno umarł. Dziwne. A jeszcze dziwniejsze, że się pomylili i przysłali go tutaj. W to lepsze miejsce. Nagle mocniej nim szarpnęło. Może trochę się pospieszył z tym lepszym miejscem, bo wciąż jeszcze go transportowali. A teraz doszedł do tego dźwięk. Odległa skarżąca się syrena przeciwmgielna, której ton wznosił się i opadał. Syrena przewoźnika.

Coś pojawiło się nad nim i przesłoniło światło.

Twarz.

Głos.

– Ocknął się.

Jeszcze jedna twarz.

– Jeśli zacznie krzyczeć, dostanie więcej morfiny.

Dopiero wtedy Truls poczuł, że ból wraca. Całe ciało bolało, głowę zdawało się rozsadzać.

Znów się zakołysali. Karetka. Jechał karetką na sygnale.

– Jestem z policji kryminalnej na Ulsrud – powiedziała nachylona nad nim twarz. – Z twojego identyfikatora wynika, że jesteś Truls Berntsen, tak?

– Co się stało? – szepnął Truls.

– Wybuchła bomba. W całym sąsiedztwie wyleciały szyby. Znaleźliśmy cię w tym mieszkaniu w lodówce. Jak do tego doszło?

Truls zamknął oczy i usłyszał, że pytanie zaraz zostało powtórzone. Ta druga osoba, przypuszczalnie pielęgniarz, poprosiła policjanta, żeby za mocno nie naciskał pacjenta, który w dodatku jest na morfinie, więc może wymyślać niestworzone historie.

– Gdzie Hole? – spytał szeptem Truls.

Coś znów zasłoniło ostre światło.

– Co powiedziałeś, Berntsen?

Truls usiłował zwilżyć wargi, ale poczuł, że ich nie ma.

– Ten drugi. On też był w lodówce?

– Tylko ty tam byłeś, Berntsen.

– Ale on tam był. On… mnie uratował.

– Jeśli ktoś jeszcze był w tym mieszkaniu, to obawiam się, że się zmienił w tapetę i farbę. Wszystko rozpadło się na kawałeczki. Nawet ta lodówka była rozwalona, więc ciesz się, że żyjesz. Jeśli mi powiesz, kto podłożył tę bombę, to zaraz zaczniemy go szukać.

Truls pokręcił głową. A przynajmniej wydawało mu się, że to robi. Nie widział go, bo tamten przez cały czas stał za nim. Już od chwili, gdy poprowadził go od miejsca sfingowanego włamania do innego samochodu i sam usiadł z tyłu, z pistoletem przyłożonym do głowy Trulsa, każąc mu usiąść za kierownicą i zawieźć ich obu na Hausmanns gate 92. Pod adres tak obciążony przestępczością narkotykową, że Truls prawie już zapomniał, że to miejsce zbrodni. Gusto. No jasne. I wtedy uświadomił sobie to, co do tej pory udawało mu się wypierać. Że umrze. Że na górę po schodach szedł za nim oprawca policjantów. Że to on otwierał nowe metalowe drzwi i przywiązywał go taśmą do krzesła, cały czas obserwując go zza zielonej maski chirurga. Truls widział, jak tamten kręci się wokół przenośnego telewizora i używa śrubokrętu, widział też, że liczby, które zaczęły się zmieniać na ekranie, w chwili, gdy drzwi za nimi się zatrzasnęły, zatrzymały się i cofnęły do sześciu minut. Bomba. Ten w zielonym stroju wyjął czarną pałkę, identyczną jak ta, której używał sam Truls, i zaczął okładać go nią po twarzy. W skupieniu i bez wyraźnej przyjemności czy uczuciowego zaangażowania. Lekkie uderzenia. Niewystarczające, by połamać kości, tylko takie, żeby naczynia krwionośne pękały, a twarz napuchła od płynu zbierającego się pod skórą. Za chwilę walił już mocniej. Truls stracił czucie w twarzy, wiedział tylko, że skóra pęka, a krew spływa po szyi i piersi. Za każdym razem, kiedy spadała pałka, czuł tępy ból w głowie, w mózgu, nie, jeszcze głębiej niż w mózgu. I widział tego w zielonym, który był poważny jak dzwonnik przekonany o wadze swojej pracy, który porusza sercem dzwonu, uderzając nim o ścianę z brązu, a tryskająca krew rysowała na zielonym kitlu plamy Rorschacha. Słyszał chrzęst miażdżonych kości, łamiących się zębów, które wypełniły usta, czuł, że żuchwa luzuje się i wisi tylko na nerwach, a potem była już tylko ciemność.

Ocknął się w piekle bólu. I wtedy zobaczył go bez maski. Harry Hole stał przy lodówce.

W pierwszej chwili się zdumiał.

Potem logiczne mu się wydało, że Hole chce się pozbyć kogoś, kto tak świetnie zna rejestr jego grzechów. I że postanowił to zakamuflować jako kolejne w serii zabójstw policjantów.

Ale Hole był wyższy od tamtego. Miał inne spojrzenie. W dodatku usiłował się wcisnąć w jakąś pieprzoną lodówkę. Walczył o to, żeby się zmieścić. Jechali na tym samym wózku. Obaj byli tylko policjantami w tym samym miejscu zdarzenia. I mieli razem umrzeć. Oni dwaj. Co za ironia. Gdyby tak strasznie go nie bolało, toby się roześmiał.

A za chwilę Hole wylazł z lodówki, uwolnił go z więzów i wpakował do tej samej lodówki. Mniej więcej wtedy Truls znów stracił przytomność.

– Mogę dostać jeszcze trochę morfiny? – spytał szeptem z nadzieją, że usłyszą go mimo tej przeklętej syreny. Z niecierpliwością czekał na falę błogości, która – jak wiedział – zaleje ciało i spłucze ten przerażający ból.

Uznał, że kolejna myśl przyszła mu do głowy pod wpływem narkotyku. Ale jednak o tym pomyślał.

Cholera, że też Harry Hole miał tak umrzeć.

Jako pieprzony bohater.

Ustąpił miejsca. Poświęcił się dla wroga.

A wróg musiał z tym żyć. Ze świadomością, że ocalił życie, bo jakiś lepszy człowiek postanowił umrzeć za niego.

Truls poczuł płynący od krzyża chłód, który ból popychał przed sobą. Umrzeć za coś. Za cokolwiek. Byle za coś innego niż to nędzne ja, którym się jest. Może ostatecznie właśnie o to chodzi. Jeśli tak, to niech cię diabli porwą, Hole!

Rozejrzał się za pielęgniarzem i zobaczył, że szyby są mokre. Musiało zacząć padać.

– Więcej morfiny, do cholery!

47

Policjant z fonetyczną pułapką w nazwisku – Karsten Kaspersen – siedział w dyżurce Wyższej Szkoły Policyjnej i wpatrywał się w deszcz, który padał pionowo w nocnej ciemności, bębnił o czarny lśniący asfalt i skapywał z bramy.

Kaspersen pogasił światła, by nikt nie widział, że w dyżurce ktoś jest o tej porze. Przez „nikt" rozumiał tych, którzy kradli pałki policyjne, stare rolki z taśmą do ogradzania miejsca zdarzenia używane do ćwiczeń ze studentami i inny sprzęt. Nie było żadnych śladów włamania, więc musiał to zrobić ktoś, kto miał kartę wstępu. A ponieważ był to ktoś z kartą wstępu, to nie chodziło o jakieś nędzne pałki i taśmy, tylko o fakt, że mają w swoim gronie złodziei. Złodziei, którzy może za jakiś czas zostaną policjantami. Takie rzeczy były po prostu niedopuszczalne.

Zobaczył teraz, że w deszczu ktoś się zbliża. Postać wyłoniła się z ciemności przy Slemdalsveien, minęła latarnie przy Chateau Neuf i skierowała się w stronę bramy. Nie rozpoznawał tego kogoś po chodzie, ten człowiek prawie się zataczał i w ogóle cały był jakiś krzywy, jakby stał na sztormie od nawietrznej.

Ale wsunął kartę do automatu i chwilę później był już na terenie szkoły. Kaspersen, który znał kroki wszystkich osób związanych z tą częścią budynku, poderwał się i wyszedł z dyżurki. Bo tego nie można było wytłumaczyć żadnymi głupimi wymówkami. Albo ma się tu wstęp, albo się go nie ma. Pośredniego rozwiązania nie było.

– Halo! – zawołał i już zdążył się nadąć. Kazało mu to zrobić jakieś dziedzictwo z królestwa zwierząt, by wyglądać jak najokazalej. Mało o tym wiedział, ale przekonał się, że to działa. – Kim ty, do cholery, jesteś? Co tu robisz? Skąd masz tę kartę?

Zgięte wpół, przemoczone indywiduum odwróciło się do niego i wyglądało tak, jakby próbowało się wyprostować. Twarz skrywała się w cieniu kaptura bluzy, ale oczy błyszczały, a Kaspersen miał wrażenie, że czuje bijące z nich ciepło, tak intensywnie patrzyły. Odruchowo nabrał więcej powietrza i po raz pierwszy pomyślał o tym, że nie jest uzbrojony. Do diabła, dlaczego nie przyszło mu do głowy, że powinien mieć coś do nastraszenia tych złodziei.

Indywiduum ściągnęło kaptur z głowy.

Nie do nastraszenia, pomyślał Kaspersen. Potrzebne mi coś do obrony.

Bo stojące przed nim indywiduum było nie z tego świata. Kurtkę miało podartą i dziurawą, tak samo twarz.

Kaspersen zaczął się wycofywać do dyżurki. Usiłował sobie przypomnieć, czy klucz tkwi w zamku od środka.

– Kaspersen.

Ten głos.

Kaspersen się zatrzymał. Przekrzywił głowę. Czy to naprawdę mógł być...

– O Boże, Harry, co się z tobą stało?

– Eksplozja. To gorzej wygląda, niż jest naprawdę.

– Gorzej? Wyglądasz jak gwiazdkowa pomarańcza z powbijanymi goździkami.

– To tylko...

– I to czerwona pomarańcza, Harry. Przecież krwawisz! Zaczekaj tutaj, zaraz przyniosę opatrunki!

– Możesz przynieść to na górę do pokoju Arnolda? Muszę coś załatwić, a to pilne.

– Arnolda nie ma.

– Wiem.

Karsten Kaspersen poczłapał do apteczki w dyżurce, a w czasie gdy wyjmował plastry, gazę i nożyczki, jego podświadomość cały czas powtarzała tę rozmowę i ciągle zatrzymywała się przy tym ostatnim słowie. Przy sposobie, w jaki Harry Hole je wypowiedział. Z naciskiem. Wiem. Jakby nie mówił tego do niego, do Karstena Kaspersena, tylko do siebie.

Mikael Bellman obudził się i otworzył oczy.

I zaraz znów je zamknął, ponieważ światło załamało się w błonach i soczewkach oczu, a mimo to miał wrażenie, jakby paliło go w odsłonięty nerw.

Nie mógł się ruszyć. Obrócił głowę i lekko uniósł powieki. Wciąż znajdował się w tym samym pokoju. Spojrzał w dół. Zobaczył białą taśmę, której użyto, by przywiązać go do łóżka, unieruchomionego, z rękami przyciśniętymi do boków i ze złączonymi nogami. Był mumią.

Już.

Usłyszał brzęk metalu za sobą i spojrzał w drugą stronę. Osoba, która stała obok niego i przekładała narzędzia, była ubrana na zielono, a na twarzy miała maskę.

– Uff! – westchnął ten człowiek. – Czyżby narkoza już przestała działać? Ale niestety, nie jestem specjalistą od anestezjologii. Prawdę mówiąc, nie jestem specjalistą od niczego, co ma jakikolwiek związek ze szpitalem.

Mikael myślał. Usiłował utorować drogę, która wyprowadzi go z kompletnej dezorientacji. Co tu się, u diabła, działo?

– A tak w ogóle to znalazłem pieniądze, które ze sobą przyniosłeś. Ładnie z twojej strony, ale ja ich nie potrzebuję. Poza wszystkim nie da się zapłacić za to, co zrobiłeś, Mikael.

Jeśli nie był tym pielęgniarzem anestezjologicznym, to skąd wiedział o powiązaniach Mikaela z Asajewem?

Człowiek w zielonym kitlu podniósł narzędzie pod światło.

Mikael usłyszał pukający do drzwi lęk. Jeszcze go nie czuł, bo narkotyk wciąż tkwił w mózgu jak kłębki mgły. Ale kiedy welon znieczulenia całkiem się podniesie, odsłoni wszystko, co się za nim kryje. Ból i lęk. I śmierć.

Mikael bowiem już zrozumiał. To było tak oczywiste, że powinien to pojąć, jeszcze zanim wyszedł z domu. To przecież jest miejsce niewyjaśnionego zabójstwa.

– Ty i Truls Berntsen.

Truls? Czy on myślał, że Truls ma jakiś związek z zabójstwem Asajewa?

– Ale on już poniósł swoją karę. Jak sądzisz, czego lepiej użyć, kiedy chce się odciąć twarz? Uchwyt numer trzy z ostrzem numer dziesięć jest do skóry i mięśni. A może lepszy będzie uchwyt numer siedem z ostrzem numer piętnaście? – Człowiek w zielonym kitlu podniósł do góry dwa pozornie identyczne skalpele. W ostrzu jednego odbiło się światło i wąski promień padł na jego twarz i jedno oko. W tym oku Mikael dostrzegł coś, co, jak mu się wydawało, rozpoznał.

– Widzisz, dostawca nie napisał, który najlepiej by się do tego nadawał.

W głosie też było chyba coś znajomego.

– No nic, musimy sobie radzić z tym, co mamy. Będę teraz musiał unieruchomić ci głowę, Mikael.

Mgła podniosła się już całkiem i Bellman ujrzał strach.

A strach ujrzał jego i rzucił mu się do gardła.

Mikael jęknął, czując przyciskanie głowy do materaca i taśmę przyklejaną do czoła. Widział twarz tamtego tuż nad swoją. Odwróconą. Maseczka się zsunęła. Ale mózg Mikaela powoli odwrócił obraz. To, co było na dole, znalazło się na górze, a to, co na górze – na dole. Poznał go. I zrozumiał dlaczego.

– Pamiętasz mnie, Mikael? – spytał tamten.

To był on. Ten pedał z KRIPOS. Ten, który próbował pocałować Mikaela w toalecie. Ktoś wtedy wszedł. Truls sprał go w garażu i tamten nigdy więcej nie wrócił już do pracy, bo wiedział, co go czeka. Tak jak teraz wiedział Mikael.

– Zlituj się. – Mikael poczuł łzy napływające do oczu. – To ja powstrzymałem Trulsa. Zabiłby cię, gdybym nie...

– Powstrzymałeś go, żeby móc ratować swoją karierę i zostać komendantem.

– Posłuchaj, jestem skłonny zapłacić tyle...

– Będziesz mógł zapłacić, Mikael. Zapłacisz, i to hojnie, za to, co mi odebraliście.

– Odebraliśmy... A co my ci odebraliśmy?

– Zemstę, Mikael. Karę dla zabójcy Renégo Kalsnesa. Pozwoliliście, żeby uszło mu to na sucho.

– Nie wszystkie sprawy da się wyjaśnić. Dobrze to wiesz, przecież...

Śmiech. Zimny, krótki, z nagłym hamowaniem.

– Wiem, że nie próbowaliście. Właśnie to wiem, Mikael. Zlekceważyliście to z dwóch powodów. Po pierwsze, znaleźliście w pobliżu pałkę policyjną i przestraszyliście się, że jeśli zaczniecie grzebać za głęboko, stwierdzicie, że to jeden z waszych uśmiercił tego nędznego gada, paskudnego pedała. I to był ten drugi powód. Prawda, Mikael? René nie był hetero, a policjanci tego nie trawią, prawda, Mikael? Ale ja kochałem Renégo. Kochałem. Słyszysz, Mikael? Mówię głośno, że ja, mężczyzna, kochałem tego chłopca. Chciałem go całować, głaskać po włosach i szeptać do ucha czułe słowa. Uważasz, że to wstrętne? Ale w głębi ducha to rozumiesz, prawda? Rozumiesz, że to dar móc kochać innego mężczyznę. Powinieneś to sobie sam powiedzieć wcześniej, Mikael, bo teraz jest już dla ciebie za późno. Nigdy nie przeżyjesz tego, co ci ofiarowałem, kiedy pracowaliśmy w KRIPOS. Tak się wystraszyłeś tego swojego drugiego ja, że wpadłeś w złość. Musiałeś je przegnać agresją. Pobiciem mnie.

Stopniowo podnosił głos, ale teraz znów zniżył go do szeptu:

– Ale to był tylko głupi lęk, Mikael. Sam go czułem i nigdy nie ukarałbym cię tak mocno tylko za to. Ty i ci wszyscy inni tak zwani policjanci zajmujący się sprawą Renégo zasłużyliście na karę śmierci dlatego, że zbrukaliście jedynego człowieka, którego kiedykolwiek kochałem. Poniżyliście jego ludzką wartość. Stwierdziliście, że zamordowany nie jest wart nawet tej pracy, za którą wam płacą. Tej przysięgi, którą złożyliście, obietnicy, że będziecie służyć społeczeństwu i sprawiedliwości. To znaczy, że zawiedliście nas wszystkich, zbezcześciliście stado, Mikael. Stado, które jest jedyną świętością. Stado i miłość. Dlatego należy was usunąć. Tak jak wy usunęliście źrenicę mego oka. Ale dosyć już tego gadania. Muszę się przez chwilę skupić, żebyśmy mogli to zrobić dobrze. Na szczęście dla mnie i dla ciebie w Internecie są odpowiednie instrukcje. Co myślisz o tym? – Podsunął Mikaelowi jakieś zdjęcie. – To powinna być prosta chirurgia, nie uważasz? Ale nie krzycz tak, Mikael! Nikt cię i tak nie usłyszy. Jak będziesz tak wrzeszczał, to usta też będę musiał ci zakleić.

Harry ciężko usiadł na krześle Arnolda Folkestada. Wydało z siebie przeciągły hydrauliczny syk i opadło pod jego ciężarem. Harry włączył komputer i ekran zaświecił w ciemności. Kiedy komputer z trzaskiem się ładował, uruchamiał programy i szykował się do pracy, Harry jeszcze raz przeczytał SMS-a od Katrine.

Żadnych trafień dot. tej statystyki.

Arnold powiedział mu, że ze statystyk FBI wynika, iż dziewięćdziesiąt cztery procent wszystkich zgonów świadków koronnych w poważnych sprawach to zgony podejrzane. Właśnie ta statystyka skłoniła Harry'ego do bliższego zbadania okoliczności śmierci Asajewa. Ale takie obliczenia nie istniały. Było tak jak w tym dowcipie Katrine, który kiedyś usiłował nadgryźć korę mózgową Harry'ego i nie wiadomo dlaczego utkwił mu w pamięci.

„W siedemdziesięciu dwóch procentach wypadków, kiedy ludzie powołują się na statystykę, podają liczby, które sami wymyślili".

Harry musiał już od dawna podejrzewać, że tę statystykę Arnold zwyczajnie wymyślił.

Dlaczego?

Odpowiedź była prosta. Żeby skłonić Harry'ego do zbadania śmierci Asajewa. Ponieważ Arnold coś wiedział, ale nie mógł powiedzieć wprost, o co chodzi i jak zdobył tę informację. W ten sposób by się ujawnił. Ale jako niezwykle staranny były policjant, któremu chorobliwie wprost zależało na wyjaśnianiu zabójstw, był mimo wszystko gotów podjąć ryzyko, z jakim wiązało się pośrednie naprowadzenie Harry'ego na ślad.

Bo Arnold Folkestad wiedział, że ten ślad nie tylko naprowadzi Harry'ego na zabójstwo Rudolfa Asajewa i ewentualnego sprawcę. Mógł doprowadzić również do niego, Arnolda Folkestada. I do innego zabójstwa. Ponieważ jedyną osobą, która mogła cokolwiek wiedzieć o zabójstwie Asajewa i mogła również odczuć potrzebę podzielenia się z kimś informacją o tym, co tak naprawdę wydarzyło się w szpitalu, był Anton Mittet. Odurzony, zawstydzony dyżurny. A był tylko jeden moment, w którym Arnold Folkestad i Anton Mittet – tak kompletnie obcy dla siebie – nagle mogli się zetknąć.

Harry zadrżał.

Moment zabójstwa.

Komputer był gotowy do wyszukiwania.

48

Harry wpatrywał się w ekran komputera. Znów zadzwonił do Katrine. Czekał i już miał się rozłączyć, kiedy nagle usłyszał jej głos:

– Słucham?

Była zdyszana, jakby biegła, ale akustyka wskazywała na to, że jest gdzieś we wnętrzu. Pomyślał o tym, że powinien był to usłyszeć wtedy, gdy dzwonił do Arnolda Folkestada w nocy. Akustykę. Arnold znajdował się na dworze, nie w pomieszczeniu.

– Jesteś w jakiejś siłowni?

– W siłowni? – Katrine powtórzyła to tak, jakby w ogóle nie znała takiego pojęcia.

– Myślałem, że może dlatego tak długo nie odbierałaś.

– Nie, jestem w domu. A co?

– No dobrze, uspokój trochę puls. Siedzę teraz w szkole policyjnej. Właśnie sprawdziłem, co pewna osoba oglądała w Internecie. I nie mogę dotrzeć dalej.

– O co ci chodzi?

– Arnold Folkestad wchodził na strony dostawców sprzętu medycznego. Chcę wiedzieć po co.

– Arnold Folkestad? A co z nim?

– Myślę, że to on.

– Że to Arnold Folkestad jest oprawcą policjantów?

Oprócz okrzyku Katrine usłyszał odgłos, który natychmiast rozpoznał. Kaszel Bjørna Holma. I coś, co mogło być skrzypieniem materaca.

– Jesteście z Bjørnem w Kotłowni?

– Nie. Mówiłam ci... My... Tak, jesteśmy w Kotłowni.

Harry się zastanowił. I doszedł do wniosku, że przez tyle lat swojej policyjnej kariery jeszcze nie słyszał, żeby ktoś tak słabo kłamał.

– Jeśli masz dostęp do komputera tam, gdzie jesteś, to sprawdź powiązania Folkestada z tym sprzętem medycznym. Z miejscami, gdzie doszło do zabójstw, i z samymi zabójstwami. Potem do mnie oddzwoń. A teraz daj mi Bjørna.

Usłyszał, że Katrine zasłania ręką słuchawkę, mówi coś i zaraz potem rozległ się lekko niewyraźny głos Bjørna:

– Tak?

– Wskakuj w łachy i pędź do Kotłowni. Złap jakiegoś prokuratora, niech ci wyda zezwolenie na namierzenie telefonu komórkowego Arnolda Folkestada. A potem sprawdź, z jakich numerów dziś wieczorem dzwoniono do Trulsa Berntsena, okej? Ja w tym czasie poproszę Bellmana o zezwolenie na wykorzystanie Delty, jasne?

– Tak. Ja... My... No bo widzisz...

– Czy to jest ważne, Bjørn?

– Nie.

– Okej.

Harry przerwał połączenie, a w tej samej chwili w drzwiach stanął Karsten Kaspersen.

– Znalazłem jodynę i watę. Pęsetkę też mam. Powyciągamy te odłamki.

– Dzięki, Kaspersen, ale te odłamki utrzymują mnie jako tako w stanie przytomności, więc po prostu zostaw to na stole.

– Ale, do diabła, ty...

Harry machnięciem ręki odprawił protestującego Kaspersena, a sam wybrał numer komórki Bellmana. Po sześciu dzwonkach odezwała się poczta głosowa. W Internecie znalazł numer do Ulli Bellman. Stacjonarny telefon na Høyenhall. Zaraz też usłyszał miękki melodyjny głos przedstawiający się rodzinnym nazwiskiem:

– Słucham, Bellman.

– Mówi Harry Hole, czy pani mąż jest w domu?

– Nie, właśnie wyszedł.

– To bardzo ważne. Gdzie on jest?

– Nie mówił mi.

– O której…

– Nie powiedział.

– Jeżeli…

– …się pojawi, poproszę, żeby oddzwonił, panie Hole.

– Dziękuję.

Koniec rozmowy.

Zmusił się do czekania. Siedział z łokciami na stole i głową opartą na rękach, słuchając, jak krew skapuje na kartki niepoprawionych prac. Liczył krople jak mijające sekundy.

Las. Las. W lesie nie jeździ żaden pojazd szynowy.

I akustyka. Jego głos brzmiał tak, jakby był na dworze, a nie we wnętrzu.

Kiedy Harry zadzwonił do Arnolda tamtego wieczoru, Arnold twierdził, że jest w domu.

A przecież Harry słyszał w tle kolejkę.

Oczywiście powody, dla których Arnold Folkestad skłamał, mogły być stosunkowo niewinne. Na przykład wizyta u kobiety, o której nie chciał nikomu mówić. I to mógł być przypadek, że pora, w jakiej Harry dzwonił, mniej więcej zgadzała się z czasem rozkopania grobu tej dziewczynki na Cmentarzu Zachodnim. Koło którego jeździ kolejka. Przypadki. Ale w wystarczającej liczbie, by również inne rzeczy wydobyły się na powierzchnię. Statystyka.

Znów spojrzał na zegarek.

Pomyślał o Rakel i Olegu. Byli w domu.

W domu. Tam, gdzie on powinien być. I gdzie nigdy nie będzie. Nigdy w pełni, nigdy do końca, tak jak tego pragnął. Bo rzeczywiście nie miał tego w sobie. Miał w sobie za to coś innego, coś podobnego do mięsożernej bakterii, która niszczyła wszystko inne w jego życiu. I nawet alkohol nie zdołał jej pokonać. Po wszystkich tych latach wciąż nie bardzo wiedział, czym to jest. Wiedział jedynie, że to w pewnym sensie podobne do tego, co miał w sobie Arnold Folkestad. Imperatyw tak silny i wszechogarniający, że nigdy nie zdoła wybronić się od dokonywanych przez niego zniszczeń.

Wreszcie oddzwoniła.

– Kilka tygodni temu zamówił całkiem sporo narzędzi chirurgicznych i strój chirurga. Do tego nie potrzeba żadnych upoważnień.

– Coś jeszcze?

– Nie, nie chodził zbyt dużo po sieci. Wydaje się wręcz ostrożny.

– Coś jeszcze?

– Wstukałam jego nazwisko i „obrażenia od ciosów", żeby zobaczyć, czy był w coś takiego wmieszany. Dotarłam do karty ze szpitala sprzed wielu lat i okazało się, że to jego własna.

– Tak?

– Tak. Przyjęto go z obrażeniami, które, jak napisał lekarz, wyglądały na obrażenia od ciosów. Sam pacjent twierdził, że spadł ze schodów. Lekarz odrzuca to jako możliwą przyczynę, powołując się na obrażenia całego ciała. Ale dodaje, że pacjent jest policjantem, więc sam może ocenić, czy ewentualnie należy zgłosić przestępstwo na policję. Napisał również, że kolano najprawdopodobniej już nie odzyska pełnej sprawności.

– Został pobity. A co z miejscami zbrodni, w których ginęli policjanci?

– Tu nie znalazłam żadnych związków. Nie wygląda więc na to, żeby pracował przy którymś z pierwotnych zabójstw, kiedy był w KRIPOS. Znalazłam natomiast powiązanie z jedną z ofiar.

– Z kim?

– Z Reném Kalsnesem. Najpierw tylko gdzieś mi mignął, więc poszukałam ich obu naraz. Mieli ze sobą dużo wspólnego. Wyjazdy samolotem za granicę, przy czym to Folkestad płacił za obydwu, dwuosobowe pokoje i apartamenty na nazwisko obydwu w różnych europejskich miastach. Biżuteria, której Folkestad raczej nie nosił, ale kupował ją w Barcelonie i Rzymie. Krótko mówiąc, wygląda mi na to, że ci dwaj...

– ...byli parą – dokończył Harry.

– Powiedziałabym raczej potajemnymi kochankami – stwierdziła Katrine. – Podczas wyjazdów z Norwegii zajmowali zawsze osobne siedzenia albo nawet lecieli różnymi samolotami. A w Norwegii też zawsze mieszkali w jednoosobowych pokojach.

– Arnold był policjantem – powiedział Harry. – Uważał, że najbezpieczniej jest w szafie.

– Ale nie on jeden fundował temu Renému wyjazdy i prezenty.

– Z całą pewnością. Tak jak pewne jest również, że śledczy powinni byli zauważyć to wcześniej.

– Nie sądź ich tak surowo, Harry. Oni nie mieli moich wyszukiwarek.

Harry delikatnie potarł ręką twarz.

– Może i tak. Pewnie masz rację. Może jestem niesprawiedliwy, kiedy myślę, że zabójstwo męskiej prostytutki nie wzbudziło ogromnej chęci do pracy wśród zaangażowanych osób.

– Z całą pewnością jesteś niesprawiedliwy.

– No dobrze. Coś jeszcze?

– Na razie nie.

– Okej.

Schował telefon do kieszeni. Spojrzał na zegarek.

Przez głowę przeleciało mu zdanie, które usłyszał od Arnolda.

„Każdy, kto nie ma odwagi walczyć o sprawiedliwość, powinien mieć wyrzuty sumienia".

Czy właśnie to Folkestad robił, mordując z zemsty? Walczył o sprawiedliwość?

A co powiedział, kiedy rozmawiali o Silje Gravseng i ewentualnych zaburzeniach obsesyjno-kompulsyjnych, powodujących nieprzebieranie w środkach i niemyślenie o konsekwencjach? „Mam pewne doświadczenie z ZOK".

Facet patrzył Harry'emu prosto w oczy i otwartym tekstem mówił o sobie.

Minęło siedem minut, zanim oddzwonił Bjørn.

– Sprawdzili telefon Trulsa Berntsena. Dziś wieczorem nie odebrał żadnego połączenia.

– Mhm. To znaczy, że Folkestad przyszedł do niego do domu i stamtąd go zabrał. A co z telefonem Folkestada?

– Według sygnałów ze stacji bazowych jest włączony i znajduje się gdzieś w okolicy Slemdalsveien, Chateau Neuf i…

– Cholera! – zaklął Harry. – Rozłącz się i zadzwoń pod jego numer.

Harry odczekał kilka sekund, w końcu usłyszał cichy warkot. Dochodził z szuflad biurka. Harry spróbował je otworzyć. Zamknięte na klucz. Oprócz ostatniej. Najgłębszej. Zobaczył światło wyświetlacza. Wyjął telefon i odebrał połączenie.

– Znalazłem – powiedział.

– Halo?

– Tu Harry. Folkestad jest sprytny, zostawił tutaj komórkę zarejestrowaną na swoje nazwisko. Obstawiam, że leżała tu w porze wszystkich zabójstw.

– Żeby operator nie mógł odtworzyć jego ruchów.

– I na dowód, że jak zwykle siedział tutaj i pracował, gdyby potrzebował alibi. Ponieważ aparat leżał w niezamkniętej szufladzie, przypuszczam, że nie znajdziemy w nim nic, co mogłoby go zdradzić.

– Chcesz powiedzieć, że ma jakiś inny?

– Komórkę na kartę, kupioną za gotówkę, ewentualnie na czyjeś nazwisko. Z takich telefonów dzwoni do ofiar.

– A ponieważ komórka leży tam w tej chwili…

– To znaczy, że Folkestad znów działał. Owszem.

– Ale jeśli zamierza wykorzystać telefon jako alibi, to dziwne, że go jeszcze nie zabrał. Nie wziął ze sobą do domu. Jeżeli sygnały wykażą, że przez całą noc leżał w szkole…

– …to alibi nie będzie wiarygodne. Ale jest też inna ewentualność…

– Jaka?

– Że nie skończył jeszcze roboty na dzisiaj.

– O cholera, myślisz, że…

– Ja nic nie myślę. Nie mogę złapać Bellmana. Mógłbyś zadzwonić do Hagena, wyjaśnić mu sytuację i spytać, czy może nakazać mobilizację Delty? Uderzycie pod adres domowy Folkestada.

– Sądzisz, że jest w domu?

– Nie. Ale trzeba…

– …zacząć szukać tam, gdzie jest jasno – dokończył Bjørn.

Harry się rozłączył. Zamknął oczy. Pisk w uszach prawie minął. Zastąpił go inny dźwięk. Cykanie. Mijające sekundy. Jasna cholera. Przycisnął palce do oczu.

Czy ktoś inny mógł dzisiaj odebrać jakiś anonimowy telefon? Kto? I skąd? Z komórki na kartę. Albo z automatu. Albo z jakiejś dużej centrali, której numer się nie wyświetla lub nie rejestruje.

Harry siedział tak przez kilka sekund.

W końcu opuścił ręce.

Spojrzał na duży aparat stacjonarny, który stał na biurku. Zawahał się. W końcu podniósł słuchawkę. Zaraz usłyszał ciągły sygnał centrali. Wcisnął przycisk Repeat, a telefon, wydając podekscytowane pipnięcia, zaczął łączyć z ostatnio wybieranym numerem. Usłyszał, że dzwoni. I ktoś podnosi słuchawkę. Ten sam miękki melodyjny głos:

– Słucham, Bellman.

– Przepraszam, pomyłka – powiedział Harry i odłożył słuchawkę. Zamknął oczy. Niech to jasna cholera!

49

Nie jak ani nie dlaczego.

Mózg Harry'ego próbował wyczyścić to, co zbędne. Skupić się na jedynej rzeczy, jaka była teraz ważna. Gdzie?

Gdzie, u diabła, mógł się teraz znajdować Arnold Folkestad?

W miejscu, w którym już doszło do zabójstwa.

Z wyposażeniem chirurga.

Kiedy to sobie uświadomił, przede wszystkim zdumiało go, że nie zrozumiał tego wcześniej. To było tak oczywiste, że nawet student pierwszego roku obdarzony średnio bujną fantazją zdołałby odczytać tę informację i iść tropem myślenia sprawcy. Miejsce zdarzenia. Takie, w którym osoba przebrana za chirurga nie zwróciłaby na siebie szczególnej uwagi.

Z Wyższej Szkoły Policyjnej do Szpitala Centralnego samochodem jechało się dwie minuty.

Mógł zdążyć. Delta nie mogła.

Opuszczenie budynku zajęło mu dwadzieścia pięć sekund.

Trzydzieści – dotarcie do samochodu, uruchomienie go i wyjechanie na Slemdalsveien, która miała go doprowadzić prawie do samego celu.

Minutę i czterdzieści pięć sekund później dotarł pod wejście do szpitala.

W ciągu następnych dziesięciu sekund sforsował obrotowe drzwi i minął recepcję. Za plecami usłyszał wołanie, ale biegł dalej. Echo jego własnych kroków odbijało się od ścian i sufitu korytarza. Biegnąc, sięgnął na plecy. Chwycił odessę wetkniętą za pasek. Czuł puls odliczający mijający czas, coraz szybciej i szybciej.

Minął ekspres do kawy. Zwolnił, żeby za bardzo nie hałasować. Zatrzymał się przy krześle koło drzwi, które – jak wiedział – prowadziły do miejsca zdarzenia. Wiele osób wiedziało, że za tymi drzwiami umarł rosyjski baron narkotykowy, ale tylko kilka, że został zamordowany, a ten pokój to miejsce, w którym doszło do niewyjaśnionego zabójstwa. Wśród nich był Arnold Folkestad.

Harry podszedł do drzwi. Nasłuchiwał. Sprawdził, czy pistolet jest odbezpieczony.

Puls zakończył odliczanie.

W korytarzu słychać już było spieszny tupot. Chcieli go zatrzymać. Zanim Harry bezszelestnie otworzył drzwi i wszedł do środka, zdążył pomyśleć jedno: to jakiś cholernie przykry sen, w którym wszystko się powtarza. Powtórka za powtórką. To się musi skończyć, trzeba się obudzić. Otworzyć oczy i zobaczyć słoneczny poranek, poczuć pod chłodną białą kołdrą obejmujące go mocno jej ramiona. Niepuszczające go, niepozwalające mu być gdziekolwiek indziej niż przy niej.

Ostrożnie zamknął drzwi za sobą. Zapatrzył się na plecy w zielonym fartuchu, pochylające się nad łóżkiem, nad człowiekiem, którego rozpoznał. Nad Mikaelem Bellmanem.

Uniósł pistolet.

Nacisnął cyngiel. Już wyobrażał sobie, jak salwa poszarpie zielony materiał, przerwie nerwy, zmiażdży szpik, jak plecy wygną się do tyłu, zanim opadną w przód. Ale Harry tego nie chciał. Nie chciał zabijać tego człowieka, strzelając mu w plecy. Chciał mu strzelić w twarz.

– Arnold – powiedział grubym głosem. – Obróć się.

Szczęknął metal, kiedy ubrana na zielono postać odłożyła na stolik coś błyszczącego. Skalpel. Wolno się odwróciła. Ściągnęła zieloną maseczkę. I spojrzała na Harry'ego.

A Harry na nią.

Palec jeszcze mocniej zacisnął się na spuście.

Kroki na zewnątrz już się zbliżały. Kilka osób. Powinien się pospieszyć, jeśli chce to zrobić bez świadków. Poczuł, że cyngiel przestaje stawiać opór, dotarł do oka cyklonu, w którym panuje cisza, cisza przed eksplozją. Teraz. Nie, nie teraz. Odrobinę poluzował palec. To nie był on. To nie był Arnold Folkestad. Czyżby się pomylił? Znów?

Twarz przed nim była gładko ogolona, usta otwarte. Czarne oczy nieznajome. To miał być oprawca policjantów? Wydawał się taki... taki zdziwiony... Zrobił pół kroku w bok, a Harry dopiero w tej chwili dostrzegł osobę, którą postać w zielonym kitlu do tej pory zasłaniała. Kobietę. Również w zielonym stroju.

W tym momencie drzwi za nim się otworzyły i zaraz odepchnęły go na bok jeszcze dwie osoby w zielonych operacyjnych strojach.

– Jaka jest sytuacja? – spytała jedna z nich donośnym męskim głosem.

– Nieprzytomny – odparła kobieta. – Puls niski.

– Utrata krwi?

– Na podłodze krwi jest niedużo, ale mogła spłynąć do żołądka.

– Określ grupę i zamów trzy worki.

Harry opuścił pistolet.

– Jestem z policji – wyjaśnił. – Co się stało?

– Proszę wyjść. Próbujemy ratować życie – powiedział mężczyzna.

– Ja też. – Harry znów podniósł pistolet.

Mężczyzna popatrzył zdziwiony.

– Próbuję zatrzymać mordercę w stroju chirurga – poinformował Harry. – Nie wiemy, czy już zakończył dzień pracy na dzisiaj, czy jeszcze nie.

Mężczyzna odwrócił się od Harry'ego.

– Jeśli to tylko ta rana, to upływ krwi nie był duży i nie mogła spłynąć do organów wewnętrznych. Czy on jest w szoku? Karen, zajmij się tym policjantem.

Kobieta zaczęła mówić przez maseczkę, nie odsuwając się od łóżka.

– Recepcjonistka zauważyła mężczyznę w zakrwawionym stroju chirurga i masce, który opuszczał to puste skrzydło i wychodził prosto na ulicę. Zdziwiło ją to na tyle, że wysłała tu kogoś. Pacjent umierał z upływu krwi, gdy go znaleziono.

– Ktoś wie, dokąd poszedł tamten człowiek?

– Mówią, że po prostu zniknął.

– Kiedy pacjent odzyska przytomność?

– Nie wiemy nawet, czy przeżyje. Pan zresztą też chyba potrzebuje pomocy lekarskiej.

– Nic więcej nie da się zrobić, możemy tylko tamować krwotok – oświadczył mężczyzna w zielonym kitlu.

Harry zrozumiał, że więcej się nie dowie. Mimo to został. Zrobił dwa kroki do przodu. Zatrzymał się. Spojrzał na białą twarz Mikaela Bellmana. Był przytomny? Nie dawało się stwierdzić.

Jedno oko patrzyło wprost na niego.

Drugiego nie było. Była tylko czarna dziura, z której wystawały zakrwawione strzępki i białe nitki.

Harry odwrócił się i wyszedł. Maszerując korytarzem i pragnąc zaczerpnąć świeżego powietrza, wyjął telefon.

– Słucham?

– Ståle?

– Wydajesz się wzburzony, Harry.

– Oprawca policjantów dopadł Bellmana.

– Dopadł?

– Zrobił mu operację.

– To znaczy?

– Usunął mu jedno oko. I zostawił, żeby wykrwawił się na śmierć. Również on odpowiada za ten wybuch, o którym na pewno słyszałeś w wiadomościach. Próbował zabić dwóch policjantów, łącznie ze mną. Muszę wiedzieć, co on myśli, bo nie mam już, do cholery, żadnego pomysłu.

Zapadła cisza. Harry czekał. Słyszał ciężki oddech Stålego. I wreszcie głos:

– Naprawdę nie wiem.

– Nie o to mi chodziło, Ståle. Udawaj, że wiesz, dobrze?

– Okej. Mogę powiedzieć tylko tyle, że on stracił kontrolę, Harry. Ciśnienie emocjonalne bardzo wzrosło. Dosłownie wrze. Dlatego przestał trzymać się schematów. Teraz może już wymyślić wszystko.

– To znaczy, że nie wiesz, jakie będzie jego następne posunięcie?

Znowu cisza.

– Dzięki. – Harry się rozłączył. Telefon natychmiast zaczął dzwonić. B jak Bjørn.

– Tak?

– Delta już jedzie do domu Folkestada.

– Dobrze! Przekaż im, że on prawdopodobnie tam teraz wraca. Dajemy im godzinę, zanim ogłosimy poszukiwanie. Żeby nie przejął tej informacji przez radio policyjne czy jakoś tak. Zadzwoń do Katrine, niech przyjdzie do Kotłowni, ja tam teraz jadę.

Harry wyszedł do recepcji i zauważył, że ludzie się gapią i odsuwają od niego. Jakaś kobieta krzyknęła i schowała się za kontuarem. Zobaczył swoje odbicie w lustrze.

Blisko dwumetrowego wzrostu pokiereszowany mężczyzna z najbrzydszym pistoletem automatycznym w ręku.

– Przepraszam – mruknął i wyszedł przez obrotowe drzwi.

– Co się dzieje? – spytał Bjørn.

– Niewiele. – Harry uniósł twarz, wystawiając ją na deszcz, który chociaż na moment schłodził mu pożar na twarzy. – Posłuchaj, jestem pięć minut od domu. Pojadę wziąć prysznic, pozaklejać się i włożyć jakieś całe ubranie.

Przerwali połączenie. Harry zobaczył parkingowego, który stał już przy jego samochodzie z wyciągniętym notesem.

– Masz zamiar wlepić mi mandat? – spytał Harry.

– Tarasujesz wjazd do szpitala, więc możesz być tego pewien – odparł parkingowy, nie podnosząc wzroku.

– Może lepiej, żebyś się odsunął, to zabiorę ten samochód – powiedział Harry.

– Nie mów do mnie jak do... – zaczął parkingowy, podniósł głowę i znieruchomiał, widząc Harry'ego i odessę. Dalej stał jak przymarznięty do asfaltu, kiedy Harry wsiadał do samochodu, wsuwał pistolet z powrotem za pasek na plecach, przekręcał kluczyk, puszczał sprzęgło i wyjeżdżał na ulicę.

Skręcił w Slemdalsveien, dodał gazu, minął nadjeżdżającą z przeciwka kolejkę. W duchu pomodlił się o to, by Arnold Folkestad też był w drodze do domu, tak jak on.

Skręcił w Holmenkollveien. Miał nadzieję, że Rakel nie rozzłości się na jego widok. Miał nadzieję, że Oleg...

Boże, jak on się cieszył, że ich zobaczy. Nawet teraz, w takim stanie. Zwłaszcza w takim stanie.

Przyhamował tuż przed skrętem na podjazd do domu.

Wbił hamulec do dechy.

Wrzucił wsteczny.

Powoli cofnął.

Popatrzył na zaparkowane wzdłuż chodnika samochody, które właśnie minął. Zatrzymał się, oddychając szybciej.

Arnold Folkestad rzeczywiście był w drodze do domu. Tak jak on. Między dwoma samochodami typowymi dla Holmenkollen – audi i mercedesem – stał fiat nieokreślonego rocznika.

50

Harry stał przez kilka sekund pod świerkami i obserwował dom. Nie widział stąd żadnych śladów włamania, ani przez drzwi zaopatrzone w trzy zamki, ani przez kraty w oknach. Oczywiście nie miał pewności, czy to fiat Folkestada stoi na ulicy, przecież wiele osób ma fiaty. Ale dotknął ręką maski tego auta. Wciąż była ciepła. Zostawił własny samochód na środku ulicy.

Przebiegł pod świerkami na tyły domu.

Czekał, nasłuchiwał. Nic. Podkradł się pod ścianę. Stawał na palcach, zaglądał przez okna, ale widział tylko ciemne pokoje.

Obszedł dom, aż dotarł do oświetlonych okien salonu i kuchni. Znów stanął na palcach i zajrzał do środka. Nachylił się. Wcisnął plecy w drewno, koncentrując się na oddychaniu. Bo musiał teraz oddychać. Dbać o to, by mózg otrzymywał odpowiednią porcję tlenu i mógł szybko myśleć.

Twierdza. I ile była warta?

On ich miał.

Byli tam.

Arnold Folkestad. Rakel. I Oleg.

Harry usiłował zapamiętać to, co zobaczył.

Byli w holu zaraz za drzwiami wejściowymi.

Oleg siedział na krześle ustawionym na środku, Rakel stała za nim. Oleg miał w ustach biały knebel, a Rakel przywiązywała go do oparcia. Kilka metrów za nimi zapadnięty w fotel Arnold Folkestad z pistoletem w ręku najwyraźniej wydawał polecenia Rakel.

Szczegóły. Folkestad miał hecklera & kocha, standardowy pistolet policyjny. Godny zaufania, nie spudłuje. Komórka Rakel na stole w salonie. Nikt na razie nie odniósł obrażeń. Na razie. Dlaczego?

Harry powstrzymał myśl. Nie było na nią miejsca. Nie było czasu na myślenie dlaczego, tylko jak powstrzymać Folkestada.

Już zdążył stwierdzić, że nie zdoła oddać zabójczego dla Folkestada strzału bez ryzyka trafienia Olega albo Rakel.

Znów na moment wystawił głowę ponad parapetem.

Rakel wkrótce skończy swoją pracę.

Wtedy Folkestad zacznie swoją.

Harry zauważył już pałkę. Stała oparta o regał z książkami przy fotelu. Wkrótce Folkestad zniszczy twarz Olega w taki sam sposób jak tamtych. Młodego chłopaka, który nie był nawet policjantem. A przecież Folkestad musiał przypuszczać, że Harry już nie żyje, więc nie ma się na kim mścić. Dlaczego… Stop.

Musi zadzwonić do Bjørna. Ściągnąć tutaj Deltę. Byli w lesie, ale po złej stronie miasta. Przejazd mógł im zająć nawet trzy kwadranse. Niech to wszystko szlag trafi. Musi zrobić to sam.

Wmówił sobie, że ma czas.

Że ma mnóstwo sekund. Może nawet minutę.

Ale nie mógł liczyć na moment zaskoczenia podczas wejścia. Przecież drzwi miały trzy zamki, które trzeba otworzyć. Folkestad go usłyszy i będzie czekał gotów na długo, zanim Harry znajdzie się w środku. Z pistoletem przyłożonym do głowy Rakel albo Olega.

Szybko, szybko, wymyśl coś, Harry.

Wyjął komórkę. Chciał wysłać SMS-a do Bjørna, ale palce go nie słuchały. Zesztywniały bez czucia, jakby ktoś wyłączył przepływ krwi.

Nie teraz, Harry, nie wolno ci zamarzać. To zwykła praca, to nie oni. To po prostu… ofiary. Ofiary bez twarzy. To… kobieta, z którą miałeś się ożenić. I chłopiec, który mówił do ciebie „tato”, kiedy był mały i tak śpiący, że się zapominał. Chłopiec, którego nigdy nie chciałeś rozczarować, a jednak stale zapominałeś o jego urodzinach. Już samo to przyprawiało cię o łzy i o taką desperację, że musiałeś oszukiwać. Zawsze oszukiwać.

Zamrugał w ciemności.

Cholerny oszust.

Komórka na stole w salonie. Może zadzwonić do Rakel? Sprawdzić, czy Folkestad wstanie, odsunie się z linii strzału zahaczającej o Rakel i Olega? Może da się go zastrzelić, kiedy będzie odbierał telefon?

A jeśli nie? Jeśli dalej będzie siedział?

Wyjrzał jeszcze raz. Schylił się prędko z nadzieją, że Folkestad nie dostrzegł tego ruchu. Bo Arnold Folkestad już wstał. Chwycił pałkę i odsunął Rakel na bok. Ale ona wciąż zawadzała. Zresztą nawet gdyby miał czystą linię strzału, to mało prawdopodobne, by z odległości prawie dziesięciu metrów miał tyle szczęścia, żeby jednym strzałem natychmiast powstrzymać Folkestada. Do tego potrzebna była broń bardziej precyzyjna niż rosyjska odessa i kaliber większy niż 9×18 mm Makarowa. Musiał się przybliżyć, najlepiej na dwa metry.

Przez okno usłyszał głos Rakel:

– Weź zamiast niego mnie, proszę cię.

Harry wcisnął głowę w ścianę, zamknął oczy. Zrób coś, ale co? Dobry Boże, co? Daj grzesznemu oszustowi jakąś podpowiedź, a on odpłaci się... tym, co zechcesz. Harry wziął oddech i wyszeptał obietnicę.

Rakel wpatrywała się w mężczyznę z rudą brodą. Stał tuż za Olegiem, koniec policyjnej pałki oparł na jego ramieniu. W drugiej ręce trzymał pistolet wycelowany w nią.

– Naprawdę przykro mi, Rakel, ale nie mogę oszczędzić chłopca. Zrozum, to on jest właściwym celem.

– Ale dlaczego? – Rakel nie płakała, tylko gorące łzy ściekały jej po policzkach jakby w fizycznej reakcji oderwanej od tego, co czuła. A raczej nie czuła. Od odrętwienia.

– Dlaczego to robisz, Arnold? To przecież... to przecież...

– Chore? – Arnold Folkestad uśmiechnął się jakby przepraszająco. – Pewnie właśnie tak wam się wydaje. Uważacie, że wszyscy chętnie bawimy się myślą o wielkiej zemście, ale nikt nie jest skłonny ani nie potrafi jej zrealizować.

– Ale dlaczego?

– Ponieważ potrafię kochać i potrafię nienawidzić. To znaczy teraz już chyba nie umiem kochać. Miłość zastąpiłem... tym. – Lekko uniósł pałkę. – Czczę pamięć mojego ukochanego. René nie był tylko przypadkowym kochankiem. Był... – Odstawił pałkę na podłogę, opierając ją o krzesło. Sięgnął do kieszeni, nawet na moment nie opuszczając lufy pistoletu. – ...źrenicą mego oka. Odebrano mi ją i nawet nie próbowano tego wyjaśnić.

Rakel spojrzała na to, co jej pokazał. Wiedziała, że powinna doznać wstrząsu, poczuć paraliżujący lęk, ale nie czuła nic. Serce już dawno zlodowaciało.

– Mikael Bellman miał takie piękne oczy. Dlatego zabrałem mu to, co on zabrał mnie. To, co miał najlepszego.

– Źrenicę oka. Ale dlaczego Oleg?

– Naprawdę nie rozumiesz, Rakel? Oleg to zalążek. Harry mówił mi, że on chce zostać policjantem, a już zaniedbał swój obowiązek. To czyni go jednym z nich.

– Obowiązek? Jaki obowiązek?

– Obowiązek chwytania zabójców i karania ich. On wie, kto zabił Gusta Hanssena. Nie rób takiej zdziwionej miny. Przyjrzałem się tej sprawie. Oczywiste jest, że jeśli Oleg nie zabił go sam, to wie, kim jest winny. Inne rozwiązanie jest logicznie niemożliwe. Harry nie rozmawiał o tym z tobą? Oleg był przy śmierci Gusta. Wiesz, Rakel, co sobie pomyślałem, kiedy oglądałem zdjęcia Gusta z miejsca zbrodni? Myślałem o tym, jaki był piękny. On i René. Piękni młodzi mężczyźni, którzy mieli przed sobą całe życie.

– Mój syn też ma przed sobą całe życie! Błagam, Arnold, nie musisz tego robić!

Przysunęła się o krok w jego stronę, ale on uniósł pistolet. Już nie celował w nią, tylko w Olega.

– Nie martw się, Rakel. Ty też umrzesz. Nie jesteś celem sama w sobie, ale świadkiem, którego muszę się pozbyć.

– Harry cię złapie. I zabije.

– Przykro mi, że muszę ci sprawić jeszcze większy ból, Rakel. Naprawdę mi przykro. Ale uważam, że powinnaś to wiedzieć. Harry już nikogo nie złapie. Obawiam się, że nie żyje.

Rakel z niedowierzaniem patrzyła na jego twarz. Jemu naprawdę było przykro.

Komórka na stole nagle zaświeciła i wydała z siebie cichy gwizd. Rakel zerknęła w tamtą stronę.

– Wygląda na to, że się mylisz.

Arnold Folkestad zmarszczył czoło.

– Podaj mi ten telefon.

Rakel usłuchała. Folkestad wcisnął pistolet Olegowi w kark i szybko przeczytał SMS-a. Ostro popatrzył na Rakel.

– „Nie pokazuj Olegowi prezentu"? Co to ma znaczyć?

Rakel wzruszyła ramionami.

– Przynajmniej tyle, że Harry żyje.

– Niemożliwe. Przez radio mówili, że moja bomba wybuchła.

– Nie możesz po prostu stąd iść, Arnold, zanim będzie za późno?

Folkestad zamrugał w zamyśleniu, patrząc na nią, a raczej przez nią.

– Rozumiem. Ktoś uprzedził Harry'ego, wszedł do mieszkania i bum. Oczywiście. – Zaśmiał się krótko. – Harry już stamtąd jedzie, prawda? Niczego nie przeczuwa. Mogę was zastrzelić i czekać, aż stanie w drzwiach.

Zrobił taką minę, jakby jeszcze raz przeprowadzał to rozumowanie i doszedł do takiego samego wniosku. Znów wycelował w Rakel.

Oleg zaczął wić się na krześle. Próbował skakać, desperacko jęczał przez knebel. Rakel wpatrywała się w lufę, czuła, że serce przestaje jej bić, jakby mózg już zaakceptował to, co było nieuniknione, i zaczynał wszystko wyłączać. Już się nie bała. Chciała umrzeć. Umrzeć przed Olegiem. Może Harry przyjdzie, zanim... Może ocali Olega.

Teraz już coś do niej dotarło. Zamknęła oczy. Czekała, nie wiedząc na co. Na cios, ukłucie, ból. Na ciemność. Nie miała żadnych bogów, do których mogła się modlić.

Zazgrzytało w zamku.

Otworzyła oczy.

Arnold opuścił pistolet i spojrzał na drzwi.

Chwila przerwy. I znów zgrzyt.

Arnold cofnął się o krok, zerwał pled z fotela i zarzucił go na Olega, zakrywając i jego, i krzesło.

– Udawaj, że nic się nie dzieje – szepnął. – Jeśli piśniesz choćby słówko, to wpakuję twojemu synowi kulę w kark.

Zazgrzytało po raz trzeci.

Rakel zobaczyła, że Arnold zajmuje pozycję za osłoniętym krzesłem Olega, tak aby pistolet nie był widoczny od drzwi.

W końcu się otworzyły.

Stanął w nich. Wysoki jak wieża, z szerokim uśmiechem, rozpiętą kurtką i zniszczoną twarzą.

– Arnold! – zawołał z radością. – Jak miło!

– Jak ty wyglądasz, Harry? – odpowiedział Arnold ze śmiechem. – Co się znów stało?

– Oprawca policjantów tym razem podłożył bombę.

– Naprawdę?

– Ale to nic poważnego. Co cię tu sprowadza?

– Po prostu przejeżdżałem i uświadomiłem sobie, że muszę pilnie omówić z tobą parę rzeczy związanych z planem zajęć. Chodź, spójrz na to.

– Dobrze, tylko najpierw uściskam Rakel. – Harry rozłożył ręce, a ona rzuciła mu się w objęcia. – Jak podróż, kochanie?

Arnold chrząknął.

– Puść go już, Rakel, bo mam dzisiaj jeszcze kilka spraw do załatwienia.

– Aleś ty ostry! – zaśmiał się Harry, puścił Rakel, odsunął ją od siebie i zdjął kurtkę.

– No, podejdź wreszcie – powiedział Arnold.

– Tutaj jest lepsze światło.

– Ale mnie boli kolano. Podejdź.

Harry nachylił się i pociągnął za sznurowadła.

– Babrałem się dzisiaj nie wiadomo w czym, więc wybacz, że najpierw zdejmę buty. A kolana i tak musisz użyć, żeby stąd wyjść. Więc weź ten plan i podejdź do mnie.

Harry wpatrywał się w swoje buty. Od Arnolda i krzesła zakrytego pledem dzieliło go jakieś sześć, może siedem metrów. Za daleko dla kogoś, kto niedawno mu powiedział, że ze względu na uszkodzenie wzroku i drżenie rąk musi mieć cel pół metra przed sobą, żeby w ogóle mieć szansę na trafienie. A teraz cel w dodatku nagle się skulił i zmniejszył swoją powierzchnię, spuszczając głowę i garbiąc się tak, by dodatkowo chroniły ją barki.

Ciągnął za sznurowadła, udawał, że się zaplątały. Wabił Arnolda. Musiał go tutaj ściągnąć.

Bo był tylko jeden sposób. Może dlatego tak się uspokoił i rozluźnił. Gra o wszystko. Pula już leżała na stole. Reszta zależała od losu.

Pewnie właśnie ten spokój przekonał Arnolda.

– Jak sobie chcesz, Harry.

Usłyszał kroki na podłodze. Wciąż koncentrował się na sznurowadłach. Wiedział, że Arnold minął już Olega, siedzącego nieruchomo, jakby widział, co się dzieje.

Teraz Arnold minął Rakel.

Przyszła ta chwila.

Harry podniósł głowę. Spojrzał prosto w czarne oko lufy pistoletu, patrzące na niego z odległości dwudziestu, najwyżej trzydziestu centymetrów.

Wiedział, że od momentu jego wejścia najmniejszy gwałtowny ruch może skłonić Arnolda do strzału. Najpierw do osoby znajdującej się najbliżej. Do Olega. Czy Arnold wiedział, że Harry jest uzbrojony? Domyślił się, że na to fikcyjne spotkanie z Trulsem Berntsenem weźmie ze sobą pistolet?

Może tak. Może nie.

To i tak nie miało nic do rzeczy. Harry nie zdążyłby przecież teraz sięgnąć po broń, bez względu na to, czy byłaby dostępna.

– Arnold, dlaczego…

– Żegnaj, przyjacielu.

Zobaczył, że palec Arnolda Folkestada zaciska się na spuście.

Wiedział, że wyjaśnienie, to, które – jak wierzymy – czeka nas na końcu drogi, nie nastąpi. Ani to duże wyjaśnienie, tłumaczące, dlaczego się rodzimy i dlaczego umieramy, jaki jest sens jednego i drugiego plus tego, co pośrodku. Ani to mniejsze, odpowiedź na pytanie, dlaczego człowiek taki jak Folkestad jest skłonny zniszczyć własne życie tylko po to, by zniszczyć innych. Zamiast tego będzie ta synkopa, szybkie uśmiercenie, banalna, ale logicznie postawiona kropka w środku słowa. Dla.czego?

Proch spłonął – dosłownie – z wybuchową prędkością, a ciśnienie, które się przy tym wytworzyło, wyrzuciło kulę z mosiężnej łuski z prędkością około trzystu sześćdziesięciu metrów na sekundę. Miękki ołów dopasował się do żłobień w lufie, wprawiając kulę w rotację, tak by stabilniej szybowała w powietrzu. Ale w tym wypadku nie było to konieczne. Bo kawałek ołowiu już po kilku centymetrach przebił skórę i wyhamował w zderzeniu z czaszką. Kiedy kula dotarła do mózgu, jej prędkość wynosiła trzysta kilometrów na godzinę. Po przebiciu się przez płaty skroniowy i czołowy przecięła nerw wzrokowy i uderzyła w czaszkę po przeciwnej stronie. Kąt strzału i zmniejszona prędkość sprawiły, że kula, zamiast ją przedziurawić, odbiła się rykoszetem, uderzając w inne części wnętrza czaszki z coraz mniejszą prędkością, aż w końcu się zatrzymała. W tym czasie zdążyła już wyrządzić takie szkody, że serce przestało bić.

51

Katrine zadrżała i wsunęła się pod ramię Bjørna. W dużej nawie kościoła było zimno. Zimno w środku, zimno na zewnątrz. Powinna cieplej się ubrać.

Czekali. Wszyscy w kościele na Oppsal czekali. I kasłali. Dlaczego, jak tylko ludzie wejdą do kościoła, zaraz zaczynają kasłać? Czy coś w tym pomieszczeniu wywołuje ściskanie gardła i przełyku, nawet w nowoczesnym kościele ze szkła i betonu, takim jak ten? Czy lęk przed wydaniem odgłosu, który zwielokrotni się przez panującą tu akustykę, powoduje coś w rodzaju czynności przymusowych? Czy też może to po prostu ludzki sposób na wyrażanie innych tłumionych uczuć, wykasływanie ich zamiast zginania się wpół z płaczu albo ze śmiechu?

Katrine odwróciła głowę. W kościele było niewiele osób, jedynie najbliżsi. Na tyle nieliczni, że większość z nich na liście kontaktów w telefonie Harry'ego miała przypisaną tylko jedną literę. Zobaczyła Stålego Aune, wyjątkowo w krawacie. Jego żonę. Gunnara Hagena, również z żoną.

Westchnęła. Powinna była się cieplej ubrać. Chociaż Bjørn najwyraźniej nie marzł w ciemnym garniturze. Nie sądziła, że może tak świetnie wyglądać w tym stroju. Strzepnęła mu pyłek z poły marynarki, chociaż nic tam nie było, ot, taki gest. Intymny i czuły. Małpy też iskają się nawzajem.

Sprawa została rozwiązana.

Przez chwilę bali się, że go zgubili. Że Arnold Folkestad, znany również jako oprawca policjantów, zdołał zbiec, przedostać się za granicę albo znaleźć sobie kryjówkę w Norwegii. Musiałaby to być jakaś głęboka mroczna dziura, bo w ciągu dwudziestu czterech godzin po ogłoszeniu, że jest poszukiwany, jego rysopis i dane osobowe były tak często powtarzane przez wszystkie media, że każdy w miarę przytomny człowiek w kraju wiedział już, kim jest Arnold Folkestad i jak wygląda. Katrine rozmyślała wówczas o tym, jak bliscy byli jego ujęcia już wcześniej, kiedy Harry kazał jej sprawdzać powiązania Renégo Kalsnesa z policjantami. Gdyby tylko rozszerzyła swoje poszukiwania na byłych policjantów, odkryłaby związki chłopaka z Arnoldem Folkestadem.

Zakończyła otrzepywanie marynarki Bjørna, a on uśmiechnął się do niej z wdzięcznością przelotnym grymasem, któremu towarzyszyło lekkie drżenie podbródka. Był bliski płaczu. Dopiero teraz zrozumiała, że tego dnia pierwszy raz zobaczy, jak Bjørn Holm płacze. Zakasłała.

Mikael Bellman wsunął się na sam brzeg rzędu ławek. Spojrzał na zegarek.

Za trzy kwadranse miał wywiad. Dla „Sterna". Milion czytelników. Kolejny zagraniczny dziennikarz chciał usłyszeć historię o tym, jak to młody komendant policji pracował niestrudzenie tydzień po tygodniu, miesiąc po miesiącu, żeby dopaść oprawcę policjantów, a na koniec sam prawie stał się jego ofiarą. A Mikael zamierzał kolejny raz zrobić tę krótką pauzę, zanim powie, że oko, które poświęcił, to niska cena za to, co udało mu się osiągnąć: powstrzymać szaleńca przed uśmierceniem kolejnych jego ludzi.

Naciągnął rękaw na zegarek. Powinni już chyba zaczynać. Na co czekali? Wcześniej długo wybierał garnitur. Czarny, taki żeby pasował do sytuacji i do opaski na oku? Opaska świetnie się nadawała, opowiadała jego historię tak dramatycznie i skutecznie, że według „Aftenposten" to on był w tym roku Norwegiem, którego zdjęcia najczęściej publikowała zagraniczna prasa. A może powinien wybrać coś bardziej neutralnego, ciemnego, ale nie czarnego, stosownego na tę okazję, ale nie tak rzucającego się w oczy podczas wywiadu? Przecież później był umówiony z przewodniczącym Rady Miasta. Ulla opowiedziała się za neutralnym ciemnym.

Do diabła, jeśli zaraz nie zaczną, to się spóźni.

Zastanowił się, czy coś czuje. Nic. Co miał właściwie czuć? To przecież tylko Harry Hole, nie żaden bliski przyjaciel ani nawet nikt z jego podwładnych z Komendy Okręgowej Policji w Oslo. Istniała jednak możliwość, że na zewnątrz będzie czekał ktoś z prasy, a dla PR dobrze pokazać się w kościele. Nie dało się przecież pominąć, że to Hole pierwszy wskazał palcem Folkestada, więc ta sprawa, zważywszy na jej wymiar, powiązała Mikaela z Harrym. A PR stanie się jeszcze ważniejszy niż wcześniej. Wiedział już, czego będzie dotyczyć to spotkanie z przewodniczącym, partia straciła mocny atut w osobie Isabelle Skøyen i szukała kogoś nowego. Cieszącej się popularnością i szacunkiem osoby, którą chętnie przyjęłaby do swojego grona i włączyła do rządów nad miastem. Kiedy przewodniczący zadzwonił, zaczął od pochwały tego sympatycznego, pełnego refleksji wrażenia, jakie Bellman zrobił w dużym wywiadzie dla „Magasinet". A potem spytał, czy polityczny program partii w jakikolwiek sposób harmonizuje z politycznymi poglądami Bellmana.

Czy harmonizuje?

Rządzić miastem.

Miasto Mikaela Bellmana.

Zagrajcie w końcu na tych organach!

Bjørn Holm poczuł, że Katrine drży pod jego ramieniem. Sam pod garniturem oblał się zimnym potem i pomyślał, że czeka go długi dzień. Tyle godzin, zanim będą mogli w końcu się rozebrać i położyć do łóżka. On i Katrine. Razem. Niech życie toczy się dalej. Tak jak toczyło się dla wszystkich, którzy zostali, czy tego chcieli, czy nie. Obrzucając spojrzeniem ławki, pomyślał o tych, których tu nie było. O Beate Lønn. Erlendzie Vennesli. Antonie Mittecie. O córce Roara Midstuena. I o Rakel Fauke i Olegu, którzy zapłacili taką cenę za przywiązanie się do tego, którego ustawiano teraz przed nimi przy ołtarzu. Do Harry'ego Hole.

W dziwny sposób Harry wciąż pozostał tym, kim zawsze był. Czarną dziurą wchłaniającą wszystko, co wokół niego dobre. Niszczącą całą ofiarowywaną mu miłość, a również tę, której mu nie dawano.

Wczoraj, kiedy się położyli, Katrine wyznała, że ona też się kochała w Harrym. Wcale na to nie zasługiwał, jego po prostu nie dawało się nie kochać. Tak samo jak nie dawało się go pochwycić, zatrzymać, żyć z nim. Oczywiście, że go kochała. Zadurzenie minęło, pożądanie trochę ostygło, a w każdym razie starała się tak myśleć. Ale delikatna cieniutka blizna po tej krótkiej nieszczęśliwej miłości, dzielona z tyloma innymi kobietami, na zawsze miała w niej pozostać. Harry'ego można było tylko wypożyczyć na pewien czas, a teraz nawet to się skończyło. W tym miejscu Bjørn kazał jej zamilknąć.

Zagrały organy. Bjørn zawsze miał słabość do organów. Domowe organy matki w Skreia, organy B3 Gregga Allmana, trzeszcząca fisharmonia wyciskająca z siebie stary psalm, wszystko jedno, słysząc je, czuł się zawsze, jakby siedział w wannie wypełnionej ciepłymi dźwiękami, i miał tylko nadzieję, że zdoła powstrzymać się od płaczu.

Nie dopadli Arnolda Folkestada. Dopadł się sam.

Widać uznał, że ukończył swoje zadanie, a wraz z nim skończyło się jego życie. Pozostawało mu tylko jedno logiczne posunięcie. Minęły trzy dni, zanim go znaleźli. Trzy dni desperackich poszukiwań. Bjørn miał wrażenie, że cały kraj poderwał się na nogi. Może właśnie dlatego antyklimaksem wydawała się wiadomość, że znaleziono go w lesie w Maridalen, zaledwie kilkaset metrów od miejsca, gdzie zginął Erlend Vennesla. Z maleńką, wręcz dyskretną dziurką w głowie i pistoletem w ręku. Na jego trop naprowadził samochód zaobserwowany na parkingu, od którego odchodziły ścieżki turystyczne. Stary fiat, również poszukiwany.

Bjørn dowodził grupą badającą miejsce zdarzenia. Arnold Folkestad wyglądał tak niewinnie, kiedy leżał na plecach w mchu, niczym krasnal ojciec z rudą brodą. Leżał pod gołym niebem, nie osłaniały go drzewa, chociaż rosły gęsto dookoła. W kieszeniach znaleźli klucze do fiata i do wyrwanych przez wybuch drzwi na Hausmanns gate 92, zwykłego hecklera & kocha, oprócz tego pistoletu, który trzymał w dłoni, i portfel zawierający między innymi pogniecione zdjęcie chłopca, w którym Bjørn natychmiast rozpoznał Renégo Kalsnesa.

Ponieważ przez co najmniej dobę nieprzerwanie padało, a zwłoki leżały pod gołym niebem przez trzy doby, niewiele było śladów. Ale to nie miało już większego znaczenia, i tak zdobyli to, czego potrzebowali. Skóra wokół otworu w prawej skroni nosiła ślady oparzeń od płomienia i tkwiły w niej drobinki prochu, a badania balistyczne wykazały, że kula w głowie pochodzi z pistoletu, który trzymał w ręku.

Dlatego nie na zwłokach skoncentrowało się śledztwo, bo ono zaczęło się, kiedy przeprowadzili szturm na jego dom. Tam znaleźli niemal wszystko to, czego potrzebowali do wyjaśnienia zabójstw policjantów. Pałki z krwią i włosami ofiar, piłę szablastą z DNA Beate Lønn, szpadel z resztkami ziemi i gliny takiej, jaka znajduje się na Cmentarzu Zachodnim, plastikowe zaciski, taśmy policyjne takiego samego typu jak te znalezione koło Drammen, buty z wzorem na podeszwie odpowiadającym odciskowi koło Tryvann. Mieli wszystko. Żadnych luźnych wątków. Wystarczyło tylko napisać raport. Zakończyli sprawę. A później nadeszło to, o czym Harry tak często mówił, a czego Bjørn osobiście nigdy nie doświadczył. Pustka.

Bo nagle nie było już dalszego ciągu.

Koniec, ale nie taki jak meta, dopłynięcie do portu albo przyjazd na peron.

Tylko taki jak wtedy, kiedy szyny, asfalt czy most nagle znikają spod nóg. Koniec drogi, za którą zaczyna się upadek w pustkę.

Zakończenie. Nienawidził tego słowa.

Dlatego niemal w desperacji jeszcze bardziej zagłębił się w śledztwa dotyczące pierwotnych zabójstw. I znalazł to, czego szukał. Związek między zabójstwem dziewczynki nad Tryvann, Judasem Johansenem i Valentinem Gjertsenem. Ćwierć odcisku palca nie mogło oznaczać pełnego trafienia, ale trzydziestoprocentowego prawdopodobieństwa nie należało lekceważyć. Nie, to nie było zakończenie. Nigdy nie będzie.

– Zaczynają.

Katrine wargami prawie dotknęła jego ucha. Dźwięki organów nabrzmiały, zlały się w muzykę, melodię, którą znał. Bjørn z wysiłkiem przełknął ślinę.

Gunnar Hagen na moment zamknął oczy i tylko słuchał muzyki, nie chciał myśleć. Ale myśli i tak nie odpuszczały. Już po sprawie. Po wszystkim. Pogrzebali już to, co należało pogrzebać. Ale jednak została ta jedna rzecz. Jedyna, której nie udało mu się ukryć pod ziemią. O której jeszcze nikomu nie mówił, ponieważ nie dało się jej już do niczego wykorzystać. Słowa wypowiedziane ochrypłym szeptem przez Asajewa w ciągu tych sekund, jakie Hagenowi udało się z nim spędzić w szpitalu: „Co mi możesz zaproponować, jeśli się zgodzę świadczyć przeciwko Isabelle Skøyen?". A później: „Nie wiem, kto to jest, ale wiem, że współpracowała z kimś wysoko postawionym w policji".

Te słowa były jak martwe echo nieżyjącego człowieka. Niemożliwe do udowodnienia zarzuty, których wyjaśnienie przyniosłoby więcej szkody niż pożytku, zwłaszcza że Skøyen już i tak była wyłączona z gry.

Zachował to więc dla siebie.

Zamierzał zachować na zawsze.

Tak jak Anton Mittet milczał o tej przeklętej pałce.

Decyzja została podjęta, ale wciąż nie dawała mu spać w nocy.

Wiem, że współpracowała z kimś wysoko postawionym w policji.

Gunnar Hagen otworzył oczy.

Powoli powiódł wzrokiem po zgromadzonych.

* * *

Truls Berntsen siedział w swoim suzuki vitara z opuszczoną szybą, słyszał więc muzykę organów dochodzącą z niewielkiego kościoła. Słońce świeciło na bezchmurnym niebie. Gorąco i okropnie. Nigdy nie lubił Oppsal. Same łobuzy. Dużo się tu bił, nieraz też oberwał. Oczywiście nie tak jak na Hausmanns gate. Na szczęście wyglądało to gorzej, niż było naprawdę. W szpitalu Mikael powiedział, że to nic strasznego dla twarzy tak brzydkiej jak jego, no a jak wstrząs mózgu może być groźny dla kogoś, kto go nie ma?

To miał być dowcip. Truls próbował zachichotać, żeby pokazać, że go nawet ceni, ale połamana żuchwa i zmiażdżony nos za bardzo bolały.

Wciąż był na mocnych środkach przeciwbólowych, a głowę miał oklejoną plastrami, no i oczywiście dostał zakaz prowadzenia samochodu, ale co miał robić? Przecież nie mógł siedzieć w domu i czekać, aż zawroty głowy miną, a rany się zagoją. Nawet Megan Fox zaczęła go nudzić, a poza tym lekarz właściwie zabronił mu oglądania telewizji. Równie dobrze mógł siedzieć tutaj. W samochodzie pod kościołem, żeby... żeby co? Okazać swój szacunek człowiekowi, dla którego nigdy nie miał szacunku? Pusty gest wobec cholernego idioty, który nie wiedział, co dla niego dobre, tylko ocalił życie jedynej osobie, na której śmierci mógł tyle zyskać? Cholera, Truls Berntsen nie wiedział. Wiedział jedynie, że gdy tylko wydobrzeje, wróci do pracy. A wtedy to miasto znów będzie należało do niego.

Rakel oddychała niespokojnie. Palce zaciśnięte na bukiecie kwiatów wydawały się mokre. Wpatrywała się w drzwi. Myślała o ludziach siedzących w środku. Przyjaciele, rodzina, znajomi. Pastor. Nie było ich wprawdzie tak wielu, ale przecież czekali. Bez niej nie mogli zacząć.

– Obiecujesz, że nie będziesz płakać? – spytał Oleg.

– Nie – odparła, uśmiechnęła się szybko, pogłaskała go po policzku. Ależ on urósł! Taki piękny, górował nad nią. Musiała mu kupić ciemny garnitur i dopiero tam, w sklepie, kiedy brali miarę, zrozumiała, że jej syn zaczyna powoli dosięgać stu dziewięćdziesięciu trzech centymetrów Harry'ego. Westchnęła.

– Wchodzimy – oświadczyła, wsuwając mu rękę pod ramię.

Oleg otworzył drzwi. Stojący za nimi kościelny skinął mu głową, więc ruszyli środkiem. A Rakel, widząc wszystkie odwrócone w jej stronę twarze, poczuła nagle, że całe zdenerwowanie mija. To nie był jej pomysł. Była temu przeciwna. W końcu Oleg ją namówił. Uważał, że tak będzie najlepiej. Że należy zakończyć to w ten sposób. Właśnie tego słowa użył. Zakończyć. Ale czy to nie jest przede wszystkim początek? Nowy rozdział w ich życiu? W każdym razie tak czuła. I nagle zrozumiała, że będąc tu, postępuje słusznie.

Poczuła, jak uśmiech nagle rozlewa się na jej twarzy. Odpowiedziała nim wszystkim uśmiechniętym obliczom. Przez chwilę pomyślała, że jeśli ktoś, ona albo oni, uśmiechnie się jeszcze szerzej, to naprawdę źle się to skończy. Myśl o tym, o nagle pękających twarzach, od której powinna zadrżeć, połaskotała ją w brzuch. Nie śmiej się, upomniała się w duchu, nie teraz! Zorientowała się, że Oleg, który do tej pory skupiał się na tym, by iść w rytm muzyki organów, wyczuł płynące od niej wibracje. Zerknęła na niego i napotkała jego zdumione ostrzegawcze spojrzenie. Ale musiał zaraz odwrócić głowę, bo zauważył, że jego matka zaczyna się śmiać. Teraz, w tym miejscu. I uznał to za na tyle niestosowne, że też o mało nie parsknął śmiechem.

Aby skierować myśli na coś innego, na to, co się miało wydarzyć, na tę powagę, przeniosła spojrzenie na tego, który czekał na nią przy ołtarzu. Na Harry'ego. W czerni.

Stał odwrócony do nich z idiotycznym uśmieszkiem przylepionym do tej swojej pięknej, a jednocześnie paskudnej twarzy. Wyprostowany i dumny jak kogut. Kiedy razem z Olegiem stanęli plecy w plecy w sklepie Gunnara Øye, ekspedient z miarką stwierdził, że różnią ich tylko trzy centymetry na korzyść Harry'ego. I ci jej dwaj wyrośnięci chłopcy przybili piątki, jakby brali udział w jakimś konkursie i obaj byli zadowoleni z wyniku.

Ale akurat w tej chwili Harry wyglądał na dość dorosłego. Promienie czerwcowego słońca przefiltrowane przez kolorowy witraż spowijały go jakby nieziemskim światłem, przez co wydawał się jeszcze wyższy. I równie rozluźniony jak zawsze. W pierwszej chwili nie mogła zrozumieć, skąd u niego taki spokój po tym, co się stało. Ale okazał się zaraźliwy, ten spokój, ta jego niezłomna wiara w to, że wszystko się załatwi. Przez pierwsze tygodnie nie mogła spać, chociaż Harry leżał tuż obok i szeptał jej do ucha, że już po wszystkim, że dobrze poszło, że nic im nie grozi. Te same słowa powtarzał co wieczór jak usypiającą mantrę, która jednak nie wystarczała. Z czasem wreszcie zaczęła mu wierzyć, a po kilku następnych tygodniach już nabrała pewności. Ułożyło się. I zaczęła spać. Głęboko i bez snów. Budził ją dopiero Harry, który wstawał o świcie, jak zawsze przekonany, że ona o tym nie wie, a ona jak zawsze pozwalała mu w to wierzyć, bo wiedziała, jaką będzie miał dumną i zadowoloną minę, gdy przeświadczony, że obudziła się dopiero w tej chwili, stanie przed nią z tacą ze śniadaniem i chrząknie.

Oleg zrezygnował z maszerowania do taktu z Mendelssohnem i organistą, a Rakel było wszystko jedno, bo i tak na każdy jego krok sama musiała robić dwa. Zdecydowali, że Oleg odegra podwójną rolę. Zaprowadzi ją do ołtarza, odda Harry'emu, a jednocześnie będzie świadkiem.

Harry nie miał żadnego świadka. To znaczy miał tę, którą wybrał jako pierwszą. Krzesło dla świadka po jego stronie ołtarza pozostało puste, ale na siedzeniu stało zdjęcie Beate Lønn.

Doszli już do ołtarza. Harry nawet na moment nie oderwał od niej wzroku.

Jeszcze nie udało jej się dowiedzieć, w jaki sposób człowiek o tak niskim pulsie spoczynkowym, potrafiący całe dnie spędzać we własnym świecie, prawie się nie odzywając, nagle bez konkretnej przyczyny jakby przekręcał przełącznik i zaczynał żyć każdą tykającą sekundą, każdą jej dziesiątą i setną częścią. Kilkoma słowami wypowiedzianymi spokojnym szorstkim głosem potrafił przekazać więcej emocji, informacji, zdziwienia, głupoty i mądrości niż wszystkie znane jej gaduły w ciągu wlokącego się obiadu z siedmiu dań.

No i to spojrzenie. To, które na swój ciepły, czarujący, niemal zawstydzony sposób posiadało tę zdolność przytrzymywania, zmuszania do obecności.

Rakel Fauke zamierzała poślubić człowieka, którego kochała.

Harry patrzył na nią. Była taka śliczna, że łzy zakręciły mu się w oczach. Po prostu się tego nie spodziewał. Nie przewidział, że będzie taka piękna. Oczywiste było, że Rakel Fauke będzie wyglądać oszałamiająco w białej sukni ślubnej, ale że on na to tak zareaguje? Głównie uspokajał się nadzieją, że to nie potrwa zbyt długo, pastor nie będzie zanadto uduchowiony, a on jak zawsze przy takich okazjach, dopominających się o wielkie uczucia, pozostanie na nie odporny, będzie lekko odrętwiałym, chłodnym i nieco zawiedzionym obserwatorem wśród powodzi cudzych uczuć i posuchy własnych. Ale przynajmniej zdecydował się na odegranie roli najlepiej, jak potrafił. Przecież sam uparł się przy ślubie kościelnym. A teraz stał ze łzami, wielkimi prawdziwymi kroplami słonej wody w oczach. Zamrugał, a Rakel popatrzyła mu w oczy. Ale jej spojrzenie nie mówiło: patrzę teraz na ciebie, a wszyscy goście to widzą, i staram się, jak tylko mogę, wyglądać na szczęśliwą.

To było spojrzenie kolegi z drużyny. Takie, które mówi: damy radę. We dwoje. *Let's put on a show!*

Uśmiechnęła się, a Harry zorientował się, że on też się uśmiecha, chociaż nie wiedział, które z nich zaczęło. Zauważył, że Rakel leciutko się trzęsie, że śmieje się w środku i że ten śmiech ją wypełnia, jeszcze chwila, a wybuchnie. Powaga często tak na nią działała. Na niego także. Żeby się nie roześmiać w głos, przeniósł spojrzenie na Olega, ale tam też nie mógł liczyć na żadne wsparcie, bo chłopak wyglądał tak, jakby zaraz miał pęknąć ze śmiechu. Poratował się więc spuszczeniem głowy i zaciskaniem oczu.

Niezła drużyna, pomyślał Harry z dumą i przeniósł wzrok na pastora.

Drużyna, która złapała oprawcę policjantów.

Rakel zrozumiała SMS-a. *Nie pokazuj Olegowi prezentu*. Treść pozornie obojętna, przynajmniej na tyle, żeby nie wzbudzić podejrzeń Folkestada. Dostatecznie jasna, by Rakel pojęła, czego od niej chciał. Stara urodzinowa sztuczka.

Kiedy więc wszedł, objęła go, wyciągnęła to, co miał wsunięte za pasek na plecach, i cofnęła się z rękami przed sobą w taki sposób, że osoba stojąca za nią nie widziała, że coś trzyma. Że trzyma naładowaną odbezpieczoną odessę.

Bardziej niepokoiło go to, że Oleg także zrozumiał. Ucichł, wiedząc, że nie może popsuć tego, co się dzieje. Co oczywiście oznaczało, że nigdy nie dał się nabrać na tę sztuczkę, ale nigdy też się z tym nie zdradził. Ale drużyna!

Ta drużyna skłoniła Arnolda Folkestada, żeby podszedł do Harry'ego, zostawiając Rakel za sobą, tak by mogła strzelić z bliska Folkestadowi w skroń w chwili, gdy ten miał już uśmiercić Harry'ego.

Cholerna drużyna niepokonanych. Właśnie tak.

Harry pociągnął nosem, nie wiedząc, czy te przeklęte wielkie krople będą miały dość rozumu, żeby zostać w kącikach oczu, czy też będzie musiał je zwyczajnie wytrzeć, zanim spłyną po policzkach.

Zapowiadało się to ostatnie.

Spytała go, dlaczego upiera się przy ślubie kościelnym, bo z tego, co wiedziała, był mniej więcej tak samo religijny jak równanie chemiczne. Podobnie jak ona, mimo katolickiego wychowania. Wtedy Harry wyjaśnił, że stojąc pod ich domem, złożył fikcyjnemu bogu taką obietnicę: jeśli to się dobrze skończy, podda się tej idiotycznej rytualnej czynności – weźmie ślub w obliczu rzekomego boga. Rakel roześmiała się wtedy głośno i orzekła, że to nie jest żadna wiara, tylko zaawansowana ruletka, chłopięca zabawa. Ale oczywiście wezmą ślub w kościele.

Po uwolnieniu Olega z więzów objęli się w grupowym uścisku. Przez długą chwilę stali tylko w milczeniu, ściskając się i głaszcząc, jakby chcieli sprawdzić, czy naprawdę są cali. Trochę tak, jakby odgłos i zapach strzału wciąż tkwił w ścianach, więc musieli zaczekać, aż zniknie, zanim będą mogli cokolwiek zrobić. Później Harry poprosił, żeby usiedli przy stole w kuchni, i nalał kawy z wciąż włączonego ekspresu. Przez głowę przeleciało mu, czy gdyby Arnoldowi Folkestadowi udało się zabić ich wszystkich, to czy przed opuszczeniem domu wyłączyłby ekspres.

Usiadł, wypił łyk z filiżanki, spojrzał na ciało wciąż leżące na podłodze w holu w odległości kilku metrów od nich, a kiedy się odwrócił, ujrzał w oczach Rakel pytanie: dlaczego jeszcze nie zadzwonił na policję?

Wypił kolejny łyk kawy. Skinieniem głowy wskazał leżącą na stole odessę i spojrzał na Rakel. Była inteligentną kobietą. Potrzebowała tylko trochę czasu. Sama dojdzie do tego wniosku: tym telefonem posłałby Olega do więzienia.

Rakel z namysłem kiwnęła głową. Zrozumiała. Wiedziała, że kiedy technicy będą badać, czy aby na pewno właśnie z odessy wystrzelono kulę, którą medycy sądowi wydłubią z głowy Folkestada, natychmiast powiążą broń ze sprawą zabójstwa Gusta Hanssena, w której narzędzia zbrodni nie udało się odnaleźć. Przecież nie co dzień i nie co roku ktoś ginął od kuli 9×18 mm Makarowa. A kiedy uda im się dopasować nabój do broni, z którą można powiązać Olega, znów go aresztują. I tym razem oskarżą i wydadzą wyrok na podstawie tego, co dla wszystkich na sali sądowej byłoby niezbitym dowodem.

– Róbcie to, co musicie – oświadczył Oleg. On już dawno zrozumiał sytuację.

Harry skinął głową, ale nie odrywał oczu od Rakel. Między nimi musiała istnieć pełna zgoda. To musiała być ich wspólna decyzja. Tak jak teraz.

Pastor skończył czytanie z Biblii. Zebrani w kościele usiedli, a duchowny chrząknął. Harry prosił wcześniej, żeby kazanie było krótkie. Patrzył, jak wargi pastora się poruszają, widział spokój na jego twarzy i przypomniał sobie ten sam spokój w Rakel tamtego wieczoru. Spokój, który ogarnął ją po tym, jak najpierw mocno zacisnęła oczy, a potem je otworzyła. Jakby chciała się upewnić, że to nie koszmar, z którego można się obudzić.

– Co możemy zrobić? – spytała.

– Spalić dowody – odparł Harry.

– Spalić?

Harry potwierdził. Spalić dowody, tak jak to robił Truls Berntsen. Różnica polegała jedynie na tym, że palacze tacy jak Berntsen robili to dla pieniędzy. Oprócz tego nic ich nie różniło.

Wzięli się do roboty.

Harry zrobił to, co musiał zrobić. Oni zrobili to, co musieli zrobić. Oleg wprowadził samochód Harry'ego do garażu, Rakel w tym czasie zapakowała ciało Folkestada w worki na śmieci, natomiast Harry przygotował prowizoryczne nosze z brezentu, linek i dwóch aluminiowych rurek. Po umieszczeniu ciała w bagażniku Harry wziął kluczyki do fiata stojącego przy drodze i razem z Olegiem pojechali każdy swoim samochodem do Maridalen, a Rakel wzięła się do sprzątania i zacierania śladów.

Tak jak przypuszczali, w deszczu i ciemności okolice Grefsenkollen były puste. Mimo wszystko wybrali jedną z najwęższych ścieżek, by mieć pewność, że na nikogo się nie natkną. Po rozmiękłej ziemi trudno było dźwigać zwłoki, ale z drugiej strony Harry wiedział, że deszcz zmyje ich ślady. A także ślady na zwłokach mogące świadczyć o tym, że ciało zostało tam przeniesione.

Ponad godzinę zajęło im wyszukanie odpowiedniego miejsca, takiego, by ludzie nie natknęli się na ciało od razu, ale by ich psy wkrótce je wywęszyły. Ważne było, aby minął odpowiednio długi czas. Na tyle długi, żeby ślady techniczne uległy zatarciu albo przynajmniej stały się niepewne, ale z drugiej strony na tyle krótki, by nie zmarnować zbyt dużo środków publicznych na poszukiwanie tego człowieka. Harry śmiał się z siebie, gdy sobie uświadomił, że bierze pod uwagę taki czynnik. Że mimo wszystko jest produktem takiego wychowania, pieprzonym zwierzęciem stadnym z mózgiem wypranym przez socjaldemokrację, które odczuwa fizyczny ból na widok światła niepotrzebnie palącego się w nocy albo wyrzucania plastiku do lasu.

Pastor skończył i przyjaciółka Olega zaśpiewała *Boots of Spanish Leather* Dylana. Życzenie Harry'ego, błogosławieństwo Rakel. Kazanie pastora dotyczyło bardziej wagi współpracy w małżeństwie, a mniej obecności Boga. A Harry myślał o tym, jak ściągali z Arnolda worki na śmieci i układali go w pozycji logicznej dla człowieka, który stanął tu, w tym miejscu w lesie, i sam strzelił sobie w skroń. Harry wiedział, że nigdy nie spyta Rakel, dlaczego przyłożyła lufę tak blisko skroni Arnolda Folkestada przed naciśnięciem spustu, chociaż na dziesięć osób dziewięć czym prędzej strzeliłoby mu w tył głowy albo w plecy.

Oczywiście mogła się obawiać, że kula przeleci przez ciało Arnolda i trafi we wciąż kucającego Harry'ego.

Ale mogło być również tak, że jej bystry, niemal przerażająco praktyczny umysł zdążył już przewidzieć, co będzie dalej. Wymyślił, że po to, by ich ratować, niezbędny okaże się kamuflaż. Zaciemnienie prawdy. Upozorowanie samobójstwa. Możliwe, że kobieta stojąca teraz u jego boku zdążyła pomyśleć, że samobójcy nie strzelają sobie w tył głowy z odległości pół metra, tylko, jeżeli są praworęczni tak jak Arnold Folkestad, w prawą skroń.

Co za kobieta! Ile o niej wiedział? A ile o niej nie wiedział? Takie bowiem pytania był zmuszony zadawać sobie po zobaczeniu jej w akcji. Tak samo jak po spędzeniu miesięcy z Arnoldem Folkestadem. I ponad czterdziestu lat z samym sobą. Jak dobrze można poznać drugiego człowieka?

Piosenka się skończyła i pastor przystąpił do przysięgi małżeńskiej. „Czy przysięgasz kochać i czcić..." Ale Harry i Rakel zlekceważyli reżyserię i wciąż stali zwróceni twarzami do siebie. Harry wiedział, że nigdy jej nie puści, bez względu na to, jak będzie kłamał i jak niemożliwe jest przysięganie, że będzie się kogoś kochać aż do śmierci. Miał nadzieję, że pastor już niedługo się zamknie, a on będzie mógł wreszcie powiedzieć to „tak", od którego z radości rozsadzało mu pierś.

Ståle Aune wyjął z kieszonki chusteczkę i podał żonie. Harry właśnie głośno powiedział „tak" i echo jego głosu wciąż unosiło się pod sklepieniem kościoła.

– Co? – szepnęła Ingrid.

– Płaczesz, kochana – odszepnął.

– Nie, to ty płaczesz.

– Naprawdę?

Ståle Aune sprawdził. Cholera, rzeczywiście płakał. Nie mocno, ale wystarczyło, żeby na chusteczce pojawiły się ciemne plamy. Aurora mówiła, że on nie potrafi płakać prawdziwymi łzami, tylko jakąś rzadką niewidzialną wodą, która bez żadnego ostrzeżenia zaczynała spływać mu po obu stronach nosa, chociaż nikt inny nie uważał sytuacji, sceny w filmie czy fragmentu rozmowy za szczególnie wzruszający. Wyglądało to trochę tak, jakby uszczelnienie wokół niego nagle pękało i woda wylewała się ze środka. Żałował, że nie ma tu teraz Aurory, ale córka pojechała do Nadderudhallen na dwudniowe zawody i właśnie przysłała mu SMS-a z informacją, że wygrały pierwszy mecz.

Ingrid poprawiła Stålemu krawat i położyła mu rękę na ramieniu. Nakrył jej dłoń swoją, wiedząc, że żona myśli o tym samym co on. O ich własnym ślubie.

Sprawa była zakończona, a on napisał opinię psychologiczną. Spekulował w niej wokół faktu, że broń, z której Folkestad sam się zastrzelił, była tą samą, której użyto podczas zabójstwa Gusta Hanssena. Wskazał więcej podobieństw między Gustem Hanssenem a Reném Kalsnesem, gdyż obaj byli młodymi, pięknymi jak z obrazka chłopcami, którzy bez skrupułów sprzedawali usługi seksualne mężczyznom w każdym wieku. Folkestad zdawał się wykazywać tendencję do zakochiwania się w takich typach. Aune nie wykluczył, że osoba o cechach paranoidalno-schizofrenicznych mogła zabić Gusta z zazdrości lub z szeregu innych przyczyn opartych na przywidzeniach wynikających z głębokiej – chociaż dla świata zewnętrznego niekoniecznie widocznej – psychozy. Ståle uzupełnił swoją opinię o notatki, które poczynił tamtym razem, kiedy Arnold Folkestad, wciąż jeszcze pracujący w KRIPOS, przyszedł do niego i skarżył się, że słyszy głosy. Wprawdzie psychologowie już dawno ustalili, że głosy w głowie nie wskazują jednoznacznie na schizofrenię, jednak Aune w wypadku Folkestada skłaniał się ku takiej diagnozie i zaczął już przygotowywać opinię, która ucięłaby jego karierę jako śledczego specjalizującego się w sprawach zabójstw. Nigdy jednak jej nie wysłał, ponieważ Folkestad sam zdecydował się złożyć wypowiedzenie, opowiedziawszy jeszcze terapeucie o próbie zbliżenia się do niewymienionego z nazwiska kolegi z pracy. Zakończył również terapię i tym samym zniknął z radarów Aunego. Oczywiste jednak było, że dwa zdarzenia w jego życiu mogły spowodować pogorszenie. Jednym z nich było pobicie i obrażenia głowy, których doznał, skutkujące dłuższym pobytem w szpitalu, badania naukowe bowiem wykazywały, że nawet lekkie obrażenia mózgu mogą prowadzić do takich zmian w zachowaniu jak wzmożona agresja i zmniejszenie kontroli nad impulsami. Podobne obrażenia zresztą zadawał później swoim ofiarom. Drugim z tych zdarzeń była strata Renégo Kalsnesa, w którym według zeznań jednego ze świadków Folkestad był dziko, wręcz maniakalnie zakochany. Zakończenie tego, co najwyraźniej uważał za swoje zadanie, odebraniem sobie życia, nie budziło zdziwienia. Dziwić mogło najwyżej, że nie pozostawił żadnej pisemnej lub ustnej informacji uzasadniającej takie posunięcie. Zwykle manii wielkości towarzyszyło pragnienie zostania zapamiętanym, zrozumianym, uznanym za geniusza, podziwianym i uzyskania zasłużonego miejsca w historii.

Ale opinia biegłego psychologa została dobrze przyjęta. Była ostatnim elementem układanki, jakiego brakowało policji, żeby wszystko się zgodziło. Tak stwierdził Mikael Bellman.

Ståle Aune przypuszczał jednak, że dla policji ważniejszy jest ten drugi aspekt, a mianowicie to, że jego diagnoza ucinała prawdopodobnie przykrą i problematyczną dyskusję o tym, jak to możliwe, by za masakrę odpowiedzialny był ktoś z szeregów policji. Wprawdzie Folkestad nie był już policjantem, ale mimo wszystko. Co to mogło powiedzieć o policji jako grupie zawodowej i panujących w niej zasadach?

Teraz mogli tej debaty uniknąć, ponieważ pewien biegły psycholog stwierdził po prostu, że Arnold Folkestad był szaleńcem, a szaleństwo nie ma żadnego uzasadnienia. Szaleństwo po prostu istnieje, jest czymś w rodzaju katastrofy naturalnej, która bierze się nie wiadomo skąd. Takie rzeczy się zdarzają. A później należy wrócić do codzienności, no bo jak można temu zaradzić?

Właśnie tak myśleli Bellman i inni.

Nie myślał tak Ståle Aune.

Ale to na razie przemilczał. Ståle wrócił do pracy w gabinecie na cały etat, chociaż Gunnar Hagen zapowiedział, że grupa z Kotłowni wciąż ma istnieć jako pewien rodzaj mobilnej jednostki, niemal jak Delta. Katrine już zaproponowano stałą pracę śledczej w Wydziale Zabójstw, a ona tę propozycję przyjęła. Oświadczyła, że ma kilka dobrych powodów na to, żeby się przenieść ze wspaniałego pięknego Bergen do tej nędznej stolicy.

Organista mocnej nadepnął pedały. Ståle usłyszał ich skrzypienie i znów rozległy się dźwięki. Państwo młodzi ruszyli środkiem, teraz już jako małżonkowie. Nie musieli kiwać głowami na lewo i prawo, bo gości w kościele dało się objąć jednym długim spojrzeniem.

Później zapraszali do Schrødera. Ulubiona knajpa Harry'ego nie była miejscem, które od razu kojarzyło się z salą weselną, ale według Harry'ego to był wybór Rakel, nie jego.

Przybyli goście obracali się za Rakel i Harrym, którzy dalej szli wzdłuż pustych rzędów ławek, kierując się ku drzwiom. Ku czerwcowemu słońcu, pomyślał Ståle. Ku przyszłości. We troje. Oleg, Rakel i Harry.

– Ależ, Ståle! – Ingrid sama sięgnęła po chusteczkę do jego kieszonki na piersi, żeby mu ją podać.

Aurora siedziała na ławce i po okrzykach radości koleżanek z drużyny poznała, że znów zdobyły bramkę.

Wygrywały dzisiaj już drugi mecz. Przypomniała sobie, że musi wysłać SMS-a do taty. Ją samą niezbyt obchodziło, czy wygrają, czy przegrają, a mamy już w ogóle to nie interesowało. Ale tatuś za każdym razem, gdy mówiła mu o kolejnym zwycięstwie w rozgrywkach okręgowych dziewcząt do lat dwunastu, zawsze reagował tak, jakby zdobyła mistrzostwo świata.

Ponieważ Emilie i Aurora zagrały prawie cały pierwszy mecz, teraz mogły w dużej mierze odpoczywać. Aurora zaczęła liczyć widzów na trybunie po drugiej stronie boiska i zostały jej już tylko dwa rzędy. Większość publiczności stanowili oczywiście rodzice i gracze z innych drużyn uczestniczących w zawodach, ale wydawało jej się, że dostrzegła tam jakąś znajomą twarz.

Emilie szturchnęła ją w bok.

– Nie patrzysz na mecz?

– Patrzę, tylko... Widzisz tego człowieka tam, w trzecim rzędzie? Tego, co siedzi trochę osobno? Widziałaś go już wcześniej?

– Nie wiem, to za daleko. Żałujesz, że nie jesteś na tym ślubie?

– Nie. To taka zabawa dla dorosłych. Muszę iść siusiu, pójdziesz ze mną?

– W środku meczu? A jak będzie zmiana?

– Teraz kolej Charlotte albo Katinki. Chodź ze mną.

Emilie spojrzała na nią, a Aurora wiedziała, co myśli przyjaciółka. Przecież Aurora nigdy nie prosiła, żeby ktoś towarzyszył jej do toalety. Nigdy nie dopominała się o żadne towarzystwo.

Emilie się zawahała. Odwróciła się w stronę boiska, zerknęła na trenera, który stał z założonymi rękami na bocznej linii. Pokręciła głową. Aurora sprawdziła, czy wytrzyma do końca meczu, kiedy koleżanki zaczną się tłoczyć w drodze do szatni i toalet.

– Zaraz wracam – szepnęła. Wstała i pobiegła do drzwi prowadzących na schody w dół. W drzwiach jeszcze się odwróciła i popatrzyła na trybuny. Szukała twarzy, którą – jak jej się wydawało – rozpoznała, ale jej nie znalazła. Zbiegła na dół.

Mona Gamlem stała sama na cmentarzu przy kościele w Bragernes. Przyjechała z Oslo do Drammen i dość długo szukała kościoła. A o nagrobek musiała pytać. W słońcu kryształy w kamieniu wokół jego nazwiska lśniły. Anton Mittet. Błyszczy teraz bardziej niż za życia, pomyślała. Ale on ją kochał. Tego była pewna. Za to kochała jego. Włożyła do ust miętową gumę. Myślała o tym, co powiedział, kiedy odwoził ją po dyżurze w szpitalu i pierwszy raz się całowali. Powiedział, że lubi miętowy smak jej ust. A za trzecim razem, kiedy zaparkowali przed jej domem, nachyliła się nad nim, rozpięła mu rozporek i zanim zaczęła, dyskretnie wyjęła gumę z ust i przylepiła ją pod jego siedzeniem. Potem wzięła świeżą, tuż przed tym, jak się zaczęli całować. Musiała smakować miętą, bo on chciał tego smaku. Tęskniła za nim, chociaż nie miała do tego prawa, a to jeszcze bardziej wszystko pogarszało.

Usłyszała chrzęst żwiru za plecami. Może to ona. Ta druga. Laura. Mona Gamlem ruszyła przed siebie, nie odwracając się, tylko mruganiem usiłowała pozbyć się łez z oczu i prosto iść alejką.

Drzwi kościoła się otworzyły, ale Truls nie widział, żeby ktoś z nich wychodził.

Spojrzał na tygodnik leżący na siedzeniu pasażera. „Magasinet". Duży wywiad z Mikaelem. Szczęśliwy ojciec rodziny na zdjęciu z żoną i trójką dzieci. Pokorny i mądry komendant policji, który twierdzi, że wyjaśnienie sprawy oprawcy policjantów nie byłoby możliwe, gdyby nie wsparcie żony. I wszystkich współpracowników z Budynku Policji. Wraz z ujawnieniem Folkestada udało się wyjaśnić również inną sprawę. Z raportu balistyków wynikało mianowicie, że pistolet odessa, z którego zastrzelił się Folkestad, jest tą samą bronią, z której zabito Gusta.

Myśląc o tym, Truls zachrumkał. Tu się, za diabła, nic nie zgadzało. Harry Hole z całą pewnością coś tu nabałaganił. Truls nie wiedział w jaki sposób ani dlaczego, ale to przynajmniej oznaczało, że Oleg Fauke jest już poza podejrzeniami i nie musi stale oglądać się przez ramię. Hole na pewno wepchnie chłopaka do Wyższej Szkoły Policyjnej.

No i dobrze. Truls nie będzie mu przeszkadzał. Trzeba mieć szacunek do takiej dobrej roboty palacza. Ale tygodnik zachował nie ze względu na Harry'ego, Olega czy Mikaela.

Chodziło mu o zdjęcie Ulli.

Chociaż to tylko taki tymczasowy nawrót choroby. Niedługo pozbędzie się tego magazynu. Pozbędzie się jej.

Pomyślał o kobiecie, z którą spotkał się w kawiarni dzień wcześniej. Randka w sieci. Oczywiście z Ullą nie mogła się równać, nie trzymała też standardów Megan Fox. Trochę za stara, z trochę za wielkim tyłkiem i tyle paplała. Ale nawet mu się spodobała. Oczywiście zadał sobie pytanie, na jaką ocenę zasługuje kobieta, którą należałoby skreślić z powodu wieku, gęby, tyłka i niezdolności do trzymania języka za zębami.

Nie bardzo wiedział. Wiedział tylko, że nawet mu się spodobała.

A raczej spodobało mu się to, że chyba on spodobał się jej.

A może po prostu było jej żal jego zdeformowanej twarzy? Chociaż Mikael mógł mieć rację, mówiąc, że jego twarz w punkcie wyjścia była tak mało atrakcyjna, że w zasadzie nic nie straciła na drobnym przemeblowaniu.

Albo może coś w nim się odmieniło. Co i dlaczego, nie bardzo potrafił określić, ale czasami budził się i czuł się zupełnie nowy. Myślał w jakiś nowy sposób. A ludzie jakby to czuli, jakby traktowali go inaczej, lepiej. To z kolei dało mu odwagę do posunięcia się o jeszcze jeden maleńki kroczek w tym nowym kierunku, który nie wiadomo dokąd miał go zaprowadzić. Nie nawrócił się, nic z tych rzeczy, różnica była maleńka, a w niektóre dni w ogóle nie czuł się nowy.

Pomyślał o tym, że i tak do niej zadzwoni.

Zatrzeszczało policyjne radio. Jeszcze zanim padły słowa, już po tonie poznał, że to coś ważnego. Coś innego niż męczące korki uliczne, włamania do piwnicy, awantury domowe czy pijacy, którzy wpadli w amok. Zwłoki.

– Czy to wygląda na zabójstwo? – spytał dyżurny z centrali.

– Śmiem tak twierdzić.

Odpowiedzi usiłowano udzielić z przesadną poprawnością i elegancją, która – jak zauważył Truls – zdobywała popularność wśród młodszego pokolenia, chociaż i wśród starszych mieli swoje wzory. Wprawdzie Holego już wśród nich nie było, ale jego sława żyła w najlepsze.

– Jej język… wydaje mi się, że to jest język, odcięty i wetknięty w… – Młody policjant nie wytrzymał, głos mu się załamał.

Truls poczuł przypływ energii, serce zabiło mu szybciej życiodajnym rytmem.

Paskudnie to brzmiało. Czerwiec. I takie miała ładne oczy. Chyba duże cycki pod ubraniem. Tak, to mogło być przyjemne lato.

– Jaki to adres?

– Alexander Kiellands plass dwadzieścia dwa. Cholera, tu jest całe mnóstwo rekinów.

– Rekinów?

– Tak, takich małych desek do surfowania czy czegoś takiego. Pokój jest nimi całkowicie zawalony.

Truls wrzucił bieg w suzuki. Poprawił ciemne okulary, wcisnął pedał gazu i puścił sprzęgło. W niektóre dni nowy. W inne nie.

Damska toaleta znajdowała się w głębi korytarza. Kiedy drzwi się za nią zamknęły, Aurora w pierwszej chwili pomyślała o tym, jak tu cicho. Wszystkie głosy ludzi na górze umilkły. Była tu tylko ona.

Czym prędzej zamknęła się w jednej z kabin, opuściła krótkie spodenki i majtki i usiadła na zimnym plastiku.

Myślała o weselu. Właściwie żałowała, że tam nie jest. Jeszcze nigdy nie widziała, jak ktoś bierze ślub. Tak naprawdę. Ciekawe, czy sama kiedyś wyjdzie za mąż. Próbowała sobie wyobrazić, jak stoi przed kościołem i ze śmiechem uchyla się przed sypanym ryżem, ma białą sukienkę, dom i pracę, którą lubi. Chłopca, z którym będzie miała dziecko.

Usłyszała, że drzwi się otwierają. Do toalety wszedł ktoś jeszcze.

Aurora widziała siebie na huśtawce w ogrodzie, a słońce świeciło jej prosto w oczy i tego chłopca nie mogła zobaczyć. Miała nadzieję, że jest miły. I rozumie takie dziewczyny jak ona. Trochę taki jak tatuś, ale nie taki roztargniony. Albo właśnie taki.

Ciężkie kroki jak na kobietę.

Wyciągnęła rękę po papier toaletowy, ale się zatrzymała. Chciała odetchnąć głębiej, ale nie mogła. Bo nie było powietrza. Gardło jej się ścisnęło.

Za ciężkie na kobietę.

Zatrzymały się.

Spojrzała w dół.

W szczelinie między drzwiami a podłogą zobaczyła cień. I długie spiczaste czubki butów. Trochę takich jak kowbojskie.

Nie wiedziała, czy słyszy weselne dzwony, czy to jej własne serce tak mocno bije.

Harry wyszedł na schody. Zmrużył oczy na ostrym czerwcowym słońcu. Przez chwilę tak stał, słuchając kościelnych dzwonów, których dźwięk niósł się po Oppsal. Czuł, że wszystko jest w harmonii, w równowadze, w porządku. Wiedział, że to się powinno skończyć tutaj, właśnie w taki sposób.

GRUPA WYDAWNICZA

PUBLICAT S.A.

Papilon – książki dla dzieci: baśnie i bajki, klasyka polskiej poezji, wiersze i opowiadania, powieści, książki edukacyjne, nauka języków obcych

Publicat – poradniki i książki popularnonaukowe: kulinaria, zdrowie, uroda, dom i ogród, hobby, literatura krajoznawcza, edukacja

Elipsa – albumy tematyczne: malarstwo, historia, krajobrazy i przyroda, albumy popularnonaukowe

Wydawnictwo Dolnośląskie – literatura młodzieżowa, kryminał i sensacja, historia, biografie, literatura podróżnicza

Książnica – literatura kobieca i obyczajowa, beletrystyka historyczna, literatura młodzieżowa, thriller i horror, fantastyka, beletrystyka w wydaniu kieszonkowym

Publicat S.A., 61-003 Poznań, ul. Chlebowa 24, tel. 61 652 92 52, fax 61 652 92 00, e-mail: office@publicat.pl, www.publicat.pl

Oddział we Wrocławiu: Wydawnictwo Dolnośląskie i Książnica, 50-010 Wrocław, ul. Podwale 62, tel. 71 785 90 40, fax 71 785 90 66 e-mail: wydawnictwodolnoslaskie@publicat.pl

NajlepszyPrezent.pl

TWOJA KSIĘGARNIA INTERNETOWA